PUISSIONS-NOUS VIVRE LONGTEMPS

DU MÊME AUTEUR

Voici venir les rêveurs, Belfond, 2016 ; Pocket, 2017

Vous pouvez consulter le site de l'auteure à l'adresse suivante :
imbolombue.com

IMBOLO MBUE

PUISSIONS-NOUS VIVRE LONGTEMPS

Traduit de l'anglais (Cameroun)
par Catherine Gibert

belfond

Titre original :
HOW BEAUTIFUL WE WERE
publié par Random House, une marque et une division de Penguin Random House LLC, New York

Retrouvez-nous sur www.belfond.fr
ou www.facebook.com/belfond

Éditions Belfond,
92, avenue de France, 75013 Paris.
Pour le Canada,
Interforum Canada, Inc.,
1055, bd René-Lévesque-Est,
Bureau 1100,
Montréal, Québec, H2L 4S5.

ISBN : 978-2-7144-9406-1
Dépôt légal : février 2021

Belfond | un département **place des éditeurs**

place des éditeurs

À mes si beaux enfants

« Le peuple qui marchait dans les ténèbres
Voit une grande lumière ;
Sur ceux qui habitaient le pays
de l'ombre de la mort,
Une lumière resplendit. »

ESAÏE 9.2

NOUS AURIONS DÛ SAVOIR que la fin était proche. Comment se fait-il que nous ne l'ayons pas su ? Lorsqu'il s'est mis à pleuvoir de l'acide et que l'eau des rivières est devenue verte, nous aurions dû savoir que, bientôt, notre terre serait morte. En même temps, comment l'aurions-nous su alors qu'ils ne voulaient pas que nous le sachions ? Lorsque nous avons commencé à vaciller sur nos jambes, à tituber, à tomber et nous briser comme du bois sec, ils nous ont dit que ce serait très vite fini, que nous serions tous guéris en un rien de temps. Ils nous ont demandé de venir aux réunions de village, pour en parler. Ils nous ont dit que nous devions leur faire confiance.

Nous aurions dû leur cracher au visage, les ensevelir sous des noms qui leur convenaient mieux – menteurs, barbares, crapules, scélérats. Nous aurions dû maudire leurs mères et leurs grands-mères, injurier leurs pères, prier pour que des malheurs indicibles s'abattent sur leurs enfants. Nous les haïssions, eux et leurs réunions, mais nous n'en manquions aucune. Toutes les huit semaines, nous nous rendions sur la place du village pour les écouter. Nous mourions. Nous étions impuissants. Nous avions peur. Ces réunions étaient notre seule planche de salut.

Les jours convenus, nous rentrions de l'école ventre à terre, pressés d'expédier nos corvées pour ne pas rater un mot de l'assemblée. Nous remontions l'eau du puits ; nous poursuivions les chèvres et les poules dans toute la parcelle pour les rapatrier vers leurs abris en bambou ; nous balayions les feuilles et les brindilles dans nos cours. Nous nettoyions les marmites en fer et la pile de bols après dîner ; nous quittions nos cases en avance – nous voulions être sur place avant qu'ils n'arrivent dans leurs beaux costumes et leurs chaussures bien cirées. Nos mères se précipitaient, elles aussi, tout comme nos pères. Ils laissaient leur travail en plan dans la forêt de l'autre côté du fleuve, leurs mains et leurs pieds nus couverts de terre empoisonnée.

« Le travail attendra demain, disaient nos pères, mais les occasions d'entendre ce que les hommes de Pexton ont à nous dire ne sont pas légion. »

Même lorsqu'ils avaient épuisé leurs forces après des heures de labeur sous un soleil à la fois bienveillant et cruel, ils se rendaient aux réunions parce que nous devions tous y assister.

Le seul à ne pas venir était Konga, le fou du village. Konga, qui n'avait pas conscience de nos souffrances et vivait sans crainte de ce qui arrivait et allait arriver. Pendant que nous nous hâtions vers la réunion, il restait à dormir dans la cour de l'école, à ronfler, à baver quand il ne se tortillait pas ou bien se grattait ou encore maugréait, les yeux fermés. Piégé qu'il était, seul dans un monde où les esprits règnent et où les hommes sont désarmés face à leur domination, il ignorait tout de Pexton.

Sur la place du village, nous nous asseyions en silence tandis que le soleil nous quittait pour la journée sans savoir que la beauté de son déclin décuplait notre angoisse. Nous regardions les hommes de Pexton poser leurs serviettes sur la table que Woja Beki, le chef de notre village, avait installée à leur intention. Ils étaient toujours trois – on les avait surnommés : Face de lune (car il avait le visage rond comme un ballon dans lequel on aurait bien aimé shooter), le Chétif (car il portait un costume trop grand qui lui donnait l'air d'un homme en train de mourir d'une maladie dévoreuse de chair) et le Chef (car c'était lui qui parlait, les autres opinaient du bonnet). Nous chuchotions entre nous pendant qu'ils ouvraient leurs serviettes et se passaient des documents, se couvrant la bouche pour murmurer à l'oreille de l'autre, histoire de s'assurer que leurs mensonges tenaient la route. Aucun autre endroit important ne requérait notre présence, aussi attendions-nous, avides de bonnes nouvelles. De temps à autre, nous nous demandions tout bas à quoi ils pensaient chaque fois qu'ils s'arrêtaient de parler pour nous regarder : nos grands-pères et nos pères assis devant sur des tabourets, au premier rang ceux dont les enfants étaient morts ou en train de mourir ; nos grands-mères et nos mères juste derrière, qui berçaient les bébés pour les calmer en nous jetant des regards noirs chaque fois que nous faisions un bruit incongru sous le manguier. Nos jeunes femmes soupiraient et secouaient la tête à intervalles réguliers. Nos jeunes hommes, regroupés dans le fond, serraient les dents et bouillaient intérieurement.

Nous inspirions, nous attendions, nous soufflions. Nous nous rappelions ceux qui étaient morts de maladies sans nom ni espoir de guérison – nos frères et sœurs et nos cousins et nos amis disparus à cause du poison dans l'eau et dans l'air et de la nourriture souillée qui poussait sur une terre qui avait été contaminée le jour où Pexton avait commencé à forer. Nous espérions que les hommes de Pexton allaient nous regarder dans les yeux et ressentir quelque chose pour nous. Nous étions des enfants, semblables aux leurs, et nous voulions qu'ils le reconnaissent. Si c'était le cas, rien dans leur attitude ne le trahissait. Ils étaient venus pour que Pexton ait la conscience tranquille ; pas pour nous.

Woja Beki s'est avancé pour faire face à l'assistance et il a remercié tout le monde d'être venu.

« Mon cher peuple, a-t-il dit en découvrant des dents que personne ne voulait voir, qui ne demande rien n'a rien. Si nous ne vidons pas nos ventres, n'allons-nous pas mourir de constipation ? »

Personne n'a réagi ; nous nous fichions éperdument de ce qu'il avait à dire. Nous savions qu'il était l'un des leurs. Même s'il était notre chef, même si nous partagions les mêmes ancêtres, nous savions depuis des années que nous n'étions plus rien pour lui. Pexton avait acheté sa collaboration et, en retour, il lui avait vendu notre avenir. Nous avions vu de nos propres yeux, entendu de nos propres oreilles, que Pexton engraissait ses femmes et trouvait du travail à ses fils dans la capitale et lui remettait des enveloppes bourrées de billets. Une fois les preuves devenues impossibles à réfuter, nos pères et grands-pères étaient allés le trouver, mais il les avait suppliés de lui faire confiance, leur avait raconté qu'il avait un plan : tout ce qu'il faisait avait pour seul but de nous aider à récupérer nos terres. Il avait versé des larmes de crocodile et juré sur l'Esprit qu'il vouait à Pexton une haine égale à la nôtre, c'était évident, non ? Nos jeunes hommes avaient projeté de le tuer mais nos anciens avaient découvert ce qu'ils tramaient et les avaient suppliés de l'épargner. Nous avons déjà eu assez de morts comme ça, avaient-ils dit ; nous n'aurons bientôt plus de place pour les enterrer.

Woja Beki a continué à nous fixer, ses gencives effrayantes toujours visibles. Nous aurions préféré ne pas avoir à les regarder, mais il était impossible d'y échapper – c'était la première chose qu'on voyait dans son visage ; des gencives aussi noires que la plus noire des heures de la nuit, striées de toutes les nuances de rose ; des dents marron branlantes séparées par de larges espaces.

« Mon cher peuple, a-t-il repris, même un mouton sait comment faire comprendre à son maître ce qu'il veut. Voilà pourquoi nous sommes à nouveau réunis, pour reprendre nos échanges. Nous remercions les aimables représentants de Pexton d'être revenus s'adresser à nous. Je n'ai rien contre les messagers, mais pourquoi y avoir recours quand on peut se parler de vive voix. Il y a eu beaucoup de malentendus mais j'espère que cette réunion nous rapprochera de la fin de nos souffrances communes. J'espère que, après ce soir,

Pexton et nous continuerons d'avancer sur le chemin d'une belle amitié. L'amitié est une bonne chose, non ? »

Nous savions qu'ils ne seraient jamais nos amis, mais certains d'entre nous ont hoché la tête.

Dans le halo du soleil couchant, notre village semblait presque beau, nos visages presque libérés de la douleur. Nos grands-pères et grands-mères paraissaient sereins mais nous savions qu'ils ne l'étaient pas – ils en avaient beaucoup vu, mais jamais rien de tel.

« À présent, je laisse la parole à Monsieur l'honorable représentant de Pexton, qui a de nouveau fait le voyage depuis Bézam pour s'entretenir avec nous », a dit Woja Beki avant de retourner s'asseoir.

Le Chef s'est levé, il s'est avancé vers nous et s'est planté au centre de la place.

Il nous a regardés de longues secondes, la tête inclinée de côté, un sourire aux lèvres, si pénétré que nous nous sommes demandé s'il n'était pas en train d'admirer un rayonnement que nous aurions émis sans le savoir. Nous attendions qu'il nous dise quelque chose susceptible de nous faire chanter et danser. Nous voulions qu'il nous annonce que Pexton avait décidé de quitter les lieux et d'emporter les maladies avec elle.

Son sourire s'est élargi, s'est rétréci, s'est posé sur nos visages, scrutant notre immobilité. Il était ravi d'être de retour à Kosawa par une aussi belle journée, a-t-il dit. Quelle exquise soirée à la lumière de la demi-lune, quelle brise parfaite, étaient-ce des moineaux qu'on entendait chanter au diapason ? Quel magnifique village. Il tenait à nous remercier d'être venus. C'était formidable de revoir tout le monde. Incroyable que Kosawa compte autant de merveilleux enfants. Il fallait le croire quand il disait que les gens au siège étaient tristes de ce qui nous arrivait. Tous travaillaient d'arrache-pied à résoudre ce problème afin que tout le monde puisse recouvrer la santé et être à nouveau heureux. Il parlait lentement, son sourire immuable, comme s'il s'apprêtait à nous délivrer la bonne nouvelle que nous désirions si ardemment entendre.

Nous le regardions sans ciller et nous écoutions les mensonges qu'il nous avait déjà débités. Des mensonges selon lesquels les gens qui dirigeaient Pexton se préoccupaient de notre sort. Des mensonges selon lesquels les gros bonnets du gouvernement de Son Excellence se souciaient de nous. Des mensonges selon lesquels des centaines de personnes de la capitale lui avaient demandé de nous transmettre leurs condoléances.

« Ils pleurent avec vous à chaque décès, a-t-il dit. Bientôt, tout sera terminé. Il est temps que vos souffrances prennent fin, non ? »

Face de lune et le Chétif ont acquiescé.

« Pexton et le gouvernement sont vos amis, a ajouté le Chef. Même dans les jours les plus sombres, n'oubliez pas que, à Bézam, nous pensons à vous et travaillons sans relâche pour vous. »

Nos mères et nos pères espéraient qu'il donnerait des précisions sur la date exacte à laquelle notre air, notre eau et notre terre retrouveraient leur pureté.

« Savez-vous combien d'enfants nous avons enterrés ? » a crié un père.

Il s'appelait Lusaka – il avait inhumé deux fils. On avait assisté aux funérailles des deux et versé des larmes sur leurs corps plus noirs encore que de leur vivant et parés de chemises blanches qui bientôt se mélangeraient à leur chair.

Le plus jeune des fils défunts de Lusaka, Wambi, était un camarade de classe de notre âge.

Deux ans s'étaient écoulés depuis que Wambi était mort mais on continuait de penser à lui – il était le plus fort en arithmétique et le plus silencieux, sauf quand il toussait. Nous avions vécu ensemble pendant des siècles et, pourtant, nous n'avions jamais entendu personne tousser de cette façon. Quand la toux frappait, ses yeux se mouillaient, il se recroquevillait et devait prendre appui sur quelque chose pour ne pas perdre l'équilibre. C'était un spectacle triste, pitoyable et drôle qui nous amusait comme nous amusait la vue d'un gros bonhomme en train de tomber sur son derrière. Ton père ne connaît pas le chemin du guérisseur ? on lui disait en riant, du rire cruel des enfants en bonne santé. Nous ignorions que certains parmi nous se mettraient bientôt à tousser. Comment imaginer qu'une chose pareille puisse nous arriver ? Que plusieurs d'entre nous seraient victimes de toux rauques, de plaques sur le corps, de fièvres qui ne nous quitteraient plus jusqu'à la mort ? Sois gentil, ne t'approche pas de nous avec ta vilaine toux, disait-on à Wambi. Mais nous allions bientôt découvrir qu'il ne s'agissait pas seulement d'une vilaine toux. L'air souillé était resté bloqué dans ses poumons. Le poison s'était répandu insidieusement dans tout son corps et s'était transformé en autre chose. Nous n'avions pas eu le temps de dire ouf que Wambi était mort.

Autour de son cercueil, les paroles de notre chant d'adieu avaient été noyées par nos larmes. Nos pères avaient dû nous porter pour nous ramener à la maison, c'est dire si nous étions faibles. Dans les trois mois qui avaient suivi le décès de Wambi, deux d'entre nous avaient succombé. Ceux qui avaient survécu redoutaient que leur mort ne soit proche ; nous étions persuadés d'être les suivants et, parfois, nous avions peur d'être les derniers – tous les camarades de notre âge seraient morts et nous n'aurions plus d'amis de notre taille avec lesquels tirer la langue pour goûter les gouttes de pluie, personne pour jouer sur la place ou revendiquer le droit de cueillir les mangues les plus mûres.

Chaque fois que nous avions de la fièvre ou que quelqu'un toussait à côté de nous, nous pensions à nos amis défunts. Nous avions peur qu'un membre de notre famille contracte cette maladie qui était arrivée dans le noir telle une voleuse et rôdait devant chaque case, attendant le moment propice pour entrer. Nous avions peur pour chacun des membres de notre famille même si la maladie avait une préférence pour le corps des enfants. Nous avions peur que la première personne contaminée dans la case transmette l'affection à une autre qui la transmettrait à son tour à quelqu'un d'autre, et, en un rien de temps, toute la famille serait infectée et mourrait ; l'un après l'autre ou peut-être tous en même temps. Mais il y avait de fortes chances pour que ce soit l'un après l'autre, du plus vieux au plus jeune, et dans ce cas, on serait les derniers à mourir après avoir enterré tout le monde. L'angoisse nous tenait éveillés la nuit.

Nous détestions aller nous coucher la peur au ventre, nous réveiller la peur au ventre, respirer la peur à longueur de journée. Nos mères et nos pères nous serinaient de ne pas nous en faire, car l'Esprit nous guidait et veillait sur nous mais leurs paroles ne nous apportaient aucun réconfort. L'Esprit avait protégé les autres enfants et qu'était-il advenu d'eux ? Il n'empêche, chaque fois que nos parents tentaient de nous rassurer, nous acquiescions – nos pères quand nous leur souhaitions bonne nuit ; nos mères quand le matin nous trouvait en larmes après un cauchemar – car s'ils nous mentaient, c'était pour nous apaiser, afin que nous ne fassions pas de mauvais rêves, que nous soyons bien reposés et que nous courions à l'école après le petit déjeuner, l'esprit libre et heureux comme nous aurions dû l'être. Les mensonges de nos parents nous étaient rappelés à chaque nouveau décès, parfois dans notre case, parfois dans celle d'à côté, parfois des enfants plus jeunes que nous, des bébés et des tout-petits, des enfants qui avaient à peine joui de la vie, toujours des enfants que nous connaissions. Nous étions jeunes et pourtant, nous savions que la mort était impartiale.

« S'il vous plaît, vous devez faire quelque chose », a crié au Chef une de nos tantes, son bébé amorphe dans ses bras. C'était le poison – le bébé était trop pur pour l'eau souillée du puits du village, les toxines du champ pétrolifère de Pexton l'avaient infiltrée. Un de nos pères a demandé si, entre-temps, Pexton pouvait nous envoyer de l'eau en bouteille, au moins pour les plus jeunes enfants. Le Chef a secoué la tête, ce n'était pas la première fois qu'on lui posait la question. Il a pris une profonde inspiration pour se préparer à débiter sa réponse toute faite : la finalité de Pexton n'était pas de fournir de l'eau mais, par égard pour nous, il en parlerait aux gens du siège qui transmettraient notre requête à l'agence gouvernementale chargée de la fourniture de l'eau et recueilleraient sa réaction. Le Chef n'avait-il pas donné la même réponse la dernière fois ? a demandé un de nos grands-pères – combien de temps fallait-il pour qu'un message passe d'un bureau à l'autre à Bézam ? Un certain temps, a répondu le Chef.

Certaines de nos mères se sont mises à pleurer. Nous aurions tellement aimé sécher leurs larmes.

Nos jeunes hommes ont commencé à crier.

« On va aller à Bézam mettre le feu à votre siège ! On vous fera autant de mal que vous nous en faites ! »

Les hommes de Pexton se sont contentés de sourire. Ils savaient que les jeunes hommes n'en feraient rien – aucun d'entre nous n'ignorait que Son Excellence raierait nos jeunes hommes de la carte de son pays s'ils avaient l'audace de s'en prendre à Pexton et que notre village s'en trouverait encore affaibli.

C'était déjà arrivé.

Au début de l'année précédente, une délégation de six hommes était partie pour Bézam, leurs sacs en raphia remplis d'aliments séchés et de réserves d'eau. Sous la houlette d'un de nos pères – celui de Thula – le groupe avait promis de revenir au village avec la garantie que le gouvernement et Pexton redonneraient leur qualité d'origine à nos terres, rien de moins. Jour après jour, en compagnie de notre amie Thula, nous avions attendu le retour de son père et des autres hommes du groupe, dont nous étions tous voisins et parents et qui, pour trois d'entre eux, avaient des enfants malades. Dix jours plus tard, comme nous ne les voyions pas revenir, nous avions commencé à nous demander sérieusement s'ils n'avaient pas été emprisonnés. Voire pire. Un deuxième groupe d'hommes était parti pour Bézam en quête des Six, mais ils étaient revenus les mains vides. Des mois après, les hommes de Pexton s'étaient présentés au village pour leur première réunion. À l'occasion de celle-ci, à la question de nos aînés qui s'inquiétaient auprès du Chef de l'endroit où se trouvaient nos hommes disparus, ce dernier avait répondu qu'il n'en savait rien, Pexton ne se mêlait pas des allées et venues des citoyens de notre pays, à moins, bien sûr, qu'il ne s'agisse de ses employés.

Ce soir d'octobre 1980, le sourire toujours aux lèvres, le Chef nous a rappelé encore une fois que Pexton était notre amie et que, malgré tous les sacrifices que nous devions consentir, un jour, nous regarderions en arrière et nous serions fiers que Pexton se soit intéressée à notre terre.

Il a demandé si nous avions d'autres questions.

Nous n'en avions pas. Le peu d'espoir qui nous avait animés en début de réunion s'était envolé, entraînant avec lui nos derniers mots. Avec un ultime sourire, le Chef nous a remerciés d'être venus. Face de lune et le Chétif ont rangé leurs documents dans leurs serviettes. Leur chauffeur les attendait près de l'école dans une Land Rover noire, prêt à les ramener à Bézam, à leurs foyers et leurs vies débordant de choses essentielles et superflues exemptes d'impuretés que nous ne pouvions même pas imaginer.

Woja Beki s'est levé et nous a remerciés aussi. Il nous a dit bonne nuit, nous a rappelé de revenir dans huit semaines pour une autre réunion et nous a souhaité une bonne santé d'ici là.

Un autre soir, nous aurions quitté la place du village et repris le chemin de nos cases.

En marchant dans l'obscurité, nous aurions à peine échangé quelques mots, tout entiers plongés dans une forme de désespoir perpétuel et étouffant. Nous aurions cheminé lentement, la tête basse, honteux d'avoir osé espérer, humiliés d'être aussi dérisoires.

N'importe quel autre soir, la réunion nous aurait rappelé que nous ne pouvions rien contre eux quand eux pouvaient tout contre nous, parce que nous leur appartenions. Leurs paroles n'auraient servi d'autre but que de nous faire entrer l'évidence dans le crâne : il était indiscutable que, trois décennies plus tôt, à Bézam, à une date que nous ne connaîtrions jamais, au cours d'une réunion à laquelle aucun d'entre nous n'avait assisté, notre gouvernement nous avait livrés à Pexton, il lui avait donné nos terres et notre eau sur une feuille de papier. Nous n'aurions eu d'autre choix que de reconnaître notre défaite, il y avait de cela fort longtemps.

Cependant, ce soir-là où l'air était trop immobile et les grillons curieusement silencieux, nous n'avons pas pris le chemin de nos cases. Car, au moment où nous nous apprêtions à nous lever et à nous souhaiter bonne nuit, nous avons entendu un bruissement dans le fond de l'assistance. Nous avons entendu une voix nous ordonner de rester assis, la réunion n'était pas terminée, elle ne faisait que commencer. Nous nous sommes retournés pour voir un homme grand et maigre, les cheveux en bataille, vêtu uniquement d'un pantalon troué de tous côtés. C'était Konga, le fou du village.

Sa respiration était laborieuse comme s'il avait couru de l'école jusqu'à la place. Il débordait d'énergie, contrairement au Konga léthargique de toujours, le Konga qui déambulait dans le village en riant avec des amis invisibles et en agitant le poing devant des ennemis que personne d'autre ne voyait. La lueur qui brillait dans ses yeux était visible même dans le noir, son agitation palpable tandis qu'il se précipitait sur le devant de l'assistance, flottant presque tant il était exalté. Nous avons échangé des regards, trop interloqués pour poser la question : mais qu'est-ce qu'il fait ?

Jamais nous n'avions vu le Chef aussi abasourdi que lorsqu'il s'est tourné vers Woja Beki pour lui demander ce que voulait Konga – pourquoi un fou interrompait-il la fin de la réunion ? Jamais nous n'avions vu Woja Beki à ce point privé de mots quand il a fait face à Konga.

Devant nous tous se tenait une version radicalement différente de notre fou du village.

Comme s'il détenait toute l'autorité du monde, Konga a aboyé sur les hommes de Pexton, il leur a dit de s'asseoir, ne l'avaient-ils pas entendu, leurs oreilles étaient-elles bouchées pour qu'aucun son n'y pénètre ? La réunion n'était pas terminée, elle commençait à peine.

Outré par l'impudence de Konga et à court de bonnes manières importées de Bézam, le Chef lui a répondu sur le même ton, comment un fou se permettait-il de s'adresser à lui, représentant de Pexton, de cette façon ? Konga a laissé échapper un petit rire avant d'affirmer qu'il avait le droit de parler à qui il voulait comme il voulait. Le Chef s'est tourné vers Woja Beki et a exigé de savoir pourquoi il restait là comme un idiot à tolérer les insolences de ce crétin. Konga s'est raclé la gorge - tout ce qu'elle contenait - et il a craché ce qu'on imaginait être un gros glaviot jaunâtre entre les pieds du Chef.

Tout le monde a retenu son souffle. Konga savait-il qui étaient ces hommes et ce qu'ils étaient capables de lui faire ?

Le Chef a fusillé Konga du regard. Puis nous. Puis à nouveau Konga. Il a fait signe à ses sous-fifres de prendre leurs serviettes. Les trois hommes se sont emparés des serviettes et ont tourné les talons, prêts à partir. Nous avons pris une profonde inspiration, heureux que l'incident soit clos, mais notre soulagement s'est brusquement mué en un abîme de perplexité quand Konga a demandé au trio comment il comptait rentrer à Bézam. Les représentants se sont retournés, déconcertés, sinon inquiets.

Ce qui s'est passé ensuite, on ne s'y serait jamais attendus. Qui aurait pu imaginer que Konga plongerait la main dans son pantalon devant les hommes de Pexton et devant le village ? Nos mères et nos grands-mères se sont couvert les yeux de crainte qu'il ne s'apprête à faire quelque chose dont les femmes ne devaient pas être témoins, quelque chose qu'on nous avait interdit de regarder si d'aventure Konga s'y livrait devant nous.

Nous avons désobéi et vu Konga frotter un truc à l'intérieur de son pantalon, les lèvres entrouvertes, il le caressait et le caressait encore en exagérant de façon ostensible, c'était certain. D'un geste délicat, il a sorti le truc de son pantalon et l'a brandi en demandant aux trois hommes si celui-ci leur appartenait. Nous avons ouvert de grands yeux et les trois hommes aussi. Ils avaient reconnu la clé de leur voiture qui lançait des reflets dorés dans la main du fou.

Avant qu'ils aient le temps de se remettre de la révélation, Konga a demandé aux hommes de Pexton où était leur chauffeur. Pendant les réunions, le chauffeur les attendait dans la voiture mais, la clé étant en possession de Konga, où pouvait-il être ? Konga ne l'a pas dit. Avec un sourire, il s'est contenté d'informer les trois hommes que la clé qu'il tenait dans sa main était bien celle de leur voiture et qu'ils ne trouveraient pas leur chauffeur dans la cour de l'école.

Nous nous sommes tous mis à parler en même temps. Qu'est-ce qui se passait ? Qu'est-ce qu'il faisait ?

En s'inclinant devant le Chef, Woja Beki a bégayé que Konga jouait seulement à un jeu de fou, il priait instamment le Chef de bien vouloir comprendre que, dénué d'intelligence, Konga ne pouvait concevoir que les honorables représentants ne jouaient pas à des jeux ; bien sûr, leur chauffeur se portait comme un charme, il devait les attendre à côté de la voiture ; bien sûr, Konga allait leur rendre la clé sur-le-champ ; le Chef était instamment prié d'accepter les plus sincères excuses de tout le village ; rien de tout cela n'était censé manquer de respect à l'égard de nos hôtes ; il leur souhaitait bon retour à Bézam ; tous les habitants de Kosawa leur étaient reconnaissants d'être venus encore une fois à leur rencontre.

Konga a ordonné à Woja Beki de la fermer et de s'écarter.

Nous avions envie de hurler de joie. Nous aurions voulu faire des bonds et applaudir, mais nous nous en sommes abstenus – nous assistions à quelque chose d'extraordinaire dont il ne fallait pas perturber le déroulement.

Konga a tourné les yeux vers le ciel, comme en communion avec les étoiles. Et quand il les a baissés, il a informé les hommes de Pexton qu'ils ne rentreraient pas à Bézam ce soir. Le Chef, le Chétif et Face de lune ont échangé des regards puis ont pouffé, amusés à l'idée qu'un fou menace de les retenir prisonniers. D'une certaine façon, nous avons trouvé ça drôle aussi, mais nous n'avons pas ri parce que Konga l'a répété, lentement cette fois, et sur un ton catégorique : « Messieurs, vous allez passer la nuit à Kosawa avec nous. »

Il était sérieux, ça s'entendait au ton de sa voix et, à l'instant, le Chef l'a compris aussi, car il a cessé de glousser. Il nous a regardés, l'air égaré, nous a demandé ce qui se passait, de quoi le dingue parlait-il, d'abord de manière implorante puis très vite de manière exigeante, déterminé qu'il était à nous arracher une réponse coûte que coûte.

Nous n'avons pipé mot.

Le Chef a lancé un regard noir à Konga. L'homme de Pexton fulminait mais il devait se contenir. Haussant à peine le ton, il a dit à Konga que le jeu auquel il se livrait était désormais terminé, il était temps qu'il lui rende la clé, il préférait ne pas faire usage de la force, s'il devait en passer par là, la soirée se terminerait sûrement mal, il n'en avait pas envie, sachant l'intérêt de Pexton pour Kosawa, par conséquent il valait mieux que Konga lui remette la clé sans faire d'histoires afin que l'incident soit pardonné et oublié.

Personne ne s'attendait à ce que Konga obéisse mais personne n'imaginait non plus qu'il fixerait le Chef d'un air moqueur avant d'éclater d'un rire interminable.

Le Chef s'est tourné vers Woja Beki, qui s'est empressé de s'incliner.

« Reprenez-lui ma clé », a hurlé le Chef à l'autorité suprême de notre village.

Woja Beki n'a pas fait un geste. La raison pour laquelle cette requête lui était adressée nous paraissait évidente

– l'honorable Chef n'allait pas s'abaisser, pas plus que ses hommes, à affronter physiquement un villageois dément.

« Reprenez ma clé à cet imbécile ! » a hurlé de nouveau le Chef.

Woja Beki est resté tétanisé, sans doute avait-il honte, ou plutôt peur de regarder la grosse huile de Bézam dans les yeux.

Ce qui s'est passé ensuite, cela faisait des lustres que nous l'imaginions – certains d'entre nous en avaient rêvé et s'étaient réveillés en souriant –, pourtant notre choc n'en fut pas moins immense lorsque la chose s'est produite, lorsque Konga, qui ne riait plus, s'est avancé vers Woja Beki et lui a craché au visage. Nous avons ri bêtement, horrifiés, le souffle coupé, nous avons fermé à demi les yeux. Sans relever la tête, Woja Beki a essuyé la salive qui avait atterri sur ses lèvres. Sans un regard pour Woja Beki, le Chef, réduit désormais à une boule de fureur gesticulante en état de grande confusion, a repris ses cris, hurlant à tout le monde et à personne de reprendre sa clé au fou, que quelqu'un la récupère immédiatement, sinon les conséquences seraient redoutables.

Aucun d'entre nous n'a fait un geste ni prononcé un mot.

Aucun d'entre nous n'a pris sur lui d'informer le Chef que Konga était intouchable. Nous n'avons pas essayé de lui dire que peu importaient les actes de Konga, peu importait la violence avec laquelle il nous humiliait, nous faisait mal, nous terrorisait, nous ne pouvions pas le toucher parce que nous ne touchions pas les hommes atteints de sa maladie. Nous ne lui avons pas dit que depuis des décennies, personne n'avait touché Konga et personne ne le ferait jamais parce que toucher un fou, c'était aller au-devant de la pire des malédictions.

Si le Chef s'était assis parmi nous, nous lui aurions raconté l'histoire de Konga, l'histoire que nous répétaient nos parents chaque fois que nous tournions Konga en ridicule, chaque fois que nos pères et nos mères nous surprenaient en train de sautiller derrière lui à travers tout le village, en nous moquant de ses cheveux en bataille, de son unique pantalon, de ses ongles sales. Nous lui aurions raconté que Konga n'était pas né fou et que, même si c'était difficile à croire, il avait été jadis un bel homme fier.

Si le Chef nous avait posé la question, nous lui aurions dit que, bien des années avant notre naissance, à l'époque où nos parents étaient des enfants de notre âge, des dizaines de jeunes femmes de notre village se seraient damnées pour devenir la femme de Konga et porter ses fils aux membres aussi longs et fuselés que les siens. Ses parents, depuis longtemps disparus, rêvaient des petits-enfants que leur fils unique leur donnerait. Il excellait en tout, les cultures, la chasse, la pêche. À l'occasion, nos parents nous soutenaient que Konga avait les qualités requises pour être ce qu'il voulait – il était destiné à avoir une belle vie. Mais un jour, un jour de grande chaleur, il avait commencé à se plaindre d'entendre en permanence des voix. Elles se moquaient de lui, disait-il à ses parents, elles le suppliaient de mettre fin à ses jours, lui racontaient qu'il vivrait éternellement. La nuit, elles lui apparaissaient en rêve et, le jour, elles surgissaient de recoins sombres sous la forme d'hommes, de femmes et d'enfants qui reposaient en terre depuis si longtemps qu'ils avaient pratiquement perdu toute leur chair. Bien décidées à ne jamais le laisser tranquille, elles le tarabustaient dans une langue qu'il ne comprenait pas, l'entouraient dès qu'il s'installait pour manger, le poursuivaient sans cesse.

Ses parents l'avaient emmené chez le marabout du village mais celui-ci avait avoué son impuissance – un esprit vengeur s'était emparé de la santé mentale de Konga afin de punir un de ses ancêtres qui, bien des siècles avant sa naissance, avait commis un acte odieux. Konga passerait sa vie à l'expier ; l'esprit ne pouvait être apaisé. La seule chose à faire, avait conseillé le marabout, était de laisser la porte de leur case ouverte afin que Konga puisse aller et venir à sa guise ; de disposer une natte à l'extérieur afin qu'il puisse dormir dans un endroit décent les nuits où les voix l'y autorisaient.

À notre naissance, cela faisait vingt ans que Konga dormait à la belle étoile. Ses parents l'ayant laissé sans fratrie, il avait été pris en charge par nos mères qui lui apportaient à tour de rôle nourriture et eau sous le manguier. Certains jours, il détestait sa pitance et buvait l'eau. D'autres, il la laissait en plan jusqu'à ce que les mouches s'en repaissent, les fourmis passent dessus, les chèvres renversent les bols contenant les restes. Nos mères soupiraient en rapportant les récipients à la maison pour mieux les remplir de nourriture la prochaine fois que venait leur tour. Konga passait la plupart de ses après-midi sous le manguier, à moitié nu, à gratter une peau qui n'entrait en contact avec l'eau que les jours de pluie, ou à se curer le nez. Il lui arrivait de chanter une chanson d'amour, les yeux clos, comme s'il avait jadis été le protagoniste d'une grande histoire d'amour. Parfois, il délivrait de sages conseils à ses amis invisibles ou sermonnait des crétins que personne ne voyait, il agitait les bras, le visage de plus en plus crispé à mesure qu'il haussait le ton pour souligner un argument auquel on ne comprenait rien. Il assistait à tous les mariages et enterrements, il observait la cérémonie de loin et ne se joignait ni aux danses ni aux pleurs, mais il ne participait jamais aux réunions de village. Les jours de réunion, il restait dans la cour de l'école, indifférent à notre détresse. Nous le croyions incapable de colère si ce n'est à l'égard des voix dans sa tête et de l'esprit qui l'avait détruit. Nous le croyions indifférent à tout ce qui l'entourait, à l'exception de ses besoins immédiats et des fantômes à sa suite.

Pourtant, lors de cette soirée, tandis qu'il brandissait la clé dans son poing fermé, nous avons su qu'il était capable de colère contre les hommes, une colère qui s'exprimait sans ambiguïté quand il affirmait au Chef qu'il ne pouvait l'atteindre.

Épuisé de vitupérer à l'adresse d'un auditoire aussi peu réactif, le Chef a cessé de crier et poussé un énorme soupir. Il a secoué la tête. Il venait de comprendre qu'il ne nous convaincrait pas de reprendre la clé à Konga et que, en effet, il ne pouvait rien faire contre un fou dans un obscur village, à des kilomètres du siège de Pexton. Le Chef ne nous inspirait aucune compassion – nous n'avions pas cette capacité –, occupés que nous étions à nous délecter de son désarroi. À côté de lui, Konga chantait et virevoltait. Il agitait la clé devant le visage des hommes de Pexton, batifolait avec la même gaieté qu'un jeune homme le jour de son mariage et leur répétait à l'envi qu'ils allaient passer la nuit avec nous, peut-être beaucoup de nuits, quel privilège merveilleux leur échoyait !

Le Chef a fait signe à ses hommes d'approcher. Il leur a chuchoté longuement à l'oreille. Face de lune et le Chétif hochaient la tête, et tous trois jetaient des coups d'œil de côté à intervalles réguliers tandis qu'ils tentaient d'élaborer une stratégie qui leur permettrait de récupérer leur clé et qui, espéraient-ils, impliquerait le moins d'avilissement possible.

Apparemment satisfaits de leur plan et convaincus de sa solidité, ils ont fait un pas en direction de Konga, ignorant la malédiction qui les retiendrait prisonniers, eux et leur descendance, à partir de cette nuit et jusqu'à l'éternité. Nous nous sommes penchés en avant. Les hommes de Pexton ont fait deux autres pas en direction de Konga. Konga a porté la clé à sa bouche.

« Encore un pas et je l'avale », leur a-t-il dit.

Nous avons retenu notre souffle. Il le ferait. Nous savions qu'il le ferait. Les hommes de Pexton l'ont compris aussi car le Chétif a vacillé et le visage de Face de lune est devenu plus rond encore, et, soudain, ils ont eu l'air d'enfants perdus dans une forêt pleine de dangers.

Notre attention a été détournée par Woja Beki. Il avait repris la parole et implorait Konga de ne pas couvrir le village de honte. Il l'a supplié une bonne minute, l'appelant fils du léopard à la voix plus mélodieuse que la musique, à l'éclat plus violent que celui du soleil. Il a rappelé à Konga l'amour que nous lui portions, la chance que nous avions de l'avoir parmi nous, la joie de tout Kosawa le jour de sa naissance, le…

Le Chef l'a interrompu en le sommant de cesser de débiter des âneries ; sa voix avait perdu toute trace de politesse. Il criait de plus en plus fort – en regardant ses sous-fifres continuer de hocher la tête à chacune de ses paroles – que tout cela était des âneries, de pures âneries. Ce à quoi Konga lui a répliqué qu'il devait clarifier la nature des âneries en question et le Chef a répondu que l'idée d'un fou l'empêchant, lui, l'honorable représentant de Pexton, de rentrer chez lui était l'exacte définition d'une ânerie.

Konga était plié en deux de rire. Plongés désormais dans une sorte de transe, nous aurions à peine pu bouger un muscle du visage. Woja Beki nous a tirés de notre état de sidération en se rapprochant de nous pour nous demander d'une voix tremblante si nous allions continuer à rester les bras ballants alors que Konga faisait affront à nos hôtes – des hôtes qui avaient fait plusieurs heures de route uniquement pour nous assurer que nos ennuis seraient bientôt terminés.

Personne n'a réagi.

« Si nos honorables hôtes ne sont pas de retour à leur bureau demain matin, a poursuivi Woja Beki, des soldats viendront au village demain soir pour les chercher. Et je peux vous garantir que, une fois les soldats là, ce ne sera pas joli. Ils ne nous demanderont pas pourquoi nous n'avons rien fait pour stopper Konga. Ils ne prendront pas en compte le fait qu'il soit incontrôlable. Ils se contenteront de nous punir. Ils nous massacreront, tous sans exception. »

Nous avons échangé des regards.

« Vous mettez ma parole en doute ? » a repris Woja Beki. N'est-ce pas le mois dernier seulement que nous avons appris que des soldats avaient réduit un village en cendres au prétexte qu'un homme avait fendu le crâne d'un percepteur à la machette sous le coup de la colère ? Où sont les habitants de ce village aujourd'hui ? Ne dorment-ils pas éparpillés à même le sol chez des parents ? Diraient-ils maintenant que cela valait la peine de perdre leurs foyers pour le seul intérêt d'un homme sans considération ? Si les soldats ont fait subir ce sort à ces gens, pourquoi ne nous le feraient-ils pas subir ? Ce pays est un pays d'ordre, mon cher peuple : si nous ne montrons pas le respect imposé par la loi à nos amis, nous en paierons le prix. Je vous en supplie à genoux, ne laissez pas une chose pareille nous arriver. Vous ne direz pas que je ne vous ai pas prévenus. Les soldats se ficheront de savoir que l'épisode de ce soir était l'œuvre d'un homme dément. Ils nous transperceront tous de leurs balles jusqu'au plus petit enfant.

Les hommes de Pexton ont hoché la tête, ce qui nous est apparu comme un avertissement, Woja Beki disait vrai.

Notre transpiration réunie aurait pu remplir un puits à sec lorsque nous avons compris le sort probable qui nous attendait. Nous savions de quoi les fusils étaient capables mais nous n'avions pas envisagé de mourir sous les balles.

Un de nos grands-pères s'est levé puis il s'est tourné vers Konga qui continuait de se balancer en souriant de toutes ses dents.

« S'il te plaît, nous ne voulons pas de soldats dans notre village. S'il te plaît, Konga Wanjika, fils de Bantu Wanjika, je te supplie de rendre leur clé à ces hommes. Ton père était mon petit-cousin et c'est en son nom que je m'exprime. Ne nous procure pas davantage de souffrances. Laisse tomber la clé par terre et je la ramasserai pour la leur donner. Va chercher leur chauffeur là où tu l'as caché. Puis souhaitons-nous bonne nuit et rentrons chez nous. »

Nous avons cru que Konga tiendrait compte du conseil prodigué par un homme éclairé par l'âge, un homme qui avait vécu longtemps et savait faire la distinction entre le bien et le mal. Nous avons cru que le fou se rappellerait qu'il était de notre devoir d'obéir aux anciens et de vénérer les paroles d'un sage, une leçon qui nous avait été enseignée sans relâche depuis notre plus tendre enfance. Dans notre confusion, nous avons oublié que les enseignements inculqués à Konga depuis sa naissance avaient été balayés par la perte de sa santé mentale, que l'esprit vengeur les avait dilués et arrachés à son cerveau en passant par ses oreilles. Désormais, Konga s'apparentait davantage à un nouveau-né qu'à un adulte, sans notion du temps, du passé et de l'avenir, à peine conscient du monde spirituel d'où nous venions tous et auquel nous retournerions. Et quand il a glissé la clé dans son pantalon en riant à gorge déployée, nous nous sommes rappelé à quel point il était fou.

« Donne-lui la clé ! » a crié une de nos mères.

Les autres mères se sont jointes à sa supplique. « S'il te plaît, disaient-elles, on ne veut pas que les soldats viennent ici. S'il te plaît ! »

« Allez-vous rester sans rien faire à regarder un fou convoquer l'horreur dans vos cases ? a demandé le Chef à nos pères et grands-pères assis au premier rang en les regardant l'un après l'autre. Vous avez envie de mourir pour lui ? »

Peut-être les soldats étaient-ils déjà en route pour Kosawa en ce moment même, répétait-il. Nous devions considérer ses paroles comme un dernier avertissement : soit nous récupérions sa clé auprès du fou, soit nous nous préparions à ce que le sang soit versé.

Un murmure angoissé est monté de l'assistance. Nous avions une vision très précise de ce qui nous attendait. Nous avons vu notre village détruit, empoisonné, massacré. Et Konga serait responsable de notre perte.

Nous ne voulions pas jouer le moindre rôle dans cette folie.

Le Chef a désigné nos jeunes hommes dans le fond de l'assistance et demandé que des volontaires s'avancent, quatre jeunes hommes costauds pour l'aider à reprendre sa clé à Konga.

Aucun n'a fait un geste – certes, nous voulions tous éviter une boucherie, mais qui parmi nous aurait osé toucher un fou ? Woja Beki s'est approché du Chef et lui a chuchoté à l'oreille.

« C'est une plaisanterie ou quoi ? » s'est étonné le Chef, en proie à un mélange de choc, de pitié et de dégoût.

Beki a secoué la tête. Le Chef nous a regardés comme s'il découvrait à l'instant que nous étions issus d'un autre royaume, un royaume où les lois en vigueur ne ressemblaient en rien à celles qui s'appliquaient aux humains ordinaires.

« Comment pouvez-vous croire à une chose pareille ? s'est-il indigné en agitant les bras, exaspéré. Personne ne meurt d'avoir touché un fou. Personne n'est jamais mort d'avoir touché un fou. Quelqu'un dans cette assistance le comprend-il ? »

Comment aurait-il pu concevoir des lois qui n'avaient pas été gravées dans son cœur ?

« Récupérez ma clé immédiatement, sinon demain vous le regretterez », a-t-il ordonné.

Woja Beki a pris une profonde inspiration. D'une voix qu'on aurait crue empruntée et pour laquelle il se devait d'être aux petits soins au risque de la restituer en mauvais état, il s'est tourné vers les jeunes hommes au fond de l'assistance et leur a dit que l'avenir de Kosawa reposait entre leurs mains.

« Vos pères ne peuvent pas se battre, a-t-il poursuivi. Vos mères sont âgées, vos épouses sont des femmes, vos enfants sont faibles. Si vous n'agissez pas, qui le fera ? Si vous continuez à ne pas bouger pour empêcher Konga de faire du mal, je vous garantis que le vent transportera des chansons qui parleront d'un village dévasté en raison de la lâcheté de ses jeunes hommes. »

Un des jeunes gens s'est détaché du groupe. Il s'est porté volontaire d'une voix aussi mal assurée que celle de Woja Beki. Sa femme s'est mise à crier, elle l'a supplié de renoncer. D'un filet de voix, sa mère l'a supplié aussi. Son père s'est détourné.

Woja Beki a hoché la tête et lui a fait un petit sourire pour lui témoigner sa gratitude.

Trois autres jeunes gens se sont avancés. On va le faire, ont-ils dit.

Ne le faites pas, se sont récriées certaines voix dans toute la place. Faites-le, ont hurlé d'autres voix. Vous voulez qu'ils soient maudits pour toujours, eux et leur descendance ? répondaient ceux qui étaient contre, dont beaucoup se sont levés. Vous voulez qu'on se fasse tous tuer demain matin, répliquaient ceux qui étaient pour, tout aussi furieux. Il doit bien y avoir un autre moyen. Non, il n'y en a pas.

Les querelles ont commencé. Bruyantes, violentes, acharnées.

Si nous leur tenons tête ce soir, nous avons une chance de recouvrer notre liberté, disaient certains. Nous n'avons pas besoin de liberté, nous avons besoin de rester en vie, leur opposaient d'autres. Montrons-leur que nous aussi nous sommes des humains. Les soldats vont nous abattre. L'Esprit a dépêché Konga pour nous faire savoir que nous pouvions et que nous devions nous battre. Nous battre avec quoi ? Nous battre avec ce que nous avons. Qu'avons-nous hormis des lances ? Nous avons des machettes, des pierres et de l'eau bouillante. Comment pouvez-vous être assez bêtes pour penser que vous avez une chance ? Konga nous a démontré que nous avions toutes les chances de réussir. Konga est fou. Peut-être est-ce de folie que nous avons besoin. Comment pouvez-vous dire une chose pareille ? Il fut un temps où nous étions un peuple courageux, le sang du léopard coule dans nos veines – quand l'avons-nous perdu de vue ? Demain, nous serons morts – c'est ce que vous voulez ?

Tout le monde s'était levé et criait ; personne ne s'écoutait. Konga et le Chef se menaçaient mutuellement du poing. Entre eux deux, les quatre jeunes gens hésitaient sur le clan à soutenir. Une grande majorité d'entre nous, les enfants, se sont mis à pleurer, triste rumeur noyée dans le chaos qu'était devenue notre vie. Certains pleuraient parce qu'ils avaient peur de la mort annoncée pour le lendemain, d'autres à cause de la maladie qui les conduirait peut-être à la mort le mois d'après.

Nous connaissions tous la vérité : la mort était proche.

Lorsqu'il a commencé à être évident que la réunion ne se terminerait jamais, Lusaka, le père de Wambi, notre camarade de classe décédé du même âge que nous, s'est levé et s'est avancé sur le devant de l'assistance. Il a tapé dans ses mains pour attirer l'attention. Et il a continué de taper dans ses mains tandis que les murmures déclinaient jusqu'à ce que chacun se soit rassis et garde le silence.

Il était l'un des hommes les plus paisibles de Kosawa et prenait rarement la parole. Par conséquent, chaque fois qu'il s'exprimait, tout le monde l'écoutait. La perte de ses fils l'avait rétréci, rendu plus petit qu'il n'était ; en revanche, il avait semblait-il grandi en sagesse.

« Nous ne parviendrons pas à un accord ce soir, a-t-il dit, suscitant l'approbation de nos mères, de nos pères, de nos grands-mères et de nos grands-pères, de tous à de rares exceptions près. J'aimerais vous proposer une solution, ne serait-ce que pour mettre un terme provisoire à ces chamailleries. Laissez-moi emmener ces hommes chez moi et laissez Konga faire ce qu'il a envie de faire avec leur chauffeur et leur clé. Je leur fournirai un lit et demain matin, ma femme leur apportera un petit déjeuner. Après qu'ils auront mangé, je leur montrerai les tombes de mes fils morts à cause de leur poison. Je leur montrerai les tombes de tous les enfants que nous avons enterrés et ils les compteront pour savoir leur nombre et ne jamais l'oublier. Après quoi, nous les garderons prisonniers jusqu'à ce que leur employeur cesse de nous tuer.

— Prisonniers ? s'est insurgé le Chef. Pour qui vous prenez-vous ?

— Qu'est-ce qui te fait croire que Pexton nous laissera tranquilles parce que nous retenons ses hommes prisonniers ? a crié un de nos pères à Lusaka.

— Et combien de temps proposes-tu de les garder ? a ajouté un autre.

— Tu es plus fou que Konga si tu crois pouvoir manipuler les gens de Bézam. »

Le brouhaha a repris – tout le monde parlait, personne n'écoutait. Les hommes de Pexton ainsi que Woja Beki nous regardaient comme si nous avions tous perdu la tête. Plusieurs de nos grands-pères se sont levés pour houspiller Lusaka : comment pouvait-il être assez naïf pour penser que Pexton s'inclinerait devant nos menaces et nos exigences ? D'où tirait-il l'idée que Pexton se sentirait concernée ? Que se passerait-il demain quand les soldats arriveraient avec assez de balles pour tuer tout ce qui bouge ?

« Quand les soldats arriveront, a répondu Lusaka, on leur dira que, si d'aventure ils tuaient l'un des nôtres, on tuerait ces hommes.

— Et s'ils s'en fichent ? a crié une mère. Et s'ils nous laissent les tuer et nous tuent ensuite ? Est-ce que Pexton accorde du prix à la vie de ses hommes ?

— Oui ! » a répondu Konga, sa voix de stentor imposant le silence à tout le monde. Pexton ne permettrait pas qu'il arrive quoi que ce soit à ses hommes parce que Pexton les aimait.

La plupart de nos grands-pères ont acquiescé, comme s'ils en avaient déjà eu la preuve.

On l'a cru aussi, car il était désormais évident que l'Esprit s'était emparé de Konga. Devenu fou et ayant perdu toute notion du passé proche ou lointain, il n'avait aucun moyen de connaître les sentiments de Pexton à l'égard de ses hommes. Donc, c'était forcément l'Esprit qui parlait par sa bouche. Là-dessus, nous n'avions aucun doute – l'Esprit était parmi nous et nous enjoignait d'oser. Ceux d'entre nous qui avaient pleuré ont séché leurs dernières larmes sur leurs joues. Nos mères et nos pères ont chuchoté entre eux en hochant la tête, ils ont poussé un énorme soupir de soulagement et hoché la tête de nouveau.

Lusaka a tapé dans ses mains pour faire taire tout le monde.

« C'est simple, a-t-il dit doucement. Si Pexton ne cesse pas de tuer nos enfants, je tuerai ces trois-là de mes propres mains parce qu'ils sont ses enfants. »

Aucun son n'est monté de l'assistance sur la place du village.

Lusaka a souhaité bonne nuit à tout le monde et il est parti en direction de sa case.

Konga a ordonné aux quatre jeunes hommes de se saisir des représentants de Pexton et de Woja Beki et de suivre Lusaka.

« Je vous interdis de me toucher », a dit le Chef.

Les jeunes hommes l'ont défié.

Chacun s'est emparé d'un homme, qui a résisté à sa façon – le Chef s'est débattu, ses subordonnés ont donné des coups de pied et des coups de poing dans l'air, Woja Beki a agité le doigt et, les dents serrées, a ordonné aux jeunes hommes d'arrêter, leur rappelant qu'il était leur chef, que le sang du léopard coulait plus fort dans ses veines, que c'était lui qui commandait, qu'ils feraient bien de ne pas l'oublier. Konga a demandé à quatre autres jeunes hommes de venir prêter main-forte. Huit se sont précipités sur le devant de l'assistance, l'oncle de notre amie Thula était parmi eux – un jeune homme qui s'appelait Bongo, et si zélé pour mettre un terme à notre malheur qu'il faisait l'admiration de tous, d'autant plus qu'il n'avait pas encore d'enfants. Cernés par douze hommes, les prisonniers se sont moins débattus, ont juré davantage. Leurs voix se sont estompées. Les gémissements des femmes et des enfants de Woja Beki sont devenus plus audibles. Deux de ses enfants étaient dans notre classe. On n'a pas fait un geste pour les consoler, ça faisait longtemps qu'on ne les aimait plus.

Konga nous a remerciés d'être venus et a annoncé la fin officielle de la réunion. Puis il nous a souhaité bonne nuit.

« Demain, a-t-il dit, tout va changer. »

Certains d'entre nous sont rentrés la peur au ventre. D'autres sur un nuage, emplis de joie et de légèreté. Notre amie Thula, songeant à son père absent et sans doute mort, marchait la tête basse, en tenant la main de son petit frère, Juba, un enfant qui était mort à cause du poison de Pexton et était revenu à la vie grâce à la clémence de l'Esprit. Derrière eux, leur mère et la mère de leur père avançaient lentement, espérant, du moins l'imaginait-on, avoir rapidement des réponses quant au sort de leur mari et fils. À l'image de toutes les familles de Kosawa, les Nangi voulaient être libérés de leur souffrance. Ce soir-là, nous étions tous gonflés d'espoir – nous espérions malgré la peur.

Demain, les soldats arriveraient et il se pouvait que, le soir venu, nous soyons morts.

Demain, Pexton capitulerait et il se pouvait que nous vivions jusqu'à notre vieillesse.

Nous nous sommes efforcés de ne pas penser à l'avenir. Nous voulions nous accrocher à cette soirée aussi longtemps que possible, savourer cet optimisme qui nous avait envahis, l'infime promesse de la réussite. Nous voulions être emportés par la folie comme Konga et jouir de ce bref bonheur téméraire, envisageant nos nouvelles vies en conquérants.

Ils avaient crié victoire trop vite. Ce soir, nous leur avions déclaré la guerre, et demain matin nous attendrions leur arrivée.

Ils auraient dû savoir que nous ne capitulerions pas aussi facilement.

Thula

IL FAIT BON DANS LA CASE et pourtant je claque des dents. Mon esprit bat la campagne, il me force à imaginer le sang qui jaillit de mon ventre après qu'une balle l'a traversé. Je me demande combien de balles il faudrait pour me tuer – à quoi ressemblerait mon cadavre. J'ai passé toute ma vie en compagnie de la mort mais je la redoute. Son mystère me déconcerte. Comment se fait-il que quelqu'un puisse être là et pas là, dans notre monde en l'ayant quitté aussi, le nez fermé à l'air, les yeux qui ne s'ouvrent pas, la bouche scellée, un humain mais une chose. Je déteste ce monde et pourtant je ne suis pas pressée de le quitter. J'ai envie de vivre longtemps pour voir à quoi ressemble la vie après une enfance boiteuse, mais je sais que la mort est impatiente de me réclamer – il se peut que demain je commence mon voyage pour retrouver Papa. Un jour, après l'enterrement d'un de mes amis, je lui avais demandé comment se déroulait le passage entre ce monde et le suivant, était-ce une expérience solitaire et pleine de pièges ? Il m'avait répondu qu'elle était différente pour chacun, tout dépendait de la vie qu'on avait menée, des paroles qui ne m'avaient pas rassurée.

« Tu ne mourras pas avant longtemps, Thula », avait dit Papa.

Un mensonge, nous le savions tous les deux – quel être humain pouvait garantir à un autre qu'il aurait une longue vie ?

Maman noue la corde qui maintient fermée la porte de la case. Ses mains tremblent tandis qu'elle multiplie les nœuds, manifestement convaincue qu'une porte en bambou fermée à double tour empêchera les soldats de nous atteindre. Elle se dépêche de faire de même à la porte de derrière. Juba et moi sommes dans la pièce commune en compagnie de notre grand-mère, Yaya – Juba est assis sur ses genoux et moi sur un tabouret à côté d'elle. D'une main, Yaya caresse la tête de Juba et, de l'autre, elle m'entoure les épaules. À l'exception des bruyants efforts de Maman, la case est silencieuse. Kosawa est silencieux.

« Mes chers enfants, allons nous coucher. Nous avons besoin d'une bonne nuit de sommeil pour affronter ce que demain nous réserve, dit doucement Yaya, qui fait preuve d'un calme que je ne lui ai pas vu depuis le départ de Papa. Si quiconque vient dans le but de nous prendre quelque chose, nous le lui donnerons, même s'il s'agit de nos vies.

— Bongo et tous les hommes du village sont réunis, ils affûtent leurs machettes, annonce Maman d'une voix mal assurée en revenant dans la pièce. Si ces soldats s'imaginent pouvoir débarquer ici et...

— Mais, Maman, les soldats ont des fusils », dis-je en retenant mes larmes. Papa m'avait prévenue avant son départ : ne pleure jamais à moins de le devoir. « À quoi des machettes peuvent-elles nous servir ?

— Jakani et Sakani s'en occupent », répond Maman.

Je ne pose pas d'autre question. Les jumeaux – le marabout et le guérisseur du village – sont capables de miracles. Ils se situent au-delà de l'humain mais sont mortels, eux aussi peuvent mourir.

« Cette nuit, nous dormirons tous dans ma chambre, annonce Yaya, le regard perdu au loin. Nous rêverons le même rêve, Papa et Grand-Papa nous apparaîtront peut-être. »

Personne ne dit plus rien, l'oreille tendue vers le silence qui règne à l'extérieur. Yaya est la première à se lever, en s'appuyant sur sa canne. Juba et moi la suivons dans sa chambre. Sans nous rincer la bouche ni même enfiler notre tenue de nuit, nous nous allongeons contre elle. Maman s'installe par terre, personne à son côté pour la réconforter à présent que Papa est parti et que la tradition lui interdit à jamais de partager sa couche avec un autre homme. J'entends Juba et Yaya s'endormir – leur souffle se transforme en légers ronflements – mais je sais que, comme moi et comme la plupart des habitants de Kosawa, Maman restera éveillée toute la nuit ; la vie n'apaise facilement que les plus jeunes et les plus âgés. Rien ne peut empêcher mes pensées de se ruer jusqu'à ce moment où Maman, Yaya et Juba se feront massacrer sous mes yeux. Je me demande combien de temps j'oscillerai entre ce monde et le suivant avant de retrouver mes ancêtres qui, je l'espère, m'accueilleront et m'apprendront à me sentir chez moi dans leur monde. Pourvu qu'ils m'aident à oublier les rares bonnes choses de cette vie. Peut-être n'aurai-je pas de mal à m'habituer à cette contrée qui dépasse l'imagination – Papa et Grand-Papa y sont déjà. Maman, Yaya, Juba et Bongo m'y accompagneront. Nous serons à nouveau réunis, mais d'abord, il nous faut mourir.

Dans le plus ancien de mes souvenirs, Papa et Maman me mettent en garde contre le fleuve dont je ne dois approcher sous aucun prétexte. Sans leur avertissement, comment aurais-je su que, d'ordinaire, les fleuves ne charrient pas de pétrole ni de déchets toxiques ? Sans les histoires de leur enfance que nos parents nous ont racontées, à une époque où ils vivaient dans un village sain, passaient leurs journées à se baigner dans des cours d'eau non pollués, comment mes amis et moi aurions-nous su que l'étrange fumée qui enveloppait Kosawa par intermittence et nous faisait larmoyer, renifler, n'était pas chose normale dans la vie des autres enfants de notre âge ?

L'année de ma naissance et de celle de mes amis, alors que certains d'entre nous tétaient leur mère quand la majorité vivaient leurs derniers jours au pays de ceux à naître, un puits de pétrole avait explosé aux Jardins. Nos parents et grands-parents nous ont raconté que, avec le souffle de l'explosion, du brut et de la fumée avaient été projetés dans le ciel par-delà la cime des arbres, l'air avait été empli de suie, un spectacle que tous avaient interprété comme un présage, n'en ayant jamais vu de semblable. Cependant, l'année de nos six ans, nos parents avaient saisi l'ampleur de la malédiction que représentait le fait de vivre au-dessus d'un gisement de pétrole, ils s'étaient rendu compte que, ce jour-là, ils n'avaient pas vu de présage mais la tête d'un puits de pétrole endommagée qui aurait dû être remplacée depuis longtemps. Mais pourquoi Pexton la remplacerait-elle dans la mesure où nous étions pratiquement les seuls à payer le prix de sa négligence ?

J'ai cinq ans, un soir où Papa et moi sommes installés sous l'auvent de la case, je lui demande pourquoi les champs pétrolifères ainsi que les habitations des ouvriers de Pexton tout autour s'appellent les Jardins quand aucune fleur n'y pousse. Papa réfléchit, il rit, puis me dit : « Les Jardins sont une sorte de jardin différent, Pexton est une sorte de jardinier différent ; le pétrole est sa fleur. » Je demande ensuite à Papa si les pipelines qui partent des Jardins ont une fin – ils semblent courir à l'infini, s'enroulent autour de notre village, traversent le fleuve et nos cultures avant de s'enfoncer dans la forêt, leur extrémité invisible. Papa me dit que toute chose a un commencement et une fin ; dans le cas des pipelines, ils commencent aux puits de pétrole et se terminent dans une ville éloignée située au bord de l'océan, à des heures en bus de Kosawa. Une fois dans cette ville, le pétrole est chargé dans des conteneurs et expédié à l'étranger, dans un pays qui s'appelle l'Amérique.

J'interroge Papa sur l'Amérique, y a-t-il autant de gens qu'à Kosawa ? Papa me dit que, d'après ses souvenirs d'école, l'Amérique compte environ sept mille habitants dont la plupart sont des hommes de grande taille – aux Jardins, le contremaître est originaire d'Amérique, ses amis et lui sont venus à Kosawa pour se procurer du pétrole afin que leurs autres amis en Amérique puissent en mettre dans leurs voitures. En Amérique, tout le monde a une voiture, me dit Papa, parce que les minutes et les heures y passent si vite que les gens ont besoin de voitures pour se rendre rapidement où ils doivent aller et faire tout ce qu'ils ont à faire avant le coucher du soleil. Je lui demande si, un jour, je pourrai avoir ma propre voiture et utiliser un peu de notre pétrole. Ma question fait sourire Papa, il me dit : « Bien sûr que tu pourras avoir ta propre voiture, pourquoi pas ? Mais veille à en acheter une assez grande pour pouvoir m'emmener à la chasse, ainsi je ne me fatiguerai plus à marcher jusqu'à la forêt. » Comme je déteste Pexton, je lui dis que je ne veux pas de leur pétrole dans ma voiture et que je devrai donc acheter une voiture qui ne marche pas au pétrole. Papa m'explique que toutes les voitures marchent au pétrole mais je n'en démords pas, la mienne sera différente. Mon délire fait pouffer Papa. Puis il est pris d'un fou rire dévastateur qu'il me communique, le plaisir que je lis dans ses yeux me réjouit le cœur.

Où est Papa ? Que lui a-t-on fait subir à Bézam ? Est-il possible qu'il soit toujours en vie ?

Les premiers jours, lorsqu'il n'est pas revenu de sa mission, je m'imaginais assise sous l'auvent de la case, plus très jeune, fatiguée, les cheveux gris, attendant toujours Papa, attendant qu'un vieil homme se présente et me dise : « Thula, c'est moi, ton père, Malabo Nangi. Je suis revenu pour que nous puissions continuer à bavarder et rire sous l'auvent de la case. » Qu'est-ce que je répondrais à ce vieil homme ? Qu'est-ce qui pourrait rattraper la perte de mon ami le plus cher, de mon adorable Papa qui, contrairement aux autres pères de Kosawa, comptait les étoiles la nuit avec sa fille, se demandait, comme moi, si les brins d'herbe vivaient dans la peur du jour où ils seraient piétinés, me rappelait de ne jamais oublier ce que ça faisait d'être enfant, une fois grande, de ne jamais oublier ce que ça faisait d'être petite et d'avoir besoin d'être protégée, la plupart des souffrances de par le monde étaient le fait de gens qui avaient oublié qu'eux aussi jadis avaient été enfants.

Papa voulait avoir beaucoup d'enfants, mais il n'a eu que Juba et moi.

Je ne lui ai jamais demandé, pas plus qu'à Maman, la raison pour laquelle Juba et moi avons six ans de différence. En revanche, je me rappelle que la doctoresse du ventre était venue voir Maman plusieurs fois quand j'avais quatre ans et que Maman avait pleuré après son départ quand j'avais cinq ans. Je me rappelle Papa, dans ces moments-là, qui m'accompagnait sous l'auvent de la case pendant que Yaya réconfortait Maman dans la chambre.

Le regard perdu dans le lointain, Papa me demandait si j'avais envie de lui raconter une histoire. Je répondais par l'affirmative et lui racontais la seule histoire que je connaissais, celle que tous les enfants de Kosawa connaissent par cœur, celle des trois frères partis dans la forêt relever leurs pièges et qui découvrent une femelle léopard prise dans l'un d'eux.

« S'il vous plaît, délivrez-moi, demande en pleurant la femelle léopard aux trois frères ; il faut que je rentre chez moi retrouver mes petits, je suis prise dans ce piège depuis plusieurs jours et ils n'ont personne pour les protéger. »

Les trois frères avaient discuté à n'en plus finir – les léopards étaient rares et en rapporter un au village leur porterait chance. D'un autre côté, les larmes de la femelle léopard trahissaient sa détresse. Finalement, les trois frères avaient choisi de la laisser rentrer chez elle retrouver ses petits. Pour les remercier, la femelle léopard s'était fait une entaille à la patte et avait demandé à chacun des frères de se couper le doigt à l'aide de sa lance. Elle avait noué un pacte de sang avec les trois, accompagné de ces mots : « Je vous donne mon sang, il coulera dans vos veines et dans celles de vos descendants jusqu'à ce que le soleil cesse de se lever. Tous ceux qui chercheront à vous détruire échoueront, car votre détermination forgée par mon pouvoir vous fera gagner. À présent, allez et vivez comme des hommes invincibles. »

De retour dans leur village, les trois frères avaient empaqueté leurs biens et étaient partis fonder un autre village, dans lequel chaque enfant grandirait pour devenir aussi redoutable et digne qu'un léopard. Les trois frères avaient créé Kosawa et désigné leur aîné comme le woja du village, car le sang de la femelle léopard était plus perceptible dans la force qui lui permettait de marcher sur les serpents et les scorpions. Et c'est grâce à ces trois frères que nous étions de ce monde.

Après avoir fini l'histoire, j'attendais en silence que Papa me félicite, toujours d'un petit sourire.

Parfois, il me demandait de lui chanter le chant que nos ancêtres entonnaient en posant les fondations de Kosawa, le chant qui deviendrait plus tard l'hymne de notre village. J'ai une voix de crécelle et je n'éprouvais aucune fierté à m'en servir, mais je sentais que le cœur de Papa avait besoin de baume, alors je chantais pour lui : « Fils du léopard, filles du léopard, que ceux qui nous veulent du mal prennent garde, jamais notre rugissement ne sera réduit au silence. »

D'autres fois, Papa restait silencieux et je n'ajoutais rien car je ne pouvais lui donner ce qu'il désirait ardemment. Comme Papa et Maman, il ne me restait qu'à attendre le jour où la doctoresse du ventre viendrait chez nous et repartirait le sourire aux lèvres. Ce qui s'est passé le jour où le ventre de Maman est devenu enfin assez gros pour que tout Kosawa constate que le rêve de Papa d'avoir un fils était sur le point de se réaliser.

Le soir de la naissance de Juba, Papa m'a soulevée du sol et m'a fait tournoyer au milieu de nos rires, ses yeux brillaient d'un bonheur sans nom. Tout le village a chanté et dansé dans notre case jusqu'à ce qu'il ne reste plus de nourriture ni de vin de palme, après quoi tout le monde s'est souhaité bonne nuit. Mais je n'ai pas pu dormir. Chaque fois que Juba pleurait, je me réveillais pour l'aider à faire son rot après que Maman l'avait allaité. Quand il faisait pipi sur mon visage alors que je changeais sa couche, je riais, il était la perfection incarnée. Parfois, j'avais peur que Papa cesse d'être mon meilleur ami quand Juba serait plus grand, qu'ils forment un duo père-fils dont je serais exclue. Mais l'amour que Papa me portait était infini – ce qui arriverait sans doute, c'est que Papa, Juba et moi formerions un trio de meilleurs amis. J'apprendrais à manier la lance, j'irais chasser avec eux et, de retour à la maison, j'aurais le plus beau tableau de chasse que Kosawa aurait jamais vu.

Je me tourne et me retourne. Mon esprit ne trouve pas de repos. À côté de moi, Juba et Yaya dorment d'un sommeil profond. J'hésite à demander à Maman si je peux m'allonger contre elle mais je ne veux pas la réveiller au cas où elle se serait assoupie. Allongée sur le dos, je scrute l'obscurité. Je repense à la façon dont l'air et l'eau de Kosawa sont passés de pollués à mortels.

Bien que Pexton se soit implantée à l'époque où Papa était petit garçon, la compagnie n'est devenue responsable de nombreux décès que depuis trois ans, au moment où elle a décidé de forer un nouveau puits aux Jardins. Avec l'accroissement des déchets rejetés dans les eaux du fleuve, les rares formes de vie restantes ont disparu. En un an, les pêcheurs ont débité leurs canoës et fait un nouvel usage du bois. Les enfants ont commencé à oublier le goût du poisson. L'odeur de Kosawa est devenue celle du brut. Le bruit en provenance du champ pétrolifère a considérablement augmenté ; nous l'entendons jour et nuit dans nos chambres, notre salle de classe, au cœur de la forêt. L'air est devenu lourd.

À la fin de cette première saison sèche, un pipeline a éclaté et les terres agricoles de la mère d'une de mes amies ont été inondées de pétrole – cette année-là, sa famille n'a pratiquement pas eu de récolte ; certains jours, j'ai dû partager mon goûter avec elle à la récréation. Plusieurs semaines après, une autre fuite a pris feu et l'incendie a ravagé les champs de six familles, ce qui a obligé les mères à se mettre en quête de nouvelles terres au fin fond de la forêt, un trajet qui laissait la plupart d'entre elles trop épuisées pour travailler. Comme si ça n'était pas suffisant, le problème des torchères a empiré, la fumée est devenue plus noire. Pour une raison incompréhensible, la fumée soufflait toujours dans notre direction, jamais dans celle des Jardins ni de la belle maison du contremaître américain en haut de la colline. Chaque fois qu'une fuite de pétrole survenait et chaque fois que les torchères brûlaient avec une telle violence que notre peau s'en trouvait toute desséchée et que nous devions hurler pour nous faire entendre et tenter de couvrir les hurlements des flammes, Woja Beki dépêchait un émissaire pour aller parler à un contremaître qui, à son tour, envoyait des ouvriers inspecter les dégâts, rafistoler tant bien que mal les vieux pipelines rouillés et nous assurer que les fuites étaient inoffensives, que l'air était pur et que Pexton se conformait à la loi.

Peu de temps après mes sept ans, deux enfants sont morts en un mois, tous deux avaient de fortes fièvres mais présentaient des symptômes différents.

Papa et les autres hommes de Kosawa ont fabriqué les cercueils et creusé les tombes ; Maman et les autres femmes ont cuisiné pour les familles endeuillées et pleuré de concert avec les mères dévastées. Quant à nous, les enfants, nous avons fait de notre mieux pour que les frères et sœurs des défunts se sentent moins seuls – nous nous asseyions en silence à côté d'eux lorsqu'ils avaient besoin de pleurer et nous les laissions choisir le jeu auquel nous jouerions ensemble lorsqu'ils avaient besoin d'échapper à leur chagrin. Personne ne s'est appesanti sur le fait que deux enfants soient morts en un mois – dans un village où vivaient des dizaines d'enfants, il n'était pas rare que ça arrive. Il a fallu attendre que Wambi, mon camarade de classe, commence à tousser pendant que le reste d'entre nous riaient, puis qu'il vomisse du sang ; il a fallu attendre d'avoir enterré Wambi et que d'autres toux semblables à la sienne résonnent dans la cour de l'école et rebondissent de case en case, que des enfants urinent du sang, que d'autres atteignent des pics de fièvre qu'aucun bain froid ne pouvait calmer, que plusieurs meurent ; il a fallu attendre quelques mois avant que mon frère Juba meure et ressuscite dans les bras de Papa, pour que les parents commencent à se demander s'il était possible que la mort de leurs enfants ait la même cause.

Au début, personne n'a incriminé le champ pétrolifère, il était là depuis des dizaines d'années et, malgré la haine que la compagnie nous inspirait, nous n'avions jamais posé les yeux sur un de nos défunts et fait le rapprochement entre sa mort et Pexton. Depuis longtemps, nous nous étions convaincus que nos corps avaient évolué de façon à supporter les poisons respirés quotidiennement et que, grâce à la miséricorde de l'Esprit, les poisons eux-mêmes n'étaient pas assez puissants pour provoquer des maladies qui ne puissent être guéries par des plantes et des potions.

De nombreux parents étaient persuadés qu'il s'agissait d'une malédiction, d'un sort jeté sur leurs enfants par un parent jaloux d'un autre village – un parent dont la colère était dirigée vers une famille en particulier mais qui s'attaquait aux autres enfants de Kosawa pour donner l'impression qu'elle frappait au hasard, pour empêcher de remonter jusqu'à sa source. À moins que Kosawa n'ait fâché l'Esprit ? À moins que nos parents n'aient besoin d'expier une faute ou une autre pour que leurs enfants soient épargnés ? Jakani, notre marabout, après s'être adressé aux ancêtres, avait assuré à nos parents qu'ils n'avaient nul besoin d'expier – les souffrances des enfants étaient issues de ce monde et non du monde spirituel ; elles étaient engendrées par un poison qui courait dans notre village et pénétrait dans leur ventre. Mais les enfants morts avaient mangé des plats différents, certains aliments avaient été achetés au grand marché de Kolunja maintenant que seule une poignée de familles pouvaient compter sur leurs terres pour subvenir à leurs besoins. Les enfants morts avaient dormi dans des cases différentes – qu'avaient-ils tous touché en commun à part le sol sur lequel ils marchaient, les fruits qu'ils cueillaient aux mêmes arbres ou l'eau du puits qu'ils buvaient ?

Bissau, le meilleur ami de Papa, a été le premier à émettre devant Papa et notre cousin Sonni l'hypothèse que l'eau était la coupable. En un clin d'œil, la théorie s'est répandue à travers tout le village, les parents se demandaient ce que contenait l'eau bue par leurs enfants – comment un poison avait-il pu pénétrer dans un puits couvert ? Woja Beki a convoqué une réunion à laquelle il a convié les responsables en chef des Jardins. Nos parents ont supplié les responsables de prélever un peu d'eau du puits, de la faire examiner et de nous dire si elle était responsable de nos morts. Avares de mots, les responsables ont emporté l'échantillon d'eau. Lorsqu'ils sont revenus des semaines plus tard – l'eau avait été envoyée à Bézam pour être analysée –, ils ont affirmé à nos parents que l'eau était propre à la consommation mais que, par mesure de précaution, il était préférable de la faire bouillir une demi-heure avant de la proposer aux enfants. Tous les soirs, Maman faisait bouillir l'eau deux heures afin que la maladie et la mort nous épargnent, Juba et moi. Ses précautions n'ont pas suffi.

Tout le monde était du même avis, la maladie de Juba n'était pas une maladie ordinaire, il a commencé à se plaindre de douleurs dans tout le corps avant d'être la proie d'une fièvre vertigineuse qui le faisait se tortiller comme un poisson sur la terre ferme. Sakani est passé dans la matinée pour lui administrer une potion mais, le soir venu, Juba était encore plus chaud malgré le linge frais passé inlassablement sur sa peau, sans le moindre effet. Alors qu'il était dans les bras de Papa, il a soudain été pris de convulsions, Maman et Yaya lui ont immobilisé les membres, je me suis détournée, je l'ai regardé à nouveau au moment où son corps devenait amorphe et Maman et Yaya se mettaient à hurler, à le supplier : Réveille-toi, Juba, je t'en supplie, ouvre les yeux. Papa l'a giflé et lui a ordonné d'ouvrir les yeux. Ouvre les yeux immédiatement ! a-t-il crié. Ouvre-les ! Je te l'ordonne.

Papa était toujours en train de gifler Juba quand Bongo est arrivé en trombe accompagné de Jakani, tous deux hors d'haleine d'avoir couru depuis la case des jumeaux à l'autre bout du village. Sans un mot, Jakani a pris des graines dans son panier en raphia et les a mises dans sa bouche ; en faisant claquer ses lèvres, il a sorti un couteau et commencé à entailler la plante des pieds de Juba. Il a craché la bouillie de graines sur tout le corps de Juba en rugissant, en aboyant, en sifflant, le tout en un souffle, puis, dans le suivant, les yeux fermés, il s'est mis à gesticuler avec force en criant des ordres à Juba, il lui a enjoint de rentrer à la maison sur-le-champ, de prendre ses jambes à son cou, de rentrer avant qu'il ne soit trop tard, de tourner à droite, de traverser le pont, de tourner à nouveau à droite, de se méfier des pièges pour les animaux, de ne pas avoir peur des phacochères, de sauter par-dessus la mare, de continuer à courir, de tourner à gauche, de continuer tout droit, d'accélérer l'allure, il fallait qu'il coure plus vite, c'est bien, la case était toute proche, Juba ne devait pas s'inquiéter de saigner des pieds, une fois à la maison, Maman le soignerait, mais pour l'instant il devait se dépêcher, le lion, le chien et le python le talonnaient, ils l'attraperaient si Juba ne courait pas assez vite, arrête de regarder derrière toi, continue à courir, ignore les mangues, oui, elles ont l'air juteuses, s'il était Juba, il aurait envie d'y goûter aussi, mais dès que Juba serait rentré, Maman lui en offrirait de bien meilleures, les plus juteuses du monde, par conséquent, Juba devait lâcher cette mangue et continuer à courir, sortir de la forêt avant que le niveau du fleuve ne monte, si cela devait se produire, Juba ne pourrait plus le traverser pour rentrer à la maison, si les eaux du fleuve étaient trop hautes, Juba serait condamné à passer le reste de sa vie dans la forêt, seul, pour l'éternité, il ne reverrait jamais Papa et Maman, était-ce ce qu'il voulait ?, c'est bien, maintenant il était arrivé au fleuve, il n'avait pas besoin de nager pour le traverser, il lui suffisait de faire un grand bond et il serait rentré chez lui, oui, saute, bien sûr qu'il pouvait le faire, il le devait, il était presque arrivé, le lion, le chien et le python n'étaient pas loin derrière lui, ils l'attraperaient s'il ne sautait pas, il devait sauter, maintenant, saute... à ce stade, Maman, Papa, Bongo, Yaya et moi pleurions, nous suppliions tous Juba de sauter par-dessus le fleuve, saute, s'il te plaît, Juba, saute, s'il te plaît, rentre à la maison, tu peux le faire, Juba, il faut sauter tout de suite, si tu ne sautes pas... Juba a ouvert les yeux.

Le lendemain matin, Papa est debout avant le plus vieux coq du village, il n'a pas dormi de la nuit. Il jette une couverture sur ses épaules, quitte la case en vitesse et fonce chez Woja Beki. Papa ne laisse pas le loisir à Woja Beki de se rincer la bouche pour chasser le mauvais goût laissé par la nuit ou pour retirer les petites crottes qui se sont formées au coin de ses yeux pendant son sommeil. Les salutations sont réduites à leur plus simple expression – j'espère que tu as bien dormi est tout ce que dit Papa, selon Jofi, la troisième épouse de Woja Beki, qui racontera l'entrevue à la moitié des femmes de Kosawa.

Woja Beki est dans la pièce commune, toujours en tenue de nuit, il attend qu'une de ses femmes fasse bouillir l'eau de sa toilette, quand Papa commence à parler d'une voix plus forte qu'il ne convient pour une conversation matinale ; c'est pour cette raison, expliquera Jofi plus tard, qu'elle a pu entendre l'intégralité de l'échange même si elle était loin, elle allumait le feu pour la journée dans sa cuisine, parce qu'elle est cette sorte de femme qui s'occupe de ses affaires et se tient éloignée des racontars sans intérêt.

Papa annonce à Woja Beki qu'il veut aller à Bézam le plus vite possible pour obtenir une audience auprès de hauts fonctionnaires du gouvernement. Il veut avoir des conversations franches avec le plus grand nombre d'entre eux.

Ils devront fixer sa bouche quand il leur expliquera ce que ça fait à un homme de regarder mourir son fils unique à cause de l'abomination qu'ils ont apportée sur notre terre. Peut-être connaissent-ils le nombre d'enfants que Kosawa a enterrés mais ont-ils déjà entendu l'histoire des parents de ces enfants morts ? Savent-ils que les jours, les mois, les années de dur labeur et d'espoir de ces parents ont disparu en un souffle ? Un de ces fonctionnaires a-t-il déjà contemplé impuissant son enfant sans défense ? Il ne va pas continuer d'attendre Woja Beki sans rien faire – quelqu'un doit sauver les enfants du village, car quelles que soient les démarches entreprises par Woja Beki, aucune n'a abouti.

Woja Beki écoute en silence.

Il sait – parce que tout le village l'a su moins d'une heure après que ça s'est produit – que Juba a cessé de respirer et que Jakani l'a ramené à la vie. Woja Beki n'a pas besoin de demander à Papa d'où lui vient cette idée farfelue ; il se contente de hocher la tête puis de la secouer, puis de la hocher encore tandis que Papa jure sur la tête de ses ancêtres que rien ne le retiendra de faire ce qu'il doit faire pour sa famille. Quand Papa a fini de parler, Woja Beki lui répond calmement que, en effet, tout ce que Papa dit est vrai ; il est temps que le village se mette à réfléchir à de nouveaux moyens de résoudre ce problème.

D'une voix où s'entend encore la fraîcheur du matin, Woja Beki reconnaît que toutes les requêtes qu'il a adressées au gouvernement pour le prier de faire usage de son pouvoir afin de stopper Pexton et de punir la compagnie sont restées lettre morte et que la situation ne s'améliore pas – il ne sait plus quoi faire. Comment ces gens peuvent-ils être insensibles au sort des enfants ? Ne voient-ils pas que ce qu'ils font subir aux nôtres pourrait un jour être infligé aux leurs ? Il retourne souvent ces questions, ajoute-t-il ; il n'a pas trouvé de réponses. Il y a quelques jours, il s'est rendu à la sous-préfecture de Lokunja et on lui a dit que Pexton envisageait de forer un nouveau puits. Encore un ? Ces puits qui soufflent leur poison sur nous tous les jours ne sont-ils pas assez nombreux ?

Après le dernier enterrement, il n'a pas pu trouver le sommeil. Le lendemain, il est allé à Lokunja supplier le sous-préfet d'intervenir à nouveau auprès de Pexton en notre nom, de trouver le moyen, s'il vous plaît, de remplacer ses pipelines car bientôt les fuites se répandront dans nos cases et nous tueront dans notre sommeil – mais l'a-t-on seulement écouté ? Le sous-préfet lui a assuré que les pipelines étaient en bon état, que des fuites de temps à autre n'avaient aucune incidence, les pipelines fuyaient dans le monde entier. Qu'était-il censé répondre à pareille affirmation ? Aurait-il dû continuer de discuter alors qu'on le prenait manifestement pour un fou ? Ne rien dire et regarder son peuple mourir encore et encore ? Il ne savait pas quoi faire.

Cette nuit-là, depuis ma natte, j'écoute Papa raconter à Maman dans les moindres détails sa visite en chuchotant dans le noir. Maman ne dit rien – depuis que Papa est rentré de chez Woja Beki et lui a exposé son projet d'aller à Bézam, elle est muette. J'imagine Papa allongé sur le dos, les doigts croisés sur la poitrine tandis qu'il lui rapporte la théorie de Woja Beki selon laquelle Pexton paierait les fonctionnaires de la sous-préfecture pour qu'ils ferment les yeux ou les baissent ou les lèvent vers le ciel, les posent n'importe où sauf sur les enfants qui mouraient devant eux. Tous méritaient le châtiment qu'ils subiraient forcément un jour, avait dit Woja Beki. Comment pouvait-on manifester autant de mépris vis-à-vis des lois de l'Esprit ? L'argent comptait-il à ce point pour qu'ils soient capables de vendre des enfants à des étrangers en quête de pétrole ? Regarde-moi, avait dit Woja Beki à Papa, tu vois bien que je donne toujours de mon propre argent aux familles endeuillées. Tu vois bien que je m'adresse même aux plus humbles dans le village comme s'ils étaient les plus importants parce que c'est ainsi qu'il convient d'agir, non ? N'est-ce pas la faculté de l'homme à reconnaître ses semblables qui le rend meilleur que le chien ? Il était triste de constater que la cupidité corrompait tant de gens ; vraiment triste, avait-il ajouté avec un soupir. Mais Papa avait raison, avait-il poursuivi, il était temps que le village aille se plaindre directement à Bézam.

Malheureusement, ces derniers temps, son dos s'était raidi, par conséquent, il ne pouvait entreprendre le voyage, pas plus que ses conseillers, vu leur âge – n'était-ce pas un miracle qu'ils puissent encore sortir de leur case pour aller se promener, sachant que l'un n'y voyait pratiquement rien et qu'un autre était à moitié sourd –, mais Papa pouvait y aller au nom du village ; Gono, le fils de Woja Beki, vivait à la capitale et il s'occuperait de Papa comme de son propre frère.

Maman a dû s'endormir au milieu du récit car elle ne répond pas lorsque Papa lui demande : Sahel, Sahel, tu dors ? Pour ma part, je la remercie silencieusement de ne pas avoir écouté les mensonges de ce bouffon aux dents pourries.

Deux jours plus tard, Woja Beki réunit les hommes valides du village ainsi que ses trois conseillers. Dans la pièce commune de sa case, installé sur le seul canapé de Kosawa, ses pieds en chaussettes blanches frottant le seul tapis de Kosawa, une horloge qui chante chaque fois que la grande aiguille passe sur le douze au-dessus de sa tête – les autres hommes assis sur leur propre tabouret en bois ou à même le sol en ciment –, Woja Beki demande à ses conseillers s'ils trouvent judicieux que Papa se rende à Bézam au nom du village. Les conseillers hochent la tête ou haussent les épaules et Woja Beki les remercie de leur sagesse. Papa se lève et demande si trois hommes seraient disposés à l'accompagner à Bézam. Personne ne se manifeste. Un homme se dresse et dit que conduire une délégation à Bézam relève du devoir de Woja Beki, pas de celui de Papa. De plus, ajoute l'homme, Papa n'est pas un ancien, il n'appartient même pas à la génération qui précède celle des anciens ; il n'a nullement le droit de s'exprimer au nom du village. Des grognements approbateurs se font entendre mais ne dissuadent pas Papa – après avoir délivré à l'assemblée le même discours qu'il a tenu à Woja Beki deux jours plus tôt, il évite une discussion interminable en décrétant qu'il entreprend cette démarche pour les enfants de tous et ne cherche pas à être compris par quiconque, pas plus qu'il n'attend de bénédiction ; il ne veut même pas de leur reconnaissance, il a simplement besoin de trois hommes pour l'accompagner. Bissau, le meilleur ami de Papa depuis l'enfance, est debout avant que Papa ait fini de parler. Quatre autres hommes se lèvent. Papa n'en demandait pas tant mais il ne refuse personne – comme lui, les hommes n'ont aucune envie d'aller à Bézam mais le salut de leurs enfants les y contraint.

Assis à côté de Papa, mon oncle Bongo est présent à la réunion mais il ne se porte pas candidat. Sur le chemin du retour, Bongo commence à implorer son grand frère de renoncer à son projet. Il est persuadé que Woja Beki va monter un coup contre Papa et ses hommes. Certains parmi eux faisaient partie du groupe qui avait jadis fomenté de tuer Woja Beki à cause de sa trahison. Woja Beki sait la haine que ces hommes ressentent à son égard parce qu'il vit dans une maison en brique, boit de l'eau en bouteille en provenance de Bézam et porte des chemises et des pantalons américains ; des vêtements qu'il prétend avoir reçus de ses fils pour le remercier d'être un bon père, des tenues assorties qu'il adore porter lorsqu'il se penche sur les cercueils des enfants, ses yeux globuleux débordant de larmes. Mais Papa n'y accorde guère d'importance – animé par le désespoir de celui qui ne veut plus jamais voir son fils unique expirer dans ses bras, il fait alliance avec un homme qu'il méprise.

« Réfléchis, Malabo », dit Bongo le matin du départ de Papa – nous sommes tous réunis sous l'auvent de la case ; Bongo fait face à Papa qui regarde droit devant lui. « Pense à ceux en qui tu places ta confiance. Gono travaille chez Pexton. Ses deux frères travaillent pour le gouvernement. Ils ont tous des postes que des responsables de Pexton les ont aidés à obtenir. Comment peux-tu avoir confiance en eux ? Tu ne les as jamais aimés. Quant à leur père, même le plus petit enfant de Kosawa sait qu'aucune parole honnête ne sort de la bouche de Woja Beki ; s'il te dit bonjour, tu dois sortir vérifier que le soleil est bien levé avant de lui répondre. Cet homme est un serpent et tu vas dormir sous le toit de son fils en espérant son aide alors qu'on sait tous de quel côté ils sont ?

— Si tu as une meilleure idée, pourquoi tu ne la partages pas ? demande Papa. Tu connais quelqu'un à Bézam ? Quelqu'un qui veut bien nous accueillir, nous nourrir et organiser des rendez-vous entre nous et le…

— Tu crois qu'en allant à Bézam, les hommes du gouvernement vont te serrer la main et te dire : "Bienvenue, en quoi puis-je vous être utile ?" s'exclame Bongo.

— Je n'y vais pas pour serrer des mains.

— Tu perds ton temps. Et tu mets ta famille dans tous ses états. Dans quel but ?

— Le gouvernement est-il un rocher, une chose sans intelligence ni cœur ? hurle Papa en se tournant vers Bongo. Le gouvernement n'est-il pas composé d'humains comme nous – de gens qui ont des enfants, des mères et des pères qui savent ce que c'est d'avoir un enfant malade ? Ici même, j'ai regardé mon fils mourir et revenir à la vie dans mes bras. Ne l'as-tu pas vu de tes propres yeux ? Si l'Esprit n'avait pas eu pitié de Sahel et de moi, Juba ne serait pas parmi nous aujourd'hui. Et de quoi est-il mort ? De quelque chose à quoi le gouvernement peut mettre un terme. Juba se porte bien, mais qui peut me jurer qu'il ne tombera pas de nouveau malade s'il continue à boire cette eau ? En quoi est-ce fou d'aller trouver quelqu'un au gouvernement avec qui je peux parler de père à père ?

— Ne va pas à Bézam.

— Quand tu auras une femme et des enfants, tu apprendras à te dresser pour accomplir ce qu'un homme doit accomplir pour sa famille au lieu de rester assis à proférer des âneries. »

Bongo bondit de son tabouret et entre dans la case.

Yaya renifle, pourtant je ne vois pas de larmes – elle garde les yeux baissés, trop peinée pour regarder ses enfants.

« Mon cher fils, dit-elle à Papa. Je ne serai peut-être plus là à ton retour.

— Tu n'as aucune raison de t'inquiéter, Yaya, répond Papa d'une voix qui a retrouvé sa gentillesse. Je serai parti dix jours tout au plus.

— Quand je retrouverai ton père de l'autre côté, je le saluerai de ta part. Je lui dirai que tu es devenu un bon mari et un bon père. Il n'approuvera pas ta décision d'abandonner ta famille pour te précipiter dans un piège les yeux grands ouverts mais il sera fier de toi quand je lui raconterai comment vous vous êtes bien occupés de moi, Sahel et toi.

— Yaya, s'il te plaît. »

Yaya s'appuie sur sa canne pour se lever de son tabouret et entre dans la case, suivie de Maman qui porte Juba sur sa hanche, mon frère ou ma sœur à venir dans son ventre.

Je reste dehors avec Papa, aucun de nous deux ne parle, nous regardons les feuilles du goyavier poussées par le vent. La saison sèche vient de se terminer, de fortes pluies sont à venir, les nuits orageuses se succéderont ; un matin ou deux, un arc-en-ciel nous attendra au réveil. Plus tard dans l'année, lorsque la prochaine saison sèche commencera, elle marquera le passage à l'année 1980, une année que j'attends avec impatience parce que j'aurai dix ans, mon nombre fétiche. Néanmoins, ce matin-là, pour Papa, afin qu'il se sente moins seul dans son combat pour convaincre tout le monde qu'il est de son devoir d'entreprendre cette expédition, il faut que je me comporte comme si j'avais quatre fois dix ans. Je ne veux pas qu'il parte mais je sais qu'il le doit, pour Juba et moi.

« Thula, dit-il après une longue minute de silence.

— Papa.

— Pendant mon absence, fais en sorte que… »

Il pousse un soupir. Il me demande de m'occuper de Juba et de bien écouter Yaya, Maman et Bongo mais sans me regarder.

« Oui, Papa. »

Il me dit qu'il compte sur moi pour être forte, surtout pour Maman – veille à ce qu'elle mange et dorme bien, d'abord pour elle et pour l'enfant à naître.

Je hoche la tête.

« Je ne veux pas revenir et découvrir que Yaya et elle n'ont pas mangé parce qu'elles s'inquiétaient de mon retour. Bongo est un homme, il ne sait pas faire certaines choses, alors je te confie cette mission. Prends grand soin de ton frère.

— Je ferai ce que tu dis, Papa.

— Maintenant lève-toi et prépare-toi pour aller en classe. »

Sur le chemin de l'école, entre les cours, pendant la récréation, mes amies me demandent si c'est bien vrai que mon père conduit une délégation jusqu'à Bézam, qu'ils vont débouler dans le palais de Son Excellence et exiger de celui-ci qu'il fasse déguerpir Pexton de notre terre sinon… Je ne réponds à aucune question ; je veux qu'on me laisse tranquille ou qu'on s'adresse aux filles ou aux sœurs des cinq autres hommes qui, pas toutes mais certaines, viennent me trouver afin d'obtenir des réponses, afin que je leur certifie que tous rentreront sains et saufs, que Bézam n'est pas cette jungle dangereuse d'où personne ne revient jamais.

À mon retour de l'école, Papa est parti.

Je ne dis rien à Maman et Yaya à part bonjour. Je vais dans ma chambre et je m'allonge sur ma natte sans retirer mon uniforme. Je tire la couverture sur ma tête et m'efforce d'imaginer un monde parfait, mais je ne vois que le visage de Papa. Ses hommes et lui ont sans doute pris le car aux Jardins peu après mon départ pour l'école, début d'un voyage qui les obligera à changer de car au moins deux fois avant d'arriver à Bézam un jour et demi plus tard. Maman m'appelle pour venir manger, mais je ne réponds pas. Je n'ai pas faim.

Ce soir-là, Bongo ne va pas rejoindre ses amis sur la place du village. Maman se couche tôt. Je me lève et vais retrouver Juba et Yaya sous l'auvent. Nous pensons à Papa, nous nous demandons ce qu'il fait en ce moment. Nous prions l'Esprit d'être auprès de lui. Je me rappelle son conseil de ne jamais oublier à quoi ça ressemble d'être enfant, une fois adulte. Je suis décidée à tenir la promesse que je lui ai faite mais je suis aussi décidée à oublier à jamais l'angoisse qui me taraude actuellement.

Nous commençons à compter les jours, impatients de les voir s'additionner rapidement jusqu'à dix, mais ils refusent d'obtempérer. Le premier met mille ans à parvenir au deuxième qui, à son tour, met trois mille ans à parvenir au troisième. Les coqs lambinent à annoncer la survenue d'une nouvelle aube et les ombres tardent à s'allonger. Nous passons chaque seconde l'oreille tendue, en quête des bruits d'un retour, nous décortiquons chaque son en provenance de chaque direction, nous réservons nos prises de parole au strict nécessaire de crainte de prononcer un mot qui plongerait l'autre dans un désarroi plus profond encore. Les minutes comme les heures demeurent rétives à nous quitter malgré nos suppliques. Lorsque le soleil amorce sa descente, c'est comme s'il faisait une pause prolongée à chaque palier, pour se moquer de nous, forcément, car rien ici ne mérite d'être admiré longuement, c'est à la même vue sans intérêt que le soleil a droit depuis le jour où l'Esprit a créé la terre.

Nous rendons visite aux familles des autres hommes du groupe. Maman va voir son amie Cocody, la femme de Bissau, le meilleur ami de Papa – leurs maris sont tous deux à Bézam, elles sont deux épouses angoissées. Maman et Cocody se racontent d'une voix triste leurs efforts inutiles pour trouver le sommeil chaque nuit. L'autre amie de Maman, Lulu, vient chez nous ; son frère Lobi est parti avec Papa. Maman dit à Lulu qu'elle regrette la responsabilité de Papa dans la douleur qu'éprouve sa famille et Lulu lui demande pourquoi les femmes se sentent toujours obligées de présenter des excuses pour les manquements de leurs hommes – à quand remonte la dernière fois où une femme a été responsable des souffrances d'un village ? Lulu ne parle pas aussi fort qu'à son habitude mais elle n'en continue pas moins de glisser sa langue dans l'interstice entre ses deux dents de devant, le même interstice que son frère, et je me demande alors ce qu'il advient de l'interstice entre les dents des gens quand ils meurent. Mais personne n'est mort. Quelqu'un est-il mort ?

Le dixième jour, je me réveille tôt, je balaie les feuilles du goyavier dans la cour puis je les brûle à l'arrière de la case. Je rentre de l'école à toute vitesse et n'ose plus quitter l'auvent. Je me force à respirer. Nous sommes tous assis sous l'auvent, personne ne se parle, nos émotions altérées et indicibles, nos yeux secs d'être aux aguets. Nous attendons jusqu'à ce qu'il fasse trop noir pour distinguer la souffrance sur le visage des autres.

Papa ne revient pas.

Le onzième soir, Maman et Bongo dorment et attendent sous l'auvent à tour de rôle jusqu'à ce que le soleil se lève et la rosée s'évapore. La nuit d'après, je pleure dans l'obscurité, je supplie Papa de ne pas m'abandonner, de rentrer à la maison au plus vite, s'il te plaît. Le matin, Maman se lève, les yeux injectés de sang. Elle marche jusqu'aux Jardins pour prendre le car qui va au grand marché de Lokunja. Elle rapporte des produits frais puis tue deux poulets. Elle prépare un repas à base de poulet grillé et de bananes plantains vertes bouillies, accompagnés d'une sauce aux aubergines et à la tomate, le menu préféré de Papa – elle a rêvé que Papa revenait et lui réclamait à manger. Mais Papa ne revient pas, alors elle offre la nourriture à ceux qui se présentent chez nous pour nous dire que Papa est sûrement en route, ils arrachent la viande des os à pleines dents, se lèchent les doigts et réclament un verre d'eau pour faire passer le tout en secouant tristement la tête.

Le quinzième matin, Yaya parvient difficilement à se lever ; certains jours, Maman est contrainte de l'essuyer parce qu'elle n'a pas la force de marcher pour aller uriner – au début, l'âge s'en est pris à ses jambes et maintenant, il termine le travail en s'attaquant au cœur. Les jours suivants, d'autres voisins et parents viennent nous apporter leur réconfort. Bongo rend visite aux familles des autres hommes pour leur dire de faire leur possible pour rester fortes même si l'espoir est ténu. À l'école, j'évite de croiser le regard des autres. Je reste seule pendant la récréation, je n'ai pas besoin de vains mots de réconfort.

Vingt jours passent, vingt nuits peuplées de cauchemars.

Pire que l'attente est la nature éprouvante du temps, son intransigeance impitoyable.

Le trentième jour, Gono, le fils de Woja Beki, arrive de Bézam.

En rentrant de l'école, je vois la voiture qu'il a louée à Lokunja le déposer. Je me précipite à la maison pour avertir tout le monde. Nous nous ruons tous chez Woja Beki, Maman soutient son ventre, je porte Juba sur mon dos, même Yaya, qui n'a pratiquement rien mangé depuis des jours, ramasse sa canne et traîne le peu qui reste de son corps. Parce que ce sont forcément de bonnes nouvelles. Du moins, pas les pires. La voiture dans laquelle Gono est arrivé n'est pas remplie de cadavres. Par conséquent, Gono doit être venu nous expliquer pourquoi le retour de Papa est retardé.

Mais Gono ne sait pas où est Papa.

Les Six étaient arrivés à Bézam sans encombre deux jours après avoir quitté le village, dit Gono. Il les attendait parce que son père lui avait fait passer un message par l'intermédiaire de la sous-préfecture, il était donc allé les retrouver à l'arrêt du car. Il les avait serrés dans ses bras puis les avait emmenés chez lui où sa femme avait cuisiné pour eux sa spécialité, du porc-épic fumé accompagné de purée de taro, puis elle avait déroulé des nattes dans le salon pour qu'ils puissent dormir. Le lendemain, sa femme leur avait servi des pommes de terre et des œufs au plat pour le petit déjeuner, puis ils avaient pris le car avec lui afin de gagner les bureaux de l'administration, le ventre plein, les yeux brillants tandis qu'ils regardaient, bouche bée, la foule qui marchait et parlait vite, les voitures à perte de vue, les maisons posées les unes sur les autres, certains bâtiments gigantesques les obligeant à lever la tête pour en apercevoir le sommet.

« Je les ai laissés au service de la protection de l'enfance où j'avais pris rendez-vous pour eux avec deux directeurs de la santé – je m'étais dit que ce serait sûrement utile que le gouvernement fasse parvenir des médicaments à Kosawa, dit Gono. Après quoi, j'ai rejoint mon bureau et, quand je suis revenu les chercher deux heures plus tard, ils n'étaient plus là. »

Les regards posés sur lui sont glacials tandis qu'il parle, planté au milieu de la pièce commune de la maison de son père, cerné par nous, les pères et les mères et les épouses et les enfants et les frères et les sœurs des six hommes sûrement morts. À l'extérieur, le reste des habitants du village se demande ce qu'il est advenu de leurs cousins, neveux, amis et voisins.

« Tu es allé les chercher après leur rendez-vous et tu ne les as pas trouvés parce qu'ils avaient disparu comme des grains de poussière, c'est bien ça ? » demande le père de Bissau.

Gono acquiesce.

« Disparu comment ? demande Bongo.

— Je ne sais pas.

— Ne nous mens pas », crie Cocody, la femme de Bissau.

Elle est enceinte, mais son ventre est plus volumineux que celui de Maman.

« Je jure que c'est la vérité. Les responsables du service de protection de l'enfance m'ont certifié qu'ils les avaient rencontrés puis renvoyés chez eux. Je pensais qu'ils m'attendraient devant le bâtiment, mais j'ai fait le tour plusieurs fois sans les trouver.

— Tu les as vendus au gouvernement ! hurle le frère d'un des disparus.

— Je ne ferais jamais ça ! crie Gono.

— Tu les as tués, le coupe une voix derrière moi.

— Pourquoi je tuerais mes amis ?

— Les hommes adultes ne se perdent pas.

— Effectivement. C'est pourquoi... C'est pourquoi cette situation... Je ne comprends pas...

— Dis-nous la vérité, Gono, crie une mère. Je t'en supplie, dis-nous toute la vérité.

— Je vous jure sur la tête de nos ancêtres jusqu'au dernier, dit Gono en se penchant pour passer un doigt sur le sol avant de lécher la poussière qui s'y est déposée et de le tendre vers le ciel. Je vous jure sur tout ce que j'ai de plus précieux que les gens du gouvernement m'ont promis que nos frères avaient quitté leur bureau en vie. »

Épouses, filles et mères se mettent à gémir, leurs voix s'engouffrent par la double porte de la maison de Woja Beki, survolent les pommiers dans la cour, longent le chemin qui mène aux Jardins, traversent les bureaux des contremaîtres et l'école que Pexton a fait construire pour les enfants qui vivent là, passent devant la clinique, entrent dans la salle de réunion où les ouvriers se retrouvent souvent le soir pour échanger des souvenirs de leurs lointains foyers quittés pour travailler chez Pexton, rasent le vaste champ dépourvu d'herbe où se dressent les structures en métal qui crachent du feu et de la fumée, puis descendent dans les puits où elles ne font plus qu'un avec le pétrole.

Assise contre le mur, mon frère sur les genoux, je regarde ma mère pleurer en se tenant le ventre. Je meurs d'envie de sécher ses larmes, mais j'ai encore plus envie de ne plus jamais la voir pleurer. Depuis le jour dix, les larmes de Maman n'ont eu de cesse de couler – elle pleure tellement que Yaya la met en garde, le bébé risque de naître desséché si elle ne s'applique pas à retenir ses fluides. Mais lorsque Maman cesse de pleurer, Yaya entonne un chant lugubre et discordant sur le sort d'un enfant né d'un père mort et Maman se remet à pleurer. C'est le moment où je sors de la pièce car rien de ce qui s'y passe ne m'est d'une quelconque utilité ; il vaut mieux que je consacre mon temps à réfléchir aux probabilités que Papa soit vivant et qu'il le demeure jusqu'à ce que je sois en âge d'aller à Bézam pour le sauver, le ramener à la maison, l'entendre rire, le regarder rendre Maman heureuse et apprendre à Juba à devenir un homme.

« Mes chères sœurs et chers enfants, ces larmes sont-elles nécessaires ? demande Woja Beki en se levant de son canapé. Voyez-vous des cadavres devant vous ? Pourquoi pleurons-nous ? On ne connaît pas encore le fin mot de l'histoire, mais Gono et moi éluciderons ce mystère, je vous le garantis… »

En regardant le visage de Woja Beki, je me demande pourquoi il est seulement né dans la mesure où une foule d'enfants à naître rêvent de naître, où la plupart des enfants à naître deviendront des gens bien si la chance leur sourit. Pourquoi l'Esprit persiste-t-il à persécuter le monde avec les semblables de Woja Beki ? Je le hais d'avoir menti à Papa, je le hais de ne ressentir aucune honte à mentir, je le hais d'être capable de nous regarder en proie au désespoir et de nous débiter des mensonges, de retourner le couteau dans les plaies qu'il nous a infligées.

Je le hais d'avoir, deux jours après la réunion dans sa maison, provoqué le chagrin de Maman qui a expulsé l'enfant à naître avant qu'il ne soit prêt pour ce monde. En voyant le bébé – son corps minuscule tenait dans ses mains –, Maman gémit et ses amies la supplient d'être forte, de lâcher prise, de supporter son fardeau comme une femme. Personne ne dit à Maman que, bientôt, elle aura un autre bébé – maintenant que Papa ne dort plus à son côté, Maman n'aura plus jamais d'enfant.

Yaya n'a plus qu'un filet de voix pour pleurer tandis que nous marchons vers le cimetière où le bébé sera enterré au-dessus de Grand-Papa. J'ai l'impression que c'était hier quand nous avons emprunté ce même chemin qui traverse la petite rivière pour inhumer Grand-Papa. Je me rappelle encore son cercueil en équilibre sur les épaules de Papa, Bongo et quatre autres hommes en tête de cortège, derrière suivaient Maman, enceinte de Juba, qui me tenait par la main, et Yaya, soutenue par trois femmes qui lui rappelaient sa chance d'avoir passé plusieurs décennies avec son mari, le reste du village fermait la procession en chantant : « Toute vie a une fin, que ta vie ne prenne jamais fin. »

Personne ne chante pour le bébé, notre bébé n'a jamais eu de vie. Aucune procession ne s'avance jusqu'au cimetière. Nous sommes entre nous, à peine une dizaine. Construire un cercueil pour notre bébé était inutile – une de nos parentes le porte dans ses bras, enveloppé dans un linge bleu.

Cet après-midi-là, je me jure de faire payer à Woja Beki et ses amis de Bézam ce qu'ils ont infligé à ma famille. J'ignore les moyens dont dispose une fille pour faire payer les crimes de certains hommes mais il me reste toute la vie pour le découvrir.

Plus tard dans la semaine, Bongo part à Bézam à la recherche de Papa et des autres en compagnie de trois camarades. Avant son départ, Yaya le supplie à genoux de ne pas la laisser sans enfants, la pire des malédictions qui puisse s'abattre sur une femme ayant porté des enfants. Bongo lui assure que non seulement il reviendra, mais qui plus est avec Papa, mort ou vif.

Une fois à Bézam, Bongo et les autres s'installent sur les marches des bâtiments administratifs et proposent des lopins de terre et des chèvres à quiconque leur fournira des informations utiles. Ils dorment dans une cabane abandonnée au bord d'une route et, des premières lueurs de l'aube jusqu'au couchant, ils abordent tous ceux qui leur semblent un tant soit peu aimables et posent des questions, fournissent des descriptions mais n'obtiennent que des réponses négatives. Ils sillonnent une ville gigantesque et folle qui menace de les broyer puis de les avaler à chaque coin de rue. Ils parlent à tous ceux qui acceptent de leur parler, posent des questions auxquelles on leur répond par la négative. Huit jours après leur départ, ils reviennent les mains vides.

Pourtant, soir après soir, Maman et Yaya attendent Papa sous l'auvent, leur corps dévoré par le désespoir. Chacune à son tour est la plus faible – certains soirs, Yaya alimente Maman avec mon aide ; d'autres, Maman et moi faisons manger Yaya. La plupart du temps, je les nourris toutes les deux avec l'aide de Bongo quand il est à la maison. Je me force à avaler une banane chaque fois que je le peux – l'un d'entre nous se doit de conserver en permanence un minimum de force. Il est tard dans la nuit quand je m'autorise à avoir du chagrin, quand je crois tout le monde endormi – c'est alors que je pleure en imaginant les vies radicalement différentes que nous aurions eues si nos ancêtres avaient choisi toute autre terre que celle-ci. Des images de mes amis défunts défilent dans mes rêves. Je me demande à quoi aurait ressemblé notre bébé à naître s'il avait été autorisé à devenir un enfant parfaitement formé faisant son entrée dans un monde aimable, un monde où Papa ne serait pas parti et mes amis survivants et moi-même ne perdrions pas de précieuses minutes à envisager le jour où viendrait notre tour de mourir.

Trois mois après la disparition de Papa, les hommes de Pexton arrivent à Kosawa pour leur première réunion avec le village. Avant leur arrivée, Woja Beki nous enjoint de nourrir de la reconnaissance envers Papa et son groupe, dont les paroles qu'ils ont prononcées ou les démarches qu'ils ont entreprises à Bézam sont sans nul doute à l'origine de la décision de Pexton de s'adresser directement à nous. Je trouve que ça ne tient pas debout – si ces gens voulaient aider Papa, pourquoi ont-ils causé sa disparition – mais j'espère que la réunion sera productive.

Yaya et Maman quittent temporairement leurs places sous l'auvent de la case pour assister à la réunion, emportant avec elles – malgré les vaines recherches de Bongo – ce qui leur reste de conviction que Papa pourrait revenir vivant, même mal en point. Faire notre deuil est impossible – sans savoir si les hommes sont morts, comment et quand ils sont morts ; sans savoir si on a une chance de les sauver. Voilà ce que dit Yaya quand elle pleure, si seulement elle pouvait porter le corps de son fils en terre, alors elle pourrait entreprendre le voyage vers l'acceptation. Mais à la réunion, les hommes de Pexton ne nous donnent aucune information. Lorsque le père d'un des hommes disparus se lève et implore le Chef de confirmer la mort des Six pour que nous puissions offrir des sacrifices à l'Esprit en leur nom, hâter leur traversée pour rejoindre nos ancêtres, le Chef répond qu'il ne peut pas accéder à sa requête, il n'est pas autorisé à le faire, Pexton ne peut être mêlée à des pratiques qui relèvent de la superstition.

Ça fait plus d'un an à présent qu'ils viennent nous parler toutes les huit semaines. Pour l'occasion, Woja Beki porte un costume en lin et les hommes de Pexton débitent leurs mensonges en changeant de vocabulaire. Lorsque la réunion se termine, Maman et Yaya pleurent. Kosawa s'affaiblit. Nous étions tous sur le point de nous résigner jusqu'au moment où, quelques heures auparavant, Konga s'est emparé de la clé de leur voiture.

Vers la fin de la nuit, le poids de mes réflexions me fait sombrer. À mon réveil, les lueurs de l'aube baignent Kosawa. J'avais prié le soleil de ne pas se lever mais il s'est levé et je dois en faire autant pour affronter les fusils.

Juba dort toujours à côté de moi mais Maman et Yaya sont déjà debout – je les entends chuchoter dans la pièce commune avec mon oncle Bongo. Lorsque j'entre, ils cessent de parler pour me regarder, Maman esquisse un faux sourire. Je veux tout savoir – les hommes de Kosawa sont-ils prêts pour l'arrivée des soldats ? À quoi ont-ils consacré la nuit ? Ont-ils suffisamment de machettes ?

« Je ne vais pas en classe aujourd'hui.

— Viens », me dit Maman en me faisant signe d'approcher.

Je ne bouge pas.

« Ce n'est pas la peine que tu restes à la maison, intervient Bongo. Les leçons continuent comme d'habitude. Il ne t'arrivera rien à l'école.

— Comment tu le sais ?

— Parce que… tout va bien se passer, Thula. Ne prête pas attention à ce que les hommes de Pexton ont dit hier soir, d'accord ?

— Je ne peux pas l'ignorer. Ils étaient sérieux, très sérieux même. Maman, s'il te plaît ? »

Maman ne contredit pas Bongo. Son sourire feint demeure intact.

Je regarde dehors par la porte ouverte. Tout est calme. Pourquoi les hommes ne sont-ils pas en train de s'activer à mettre en place une sorte de défense contre les soldats ? Pourquoi Bongo n'a-t-il pas l'air de quelqu'un qui est resté debout toute la nuit pour se préparer au combat ? Il ne fait aucun doute qu'il vient de faire sa toilette à voir sa peau lustrée et ses cheveux domptés. Sa machette est appuyée contre un mur, aiguisée et luisante aux extrémités – suis-je censée croire que son attitude détendue est due à sa conviction que les machettes viendront à bout de balles lancées à pleine vitesse ?

Il me regarde avec un petit sourire, la tête penchée de côté ; il ressemble plus que jamais à Papa. De la même voix chaude que celle de Papa, il m'explique qu'une grande partie de ce qui s'est déroulé la veille m'a échappé dans la mesure où je suis une enfant. Il n'y aura pas de bataille, dit-il, parce que les soldats ne viendront pas pour tuer qui que ce soit. Oui, les hommes de Pexton ont bien prononcé les paroles que j'ai entendues mais ils ne voulaient pas dire que les soldats allaient nous massacrer. Ce que le Chef entendait, c'était que les soldats abattraient le désaccord entre Pexton et nous et qu'ils y mettraient un terme. Les soldats viendront, c'est certain, mais uniquement pour parlementer avec les hommes du village. Rien de plus. C'est pourquoi tous les enfants doivent aller en classe – les adultes resteront à la maison pour attendre les soldats.

Avec un petit rire qui semble sincère, Maman ajoute que, au moment où je rentrerai de l'école, cette histoire se résumera à une anecdote que je raconterai un jour à mes petits-enfants.

Je ne crois pas Bongo ni Maman, mais je ne sais pas quoi dire. Je ne peux pas discuter avec eux parce que je n'ai pas le droit de m'opposer aux adultes même si je suis persuadée qu'ils ne me disent pas la vérité. Je me tourne vers Yaya en espérant qu'elle me délivrera quelques paroles sages susceptibles d'atténuer ma perplexité mais les mots ne sont pas le cadeau que ma grand-mère aime à offrir à sa famille – elle leur préfère le silence.

Je sors chercher de l'eau au puits. Je me répète que je n'irai pas à l'école. Je ferai semblant d'avoir mal au ventre.

En allant au puits, j'aperçois mes amies ; à voir leurs visages, il est évident que leurs parents leur ont tenu le même discours que Bongo m'a tenu.

Comme moi, mes amis sont des enfants de 1970. Nous sommes des garçons et des filles du même âge, des camarades de classe. Nous avons rampé ensemble, fait nos premiers pas ensemble et maintenant, nous marchons ensemble. Parfois, les filles jouent à d'autres jeux que ceux des garçons et parfois, nous jouons tous ensemble, nous nous battons et quand nous avons fini de pleurer et de nous dénoncer mutuellement à nos mères qui soupirent et ne nous prêtent pas attention, nous redevenons amis parce que nous n'appartiendrons jamais à un autre groupe du même âge de la même façon que nous appartenons au nôtre. Je suis plus proche de certaines filles que d'autres ; ce sont deux d'entre elles que je vois en arrivant au puits. Elles sont du même avis, les adultes nous cachent des choses. Mais elles vont en classe. Apparemment, tout le monde va à l'école malgré la situation.

« Réfléchis, Thula, me dit une de mes amies. Est-ce que nos parents nous enverraient à l'école s'ils étaient sûrs qu'on s'y ferait tuer ? »

Épuisée par ma nuit agitée, je m'endors en classe avant même que maître Penda en ait terminé avec le premier problème d'arithmétique. La plupart de mes camarades font de même. Quand maître Penda nous demande ce qui se passe, pourquoi nous avons l'air si fatigués, nous gazouillons tous en chœur que tout va bien, absolument tout, et nous nous concentrons pour l'écouter. Chacun sait que ses parents ne voudraient pas qu'on raconte à un représentant de l'État qu'ils retiennent prisonniers le chef de notre village et trois hommes de Pexton. Un de mes camarades manque de le révéler, il bégaie quelque chose à propos d'une réunion de village qui s'est éternisée la veille au soir mais le reste de la classe lui décoche un regard si acéré qu'il pourrait presque devenir borgne comme Jakani et Sakani. Après cet incident, tout le monde redoute de divulguer par inadvertance à maître Penda ce que le village a fait et de nous mettre ainsi davantage en danger. La peur nous tient éveillés jusqu'à la fin de la journée et nous oblige à répondre à toutes les questions de sorte que notre maître ne se doute de rien.

J'aime bien maître Penda, même s'il est un fonctionnaire du gouvernement. Comme les quatre autres maîtres de notre école, il vit aux Jardins au côté des ouvriers de Pexton, dans une maison en brique couverte d'un toit en aluminium, l'un parmi de nombreux avantages liés au fait d'être un représentant de l'État. Contrairement à tous les fonctionnaires qu'on a croisés ou dont nos parents nous ont parlé, maître Penda est gentil avec nous. Il nous fournit uniquement des connaissances, des notions non empoisonnées. Mais ça ne veut pas dire pour autant qu'il ne trahirait pas Kosawa pour de l'argent. Il n'est pas l'un des nôtres – il est originaire d'un village situé à l'autre bout du pays, un endroit où, adore-t-il nous raconter, une femme peut épouser trois hommes si sa beauté est trop éblouissante pour un seul. On ne lui a jamais demandé s'il avait une femme et des enfants dans son village – ce genre de questions ne se posent pas – mais on l'apprécie assez pour l'inviter dans nos familles aux mariages et fêtes de naissance, auxquelles il assiste à condition qu'on ait bien travaillé.

En rentrant de l'école, j'apprends de la bouche de Maman que les soldats ne sont pas venus comme prévu, mais les adultes ne s'inquiètent pas, ils savent que les soldats viendront, et ils sont prêts à leur arrivée. Le ton joyeux sur lequel Maman m'annonce la nouvelle a raison de mon scepticisme ; je suis bientôt persuadée que tout ira bien.

Maman m'a préparé mon repas préféré, des pieds de cochon fumés accompagnés de plantains bien mûres frites et de haricots. Dans tout Kosawa, les mères ont cuisiné des plats de fête pour leur famille, comme si le jour seul méritait d'être célébré. Elles ont fait cuire du riz et du ragoût de cabri, des légumes-feuilles étuvés à l'huile de palme et aux champignons, des ignames bouillies pour accompagner le gibier à la sauce gombo. Les plats sont confectionnés à base de produits frais, non frelatés, certains proviennent de nos cultures à l'agonie et de nos réserves qui se vident, la plupart ont été achetés au grand marché, payés moyennant une ponction dans les maigres revenus que les femmes gagnent en vendant le gibier que leurs hommes tuent dans la forêt. Certains plats sont élaborés grâce à la générosité de parents qui ont des terres fertiles dans d'autres villages, des tantes, des grands-mères et des cousins très éloignés qui nous rendent visite de temps à autre et nous offrent des victuailles qu'ils ont encore en abondance. Les plats sont exquis, et tandis que nous mangeons assis par terre dans nos pièces communes, nous ne pensons plus à la maladie et à la mort. Je partage mon assiette avec Juba qui la convoite après avoir léché la sienne. Certains de mes amis ont meilleur appétit que moi et leurs parents ont de nombreuses bouches à nourrir, si bien qu'ils se battent avec leurs frères et sœurs pour avoir le droit de lécher la sauce au fond du plat ; les disputes dégénèrent souvent, alors les mères interviennent et tracent des lignes au fond du plat du bout du doigt, pour attribuer une portion à lécher à chaque enfant.

Après avoir fini le repas, mes amis et moi faisons la vaisselle, une corvée rapide pour beaucoup d'entre nous puisqu'il ne reste pas grand-chose à nettoyer après tous ces coups de langue. Ce soir-là, nos autres corvées sont plus agréables qu'elles ne l'ont jamais été – les poules et les chèvres vont docilement se coucher dans leurs abris ; les feuilles et les brindilles balayées dans nos cours se rassemblent en tas parfaits qu'on transporte à l'arrière de nos cases afin que, avec le temps, elles se décomposent et se mélangent aux vers et aux insectes pour servir d'engrais à notre sol malade.

Nos corvées terminées, le ciel se teinte de bleu à l'approche du crépuscule et nous nous ruons dehors pour aller jouer. Dans toutes les cours, amis, frères et sœurs entament des parties de cache-cache, tapent dans des ballons en feuilles de plantain et en caoutchouc, tous gonflés d'un optimisme que nous avions craint de perdre.

Je suis plus heureuse que je ne l'ai été depuis la disparition de Papa il y a plus d'un an. J'ignore si un dialogue entre les adultes et les soldats le ramènera à la maison, mais je ne doute pas que l'attitude de nos hommes contraindra Pexton à faire davantage que dépêcher des représentants qui ne servent à rien.

Installée sous l'auvent d'une case en compagnie de trois amies, j'en regarde deux sauter à la corde, je ris parce que la première n'arrête pas de trébucher. Lorsque mes amies cessent de jouer et commencent à se disputer sous un prétexte ou un autre, je me contente de sourire et de tendre l'oreille. Je n'ai jamais ressenti le besoin d'utiliser des mots, à moins d'y être obligée. À en croire Papa, c'est parce que je suis née avec quatre yeux, quatre oreilles et un quart de bouche conçue davantage pour sourire que pour parler. Ce soir-là, je ressens encore moins le besoin d'utiliser des mots et mon sourire ne me quitte pas, submergée d'amour que je suis pour mon village et son peuple. J'écoute mes amis rire, je regarde des jeunes hommes se diriger vers la place pour lézarder et fumer des champignons, la brise est idéale pour ce genre d'activité, et je ne peux imaginer meilleur lieu de naissance que Kosawa.

Le lendemain matin, en prenant mon petit déjeuner, je demande à Maman si le village a décidé d'un plan concernant le sort des prisonniers. J'apprends que Bongo, Lusaka et le reste des hommes comptent se réunir plus tard dans la journée pour définir une stratégie, que faire si d'aventure les soldats tardaient à venir ? Sur le chemin de l'école et pendant la récréation, mes amis et moi nous perdons en conjectures quant à la stratégie. Vont-ils tuer les prisonniers ? J'espère qu'ils tueront Woja Beki le premier, qu'ils lui infligeront une mort atroce pour le punir d'avoir trahi les siens.

Après m'être acquittée de mes corvées du soir, je rejoins mes amies sur la place et nous nous coiffons l'une l'autre sous le manguier. Encore une fois, je les laisse faire la conversation. Il leur arrive de crier parce que l'une d'entre elles veut se faire entendre au détriment d'une autre, ce qu'elles ont à dire est d'une importance capitale. Ça me perturbe, je trouve qu'écouter est beaucoup plus jouissif que se battre pour être entendu. Papa est la seule personne avec laquelle j'avais vraiment envie de parler, parce que nos conversations avaient la lenteur et la douceur du bruissement des feuilles avant de plonger dans le silence. Maintenant qu'il n'est plus là, je préfère passer plus de temps seule dans ma tête, à réfléchir aux raisons pour lesquelles le monde est tel qu'il est, à me demander si un jour l'Esprit le repensera autrement.

Au troisième jour de captivité des hommes de Pexton, Yaya fait la sieste et Maman, Juba et moi sommes en train de manger dans la pièce commune, quand le grondement d'un moteur couvre nos bruits de mastication, un véhicule avance en cahotant sur la route étroite en provenance des Jardins.

Le grondement n'est ni fort ni gênant mais il n'a pas besoin de l'être pour être remarqué. Notre village est petit, trop petit pour que certains bruits trouvent à se cacher. La proximité du champ pétrolifère n'y change rien, rares sont les voitures qui viennent à Kosawa, le village est un cul-de-sac, au-delà ce ne sont que des arbres et de l'herbe à perte de vue. Voilà pourquoi le bruit d'un véhicule qui approche suffit à nous faire taire et orienter la conversation dans une autre direction, on émet des hypothèses sur l'identité des passagers et sur le but de leur visite.

Ma bouchée prend un goût amer.

Je me tourne vers Maman. Ne reste pas assise à ne rien faire, ai-je envie de lui crier. Debout ! Ferme les portes. Bloque les ouvertures. Fais les triples nœuds que tu as faits le soir de la réunion.

Yaya arrive de sa chambre. Elle nous jette un regard et sort sous l'auvent. Nous nous levons et nous la suivons dehors, de l'huile de palme dégouline de mes doigts.

Les hommes de Kosawa sortent de leurs cases. Ils marchent vers la voiture, les mains vides – pas de machettes, pas de lances. Bongo est sans doute chez Lusaka en train de discuter des détails de la conversation à venir avec les soldats. Mais une conversation avec des soldats ne nécessite-t-elle pas des armes ? Je suis tentée de poser la question à un de nos voisins qui se hâte vers la place. J'ai envie de lui signaler qu'il oublie quelque chose, même s'ils espèrent une conversation agréable, lui et les autres ne peuvent aller les mains vides à la rencontre de soldats. Mais, à mesure que d'autres hommes sans armes passent en coup de vent devant chez nous pour se rendre sur la place, aucun n'ayant l'attitude d'un homme sur le point de prendre son destin de plein fouet, certains bavardent ou rient avec d'autres, se donnent de grandes claques dans le dos ou se frottent le ventre pour montrer qu'ils ont été bien nourris par leurs femmes, j'en conclus qu'une nouvelle forme de folie s'est abattue sur les hommes de Kosawa.

Quel traitement Jakani et Sakani leur ont-ils prodigué après la réunion de village ? Les jumeaux étaient censés les préparer à l'arrivée des soldats et aux combats qui en découleraient forcément mais j'ai bien l'impression que le rituel auquel ils se sont livrés a des effets pervers.

Dès que les hommes disparaissent de leur vue, Maman et les autres mères sortent de sous les auvents. Elles chuchotent en tenant leurs petits par la main, les bébés sur leur hanche ou leur dos. Sans un mot, elles se dirigent vers la place. Déboussolés, nous, les enfants, n'en suivons pas moins nos mères. Il ne fait aucun doute qu'elles ne nous conduiraient jamais vers un sort funeste. Nous avançons par deux ou trois, j'inspire, j'expire, à peine capable d'imaginer la scène qui nous attend là-bas, peu disposée à le faire.

Le temps d'arriver, les soldats sont sortis de voiture. Ils nous regardent approcher d'un air scrutateur. Ils prennent note du manguier sous lequel Konga ne se prélasse pas – où est-il ? Je l'ai demandé à Maman mais personne ne sait ; personne ne l'a vu depuis le soir de la réunion de village, après qu'il a fait passer le message à tous les hommes de Kosawa de le retrouver devant la case de Jakani et Sakani, sauf qu'il n'est pas venu au rendez-vous, laissant aux jumeaux le soin de prendre les rênes de ce qui s'est passé par la suite cette nuit-là, dont nous ne saurons jamais rien.

Les soldats parcourent la place des yeux – les cours poussiéreuses, les toits de chaume pentus de nos cases tout autour, les chemins qui en partent, la terre que Yaya et les autres grands-mères et grands-pères soulèvent alors qu'ils approchent de la démarche hésitante des tout-petits, une main serrée sur leur canne, n'ayant aucune raison vitale de se presser.

J'aurais cru les soldats beaucoup plus nombreux, mais ils ne sont que deux, en uniforme vert avec des pièces de tissu rouges et noires. Le premier a du poil au menton, on dirait un bouc ; l'autre a les joues qui ballottent comme le ventre d'un cochon bien nourri. Ils n'ont pas l'air en colère ni contents, ils ont l'air d'hommes qui se sont arrêtés à Kosawa pour venir chercher une broutille avant de rejoindre une destination importante.

Bongo s'avance vers les soldats et les habitants du village prennent place autour d'eux.

Bongo tend la main aux soldats pour les saluer. Puis il leur dit quelque chose que personne d'autre n'entend. Les soldats hochent la tête. Bongo leur désigne la maison de Woja Beki. Les soldats hochent de nouveau la tête et sourient. Je ne parviens pas à imaginer ce que Bongo a bien pu dire aux soldats pour les faire sourire ou comment il a trouvé la force de leur dire quelque chose susceptible de les faire sourire après ce que le gouvernement a fait à Papa. C'est absurde et, par ailleurs, pourquoi le reste des pères, oncles, grands-pères et grands frères sourient-ils ? Je me tourne vers mes amis, ils sont aussi déroutés que je le suis, pourtant, leur expression se mue progressivement en sourire – sur le moment, rien ne nous apparaît plus sage que de sourire nous aussi. Un sourire qui ne vient pas du cœur blesse ma bouche mais je dois m'associer, participer. On l'a appris en classe, il faut suivre l'exemple donné par le chef, or puisque Bongo est pour l'instant notre chef, les coins de notre bouche se relèvent, comme tirés depuis le ciel par des ficelles. Il est fort probable que tout le monde sur la place suit le même raisonnement car, bientôt, tout Kosawa sourit en chœur avec les interlocuteurs dont la conversation est inaudible, une poignée de sourires sont peut-être sincères, mais j'en doute – partout autour de moi, tout le monde expose ses dents mais garde les yeux grands ouverts.

Tout entiers concentrés à garder le sourire, nous ne nous demandons pas quelle sera la nature de la prochaine étape de ce jeu jusqu'à ce que nous tournions la tête à droite pour voir Woja Beki approcher, encadré par deux des jeunes gens qui l'ont traîné chez Lusaka la nuit de la réunion de village. Woja Beki sourit, les jeunes hommes sourient sans le lâcher d'une semelle, le sourire de Bongo s'élargit, les soldats continuent de sourire, tout le monde se comporte joyeusement pour des raisons que personne ne connaît hormis ceux qui ont entamé ce jeu mortel.

« Nos chers soldats, crie Woja Beki en se hâtant vers eux. Je vous prie de m'excuser de vous avoir fait attendre. »

Le soldat aux joues en ventre de cochon hausse les épaules et continue de sourire.

« Je suis impardonnable de faire perdre leur temps à des hommes de votre importance dont le travail ne saurait souffrir deux minutes de battement, poursuit Woja Beki. Je suis profondément navré, mes chers soldats. Je rendais visite à un ami quand je me suis brusquement endormi chez lui. Heureusement, ces merveilleux jeunes gens m'ont réveillé. Vous êtes, paraît-il, à la recherche des hommes de Pexton ? Est-il bien vrai qu'on ne les a pas revus depuis qu'ils ont quitté notre village ? »

Les soldats hochent la tête en chœur.

« Je suis choqué de l'apprendre. Comment est-ce possible, quand ils nous ont quittés il y a trois jours ? C'est absolument incroyable. Je ne peux… Je suis… Je suis sans voix. Tout cela est absurde. Soyez assez aimables pour m'accompagner chez moi afin que nous en discutions, dit-il avec un geste en direction de sa maison. Je suis reconnaissant à mon peuple de vous avoir tenu compagnie mais il est préférable que nous ayons cette conversation en privé, non ? »

Les soldats hochent de nouveau la tête et emboîtent le pas à Woja Beki.

« Si vous n'y voyez pas d'inconvénient, mes chers soldats, je demanderai à ces trois jeunes gens de se joindre à nous pour être témoins des paroles que je prononcerai, dit Woja Beki en indiquant Bongo et les deux hommes qui l'ont escorté jusqu'à la place. Vous comprendrez aisément qu'un homme dans ma position se doit d'ouvrir la bouche devant témoins, sinon ses paroles risquent d'être déformées. »

Les soldats échangent un regard puis haussent de nouveau les épaules. Ont-ils été envoyés à Kosawa uniquement pour hocher la tête et hausser les épaules ? À les voir si nonchalants, je me rends compte que les hommes de Kosawa n'ont pas manqué de sagesse en laissant leurs armes à la maison – ce qui se passe aujourd'hui ne nécessite pas de se saisir de lances et de machettes. Les soldats portent une arme dans un étui à la hanche droite, mais ils n'ont pas l'air d'y connaître grand-chose ni d'avoir très envie de la brandir, sans parler d'en faire usage contre nous.

Tandis que Woja Beki et les cinq hommes s'éloignent, nous restons sur la place. Woja Beki parle avec animation, il laisse échapper un flot de paroles qu'il n'a pas eu le loisir de prononcer depuis des jours, son débit est précipité, les phrases s'enchaînent sans ponctuation.

« Mon choc est immense mes chers soldats mais assis autour du bon repas que mes femmes vont nous mijoter nous tâcherons de réfléchir ensemble à l'endroit où ces hommes peuvent se trouver parce qu'il est inconcevable de disparaître en se rendant d'un point à un autre et je peux vous garantir qu'au cours de ma longue vie je n'ai jamais entendu pareille histoire et je vous prie de croire que j'en ai entendu des vertes et des pas mûres et mon peuple que vous voyez là vous jurera qu'après la réunion il a vu les hommes et leur chauffeur monter dans leur voiture en disant qu'ils rentraient chez eux et je me suis réveillé le lendemain matin en les imaginant prendre leur petit déjeuner préparé par leurs femmes avant de partir à leur bureau mais voilà que vous venez m'annoncer que personne ne les a vus depuis et je ne comprends toujours pas comment c'est possible… »

Après que le groupe a disparu derrière une case en empruntant le chemin qui mène chez Woja Beki, mes amis et moi échangeons des regards interloqués. Qu'est-ce que Woja Beki fait là ? Pourquoi s'exprime-t-il en notre nom ? Il n'est donc plus notre ennemi ?

Je me tourne vers les hommes du village. Leur expression n'est pas celle de la confusion mais de la pleine satisfaction car, à l'évidence, les choses se déroulent comme prévu. Même si leurs enfants peinent à le comprendre, leur plan fonctionne et, tant que l'Esprit continuera de se montrer bienveillant, la victoire sera leur.

Comme nous ne savons pas combien de temps Bongo et les autres mettront pour revenir de chez Woja Beki, mes amis et moi décidons de prendre nos quartiers sur la place au cas où il faudrait patienter plusieurs heures. Attendre, c'est nous – depuis que nous sommes nés, nous attendons une chose ou une autre ; qu'est-ce qu'une énième attente de quelques heures comparée à une vie passée à attendre ? Penchés sur leur canne, les grands-mères et les grands-pères nous demandent de courir à la maison chercher leur tabouret. Les mères demandent à leurs filles de leur rapporter des nattes pour qu'elles puissent s'asseoir sous le manguier et allonger leurs jambes ; sans oublier des ballons pour les plus petits afin de les distraire de l'ennui. Les sœurs plus âgées et les jeunes tantes qui se sont précipitées sur la place, un bébé en équilibre sur une hanche, certains des bébés entièrement nus à l'exception d'une couche serrée autour du derrière, demandent à leurs petites sœurs et à leurs nièces d'aller chercher un vêtement pour le bébé et une banane au cas où il aurait faim et aussi son couffin.

Les enfants de Kosawa courent dans tous les sens. Je reviens avec le tabouret de Yaya et de l'eau pour Juba, mais la plupart de mes amis rapportent des paniers remplis de choses diverses, car ils partagent leur case avec d'autres membres de la famille, leur nombreuse fratrie, leurs tantes, leurs oncles et leurs cousins, leurs grands-parents, des cases que leur famille agrandit à chaque nouveau mariage, pour que les jeunes mariés puissent à leur tour partager l'espace avec leurs futurs enfants, les grands-parents garder leur chambre, les tantes célibataires, les sœurs plus âgées et les cousines avoir la leur en attendant d'être cueillies par un homme, et les oncles célibataires, les frères plus âgés et tout autre homme de la famille occuper les pièces à l'arrière de la case avec une entrée séparée, aucun membre de la famille n'ayant besoin de quitter le foyer à moins de le souhaiter.

Maman et les autres mères, installées confortablement sur leurs nattes à l'ombre du manguier, bavardent à voix basse. Les plus âgés de nos grands-parents se penchent pour chuchoter à l'oreille l'un de l'autre. Les grandes sœurs de mes amis à peine sorties de l'enfance et sur le point de devenir femmes échangent des regards enjôleurs avec des garçons convaincus d'avoir quitté l'adolescence et d'être prêts à prouver leur capacité de faire aux femmes ce que tout homme adulte fait. Lorgnant les presque femmes, les presque hommes se lèchent les lèvres et se font la bouche en cœur, le menton piqué de trois malheureux poils, jusqu'à ce qu'un parent remarque que garçons et filles se regardent de façon non autorisée à moins d'être près de se marier. Alors les adolescents effrontés détournent les yeux avec l'air de ceux dont la seule préoccupation est le sort de Kosawa.

Pères, oncles et grands-pères s'éloignent des femmes et des enfants pour discuter, ils hochent la tête chaque fois que Lusaka ouvre la bouche. Mes amis parlent de Konga. D'après eux, il se promène sans doute avec insouciance dans la forêt tandis que les animaux vagabondent à proximité et que les oiseaux gazouillent au-dessus de sa tête, écoutant les voix des feuilles que le vent force à parler.

Debout, à l'extrême gauche de la place, Jakani et Sakani nous regardent, de l'endroit même où ils observent toutes les réunions, y compris la dernière, à laquelle ils ont assisté de bout en bout mais sans intervenir même après l'arrivée de Konga.

Assis par terre à proximité de leurs mères, mes amis abandonnent leur conversation à propos de Konga pour se demander à quel moment et de quelle manière notre lutte contre Pexton prendra fin. L'état d'un de nos camarades de classe s'est aggravé, il n'était pas en cours aujourd'hui. Le petit frère d'une autre est tombé malade, obligeant celle-ci à rester à la maison pour s'occuper de lui afin que sa mère puisse aller aux champs. Le peu d'espoir qui nous animait à peine quelques jours plus tôt est en train de se volatiliser, Kosawa ne peut se débarrasser de son désespoir.

Le silence retombe toujours au bout de quelques minutes – mes amis ne parviennent pas à évoquer la mort très longtemps. L'un d'entre eux propose qu'on attende en silence. Un autre qu'on en profite pour prier. Tout le monde est de cet avis ; s'il est un moment pour prier sans discontinuer, c'est bien celui-ci. J'incline la tête et je commence à prier pour Kosawa. Je prie pour le retour de Papa. Je prie pour Yaya, Maman et toutes les mères afin qu'elles ne pleurent plus.

J'ai les yeux fermés quand un ami me donne un coup de coude. Lusaka et les autres reprennent leur place derrière les grands-parents. Je comprends très vite pourquoi – Woja Beki, les soldats, Bongo et les deux jeunes hommes débouchent du chemin qui va de la maison de Woja Beki à la place. Les mères rassemblent bébés et tout-petits puis se lèvent pour avoir une meilleure vue. Tout le monde regarde Woja Beki avancer, toutes dents dehors et les yeux brillants. Il marche encadré par les soldats, Bongo et les jeunes hommes dans son sillage immédiat.

Nous n'avons pas besoin d'attendre bien longtemps avant que Woja Beki ne prenne la parole – il trépigne d'impatience de nous raconter que sa réunion avec les soldats s'est divinement passée, n'est-ce pas, dit-il avec un regard vers les soldats qui hochent la tête avec indifférence, arborant la même attitude.

« Mon cher peuple, commence Woja Beki, ces excellents soldats, nos fils et moi-même avons réfléchi ensemble et sommes tombés d'accord sur l'obligation que nous avions de trouver une explication logique à ces événements. Nous avons étudié les différentes hypothèses sur ce qui avait pu arriver à nos chers amis de Pexton et, finalement, nous avons conclu qu'ils avaient sans doute décidé de faire un détour sur la route du retour pour rendre visite à un parent, ce qui est envisageable, n'est-ce pas, mon cher peuple ?

— Absolument, ont répondu en chœur nos parents et grands-parents.

— Je vais vous dire le fond de ma pensée, mon cher peuple. Je suis convaincu que les formidables hommes de Pexton se sont arrêtés chez le parent de l'un d'entre eux, et ce parent, étant un homme gentil, a prié sa femme de préparer un festin pour son cher parent et ses amis qui ont accompli le prodige de devenir les employés d'une société américaine, c'est ainsi que la femme du parent a tué et fait mijoter les cochons et les poulets les plus dodus et tranché et fait bouillir les plus gros ignames, et les hommes de Pexton et leur chauffeur ont bien mangé, si bien mangé qu'ils ont décidé, comme ils se plaisaient vraiment dans le village du parent, d'y passer quelques jours supplémentaires, car on n'a pas souvent l'occasion de renouer avec un parent et de se détendre ainsi, et pourquoi ne prendraient-ils pas quelques vacances ? Leur travail les attendrait, leurs femmes apprécieraient sûrement de ne pas avoir à cuisiner pour eux et leurs enfants auraient tout loisir de faire des bêtises, par conséquent, leur retour différé était une bonne chose pour tout le monde. Il est possible que les hommes de Pexton aient tenu ce raisonnement, non ?

— Tout est possible, répondent nos parents et grands-parents.

— Nos excellents soldats pensent que nos amis de Pexton sont des hommes responsables, poursuit Woja Beki. Nos chers soldats pensent qu'ils ne se gobergeraient pas au point d'en oublier leurs responsabilités. Mais ils n'ont pu avancer une autre hypothèse quant à l'endroit où ils se trouveraient lorsque nous leur avons posé la question. Les hommes sont forcément quelque part, mais où ? Ils n'ont pas eu d'accident de voiture en rentrant à Bézam, sinon nos excellents soldats auraient aperçu l'épave. Les hommes de Pexton n'ont pas disparu car il est impossible à un homme adulte de disparaître, non ?

— Impossible.

— N'étions-nous pas tous ici même quand leur chauffeur a démarré et la voiture s'est éloignée en direction de Bézam ?

— Nous y étions.

— N'avons-nous pas vu de nos yeux vu la voiture quitter Kosawa ?

— Si.

— Par conséquent, nous n'avons rien de plus à dire à nos chers soldats si ce n'est que les trois hommes de Pexton sont quelque part, ils n'ont pas disparu, ils sont en train de prendre du bon temps et nous avons la certitude que, bientôt, ils rentreront à Bézam. »

Les enfants

COMME ON A RI LE LENDEMAIN MATIN en allant à l'école... Les fous rires qui nous avaient secoués après le départ des soldats n'avaient pas suffi. Il nous fallait décortiquer chaque détail – le regard qu'ils avaient lancé à Woja Beki après qu'il avait fini de parler ; leur haussement d'épaules en rejoignant leur voiture. Tu as vu la tête qu'ils faisaient ? Les soldats sont censés être forts et intelligents, non ? D'ici de nombreuses années les enfants de Kosawa composeront une chanson sur cette première victoire qui nous a permis de vaincre nos ennemis. Ils feront la ronde, comme nous le faisons aujourd'hui en chantant à la gloire de nos ancêtres qui ont mis en pièces des hommes venus d'autres villages convoiter notre terre. Voilà ce qu'on se disait entre nous.

Nos parents avaient parlé jusque tard dans la nuit du retournement de Woja Beki en notre faveur. D'après eux, Woja Beki avait fait preuve de sagesse en acceptant le marché que les hommes du village lui avaient proposé : tu nous aides à duper les soldats et tu recouvres la liberté. Bien sûr qu'il avait accepté. Après des nuits à dormir à même le sol, à rêver de son matelas et de ses oreillers, qui n'en aurait pas fait autant ? Et il s'était parfaitement acquitté de sa part du marché. Malgré tout, nos pères ne pouvaient toujours pas lui faire confiance. Ils devaient le garder cloîtré chez lui avec sa famille – leur permettre de se déplacer à leur guise dans le village serait une erreur ; ils fileraient aux Jardins prévenir les responsables. Si cela se produisait, le sang ne tarderait pas à couler dans tout Kosawa.

Ce matin-là, comme tous les jours de classe, nous marchions vers l'école par groupes de deux ou trois, certains traversaient la cour d'un parent, d'autres passaient devant la case des jumeaux et d'autres encore avaient dépassé celle de la Vieille Bata devant laquelle elle était assise, sans mari ni enfants, le cauchemar de toutes les filles sauf de notre amie Thula qui, les rares fois où elle s'était trouvée entraînée dans une discussion, n'avait pas caché qu'elle ne voyait rien de pitoyable à ne pas avoir d'enfants.

Ceux parmi nous qui devaient passer devant la case des jumeaux pressaient le pas, comme nous l'avaient toujours recommandé nos parents – nous ne devions jamais au grand jamais tourner la tête vers la case de toute notre vie, sinon nos yeux ne manqueraient pas de s'égarer à l'intérieur et verraient des choses que nos bouches seraient incapables de nommer. En dépit des ordres parentaux, nous avions tous été tentés de jeter un rapide coup d'œil – ce que nos parents nous interdisaient était précisément ce qui nous faisait le plus envie –, mais aucun de nous n'avait poussé la témérité jusqu'à regarder à l'intérieur, malgré une curiosité dévorante, en raison des histoires qu'on racontait au sujet de garçons et de filles qui avaient tenté leur chance et vu leurs yeux se changer en cailloux ronds et noirs. Il arrivait qu'on se mette mutuellement au défi d'approcher de la case pour vérifier si les histoires de nos parents contenaient une once de vérité mais, malgré l'envie d'épater les amis par notre courage, aucun de nous ne voulait perdre les yeux auxquels il tenait tant.

Bien que nous n'ayons jamais rien vu à l'intérieur de la case, certains avaient entendu des bruits s'en échapper

– le grognement d'animaux mêlé au grondement du tonnerre ; des bébés chantant un chant traditionnel ; des bruits de casseroles couvrant le rire hystérique d'hommes ; une femme en train d'accoucher suppliant le fœtus de ne jamais sortir ; un homme expulsant des gaz musicaux. Nous avions raconté ces découvertes à nos amis et cousins d'autres villages mais ils avaient refusé de nous croire – dans leurs villages, des marabouts et des guérisseurs officiaient mais aucun qui puisse se mesurer aux jumeaux. Nous, en revanche, on y croyait. On savait que les jumeaux étaient capables d'exploits réputés impossibles.

Même avant que nos parents nous interdisent de les regarder dans l'œil, on se doutait qu'il fallait les vénérer, ces hommes nés des deux côtés du chant du coq, Jakani le premier, Sakani ensuite. De loin, il était impossible de les différencier – ils portaient la même longue barbe grise et le même collier en coquilles d'escargot marron et noir autour du cou – mais, de près, c'était possible. Jakani était droitier et Sakani, gaucher ; Jakani était né avec l'œil gauche fermé et Sakani, l'œil droit. Ils étaient plus âgés que nos parents mais plus jeunes que nos grands-parents qui, pour la plupart, étaient présents le jour de leur naissance. D'après un de nos grands-pères, leur mère avait mis une semaine à accoucher et ses gémissements de douleur avaient empêché tout Kosawa de dormir pendant sept nuits. Y compris les insectes, les oiseaux et autres animaux qui s'étaient mis à pépier, gazouiller, bêler, aboyer et grogner de concert chaque nuit, leurs cris de plus en plus sauvages jusqu'à ce que les hurlements de la femme en train d'accoucher atteignent leur apogée, moment où les jumeaux étaient nés, semblables à la moyenne des bébés si ce n'est que chacun avait un œil fermé et une grosse tête dont émergeait une touffe de poils gris qui avait fini par migrer vers leur menton.

Un autre de nos grands-pères nous avait raconté que, petit garçon, il jouait à cache-cache avec les jumeaux mais il avait cessé lorsque Jakani avait commencé à voir des camarades de jeux que personne d'autre ne voyait, à trouver des objets que personne n'avait cachés et lorsque Sakani avait commencé à soigner les coupures que se faisaient ses amis à l'aide de feuilles qu'il courait chercher dans la forêt, le tout en psalmodiant des prières apaisantes. Une grand-mère qui avait eu une belle mort, elle était morte de vieillesse le même jour que Wambi, avait confié à quelques-unes de nos mères sous l'auvent de sa case, pendant qu'une poignée d'entre nous traînaient dans le coin pour écouter en douce, que les jumeaux n'avaient jamais manifesté d'intérêt pour les femmes, même jeunes hommes au sommet de leur virilité. Aux plus belles heures de leur jeunesse, alors que leurs camarades du même âge flirtaient, fréquentaient des jeunes filles et se rendaient dans d'autres villages afin de trouver celle dont ils espéraient une ribambelle d'enfants, Jakani et Sakani restaient chez leurs parents pour parfaire leur art. Un art qui, une fois maîtrisé, avait rapporté l'argent nécessaire à la construction de leur propre case à la lisière du village où désormais ils vivaient ensemble.

Plus souvent qu'il n'était convenable, on s'interrogeait sur ce qui pouvait se passer à l'intérieur de leur case. Nos mères se le demandaient aussi, nos pères sans doute également, même s'ils ne se seraient jamais abaissés à aborder le sujet publiquement. Plus d'une fois, nos mères avaient laissé entendre devant nous que les jumeaux partageaient le même lit, Jakani à droite, Sakani à gauche, dans les bras l'un de l'autre. On supposait qu'il s'agissait d'une sorte de parabole, puisqu'on ne doutait pas un instant que si les hommes pouvaient se serrer la main ou se prendre dans les bras, il y avait certaines choses qu'ils ne faisaient qu'aux femmes, partager le même lit, s'allonger l'un sur l'autre au milieu de la nuit, le souffle rauque, en faisant grincer leur couche. Le genre de choses auxquelles nos parents se livraient quand ils nous croyaient endormis et qu'on avait hâte de faire nous aussi un jour car, à la fréquence où ils s'y adonnaient, aux grognements de notre père et aux gémissements étouffés de notre mère, on devinait qu'elles étaient délicieuses.

Quand nous étions encore plus jeunes, l'une d'entre nous s'était réveillée à une heure indue, la vessie pleine. Elle était sortie se soulager et avait été témoin d'une scène dont elle se serait bien passée. D'ordinaire, elle ne se serait pas aventurée seule dehors – la nuit, on ne devait pas quitter la case sans être accompagnées d'un membre de sa fratrie, or cette amie n'avait qu'un petit frère qui n'aurait été d'aucune utilité, si bien qu'elle était allée dans la chambre de ses parents pour réveiller sa mère mais ses parents n'étaient pas dans leur lit. Alors notre amie avait traversé la pièce commune en quatrième vitesse et était sortie par la porte de derrière, pensant trouver ses parents à l'extérieur – peut-être étaient-ils sortis uriner, eux aussi – mais elle ne les avait pas vus. Elle avait seulement entendu leurs gémissements s'échapper de la cuisine et perdu aussitôt l'envie d'uriner. Elle avait envisagé de retourner se coucher au plus vite, mais son côté curieux l'avait incitée à regarder par un interstice dans la paroi en bambou de la cuisine. À la faible lueur d'une lampe à pétrole, elle avait vu clairement la scène – ses parents nus, sa mère allongée sur le dos, les cuisses largement écartées, les pieds en hauteur et son père, la tête plongée entre les cuisses de sa mère. Notre camarade s'était dépêchée de rentrer et s'était cachée sous sa couverture, son cœur refusant de ralentir son rythme, ses yeux incapables de se fermer, jusqu'à ce que ses parents rentrent à l'aube avec la couverture sur laquelle ils s'étaient étendus par terre dans la cuisine. Ils en avaient sorti une autre de sous leur lit, s'étaient couchés et couverts comme si de rien n'était, comme s'ils ne s'étaient pas fait des choses indicibles sur le sol de la cuisine. Le lendemain matin, fatiguée d'avoir lutté pour ne plus voir ce qu'elle avait vu, notre amie avait failli ne pas se réveiller pour aller en classe. À la récréation, quand on lui avait demandé pourquoi ses pieds semblaient aussi faibles que des brins d'herbe, elle nous avait raconté sa mésaventure nocturne et quelques-uns parmi nous lui avaient confié avoir été témoins de scènes similaires. Quoi qu'elle fasse, elle ne pourrait jamais dire à ses parents qu'elle les avait vus car elle leur ferait honte, or ce n'était jamais une bonne chose.

Nous étions convaincus que Jakani et Sakani ne se livraient pas à de tels actes – ce qu'ils ressentaient l'un pour l'autre s'apparentait davantage à ce que nos parents ressentaient vis-à-vis de nous et non à ce qu'ils ressentaient l'un pour l'autre, mais on ne pouvait en avoir la preuve absolue, les jumeaux étaient semblables à des noix de palme impossibles à ouvrir. Ils limitaient paroles et actes à nous guérir et à nous apporter la paix. Les rares fois où ils faisaient entrer une personne dans leur case, le rituel ne pouvant prendre place nulle part ailleurs, ils effaçaient la mémoire de cette personne pour qu'elle quitte leur case sans le moindre souvenir de ce qu'il ou elle avait vu ou fait. C'était, à coup sûr, ce qui était arrivé à nos pères après la réunion de village.

Bien que les hommes de Kosawa connaissent le danger que présentait la case des jumeaux, il n'était meilleur endroit pour se préparer à un éventuel affrontement avec les soldats. Il est probable que dans les heures qui ont suivi la réunion de village, quelques-uns de nos pères ont battu en retraite lorsque les jumeaux les ont invités à entrer dans leur case, alors que d'autres intimaient l'ordre aux peureux de se taire et d'être des hommes. À moins que Jakani n'ait psalmodié un chant solitaire qui avait poussé les hommes à s'introduire dans la case à la queue leu leu telle une colonie de fourmis obéissant à leur chef. Tous les hommes avaient dû finir par entrer, ce qui expliquait que Kosawa ait été curieusement silencieux après qu'on était rentrés chez nous. Dans la case des jumeaux, Sakani avait administré une potion pré-bataille aux hommes afin de dissiper leur angoisse et de fortifier leur esprit. Jakani les avait fait s'agenouiller au centre de la case avant de convoquer l'Esprit pour que ce dernier leur insuffle une témérité telle qu'ils vaincraient nos ennemis de façon aussi absolue que la lumière vainc l'obscurité à l'aube.

Au matin, les hommes étaient sortis de la case sans le moindre souvenir de ce qui s'y était passé – on le sait parce que leurs souvenirs de la veille étaient intacts, mais aucun ne se rappelait ce qu'il avait vécu depuis tard dans la nuit jusqu'à l'aube le lendemain. Il était donc évident pour tout Kosawa que, grâce au pouvoir que l'Esprit lui avait conféré, Jakani avait pénétré l'intérieur du cerveau des hommes et avait effacé leurs souvenirs. Il ne devait les avoir ranimés qu'au moment où les hommes étaient à bonne distance de sa case, quand ils avaient quitté les limites du croisement entre le monde spirituel et le monde humain. En admettant que nos pères se soient rendu compte de ce que les jumeaux leur infligeaient, ils ne s'en seraient pas plaints, tout ce que les jumeaux accomplissaient était pour le bien de Kosawa. Ils auraient été reconnaissants à Jakani, en oblitérant brièvement leur conscience, de les protéger d'un face-à-face avec l'Esprit, une expérience à laquelle aucun mortel ne pouvait survivre.

Ce matin-là, en classe, nous nous sommes amusés comme jamais depuis des mois. Tandis que maître Penda discourait sur le gouvernement, nous nous sommes retenus de rire, en particulier lorsqu'il a souligné que ce dernier était composé d'hommes parmi les plus intelligents du pays. À la fin de son exposé, l'un d'entre nous lui a demandé de nous en dire davantage sur Son Excellence – qu'est-ce qui faisait de lui un si grand président ? Maître Penda nous a proposé de faire la liste des qualités requises pour être un bon chef. Nous en avons cité plusieurs – la bienveillance, la gentillesse, l'humour, le respect. D'après maître Penda, Son Excellence possédait tous ces traits de caractère et bien d'autres. Son Excellence était l'homme le plus brillant du monde ; peu de pays pouvaient se targuer d'être gouvernés par un président comme le nôtre. Nous n'avons pas contesté ses dires – nous étions déjà assez vieux pour savoir qu'il disait simplement ce pour quoi il était payé.

Les fois où il ne nous disait pas ce qu'il était tenu de nous dire, maître Penda nous enseignait de nombreuses vérités. À l'âge de huit ans, nous en savions davantage que nos grands-parents et leurs parents sur la destination finale de notre pétrole. Et ce, grâce à maître Penda, qui nous parlait de l'Amérique – des grandes maisons en brique dans lesquelles les gens vivaient, des pommes de terre qu'ils mangeaient écrasées à l'aide d'un objet appelé *ferk*. Il nous apprenait l'anglais, même si on ne parviendrait jamais à le parler aussi bien que les contremaîtres américains des Jardins. Quand on jouait, il nous arrivait d'employer des expressions anglaises, *who cares* et *absolutely not* et *holy shit* pour nous impressionner mutuellement.

Une fois, l'une d'entre nous, convaincue de savoir parler anglais, avait salué un contremaître venu en visite dans notre village. Comme d'autres contremaîtres avant et après lui, cet Américain vivait dans la maison de brique au sommet de la colline face aux puits de pétrole et au campement des ouvriers, une maison de la taille de toutes nos cases réunies. La solitude qui lui était imposée était peut-être à l'origine de sa visite ce jour-là, une envie de contact humain quel qu'il soit. La voiture de l'homme était à peine entrée dans Kosawa que nous étions déjà agglutinés à l'entrée de la cour de chez Woja Beki en chantant : *motor car, I love your motor car, take me to the capital, I want to be a capital*. Lorsque le chauffeur avait ouvert la portière pour faire descendre l'Américain, nous nous étions tordu le cou pour mieux le voir. Alors qu'il avançait vers Woja Beki – lequel souriait comme l'idiot qu'il était –, une de nos amies a crié *Hello, man*. Comme nous l'avait enseigné maître Penda, c'était le mot utilisé par les Américains pour se saluer. Nos mâchoires s'étaient décrochées. Qu'est-ce qui lui prenait ? Elle n'avait pas le droit de s'adresser au contremaître comme s'il était un ami. La peur dans le regard de Woja Beki ne nous avait pas échappé non plus. Comment le contremaître allait-il réagir ? Il s'était tourné vers nous, en souriant. Ses yeux s'étaient attachés à celle d'entre nous qui l'avait apostrophé. Il avait dit : *Well, hello to you too, my little friend.* Nous avions éclaté de rire en nous donnant des coups de coude tant nous étions contents. Venait-on de se lier d'amitié avec un Américain ? Par la suite, nous n'avions pas cessé de demander à notre amie ce que ça faisait d'attirer l'attention d'un homme en provenance d'Amérique.

Quelques mois plus tard, un jour où notre classe ne comptait que la moitié de son effectif car la plupart de nos camarades devaient garder le lit en raison d'une forte fièvre ou d'une mauvaise toux ou d'une éruption cutanée inexplicable et d'une multitude d'autres symptômes, nous avons reparlé de cet après-midi-là à la récréation. En Amérique, tous les gens étaient-ils joyeux comme l'était ce contremaître ? Du coup, cela les rendait difficiles à comprendre – en effet, comment pouvaient-ils être heureux quand on mourait par leur faute ? Pourquoi ne demandaient-ils pas à leurs amis de Pexton d'arrêter de nous tuer ? Était-il possible qu'ils ne sachent rien de notre drame ? Pexton leur mentait-elle comme elle nous mentait ?

Nos parents n'étaient même pas nés quand Pexton avait débarqué la première fois, au temps où la vallée ne renfermait que Kosawa et des sentiers bordés d'arbres autour desquels les animaux folâtraient et les oiseaux chantaient. « N'ayez crainte, nous n'allons pas nous éterniser dans le coin, avaient affirmé les fonctionnaires qui accompagnaient les prospecteurs de pétrole à nos grands-parents au moment où ceux-ci étaient sortis de leurs cases, bouche bée et mains sur les hanches, pour voir les étrangers apparus dans leur village. Même lorsque ceux-ci leur avaient expliqué en détail leur mission, nos grands-parents ne comprenaient toujours pas pourquoi les chercheurs d'huile ne plantaient pas des palmiers pour produire de l'huile de palme si c'était ce qu'ils voulaient.

Woja Beki, qui venait juste de prendre la tête du village après la mort de son père, Woja Bewa, avait posé la question aux fonctionnaires et ceux-ci avaient expliqué que l'huile qui gisait dans les profondeurs de notre terre était de nature différente, de nature à faire rouler les voitures, une précision qui avait conduit nos grands-parents à échanger des regards stupéfaits – ils avaient vu des voitures à Lokunja mais ne s'étaient jamais demandé à quoi elles marchaient. Les fonctionnaires leur avaient affirmé que forer un gisement apporterait à notre village quelque chose qui se nommait civilisation. Un jour, avaient annoncé les fonctionnaires, Kosawa jouirait d'une chose merveilleuse appelée prospérité. Pouvait-on leur expliquer dans notre langue ce qu'étaient la civilisation et la prospérité ? avaient demandé nos grands-parents. Les fonctionnaires avaient répondu qu'il était impossible de donner une définition exacte de ces mots, nos grands-parents ne pourraient comprendre ce dont ils n'avaient jamais été témoins ou qu'ils n'avaient jamais envisagé comme une possibilité. En revanche, dès que la civilisation et la prospérité se seraient installées, avaient-ils ajouté, nos grands-parents seraient époustouflés par la belle vie qu'elles leur procureraient ; ils ne s'expliqueraient plus comment leurs ancêtres et eux-mêmes avaient pu vivre sans les merveilles dont leur monde en rapide mutation les comblerait. Ils répandraient encore et toujours des libations pour remercier leurs ancêtres et, tous les matins, chanteraient leur reconnaissance à l'Esprit pour avoir imbibé leurs terres de pétrole.

À ces mots, nos grands-parents s'étaient réjouis.

Ils avaient cru aux mensonges de Pexton et, pendant très longtemps, nos parents avaient fait de même, persuadés que, à force de patience, la chose appelée prospérité viendrait, tel un hôte bien-aimé pour lequel on tue le plus gros cochon, et que tous les habitants de Kosawa vivraient dans des maisons en brique semblables à celle que Woja Beki finirait par avoir.

À mesure que nous grandissions, notre haine de la compagnie avait décuplé et notre indignation s'était accrue, mais nous ne pouvions nier que Pexton avait proposé à nos grands-parents des emplois et l'opportunité de prendre leur part des richesses générées par le forage. Si nos grands-pères acceptaient de travailler pour la compagnie un certain nombre d'heures par jour et obéissaient aux ordres, Pexton leur assurerait un revenu mensuel régulier. Mais nos grands-pères n'avaient pas voulu perdre la main sur leur vie – tous avaient décliné l'offre de Pexton et étaient retournés au plaisir de tuer pour se nourrir tandis que, dans toute la vallée, les arbres étaient abattus afin de faire de la place aux champs pétrolifères, aux pipelines et aux Jardins.

À l'époque où nos pères étaient parvenus à l'âge adulte et Pexton était sur le point de forer son troisième puits, il était devenu évident pour tout Kosawa que la seule façon d'obtenir une part de ces fameuses richesses générées par le pétrole était de travailler pour Pexton. Mais, chaque fois que nos pères se rendaient aux Jardins pour postuler à un emploi, les contremaîtres leur répondaient qu'aucun n'était disponible – tous avaient été attribués à des hommes venus de villages des environs de Bézam dont les frères, les oncles, les cousins et autres membres de leurs tribus travaillaient dans des administrations et avaient sans aucun doute participé à des réunions secrètes et signé des documents indéchiffrables certifiant que, quels que soient le développement et la prospérité apportés par les puits de pétrole, ceux-ci étaient réservés à leurs familles, clans et tribus. Nos pères n'avaient pas de parents à Bézam pour s'exprimer en leur nom ou intriguer pour qu'ils obtiennent les emplois convoités, si bien que, comme l'avaient fait leurs pères avant eux, ils avaient continué à chasser et à pêcher jusqu'à ce que le pétrole se déverse dans les eaux du fleuve. En attendant, des hommes originaires de villages très éloignés s'installaient aux Jardins pour faire un travail qui s'accompagnait du privilège de vivre dans une maison en brique et de recevoir une enveloppe remplie de billets à la fin du mois, de l'argent qui permettait aux ouvriers de construire de jolies maisons dans les villages de leurs ancêtres et d'envoyer leurs enfants dans les écoles de Bézam, de sorte que, plus tard, ils obtiennent un emploi de bureau et conduisent des voitures comme les Américains, des voitures que les enfants de nos parents ne pouvaient approcher qu'en rêve.

Nous détestions ces ouvriers.

Il leur avait été donné ce qui aurait dû nous revenir et pourtant, ils nous jetaient des regards réservés d'ordinaire à la vermine quand nous nous asseyions à côté d'eux dans le car qui faisait la navette entre les Jardins et Lokunja, un car qui leur était destiné mais que, par solidarité, Pexton nous autorisait à prendre, oui, malgré tout, un car qui permettait aux ouvriers de quitter nos terres et d'y revenir.

Nous détestions qu'un pipeline fuie sur nos cultures, qu'il faille attendre des jours pour que les ouvriers viennent le réparer, après quoi nos parents n'avaient plus qu'une chose à faire pour récupérer leurs terres agricoles, leur disaient-ils, retirer la couche arable et s'en débarrasser. Et, quand nos parents tentaient de leur expliquer que ça ne servirait à rien puisque le poison s'infiltrait en profondeur et que le pétrole se répandait sur de vastes étendues, et que la meilleure solution était peut-être que Pexton se procure des pipelines de meilleure qualité, les ouvriers s'esclaffaient et leur demandaient s'ils espéraient que Pexton plie bagage et s'en aille sous prétexte qu'ils ne l'aimaient pas.

Après ces échanges, les ouvriers retournaient dans leur maison pour respirer le même air que le nôtre, mais pas pour boire la même eau ou manger la même nourriture – ils avaient assez d'argent pour acheter de quoi manger au grand marché et Pexton avait pris ses dispositions pour que leur eau arrive par canalisations et ne soit pas tirée d'un puits, raison pour laquelle leurs enfants ne mouraient pas comme nous mourions. Lorsque leurs enfants tombaient malades, il se trouvait sur place un médecin de Bézam, quelqu'un payé par Pexton pour les soigner afin que leurs parents aient l'esprit tranquille et que leurs pères puissent se concentrer sur le travail à faire. Une fois, à une réunion de village, un de nos pères avait demandé s'il pouvait consulter le médecin des Jardins pour son enfant malade, au cas où ce marabout aurait en sa possession des plantes que Sakani n'avait pas, le Chef avait secoué la tête et affirmé qu'il était préférable que les enfants restent séparés, pourquoi les perturber en leur montrant comment le monde fonctionnait ?

La fin de semaine qui a suivi la capture, pendant que nos pères se reposaient et que nos mères enchaînaient les corvées, nous étions quelques-uns à traîner devant la case de Lusaka dans l'espoir d'entendre les trois hommes de Pexton et leur chauffeur pleurer et supplier qu'on les libère puisque les soldats ne viendraient peut-être jamais les sauver. Nos mères passaient leur temps à nous ordonner de quitter les lieux, même si elles-mêmes apportaient des plats à la femme de Lusaka afin qu'elle ne supporte pas seule le fardeau de nourrir les otages. Nos mères ne se rendaient pas à la case de Lusaka uniquement pour apporter de la nourriture – ce genre de courses nous étaient d'ordinaire dévolues – mais aussi pour demander à la femme de Lusaka si elle accepterait de les laisser entrer dans la cellule improvisée pour cracher à la figure des hommes de Pexton, leur faire savoir quels êtres méprisables ils étaient, les gifler, leur donner des coups de pied, frapper leur tête contre le sol afin de venger tous les enfants que Pexton avait tués.

La femme de Lusaka ne les a jamais autorisées à entrer dans la pièce pour mettre leur projet à exécution. Elle a même dit non aux mères dont les enfants défunts continuaient de hanter leurs rêves nocturnes, habillés de blanc et les yeux pleins de larmes, ils ne prononçaient pas un mot mais manifestaient ardemment le désir de comprendre pourquoi ils étaient morts, ils se languissaient de leurs mères mais étaient dans l'impossibilité de les toucher, l'espace qui les séparait se refusant à diminuer malgré les efforts de celles-ci pour courir les embrasser et pour les examiner de près, afin de vérifier s'ils étaient bien nourris dans l'au-delà.

« Ce n'est pas une bonne chose de maltraiter ces hommes, ils sont déjà au supplice en ce moment », disait la femme de Lusaka à nos mères.

Son devoir, ajoutait-elle, était de les maintenir en vie en les nourrissant. Cependant, confessait-elle, elle ne pouvait s'empêcher d'imaginer le meilleur moyen de leur infliger une souffrance similaire à celle qu'elle supportait quotidiennement, ce chagrin qui l'aurait poussée à faire n'importe quoi pour peu qu'elle en soit libérée un instant. Elle avait envisagé d'empoisonner les plats des prisonniers, avouait-elle à nos mères, mais ne voulait pas leur faire le cadeau d'une mort rapide. Elle avait songé à les laisser mourir de faim mais son mari ainsi que les hommes du village ne l'auraient jamais permis, et elle ne voyait pas ce qu'elle aurait pu faire discrètement pour nuire aux prisonniers car son mari avait de fréquentes réunions avec les anciens dans la pièce commune afin de réfléchir aux étapes suivantes.

C'est lors d'une de ces réunions que les anciens ont décidé d'interdire à tous les membres de la famille de Woja Beki de s'aventurer au-delà de l'entrée du village ou de se rendre dans une autre case ; les assigner à résidence était le seul moyen de s'assurer qu'ils ne courent pas aux Jardins ou à la sous-préfecture raconter ce qui se passait. En apprenant la mise en place de la mesure, nous l'avons soutenue – nous avions toujours méprisé les deux enfants de la maison, des enfants de notre âge qu'on avait exclus de nos jeux bien avant que la décision soit prise ; ils adoraient se vanter de s'asseoir sur des *sofas* dans leur *living-room* et de manger avec des *ferks*, ce qui nous agaçait.

Quant au reste de la famille, la détestation de tout le village à son endroit était devenue telle que même Jofi, la troisième épouse de Woja Beki, qui jadis bondissait de case en case pour raconter que tel mari avait regardé telle femme de manière inappropriée, que telle jeune femme ne trouverait sans doute jamais chaussure à son pied si elle persistait à faire la snob, que tel enfant malade aurait probablement la vie sauve, que l'Esprit en soit remercié ; même elle qui rendait visite aux mères endeuillées pour leur jurer sur la tête de ses ancêtres que son mari ne trouverait jamais le repos tant qu'il n'aurait pas trouvé le moyen de venger la mort de leurs enfants, parlant de cette voix perçante qu'on détestait tant, installée dans la cuisine de nos mères, son corps gras paré de vêtements élégants en provenance de Bézam ; même elle avait été bannie par tout le village maintenant que la haine qu'on vouait à sa famille avait été dévoilée. Les jours où, rayonnante, elle traînait ses chevilles épaisses dans tout Kosawa en faisant semblant d'ignorer que nos mères levaient les yeux au ciel une fois qu'elle avait quitté leur compagnie, ces jours avaient pris fin le soir de la réunion de village. À présent, elle et ses coépouses se cachaient de notre colère derrière leurs murs de brique, à moins d'avoir la nécessité absolue de sortir.

Jour et nuit, nos mères surveillaient les faits et gestes des trois femmes de Woja Beki avec une férocité qu'on ne leur connaissait pas. Leur méchanceté nous a surpris. Elles n'avaient pourtant pas le cœur de pierre de nos pères et ne nous auraient jamais encouragés à adopter un tel comportement, tourner le dos à nos amis. Puis on se rappelait qu'elles avaient enterré des enfants et qu'une de nos tantes en enterrerait un quatre jours après la réunion de village, le bébé qu'elle avait brandi devant les hommes de Pexton pendant la réunion. Combien d'enfants les femmes de Woja Beki avaient-elles enterrés ? Aucun. Combien d'enfants dans cette maison buvaient l'eau tirée directement du puits ? Aucun. En plus de l'eau saine que Gono apportait de Bézam, la famille possédait une machine qui retirait les impuretés de l'eau du puits au cas où elle se trouvait contrainte d'en boire. Aucun d'entre nous n'avait jamais vu la machine et, une fois, Woja Beki avait invité plusieurs de nos pères dans sa maison afin de leur prouver que cette machine n'existait pas, cette histoire était ridicule, lui aussi était une victime, pourtant, on continuait de croire à son existence car sa famille et lui ne se souciaient que de se protéger, eux, et personne d'autre.

Nos mères se rendaient peut-être compte, comme nous tous d'ailleurs, que personne ne viendrait nous sauver et qu'il faudrait nous en charger nous-mêmes par tout moyen à notre disposition, y compris espionner et retenir prisonniers des gens avec lesquels on avait partagé des repas et qu'on avait serrés dans nos bras. Lorsqu'elles se rendaient visite, dans leurs cuisines ou sous l'auvent de leurs cases, nos mères parlaient librement de leur haine à l'égard des femmes de Woja Beki et en particulier de Jofi, une haine longtemps dissimulée.

« Ce qui me met en colère, disait une de nos mères, ce sont ces précieuses heures que j'ai perdues à faire semblant de l'aimer. »

Avertis par Lusaka que tout le village les surveillait et que les souffrances qui leur seraient infligées seraient sans précédent s'ils tentaient de quitter Kosawa, les membres de la famille s'étaient repliés sur eux-mêmes, une île entourée de crocodiles.

Le soir, il nous arrivait de traîner à l'extérieur de leur maison dans l'espoir d'entendre les femmes et les enfants pleurer, mais aucun son ne nous parvenait. Les portes et les fenêtres restaient fermées, chacun se terrait sans doute dans son coin, chaque femme dans sa chambre avec ses filles, les fils réunis dans la même chambre, chaque mère réfléchissant au moyen de se sauver avec ses enfants quand l'occasion se présenterait. Si certains d'entre nous ressentaient de la pitié à leur égard, ils ne s'en ouvraient pas à leurs amis car nous savions tous le rôle primordial que jouait cette mesure dans notre victoire finale.

Bongo

INSTALLÉ SOUS L'AUVENT DE LA CASE, je m'efforce d'éloigner mes pensées des charges que mon nouveau rôle va m'imposer. Thula est allée voir un ami malade ; elle et quelques camarades de son âge font sans doute l'impossible pour le distraire en lui racontant des histoires et des théories absurdes, n'importe quelle ânerie susceptible de lui faire oublier les douleurs qui lui tordent le corps. Connaissant Thula, je l'imagine assise silencieuse dans un coin, elle acquiesce à l'une ou l'autre théorie avancée par ses amis, comme celle sur l'océan que j'ai entendue par hasard ; l'océan – qu'aucun d'entre eux n'a jamais vu – serait voué à s'assécher par la faute d'Américains comme ceux de Pexton, parce que tous les déchets toxiques qu'ils déversent dans les fleuves se répandent dans l'océan et l'étouffent.

Juba est à côté de moi, sur les genoux de Yaya. Sahel prépare le dîner à la cuisine. Nous ne sommes plus la famille que nous formions avant la disparition de Malabo ; nous n'essayons pas de l'être. Le drame s'est produit il y a plus d'un an, pourtant Yaya et Sahel pleurent toujours. Mais ce sont des femmes – il faut qu'elles trouvent un moyen de sécher leurs larmes et de continuer d'avancer. Tous, nous le devons. Aujourd'hui, on compte sept enfants malades parmi nous, trois d'entre eux sont des bébés, tous s'en remettront sans doute, selon Sakani, que l'Esprit en soit remercié. Il se peut que notre espoir récent les ragaillardisse, qu'ils devinent qu'on se bat pour eux et qu'on est en passe de gagner. À Kosawa, la conviction de tout un peuple a rendu l'atmosphère plus légère : le temps n'est plus au doute.

Je me tourne vers Yaya. Ses joues se sont creusées davantage depuis qu'elle a perdu la plupart de ses dents. Elle semble calme, comme si elle n'avait pas commencé la journée en pleurant son aîné. À la mort de mon père, elle avait pleuré tous les jours pendant un mois, il est donc concevable que, pour mon frère, elle pleure tous les matins jusqu'à la fin de sa vie. Pourvu qu'elle ne verse jamais de larmes pour moi. Elle berce Juba, qui a quatre ans et qui est trop grand pour être bercé. Ni Juba ni Yaya ne manifestent une quelconque envie de mettre un terme à leur proximité physique. Ce n'était pas du goût de Malabo ; il avait souvent demandé à Yaya d'y renoncer, mais tenter de mettre fin à un amour de cette nature a-t-il jamais été couronné de succès ? Yaya aimerait bercer mon enfant aussi, mais elle ne me demande pas quand j'ai l'intention de prendre femme. Elle veut que j'oublie Elali, que je choisisse une autre fille dans un village voisin où les candidates se bousculeraient pour être élues, mais ne m'en dit pas un mot. Elle ne dit rien à la façon des mères qui disent tout en ne disant rien.

Un parent qui passe devant la case nous souhaite le bonsoir. On fait de même. Je remarque que deux des filles de Lusaka s'avancent vers nous. La plus âgée est grande, son corps est en train de basculer de la minceur à des formes pleines. Elle est belle. Je suis surpris de le constater soudain. Peut-être suis-je en train d'oublier Elali ? Il le faudrait. Toutes les nuits, un autre homme se glisse entre ses cuisses et c'est son nom qu'elle murmure et pas le mien. Pourtant, c'est bien mon nom qu'elle avait juré de prononcer jusqu'à la fin de ses jours – elle me l'avait juré des centaines de fois, de cette première nuit dans ma chambre jusqu'au jour où elle s'est assise à côté d'un ouvrier dans le car qui partait des Jardins. Depuis, elle n'a plus jamais été mienne.

La fille aînée de Lusaka approche. Je ne peux concevoir que ses cuisses soient aussi fuselées et fermes que l'étaient celles d'Elali mais ce sont sûrement de belles et bonnes cuisses dont elle fera un excellent usage avec un homme. Sa façon de bouger me donne envie de commencer à rechercher une remplaçante à Elali, de trouver un corps que je puisse revendiquer, empoigner et caresser à loisir mais je n'ai pas le temps pour les parades nuptiales. Depuis le mariage d'Elali, j'ai eu quelques femmes – l'une d'entre elles m'a laissé lui faire ce que je n'avais jamais osé demander à Elali d'accepter – mais ces femmes n'ont guère fait plus que m'empêcher de m'arracher les parties quand l'envie d'un corps nu transformait mon cerveau en boue.

La fille de Lusaka avance en se déhanchant, ses yeux se posent un peu partout sauf sur moi. Son corps est mûr pour les bébés. Des bébés morts. Je m'efforce de ne pas penser aux bébés morts. Se rendent-elles compte, ces petites filles de Kosawa qui passent des heures à fabriquer des bébés à l'aide de tiges et de brindilles et de fleurs pour les yeux ; nomment leurs créations, les bercent, leur chantent une comptine, anticipant sur leur destin de mères, se rendent-elles compte que leur vœu, s'il devait être exaucé, entraînerait inévitablement la mort ? Ne devrait-on pas leur rappeler que la naissance survient uniquement pour que la mort l'emporte ? Est-ce parce qu'elle en avait conscience que je n'ai jamais vu Thula prendre part à ces jeux lorsqu'elle était plus jeune, est-ce pour cette raison que, les sourcils froncés, elle se contentait d'observer ses amies roucouler devant leurs prétendus bébés, inconscientes de la mort qui rôdait tout près ?

Je me rappelle une fois où une amie de Thula était venue accompagnée de son frère bébé. Thula, son amie, le bébé et deux autres camarades s'étaient installés à côté de notre case. Ignorant que je les regardais, une des filles avait soulevé sa robe et posé le bébé sur son absence de poitrine pour découvrir ce qu'on éprouvait en allaitant. J'ai vu le ravissement de la fille tandis que le bébé tétait ce qu'il pouvait. Les autres filles pouffaient. Sur le visage de Thula, j'ai lu : plutôt mourir que d'en passer par ce supplice. Ce bébé est toujours parmi nous, il a survécu à une longue maladie. Mais je ne dois vraiment pas avoir d'avis sur ce genre de choses en ce moment. Je ferais mieux de songer à la femme que j'aurai un jour – la poitrine généreuse, la peau douce, toujours joyeuse, tenant la case à la perfection et me rendant heureux –, à ses cuisses délicieuses. Je sais que je devrai revoir mes prétentions à la baisse, ne pas viser les cuisses d'Elali, ces cuisses qui m'ont serré fort et guidé tandis que j'explorais les contrées reculées de la divine république d'Elali.

« Bonsoir, Yaya. Bonsoir, Bongo », dit la fille de Lusaka, dressée soudain devant moi.

Sa jeune sœur se tient derrière elle, beaucoup moins jolie que son aînée ; j'ai déjà de la peine pour elle – elle découvrira bientôt qu'elle est destinée à n'être que le troisième ou quatrième choix d'un homme.

Yaya fait un signe de tête aux sœurs, accompagné d'un pauvre sourire.

« Comment va votre père ? je leur demande.

— Bongo, Papa veut que tu viennes immédiatement, dit la beauté, elle a de petites dents de la blancheur de nuages inoffensifs.

— Bongo, tu as entendu ce que dit Wanja ? demande Yaya.

— Oui, oui, dis-je en me rendant compte que mon regard s'est attardé trop longtemps sur elle. Ton père veut me voir ?

— Oui, s'il te plaît, il veut que tu viennes tout de suite. Il dit que c'est très important. »

J'acquiesce et je me lève mais sans éprouver le besoin de me presser. Ce dont Lusaka veut m'entretenir ne doit pas être de première importance. Les prisonniers sont au secret, aucun déplacement ne leur est autorisé jusqu'à nouvel ordre. On a roulé les soldats dans la farine. Woja Beki et sa famille sont sous surveillance. Un plan d'action rigoureux a été établi jusqu'à la conclusion de toute cette affaire.

Je vais dans ma chambre prendre un tee-shirt sur le dessus de la pile de vêtements posée sur mon lit – Sahel les a lavés et repassés aujourd'hui. Mon frère a agi dans notre intérêt en épousant une femme de devoir comme Sahel, une femme qui ne se plaint jamais mais se comporte en bonne épouse pour sa famille. Peut-être que bientôt ce sera au tour de la fille de Lusaka de s'occuper de mon linge. Je me fais sourire, j'aime la nouvelle direction que prennent mes pensées.

Je marche derrière la fille de Lusaka pour rejoindre la case familiale. Ses fesses font mon émerveillement, gentiment tombantes et compactes, mais il me faut les quitter des yeux plus souvent que je n'aimerais, contraint de saluer amis et parents en passant devant leurs cases. Je réponds à ceux qui m'interpellent que je ne peux pas m'arrêter pour bavarder, non, il n'y a pas de problème, tout va bien.

J'aurais préféré ne pas participer à cette opération. J'avais espéré que les instigateurs de notre malheur apprendraient qu'il était possible de pourvoir à leur propre bonheur tout en nous laissant un espace pour le contentement, mais dans un monde où beaucoup croient que leur bonheur dépend du malheur des autres, quel choix avait-on ?

Lorsque Konga s'est présenté à la réunion de village en brandissant la clé de voiture des hommes de Pexton, j'ai d'abord été horrifié par sa stratégie et son comportement. Je pensais la même chose que mes amis : pourquoi j'écouterais un fou ? Était-ce la bonne manière d'obtenir ce qu'on voulait ? N'était-il pas préférable d'attendre un moment plus propice pour faire ce genre de chose, un jour à l'avenir, après avoir défini une stratégie étape par étape plutôt que d'engager une rébellion spontanée sur la base d'un mystérieux coup de tête ? Comment ai-je bien pu me persuader d'obéir aux ordres de quelqu'un qui n'a pas de pouvoir sur les mots qui s'échappent de sa bouche, pourtant c'étaient ceux qu'on avait besoin d'entendre ce soir-là. Ceux dont j'avais besoin. Mon frère les avait prononcés mais j'avais refusé de l'écouter. Je l'avais laissé partir à Bézam sans lui apporter mon soutien, laissé entreprendre ce voyage au cours duquel il aurait pu bénéficier de ma foi et de mes conseils. Je ne pourrai plus le décevoir.

Après que mes amis et moi avons emmené les hommes de Pexton ainsi que Woja Beki chez Lusaka où nous les avons regroupés dans un coin de la pièce commune, Konga nous a demandé de leur lier les pieds et les mains et de les traîner dans la pièce à l'arrière. Woja Beki s'était mis à crier :

« Konga Wanjikia, fils de Bantu Wanjika, que t'ai-je fait pour mériter ce traitement… ? »

Je prononce ces mêmes paroles chaque fois que je vois une mère effondrée de chagrin au côté de son enfant mort : Ennemis de Kosawa, qu'est-ce qu'on a fait pour mériter ce traitement ?

Souvent, la nuit, allongé dans mon lit, je m'imagine ventilateur, je souffle l'air qui plane au-dessus de Kosawa, je l'entraîne au-delà des collines derrière les Jardins puis je le lâche à l'endroit où des vents puissants l'emporteront au loin avant de nous rapporter de l'air pur. Je m'imagine mur s'étirant du ciel jusqu'au centre de la Terre, empêchant tout pipeline de pénétrer, tout poison de s'infiltrer dans notre eau. Je voudrais tellement procurer des choses simples aux enfants. De l'eau pure. De l'air pur. De la nourriture pure. Les laisser la souiller s'ils la préfèrent sale – comment ose-t-on leur refuser ce droit ?

Je ne suis pas le meilleur chasseur ni le meilleur cultivateur de Kosawa et je ne serai pas un ancien avant plusieurs décennies. Et pourtant, après le départ des soldats, les hommes du village m'ont choisi pour chef.

Ce soir-là, Lusaka s'est planté devant eux et a déclaré qu'il nous fallait un nouveau chef, un chef intrépide. Tunis, un homme du même âge que mon frère, a proposé ses services mais personne n'a été très enthousiasmé – aussi dévoué soit-il, il aime un peu trop la plaisanterie et vient d'avoir des jumelles, un changement de vie qui, c'est certain, ne renforce pas votre virilité. Mon cousin Sonni s'est proposé aussi ; son père, mon oncle Manga, était d'avis que son fils ferait un excellent chef car il se montrait sage depuis sa naissance. Mais quelqu'un a crié que ce n'était pas normal qu'un père nomme son fils. Une dispute était sur le point d'éclater pour déterminer qui avait le droit de nommer qui quand Lusaka a levé la main pour obtenir le silence. À l'endroit même où il nous avait demandé d'emmener les hommes de Pexton chez lui, il a annoncé à tous que le chef ce devait être moi, il en était convaincu. Personne n'avait fait autant pour Kosawa l'année précédente. Plusieurs hommes ont acquiescé. Personne ne l'a contredit.

J'aurais voulu prendre la parole et dire que j'avais la même opinion de lui mais il a enchaîné aussi sec, sans me laisser aucun espace pour glisser mes paroles entre les siennes. Les raisons pour lesquelles il était désireux de me voir prendre les commandes étaient nombreuses, a-t-il dit. J'avais prêté main-forte pour creuser les tombes de tous les enfants morts les deux dernières années. (Ce en quoi il avait tort – quand Elali m'avait dit qu'elle ne m'aimait plus, je suis resté enfermé dans ma chambre à fixer le mur toute une journée, ignorant Malabo qui me suppliait de manger, ignorant les gémissements qui s'échappaient d'une case où un bébé de neuf mois s'était endormi pour ne plus jamais se réveiller. Je ne m'étais pas rendu à l'enterrement du bébé et n'avais même pas cherché à savoir son nom.)

Lusaka a rappelé que j'avais organisé les recherches pour retrouver les disparus de Bézam (j'avais en effet réuni et guidé le groupe dans Bézam, mais je m'en étais chargé non pour Kosawa, mais pour mon frère et ma famille). Il a ajouté, à tort, que j'avais été parmi les premiers à me proposer lorsque Konga avait fait appel à des volontaires pour évacuer les trois de Pexton. (J'étais à l'arrière du groupe de jeunes hommes qui s'étaient proposés.) Quand, le soir de la réunion de village, suivant les consignes de Konga, je m'étais présenté à la case des jumeaux et rendu compte que certains hommes de Kosawa n'y étaient pas, a poursuivi Lusaka – désignant tous les lâches qui se sont détournés –, j'étais allé les chercher chez eux, je les avais arrachés aux jupes de leurs femmes, mais pas avant d'expliquer à leurs épouses et à leurs enfants quelle sorte d'hommes ils étaient : des poules mouillées qui battaient en retraite ; des imposteurs qui ne méritaient pas que le bien entre dans leur vie (je n'avais jamais prononcé ces paroles ; je m'étais contenté de leur demander de me suivre, cela dit, je regrette de ne pas les avoir insultés sous leur toit – tout homme dans la force de l'âge qui reste chez lui quand d'autres montent au front et meurent pour leur famille ne mérite pas l'honneur d'être appelé homme).

« Bongo est celui qui a parlementé avec Woja Beki avant la visite des soldats », a dit Lusaka.

Ce qui est exact, sauf que lui aussi était présent, ainsi que deux anciens. Mais il avait raison – c'est bien moi qui ai dit à Woja Beki que l'avenir de Kosawa reposait sur le choix qu'il ferait et auquel il devrait se conformer : soit il choisissait son peuple, soit il choisissait ses ennemis. Il nous avait choisis, même si ce n'était que pour cet après-midi-là. Les soldats étaient repartis convaincus que les hommes de Pexton n'étaient pas au village. La bataille ne faisait que commencer mais nous étions en train de la gagner.

« Ne sommes-nous pas en train de gagner ? a demandé Lusaka aux hommes.

— Oui, ont-ils répondu.

— N'allons-nous pas continuer de gagner ?

— Oui.

— Oui, a répété Lusaka, et nous pouvons en remercier Bongo. »

Tous les matins, je demande à l'Esprit de m'accorder des raisons d'être reconnaissant. Je prie pour qu'il protège les enfants de mon frère : Juba fait des cauchemars dont il se réveille en sueur, quant à Thula, depuis que je suis revenu de Bézam les mains vides, elle n'a plus grand-chose à me dire – j'ai déçu son père, je l'ai déçue. Je regrette tant les jours où, petite fille, elle entrait dans ma chambre à l'aube, se glissait dans mon lit et passait ses mains sous mon tee-shirt. Parfois, je la chatouillais juste pour entendre son rire. J'adorais voir s'écarquiller ses grands yeux ronds. Il était évident, même à l'époque, à voir sa bouche en cœur, ses cils immenses, qu'elle serait un jour d'une grande beauté. Elle est à cette charnière aujourd'hui mais sa silhouette mince n'est pas de celles pour lesquelles les hommes de Kosawa se damneraient. Le fait qu'elle se replie sur elle-même en grandissant, souriant de temps à autre mais ne révélant rien de son être intime, me fait craindre que, à l'âge adulte, elle ne devienne trop mystérieuse et que son visage merveilleux s'en trouve gâché. Son père, lui aussi, était insondable ; tous deux ne se ressemblaient pas physiquement mais, en esprit, elle est son sosie. Je ne saurais dire le nombre de soirées qu'ils ont passées ensemble à discuter et à rire sous l'auvent de la case. Depuis la disparition de Malabo, je redoute qu'elle ne se referme sur elle-même et ne veuille partager ses pensées qu'avec lui et lui seul. Elle ne le crie pas sur les toits, mais elle est en colère contre tous ceux qui ont contribué à lui voler son père. Hélas, que peut-elle contre cette colère ? Les moments où elle lit un livre de classe, elle paraît normale, mais chaque jour qui vient s'ajouter au nombre de jours où elle n'a pas revu son père la rend de plus en plus silencieuse et rend sa colère de plus en plus visible dans la fragilité de ses sourires qu'elle est plus disposée à offrir à ses amies qu'à ceux qui vivent dans la case où son père n'est plus.

S'il s'agissait d'une autre fille, je souhaiterais simplement que l'Esprit panse son cœur et la libère de sa douleur, mais elle est l'enfant de mon frère et, si mon frère ne devait jamais revenir, je suis pour elle ce qui se rapproche le plus d'un père. Sans connaître l'avenir – sans savoir si, un jour, je finirai le travail initié par mon frère et mobiliserai mon énergie pour trouver la femme qui portera mes enfants –, il se peut que, pendant un temps, elle soit pour moi comme une fille. Pour cette raison, je veux absolument, aussi utopique que cela puisse paraître, qu'elle devienne une femme libérée. Ainsi, je pourrai dire à mon frère lorsqu'on se retrouvera que je n'ai pas échoué à protéger ses enfants, que j'ai fait l'impossible pour qu'ils grandissent dans un Kosawa sain, même si j'ai échoué à le sauver de ceux qui l'ont abattu.

Quand j'arrive chez Lusaka, il est en compagnie de deux hommes – mon oncle Manga et Pondo, qui a épousé la seule survivante parmi les sœurs de Woja Beki. Depuis que les hommes de Pexton ont été enfermés, il y a neuf jours, Lusaka compte sur la sagesse des deux anciens, et je ne vois pas pourquoi je ne devrais pas en faire autant puisque, depuis toujours, ils choisissent souvent le bien au détriment du mal. Les hommes évitent de croiser mon regard quand j'avance un tabouret pour me joindre au cercle.

« Il est en train de mourir, dit Lusaka au moment où je m'assois.

— Qui ? je demande.

— Le Chétif, me répond Lusaka. Ma femme vient de finir de nettoyer son vomi. Il a rendu tout l'après-midi. Quand tu le touches, il est bouillant. »

Manga et Pondo tournent leurs yeux vers moi. Je lis dans leur regard : tu es le chef – tire-nous de cette situation.

« Il faut établir un nouveau plan, propose Manga.

— J'ai tout essayé, ils refusent de parler, répond Lusaka. Hier soir, je leur ai dit que nous n'avions plus besoin d'une longue liste de noms. Cinq ou six nous suffiraient. Le Chef m'a regardé comme si j'étais un bol de nourriture avariée. Les autres ont à peine ouvert les yeux.

— Et si on essayait de les frapper, a dit Pondo.

— Les frapper ? a répété Manga en ricanant, à croire que son camarade venait d'énoncer l'indicible. L'un d'eux est en train de mourir et tu veux les frapper ?

— Si on ne leur soutire aucune information, à quoi bon les avoir faits prisonniers ? Est-ce que tous nos efforts auront été vains ?

— Rien ne sera fait en vain, dis-je.

— Alors, nous allons les garder à Kosawa jusqu'à ce que mort s'ensuive ? demande Pondo. C'est ça, le nouveau plan ? Tôt ou tard d'autres soldats viendront pour les retrouver. Ils poseront d'autres questions. Seul l'Esprit sait ce qu'ils nous infligeront quand ils découvriront la vérité.

— Ils ne la découvriront jamais si nous les en empêchons.

— Tu crois vraiment que Pexton se contentera d'accepter que ses hommes aient disparu ?

— Bongo, que devons-nous faire ? » demande Lusaka.

Il chuchote. Nous parlons tous à voix basse, même si nous n'avons aucun secret pour le reste du village. Ma résolution vacille. J'avais craint bien sûr qu'une chose ou une autre ne tourne mal mais je n'avais jamais envisagé la possibilité que l'un d'entre eux meure.

Notre plan, le plan sur lequel les hommes de Kosawa s'étaient mis d'accord, était simple : garder les prisonniers jusqu'à ce qu'ils nous donnent les noms de personnes à Bézam susceptibles de nous aider. Nous ne voulions rien d'autre. Juste des noms. Après quoi, nous les libérerions. C'était le plan que nous avions établi après être sortis de la case des jumeaux le lendemain matin de la réunion de village. Pourquoi Konga ne s'était-il pas montré ce soir-là alors que nous étions rassemblés armés de lances et de machettes, prêts à mourir pour Kosawa ? Nous ne le saurions jamais. Pas plus que nous ne saurions à quels actes les jumeaux s'étaient livrés sur nous. En revanche, nous savions avec certitude que, grâce à leur art, cette bataille ne se livrerait pas en opposant les armes aux armes, mais en opposant la sagesse aux armes.

Après avoir obtenu les noms de nos bienfaiteurs potentiels, une délégation se serait rendue à Bézam, les bras chargés de cadeaux, de viande de gibier fumé, d'épices en poudre, d'ignames, de bouteilles d'huile de palme et d'œufs de nos meilleures pondeuses. Nous aurions offert les cadeaux à nos bienfaiteurs. Nous leur aurions parlé ouvertement puisque les prisonniers nous auraient assuré qu'ils étaient des hommes de pouvoir, certes, mais aussi des hommes de conviction, des hommes au grand cœur. Une fois dans leur bureau, nous nous serions agenouillés pour chanter leurs louanges avant de les supplier de nous accompagner à notre village. Venez juger par vous-mêmes de la détresse de nos enfants. Nous les aurions logés chez Woja Beki le temps de leur séjour. Nous aurions repeint la maison ; nos femmes l'auraient nettoyée et fleurie de roses et de tournesols – elle aurait dégagé un parfum digne de nos honorables hôtes. Certes, la maison n'était pas une maison de Bézam, mais elle en aurait eu l'aspect et la senteur que, dans notre imagination, nous prêtions aux maisons les plus élégantes de Bézam, une supposition à laquelle nous étions parvenus grâce aux images de maisons américaines vues dans les livres scolaires des enfants. Woja Beki serait resté en leur compagnie, nous aurions réparti sa famille dans toutes nos cases ; nous aurions demandé à nos femmes de ronger leur frein. Nous aurions dit aux grosses huiles que nos femmes et nos mères et nos sœurs ne cuisineraient que leurs plats préférés. Nous leur aurions assuré que Woja Beki les traiterait en honorables hôtes qu'ils étaient, et cela serait la vérité. Lorsque nous avions présenté le projet à Woja Beki comme étant une des conditions de sa libération, lorsque nous lui avions annoncé que nous devrions utiliser sa maison quand nous le jugerions nécessaire pour la réussite de notre entreprise, il avait donné son accord ; nous étions certains qu'il se délecterait du privilège de recevoir des pontes de Bézam.

Nous ne sommes pas des mendiants, mais nous serions allés à Bézam nous prosterner devant ces hommes, embrasser leurs pieds, aussi poussiéreuses que soient leurs chaussures, parce que nous avions besoin de leur aide si nous voulions continuer de vivre sur notre terre. S'il le fallait, nous aurions fait plusieurs allers et retours à Bézam ; nous aurions continué à voyager, à supplier et à offrir des cadeaux jusqu'à obtenir qu'une grosse pointure du gouvernement au moins et un supérieur de chez Pexton nous suivent à Kosawa. À leur arrivée, nous aurions organisé un festin en leur honneur et nous leur aurions offert des lopins de terre. Après quoi, nous aurions déposé nos enfants malades à leurs pieds, nous aurions supplié les hommes de protéger ces êtres sans défense. Nous sommes peut-être fiers mais notre douleur a émoussé cette fierté et nous aurions fait tout cela et bien plus dans l'intérêt de nos enfants.

La responsabilité d'extorquer les informations cruciales était échue à Lusaka. Nous étions persuadés que, pour peu que les hommes parviennent à le percevoir non comme un ennemi mais comme une personne susceptible de leur garantir la liberté, ils seraient plus enclins à lui parler. S'il y avait quelqu'un à Kosawa en qui les prisonniers pouvaient avoir confiance, c'était bien Lusaka – c'était lui qui, une fois les prisonniers conduits à sa case le soir de la réunion de village, avait demandé à Konga d'avoir la gentillesse de lui remettre la clé de la voiture. Konga lui avait lancé la clé puis était sorti de la case et personne ne l'avait revu depuis. Avant de nous rejoindre devant la case des jumeaux, accompagné de trois hommes, Lusaka était parti chercher le chauffeur de Pexton dans l'enceinte de l'école. Il l'avait trouvé en train de déambuler dans le noir à la recherche de la clé. Lusaka lui avait montré la clé et demandé de le suivre ; le chauffeur n'avait opposé aucune résistance et avait rejoint les autres prisonniers sous bonne escorte.

« Que ferez-vous de nous après qu'on vous aura donné les noms que vous voulez ? a demandé Face de lune à Lusaka lorsque celui-ci est venu exposer notre requête aux prisonniers.

— Nous vous rendrons votre clé de voiture et vous souhaiterons bon retour chez vous », a répondu Lusaka.

Le Chef s'est esclaffé.

« Nous le ferons, a dit Lusaka.

— Menteur, a grogné le Chef. Où sont les lits que vous nous aviez promis ? Où sont les tombes de vos fils morts ? Avez-vous seulement des fils morts ?

— Si seulement je n'avais pas de fils morts, a dit Lusaka.

— Dès que nous vous aurons donné les noms, vous nous tuerez, a dit le Chétif.

— Nous ne tuons pas les humains, a répliqué Lusaka. Ça, c'est vous qui le faites, pas nous.

— Vous ne vous en sortirez pas comme ça, je vous le garantis, a dit le Chef. Vous allez le payer cher.

— Si vous jurez de ne pas nous tuer, je vous dirai ce que vous voulez savoir, a marmonné le Chétif.

— Ferme-la ! a crié son supérieur.

— N'ayez pas peur de lui, a lancé Lusaka. Dites-moi.

— La voiture, est intervenu le chauffeur. Je vous en supplie, faites qu'il ne lui arrive rien.

— Nous avons mis la voiture en lieu sûr avant-hier, dans un endroit où les enfants ne peuvent pas la toucher, a répondu Lusaka. La clé se trouve dans ma poche. Je vous jure sur la tête de chacun de mes ancêtres que, dès que vous nous aurez donné les noms dont nous avons besoin, je vous conduirai à la voiture, je vous donnerai la clé et vous souhaiterai bonne route jusqu'à Bézam. »

Le Chef a éclaté de rire.

« Parce que vous croyez peut-être qu'une fois que vous nous aurez renvoyés, tout sera oublié ? Au revoir, bon voyage. N'était-ce pas merveilleux de vous avoir retenus prisonniers dans notre village ?

— Tout sera oublié », a dit Lusaka avant de tourner les talons et de quitter la pièce.

Il était inutile de faire savoir aux hommes de Pexton comment tout serait oublié. Inutile de les informer que, lorsqu'ils quitteraient la case de Lusaka après nous avoir fourni les informations dont nous avions besoin et juste avant de remonter dans leur voiture pour rentrer à Bézam, ils passeraient une heure dans la case de Jakani et Sakani. Nous les conduirions chez les jumeaux les yeux bandés et ils resteraient en leur compagnie jusqu'à ce que leurs souvenirs, de l'instant où ils étaient arrivés à Kosawa pour la réunion de village à celui où ils monteraient dans leur voiture pour rentrer chez eux, seraient effacés. Si bien effacés que, dans l'éventualité où leur famille et leurs amis les questionnent sur leur voyage, sur leurs faits et gestes à Kosawa, sur la durée inhabituelle de leur déplacement, ils répondraient qu'ils avaient eu des problèmes mécaniques nécessitant du temps, sinon, le voyage s'était passé comme d'habitude, ils avaient dit ceci, fait cela, rien de spécial, maintenant, ils étaient juste contents d'être rentrés chez eux.

Il se pourrait que leur famille et leurs amis ne sachent pas comment interpréter leur insouciance. Ils se consulteraient, se demanderaient comment il se faisait que tous les quatre n'aient pas plus de détails à fournir. À moins que ceux qui les aimaient ne se posent pas de questions. Au bout du compte, personne ne saurait quoi penser et, même s'ils l'avaient envisagé, rien ne pourrait les faire remonter jusqu'à nous – aucune âme qui vive ne saurait ce qu'il leur était arrivé, à l'exception des habitants de Kosawa. Et si, pour des raisons que nous ignorons aujourd'hui, Pexton et le gouvernement décidaient d'envoyer des soldats pour nous demander pourquoi les hommes de Pexton n'avaient aucun souvenir des jours où ils s'étaient absentés, une fois encore, nous nous rassemblerions sur la place pour dire à quel point nous étions choqués, à quel point nous trouvions étrange et inconcevable que les hommes aient disparu à l'issue de notre réunion de village, à quel point l'époque actuelle était incompréhensible.

Mais cela se déroulerait plus tard, une fois que nous aurions franchi avec succès la première étape de notre plan.

Pour l'instant, ce qui comptait était de garder les hommes en vie et d'obtenir des noms.

Je dis à Lusaka, Manga et Pondo que j'ai besoin de sortir prendre l'air pour réfléchir aux décisions à prendre concernant le Chétif. Je m'assois sur un banc et j'essaie d'imaginer ce que Malabo aurait fait à ma place.

« Conduisez-moi auprès d'eux », dis-je à Lusaka à mon retour.

À l'arrière de la case, la femme de Lusaka et son unique fils survivant sont assis devant la cuisine. Le garçon sèche ses larmes en écoutant les paroles apaisantes que lui murmure sa mère. Sans un regard pour eux, Lusaka dénoue la corde qui ferme la porte de la pièce à l'arrière de la case. Nous entrons tous les quatre, Lusaka, Manga, Pondo et moi.

À mesure que mes yeux s'habituent à l'obscurité, je distingue les hommes de Pexton et leur chauffeur assis chacun dans un coin de la pièce vide.

Je ne les ai pas revus depuis la réunion de village. Le Chef est assis, dos au mur, torse nu. Il se tient tête baissée, ses membres entravés étendus devant lui. L'assiette de nourriture posée à côté de lui n'a pas été touchée. De l'autre côté de la pièce, j'avise le seau qu'ils utilisent pour uriner. Je m'étais inquiété de savoir comment ils parviendraient à manger, à uriner, à gratter une démangeaison les mains attachées mais Lusaka m'avait répliqué qu'ils s'en sortiraient très bien, en tant que prisonniers, ils n'avaient pas droit au confort. Tous les matins, Lusaka sollicite l'aide de deux voisins pour conduire les otages, un par un, aux latrines. Une fois entre les quatre murs de feuilles de palmier, Lusaka dénoue leurs liens et leur laisse autant de temps que nécessaire. Face de lune et le Chétif en font bon usage. En revanche, le chauffeur ne manque jamais de se plaindre que ses selles sont timides et refusent d'être expulsées à moins qu'il ne soit seul. À quoi Lusaka rétorque que le chauffeur n'aura qu'à se retenir s'il ne veut pas se rendre aux latrines pendant le temps qui lui est imparti car lui part à la chasse, auquel cas, le chauffeur devra serrer les fesses jusqu'au soir. En entendant cette rengaine tous les matins, l'homme grogne, grince des dents et pousse jusqu'à ce qu'il ne puisse plus.

Depuis qu'il est enfermé dans la pièce de derrière, le Chef a refusé de se lever et d'aller aux latrines ; déterminé à démontrer sa supériorité, il a repoussé presque toute nourriture et survit sur ce qui subsiste du déjeuner de roi qu'il a sûrement pris avant son arrivée à Kosawa. D'un regard, il me paraît évident que son amertume et son arrogance pitoyable sont forcément le résultat d'années passées à retenir dans chaque parcelle de son corps des quantités astronomiques de substance ignoble.

« Bonsoir, Chef », lui dis-je.

Aucune réaction.

Lusaka et les anciens ajoutent leurs salutations à la mienne. Pas de réaction non plus.

Le Chétif gémit. Je m'approche de lui pour l'examiner. Il est allongé sur le sol. Sa chemise est trempée de sueur ; il tremble. De ses mains liées, le chauffeur se démène pour essuyer la transpiration sur son front. Face de lune est assis à distance du Chétif, il est toujours en costume. Il me regarde droit dans les yeux, espérant que je lui dise quelque chose, mais je n'en fais rien. C'est le Chef que tout le monde déteste le plus, mais depuis la première réunion de village, Face de lune a le don de m'agacer.

Je me penche vers le Chétif et lui demande comment il va.

« Je vous en supplie, aidez-moi, dit-il. Je ne veux pas mourir ici.

— De quoi souffrez-vous ? Vous avez mal ? »

Il se détourne. A-t-il honte de ce qui le fait souffrir ?

« Comment vous appelez-vous ? je lui demande.

— Kumbum.

— Honorable monsieur Kumbum, je m'appelle Bongo et j'aimerais que…

— Je ne suis honorable en rien, me coupe Kumbum. Je suis un homme malade… s'il vous plaît, il faut que je rentre chez moi… ma fille se marie dans quinze jours ; il reste encore beaucoup de préparatifs, il faut que j'aille aider ma femme, s'il vous plaît…

— Comment s'appelle votre fille ? je demande.

— Mimi, répond-il. C'est mon aînée. » Il soupire. « J'attendais et j'espérais que les soldats viendraient nous sauver. Mais ils n'en feront rien. Cela fait neuf jours que vous nous retenez prisonniers ici. Manifestement, ils cherchent aux mauvais endroits ; ils ne penseront jamais à explorer les pièces à l'arrière des cases. Je dois rentrer chez moi. Je vous dirai tout ce que…

— Tu ne leur diras rien », le coupe le Chef.

Lusaka se penche à son tour vers Kumbum. Il lui effleure le front de la main et la retire aussitôt. À son expression, je comprends que Kumbum a davantage de fièvre qu'en début de journée. Lusaka s'assoit et ramène ses jambes sous lui. Je fais de même. Manga et Pondo nous imitent, et nous voici tous assis par terre face à Kumbum. Nous le regardons haleter et transpirer et, nous l'espérons, ne pas mourir sous nos yeux. Face de lune nous fixe comme s'il était au spectacle. Si seulement je pouvais lui arracher les yeux et les enfouir dans la graisse de son corps.

« Kumbum, dit doucement Lusaka, nous voulons que vous rentriez chez vous pour vous préparer au mariage de votre fille Mimi. Nous ne voulons pas que vous mouriez ici.

— C'est vrai, j'ajoute. Dès que vous nous aurez donné les noms des grands hommes de Bézam, toute personne que vous pensez susceptible d'être convaincue de…

— Ne me faites pas rire », dit le chauffeur.

Surpris, je me tourne vers lui. J'ai envie de lui demander pour qui il se prend à interrompre notre conversation et à nous tourner en ridicule, mais un homme se meurt sous nos yeux et sa mort peut signer la nôtre, alors, plutôt que de remettre le chauffeur à sa place, je lui demande :

« Pour quelle raison on vous fait rire ?

— Parce que vous parlez comme des gens tombés du ciel et qui ont atterri dans ce pays seulement hier, répond-il. Personne à Bézam ne s'intéresse à des villageois comme vous. Absolument personne au gouvernement. Personne chez Pexton. Personne. »

C'est peut-être le cas, mais on ne croit pas à l'absolu. En quoi est-ce sensé d'être absolument certain que telle chose se passe comme ci et non comme ça ? Qui a vécu toutes les années depuis la création de la Terre et vu tous les possibles ? Et pourtant, au ton du chauffeur, on pourrait penser que nombre de choses sont absolues et que nous n'avons pas les capacités intellectuelles qui nous permettraient de le reconnaître.

« Vous avez compris ce qui risque d'arriver après que ces messieurs vous auront donné des noms et que vous serez allés à Bézam plaider la cause de vos enfants ? » poursuit le chauffeur.

Oui, j'ai compris ce qui risque de se passer, parce que mon frère est allé à Bézam et il n'en est jamais revenu, ai-je envie de lui répondre. Oui, il se peut qu'on aille à Bézam et qu'on n'en revienne jamais – cela signifie-t-il pour autant qu'on ne doive pas le tenter ?

« Que risque-t-il de se passer ? » je lui demande.

Il secoue la tête et éclate d'un rire moqueur qui me rappelle celui du Chef. Il rit assez longtemps pour se mettre à tousser. Comme s'ils avaient répété la scène, Kumbum commence à tousser aussi. Leurs toux, l'une sèche, l'autre révélant une pointe de glaire sur la fin, se poursuivent jusqu'à ce que Lusaka coure à la cuisine de sa femme et en revienne avec deux verres d'eau. Le chauffeur boit le sien d'un trait ; Kumbum en boit une gorgée quand Lusaka le porte à ses lèvres.

« Ce que Tonka essaie de vous dire, dit Kumbum en suffoquant à chaque mot, c'est que, une fois à Bézam, peu importe ce que vous direz, les gens se moqueront de vous.

— Nous ne sommes pas stupides, dit Lusaka. Nous savons que le diable a choisi Bézam pour y construire sa maison et y élever ses enfants. Mais nous savons également que des hommes bons y vivent, il est impossible qu'il n'en soit pas ainsi. Nous vous demandons simplement de nous adresser à une poignée d'entre eux…

— Vous ne comprenez donc pas les mots qui sortent de sa bouche ? crie le chauffeur. Vous êtes sourds ? Écoutez bien : il n'y a pas d'hommes honnêtes à Bézam. Là-bas, tout le monde se fiche que vos enfants vivent ou meurent. En quelle langue faut-il le dire pour que vous compreniez ?

— Si je vous entends bien, tout le monde est mauvais à Bézam ? demande Manga.

— Je vous dis que vous pouvez aller à Bézam et ramper sur le ventre d'un bout à l'autre de la ville et pleurer toutes les larmes de votre corps, cela ne changera rien pour vous. Les grosses huiles prendront les cadeaux que vous leur aurez apportés, ils vous remercieront et donneront la viande à leur cuisinière pour qu'elle la prépare. Le soir, en la mangeant, ils ne se rappelleront même plus pourquoi vous la leur avez donnée. Vos enfants continueront de mourir jusqu'au dernier. Ces hommes ici dans cette pièce, dit-il en désignant le Chef, Face de lune et le Chétif, sont tout ce que vous obtiendrez de Pexton. »

Je me tourne vers Lusaka. Il regarde Kumbum et cherche à deviner si ce dernier partage l'avis du chauffeur.

« Comment savez-vous tout cela ? demande Lusaka au chauffeur. Pourquoi en êtes-vous si sûr ? »

Le chauffeur reprend du poil de la bête, à croire que cela fait des années qu'il attendait de pontifier sur le sujet.

« Vous croyez être les seuls à souffrir ? demande-t-il. Partout dans le pays, des villages et des villes souffrent pour une raison ou une autre. Votre eau est impure. Dans tel village, les soldats violent les filles. Dans tel autre, une autre société abat les arbres et le sol s'érode. À moins que des pierres précieuses n'aient été trouvées dans le sous-sol, alors là les soldats débarquent armés d'un arrêté gouvernemental les autorisant à sécuriser la zone et ce faisant à tuer des gens parce que… Ont-ils besoin d'une raison ? Le village ancestral de ma femme, pas très loin du mien dans la région de Bikonobang, a été annexé par le gouvernement pour y développer une réserve animalière, tous les habitants doivent plier bagage et trouver un autre endroit où vivre. Que pensez-vous que ces villageois ont pu faire pour s'y opposer ? Rien. Des dizaines d'entre eux ont fait le voyage à Bézam, ont pleuré et supplié qu'on les aide – vous savez ce qui s'est passé ? On leur a dit de rentrer chez eux et d'attendre, l'aide ne tarderait pas à arriver. Alors ils sont rentrés chez eux et ils ont attendu, attendu. Parfois, ils retournent à Bézam, ils retournent à Bézam un nombre incalculable de fois. Mais rien ne change. Pas pour eux. Pas pour vous. Vous pouvez aller construire un autre pays ailleurs si celui-ci ne vous convient pas ; les gens qui possèdent le nôtre l'aiment tel qu'il est. »

Je regarde le chauffeur sans comprendre pourquoi il nous dit toutes ces choses. Est-ce par méchanceté ? Colère ? Le fait qu'on ose rêver d'une vie nouvelle alors qu'il s'est résigné à ce qu'un avenir radieux ne soit pas un droit imprescriptible pour les gens comme lui, comme nous, l'a-t-il échauffé ? Il a sans doute la certitude qu'il ne sera jamais rien de plus qu'un chauffeur ; un homme de peu qui ramasse les restes de nourriture tombés des assiettes des puissants ? Son père lui a sûrement appris à ramasser les miettes ; bientôt, il fera de même avec son fils – sourire, acquiescer, prendre ce qu'ils veulent bien vous donner, se confondre en remerciements, ne pas poser de questions, leur faire savoir qu'ils possèdent l'air que vous respirez.

« Il reste une chose que vous pouvez faire, dit Kumbum.

— Quoi donc, à part dégager plus d'espace pour creuser des tombes ? demande le chauffeur.

— Aidez-moi à m'asseoir », dit Kumbum en m'agrippant le bras.

Vu son état, je me demande s'il n'est pas temps de lui libérer les mains, mais je repousse l'idée – on a tout à perdre. En faisant preuve de pitié, je nous fais prendre le risque d'être roulés.

Lorsqu'il voit Kumbum grimacer de douleur, Lusaka se précipite dehors et revient avec un oreiller qu'il cale contre le mur pour que le Chétif s'y adosse.

« J'ai un neveu, dit Kumbum en me regardant. Il peut vous aider.

— C'est un fonctionnaire ou un employé de Pexton ? je demande.

— Ni l'un ni l'autre. Il est journaliste. Il peut écrire votre histoire.

— En quoi cela nous aidera-t-il ? je demande. Votre chauffeur vient de nous dire qu'à Bézam tout le monde se fiche de notre histoire.

— Les gens qui liront votre histoire ne sont pas des gens de Bézam mais d'Amérique.

— D'Amérique ?

— Oui, l'Amérique, le pays de Pexton. Mon neveu travaille pour un journal qui est lu par beaucoup d'Américains. » Il s'interrompt comme s'il avait utilisé toute sa réserve d'air et devait attendre une nouvelle livraison. « Les Américains aiment les histoires qui se déroulent dans des contrées lointaines, c'est ainsi que mon neveu raconte ce qui se passe dans notre pays.

— Si je comprends bien, votre neveu est un homme de Bézam qui travaille pour les Américains ? » demande Pondo.

Kumbum secoue la tête.

« Non, il est américain… c'est une longue histoire, son père est américain… sa mère était ma sœur… il est arrivé d'Amérique il y a quelques années… sa vie est compliquée, s'il vous plaît, faites-moi juste confiance, allez le voir.

— Comment se fier à lui pour qu'il écrive la vérité ? je demande.

— Parce qu'il est ce type d'homme. Quand vous le rencontrerez, vous le constaterez par vous-même. S'il juge une histoire digne d'être racontée, il la raconte. Il n'a pas peur. Il participe à toutes sortes de réunions à Bézam pour écouter des gens et raconter leur histoire…

— S'il écrit la nôtre et que les Américains la lisent…

— Quand les Américains apprendront ce qu'une firme américaine inflige aux enfants de notre pays, ils seront en colère. Les Américains aiment l'action. Certains sont susceptibles de vous aider. Je ne sais pas exactement comment, mais…

— Mais les gens de Pexton en Amérique liront aussi l'histoire, non ? demande mon oncle Manga. Une supposition qu'ils la lisent et racontent à leurs amis qui l'ont lue également, que notre histoire est un tissu de mensonges, que votre neveu colporte des mensonges ? Les Américains n'ont jamais été les témoins directs de nos souffrances. Aucun Américain n'est venu à Kosawa, par conséquent, Pexton peut même prétendre ne pas nous connaître. »

Kumbum réfléchit quelques instants.

« Effectivement, c'est une possibilité. »

Le Chef, qui n'a rien dit depuis un moment, s'esclaffe.

« Vous me faites rire. Franchement, vous le savez ? »

Nous ne lui prêtons aucune attention.

« Partez pour Bézam demain matin à la première heure, dit Kumbum. Faire la connaissance de mon neveu est la meilleure chance que vous ayez. Je lui écrirai une lettre pour vous présenter. Je vous expliquerai comment le retrouver. Mais d'abord, s'il vous plaît… vous devez nous laisser rentrer chez nous. Je vous en supplie. »

Lusaka me fait signe de le suivre à l'extérieur. Manga et Pondo nous emboîtent le pas. Nous discutons quelques minutes et tombons d'accord sur ce qui doit être fait. Je partirai demain matin à Bézam pour rencontrer le journaliste. Lusaka ainsi qu'un autre homme m'accompagneront ; nous déciderons plus tard de qui il s'agit. Pour l'instant, nous devons veiller à ce que Kumbum recouvre la santé. Il faut l'installer dans un endroit plus confortable : la maison de Woja Beki. Pondo, en tant que mari de la sœur de Woja Beki, est le plus à même d'aller trouver Woja Beki et de lui demander d'accueillir Kumbum. Pondo rappellera à Woja Beki que ses relations avec le gouvernement et Pexton risquent de se dégrader si l'un des disparus devait mourir à Kosawa et si ses restes étaient découverts au village ; il doit tout faire pour garder l'homme en vie.

Les deux autres de Pexton et le chauffeur resteront dans la pièce à l'arrière de la case de Lusaka. Mon oncle Manga propose que mon cousin Sonni soit responsable de la prise en charge des prisonniers pendant l'absence de Lusaka. Je ne lui ai jamais trouvé beaucoup de jugeote – il marche comme un escargot et il a un débit beaucoup trop lent – mais ce n'est pas le moment d'en faire part. J'acquiesce et je prie pour que Sonni ne nous déçoive pas. Nous continuons à tout planifier. Une réunion avec les hommes du village doit se tenir sur-le-champ pour que tout le monde soit au courant. Mais en premier lieu, nous devons annoncer leur prochaine libération aux hommes de Pexton. Il faut nourrir leurs espoirs pour ne pas risquer de voir les trois autres tomber malades comme des poules ayant picoré du maïs empoisonné. Nous voulons qu'ils sortent de la pièce arrière sur leurs deux pieds. Dès notre retour, après être entrés en contact avec le neveu de Kumbum à Bézam et avoir reçu l'assurance de sa part que notre histoire sera racontée aux Américains et que le fait de la raconter fera vraiment bouger les choses, nous libérerons les prisonniers.

Nous retournons dans la pièce de derrière pour les informer de nos décisions. Elles ne sont pas de leur goût mais ils n'ont aucun recours.

Dans les heures qui suivent, tous les points discutés se déroulent comme prévu. Woja Beki est ébranlé en apprenant que Kumbum pourrait mourir par notre faute. Il pose une multitude de questions à Pondo sur le malade – ses symptômes sont-ils contagieux ; existe-t-il un risque que l'étranger, s'il allait mieux, fasse subir l'impensable à une de ses femmes ou filles, il doit protéger sa famille – Pondo dit qu'il n'a pas de réponses, qu'il ne peut lui apporter aucune garantie, qu'on continue tous d'avancer lestés d'un lot d'interrogations auxquelles aucune solution ne peut être rattachée, ce qui tarit le flot de questions de Woja Beki. Il est en train d'apprendre ce que dans le même temps nous désapprenons, à savoir que, parfois, le meilleur moyen d'avancer est de se conformer aux ordres et de n'opposer aucune résistance.

Avant d'aller me coucher, je range mes affaires dans mon sac en raphia. Yaya ne pleure pas lorsque je m'agenouille devant elle pour lui demander sa bénédiction. Elle me bénit et me souhaite bon voyage. Elle me promet de s'occuper de la famille de mon frère en mon absence. Sahel me prépare de quoi manger pour la route et remplit ma bouteille d'eau. Juba me serre longuement dans ses bras. Thula est seule sous l'auvent de la case et m'ignore quand je tente de la rassurer en lui disant que je serai de retour d'ici quelques jours.

Nous nous retrouvons sur la place avant l'aube – Lusaka, Tunis et moi. La décision d'enrôler Tunis pour former notre trio a été facile à prendre : Tunis a le meilleur sens de l'orientation de tout Kosawa, et nous en aurons besoin pour localiser le bureau du journaliste, tout comme nous lui avions fait confiance pour nous guider dans Bézam lorsque nous étions partis à la recherche de Malabo.

Nous sommes sur le point de rejoindre l'arrêt de car des Jardins quand nous entendons un bruissement. Ce n'est sans doute rien de plus qu'une brise matinale qui importune les feuilles des arbres, peut-être le prélude à une averse, mais il ne s'agit pas de tourbillons d'air. C'est Konga. Il a repris sa place sous le manguier. Nos pensées uniquement tournées vers Bézam, nous n'avons pas vu qu'il dormait sous un linge marron. Je pose un doigt sur mes lèvres et les autres hochent la tête, ils l'ont vu eux aussi. De concert, nous levons lentement nos pieds du sol et les reposons délicatement – nous ne voulons pas réveiller le fou et être obligés de nous colleter avec les inepties qui sortiront forcément de sa bouche une fois qu'il ouvrira les yeux et nous verra.

Trop tard.

« Je suppose que vous vous rendez dans un endroit important », dit-il dans notre dos.

On s'arrête. Faut-il se retourner ou continuer de marcher ? La voix est bien la sienne mais quel est le Konga qui parle ? Le sage de fraîche date ou le vieux casse-pieds ? Devrait-on écouter ce qu'il a à dire ? Lusaka en décide ainsi – il se retourne pour faire face à Konga.

« Bonjour, Konga », dit-il en s'avançant vers le fou.

Konga retire rapidement le linge qui couvrait son corps et se lève.

« Puis-je vous demander où vous vous rendez ? » demande-t-il.

Sa politesse est excessive ; elle ne révèle pas grand-chose de son état actuel.

« À Bézam, je réponds.

— À Bézam, répète-t-il. Et vous allez me dire pour quelle raison exactement ? »

Je me tourne vers Lusaka. Je juge préférable de le laisser s'acquitter du reste de la conversation. Je garde donc le silence et tourne les yeux vers les Jardins ; j'espère qu'on ne va pas rater le car. Lusaka reste silencieux un certain temps, cherchant manifestement la réponse appropriée à la question de Konga.

« J'attends et j'attends une réponse et je n'ai rien d'autre à faire qu'attendre alors j'attends jusqu'à ce que je n'aie rien d'autre à faire qu'attendre », dit le fou.

Il parle d'une voix chantante et sourit. Des dépôts de salive sèche souillent les commissures de ses lèvres. Une croûte de morve est visible à l'intérieur de ses narines. Je n'ose pas détourner le regard de son visage, de crainte qu'il ne s'imagine que j'ai peur de lui. Je n'ai pas peur de lui. Si je veux réussir à la tête de cette opération, je ne dois avoir peur de personne, sain d'esprit ou pas.

« Hier soir, il nous a été donné un conseil, commence Lusaka. Le nom d'une personne de Bézam susceptible de nous aider. Nous allons donc la rencontrer.

— Et cette personne est…

— Une personne importante. Nous avons reçu un excellent conseil.

— Vous voulez le mien pour savoir si le conseil que vous avez reçu est bel et bien un très bon conseil ? »

Lusaka se tourne vers moi et j'acquiesce, il se met alors à raconter à Konga toutes les suggestions de Kumbum. Konga reste de marbre pendant que Lusaka parle. Il regarde Lusaka comme si ce dernier avait parcouru une longue distance pour annoncer des nouvelles éventées. J'ai de plus en plus peur de rater le car – Lusaka narre par le menu les propos de Kumbum.

Konga continue de fixer Lusaka une fois que ce dernier a fini de parler. Quand il quitte des yeux le visage de Lusaka, c'est pour les poser sur le mien.

« Vous ne trouverez pas ce que vous cherchez à Bézam, me dit-il.

— C'est possible, lui accorde Lusaka, mais cela ne signifie pas pour autant que nous ne devions pas essayer.

— Pourquoi essayer quand vous savez que vous courez à l'échec ?

— N'est-il pas préférable d'essayer et d'échouer plutôt que de ne rien faire ?

— Nous n'avons pas besoin d'un énième échec, Lusaka Lamaliwa. Le monde croule sous le poids des échecs. Regardez autour de vous. Que voyez-vous hormis des échecs ? Nous en faut-il davantage ?

— Non, mais nous avons besoin que des gens plus grands que nous se joignent à notre combat. »

Konga renverse la tête en arrière et rit.

« Quelqu'un de plus grand, quelqu'un de plus petit, quelqu'un qui ne soit ni grand ni petit, lequel est préférable ? »

Lusaka se tourne vers moi – doit-on tenter de résoudre la devinette d'un fou ?

« Vous vous dites petits, poursuit Konga. Et n'avez pas honte de le clamer haut et fort.

— Il n'y a pas de honte à reconnaître qu'on a besoin de l'aide de ceux qui ont le pouvoir de nous libérer, dis-je.

— Mais oui, bien sûr, dit Konga sur le ton de celui qui a entendu trop souvent ce genre de bêtises. Mais laisse-moi te dire une chose, mon doux enfant. Quelque chose que tu n'as peut-être jamais entendu auparavant et que tu n'entendras peut-être jamais plus après ce jour ; nous sommes les seuls à pouvoir nous libérer. »

Bien, me dis-je – les enfants continuent de mourir, les torchères de cracher, les pipelines de fuir, on est en danger d'extinction et on serait pourtant pleinement capables de se libérer.

« C'est exact, Konga Wanjika, répond Lusaka. Nos ancêtres nous ont transmis des pouvoirs extraordinaires et nous pouvons effectivement pourvoir à nombre de choses, mais il se trouve que nous n'avons pas réussi à résoudre notre problème avec Pexton. Si nous avons la possibilité de raconter notre histoire aux gens d'Amérique…

— Ils sont venus d'Amérique et nous ont détruits et maintenant vous voulez aller les trouver et les supplier de nous sauver ?

— Il ne s'agit pas des mêmes gens, je réponds alors que je voudrais dire qu'il est temps de partir. Les propriétaires de Pexton et les gens qui seraient prêts à faire ce qu'il faut pour que Pexton cesse de nous détruire sont deux sortes d'Américains différentes.

— Mais ils ne sont pas différents, beau jeune homme, dit Konga en s'approchant pour me regarder droit dans les yeux – pour la première fois de ma vie, j'ai le sentiment qu'il me voit, pas simplement d'être assimilé à un jeune de Kosawa parmi des dizaines d'autres. Tu as compris que les gens qui viennent de l'Occident sont tous pareils, non ? Les Américains, les Européens, les Occidentaux qui ont posé le pied sur notre sol veulent tous la même chose, tu le sais ? »

Comment se rappelle-t-il les Européens alors qu'il n'a pas de mémoire ?

« Tu es jeune, dit-il. Un jour, quand tu seras vieux, tu comprendras que ceux qui sont venus pour nous tuer et ceux qui se sont précipités pour nous sauver sont les mêmes. Quel que soit le prétexte, ils débarquent ici, persuadés d'avoir le pouvoir de nous prendre ou de nous donner, l'un ou l'autre du moment que leurs besoins sans fin sont satisfaits.

— Vous voulez dire que… ?

— Je dis que vous devriez faire demi-tour et rentrer dans vos cases. Demain, nous continuerons de nous battre pour nous. »

Tunis me regarde avec des yeux suppliants dans lesquels je lis que Konga l'a convaincu. Il veut rentrer chez lui. Il est prêt à abandonner notre mission sous prétexte qu'un fou est persuadé qu'on peut vaincre seuls Son Excellence et une firme américaine. Je suis tenté de lui dire de courir rejoindre sa femme et ses enfants et d'oublier l'idée de se joindre à notre combat. J'ai envie de lui dire qu'il aura à jamais le sang de ses enfants sur les mains si d'aventure ces derniers venaient à mourir. Les mots sont sur le point de glisser de ma langue mais je les retiens et souffle ma rage

– la colère d'un homme n'est souvent rien de plus qu'un refuge pour sa lâcheté.

Je remercie Konga pour son conseil et lui dis que nous n'avons pas fait nos bagages en vue de ce voyage pour retourner nous coucher, mission inaccomplie. Lusaka acquiesce.

« Nous avons fait tout ce qui était en notre pouvoir et pesé tous les choix qui s'offraient à nous, dis-je. Aller à Bézam aujourd'hui est la seule option viable qu'il nous reste.

— Il se peut qu'un homme croie avoir fait le bon choix, crie le fou tandis qu'on tourne les talons pour reprendre notre route, mais, au bout du compte, celui-ci mène à la destruction. »

Nous continuons de marcher. En atteignant le chemin qui mène aux Jardins, Tunis lâche ce que j'avais lu dans ses yeux.

« On devrait peut-être tenir compte de l'avis de Konga, marmonne-t-il en regardant ses pieds.

— Rentre chez toi ! » lui hurle Lusaka avant que je puisse intervenir. Lusaka lui indique Kosawa du doigt, sa voix tremble de rage. « Rentre et après avoir enterré deux fils, tu pourras revenir me dire s'il est préférable d'écouter un fou ou d'écouter ton cœur. Fais demi-tour maintenant et ne reviens jamais ! »

Tunis ne fait pas demi-tour. Nous terminons le trajet à pied en silence.

Nous montons dans le premier car des Jardins au moment où les ouvriers finissent leur petit déjeuner et dans celui de Lokunja à midi. De Lokunja nous effectuons deux autres périples dans des cars bondés où l'air circule à peine. Chaque fois, je prends un siège à côté de la vitre et je regarde les arbres défiler en repensant à mon enfance révolue, à l'époque où Kosawa était loin d'être intacte mais débordait d'insouciance, à l'époque où les enfants avaient peu de soucis, à l'époque où j'avais Malabo.

Il avait toujours ses copains, mon frère, et moi, les miens – nous tapions dans le ballon et nous grimpions aux arbres dans des coins différents du village –, mais les jours que je préférais étaient ceux où nos deux groupes jouaient ensemble, et je pouvais le regarder envoyer le ballon plus loin que les autres, grimper aux arbres plus haut que les autres et, même si ce n'était pas vrai, je le voyais ainsi parce qu'il était mon grand frère, si grand, si fort que personne ne pourrait jamais le surpasser. Chaque fois que nous nous enfoncions dans la forêt en quête de prunes sauvages avec d'autres garçons, il me faisait marcher devant lui, pas seulement moi mais tous les petits qui n'avaient pas de grands frères – quelqu'un devait les surveiller et s'il n'y avait personne pour le faire, Malabo s'en chargeait. D'après Yaya, c'était à cause de son statut d'aîné, tous les aînés étaient responsables de nature, en revanche, elle ne trouvait pas d'explication au fait que tous les aînés du village continuaient de jouer avec leurs amis quand leurs petits frères pleuraient.

Malabo voulait que chacun se sente en sécurité. Il voulait à tout prix me protéger et il aurait fait l'impossible pour rendre Yaya heureuse. Chaque fois que, au cours d'une de ses crises de fureur, notre père renversait son repas d'un coup de pied, c'était Malabo qui ramassait son bol pour éviter à Yaya d'avoir à le faire.

Tu sais comment il est, disait Yaya en haussant les épaules chaque fois que je venais la trouver pour me plaindre des colères homériques de mon père ; tu sais bien qu'il n'est pas doué pour le bonheur. Mais pourquoi ? je lui demandais. Parce qu'il est né ainsi, Bongo, voilà pourquoi. Mais comment se fait-il que tout le monde sourie dans le village et lui, jamais ? Parce que c'est sa nature ; pourquoi ferait-il semblant d'être comme tout le monde ? N'est-il pas fatigué d'être malheureux d'année en année ? Était-il victime d'une malédiction ? D'après Yaya, la tristesse de mon père avait pris racine quand il était encore dans le ventre de sa mère – un parent avec lequel son père avait un litige à propos d'un terrain s'était transformé en python et l'avait étouffé.

Des semaines plus tard, sa mère, toujours en deuil, était morte en lui donnant naissance. Sans père ni mère, sa grande sœur l'avait accueilli sous son toit et élevé comme son enfant. Elle l'avait allaité en même temps que son bébé et le faisait dormir dans son lit, les deux bébés blottis entre son mari et elle afin qu'aucun des enfants ne se réveille la nuit seul et effrayé par ce nouveau monde déconcertant.

Tous ceux que j'ai rencontrés dans le village ancestral de mon père m'ont juré que sa sœur et son mari l'avaient traité comme s'il était né du ventre de sa sœur, alors que mon père, qui avait coupé les ponts avec sa famille biologique avant la naissance de Malabo et la mienne, affirmait que le fait d'avoir été bien traité ne signifiait rien. Si sa sœur et son beau-frère avaient fait preuve de bonté à son égard, c'était uniquement en raison de son statut d'orphelin. Ils n'avaient eu d'autre choix que de le prendre en charge, ils l'avaient aidé afin que le village n'ait pas une mauvaise opinion d'eux pour avoir abandonné un membre de leur famille – pourquoi devrait-il leur en être reconnaissant ? En revanche, Malabo et moi devions être reconnaissants, disait-il souvent, de vivre la vie que nous étions nés pour vivre, contrairement à ce qu'il avait vécu dans ses jeunes années, grandissant sans le réconfort du sentiment d'appartenance, parcourant un village où les gens ne prenaient même pas la peine de chuchoter pour dire qu'il était des façons plus tristes que la sienne de commencer sa vie, alors comment se faisait-il que cet enfant ne sourie jamais ?

Je me souviens de soirées assis sous l'auvent de la case à attendre l'heure d'aller se coucher, des soirées où Malabo nous racontait, à Yaya et moi, des histoires pour nous faire rire car si on ne riait pas, qu'aurait-on pu faire sinon songer à notre sinistre foyer et à notre incapacité à l'adoucir – comment aurait-on pu penser à autre chose quand la mélancolie de notre père était parmi nous ? Comment autrement aurait-on pu supporter ses mauvais jours, lorsque sa tristesse insondable et son mauvais caractère convergeaient et qu'il ne pouvait plus manger, plus faire quoi que ce soit hormis rester au lit une grande partie de la journée quand les autres hommes travaillaient, puis, après s'être levé, pétri de honte, nous reprocher violemment l'air qu'on respirait ? Une fois, à l'adolescence, soucieux de mieux comprendre Malabo et dans l'espoir de lui ressembler, je lui avais demandé s'il prenait plaisir aux choses qu'il faisait pour les autres, comme accompagner notre père à la chasse même s'il était en âge d'éviter la compagnie d'un homme qui asséchait la joie des autres jusqu'à la dernière goutte, ou rendre visite à la Vieille Bata, notre voisine que personne ne fréquentait à moins d'y être obligé – ne serait-il pas plus facile pour lui de faire uniquement ce qu'il était obligé de faire ? Il avait ri et m'avait répondu : Qui ferait les choses que personne ne pensait devoir faire si chacun ne faisait que ce qu'il devait faire ? Qu'est-ce que le plaisir avait à voir avec le devoir ?

Le mariage et la paternité n'avaient fait que renforcer son caractère.

Je me souviens d'une soirée en particulier où nous nous amusions avec des amis sur la place du village, la lune lumineuse et confiante, le ciel constellé d'étoiles, des champignons hallucinogènes roulés dans des feuilles de plantain passés à la ronde, nous fumions et nous riions de plus en plus fort à mesure que les champignons faisaient effet, la béatitude presque aussi douce que les cuisses d'une femme, un visiteur aurait pu croire que nous ignorions jusqu'au nom de Pexton. Malabo nous avait alors priés de rire moins fort, on allait réveiller les enfants qui dormaient dans les cases voisines. Ne t'inquiète pas, à cette heure-ci, les enfants se sont habitués à dormir bercés par nos rires, avait dit un de nos amis, ce à quoi Malabo avait rétorqué : Ne serait-il pas préférable que les enfants aient le choix en la matière ? À l'époque, Sahel était enceinte de Thula. À la naissance de Thula, Malabo avait cessé de fumer des champignons quand on se réunissait sur la place pour pouvoir aider sa femme en rentrant chez lui, ce qui nous faisait rire encore plus fort – quelle aide un homme pouvait-il apporter à une femme et son bébé ?

Malgré les manquements de mon père, Malabo lui avait offert le plus beau cadeau de son existence le jour de la naissance de Thula, pour l'un comme pour l'autre, ce fut sans aucun doute le jour le plus heureux de leur vie. Voir sa lignée se poursuivre grâce à une nouvelle génération, prendre dans ses bras l'enfant de son enfant, qui plus est une fille, le tout combiné avait procuré à mon père des moments de rémission de sa mélancolie parmi les plus profonds, quoique fugaces, qu'il connaîtrait jamais. Selon Yaya, Thula était un bébé puis une petite fille au sourire facile parce que ses yeux s'étaient ouverts pour la première fois sur le sourire de son grand-père, un sourire qu'il lui avait réservé depuis fort longtemps.

Notre case n'avait jamais connu de joie telle que celle qui a régné au cours des premiers mois suivant la naissance de Thula – mon père berçait sa petite-fille, refusait de la rendre à Sahel ou Yaya même quand Thula pleurait. Malabo et moi retrouvions nos amis sur la place pour rire et plaisanter, mon frère, plus heureux que nous tous réunis même sans fumer de champignons, riait plus fort que tout le monde maintenant que le mariage et la paternité avaient rempli sa vie.

Après la mort de mon père, quand Thula avait six ans, Malabo avait pris la place de chef de famille – il était alors devenu un autre homme. Soucieux d'être le père que son père n'avait jamais été, le type de père dont la première et dernière pensée de la journée était le bonheur de sa famille, Malabo avait décidé d'user de son autorité pour nous imposer ce qu'on devait faire, ce qu'on devait être. Il me dictait ce qu'il jugeait le mieux pour moi, pour nous tous. Il me désignait quelles filles je ne devais plus jamais faire venir à la case, pourquoi faire perdre son temps à cette fille puisqu'elle ne correspondait pas à ses critères concernant ma future épouse. Il voulait qu'on vive selon son idée d'une famille heureuse, on devait donc agir selon sa volonté, comprendre que sa sagesse était supérieure à la nôtre. Par ailleurs, il était déterminé à procurer à Thula les plaisirs innocents dont la mélancolie de notre père nous avait privés pendant notre enfance. Yaya et Sahel se plaignaient rarement – il était de leur devoir de lui obéir –, mais moi ? J'étais un homme ; je voulais qu'on m'écoute. Mais pour Malabo, mon opinion ne comptait pas – il était plus âgé que moi, il était devenu chef de famille grâce à son droit d'aînesse, par conséquent, toutes les décisions importantes relevaient de sa seule responsabilité. Il voulait aller à Bézam, il irait, point final. Il avait couru à sa perte parce qu'il était persuadé que son amour pour sa famille justifiait tout ce qu'il entreprenait en son nom. À présent, notre père et lui sont morts. Être désormais le chef de cette famille en déliquescence est plus que je ne peux supporter et pourtant, je le dois, sinon quelle signification auraient eue leurs vies ?

Nous arrivons à Bézam un jour et demi plus tard. Nous descendons au milieu du tumulte d'un arrêt de car du centre-ville, la lettre pour le journaliste est dans mon sac. Je lis les indications que Kumbum nous a données pour nous rendre au bureau de son neveu, et Tunis nous guide, nous traversons des rues, nous tournons à droite puis à gauche, des voitures klaxonnent devant et derrière nous, de la poussière vole dans nos yeux, les gens parlent des langues que nous ne comprenons pas, le soleil au zénith nous vide du peu d'énergie qui nous reste. Nous avons grignoté à bord des cars mais, à force d'être restés assis pendant des heures, nos jambes sont faibles, nous marchons lentement et à distance les uns des autres pour ne pas nous faire remarquer – sait-on jamais qui pourrait nous observer. Arrivés au bout des indications, après avoir marché une heure, nous ne tombons pas sur un immeuble de bureaux mais sur un terrain vague désert.

Nous nous asseyons par terre en silence, trempés de sueur. Le Chétif nous a-t-il dupés ? Comment avons-nous pu être assez bêtes pour lui faire confiance ? À leur expression, je devine que Lusaka et Tunis remuent les mêmes pensées. Comment avait-on pu se fier à un homme de Bézam pour nous aider ? Avant que je puisse dire quoi que ce soit, Lusaka se lève et traverse la rue en courant jusqu'à un stand de boissons. Il parle à un homme assis sous un parasol, une bière à la main, et revient vers nous en souriant – le bureau n'est pas loin d'ici, dit-il.

Nous traversons une ruelle, nous longeons une rue et nous nous retrouvons face à un bâtiment aussi haut que douze cases empilées les unes sur les autres. Il correspond à la description rédigée par Kumbum. La première partie de notre mission est accomplie, nous nous grattons le front de l'index puis nous essuyons la transpiration sur nos pantalons. Tunis lève les yeux vers le sommet du bâtiment et demande pourquoi les gens de Bézam croient bon de construire leurs maisons si hautes – ont-ils envie de vivre dans le ciel ? Ont-ils peur que quelque chose les morde par terre ? Lusaka et moi n'offrons aucune réponse.

Je ne pense pas qu'il faille entrer dans le bâtiment tout de suite, dis-je. On a voyagé près de deux jours ; on ne s'est pas lavés ni rincé la bouche. Tunis est de cet avis, à l'entendre, on sentirait la chair humaine rôtie. Je ris mais pas Lusaka. Lusaka n'a jamais été homme à faire groupe sous prétexte que les autres le font, c'est la raison pour laquelle il a toujours été mon préféré parmi les camarades de mon frère. Au cours des soirées de nos jeunes années d'adultes, je m'efforçais de ne pas le fixer quand tout le monde parlait fort et riait, Lusaka, le contemplatif par excellence, observait la scène avec une ébauche de sourire qui ne se décelait que dans ses yeux. Une fois, pour rire, j'avais raconté à Malabo que Lusaka était peut-être le véritable fils aîné de notre père et non lui, et peut-être que Thula était la fille de Lusaka. Mon frère avait ri et m'avait expliqué que, dans un village aussi modeste que le nôtre, fondé par des frères ayant épousé des sœurs, on devait à la seule miséricorde de l'Esprit de ne pas être tous semblables et de ne pas agir pareillement.

À voir Lusaka aujourd'hui, je me rends compte que cette mission, cette lutte dans son ensemble, est en train de le transformer, de le forcer à révéler des aspects de sa personnalité que même les plus réticents ne peuvent cacher indéfiniment. J'espère qu'il retrouvera bientôt la joie de vivre, mais j'ai passé assez de temps auprès de parents endeuillés pour savoir que le bonheur ne fait pas partie de leurs objectifs ; quelques lueurs venant trouer l'obscurité qui les entoure leur suffisent. Il se peut qu'un des fils défunts de Lusaka ait aimé plaisanter, ce qui expliquerait peut-être qu'il n'ait pas ri aux blagues de Tunis pendant nos trajets en car, des blagues faites pour fixer nos esprits survoltés. Parmi les meilleures blagues de Tunis figure celle où l'on doit trouver à quel fruit les fesses de telle femme de Kosawa ressemblent le plus. Quand Tunis a rangé les fesses de Sahel dans la catégorie ananas, je me suis esclaffé et lui aussi, même si Sahel est sa cousine germaine et une sœur pour lui.

« Entrons, dit Lusaka. Si le journaliste ne veut pas nous aider parce que nous sentons mauvais, la prochaine fois, on demandera à Jakani de nous changer en fleurs. »

Nous nous dirigeons vers la porte du bâtiment.

Un homme est posté à l'entrée. Il semble prêt à en découdre, les narines dilatées, les poings fermés, il est en colère contre je ne sais quoi. J'hésite sur l'entrée en matière.

« Bonjour, dis-je.

— Qu'est-ce que vous voulez ?

— Comment se passe votre journée ? Je m'appelle Bongo. Mes amis et moi…

— Ne me faites pas perdre mon temps.

— J'ai… s'il vous plaît, nous venons voir un journaliste. C'est son oncle qui nous envoie. »

Il nous détaille de la tête aux pieds.

« Vous m'avez l'air de villageois. » En ville, il est manifestement de bon ton de faire preuve de grossièreté. « Qu'est-ce que vous lui voulez au journaliste ?

— On doit lui remettre une lettre.

— À qui ?

— Au journaliste. Auriez-vous la gentillesse de nous conduire jusqu'à lui ? Il s'appelle Austin.

— Austin ? Vous venez voir Austin ? » Son sourire est inattendu, large et tordu, découvrant des gencives noires. « Pourquoi vous ne me l'avez pas dit tout de suite ? Vous êtes du village de sa mère ? » Il ouvre la porte et nous fait signe d'entrer. « Attendez ici, dit-il en indiquant un coin du hall désert. Je monte le chercher. »

Nous ne sommes pas originaires du village de la mère d'Austin mais je ne le corrige pas, ravi d'être l'objet d'égards que je dois à une erreur sur ma personne.

Deux femmes à peu près de mon âge traversent le hall et passent devant nous sans nous saluer. Elles portent des pantalons comme les hommes ; l'une des deux a les cheveux coupés court.

« Alors, c'est vrai ce qu'on dit, chuchote Tunis. Il n'y a pas de vraies femmes à Bézam. Uniquement des hommes qui ressemblent à des femmes qui essaient de ressembler à des hommes. Non, mais regarde leurs fesses – pas de formes. »

Nos cœurs battent la chamade tandis que nous attendons un inconnu dans une pièce étrange, pourtant Tunis et moi ne pouvons nous empêcher de rire. Nous cessons sitôt que nous voyons l'homme de la porte descendre l'escalier, accompagné d'une femme qui ressemble à un homme qui essaie de ressembler à une femme. L'homme de la porte fait un signe de tête dans notre direction puis il sort reprendre son poste. Nous voilà seuls avec cette personne dont je ne connais pas les liens avec Austin.

« Bonjour, dit la personne en anglais. On m'a dit que vous me cherchiez.

— Je… nous… », je commence.

Je n'avais pas parlé anglais à un inconnu depuis des années, pas depuis mon retour à Kosawa après avoir échoué au diplôme de maître d'école. Mon père était mort depuis deux ans quand, un jour, mon frère m'avait raconté que le gouvernement était à la recherche de candidats pour un programme de formation en vue de devenir instituteur dans des écoles de villages qui se construisaient dans tout le pays, il avait entendu l'information au grand marché. J'étais exactement le type de jeune que le gouvernement ciblait – j'avais été très bon élève et je parlais anglais mieux que n'importe quel adulte de Kosawa ; j'aime toujours la sensation des mots sur ma langue. Cela dit, mon amour de l'anglais n'était pas suffisant pour me convaincre de quitter Kosawa afin de devenir maître d'école dans un village éloigné. Puis j'avais parlé du programme à Elali et l'idée de devenir femme d'instituteur et de vivre dans une maison en brique l'avait enchantée.

Très vite, cette possibilité m'avait enthousiasmé aussi.

Je quitterais la case de mon frère qui n'avait jamais aimé Elali au motif que son rire était sans retenue, ce qui était révélateur. Il prétendait avoir appris de source sûre qu'Elali était le genre de fille à écarter les cuisses devant tout homme susceptible de lui offrir un objet de valeur. Selon cette source, Elali avait été avec sept hommes au moins avant moi. Après sa sortie, je n'ai pas parlé à mon frère pendant plusieurs jours. Il avait manifesté sa désapprobation à l'endroit de chaque fille que j'avais amenée à la case depuis la mort de notre père – il dénonçait mon prétendu penchant pour les filles superficielles – et voilà que je trouvais enfin une femme profonde à tous égards et il l'avait rejetée, elle aussi. Elali avait fondu en larmes lorsque je lui avais demandé si Malabo disait vrai. Entre deux sanglots, elle m'avait demandé si je croyais ses racontars. Bien sûr que non, je l'aimais. C'était pour elle que j'avais posé ma candidature au programme de formation et que je m'étais réjoui d'avoir été accepté. Des semaines plus tard, j'avais déménagé dans une ville à l'autre bout du pays pour échouer finalement aux examens à l'issue de mon année de formation, je ne serais donc jamais maître d'école et j'étais libre de rentrer à Kosawa pour redevenir chasseur.

Je suis revenu au village les mains vides hormis mon humiliation, ma valise en bambou et quatre livres trouvés un soir devant les bureaux du programme. Je les avais pris car personne ne s'était manifesté pour en revendiquer la propriété ; ils avaient sans doute été oubliés par un membre d'une délégation européenne venue évaluer le programme de formation.

Les livres sont posés sur un tabouret en bois dans ma chambre, ils me rappellent que j'ai voyagé loin pour mieux revenir chez moi. Ils débordent de grands mots qu'on croirait écrits dans une autre langue que l'anglais, je n'en ai donc lu qu'un, un livre d'images sur une région qui existait sur terre bien avant d'autres régions, la Nubie, un royaume perdu peuplé de femmes auxquelles on vouait un culte, les princesses nubiennes. Je lisais le livre à Thula, avant qu'elle décide de ne plus venir se blottir contre moi dans mon lit au petit matin, mais je l'ai surtout lu à Elali, ma princesse nubienne. À mon retour, elle ne m'a pas quitté. Elle est restée avec moi mais n'a jamais renoncé à son rêve de jolie petite maison en brique. Un ouvrier de Pexton l'a réalisé.

Tous les mots anglais que je connais m'abandonnent. Je ne sais comment demander poliment à cette personne devant moi si elle ou lui est un homme ou une femme. La personne a de longs cheveux emmêlés formant des mèches filandreuses qui encadrent un joli visage ovale au nez droit ; elle ou lui a la peau claire et soyeuse, témoignant d'une enfance insouciante dans un pays où le soleil est clément. Sa tenue ne m'est d'aucun secours pour me faire pencher dans un sens ou un autre, étant donné que les femmes de cette ville portent des pantalons et les hommes, des chemisiers. Je me décide pour femme – ce que j'entends n'est pas la voix d'un homme, même si ce n'est pas tout à fait la voix d'une femme non plus.

« Excusez-moi, dis-je en anglais en espérant m'exprimer correctement. Je suis un peu troublé parce que c'est un homme que nous sommes venus voir, il s'appelle Austin. »

La personne rit et dit :

« Austin, c'est moi.

— Oh, monsieur Austin, je vous en supplie, pardonnez-moi. J'étais troublé… »

Je plonge à genoux pour l'implorer de me pardonner de l'avoir insulté mais il me retient par l'épaule en souriant avant que je ne touche le sol.

« On fait souvent l'erreur, dit-il. Ne vous inquiétez pas. Et s'il vous plaît, appelez-moi Austin. Vous avez une lettre pour moi ?

— Oui, de votre oncle, dis-je en tirant la lettre de mon sac en raphia.

— Mon oncle ? dit-il, surpris. Comment le connaissez-vous ?

— Il est venu dans notre village pour nous apporter son aide.

— Oui, bien sûr, il était dans votre village pour raison professionnelle. Il y est toujours ?

— Non… »

J'espère qu'il n'a pas remarqué la peur dans mes yeux tandis que ma langue s'alourdit dans ma bouche. Comment répondre à cette question ? Combien de mensonges faudra-t-il que je débite avant que cette affaire soit terminée ?

« Quand est-il parti ? »

Il tient la lettre dans sa main mais c'est moi qu'il regarde.

« Je… Je ne me rappelle pas. »

Pourquoi pose-t-il toutes ces questions ? Est-il vraiment journaliste ou quelqu'un dont le Chétif espère qu'il découvre la vérité et nous remette au gouvernement ?

« Votre village fait-il partie des premiers que son équipe et lui ont visités ? demande-t-il. Je ne connais pas grand-chose à son travail, si ce n'est qu'il fait la tournée des villages.

— Oui… un des premiers, dis-je. Il s'est arrêté chez nous, puis il est parti en visiter un autre. »

Chaque mot que je prononce fait cogner mon cœur dans ma poitrine. Je redoute qu'il ne me pose des questions plus précises. En me parlant, il jette de fréquents coups d'œil à Lusaka et Tunis qui ne comprennent pas grand-chose de ce qu'il dit. Gênés, ils ne bronchent pas et me laissent la responsabilité d'offrir pour nous trois l'apparence de la décontraction.

Austin doit sans doute poser toutes ces questions parce que les Américains adorent bavarder de tout et de rien quand ils rencontrent quelqu'un pour la première fois, à des fins de séduction et pour qu'on leur fournisse les informations qu'ils attendent ; je l'ai lu quelque part. Austin n'a pas besoin de savoir ce qu'on a fait à son oncle pour la bonne raison qu'il n'y a rien à savoir. Aucun homme de Pexton n'est retenu prisonnier à Kosawa, je me répète inlassablement. Je me persuade que je ne suis jamais entré dans la pièce à l'arrière de la case de Lusaka et que, même si j'y suis entré, je n'y ai vu qu'un tas de bois dans un coin.

« J'ai l'impression qu'il est prêt à prendre sa retraite, compte tenu de ses problèmes de santé, dit Austin. Mais il a une famille et les boulots comme celui qu'il a chez Pexton ne se trouvent pas sous le sabot d'un cheval. »

Je ne comprends pas ce qu'il entend par « sous le sabot d'un cheval », mais par respect, je ne peux pas non plus ignorer la moindre de ses paroles, alors j'acquiesce, tête baissée. Lorsque je la relève, je croise son regard. Énonce l'objet de ta mission, Bongo. Maintenant !

« Notre village est dans une situation épouvantable, Austin, c'est pour cette raison que nous sommes venus vous trouver, dis-je. Votre oncle pense que vous pourriez nous aider, alors il a écrit cette lettre. Il veut que nous vous demandions de l'aide. »

Je dégouline de sueur. Je m'exhorte à garder les pieds plantés dans le sol. Quoi que tu fasses, ne flanche pas. Reste droit. Pourtant, mon esprit vacille ; et s'il y avait des soldats dans le bâtiment ? Et s'ils étaient cachés quelque part dans les étages ? Je ne serais pas surpris qu'ils déboulent d'une seconde à l'autre et m'emmènent là où ils ont emmené mon frère.

« Vous voulez un verre d'eau ? » demande Austin.

Mon malaise est criant. Je secoue la tête et pourtant j'ai soif. Je ne dois pas commettre l'imprudence de trop lui demander.

« Asseyons-nous », dit-il en se dirigeant vers un coin du hall où se trouve une table ronde entourée de trois chaises métalliques.

Il nous invite à nous asseoir puis monte en vitesse l'escalier en bois et revient avec une quatrième chaise. Pendant sa brève absence, nous n'échangeons pas un mot. Mon tee-shirt est trempé. Les visages de Tunis et Lusaka ruissellent de sueur. Tunis se met à se ronger les ongles. On est à deux doigts de raconter notre histoire à un journaliste.

À son retour, Austin déplie la lettre de son oncle ; je l'ai déjà lue pour m'assurer qu'elle ne recelait aucune trahison. Austin ne manifeste ni choc ni enthousiasme en la lisant. Je regarde mes mains et m'enjoins au calme, on n'a jamais gagné de bataille les mains tremblantes. Lusaka se tourne vers moi et hoche la tête pour me signifier que je m'en sors bien, que je ne suis pas en train d'échouer.

Après avoir lu la lettre, Austin s'excuse et remonte l'escalier de bois quatre à quatre puis revient armé d'un bloc et d'un stylo. Il veut en savoir davantage, dit-il. Il veut connaître chaque détail, du jour où Pexton a débarqué à Kosawa au jour où le dernier enfant est mort. Je parle et il écrit. Les questions s'enchaînent. Combien d'enfants sont-ils morts ? J'essaie de me rappeler ; trop, lui dis-je. Combien à votre avis ? je demande à Lusaka et Tunis. Nous nous livrons à un rapide calcul mais nous ne parvenons pas à nous mettre d'accord sur un nombre. Je dis à Austin que Lusaka a perdu deux fils. Il regarde Lusaka, qui détourne les yeux. Parle-moi de ses fils, me dit Austin. Je lui raconte que Wambi était le meilleur élève de sa classe en arithmétique. Je lui parle de l'aîné de Lusaka qui, comme tous les garçons facétieux du village, adorait donner du vin de palme à boire au chien de la maison et rire de le voir désorienté. Je lui raconte que les deux frères s'aimaient beaucoup et attendaient avec impatience de devenir ensemble de jeunes adultes pour quitter la chambre qu'ils partageaient avec leur plus jeune frère et s'installer dans la pièce à l'arrière de la case de leur père. Je m'abstiens de lui dire que, quelques jours plus tôt, son oncle se mourait dans cette même pièce. Je me contente de lui parler de Woja Beki. Je lui décris la taille de sa maison et les emplois que ses fils ont obtenus à Bézam. Je m'abstiens de lui dire que, au moment où nous parlons, son oncle se trouve dans la maison de Woja Beki et que je prie pour qu'il survive au mal qui le ronge, pour le bien de tous.

Je lui parle de Malabo. Je lui dis que Malabo a quitté Kosawa accompagné de son meilleur ami et de quatre autres hommes plus d'un an auparavant et qu'ils ne sont jamais revenus. Votre frère doit vous manquer terriblement, dit Austin. Mon frère était une forte personnalité, je lui dis ; il me mettait en colère, il me rendait heureux, le monde n'est pas près de revoir un homme comme lui. Austin m'offre ses condoléances pour Malabo, pour tous ceux que j'ai perdus. Je hoche la tête, me rendant compte à quel point la douleur est encore vive.

Il me dit qu'il n'a ni frères ni sœurs, mais des cousins et des cousines dont il est proche. D'ailleurs, plus tôt dans la journée, il a croisé l'une d'entre elles. Elle était en retard pour l'essayage de sa robe de mariée mais elle n'avait pu résister à rester quelques minutes au coin de la rue pour lui raconter avec enthousiasme les dernières nouvelles du mariage, dont la plus importante était la présence annoncée de la femme d'un des ministres du gouvernement. Elle m'a dit aussi que son père serait de retour d'ici quelques jours pour aller dans son village chercher deux vaches destinées au banquet. Est-ce que son oncle nous avait parlé de ce mariage ? me demande Austin.

Il ne se rend pas compte de ce qu'il est en train de faire. Il ne sait pas qu'il vient de me donner une information à laquelle je n'avais pas songé : les familles de nos prisonniers ne les ont pas déclarés disparus.

Personne n'est parti à leur recherche.

Leurs familles les croient toujours en train de faire la tournée des villages.

Il nous reste quelques jours avant qu'elles déclarent leur disparition et que Kosawa ainsi que tous les villages où ils sont censés être passés au cours de leur tournée fassent l'objet de soupçons.

Pour un peu, j'embrasserais Austin – quelle révélation en pareil moment. Fort de cette information, j'en conclus que nous avons largement le temps de rentrer à Kosawa, d'emmener les prisonniers chez Jakani et Sakani faire effacer leurs souvenirs puis les renvoyer chez eux. Lorsqu'ils seront de retour à Bézam, Austin aura écrit notre histoire et l'aura envoyée en Amérique.

Ils nous ont menti en prétendant que les soldats viendraient nous trouver si d'aventure ils ne rentraient pas à Bézam après la réunion de village. Ils nous ont menti parce qu'ils en avaient la possibilité – quel moyen avions-nous de connaître la vérité ? Comment aurions-nous su que leur retour chez eux n'était pas prévu ce soir-là ? Que leur prochaine étape était un autre village où ils raconteraient aux gens que le changement était pour bientôt, un bienfait que les gens attendaient – jusqu'à quand ? Jusqu'à ce qu'un fou leur dise de franchir les grilles grandes ouvertes de leur prison ?

Qui a dépêché les deux soldats ? Peut-être un fonctionnaire de Lokunja en ne voyant pas les hommes venir à une réunion programmée ? Peut-être le contremaître des Jardins parce que les hommes étaient censés passer la nuit chez lui mais ne s'étaient pas présentés ? Mais dans ce cas, le contremaître aurait forcément prévenu le bureau de Pexton à Bézam. Pourquoi ne l'a-t-il pas fait ? Peut-être le contremaître s'en est-il ouvert à un fonctionnaire de la sous-préfecture qui n'a pas pris son inquiétude au sérieux, pensant que les hommes avaient décidé de s'affranchir de leurs devoirs et de prendre du bon temps dans un village. Est-il possible que les soldats aient cru à l'histoire qu'on avait inventée avec Woja Beki ? À moins que les gens du bureau de Pexton à Bézam ne soupçonnent quelque chose mais ne veuillent pas avertir les familles de peur que l'incident ne se transforme en drame hideux ? Rien n'est inconcevable dans ce pays. Je n'ai pas les compétences nécessaires pour démêler le pourquoi du comment, mais j'ai une certitude : tout le monde espère que les hommes sont en train de faire leur travail et personne ne les imagine à Kosawa. Et si d'aventure ils étaient portés disparus, qui penserait les habitants de Kosawa assez audacieux pour retenir prisonniers des représentants de Pexton ?

Je ne cache rien à Austin hormis ce qui précède.

À la moitié du flot de questions, je sors ma bouteille d'eau tiède de mon sac et j'en bois une gorgée – c'est d'une voix ferme que je dois raconter les symptômes des enfants, les dernières fuites de pétrole qui ont inondé les champs de trois familles. Je décris à Austin l'aspect du fleuve aujourd'hui, sa couleur verte, ses eaux qui s'écoulent paresseusement sous des couches de déchets toxiques. Je lui dis que, selon toute vraisemblance, la récolte sera maigre et que, en raison de mauvaises récoltes, on dépense la plus grande partie du peu d'argent qui nous reste après avoir payé les impôts pour acheter de la nourriture à Lokunja.

Lorsque je finis de parler et Austin de noter, il me dit qu'il compte écrire son article le soir même et l'envoyer en Amérique à la première heure demain matin. Ses amis au siège du journal feront quelques recherches pour s'assurer que, en l'absence de preuves, notre histoire est susceptible d'être étayée par des faits connus. Il se peut également qu'ils essaient d'entrer en contact avec les gens de Pexton en Amérique pour avoir leur version de l'histoire, en se doutant de leur réponse, il se peut que les gens au siège du journal décident de faire paraître notre version de l'histoire seulement et celle de Pexton séparément si c'est leur souhait. Enfin, Austin dit que la décision de publier ou non l'article revient aux dirigeants du journal. Quant à lui, tout ce qu'il peut faire est de l'écrire le mieux possible et d'espérer que tout se passe bien et que son papier soit jugé digne d'être publié. Si c'est le cas, les Américains seront en mesure de lire notre histoire d'ici quelques jours.

Je le regarde. Je n'ai pas de mots, seulement des pensées. Je me dis que l'impossible est en train de se produire : il se peut que notre histoire soit lue de l'autre côté de l'océan. On ne sera plus des inconnus.

Nous aurons des noms. Kosawa existera. On entendra parler de nos enfants défunts – combien de temps avant que le salut parvienne à ceux qui continuent de s'accrocher.

Je répète l'intégralité des paroles d'Austin à Tunis et Lusaka. Ils ne parviennent pas à croire qu'on ait obtenu le soutien de quelqu'un qui ne veut rien de nous. Pas de paniers de cadeaux. Pas de génuflexions. Pas de suppliques. Pas de promesses de lopins de terre.

« Quand retournez-vous dans votre village ? » me demande Austin.

Je lui dis qu'on est venus à Bézam uniquement pour le voir ; maintenant qu'on l'a vu, on repart. On prendra le premier de nos quatre cars dans les deux heures qui viennent.

« Pouvez-vous rester jusqu'à demain soir ? » demande-t-il.

Il veut écrire son article le plus vite possible, l'envoyer à ses collègues et rester à leur disposition au cas où ils souhaiteraient le publier immédiatement et auraient besoin qu'il le retravaille. Après quoi, il aimerait nous accompagner à Kosawa pour se faire une idée par lui-même. Il apportera son appareil et prendra un maximum de photos parce que, avec des photos, il pourra écrire un autre article plus fouillé. Il regrette de ne pas pouvoir nous héberger pour la nuit, il partage un petit appartement avec un ami. Je le rassure. On dormira à l'arrêt de car et on le retrouvera ici même demain matin. On dormirait sur un tas d'ordures s'il le fallait, pour peu qu'on ait une chance de récupérer nos terres.

Les enfants

NOUS IGNORIONS QU'IL ÉTAIT en train de mourir. Nous ne l'aurions jamais appelé le Chétif si nous avions su qu'il était infirme, à moitié mort, en fait. Nous avions été malades, nous avions vu nos frères et nos sœurs et nos amis tomber malades – rien qui vaille d'être moqué. Nous l'avions affublé de ce nom uniquement parce que nous n'en avions pas trouvé de meilleur pour qualifier un homme dont le corps nous offrait de brèves bouffées de supériorité, car nous en avions besoin, comme d'un baume sur nos chagrins.

Nous jouions dans nos cours quand nous avons appris qu'une réunion des hommes devait avoir lieu sur-le-champ. Nos mères ont regardé nos pères en quête d'une explication sur cette urgence, mais elles n'ont rien obtenu. Quand nos pères sont allés sur la place, nous avons tenté de demander à nos mères ce qu'il se passait, mais elles nous ont houspillés pour que nous nous dépêchions de commencer nos corvées du soir. Quand nos pères sont rentrés, nous dormions. C'est le lendemain matin, sur le chemin de l'école, que nous avons appris, grâce à nos grands frères et sœurs qui en discutaient entre eux, que le Chétif était malade et que Lusaka, Bongo et Tunis étaient partis à Bézam chercher un médicament pour le soigner.

Ce jour-là, nous n'avons pas fait de blagues sur le Chétif – nous lui avons souhaité toute la santé à la portée des hommes. Nous étions même d'accord pour lui donner un peu de la nôtre, à condition qu'il nous promette de nous la rendre. En classe, nous avons prié toute la journée pour que Sakani confectionne une potion à l'intention du Chétif et que celle-ci coure dans ses veines, écrasant la maladie sur son passage. Mais, en rentrant à la maison, nous avons surpris les femmes en train de dire que Sakani avait refusé d'aller chez Woja Beki soigner le Chétif.

Pourquoi Sakani refusait-il de soigner un malade ? Il était notre guérisseur et nous libérait de toutes les manifestations physiques d'esprits malveillants ; certes, il avait échoué à sauver nos amis et frères et sœurs défunts, mais il avait réussi avec ceux d'entre nous toujours en vie. Il avait fait baisser nos fièvres et concoctait des onguents pour nos boutons, nous avait administré des remèdes contre la toux à base de feuilles pressées, avait retiré le poison accumulé dans nos oreilles qui nous faisait mal. Il soignait les enfants des autres villages où les marabouts n'étaient que de simples mortels prétendant être différents – des hommes nés uniques un jour comme les autres, après un accouchement ordinaire, rien de remarquable. Sakani soignait toute personne malade à l'exception de ceux dont l'Esprit lui disait qu'ils avaient épuisé leur temps mais il soulageait même les mourants de ce qui aurait pu être un départ atroce – il leur faisait boire une potion qui leur permettait de partir en douceur et avec tendresse, ignorant qu'ils faisaient leurs adieux au monde.

D'après ce que nous avons entendu, nos hommes s'étaient présentés devant sa case et lui avaient demandé de venir apporter son aide au prisonnier. Il était apparu sur le seuil et, en quelques mots qu'il semblait ne pas vouloir gaspiller, il leur avait répondu qu'il n'en ferait rien. Nous avions beau réfléchir, nous ne comprenions pas sa décision. Était-ce parce que son devoir était de nous soigner et non nos ennemis ? Étaient-ce les instructions que l'Esprit lui avait données lorsqu'il avait reçu ses pouvoirs à la naissance ? Comme son frère, il ne se justifiait jamais – ses façons et ses pensées n'étaient pas de même nature que les nôtres.

Ce soir-là, en visite chez les uns et les autres avant de dîner, nous avons disséqué un détail que nous venions d'apprendre : lorsque les jeunes hommes étaient arrivés chez Woja Beki avec le Chétif sur le dos de l'un d'entre eux, Woja Beki avait déjà un bol de soupe prêt pour le malade. Nous avons su aussi que Woja Beki avait prêté main-forte aux jeunes hommes pour installer le Chétif sur son canapé. Il lui avait retiré ses chaussettes pour que ses orteils respirent et déboutonné sa chemise pour que l'air entre dans sa poitrine. L'un d'entre nous a su par sa sœur, dont la meilleure amie était la cousine d'une des filles de Woja Beki, que ce dernier avait passé toute la nuit au chevet du Chétif et avait refusé de se reposer malgré les supplications de ses femmes qui se proposaient de le relayer.

Plus nous apprenions avec quelle dévotion Woja Beki soignait le Chétif, plus nous avions de la peine pour lui : chaque fois que le Chétif vomissait, Woja Beki plaçait une cuvette sous sa bouche, dès que la température du malade grimpait, il lui passait un linge frais sur le corps. Bien sûr, son zèle ne devait rien à une quelconque expérience dans les soins aux malades – aucun de nos pères ne savait comment se soigner lui-même, quant à soigner les autres… – mais il avait compris ce qui s'abattrait sur Kosawa si le Chétif devait mourir otage du village. Nous avons entendu les femmes chuchoter entre elles à ce sujet, Woja Beki aurait très bien pu s'échapper de Kosawa s'il l'avait voulu, si sa famille et lui avaient fomenté leur évasion, Woja Beki aurait très bien pu trouver un moyen d'envoyer un de ses fils aux Jardins – il se trouvait forcément un moment au plus profond de la nuit où tous les yeux prêts à les surveiller étaient fermés. Une fois aux Jardins, le fils aurait eu la possibilité d'envoyer un message aux fonctionnaires de Lokunja ou de Bézam. Le gouvernement aurait dépêché des soldats pour secourir les hommes de Pexton et rendre sa place légitime à Woja Beki.

Nos pères plaisantaient sur le fait qu'ils avaient réussi à faire du léopard un lapin, mais ce ne pouvait être la seule raison pour laquelle Woja Beki s'était tellement rabaissé. Nous ne l'avions pas revu depuis le jour où il avait trompé les soldats, mais nous supposions qu'il montrait beaucoup moins ses dents, songeait davantage à son amour pour Kosawa, un amour qui s'était volatilisé quelque part dans sa maison de brique des années plus tôt, à moins qu'il n'ait été englouti par le panier de billets qui se trouvait, paraît-il, sous son lit, un amour qui était revenu la première nuit passée sur le sol de la pièce à l'arrière de la case de Lusaka. Ce nouvel amour pour Kosawa était désormais au cœur de sa vie ; il était manifeste dans des actes motivés par la conscience que son titre ne vaudrait plus rien s'il était réinvesti à la tête d'un village d'hommes massacrés, de veuves éplorées et d'enfants mourants. On n'avait jamais considéré Woja Beki comme un sage, mais son comportement depuis sa libération de la case de Lusaka était tout sauf idiot.

Quand nous avons demandé à nos grands frères et sœurs s'ils partageaient notre analyse, ils nous ont répondu par l'affirmative, Woja Beki avait ouvert sa porte au Chétif parce qu'il voulait redevenir l'un des nôtres. Les journées passées à l'isolement dans sa maison, seul sur son canapé, l'horloge au-dessus de sa tête égrenant les minutes sans que personne vienne le voir, sans qu'il aille voir personne l'avaient obligé à réfléchir à ses façons et à reconnaître qu'aucune fortune ne valait le déshonneur d'être un paria dans son propre village. Pourtant, deux ou trois oncles dont nous avons sollicité l'avis sur cette théorie ont ri et nous ont conseillé de ne pas être dupes : Woja Beki n'avait pas les capacités pour cette forme de sagesse, il restait un serpent. Qui savait ce qu'il ferait ou dirait si le gouvernement finissait par découvrir ce que le village avait infligé aux hommes de Pexton ?

Ce ne serait pas grâce à l'un d'entre nous que le gouvernement découvrirait quoi que ce soit, c'était une certitude – nous avions prêté serment, un serment qui ne pouvait être rompu. Le soir où nos pères ont autorisé Woja Beki à rentrer chez lui, ils ont rassemblé leurs familles dans la pièce commune puis ont sorti l'écheveau de cordons ombilicaux. Nous avons tenu cet enchevêtrement de nos cordons ombilicaux à tour de rôle, ceux de nos frères et sœurs et de nos pères et de leurs frères et sœurs et de nos grands-pères paternels et de leurs frères et sœurs et de tous les membres de la famille en remontant jusqu'au jour où nos ancêtres avaient initié leur lignée dans une vallée où coulaient un fleuve et une rivière. Les cordons ombilicaux étaient desséchés et sentaient mauvais, ils étaient devenus marron et noirs avec les années et les générations mais chaque nouvel ajout à l'écheveau le rendait encore plus vivant, nous liait de façon encore plus intime à notre passé et à notre avenir. Nous connaissions sa signification – il était l'essence de notre existence. Tenir l'écheveau entre nos mains tandis que nous faisions une déclaration, c'était prendre conscience que nos paroles nous accompagneraient pour le restant de nos jours. Voilà pourquoi nos pères le sortaient uniquement les jours de prestation de serment, car la fidélité à ce serment déterminait le cours de l'avenir familial.

Ce soir-là, nous avons tenu l'écheveau à tour de rôle et juré sur tout ce qu'il représentait. Nous avons promis de ne jamais raconter à personne ce que nos pères avaient fait. Nous avons promis de ne rien dire à aucun parent ou ami qui viendrait au village. Si d'aventure nous devions quitter Kosawa pour aller au grand marché ou rendre visite à un parent éloigné ou à n'importe lequel des cinq villages sœurs ou à n'importe lequel des deux villages frères, nous ne donnerions rien à personne si ce n'est un sourire et quelques mots légers à propos de n'importe quoi sauf de Pexton. Si on nous demandait les dernières nouvelles de Kosawa, nous répondrions que tout allait bien, hormis les peines habituelles, un nouveau malade ici, un autre décès là, mais, bien sûr, la vie entrelace souffrances et joies, il y avait donc ce prochain mariage et cette fête de naissance prévue le mois prochain. Nous ne dirions jamais rien à personne de la captivité jusqu'à ce que, un jour dans un lointain avenir, l'histoire se soit répandue parce qu'elle ne pouvait plus être retenue, de la même façon qu'une grossesse serait forcément révélée quel que soit le soin avec lequel les vêtements l'auraient dissimulée dans les premiers mois ; d'ici là, tout irait bien pour nous et la révélation de l'histoire n'aurait pas d'incidence. Si nous devions être ceux qui la racontaient, ce que nous raconterions – seulement s'il le fallait absolument –, c'est que nos pères avaient obéi aux ordres dictés par l'Esprit.

L'écheveau entre nos mains, nous avons demandé à l'Esprit de faire peser sur nous la pire des malédictions si d'aventure nous devions briser notre serment et, ce faisant, provoquer un désastre dans nos familles et notre village. Si on était des filles, nos ventres se fermeraient et on n'aurait pas d'enfants, on serait des bonnes à rien jusqu'à la fin de nos jours. Si on était des garçons, notre force et notre virilité nous quitteraient ; on serait les êtres les plus lamentables qui aient jamais foulé cette terre.

Après avoir prêté serment à haute voix, nous avons passé l'écheveau de cordons ombilicaux à la personne suivante dans l'ordre de notre famille et nous avons fermé les yeux et écouté cette personne prêter serment.

Dans nos cases, tout le monde a prêté serment, même nos yayas et nos grands-papas qui ne craignaient plus rien, trop proches de la tombe pour être concernés ; même nos petits frères et sœurs qui n'avaient pas vécu assez longtemps pour être les témoins de vies brisées par des malédictions, des vies comme celles de Gombe, un homme de Kosawa, qui avait été paralysé trois jours après que sa mère l'avait maudit pour l'avoir volée puis giflée lorsqu'elle l'avait confondu. Nos tout-petits ont fait leur déclaration lentement, répétant les mots après nos pères. Ils se devaient de faire cette promesse, même à leur âge car, un jour, ils apprendraient la force des mots dits avec conviction, leur pouvoir de louer et d'exalter, leur aptitude à déraciner et à détruire.

Mais on ne s'efforçait pas seulement d'éviter les malédictions ; on appelait les bénédictions de nos vœux. Nous savions à quoi ressemblait une vie bénie et, même si celle de nos parents ne l'était pas, compte tenu des griffes de Pexton enfoncées profondément dans leurs gorges, nous savions que c'était une possibilité lorsque tout allait bien et que, pour une vie bénie, il fallait en premier lieu une famille aimante, une bonne santé, de la nourriture à profusion, des rires et du soleil. Nous avons prêté serment, certains que notre vie déborderait de bienfaits si nous ne le rompions pas. Ce soir-là, nous sommes allés nous coucher en croyant dur comme fer à la promesse de l'Esprit : nous serions bientôt hors de danger, nous nous épanouirions et nous nous envolerions à tire-d'aile comme des aigles.

Nous ignorons si Woja Beki a fait passer l'écheveau de cordons ombilicaux familial à ses femmes et ses enfants. C'est une possibilité car une de nos tantes a surpris Jofi, la troisième épouse de Woja Beki, deux jours après la libération de Woja Beki, en train de chuchoter en gesticulant à ses sœurs venues la retrouver sur le chemin qui s'enfonce dans la forêt. Notre tante s'en est ouverte à un de nos grands-pères et notre grand-père a transmis l'information à Lusaka qui s'est présenté chez Woja Beki pour exiger de savoir ce que sa troisième épouse avait raconté à ses sœurs. Woja Beki a convoqué Jofi qui a juré aux hommes sur la tombe de son père que ses sœurs et elle n'avaient parlé que du prochain anniversaire de la mort de leur grand-mère. Woja Beki a juré à Lusaka que sa femme disait la vérité et que sa famille et lui ne divulgueraient jamais le secret du village, ni aujourd'hui ni un jour prochain quand les gens commenceraient à manquer à leurs promesses sans se soucier des conséquences. Il était toujours l'un des nôtres, a-t-il dit à Lusaka.

Le Chétif est resté dans la maison de Woja Beki et, tous les soirs, nous avons prié pour lui, et pour Lusaka et son groupe afin qu'ils reviennent rapidement de Bézam avec le médicament qui nous soulagerait tous. L'un d'entre nous a rêvé que le Chétif était un gros bonhomme qui souriait en nous disant qu'il était de retour chez Pexton et préparait la prochaine réunion de village. Ce rêve ne nous a pas réjouis – nous ne voulions pas d'un Chétif en bonne santé qui soit libre dès maintenant, nous voulions qu'il retourne dans la pièce à l'arrière de la case de Lusaka afin que nos pères puissent poursuivre leurs plans quels qu'ils soient. Nous aurions tellement voulu être débarrassés de la peur de la mort, une peur qui avait été exacerbée par le décès d'une de nos plus jeunes sœurs le jour où Lusaka et son équipe étaient partis pour la capitale. La mort de cette plus jeune sœur avait été soudaine – elle n'avait pas beaucoup toussé ni eu de plaques sur le corps – et, à partir de ces éléments, nous en avions déduit que, ces derniers temps, la mort était devenue plus impitoyable, le Chétif devait vivre pour que la mort soit domptée.

Nous nous sommes juré de trouver un nouveau nom au Chétif, en tant qu'acte expiatoire, une fois que Kosawa aurait retrouvé sa liberté. Nous trouverions un nom noble, un nom que nous serions même fiers de partager avec lui si nous le rencontrions par hasard dans un endroit et en un temps où il n'aurait plus aucun pouvoir sur nous.

Nous n'aurions jamais l'occasion de lui trouver un nouveau nom parce que, un après-midi, il est mort dans le lit de Woja Beki pendant que nous étions à l'école. Il est mort dans nos bras réunis.

Ce soir-là, nos pères sont passés brièvement à la case – en rentrant de la forêt, ils ont mangé en quatrième vitesse, fait leur toilette et sont partis chez Woja Beki passer la nuit ; ils ne pouvaient le laisser seul avec la dépouille d'un étranger. Même si Woja Beki n'était plus tout à fait l'un des nôtres, il était du même sang et nos pères ne les puniraient jamais, lui et sa famille, en les laissant seuls auprès d'un corps en train de se flétrir.

Nos mères ont préparé des bols de fruits pour que nos pères puissent manger quelque chose de frais au cours de l'interminable nuit qui les attendait. Quand ils nous ont souhaité bonne nuit sur le seuil de la case, un tabouret dans une main et un sac de victuailles dans l'autre, avant de retourner chez Woja Beki, nos pères nous ont semblé vieux et tristes comme jamais. Nous ne leur connaissions pas cet air perdu, désorienté. Il nous faudrait attendre d'être adultes, près d'avoir le même âge que le leur à cette époque, pour comprendre que leur expression ce soir-là ne devait rien à du chagrin en raison de la mort du Chétif mais tout à une sorte de peur viscérale, non pour eux-mêmes, non de ce qui allait leur arriver parce qu'un homme était mort par leur faute, mais pour nous, leurs enfants, ils redoutaient les souffrances que nous endurerions en raison de ce qu'ils avaient tenté de faire pour notre bien. Ce serait seulement une fois devenus parents que nous comprendrions le mal que l'on peut faire à ses enfants en tentant de débarrasser la pourriture envahissante de ce monde pour leur bien.

Nous avons imaginé nos pères réunis en silence autour du corps.

Ne pas connaître les coutumes du village ancestral du mort, ne pas connaître la meilleure façon de s'occuper de la dépouille impliquait que rien ne pouvait lui être dit de toute la nuit – nos pères n'auraient jamais pris le risque de se tromper sur la manière de s'occuper du corps d'un étranger. Si le Chétif avait été originaire de Kosawa, des chants auraient résonné autour de lui jusqu'au matin, tous les adultes valides présents. Jakani et Sakani auraient coupé ses cheveux et ses ongles et les auraient brûlés, puis ils auraient récupéré les cendres pour en faire quelque chose dont on ne saurait jamais rien. Pour cet étranger, il n'était possible de procéder à aucun de ces rites – il se pouvait que son esprit obéisse aux lois de sa terre et non à d'autres lois. Assis sur leurs tabourets, nos pères avaient sans doute attendu en silence que les heures passent, permettant à l'esprit du mort de quitter complètement son corps pour aller là où il devait aller. Lorsque, d'un effleurement, ils auraient confirmation que le corps avait perdu toute sa chaleur, preuve que l'esprit s'en était allé, Woja Beki et les hommes commenceraient à envisager quoi faire du corps.

Ce soir-là, nous sommes restés éveillés tard en compagnie du reste de la famille. Accompagnés de nos frères et sœurs, nous avons posé une question après l'autre à nos mères et nos grands-mères. Nous voulions avoir l'assurance que notre village n'avait rien fait de mal, que nos pères n'avaient pas infligé à Pexton ce que Pexton nous avait déjà infligé, que le Chétif aurait pu mourir dans son lit, que Woja Beki avait tout mis en œuvre pour tenter de le guérir. Et puis, peut-être que la maladie du Chétif était incurable. Par ailleurs, la mort d'un des hommes de Pexton était-elle plus dramatique que celle de nos amis et de nos frères et sœurs réunis ? Nous voulions que nos mères nous convainquent que tout allait bien, que ce genre de drame était courant et que la famille du Chétif finirait par arrêter de le pleurer en comprenant qu'elle n'aurait jamais de réponses quant aux raisons de sa disparition. Elle devrait cesser de pleurer comme nous avions cessé de pleurer nos pères et oncles disparus et, même si elle pleurait à jamais, ses larmes seraient-elles plus brûlantes que les autres ? Nous voulions que nos mères nous rassurent, encore et encore, ce qu'elles ont fait, mais sans y parvenir vraiment car nous lisions le doute dans leurs yeux.

Cette nuit-là, notre sommeil fut à peine moins perturbé que la nuit où tout avait commencé.

Le lendemain matin, alors que nous nous démenions pour échapper à nos peurs et nous acquitter de nos corvées, nous avons appris que Lusaka, Bongo et Tunis étaient revenus de Bézam en compagnie d'un jeune homme à la peau claire et aux cheveux fins. Nous avons à peine touché à notre petit déjeuner tant notre fatigue était extrême et notre inquiétude grande quant à la signification de l'arrivée de ce jeune homme.

Au moment où nous partions pour l'école, nos pères étaient allés accueillir le visiteur de Bézam et écouter Lusaka et son groupe raconter comment s'était déroulé leur voyage, puis, plus tard, fabriquer un cercueil pour le Chétif.

Sur le chemin de l'école, nous avons discuté de ce que certains avaient entendu nos parents chuchoter : le Chétif était l'oncle du jeune homme. La nouvelle nous a déstabilisés : le jeune homme était-il venu pour sauver son oncle ou avait-il appris seulement à son arrivée qu'on le détenait ?

Pendant la récréation, peu d'entre nous sont rentrés chez eux manger. Nous nous sommes assis dans l'herbe et nous sommes dit que ce n'était pas parce que le jeune homme était le neveu du Chétif qu'il nous tuerait pour se venger.

Après l'école, nous avons suivi le cortège jusqu'au cimetière pour l'inhumation du Chétif. Aucun chant dans la procession, rien qu'un présage sous forme de cercueil. Tout le village s'est rassemblé autour de la tombe creusée dans un coin du carré de Woja Beki. C'est à ce moment-là que, en examinant les visages, nous avons vu pour la première fois l'étranger aux cheveux fins. Il a été le seul à pleurer quand le corps du Chétif a été déposé en terre.

Il avait beau avoir l'air gentil, on ne s'expliquait pas pourquoi ce jeune homme, sachant qu'il vivait à Bézam et, par conséquent, travaillait pour Pexton ou pour le gouvernement, ne s'était pas précipité aux Jardins pour avertir le contremaître – un ami forcément, puisque tous deux étaient américains – qu'on avait tué son oncle. Pourquoi autorisait-il les hommes à l'enterrer à Kosawa ? Pourquoi ne ramenait-il pas le corps à Bézam ? Il n'avait pas l'air heureux de se trouver dans notre village, les yeux injectés de sang et souvent baissés, il évitait les nôtres mais à aucun moment il ne nous a regardés avec colère ou dégoût. Il était seul parmi nous.

Au moment où un de nos grands-pères a prononcé l'éloge funèbre devant le cercueil déposé en terre, au moment où il a souhaité au Chétif de faire bon voyage pour retrouver ses ancêtres et de dénicher dans son cœur les ressources nécessaires pour nous pardonner d'avoir échoué à lui rendre la santé, nous nous sommes tournés vers nos mères, les yeux pleins de larmes, nos corps divisés à égalité entre la peur, le chagrin et la honte. À l'expression de nos mères et à leurs mains tremblantes, à la force avec laquelle elles serraient nos petits frères et sœurs contre leurs poitrines, nous avons compris qu'elles aussi étaient divisées. Leur aurions-nous demandé de nous expliquer ce qui se passait, elles auraient été incapables de nous répondre. Ce qu'elles savaient se résumait à ce que nos pères leur avaient confié : le neveu du Chétif était de notre côté, il était venu pour constater nos souffrances afin de les raconter au monde, et ainsi nous apporter la liberté que son oncle n'avait pas pu nous donner. Pour nous, le fait que le parent du Chétif soit de notre côté ne tenait pas debout mais, cela dit, la simplicité avait fui Kosawa le soir où on avait obéi à un fou et fait prisonniers trois représentants de Pexton.

Le jeune homme, dont le prénom, d'après ce qu'on a compris, était Os-tine, nous a souri au moment où nous quittions le cimetière. Nous aurions bien voulu le serrer dans nos bras et lui dire que tout irait bien, mais Bongo a détourné son attention en lui chuchotant quelque chose à l'oreille. Nous espérions qu'Os-tine serait hébergé chez Bongo, dans la pièce à l'arrière de la case des Nangi, et que notre amie Thula écouterait aux portes, renoncerait à sa réserve et nous rapporterait tout ce que nous devions savoir sur l'Américain.

Nous n'aurions pas cette chance.

Parmi toutes les hypothèses échafaudées la nuit, couchés dans nos lits, raides d'inquiétude, pourquoi n'avions-nous jamais envisagé que nous serions absents au moment où les soldats débarqueraient et que, à notre retour, nous les trouverions en train de nous attendre sur la place, leurs neuf fusils chargés et pointés sur nous ? Où était l'Esprit cet après-midi-là ? Où étaient les bienfaits qu'on nous avait promis ?

Comme ces balles sont arrivées vite.

Comme on a trébuché, comme on a chancelé, comme on a pleuré, tandis que nous courions vers la forêt.

Comme le sang qui coulait était lourd – le sang de nos familles, le sang de nos amis. Pourquoi continue-t-on à espérer quand la vie a montré qu'elle était vide de sens ?

Sahel

LA SEMAINE PRÉCÉDANT SON DÉPART pour l'Amérique, elle m'a dit : Maman, tu sais que je vais revenir, tu le sais ?, et, voyant que je ne réagissais pas, elle a ajouté : Je ne t'abandonnerai jamais, et, voyant que je ne réagissais toujours pas, elle a fondu en larmes, des larmes que je ne lui avais pas vues depuis qu'elle était bébé. Elle est redevenue mon bébé, une dernière fois.

Ils m'ont décrit sa nouvelle maison. Ils m'ont dit qu'elle habiterait à l'école. Quand j'ai demandé comment c'était possible, ils m'ont expliqué que l'enceinte de l'école faisait plusieurs fois la taille de Kosawa et que, dans cette école, il y avait des maisons avec des livres et des maisons avec des lits et des maisons avec de la nourriture et que, une fois qu'elle y serait, elle n'aurait qu'à marcher d'une maison à l'autre, elle n'aurait plus à prendre le car pour aller à l'école tous les matins comme elle l'avait fait ces cinq dernières années. Ils m'ont promis que cette école valait la peine qu'elle traverse l'océan, que cette école faisait partie de la poignée d'écoles dans le monde où l'on trouvait toutes les connaissances à la portée des hommes, et que, à son retour, elle aurait une meilleure compréhension de tout ce qui méritait d'être compris, plus de compréhension qu'elle n'en aurait besoin jusqu'à la fin de sa vie, ce qui signifiait que nous aussi aurions une meilleure compréhension – qu'y avait-il de plus important ? Notre peuple se mourait d'un manque de connaissances, disaient-ils, et si un de nos enfants partait en Amérique et en revenait armé de connaissances, alors un jour, plus aucun gouvernement ni aucune entreprise ne pourrait nous infliger ce qui nous avait été infligé.

Je me suis levée de mon tabouret en lui disant que je devais jeter un coup d'œil à la viande que j'avais mise à fumer dans la cuisine mais, en réalité, j'avais juste envie de pleurer seule. Je ne pouvais pas lui apporter de réconfort. Je n'avais que mes larmes. De quelle utilité sont les larmes d'une mère à son enfant ?

Lorsqu'ils sont venus m'annoncer qu'elle avait été sélectionnée pour entrer dans cette école, j'ai regardé parler le porteur de nouvelles – son énorme bouche aux lèvres gercées que sa petite tête rendait encore plus démesurée. J'avais vu son visage à de nombreuses reprises mais ce jour-là, alors qu'il délivrait son message, il m'est apparu comme l'être le plus étrange que j'aie jamais vu. Il avait un nom mais les enfants l'appelaient le Gentil car il semblait incapable d'effacer l'expression joyeuse peinte sur son visage. C'était le représentant du Mouvement pour la restauration de Kosawa, depuis que notre histoire était parvenue en Amérique et que des gens qui ne sont pas du même sang que le nôtre avaient débarqué, déterminés à nous sauver.

Je l'avais écouté parler sur la place du village un nombre incalculable de fois, j'avais évoqué avec lui la disparition de Malabo, je l'avais observé tandis qu'il aidait Thula à faire ses devoirs, mais je ne l'avais jamais regardé comme je l'ai regardé le jour où il est entré dans ma case, radieux. Je n'ai rien dit, j'avais les yeux fixés sur le mouvement de ses lèvres, incapable de trouver une consolation dans l'éclat de ses yeux. Il a répété la nouvelle, plus fort. Il a sans doute pensé que, dans le volume, je décèlerais ce que, par respect pour moi, il ne pouvait formuler – n'est-ce pas merveilleux, Sahel, absolument merveilleux que votre enfant ait l'opportunité d'aller en Amérique ?

Comme je ne réagissais toujours pas, il s'est tourné vers son compagnon, un homme que les enfants ont appelé à juste titre le Charmant. Le Charmant m'a demandé ce que je ressentais à l'annonce de cette nouvelle et si je souhaitais partager ce qui me traversait l'esprit. J'ai secoué la tête en évitant de croiser son regard – être en sa compagnie, voir son beau visage, me remplissait de désirs auxquels je n'avais plus droit.

Au cours d'une des premières réunions que les hommes du Mouvement pour la restauration ont tenues au village, le Gentil s'était présenté comme l'un des nôtres. Son grand-père était originaire d'un des villages sœurs, avait-il dit ; son père avait grandi comme un de nos garçons, jouant au ballon et rêvant de se marier, d'élever des enfants et de vieillir dans sa case. Mais le père de son père avait voulu une autre vie pour son fils unique – une vie parmi ceux qui allouaient les fortunes du pays et non ceux qui attendaient que leur part leur soit allouée. L'homme était donc parvenu à faire sortir son fils du village pour aller à la capitale. C'était à la capitale que le père du Gentil avait terminé ses études avant de revenir dans son village prendre femme et c'était à la capitale que le Gentil était né.

« Il n'empêche, avait dit le Gentil, mon père m'a appris à ne jamais oublier mes origines. »

Le jour où il est venu m'annoncer la nouvelle, tout en l'écoutant me détailler les raisons pour lesquelles c'était bénéfique pour Thula d'aller en Amérique, pour elle, pour moi, pour tout Kosawa, j'ai eu envie de lui demander comment son grand-père s'y était pris, comment il avait fait non seulement pour que son fils quitte le village, mais aussi pour qu'il trouve une maison à Bézam et grimpe si haut dans l'échelle sociale que le travail de son petit-fils consistait aujourd'hui à parler au nom de gentils Américains. J'avais envie de lui demander ce que cela avait coûté à son grand-père et s'il souhaitait que je paie le même prix, mais je n'ai pas trouvé les mots.

« Ce n'est pas grave, vous n'avez pas besoin de vous exprimer aujourd'hui, a fini par dire le Gentil, tandis que le Charmant et lui se levaient pour partir.

— Il arrive que le sommeil aide à trouver les bonnes questions », a ajouté le Charmant.

Ils m'ont souhaité un bon après-midi et promis de revenir le lendemain.

Ce soir-là, quand Thula est rentrée des cours, je ne lui ai rien dit de l'endroit où ils voulaient l'envoyer mais, au matin – comme l'avait suggéré le Charmant –, mes questions étaient prêtes. Lorsque les hommes sont revenus après le déjeuner, à une heure où Kosawa était calme, à l'exception du ronflement des torchères aux Jardins, je me suis à nouveau assise avec eux dans la pièce commune et j'ai commencé à parler.

Je leur ai demandé qui s'occuperait de ma fille en Amérique, qui cuisinerait ses plats préférés, qui laverait son linge, qui s'assurerait qu'elle se réveillait à l'heure pour l'école. Ils m'ont dit qu'il y aurait des gens pour lui faire la cuisine, et que les repas, loin d'être aussi délicieux que les nôtres, seraient mangeables, la preuve en était que la plupart des adolescents qui fréquentaient cette école grossissaient la première année. L'école était équipée de machines qui lavaient le linge et de machines pour la réveiller le matin et si d'aventure elle tombait malade, tout type de médicament pour soigner tout type de maladie était disponible en Amérique.

Je voulais savoir à quoi ressemblait la ville dans laquelle elle allait vivre. Ils m'ont dit que c'était un endroit merveilleux, une ville plus extraordinaire que toutes celles qui avaient existé et existeraient à l'avenir. Ils ont dit que cette description ne leur appartenait pas, elle était celle d'hommes et de femmes aux vastes connaissances, dont beaucoup avaient voyagé de par le monde et visité d'autres villes – ils ne faisaient que répéter ce qui était connu.

Ils m'ont donné le nom de cette belle ville mais je l'ai oublié pas plus tôt entendu et ils me l'ont redit lors de leur visite suivante, une semaine plus tard, mais ma langue n'est pas parvenue à le retenir. Chaque fois que j'essayais de le prononcer, il s'échappait de mes lèvres ; alors, quand les gens ont commencé à me demander le nom de la ville, j'ai décidé qu'il était préférable de ne pas lutter et de dire que la ville où Thula irait s'appelait la Belle Ville. Quand j'en ai parlé au Gentil et au Charmant, ils ont ri et prétendu que le nom que je lui avais trouvé lui convenait mieux que son véritable nom.

Nous avons annoncé la nouvelle à Thula ensemble.

J'ai laissé le Gentil parler. Il lui a dit que le Mouvement pour la restauration avait sollicité l'aide de certaines écoles en Amérique pour notre village, des écoles susceptibles de fournir une éducation à nos enfants, et l'une d'entre elles avait répondu positivement, elle serait ravie de fournir une éducation à l'un de nos enfants. L'école et le Mouvement pour la restauration avaient étudié les bulletins scolaires de tous les enfants, et personne n'avait eu besoin d'être persuadé qu'elle était celle que l'école devait faire venir en Amérique. Pendant tout le discours du Gentil, elle n'a pas changé d'attitude et, quand il a fini de parler, elle l'a remercié ainsi que le Charmant, mais elle a décliné l'offre, elle n'irait pas, elle ne voulait pas me quitter ni quitter Juba et Yaya, pas au moment où nous avions besoin d'être ensemble. Puis elle s'est tournée vers moi et m'a dit que, si je tenais à ce qu'elle y aille, elle irait, mais que je devais réfléchir à ce dont j'avais envie pour moi et non à ce que je voulais pour elle, seul mon bonheur comptait à ses yeux. Sur ces paroles, elle est sortie de la pièce commune, elle avait besoin de pleurer – à la façon dont elle avait parlé, à la façon dont elle avait gardé les yeux baissés, il était évident qu'elle rêvait de partir. Elle mourait d'envie de mieux comprendre le monde mais ne voulait pas nous abandonner.

Après quoi, le Gentil et le Charmant sont revenus plusieurs fois pour nous aider à préparer son voyage. Nous avons décidé de ne rien dire au village, pas même à Yaya ni à Juba, jusqu'à ce qu'elle soit allée à Bézam – en compagnie du Gentil, au prétexte de représenter Kosawa à un concours de lecture – pour obtenir les papiers nécessaires à son voyage et jusqu'à ce que nous ayons la date de son départ. Elle ne dirait rien à personne parce que le poids du voyage était lourd et plus elle en avait sur le cœur, moins elle parlait.

Ma mère m'a toujours conseillé de ne pas m'appesantir sur le passé ni sur l'avenir. Ce qui s'est produit ne se déproduira pas, se plaisait-elle à dire ; ce qui doit advenir adviendra – tu ferais mieux de te concentrer sur ce qui est en train de se passer sous tes yeux. Mais, un soir comme celui-ci, quand je suis seule sous l'auvent de la case – Yaya et Juba à l'intérieur, Thula en Amérique depuis plusieurs mois déjà –, je n'entends d'autres voix que celles du passé et de l'avenir. Elles m'entourent de chaque côté, se disputent mon esprit. Rappelle-toi ce qui est arrivé, dit le passé. Envisage ce qui pourrait arriver, dit l'avenir. Le passé gagne toujours car ce qu'il avance est vrai – ce qui est arrivé vit en moi et m'enveloppe, toujours présent. Je ne peux me fier à l'avenir et à ses incertitudes.

Dans les yeux de Juba, je vois le passé, l'absence qui y est apparue quelques heures après les tueries. Il ne peut effacer ce qu'il a vu. Aucun d'entre nous ne le peut. Il ne peut oublier les détonations. Aucun d'entre nous ne le pourra jamais. C'est un enfant présent mais absent, si jeune en âge et pourtant si cabossé en esprit. J'entends sa fêlure lorsqu'il me demande si je pense que son père reviendra un jour. Est-ce que Bongo a fait quelque chose de mal ? Peut-on s'il te plaît quitter Kosawa ? Il a très peur car il est le dernier homme de la famille – Grand-Papa a disparu, Malabo a disparu et Bongo aussi, à présent –, combien de temps avant que ce soit son tour ? Jakani le ramènerait-il à la vie une deuxième fois s'il devait mourir encore ? me demande-t-il.

J'entends son angoisse quand il m'avoue qu'il aimerait comprendre tous les drames qui ont frappé notre famille. J'ai fait de mon mieux pour lui expliquer ce que j'étais capable d'expliquer ; je lui ai dit que beaucoup trop de choses dans la vie ne peuvent être raccommodées même si, pour son bien, je regrette qu'il en soit ainsi.

Chaque fois que je me rends au grand marché, il me demande de lui rapporter des carnets à dessin et des crayons de couleur. Matin, après-midi, soir, il est impossible de savoir quand l'envie de dessiner le prendra. Il a rempli des dizaines de carnets. Je ne comprends pas ses dessins – le visage d'un homme dont les traits sont éparpillés, la bouche sur le front, le nez sur sa pommette ; des poissons et des arbres dans le ciel à la place des nuages ; le soleil et les étoiles en train de sombrer. Je lui demande pourquoi il dessine les choses de cette façon et non comme elles sont. Il n'en sait rien. Il ne se l'explique pas, mais je sais que c'est le chagrin.

Ce chagrin, je le vois quand il va s'allonger contre Yaya dans son lit. Il a onze ans, un âge auquel les garçons du village n'ont plus autant besoin d'affection, occupés qu'ils sont à se préparer à leur rite de passage vers l'âge d'homme, mais Juba n'a pas honte de dire à ses amis qu'il aimerait autant ne pas les accompagner pour fabriquer de nouvelles frondes et aller chasser les oiseaux, qu'il préfère passer l'après-midi avec sa grand-mère. Je l'entends quand il le dit et je sais que c'est le chagrin. Je le vois à son empressement lorsqu'il m'aide à nourrir Yaya, lorsqu'il va lui chercher un verre d'eau, je le vois à la douceur avec laquelle il la fait rouler pour l'amener de sa position de côté sur le dos, au moins quatre fois par jour, pour éviter qu'elle ait des escarres. Je l'entends quand il me demande si Yaya remarchera un jour, pourquoi ses jambes ont cessé de fonctionner le jour où nous sommes revenus de Bézam avec la nouvelle. Je lui explique alors que la pire des maladies est d'avoir le cœur brisé.

Pendant les cinq ans qui ont précédé le départ de Thula, tous les matins où il y avait école, je me suis levée pour faire des œufs au plat à l'intention de Thula et de Juba, deux chacun. Personne à Kosawa ne mange régulièrement des œufs – les poules ne pondent qu'avec parcimonie et il est préférable de garder les œufs afin qu'ils deviennent poulets un jour et nourrissent une famille tout entière plutôt que les casser et satisfaire à peine un ventre – mais je tiens à ce que mes enfants mangent des œufs, car Malabo était persuadé de leurs bienfaits pour le corps et insistait pour que j'en donne à ses enfants aussi souvent que possible. Pendant ces cinq ans, j'ai acheté les œufs au grand marché avec l'argent que les gens du Mouvement pour la restauration nous ont donné. C'est l'argent que Pexton a versé après que le Mouvement pour la restauration s'est battu en notre nom.

La bataille s'est livrée en Amérique, nous n'avons donc pas eu la joie de voir l'expression des gens de Pexton quand ils ont compris qu'ils avaient perdu. Mais mon cousin Tunis m'a raconté que quelqu'un à Lokunja lui avait dit que de bataille, il n'y avait pas vraiment eu, que, une fois la nouvelle du massacre parvenue en Amérique, Pexton était allée trouver le Mouvement pour la restauration et lui avait donné l'argent, à charge pour lui de nous le remettre, accompagné de ses condoléances. Pexton affichait sa peine immense à l'endroit de nos souffrances, son engagement à vouloir travailler main dans la main avec le Mouvement pour la restauration et l'amélioration de nos vies mais, de l'avis de tous, la compagnie nous avait donné cet argent seulement pour que cessent les insultes des deux côtés de l'océan et que les gens qui avaient renoncé à acheter son pétrole reprennent leurs bonnes habitudes. Pexton avait alors été en mesure de clamer : Regardez, nous agissons, nous soutenons les habitants de Kosawa, et il faudrait croire qu'ils ne tirent pas profit de notre présence ?

Pexton a prétendu n'avoir rien à voir avec les exactions commises par les soldats ce jour-là. La seule chose dont on pouvait la tenir pour responsable était d'avoir payé le gouvernement pour obtenir le droit de procéder à des forages sur notre terre – pourquoi serait-elle tenue pour responsable de l'incompétence de notre gouvernement ? En entendant cette déclaration, Son Excellence avait dû être ivre de rage, ses sbires avaient sûrement proféré des menaces, pourtant nous n'en avons eu aucun écho – ils avaient besoin de s'entendre sur notre dos. Son Excellence voulait toujours plus de belles choses. Huit ans après le massacre qui avait privé Thula de parole pendant onze jours, Pexton était toujours sur notre terre.

La première fois que le Mouvement pour la restauration est venu constater l'état de notre village, la délégation était composée de cinq personnes – le Gentil et le Charmant ; un homme qui aurait pu être de notre région mais qui était originaire d'un pays voisin ; et un homme et une femme d'Amérique, tous les deux à peu près de mon âge, portant un short marron et un chapeau avec une ficelle nouée sous le menton, le visage d'une teinte avoisinant celle d'une pomme mûre.

Ils ont fait le tour du village, ils ont vu les pipelines et les endroits souillés par les fuites de brut depuis des années. Nous les avons emmenés dans la forêt où ils ont vu les cultures devenues improductives en raison des incendies ; ils ont examiné les produits flétris de notre sol. Ils ont pris des photos des déchets flottant sur le fleuve. Ils nous ont montré des feuilles piquetées de trous et nous ont expliqué que c'était le résultat de pluies acides ; que notre pluie n'était plus de l'eau pure depuis fort longtemps. Nous les avons conduits au cimetière devant les tombes des enfants ; nous avons vu leurs lèvres remuer en comptant les plus petits monticules. Ils ont tourné les yeux vers les Jardins et vu les torchères.

À la réunion qui s'est tenue sur la place, la femme et l'homme d'Amérique ont soupiré et secoué la tête à maintes reprises en écoutant le Gentil, même s'ils ne comprenaient pas notre langue. Le Gentil nous a informés que la femme et l'homme d'Amérique avaient voulu se rendre compte par eux-mêmes de la situation – ils étaient au courant d'histoires similaires à la nôtre parce que leur activité était de se battre au nom de gens comme nous, toutefois, ils n'avaient jamais rencontré de cas comme le nôtre, pareil assujettissement. La femme et l'homme d'Amérique ont offert des livres et des bonbons au goût de miel à nos enfants. Ils avaient envie que nous les serrions dans nos bras, c'était criant, surtout la femme, aux yeux pleins de larmes, mais ils ne nous l'ont pas demandé et, malgré notre envie de leur manifester de la reconnaissance, nous n'avons pas jugé correct de nous comporter ainsi avec des Américains.

Personne ne nous avait prévenus de leur arrivée, si bien que nous n'avions rien à leur offrir à manger. Quelques femmes ont discuté entre elles, tête contre tête, puis elles ont demandé au Gentil si leur délégation pouvait attendre le temps que les femmes de Kosawa tuent des poulets et les fassent rôtir. Le Gentil a rapporté la question en chuchotant à l'oreille des Américains qui ont souri et lui ont dit de nous remercier, c'était adorable de notre part, mais ils avaient déjà mangé. Au moment où ils ont quitté la place pour monter dans leur voiture et rentrer à Bézam puis en Amérique, un chant a éclaté, et bientôt toutes les femmes et toutes les filles, moi comprise, chantaient. J'étais incapable de me rappeler la dernière fois que j'avais chanté et pourtant je me suis jointe au chœur en ajoutant une troisième strophe à la mélodie, toutes les femmes balançaient leurs hanches et soulevaient de la poussière, nos voix s'élevaient, d'abord pour chanter notre gratitude en demandant à l'Esprit de bénir nos visiteurs d'être venus nous voir, puis nous avons enchaîné avec le chant inspiré du conte que nos mères nous racontaient enfants : l'histoire des trois petits poissons qui s'échappaient du ventre d'un monstre en grattant les parois de son estomac jusqu'à ce que le monstre finisse par avoir mal et les régurgite.

Les gens du Mouvement pour la restauration ont balancé leurs hanches en cadence avec nous, la femme américaine, le visage congestionné, le nez qui coulait, en sanglots. Soudain, les tambours sont apparus. Au son des tambours que les hommes battaient au diapason, nous avons chanté la supplique des poissons :

Cette histoire doit être racontée
Il se peut qu'elle ne plaise pas à toutes les oreilles
Nos bouches ne tirent aucune joie de la dire mais
Notre histoire ne peut être tue.

Un mois plus tard, le Gentil et le Charmant ont commencé à venir nous voir, seuls. Bien qu'ils vivent à Bézam et se rendent dans d'autres villages, ils avaient, semble-t-il, toujours du temps à nous consacrer, ils restaient avec nous lorsqu'un nouveau décès venait alourdir notre peine, dormaient à même le sol s'il le fallait ou chez l'oncle du Gentil dans un des villages sœurs.

Le jour où ils ont apporté l'argent de Pexton, ils nous ont prévenus avant de nous le remettre que nous n'étions pas obligés de l'accepter. Ils ont dit qu'aucune somme d'argent ne pouvait réparer ce que Pexton nous avait infligé, mais nous l'avons pris quand même parce que, nous avions beau haïr Pexton, cet argent nous était nécessaire pour continuer d'avancer après tout ce que nous avions perdu. Et puis, il s'agissait de notre argent, le fruit de notre pétrole.

Les hommes du Mouvement pour la restauration ont précisé que cet argent ne concernait que le moment présent, il était destiné à nous aider à sécher nos larmes. Ils ont dit que leurs collègues en Amérique obtiendraient plus d'argent pour chaque fuite qui s'était produite. Ils feraient payer Pexton pour le pétrole sur le fleuve et la poussière dans l'air et le poison dans l'eau et pour les cultures qui ne produiraient peut-être plus rien avant une nouvelle génération et pourquoi pas pour les enfants qui n'avaient pas eu la chance de grandir et pour les parents dont les cœurs meurtris ne cicatriseraient jamais.

Après avoir accompli tout cela, ils nous ont dit qu'ils demanderaient à Pexton de nettoyer notre terre pour que Kosawa retrouve l'état dans lequel nos ancêtres l'avaient trouvé en arrivant. Mais cela prendrait des années, nous ont-ils mis en garde ; certains d'entre nous pourraient ne plus être de ce monde pour voir Kosawa restaurée et recevoir une autre somme d'argent, auquel cas, celui-ci irait à nos enfants.

Ils nous ont remis l'argent de Pexton dans de grands paniers en raphia.

Un panier en raphia pour chacune des quatre-vingt-dix cases ou à peu près que compte Kosawa, remis au chef de famille. J'étais le chef de ma famille. Quelle femme rêve de devenir chef de sa famille ? Je n'ai jamais voulu un tel fardeau – j'ai vu ses effets sur les rapports entre Malabo et Bongo – mais me voilà tendant la main pour recevoir l'argent, plus d'argent que tous les gains réunis de mon mari les trois dernières années de sa vie.

Quelqu'un a lancé une rumeur selon laquelle il ne nous aurait pas été remis l'intégralité de l'argent de Pexton, les gens du bureau du Mouvement pour la restauration de Bézam en auraient gardé pour eux, et le Gentil et le Charmant auraient sûrement pris leur part. La rumeur a couru de case en case, sous-entendant que le Mouvement pour la restauration ne nous donnait que ce qu'il pensait suffire à notre bonheur ; peut-être fallait-il dépêcher quelqu'un aux Jardins pour demander au contremaître de nous dire exactement combien leurs collègues en Amérique nous avaient envoyé. C'est Tunis qui m'a mise au courant de la rumeur. Il m'a dit que Sonni, le cousin de Malabo – devenu le nouveau chef de Kosawa après le massacre –, l'avait chargé de l'aider à mettre fin à ces histoires. Je n'ai jamais aimé Sonni et sa manie de réfléchir trop longtemps avant de s'exprimer et je doute que Malabo aurait apprécié de voir un individu dont la mise transpirait la faiblesse accéder au statut de chef de Kosawa mais j'étais du même avis que Sonni sur un point – si nous apprenions que le Mouvement pour la restauration et que le Gentil et le Charmant avaient gardé une partie de l'argent pour eux, quel serait notre recours ? Allions-nous entamer un combat contre les gens qui justement se battaient pour nous ?

Le panier en raphia est rangé dans une caisse noire glissée sous mon lit, la même caisse dans laquelle Malabo gardait l'argent gagné lorsqu'il vendait le produit de sa chasse au grand marché. Il n'était jamais rentré avec de grosses sommes. Essentiellement des pièces, juste assez pour acheter de la nourriture, des vêtements et des médicaments, des biens de première nécessité. Le seul argent qu'il m'ait laissé avant son départ est celui que son père avait mis de côté pour lui – plusieurs billets que Grand-Papa avait glissés dans une enveloppe le jour de la naissance de Thula et qu'il avait demandé à Yaya de remettre à Malabo après sa mort afin que Thula ne manque jamais de rien.

Grand-Papa n'était pas homme à manifester son amour par des mots ou des regards, mais aussi souvent qu'il le pouvait, il agissait comme si l'amour le lui dictait. Peu de gens lui accordaient ce crédit. Ses propres fils avaient du mal – ils ne parvenaient pas à faire l'impasse sur son incapacité à être le père dont ils rêvaient. Ils ne partageaient pas mon admiration pour lui, qui était arrivé à Kosawa jeune homme et avait travaillé pendant des années sur l'exploitation agricole du père de Woja Beki. Ce dernier, pour le remercier de son labeur, lui avait offert le terrain sur lequel notre case se dresse aujourd'hui. Ses fils ne prenaient pas en considération le fait que Grand-Papa avait construit notre case et ses dépendances de ses mains, tige de bambou par tige de bambou, après avoir trimé toute la journée aux champs. Chaque fois que Malabo venait se plaindre auprès de moi de telle ou telle chose que son père avait faite ou pas faite en raison de son humeur, je le lui rappelais. Je lui disais : Ton père ne peut faire que ce qu'il a la capacité de faire, je suis certaine qu'il est peiné de te décevoir. Mais Malabo ne pouvait mettre de côté sa déception et les nombreuses soirées empreintes de tristesse de son enfance. Bien que Grand-Papa ait cessé ses vociférations au moment où j'ai épousé Malabo – il était surtout mélancolique –, le souvenir de ses offenses était encore vif dans l'esprit de ses enfants. Je n'ai jamais abordé le sujet avec Yaya. Elle était la femme de Grand-Papa ; je ne pouvais la mettre dans la position de dénigrer son mari, mais je suppose qu'elle était encore plus blessée que je ne l'étais par la façon dont les gens le regardaient, comme s'il se situait juste au-dessus de Konga.

Même les enfants se moquaient de Grand-Papa dans son dos, ils l'appelaient l'Aigri ou Yeux de feu ; ils n'ont jamais su ce qui se cachait derrière son attitude. Certes, il n'était pas agréable à regarder, mais j'ai rarement pensé que sa colère était dirigée contre moi – un éclat dans ses yeux trahissait son désir ardent d'être heureux, mais le désespoir le consumait et il ne connaissait pas de moyen de s'en libérer. Les gens avaient envie de m'entendre me plaindre que vivre sous son toit était comparable à manger des feuilles aigres à tous les repas, mais je ne l'aurais jamais fait car Grand-Papa, malgré lui, était bon avec moi. Certes, il ne me disait jamais bonjour et quand je posais son repas devant lui, sa gratitude s'exprimait par un grognement – il m'est arrivé plus d'une fois de me trouver seule avec lui dans la pièce commune et de devoir trouver un prétexte pour m'esquiver de peur que son regard ne me brûle – mais il allait en forêt chasser ce que je mangeais. Et, si son humeur le permettait, il coupait du bois pour que je puisse cuisiner. Quand ma fille est née, il l'a tenue dans ses bras et l'a bercée jusqu'à ce qu'elle s'endorme.

Désormais, la plupart des soirées, quand tout est calme, je repense à Grand-Papa assis en silence sous l'auvent de la case. Je repense à Bongo qui chantait en faisant sa toilette, son chant plus mélodieux que jamais depuis qu'il avait rencontré Elali. Mais je repense surtout à Malabo, mon mari, mon brise-cœur. Je repense à la parfaite imperfection de la vie le jour où il m'a abordée chez mon amie.

À l'époque, nous n'étions pas encore amies, Cocody et moi, elle n'était que l'amie de mon amie Uwe. Uwe et moi étions de passage à Kosawa, elle pour rendre visite à Cocody et moi, à mes tantes qui vivaient là. Je venais d'avoir dix-neuf ans. Je me rappelle n'avoir été qu'angoisse ce jour-là – j'étais en âge de me marier et je n'avais aucun garçon en vue. Un homme de mon village qui s'appelait Neba était mon seul choix possible mais je ne parvenais pas à passer outre à ses narines qui se dilataient comme une jupe gonflée par le vent.

« Comment peux-tu rejeter un homme sous prétexte que tu détestes son nez ? m'avait demandé ma mère en soupirant.

— Comment ne pas le rejeter si je dois avoir la chose sous les yeux tous les jours ? » avais-je répondu.

Ma mère m'avait conseillé de modérer mes prétentions et j'avais ri. Neba serait bon avec moi, je le savais, mais était-ce suffisant pour l'épouser ?

Malabo est entré dans la case de Cocody en quête de son meilleur ami, Bissau, le mari de Cocody. J'ai vu ses pommettes saillantes comme le fil d'une lance et sa petite barbe pointue assortie. Quel visage ! Quel homme ! Qui sur terre était aussi beau ?

Après ce jour-là, chaque fois que je venais à Kosawa, je le cherchais frénétiquement des yeux dès mon arrivée et jusqu'à mon départ. À chaque visite, Cocody et moi passions au moins deux fois devant sa case. Dès que je le voyais, je bombais le torse pour mettre en valeur ma généreuse poitrine, me tapotais le visage pour sécher la moindre trace de transpiration, provoquant le rire de Cocody, ce rire que tout le monde savait n'appartenir qu'à elle ; ka, ka, ka, oh ! Mais mes efforts n'avaient aucun effet sur Malabo – il ne me remarquerait que le jour où il serait prêt.

Ce qui ne se produirait pas avant plusieurs mois, un après-midi où nous étions sous l'auvent de la case de Cocody – Uwe, Cocody, son amie Lulu et moi –, riant à gorge déployée, Malabo a surgi de nulle part et s'est planté devant moi.

« Je voulais juste te dire que je n'avais jamais vu de dents aussi belles que les tiennes », m'a-t-il déclaré.

J'étais morte. J'ai ressuscité, puis j'étais morte à nouveau. Des semaines plus tard, il m'avouerait que la blancheur de mes dents faisait de l'ombre aux nuages et je lui avouerais que l'arête de ses pommettes faisait l'envie des couteaux mais, cet après-midi-là, aucun mot n'est sorti de ma bouche. L'éclat de son regard posé sur moi, j'ai oublié comment émettre un son. Si la gêne était une maladie, j'aurais été terrassée. Il m'a dit qu'il m'avait vue dans le village et s'était demandé ce que je faisais pour avoir des dents aussi blanches. Noyau de palmier, j'ai eu envie de lui répondre ; je me rince la bouche avec tous les matins.

« Quoi que tu fasses, a-t-il dit. Continue. »

J'ai ébauché un sourire.

« Dis quelque chose », Cocody et Uwe m'ont chuchoté, ajoutant à mon humiliation.

Je les ai regardées en ouvrant grands les yeux, dans l'espoir qu'elles comprennent le message : dire quoi ? J'avais passé des heures à imaginer ce que je lui dirais mais je n'avais pas prévu le moment où Malabo approcherait ses pommettes des miennes et me demanderait de venir me promener avec lui. J'ai senti que je quittais le sol et que je ne le toucherais plus jamais. J'ai flotté à son côté, voilà ce que j'ai fait, de cette première fois jusqu'à la fin.

Nous étions heureux, Malabo et moi.

J'essaie de ne pas l'oublier, mais la nature des derniers jours que nous avons passés ensemble menace de brouiller les souvenirs de nos esprits à l'époque où ils ne faisaient qu'un. Après cette première promenade dans Kosawa – main dans la main, marchant au même rythme –, personne n'aurait pu me convaincre que les jours où j'avais attendu qu'il vienne me voir dans mon village ou que je vienne le voir à Kosawa n'en valaient pas la peine. J'aurais pu attendre dix saisons sèches et dix saisons humides pour entendre les battements de son cœur une seconde. Mes amies se moquaient de moi.

« Sahel a fini par avoir les pommettes de ses rêves », disaient-elles.

Je riais avec elles. Dès qu'il s'agissait de lui, tout me rendait heureuse. Même les questions agaçantes de mon amie Lulu me rendaient heureuse – Lulu qui me demandait si je tenais vraiment à épouser le fils de l'homme le plus malheureux que la terre ait porté ; et si je donnais naissance à des enfants aussi moroses et déprimés que leur grand-père ; est-ce que j'imaginais à quel point ce serait désagréable de vivre sous le même toit qu'un homme qui répondait à un bonjour par un grognement. J'avais répondu que, bien sûr, j'avais pesé le pour et le contre, mais qui refuserait d'épouser Malabo, l'aîné de l'homme le plus malheureux que la terre ait porté ? Qui refuserait d'être tous les jours l'objet de son demi-sourire ? Ce demi-sourire qui a commencé à disparaître à la mort des premiers enfants. Il n'en restait plus rien à son départ.

Mais qu'il était lumineux pour moi.

Qu'il était lumineux, ce jour où il m'a entraînée dans sa chambre, profitant de l'absence de ses parents qui assistaient à des funérailles dans un des villages frères et de celle de Bongo, parti pour lui laisser le champ libre, comme lui le faisait pour son frère quand il sortait avec une fille. Qu'il était lumineux, son sourire, lui assis au bord du lit, les yeux brillant d'anticipation, lorsque j'ai commencé – sans qu'il me le demande – à me dévêtir, son front où perlait la sueur à mesure que j'ôtais un vêtement après l'autre, lentement, jusqu'à ce que je sois entièrement nue et que je le supplie de me prendre dans ses bras, ce qu'il a fait, il s'est levé, les mains tendues, les lèvres entrouvertes, ses yeux ne quittant pas les miens une seconde. Je ne l'ai pas supplié de m'allonger sur son lit et il ne m'a pas demandé la permission de le faire – nous en avions discuté et nous en avions ri, bientôt nous serions mariés et, dès la naissance des enfants, les occasions se limiteraient au cœur de la nuit, sous nos draps, en faisant le moins de bruit possible, empêchés de faire certaines choses à cause des enfants dans la chambre avec nous, alors nous devions le faire maintenant, aussi souvent que possible, tant que nous étions jeunes et libres.

Je suis sûre que Yaya et Grand-Papa nous ont entendus lors de notre nuit de noces, si excités que nous étions d'être allongés côte à côte dans notre lit marital, sans enfant en vue à ce moment-là. Nos vêtements éparpillés sur le sol avant même que les femmes de mon village soient reparties, elles qui avaient porté mes affaires sur leur tête, ma mère en tête du cortège, chantant et dansant depuis la case de ma tante jusqu'à celle de ma nouvelle famille où elles avaient déposé mes effets, puis nous avaient poussés, Malabo et moi, dans notre chambre avant de refermer la porte. Elles avaient ri et crié que nous avions intérêt à ne pas en sortir avant que je sois enceinte. Que nous étions heureux d'obéir à leur injonction ! Une fois, j'ai dit à Malabo, entre deux ébats, que nous devions nous efforcer de faire moins de bruit parce qu'il ne fallait pas empêcher Grand-Papa et Yaya de dormir, mais Malabo avait ri et rétorqué que Grand-Papa et Yaya ne dormaient sûrement pas, qu'ils étaient sans doute en train de faire la même chose que nous et que le fait que nous ne les entendions pas s'expliquait uniquement par des années d'expérience à le faire sans bruit. J'avais eu du mal à le croire, compte tenu du regard que Grand-Papa m'avait lancé le lendemain matin, insinuant qu'il m'avait entendue, plus autre chose que je n'étais pas parvenue à déchiffrer. J'aurais préféré qu'il ne me lance pas ce regard, mais cela ne nous a pas arrêtés la nuit suivante. Rien ne nous a arrêtés jusqu'à ce que je sois enceinte de Thula et que Yaya me dise un jour dans la cuisine qu'une femme devait cesser de faire certaines choses pour le bien de l'enfant. J'ai acquiescé, dit que je comprenais. Malabo a protesté. Il a prétendu que ses amis disaient que c'était faux, que leurs enfants étaient nés parfaits et que l'important était de savoir manœuvrer autour du fœtus, mais je lui ai répondu que nous devions nous exécuter pour Yaya et il y a consenti ; cela n'a pas été facile pour nous mais nous nous y sommes tenus. Cela dit, quand j'étais enceinte de Juba, j'étais insatiable, et ça l'électrisait.

Mon désir était et demeure une bête à part entière, sauvage et indomptable.

Dans les premiers temps de notre amour, ce désir inextinguible qui m'animait toutes les nuits n'était pas un châtiment mais un cadeau pour mon mari. Cocody et Lulu se moquaient de moi chaque fois que je bâillais dans la journée et que je leur racontais que nous ne parvenions pas à nous arrêter, que c'était trop dur. Elles étaient d'avis qu'aucune femme ne devrait avoir un appétit aussi vorace que le mien, que leurs maris les enverraient chez Sakani boire la potion que j'avais sans doute bue s'ils découvraient qu'une femme était capable d'éprouver autant de désir qu'un homme.

« J'espère que Malabo ne raconte rien de ce que vous fricotez tous les deux et qu'il ne lui donne pas des idées, a dit Cocody. Je n'ai pas envie que Bissau rapplique en pleine nuit et me demande d'ouvrir mon faitout pour y faire cuire je ne sais quelle folie culinaire. »

Ce à quoi Lulu a répondu en soupirant, sa langue glissée dans l'interstice entre ses dents :

« Cela fait deux mois que j'ai perdu l'envie de soulever le couvercle de mon faitout. Je n'ose imaginer le nombre de toiles d'araignées qui se sont accumulées à l'intérieur. »

Lulu jurait que mes organes internes étaient ceux d'un homme. Elle prétendait que je devais avoir des poils au menton invisibles et une protubérance invisible qui saillait de ma gorge. Cocody était de son avis et elle a ri, ka, ka, ka, oh, et elles se sont tapé dans la main. À l'époque, je joignais mon rire aux leurs car Malabo était là pour m'honorer, moi et ma voracité, mais après qu'il était parti pour ne jamais revenir, en quoi était-ce drôle ?

La première année qui a suivi sa disparation, j'ai pleuré de multiples larmes différentes. Celles du matin n'étaient pas celles de la nuit. La nuit, je pensais à nos nuits ensemble. Je pensais à ma main sur sa joue, à la sienne sur la mienne. Je pensais à son adoration pour mes seins. Je pleurais de désir, seule sous mes draps. Je pleurais parce que personne ne m'avait caressée depuis le jour où il m'avait caressée pour la dernière fois et que, jusqu'à aujourd'hui, personne ne m'avait caressée.

Comme toutes les femmes qui ont perdu un mari avant moi, comme toutes celles qui en perdront un après moi, je suis condamnée à la solitude. L'époque où j'étais câlinée, caressée est révolue. J'entends la voix de ma mère dans ma tête quand j'étais petite. Elle aussi avait perdu son mari mais elle avait bien plus que mes vingt-neuf ans à la disparition de Malabo. Je l'entends dire à ses amies : J'ai perdu le mari que la vie m'a donné, je n'ai pas le droit d'en réclamer un deuxième quand d'autres femmes attendent leur tour. Je revois ses amies hocher la tête d'un air triste – à quoi bon remettre en question un cœur brisé ?

J'avais huit ans à la mort de mon père et, comme mes cinq sœurs aînées étaient mariées, nous étions seules, ma mère et moi, à la case. À mes yeux, il était évident qu'elle n'éprouvait pas de ressentiment quant à son destin – elle ne se plaignait jamais – mais je priais l'Esprit pour ne jamais me trouver dans sa situation. Malabo m'avait promis de ne jamais m'abandonner. Pourquoi voudrais-je quitter ce corps ? disait-il.

De nombreuses femmes à Kosawa et dans les villages frères sont comme moi – femmes dont le mari est décédé. Les hommes nous épousent jeunes et meurent avant nous, emportés par la nature ou par une désobéissance à notre sagesse. À leur mort, nous pleurons, nous séchons nos larmes, nous nous préparons à passer le reste de notre vie à nous occuper des très jeunes, des malades et des très âgés.

Le désir appartient au passé. Nous ne nous verrons jamais offrir le même privilège qu'aux veufs. Car eux prendront à coup sûr une autre compagne par la grâce des desseins de l'Esprit qui a voulu que nos femmes dépassent en nombre leurs hommes. Les hommes en deuil verront très vite arriver une femme plus jeune et désireuse de prendre la relève pour élever leurs enfants, une femme qui aura hâte de poursuivre la lignée. À moins d'être devenus trop vieux pour n'être plus désirés que par la tombe, ils ne sauront jamais ce qu'on ressent lorsque notre corps quémande ne serait-ce qu'une petite caresse la nuit. Ils n'auront jamais honte d'annoncer qu'ils ont trouvé une femme pour prendre la place de leur épouse, parce que tout le monde s'accorde à dire qu'un homme ne doit pas rester seul.

Vous pouvez être seules, nous disent les hommes. Vous êtes des femmes, vous êtes conçues pour endurer.

La première année qui a suivi la disparition de Malabo, j'ai prié l'Esprit de faire en sorte que le mari d'une femme s'égare dans mon lit. Certaines nuits, je priais pour qu'un homme jeune, n'ayant pas encore choisi de femme, me prenne en guise de bouche-trou, qu'il jouisse de ce corps usé jusqu'à ce qu'un corps plus jeune se présente et, même alors, il pourrait me garder les mois où sa femme serait enceinte. Je ferais ce que les femmes dans ma situation font, paraît-il : je le retrouverais au plus profond de la forêt au pied d'un arbre sous le seul regard des oiseaux et des animaux, ou dans une resserre tard dans la nuit. Je le laisserais me faire tout ce qu'il n'oserait pas demander à sa femme.

Nos plus mauvais jours, Cocody et moi pleurions ensemble dans ma chambre.

Alors que nous étions si heureuses d'épouser les deux meilleurs amis inséparables, nous étions désormais au désespoir d'avoir épousé les deux meilleurs amis inséparables. Entre deux crises de larmes, nous nous demandions si, pour rire, nous ne devrions pas nous marier l'une avec l'autre. Un soir j'ai refait cette plaisanterie devant Aisha, la plus jeune cousine de Cocody. Elle a ri avec nous avant d'ajouter que ce n'était pas une mauvaise idée que les femmes se marient entre elles, c'était peut-être même la meilleure chose qui puisse arriver au genre humain, ce qui a fait redoubler nos rires – Aisha était une adolescente, elle pouvait dire ce genre de choses ridicules sans être inquiétée.

Le désir que Cocody ressent n'est pas de même nature que le mien. Elle veut un homme pour l'aider à guider ses fils car elle n'a pas d'homme de sa famille à Kosawa avec lequel elle se sente en confiance pour parler de l'avancée de ses fils vers l'âge d'homme. Elle s'inquiète pour le plus jeune, né deux mois après le départ de nos maris pour Bézam et leur disparition. Elle et moi étions enceintes en même temps ; si tout s'était bien passé, aujourd'hui, mon enfant courrait dans tout le village, mais je remercie l'Esprit d'avoir été seule à souffrir de cette perte et qu'il ait épargné mon amie. Je suis du même avis que Cocody, son plus jeune fils aurait besoin d'un père pour lui apprendre à grandir de telle sorte qu'il devienne un homme à l'image de son père, qu'il n'aura jamais connu ; mais, en ce qui me concerne, je n'ai pas besoin d'un nouveau père pour mes enfants. Je peux compter sur la famille de mon mari et sur mon cousin, Tunis, qui, bien qu'il souffre, lui aussi – mais qui ne souffre pas à Kosawa ? qui sur cette terre ne vient pas de souffrir, est en train de souffrir en ce moment même ou souffrira bientôt ? –, reste le frère que l'Esprit n'a jamais voulu me donner.

Un soir, environ un an après la disparition de Malabo, Tunis est venu voir comment j'allais et m'a trouvée assise sous l'auvent de la case, le regard vide. Il a pris place à côté de moi et m'a chuchoté à l'oreille que, au grand marché, il avait entendu des hommes parler de mes fesses ; ils auraient dit que mes fesses ressemblaient à un ananas bien mûr. Je l'ai tapé sur la tête pour rire, mais j'aurais bien aimé que ce soit vrai car je serais partie à la recherche de ces hommes, j'en aurais choisi un, je l'aurais ramené chez moi et j'aurais donné libre cours à mon désir.

Ce soir-là, grâce aux plaisanteries de mon cousin, je n'ai que très peu pensé à ce qui était arrivé à Malabo. Mais après le départ de Tunis, j'ai passé la nuit à me demander comment Malabo était mort. Si j'avais une tombe pour m'asseoir dessus et pleurer, je le ferais. Au sommet du monticule sous lequel mon bien-aimé reposerait, je noierais de mes larmes l'éventuel réconfort que je pourrais y trouver. Mais la poussière avec laquelle la chair de mon mari a été formée s'est déjà mélangée au sol de Bézam. À moins qu'une rivière locale n'ait entraîné son sang dans ses eaux ou que ses os calcinés n'aient été soufflés par un vent cruel il y a longtemps. Je ne le saurai jamais. Je lui parle tous les jours, souvent lorsque je suis dehors, en espérant que les oiseaux qui volent vers Bézam emporteront mes paroles avec eux et, même si celles-ci ne sont pas de son goût, le son de ma voix brisera sa solitude. Peut-être n'est-il plus seul à présent. Peut-être Bongo l'a-t-il rejoint, frères pour la vie et dans la mort.

Le matin où nous sommes rentrés de Bézam sans Bongo, Thula s'est précipitée dans sa chambre et s'est pelotonnée sous les vieux vêtements de son oncle. Elle y est restée toute la journée et toute la nuit. Elle n'a pas répondu lorsque ses amies ont frappé à la porte, lorsqu'elles l'ont suppliée d'ouvrir pour qu'elles puissent la consoler. Elle n'est pas sortie quand des membres de la famille ont commencé à défiler dans la pièce commune pour pleurer et me dire d'être forte. Elle n'était pas là non plus lorsque mes tantes se sont acquittées de l'insoutenable devoir d'informer Yaya de ce qui s'était passé à Bézam. Thula n'était pas là quand nous avons tenu les mains de Yaya au moment où nous lui annoncions la mort de Bongo.

Je me suis effondrée, non de chagrin mais de voir l'anéantissement de Yaya. Je n'ai pas supporté de la regarder, l'Esprit n'a pas le droit de punir autant une brave femme en une seule vie.

Thula n'était pas là quand les femmes m'ont ranimée et que j'ai ouvert les yeux pour découvrir que Yaya n'était plus Yaya mais un objet qui respirait et qui attendait la mort. Thula est restée seule dans la chambre de Bongo, allongée sur les draps que nous n'avions pas changés depuis le jour où il avait été emmené à Bézam. Elle nous évitait, comme si son chagrin et le nôtre étaient deux rivières parallèles.

Après ce premier jour figé dans un brouillard lugubre, lorsque j'ai rassemblé le peu de force que j'avais, j'ai fait passer un message à mon cousin Tunis pour qu'il vienne m'aider à casser la porte de la chambre de Bongo et faire sortir Thula – je ne pouvais pas la laisser dans cette pièce sans eau ni nourriture. Tunis est venu et il a appelé Thula, il lui a demandé d'avoir la gentillesse d'ouvrir la porte pour qu'il n'ait pas à la casser. Thula est restée sur le lit et nous a ignorés. Tunis a trouvé le moyen d'ouvrir la porte sans trop de dégâts puis il est parti, et je suis entrée dans la pièce sur la pointe des pieds.

Je l'ai trouvée allongée sous les vêtements de Bongo, le visage strié de larmes.

Elle serrait sur son cœur le livre qu'il lui lisait autrefois, celui qui raconte l'histoire de la Nubie, un endroit dont Bongo adorait parler – est-ce que nous savions qu'en Nubie, les femmes étaient aussi puissantes que les hommes, se plaisait-il à nous demander, à Malabo et moi, sous l'auvent de la case, une question qui lui valait un regard impassible de Malabo et un rire de ma part, après quoi je lui demandais de m'en dire davantage.

Je me suis agenouillée au pied du lit et j'ai supplié Thula de sortir de la chambre, quelques instants seulement. Elle a tourné son visage vers le mur. Je lui ai dit que nous devions préserver la chambre au cas où l'esprit de Bongo aurait envie de s'y attarder un moment avant d'entreprendre son voyage pour rejoindre les ancêtres. Elle m'a ignoré.

« Tu es trop jeune pour dormir seule dans cette chambre à l'extérieur », ai-je dit, toujours agenouillée au pied du lit.

Je lui ai expliqué que, en tant que fille, elle ne pouvait pas faire sa chambre de la pièce à l'arrière ; Bongo le pouvait parce que les jeunes hommes sont à même de faire face au danger de dormir dans une pièce disposant d'une entrée séparée. Toujours pas de réaction. Je me suis levée. Laissant filer la douceur dans ma voix, je l'ai prévenue que je ne tolérerais plus une telle insolence. Je n'avais pas tué son père ni son oncle, ma patience avait des limites. Elle n'a pourtant fait aucun effort pour se lever. Mes mises en garde se sont transformées en menaces.

« Si tu ne viens pas tout de suite à la case, je ne te laisserai plus jamais revenir », ai-je dit.

Autant parler à un rocher. Décidée à obtenir une réaction, je l'ai tirée violemment hors du lit. C'est alors que j'ai remarqué l'oreiller trempé, inondé de larmes.

Que pouvais-je faire ? La pièce commune était comble, des femmes assises par terre entouraient Yaya en état de stupeur et chantaient pour elle ; je n'avais pas envie de leur dire que Thula aggravait mon chagrin en me défiant. Alors je suis allée dans ma chambre, j'ai fermé la porte et bouché l'ouverture. Dans l'obscurité, je me suis assise sur mon lit et, tête baissée, j'ai demandé à l'Esprit de m'indiquer en quoi je m'étais trompée. Je voulais savoir à quel moment nous tous, en tant que peuple, nous nous étions égarés. Nos ancêtres avaient sûrement commis l'irréparable, car aucune case de Kosawa n'avait été épargnée par la dévastation qui s'était abattue sur nous. J'ai pleuré Bongo, j'ai maudit Malabo. Comment ne pas détester mon mari alors qu'il m'avait condamnée à une vie où je serais seule responsable d'une fille en morceaux, d'un garçon perdu et d'une vieille femme, qui, tous, faisaient peser sur mes épaules leur colère et leur chagrin quand je n'avais personne pour supporter les miens, puisqu'il devait en être ainsi.

J'ai crié dans mon oreiller. J'ai dit à Malabo que je regrettais de ne pas avoir épousé Neba dans mon village, le premier homme qui m'avait demandée en mariage. Je regrette d'avoir sollicité ma mère pour qu'elle dise à Neba qu'elle ne pouvait accepter ses cadeaux car un autre homme avait déjà demandé ma main. Le mensonge nous avait fait rire et plaisanter, mes amies et moi, car j'étais persuadée de trouver un jour l'homme de mes rêves et qui me voudrait ; j'étais persuadée qu'attendre cet homme valait la peine. Et, oui, il valait la peine, mon mari, mon rêve qui, grâce à son demi-sourire, avait fait s'abaisser les nuages jusqu'à mes pieds pour que je marche dessus ; qui, d'une simple caresse, me faisait flotter sur l'eau la plus pure, la plus étale, le visage tourné vers le fond ; tout en lui valait, ô combien, la peine de subir la damnation d'être née. Quand nous étions jeunes et libres, nous pensions que notre euphorie durerait toute la vie. Et voilà où mon mensonge m'a conduite.

Avant de sécher mes larmes et de me lever, j'ai dit à Malabo que j'espérais que son voyage de notre monde vers le suivant prendrait des centaines d'éternités afin qu'il soit pour toujours seul, jamais avec nous, jamais avec ses ancêtres. Je l'ai maudit de m'avoir choisie pour mieux me faire payer sa témérité, de m'avoir aimée pour mieux me faire passer à une vie que je déteste, de m'avoir donné tout ce que j'avais toujours désiré pour mieux m'abandonner en souhaitant ne jamais avoir prié pour l'obtenir.

Depuis le jour où Malabo a refusé d'écouter mon conseil et qu'il est parti à Bézam, la plupart des nuits, le sommeil perd sa bataille contre mon esprit agité. J'attends des heures que les coqs m'annoncent l'arrivée de l'aube pour m'extraire de mes regrets et ruminations. Le passé est le passé et pourtant je ne peux m'empêcher de penser que j'aurais pu l'arrêter si j'avais été une meilleure femme, une meilleure épouse, une meilleure mère, une personne armée d'une plus grande force de persuasion.

Je m'efforce de ne pas me punir en remuant ces pensées, mais je ne peux m'empêcher d'énumérer tous les chagrins qui se sont abattus sur notre famille parce que Malabo ne m'a pas écoutée. J'en fais la liste, du moment où j'ai commencé à avoir mal au ventre quand il était trop tôt dans ma grossesse pour ressentir ce genre de douleur, jusqu'au moment où, une semaine plus tard, le bébé est sorti et j'ai hurlé, puis fermé les yeux parce que je ne voulais pas le voir ; de l'après-midi où les soldats ont débarqué armés de fusils et que j'ai été témoin d'une cruauté que je n'aurais jamais imaginée possible jusqu'au soir de notre retour de Bézam avec l'acte de décès de Bongo.

« Tu te comportes comme si résoudre le problème était de ta seule responsabilité, ai-je dit à Malabo la nuit précédant son départ.

— Qui doit résoudre ce problème ? a-t-il demandé.

— Tes enfants sont-ils les seuls à boire l'eau du puits ? Pourquoi faut-il que tu te battes pour tout le monde ?

— C'est l'idée que tu te fais de moi, Sahel ? Le genre d'homme qui reste assis sur son derrière en attendant que quelqu'un d'autre passe à l'action ? Est-ce l'homme que tu as épousé ?

— Juba nous est revenu, ai-je crié. Tu ne vois pas que c'est un présage ? Cela signifie qu'il n'est pas près de s'en aller. Personne ne meurt et ne revient à la vie pour mourir de nouveau tout de suite après.

— Combien connais-tu de gens qui sont morts et revenus à la vie ? »

Je n'ai pas répondu, nous connaissions tous deux la réponse.

« Juba est le premier habitant de Kosawa à avoir été ramené à la vie en une génération, a-t-il dit, comme si je ne le savais pas. Parmi tous les enfants malades, l'Esprit a choisi d'épargner le nôtre. Pourquoi ? Te l'es-tu demandé ? Tu ne crois pas que nous devrions jouer un rôle plus important pour mettre fin à ce désastre, sachant combien nous avons été favorisés ? As-tu réfléchi une seconde à Juba adulte, à l'impact de son retour à la vie à mesure qu'il avancera en âge ?

— Nous ne parlons pas de lui adulte, mais de lui maintenant. Il va bien, non ?

— Et Thula ? Et si Thula tombait malade ?

— Thula n'est jamais malade. Je ferai bouillir l'eau pendant dix heures s'il le faut. Je t'en supplie, ne va pas à Bézam. En ce moment même, Cocody implore Bissau de ne pas t'accompagner. Lulu et sa famille supplient Lobi de rester à la maison. On ne sait pas comment les fonctionnaires réagiront quand vous débarquerez dans leur ville avec vos exigences, les gens méchants sont partout à Bézam.

— Je ne comprends pas que tu ne puisses pas penser à l'avenir.

— Nous survivons, j'ai crié. Par la bonté de l'Esprit.

— Tu refuses que je me batte pour l'avenir de mes enfants parce que tu as peur.

— Je te supplie de ne pas commettre cette erreur… J'ai un mauvais pressentiment…

— Tu es enceinte. Tu as toujours de mauvais pressentiments quand tu es enceinte.

— Ce n'est pas la femme enceinte qui parle.

— Sahel, s'il te plaît. »

Qu'on me cite une chose que Malabo m'ait demandée et que je n'aie pas faite pour lui ! Il disait : « Sahel, voilà ce que je veux manger aujourd'hui » et je le lui préparais. Il disait : « Sahel, mets cette robe plutôt que celle-là » et je répondais : « Bien sûr. » Certes, je me conformais à la tradition, mais dans notre relation, les règles du mariage étaient inutiles – mon esprit ne demandait qu'à lui faire plaisir. Et voilà que je formulais une seule et unique requête et qu'a-t-il répondu ? Il a répondu : Non, je ne le ferai pas. Il est allé à Bézam et il a échoué, puis Bongo a essayé de défaire ce qu'il avait fait et lui aussi a échoué. Et maintenant les gens du Mouvement pour la restauration essaient de tout défaire et refaire.

J'ignore l'issue de la bataille que le Mouvement pour la restauration mène en notre nom, mais Thula, depuis la première fois qu'elle les a écoutés parler, est persuadée que, avec leur aide, nous l'emporterons sur Son Excellence et Pexton.

J'ai remarqué le calme qui était apparu sur son visage dans les jours qui ont suivi la première visite des gens du Mouvement pour la restauration deux mois après que Bongo a été emmené à Bézam. La lumière était revenue dans ses yeux et j'ai compris qu'elle était convaincue qu'ils nous aideraient à récupérer nos terres, à les dépolluer ainsi que l'air et l'eau. Après la réunion, les enfants s'étaient disputé les bonbons apportés par une femme et un homme américains, mais pas Thula ; elle avait pris les livres des Américains et les avait rapportés à la case. C'est à partir de ce jour qu'elle s'est mise à vivre à travers les livres, à vivre en Amérique, en fait.

Six ans plus tard, le lendemain du jour où le Gentil et le Charmant l'ont informée de l'invitation de l'école américaine, elle est venue me trouver dans la cuisine où je faisais bouillir des ignames et m'a répété qu'elle irait en Amérique à la seule condition que je le veuille. Je lui ai donné ma bénédiction pour qu'elle parte à la seule condition qu'elle le veuille et que son esprit aussi.

Nous sommes restées silencieuses à regarder le bois sous la marmite se transformer en braises rougeoyantes.

C'est le Gentil et le Charmant qui ont proposé que les enfants de Kosawa accèdent à un niveau d'études supérieur. Ce serait bon pour notre village et les générations futures que nos enfants les plus grands commencent à fréquenter l'école de Lokunja où les fonctionnaires de la sous-préfecture envoyaient leurs enfants. À la fin de l'école de Kosawa, plutôt que les garçons s'emparent d'une lance pour chasser et les filles deviennent les apprenties de leurs mères, ils pourraient acquérir des connaissances que certains de nos instituteurs ne possédaient même pas. Le Mouvement pour la restauration a avancé qu'ils pourraient implorer le gouvernement d'améliorer notre école et de nommer des instituteurs plus qualifiés, mais le gouvernement répondrait sûrement que Kosawa était un trop petit village pour mériter une meilleure école. Sachant cela, les hommes ont dit que le moyen le plus approprié de préparer nos enfants à un avenir qui pourrait se poursuivre loin de Kosawa était de les envoyer dans un collège existant. Le Mouvement pour la restauration financerait le car qui emmènerait les enfants de douze ans et plus à l'école de Lokunja.

Qu'en pensions-nous ? nous ont-ils demandé sur la place du village.

Il avait plu le matin mais la soirée était ensoleillée et chaude ; on avait l'impression d'avoir vécu deux saisons en un jour. Le Gentil et le Charmant étaient assis sous le manguier à côté de notre nouveau chef de village, Sonni. Cela faisait deux ans que le massacre avait eu lieu ; l'herbe avait poussé et recouvert les monticules sous lesquels reposaient les morts.

Sonni s'est levé, comptant chaque mot, une manie qui me donnait envie de tirer sur sa langue et de le forcer à se dépêcher. Il a remercié le Mouvement pour la restauration de sa proposition, en effet, ce serait une bonne chose que nos enfants bénéficient d'une meilleure éducation. Une autre réunion des hommes serait nécessaire pour que les pères discutent en profondeur du sujet et évaluent l'ouverture d'esprit de chacun à l'endroit de cette idée… mais des voix de mères et de pères noyaient déjà la sienne pour dire qu'une réunion supplémentaire n'était pas nécessaire, ce ne serait jamais une bonne chose que nos enfants prennent le car tous les jours pour aller à la grande école de Lokunja, un tel prix ne vaudrait jamais d'être payé pour acquérir des connaissances supplémentaires. Dans quel but faire des études avancées ? Nous étions tombés dans un piège pour animaux : en quoi s'aventurer au-delà de lire, d'écrire et de posséder des rudiments d'arithmétique influerait-il sur le cœur de nos ravisseurs pour qu'ils voient enfin en nous des êtres de valeur ? Bien que nous fassions confiance aux gens du Mouvement pour la restauration, bien que nous leur soyons reconnaissants de tout ce qu'ils avaient fait pour nous, nous ne pouvions tout simplement pas confier nos enfants à des inconnus à Lokunja. Là-bas, ils ne seraient plus sous notre surveillance – si le gouvernement était capable de les tuer en notre présence, de quoi serait-il capable en notre absence ?

Le Gentil et le Charmant ont dit qu'ils comprenaient notre inquiétude mais que, même si l'école était la propriété du gouvernement, le car serait celle du Mouvement pour la restauration, financé par les Américains qui lui avaient donné l'argent afin de nous aider dans notre combat contre Pexton, et ce depuis que l'article d'Austin avait paru dans leur journal. Le Gentil et le Charmant ont dit que ces gens qui allaient payer pour le car étaient ceux qui avaient donné l'argent pour que le Mouvement se batte en faveur de la libération de Bongo, Konga, Woja Beki et Lusaka – ils étaient de notre côté à l'époque et le seraient toujours. Les voix du désaccord se sont élevées malgré tout. Si le Gentil et le Charmant avaient été témoins de ce dont nous avions été témoins, ont crié plusieurs parents, s'ils avaient été présents le jour du massacre, ils auraient compris pourquoi désormais même le bruissement des feuilles nous faisait peur.

Trois ans après la disparition de Malabo, c'est la possibilité d'aller à l'école de Lokunja qui l'a fait parler davantage.

Thula continuait de mesurer ses mots, mais la colère qu'elle éprouvait à cause du massacre et de tout ce qui était arrivé à notre famille ne la retenait plus enchaînée ou, du moins, ses chaînes s'étaient relâchées. Peut-être était-ce l'espoir que les hommes du Mouvement pour la restauration faisaient naître à chacune de leurs visites et l'idée que les enfants aient la possibilité d'acquérir des connaissances susceptibles de nous épargner de futures souffrances. À moins qu'elle n'ait finalement reconnu que nous étions tous enchaînés et que son chagrin était unique mais pas plus important que celui des autres, alors quel choix avions-nous si ce n'est de continuer d'avancer ? Elle ne s'est pas remise à sourire facilement ni à rire comme elle riait avec son père, mais son visage s'illuminait chaque jour, soulignant la ravissante rondeur de ses yeux.

Chaque fois que je tombais sur elle et ses amies quelque part dans le village, je m'attardais pour savoir si elle rirait et si elle riait, un millier de récoltes abondantes ne m'auraient pas rendue plus heureuse. Sans que j'aie à le lui demander, elle s'est mise à m'aider à la cuisine. Les fois où Yaya avait besoin d'une attention particulière parce qu'elle était dans un très mauvais jour – peut-être parce qu'un de ses fils l'avait visitée en rêve – et que je devais la faire rouler à plusieurs reprises pour qu'elle soit dans une meilleure position ou essuyer son visage parce qu'elle pleurait sans discontinuer, Thula cuisinait pour toute la famille. Cela me faisait presque rire qu'elle insiste pour que je mange, sachant le peu qu'elle mangeait – pas plus de la moitié de son assiette, souvent moins, malgré mes suppliques.

Je m'inquiétais pour son poids. Je m'inquiétais parce qu'elle n'avait pas commencé à saigner alors qu'elle était en âge. Je m'inquiétais que les seins de ses amies soient plus gros que des mangues et les siens pas plus gros que des noix de cajou. Dans les huit villages, la compétition pour trouver un homme susceptible de faire un bon mari faisait rage, et Thula était à l'âge où les filles devaient commencer à envoyer des signaux et exhiber leurs atouts. Ses amies avaient déjà des fesses devant lesquelles les hommes se pâmaient ; en comparaison, Thula avait l'air d'une enfant à la traîne de sa mère et de ses tantes. Malabo adorait se vanter que sa fille, avec ses yeux sublimes et ses sourires généreux, deviendrait la plus belle femme que les huit villages aient jamais comptée. Il a continué à le prétendre même lorsque Thula s'est avérée incapable de prendre du poids. En tant que père, il était aveuglé par certaines choses mais, en tant que mère, il était de mon devoir d'être consciente des défis auxquels ma fille se heurterait. Elle avait beau avoir un visage magnifique, je devinais que sa minceur et son absence de poitrine, doublées d'une nature impénétrable, réduiraient ses chances aux yeux d'hommes en quête d'épouses.

Je m'en étais plainte à Cocody et Lulu. Elles avaient ri et m'avaient dit : À chaque jour suffit sa peine. Ne voyais-je donc pas qu'il était inutile de me ronger les sangs à propos des seins de Thula et de ses règles quand le seul choix que j'avais était d'attendre que son corps soit prêt ?

« As-tu déjà rencontré une femme qui n'a pas saigné et n'a pas de seins ? » m'avait demandé Lulu en riant.

Pourquoi je perdais mon temps à penser au moment où Thula verrait son sang pour la première fois et courrait chercher du réconfort auprès de moi ? D'ailleurs, qu'est-ce qui me faisait penser qu'elle m'en parlerait ? Cocody et Lulu, filles de mères et mères de filles, comprenaient pourquoi c'était important, mais préféraient occuper leur esprit à autre chose qu'imaginer, comme je le faisais souvent, la célébration des premiers saignements de ma fille – la soirée animée où les femmes de la famille et les amies parmi les plus âgées se rassembleraient pour raconter à Thula toutes les merveilles qui l'attendaient maintenant qu'elle était femme. Je souris chaque fois que j'imagine son expression, entre peur et bouleversement, quand les femmes lui chuchoteront à l'oreille que, entre les mains de l'homme idoine, le plaisir compensait largement la douleur et que plus divin serait le plaisir au moment de la conception, plus intense serait la douleur à la naissance de l'enfant, et n'était-ce pas une des perspectives les plus réjouissantes dans le fait d'être femme ?

Un soir, dans la cuisine de Lulu, pendant que Thula et ses amies veillaient sur Yaya, Cocody et Lulu m'ont raconté la soirée qui avait suivi leurs premiers saignements, leurs mères avaient convoqué les femmes de Kosawa pour fêter l'événement. Nous avons ri au souvenir de ces femmes, depuis longtemps disparues, qui racontaient leurs vies de femmes, des histoires qu'elles avaient échangées inlassablement dans des cuisines enfumées mais qu'elles devaient à nouveau partager car elles adoraient les raconter encore et toujours : les jours de colère où elles crachaient dans la soupe de leurs maris ; la meilleure position pour concevoir une fille et quelle autre pour un garçon ; les fois où elles n'avaient pas envie de faire la cuisine et faisaient semblant d'être malades, leurs maris servant des fruits aux enfants en guise de dîner ; si seulement leurs maris avaient su que leurs épouses se situaient plusieurs coudées au-dessus d'eux, mais à quoi l'intelligence servait-elle aux épouses lorsqu'elles apprenaient par une ennemie ou une amie que leurs maris s'étaient faufilés dans les lits de femmes d'autres villages ? Que pouvait-elle faire, sinon soupirer et continuer d'avancer après avoir mis leur mari au pied du mur, le mari qui niait farouchement, pourquoi posait-elle ces questions, qu'elle le laisse tranquille. Les histoires ne manquaient jamais de sel, a dit Lulu, et elles la rendaient à la fois fière et furieuse d'être née femme.

Quatre jours après que le Gentil et le Charmant ont parlé du collège de Lokunja, Thula est entrée dans ma chambre.

« Maman, m'a-t-elle dit tandis que je pliais du linge sur le lit, j'aimerais prendre le car pour aller à l'école de Lokunja.

— Non », ai-je répondu.

Elle s'est retournée et a quitté la pièce

Le lendemain matin, elle est venue me trouver à la cuisine après avoir fait sa toilette et enfilé son uniforme bleu.

« Maman, s'il te plaît, a-t-elle dit. Je voudrais vraiment aller à l'école de Lokunja. »

J'ai continué à faire cuire les œufs. Je n'ai rien dit.

Une fois les œufs prêts, je les ai fait glisser sur une assiette et j'ai ajouté un peu de plantains frites. Je lui ai tendu l'assiette et lui ai dit d'aller manger à table dans la pièce commune, loin de la fumée.

Elle est sortie de la cuisine et j'ai préparé la même assiette pour Juba que j'ai posée sur la table au moment où il finissait d'enfiler sa chemise bleue et son short kaki. Comme tous les matins, je les ai regardés manger – Thula a grignoté quatre rondelles de plantain et deux bouchées d'œuf ; Juba a mangé toute son assiette plus les restes de Thula. Le petit déjeuner terminé, ils sont allés embrasser Yaya dans sa chambre pour lui dire au revoir. Yaya ne s'est pas redressée, elle est restée allongée, seule sa bouche remuait quand elle leur a dit d'obéir à leurs maîtres. Ils ont hoché la tête, sont sortis de la chambre de Yaya et m'ont embrassée avant de partir, Thula tenait la main de son petit frère et marchait à son pas, à la vitesse où ses petites jambes le portaient. Il a encore besoin de sa protection – il n'a commencé l'école qu'à la mort de Bongo, quand son grand-oncle Manga est allé supplier le directeur de l'école de l'accepter en milieu de trimestre parce que, même si les amis de son âge couraient encore nus, Juba pouvait toucher son oreille gauche de la main droite en faisant le tour de sa tête, preuve que son cerveau était assez grand pour l'école.

Une fois les enfants hors de ma vue, je suis allée voir comment allait Yaya. Je lui ai apporté un seau dans lequel cracher ou uriner ou déféquer, faire ce qu'elle avait à faire. Je le fais quotidiennement. Certains jours, elle ne parvenait pas à s'asseoir pour se servir du seau, alors je glissais un bout de plastique sous ses fesses et posais un chiffon sur le plastique pour qu'elle puisse déféquer allongée, après quoi je la nettoyais et la séchais.

Si ses selles dégagent une odeur, je ne la sens pas. Elle est ma mère. Quelles que soient les souffrances qu'elle endure, je les endure avec elle. Jusqu'à ce qu'elle me quitte ou qu'elle me demande de la quitter, je lui appartiens et elle m'appartient. Elle a perdu toutes ses dents, alors je hache sa viande et prémâche son taro avant de le glisser dans sa bouche comme elle le faisait jadis pour mon mari et mes enfants. Quand elle a besoin de pleurer, je m'assois sur le lit et nous pleurons ensemble. Je lui essuie les yeux et la supplie d'arrêter – quand elle pleure, je le dois aussi, je ne peux pas la laisser pleurer seule. Il arrive parfois que nous laissions couler nos larmes silencieusement jusqu'à ce que nous n'en ayons plus. Nous pleurons les hommes que nous avons aimés et perdus et, le moment d'après, nous imaginons cette merveilleuse journée où nous serons à nouveau réunis dans l'au-delà.

Une semaine après que Thula a entendu parler de l'école de Lokunja pour la première fois, elle vient me trouver pour me supplier de la laisser y aller. Je suis sous l'auvent de la case, une de mes tantes vient de partir après une visite. Thula s'assoit à côté de moi. Elle me demande si j'accepterais de parler au Charmant et au Gentil de sa part, si j'accepterais de leur dire qu'elle adore l'idée de voir les enfants du village fréquenter une meilleure école. Je soupire et je me détourne, elle change de place pour pouvoir me regarder dans les yeux.

« Maman, s'il te plaît, dit-elle.

— Tu veux vraiment aller dans cette école ? » je demande.

Elle acquiesce.

Je lui dis que je vais dormir et y réfléchir. Le lendemain matin, je me réveille inquiète pour elle.

Depuis le jour de sa naissance, Thula a su ce qu'elle voulait. Si elle voulait voir son père avant de dormir, elle ne fermait pas les yeux tant qu'il n'était pas rentré de la place où il fumait avec ses amis. Je me rappelle un soir, elle avait cinq ans, je lui ai dit que Malabo était parti rendre visite à un ami malade dans un autre village et ne serait pas de retour avant le lendemain, elle pouvait dormir avec moi dans le lit. Au moment de la coucher, je ne l'ai plus trouvée. Yaya et moi commencions à paniquer quand Bongo est parti en courant à sa recherche. Il est revenu en traînant Thula derrière lui – il l'avait trouvée sur le chemin des Jardins, elle projetait de prendre le car pour passer la nuit avec son père où qu'il soit.

À son retour de l'école, je l'appelle pour qu'elle vienne dans ma chambre et je lui demande de s'asseoir à côté de moi sur le lit. Je lui dis que je comprends pourquoi elle veut aller dans une meilleure école, acquérir de nouvelles connaissances ne peut pas faire de mal ; en revanche, aller à Lokunja ne serait pas une bonne chose. Je lui dis que faire une heure de car tous les matins et tous les après-midi l'épuisera. Elle me répond que cela ne lui posera aucun problème. Je lui rappelle que ses amies ne seront pas dans cette nouvelle école, sans doute mariées d'ici quatre ou cinq ans. Et si elle allait à l'école de Lokunja, une ville où nous n'avions pas de famille, qui nous préviendrait s'il lui arrivait quelque chose ? Elle me demande ce qui pourrait lui arriver là-bas. Comme je lui épargne les horribles possibilités qui tournent dans ma tête tous les jours, toutes ces manières empruntées par la vie pour concourir à me retirer mes enfants et me laisser les mains vides, elle me dit que je ne trouve rien parce qu'il n'y a rien qui puisse lui arriver à Lokunja qui ne lui arriverait pas ici.

« Avec qui prendras-tu le car tous les matins ? je lui demande. Aucune mère ou aucun père de Kosawa n'autorisera son enfant à aller à cette école. »

Espérait-elle que le Mouvement pour la restauration affrète un car pour elle seule ?

Elle sort de ma chambre, retourne dans la chambre de Bongo, s'allonge sur le lit et tourne le visage vers le mur. Elle ne se lève pas quand, du pas de la porte, Juba lui demande de regarder son dessin, est-ce qu'il lui plaît ? Juba entre dans la pièce, il lui donne un petit coup dans les côtes pour rire, pour l'obliger à réagir. Elle ne se retourne pas, ne jette même pas un coup d'œil au dessin et lui dit qu'il est parfait. Juba lui donne encore un petit coup, hausse les épaules et retourne dans la pièce commune faire un autre dessin.

Le lendemain matin, je lui fais des œufs aux plantains avant qu'elle parte à l'école mais elle refuse de manger. Le soir je prépare des patates douces à la sauce aux feuilles de potiron qu'elle regarde comme si c'était un tas de boue. Je soupire et m'assois sur le banc de la pièce commune.

Je suis fatiguée, cette enfant m'a essorée, il ne me reste plus de quoi la casser et la refaire. Je me lève et, les dents serrées, je la traite d'ingrate et d'égoïste, je lui dis qu'elle est l'enfant la plus méchante qu'une femme ait jamais portée. Elle me regarde comme si j'étais un récipient vide trop bruyant, comme si ma déception ne faisait pas le poids face à sa détermination. Je suis sur le point de l'accuser de n'avoir ni scrupules ni honte d'alimenter mon angoisse quand Yaya m'appelle. Dans sa chambre, Yaya me demande instamment d'accéder à la requête de Thula.

C'est ce jour-là que j'ai commencé à faire le tour des cases pour convaincre les pères d'autoriser leurs enfants à prendre le car avec Thula pour aller à l'école de Lokunja.

Encore et encore, j'entends qu'une fille n'a pas besoin de monter dans un car pour acquérir plus de connaissances que l'école du village n'en dispense. On me livre un résumé de toutes les souffrances que le gouvernement nous a infligées et nous inflige toujours. De crainte que je ne l'aie oublié, on me dit que les enfants de Kosawa sont toujours en danger, qu'ils continuent de mourir même après que le Mouvement pour la restauration a couvert Pexton de honte, l'a forcée à fournir de l'eau en bouteille pour les bébés. On me fait la leçon, personne à Kosawa ne devrait faire confiance au gouvernement, même si le Gentil et le Charmant prétendent que, à certains égards, c'est possible, nous ne devrions jamais entrer dans un endroit propriété du gouvernement à moins d'y être obligés, et encore, il nous faudrait des yeux dans les oreilles et des yeux dans la nuque ; il ne faut jamais penser que le gouvernement veut autre chose que notre mort – le gouvernement n'est pas constitué de gens avec une âme et un cœur de chair.

J'écoute tout cela et bien plus.

Je dis, Oui, Papa, à chaque père et, Oui, Grand-Papa, à chaque grand-père.

Ils me posent des questions auxquelles je réponds sur un ton qui sous-entend que je ne connais pas grand-chose à mon sujet. Quand ils parlent, je hoche la tête et j'évite de croiser leur regard. Le respect que j'éprouve pour leur sagesse doit être visible. Ils veulent savoir pourquoi j'entreprends cette démarche auprès d'eux, pourquoi je ne dis pas simplement non à ma fille. N'est-il pas temps qu'elle sache quels sont ses choix dans la vie ? Pourquoi n'ai-je pas enseigné à ma fille que la connaissance la plus importante dont elle aura besoin en tant que femme sera de savoir se contenter de ce que la vie voudra bien lui offrir ?

Je ne peux pas argumenter ou défendre mon choix, je n'en ai pas le droit, par respect.

Je me contente de dire que c'est l'amour maternel qui me guide.

Une ou deux fois, Aisha, la jeune cousine de Cocody, devenue entre-temps une petite sœur pour moi, vient me prêter main-forte pour persuader les hommes. Un jour, quand un grand-père nous oppose que, dans l'ancien temps, les femmes n'auraient jamais osé faire perdre un temps précieux aux hommes du village pour le bien des filles, Aisha lui répond sur un ton où s'entend à peine une pointe d'humilité que, à l'avenir, le monde fonctionnera selon la volonté des femmes. Je suis trop choquée pour rire.

Après des semaines où j'ai visité les cases de Kosawa une par une, quatre pères m'annoncent qu'ils autoriseront neuf de leurs fils à prendre le car de Lokunja avec Thula. Aucun d'entre eux ne partage avec moi les raisons à l'origine de sa décision ; ils me disent simplement, à ma troisième ou quatrième visite chez eux, que je n'ai pas besoin de me répéter, leurs fils prendront le car mais pas pour les beaux yeux de ma fille. Le reste des pères trouvent un prétexte pour m'éviter quand ils me voient approcher – Papa vient juste d'aller voir son oncle, me dit un enfant ; il est parti vérifier ses pièges dans la forêt, me dit une femme bien qu'il fasse nuit. Je m'assois et j'attends pendant que les enfants jouent autour de moi. Je me force à bavarder avec des épouses avec lesquelles je ne m'entends pas vraiment, des femmes à qui je dis à peine bonjour quand je les croise dans le village. Après avoir fait mon lot de visites, je décide que neuf garçons sont largement suffisants pour partager le car avec Thula.

Le soir où j'annonce à Thula que, plus tôt dans la journée, je me suis rendue au bureau du Mouvement pour la restauration de Lokunja afin de m'entretenir avec le Gentil et le Charmant et qu'ils ont donné leur accord pour dépêcher le car à la fin de l'année scolaire et au début de la suivante, elle saute de joie, le visage barré du plus beau sourire que je lui aie vu depuis des années. Elle se précipite sur moi et noue ses bras autour de mon cou. Je la tiens serrée contre ma poitrine et je retiens mes larmes.

Je pense à Malabo.

C'est ainsi qu'elle l'embrassait à l'époque où il affichait son demi-sourire et où elle était souvent heureuse, à l'époque où elle était une toute petite fille chatouilleuse et non une presque-femme qui gardait ses pensées pour elle, à l'époque où ma vie était plutôt agréable et où aucun chagrin n'était insoutenable, à l'époque où je m'efforçais chaque jour d'agir avec justesse, de ne pas prononcer de paroles désobligeantes, de ne pas remuer de mauvaises pensées afin que, de colère, l'Esprit ne m'anéantisse pas.

Les livres qu'on lui a donnés à l'école de Lokunja sont devenus son oreiller et sa couverture, son assiette de nourriture et l'eau qui étanche sa soif. Le matin, à mon réveil, je l'ai trouvée dans la chambre de Bongo, assise près de la lampe, en train de lire comme si elle avait perdu les livres en rêve et les avait redécouverts en se levant. Elle a lu tandis qu'elle enfilait son uniforme et mangeait deux-trois bouchées de son petit déjeuner. Elle a lu dans le car qui l'emmenait à Lokunja.

Le soir, je l'ai regardée lire en me demandant ce qu'elle trouvait dans ces livres. Quand elle lisait, on l'aurait crue en transe ; parfois, je voyais une larme dévaler sa joue. Je lui ai demandé ce qui se passait dans le livre et elle m'a répondu que c'était difficile à décrire, elle ne savait comment le formuler. Lorsqu'elle a reposé le livre et qu'elle est sortie de la pièce commune, j'ai jeté un œil à la couverture. Je ne sais pas lire mais je me rappelle encore l'alphabet que j'ai appris à l'école. Je reconnais *des* ou *de* ou *la* ou *le*. Un des livres était intitulé P-É-D-A-G-O-G-I-E *des* O-P-P-R-I-M-É-S ; un autre L-E-S D-A-M-N-É-S *de la* T-E-R-R-E. Son préféré était le troisième, un ouvrage mince, le M-A-N-I-F-E-S-T-E D-U P-A-R-T-I C-O-M-M-U-N-I-S-T-E. Je lui ai demandé si c'étaient les livres que son maître l'avait priée de lire, si les autres enfants de son école passaient, comme elle, autant d'heures à les lire et elle m'a répondu que non, c'étaient les livres de Bongo, ceux qu'il avait rapportés après sa formation pour être instituteur. Aujourd'hui, contrairement à son oncle, elle était capable de lire les grands mots qu'ils renfermaient.

Ces trois livres étaient ses amis les plus proches. Elle adorait aussi ses livres de classe – d'ailleurs, une fois, je l'ai entendue raconter à Juba une histoire tirée d'un ces livres, l'histoire d'une jeune femme d'un pays d'Europe qui ordonne à un mauvais homme d'entailler la chair d'un autre homme sans faire couler le sang et l'homme n'y parvient pas. Quand Juba a décrété que la jeune femme avait l'air folle, Thula lui a répondu qu'elle n'était pas de son avis – plus grande, elle aimerait ressembler à cette jeune femme.

Elle continuait à voir ses amies, un livre à la main.

Des garçons plus âgés tournaient autour d'elles et il arrivait à Thula de participer aux conversations et de sourire, mais sans reposer son livre. À croire qu'elle essayait de transmettre un message aux garçons : si tu veux m'avoir, prouve que tu vaux la peine que je repose mon livre pour toi. Même jeune adolescente, il était évident qu'elle trouvait dévalorisant ce besoin désespéré d'être jugée acceptable par un homme dont l'intelligence était inférieure à la sienne. Parfois, je me disais qu'elle me donnerait tort et serait la première parmi ses amies à se marier – une femme indifférente est souvent celle que les hommes convoitent. Les jours calmes, je me distrayais en imaginant que des hommes arrivaient à Kosawa pour se disputer son cœur. Elle savait qu'elle était belle parce que Malabo le lui disait tous les jours et, manifestement, elle ne partageait pas mon inquiétude quant à son poids. Peut-être rêvait-elle, comme toutes les filles du monde, qu'un homme lui coure après et offre cochons et chèvres en échange de sa main. Quels que soient ses désirs ayant trait au mariage, elle n'en disait mot. Tout ce qu'elle voulait bien exposer à nos yeux, c'était l'amour réciproque que ses livres et elle se portaient. Pas la moindre tristesse ne se lisait sur son visage quand elle se consacrait à faire ses devoirs ou à lire pendant que ses amies riaient bêtement en louchant sur le torse nu de jeunes hommes. Les livres lui chantaient peut-être une berceuse quand elle les posait sur son oreiller près de sa tête dans le lit de Bongo.

Cela faisait quatre ans que Thula était à l'école de Lokunja quand ma jeune amie Aisha est venue m'annoncer que la date de son mariage avec un homme originaire d'un des villages frères avait été fixée. Elle venait d'avoir dix-huit ans et n'était pas pressée de quitter Kosawa, mais son futur époux, qui aurait bientôt trente ans, ne pouvait attendre plus longtemps de la ramener chez lui. Elle m'a annoncé la nouvelle sans joie, comme si elle n'avait pas réalisé une prouesse.

« Essaie de ne pas faire cette tête quand tout le monde dansera et chantera à la fête de ton mariage, d'accord ? je lui ai dit lorsqu'on s'est installées à la cuisine.

— J'ai l'impression d'entendre ma mère, a-t-elle répliqué. Je ne suis pas venue ici pour que tu me serines les mêmes bêtises. Si seulement je pouvais courir me cacher quelque part en attendant que tout le machin soit fini.

— Quel machin ?

— Le machin où tout le monde danse et me conduit à sa case où il me grimpe dessus, je lui donne des enfants, il meurt, les enfants grandissent et ont leur propre vie et je retrouve la liberté.

— Que l'Esprit se bouche les oreilles pour ne pas entendre cette affreuse prière. Comment peux-tu t'exposer à une malédiction en souhaitant que les plus belles années de ta vie passent rapidement ?

— Les plus belles années de ma vie ? En quoi servir les autres du matin au soir jusqu'à la fin de ma vie a quelque chose de merveilleux ?

— S'il te plaît, arrête ta chanson " quel malheur d'être femme ". Tu n'es plus une enfant. »

Aisha a pris un ton moqueur.

« Tu dois te sentir très "quel bonheur d'être femme" ces jours-ci quand le Charmant te susurre des paroles charmantes dans le creux de l'oreille, a-t-elle dit.

— Quoi ? » Je ne savais pas si je devais rire ou la gronder de me manquer de respect. « Moi et le Charmant…

— Arrête Sahel, il est trop tard pour faire semblant. Je vous ai vus flirter tous les deux.

— Moi ?

— À la façon dont il te sourit, je devine que tu ne lui as pas caché tes intentions. »

Confuse, je me suis mise à rire, ce qui a dû amener Aisha à croire qu'elle m'avait coincée parce qu'elle m'a dit :

« Je le savais… Je ne peux pas le croire…

— Aisha, tu dis des bêtises, l'ai-je interrompue entre deux rires. Cet esprit que tu as, j'espère que ton mari le domptera. Le Charmant ? Ne me fais pas vomir, l'idée seule me dégoûte.

— D'accord. Mais dis-moi une chose, Sahel, où vous préférez le faire ? Dans la resserre ou au plus profond de la forêt pour que tu puisses gémir aussi fort que…

— Sors de ma cuisine immédiatement avant que je ne te tue avec ma cuillère », ai-je menacé en levant la cuillère tandis qu'elle partait en courant, toujours riant.

Le lendemain de ma conversation avec Aisha, je me suis réveillée en pensant au Charmant. J'y ai pensé toute la journée, je me demandais à quoi il ressemblait nu. Si quelqu'un m'avait dit le jour où je l'ai rencontré pour la première fois que j'aurais envie de lui, j'aurais pleuré de honte. Je n'avais jamais flirté avec lui – Aisha l'avait sous-entendu pour détourner la conversation de son mariage imminent – mais maintenant qu'elle m'avait mis l'idée en tête, j'ai commencé à y réfléchir : pourquoi pas lui ? Il était loin d'être aussi beau que Malabo et son gros ventre me faisait craindre d'être étouffée, mais il avait des mains puissantes et un derrière ferme. Plus important encore, sa femme était à Bézam. Elle ne saurait jamais rien. Je ne me réveillerais pas un matin pour trouver une femme en colère sous l'auvent de ma case, exigeant des réponses.

Le troisième jour après ma conversation avec Aisha, prévenue que le Gentil et le Charmant viendraient vérifier le travail de classe de Thula à la maison lors de leur prochaine visite, j'ai choisi la tenue que je porterais pour le Charmant. J'ai jeté mon dévolu sur une robe que je réservais pour les jours où j'allais au grand marché. J'ai prévenu Lulu qu'elle devrait s'occuper de mes cheveux avant huit jours. Mes seins avaient perdu leur splendeur du temps où je les exhibais pour Malabo, alors j'ai fait un point à mon unique soutien-gorge pour le rétrécir un peu et remonter au maximum ma poitrine.

Si le Charmant a été surpris de me voir aussi rayonnante en entrant dans la case, il n'a pas ménagé ses efforts pour le montrer. Il n'arrêtait pas de me regarder et de me sourire. Quand il m'a demandé pour quelle occasion je m'étais habillée, je lui ai répondu que la vie était l'occasion et il a ri plus fort que je ne l'avais jamais entendu rire. Pour la première fois, il a semblé remarquer mes dents lorsque j'ai souri – il les a regardées comme Malabo les avait regardées jadis. J'étais ravie d'en repasser par là, de faire des pieds et des mains pour qu'un homme me remarque. Pendant que le Gentil contrôlait les devoirs de Thula, je me suis assise à côté du Charmant sur le banc de la chambre de Yaya, prétendant l'avoir frôlé par inadvertance quand il s'est enquis auprès de Yaya de sa santé. Yaya a répondu brièvement. Elle n'avait pas à se plaindre, toutes les vieilles personnes devraient avoir la chance que quelqu'un comme moi s'occupe d'elles. J'ai souri, non parce que j'avais besoin d'entendre les louanges de Yaya mais parce que j'espérais que le Charmant comprenne que je serais capable d'en faire autant pour lui, selon ses désirs.

Ce jour-là, quand il est parti sans demander à me voir en privé, je ne me suis pas tracassée. Pas la fois suivante non plus ou celle d'après. Je ne me mettais pas toujours en frais pour lui mais, à la façon dont il me souriait, je devinais que nous ne tarderions pas à prendre notre premier rendez-vous.

Je ne pouvais pas lire les bulletins de notes de Thula mais je participais à toutes les réunions parents-enseignants, toujours la seule mère dans l'assistance pour le compte d'une fille. Chaque fois, ses professeurs me vantaient sa grande intelligence, me disaient quelle élève studieuse elle était, la meilleure qu'ils aient jamais eue.

Tout ce que j'entendais de sa passion pour les connaissances, toutes les évaluations à partir de ses bulletins de notes que j'obtenais me rendaient heureuse car cela la rendait heureuse. Il n'empêche que j'étais consciente du gâchis monumental que ses lectures représentaient dans un village comme Kosawa. Toutes ces heures consacrées à ses devoirs, que lui apporteraient-elles quand elle aurait fini sa scolarité à dix-sept ans et serait devenue encore plus bizarre, un aigle parmi des animaux de ferme ? Une fois, un de ses professeurs a suggéré qu'elle aille à Bézam suivre des études supérieures, ce qui lui permettrait d'obtenir un emploi auprès du gouvernement. J'ai hésité à cracher au visage de cet homme ou à l'ensevelir sous toutes sortes de malédictions pour avoir proposé que ma fille devienne la bonne à tout faire des gens qui avaient tué son père.

Mais c'est alors que les gens du Mouvement pour la restauration sont venus me trouver avec la lettre de l'école américaine et, même si je ne comprenais pas en quoi aller en Amérique l'aiderait à vieillir seule lorsqu'elle rentrerait à Kosawa, j'ai donné mon accord pour qu'ils la prennent en charge. C'est la connaissance qu'elle recherche et c'est la connaissance qu'elle recevra là-bas.

Nuit et jour, je m'inquiète pour elle. Et si elle avait besoin de moi ? Qu'est-ce qui m'a pris de laisser une enfant de dix-sept ans partir seule en Amérique ? La reverrai-je un jour ? Quand la reverrai-je ? D'après le Gentil, elle restera en Amérique le temps qu'elle voudra, cela dépendra d'elle, du nombre de cours qu'elle voudra suivre avant de rentrer à la maison. Je rêve de son retour. Je me dis de ne pas m'inquiéter et après je m'inquiète encore plus. Je m'inquiéterai toujours pour mes enfants, mais si je devais passer dix mille ans à imaginer tout ce qui pourrait leur arriver, quelle différence cela ferait ?

Aisha s'est mariée peu de temps avant que Thula parte en Amérique. Comme j'ai dansé ce jour-là ! J'étais incapable de me rappeler la dernière fois où je m'étais autant amusée. J'étais levée bien avant le chant du coq pour préparer le petit déjeuner de Yaya et des enfants, après quoi je me suis dépêchée d'aller chez Aisha rejoindre les femmes de Kosawa pour faire la cuisine. Nous avons chanté et échangé des histoires tout en coupant, débitant et faisant frire les légumes. À un moment donné, un des oncles d'Aisha a apporté son tambour et les premières danses ont commencé, les femmes hachaient les épices en roulant des fesses vers la droite, râpaient le taro en tapant des pieds vers la gauche. Du coin de l'œil, j'ai aperçu Thula au milieu d'un groupe d'amies en train de peler du taro – même elle qui n'aimait pas danser bougeait ses hanches de plaisir. Lorsque nous sommes rentrées à la maison pour nous débarbouiller et nous habiller, j'étais fatiguée mais ma fatigue a disparu lorsque Aisha a été conduite hors de la case, voilée et habillée tout de blanc.

Devant tous les habitants de Kosawa et ses parents des villages frères, son père lui a demandé s'il devait accepter la dot offerte en échange de sa main.

« Rappelle-toi, a-t-il dit, une fois que j'aurai mangé ces bêtes et bu ces bouteilles de vin, je ne pourrai pas les rendre. Ce qui signifie que tu ne pourras pas venir me trouver en disant que tu ne veux plus être mariée à cet homme. Si tu pars avec lui, tu ne pourras pas revenir. Le veux-tu toujours ? »

Aisha a répondu : « Oui, Papa » d'une toute petite voix, et son mari s'est levé, lui a retiré son voile et tout le monde a crié de joie. Nous avons dansé jusqu'à ce que la poussière s'élève dans le ciel. Nous avons mangé et nous avons chanté et nous avons encore dansé, jusqu'à ce que la lune monte dans le ciel et qu'Aisha quitte Kosawa pour ne jamais revenir.

À l'époque, j'avais passé près d'un an à attendre que le Charmant ne se contente pas de me sourire. J'avais renoncé à m'habiller en son honneur et je confectionnais désormais des plats à son intention et celle du Gentil, dans l'optique de faire plaisir au Charmant. En guise de récompense, je n'ai obtenu que des paroles de reconnaissance éternelle. Pourtant, je me suis obstinée. Ce n'est qu'après l'avoir entendu dire le nom de sa femme à trois reprises au détour d'une conversation que j'ai décidé de verser de l'eau sur les braises de mon désir. Il était temps que je cesse de flirter avec le Charmant et tous les hommes avec lesquels je riais trop fort dès que leurs femmes avaient le dos tourné. Je ne pouvais plus prendre part à cette compétition honteuse. Je vivrais avec ma détresse jusqu'à la fin de mes jours. J'ai demandé à Malabo de pardonner mes pensées infidèles et je lui ai promis de n'être qu'à lui jusqu'à ce que nous nous retrouvions.

Je m'en suis ouverte à Aisha quelques jours avant la fête de son mariage, un après-midi pluvieux où nous paressions sur mon lit. Je lui ai dit de chérir ces jours où elle avait un homme à elle, son homme, pas celui d'une autre femme à laquelle elle l'aurait volé. Je lui ai dit de protéger cet homme parce que les voleuses d'hommes comme moi étaient légion. Elle a ri et soupiré, puis elle m'a confié qu'il était vraiment temps que les femmes commencent à se marier entre elles. Voyant que je m'efforçais de rire, elle m'a dit qu'elle était sérieuse. Elle m'a demandé d'y réfléchir, de réfléchir au bonheur qui envelopperait Kosawa pour peu que toutes les femmes sans mari comme moi se retrouvent dans les resserres la nuit et se mettent en couple pour se donner ce que, faute de maris, personne ne leur donnait plus.

Et pourquoi pas ? a-t-elle poursuivi. Nous avions perdu des maris, des enfants et notre jeunesse. Nous passions nos journées à nous occuper de parents qui ne pouvaient nous rendre la pareille. Nous étions désarmées face à des forces qui nous jugeaient indignes d'être à nouveau caressées – quel mal ferions-nous en puisant ensemble à l'une des dernières sources de bonheur à notre disposition ? Pourquoi ne pas fêter nos corps usés, les masser, les caresser et libérer ce qui restait de désir en eux ? Si nous voulions des hommes et qu'ils ne soient pas disponibles, pourquoi ne pas nous satisfaire nous-mêmes ? Parce que nous n'en avions pas le droit ? Parce que les femmes qui nous avaient précédées et les hommes qui vivaient parmi nous nous intimaient l'ordre de ne pas nous y risquer ? Tu ne crois pas qu'il est temps pour toi de te mettre à vivre selon tes propres règles ? m'a-t-elle demandé.

Les gens du Mouvement pour la restauration m'ont promis qu'ils continueraient de poser des questions jusqu'à ce qu'ils obtiennent la vérité sur ce qui était arrivé à Malabo et sur l'endroit où Bongo avait été enterré. Le Gentil et le Charmant me l'ont affirmé la première fois où nous nous sommes réunis, comme ils se réunissaient avec tous ceux de Kosawa qui avaient perdu un enfant ou un mari, se rendant de case en case pour collecter les noms et âges de ceux qui avaient été tués au nom du pétrole. Dans une lettre venue d'Amérique et que le Charmant nous a lue à haute voix, les gens du Mouvement pour la restauration affirmaient que, au vu des photos du massacre, ils avaient compris que notre village était devenu un de ceux de par le monde auxquels ils s'acharneraient quotidiennement à rendre leur dignité. Ils seraient le fer de lance de Kosawa, avaient-ils ajouté.

Le nom complet de l'organisation, avons-nous appris, était Mouvement pour la restauration de la dignité des peuples asservis. D'après le Charmant, lorsque le premier article d'Austin avait été publié dans le journal de la Belle Ville, les gens du Mouvement pour la restauration avaient tenu une réunion dans leurs bureaux afin d'en discuter – cela faisait longtemps qu'ils nourrissaient des soupçons à l'égard de Pexton et de ses agissements dans des régions où aucun œil extérieur ne les surveillait et aucune loi n'existait pour les obliger à se comporter correctement. L'article d'Austin leur avait donné raison.

Le jour où l'article avait paru, les gens du Mouvement pour la restauration avaient appelé le siège de Pexton afin de réclamer la vérité : Pexton était-elle au courant des dommages que ses forages pétroliers infligeaient au village de Kosawa ? Pexton déployait-elle tous les efforts nécessaires pour aider les villageois touchés par les fuites de pétrole et les déchets toxiques ? Les gens au siège de Pexton avaient bafouillé – ils ne comprenaient pas comment notre histoire, si anodine, s'était retrouvée dans les pages d'un journal américain. Pexton avait sûrement piqué une sacrée colère, c'était en tout cas ce que nous en avions déduit le lendemain matin lorsque nous avons appris que les gens de Pexton du bureau de Bézam avaient rendez-vous avec le gouvernement de Son Excellence. À cette réunion, des disputes avaient probablement éclaté et des accusations avaient été proférées.

À la fin de la réunion, il y avait de fortes chances pour que tout le monde se soit calmé et se soit mis d'accord pour trouver aussi vite que possible les raisons pour lesquelles Kosawa propageait ces mensonges sur Pexton et, ce faisant, dégradait l'image de Son Excellence. J'imagine que c'est au cours de cette réunion qu'il a été décidé d'envoyer les soldats à Kosawa – quelqu'un devait être tenu pour responsable de cette diffamation.

Ce jour-là, au moment où nous traversions la rivière, je me trouvais à l'arrière du groupe. La mort et l'enterrement de celui que les enfants appelaient le Chétif nous avaient vidés, même la douce chaleur du soleil sur nos visages après une matinée pluvieuse n'avait pas réussi à nous dérider. Bongo marchait devant moi en compagnie d'Austin, qui semblait sur le point de fléchir sous le poids du choc et du chagrin ; de toute évidence, il mourait d'envie de s'échapper du bourbier dans lequel il avait mis les pieds.

À Bézam, tout s'était déroulé mieux que prévu, me dirait Bongo des mois plus tard lors d'une de mes visites à la prison. Avant même qu'ils quittent Bézam, Austin avait envoyé un premier article en Amérique. Lorsqu'il arriverait à Kosawa, Austin prendrait des photos et interrogerait le plus de personnes possible pour écrire un deuxième article plus étayé. Mais tant qu'Austin serait à Kosawa, toutes les précautions devraient être prises pour qu'il ne se doute pas une seconde de la présence de son oncle au village. Bongo, Lusaka et Tunis en avaient discuté, comment apprendraient-ils au journaliste que non seulement ils retenaient son oncle en otage, mais que, la dernière fois qu'ils l'avaient vu, ce dernier était tombé malade après avoir dormi plusieurs nuits à même le sol ? De quelle honnêteté étaient-ils redevables à Austin sachant le bien qu'il était sur le point de faire à Kosawa ? S'ils lui révélaient la vérité, comprendrait-il les raisons pour lesquelles ils n'avaient pas pu faire autrement ? Et s'il décidait d'écrire un article sur le sujet ? Dans ce cas, les gens en Amérique ne nous considéreraient plus comme de pauvres hères portant un coup désespéré à leurs ravisseurs – faisant simplement leur devoir –, mais comme des gens aussi peu scrupuleux que ceux contre lesquels ils se battaient.

Non, ils ne pouvaient rien dire à Austin.

Tout ce qu'Austin saurait serait que son oncle était passé par Kosawa. Oui, cette information suffirait. Dès qu'Austin aurait fait ce qu'il avait à faire et quitté Kosawa, les hommes de Pexton et leur chauffeur seraient emmenés chez Jakani et Sakani où leurs souvenirs seraient effacés, après quoi le village leur ferait ses adieux. Ils monteraient dans leur voiture, Austin prendrait le car, et l'oncle et le neveu ne se reverraient qu'une fois rentrés sans encombre à Bézam. Si, en allant voir son oncle, ce qu'il ferait sans doute prochainement, Austin évoquait la lettre que celui-ci avait adressée par l'entremise de Bongo, son oncle n'aurait aucun souvenir de l'avoir écrite. Bongo avait conservé la lettre, Austin n'aurait donc pas de document à montrer à son oncle prouvant qu'il avait bien écrit une lettre dans laquelle il lui demandait d'aider Kosawa. Austin ne comprendrait pas pourquoi son oncle ne s'en souviendrait pas, mais cela ne nous regardait pas. La prochaine fois que nous aurions des nouvelles des gens de Pexton ou que nous les rencontrerions, au lieu de nous dire ce que Pexton ne pouvait pas faire pour nous, ils nous annonceraient la date à laquelle Pexton procéderait aux changements en notre faveur.

Bongo avait fermé les yeux et secoué la tête avec tristesse en prononçant ces paroles.

Le lendemain de leur rencontre avec Austin, en quittant Bézam dans la soirée, Tunis et Bongo avaient ricané, chuchoté et échangé des coups de coude une fois le car sorti de la grande ville. En rendant leur voyage aussi fluide, l'Esprit n'aurait pu se montrer plus bienveillant. Au même moment à Kosawa, le Chétif était à la veille de sa mort, Woja Beki en prières à son chevet. Dans le car, à droite de Bongo et de Tunis, Austin dormait à côté de Lusaka, la tête de l'Américain appuyée contre la vitre, le visage paisible.

Au moment où le groupe descendait du car aux Jardins, la tombe du Chétif avait été creusée.

Avant qu'ils n'entrent dans le village, Sonni était allé à leur rencontre ; un enfant les avait vus approcher, un homme à la peau claire parmi eux. Sonni avait pris Bongo et Lusaka à part et leur avait tout déballé. Là, à proximité d'un tronc d'arbre desséché, sur le chemin qui relie nos cases aux puits de pétrole de Pexton, Bongo avait demandé à Austin de s'asseoir et lui avait révélé toute la vérité.

Au début, Austin avait ri, m'avait raconté Bongo.

Il croyait que Bongo inventait une histoire pour l'amuser.

Il était inconcevable qu'il ait pris le car avec de parfaits inconnus jusqu'à un village reculé pour apprendre que ces gens détenaient la dépouille de son oncle. Mais, après être allé chez Woja Beki en compagnie de ces hommes et après avoir vu le corps de son oncle, il avait hurlé et était tombé à genoux auprès de la natte sur laquelle la dépouille reposait. Il avait pris la main de son oncle et pleuré en disant : Je ne comprends pas, je n'en reviens pas, que s'est-il passé ? Bongo m'a dit que, dans ce cri, il avait entendu la douleur d'un enfant qui comprenait que le monde ne tournerait pas rond pour lui. Tous avaient quitté la pièce commune pour le laisser pleurer seul.

Quand il était sorti à son tour, les yeux rougis et le nez qui coulait, il avait pris le couloir et s'était rendu dans la cour à l'arrière de la case. Bongo l'avait suivi mais Austin lui avait dit qu'il avait besoin d'être seul. Il avait trouvé un rocher derrière la cuisine des femmes de Woja Beki et s'était assis dessus en pleurant doucement. La première femme de Woja Beki lui avait apporté un bol de riz à la sauce cacahuète mais il n'y avait pas touché.

Quand il avait fini par se lever, il avait dit à Bongo qu'il était trop sidéré et trop triste pour avoir les pensées claires, il avait l'impression de vivre un cauchemar. Il devait repartir de Kosawa le plus vite possible, le moment n'était pas propice à la réflexion. Il s'était remis à pleurer, les épaules secouées de sanglots. Son oncle était un homme bon, comment avions-nous pu lui faire subir un tel sort ? Comment Bongo avait-il pu lui mentir ? Avait-il été naïf de penser que Bongo était un homme honnête sous prétexte qu'il s'était présenté comme tel ? Peu importe. Tout ce qu'il voulait, c'était que Bongo l'emmène à Lokunja pour qu'il prenne les dispositions relatives au rapatriement du corps de son oncle à Bézam.

Bongo n'a jamais pu me raconter comment il était parvenu à convaincre Austin de rester ou bien d'accepter qu'il était préférable d'enterrer son oncle à Kosawa. Austin avait sans doute compris que le fait d'avoir relayé notre histoire puis de s'être trouvé à Kosawa tout de suite après le décès de son oncle amènerait le gouvernement à le soupçonner d'avoir participé à notre opération ; des années plus tard, nous apprendrions que, peu de temps avant qu'Austin vienne à Kosawa, le gouvernement lui avait adressé une lettre dans laquelle il était menacé d'expulsion s'il ne renonçait pas à écrire des articles qui déplaisaient à Son Excellence et à assister à des réunions clandestines dont les participants évoquaient la création d'un pays meilleur. Je n'ai jamais su si Austin s'était plié à l'idée que son oncle soit enterré à Kosawa de chagrin, par peur ou selon un calcul qui n'avait rien à voir avec Kosawa, parce que Bongo n'a pas eu le loisir de m'éclairer.

Le jour où il m'a fait ce récit, les gardiens de la prison, sans avancer de raisons, avaient informé les visiteurs à leur arrivée qu'il ne leur serait accordé que trente minutes en compagnie de leurs êtres chers. Au moment où Bongo finissait de manger ce que Thula et moi lui avions apporté et parvenait à la moitié de son récit, les gardiens avaient sonné la cloche et commencé à hurler aux femmes et aux enfants de procéder aux dernières embrassades, de rassembler bols et ustensiles et de finir de pleurer à l'extérieur. Lors de ma prochaine visite, j'aurais des sujets plus appropriés à aborder avec lui – les cauchemars de Juba, la santé de Yaya, la bataille que le Mouvement pour la restauration livrait actuellement pour le faire libérer. Il a toujours cru qu'il serait libéré. Tous les prisonniers l'ont cru. Aucun d'entre eux n'avait imaginé, l'après-midi où le Chétif était enterré, que cette journée serait la dernière où ils verraient Kosawa.

À chacune de mes visites à la prison, nous étions assis sur des bancs parallèles dans une pièce qui empestait le malheur, les femmes et les enfants d'un côté et les prisonniers de l'autre. Autour de nous, les gens chuchotaient. Woja Beki s'installait toujours à une extrémité du banc de nos hommes, le visage bouffi et couvert de plaques contractées en prison. Qui aurait cru que cet homme en tenue de prisonnier sale couleur marron portait jadis des vêtements américains dans lesquels il se pavanait à travers tout Kosawa, un coq parmi des poussins souffreteux ? Qui aurait pu imaginer Woja Beki dans sa maison de brique en croisant ce vieil homme avachi ? Jusqu'à ses gencives et ses dents éparses qui, dans cette pièce où régnait une indigence totale, n'avaient plus rien de notable.

Lusaka, bien qu'il n'ait pas meilleure mine que Woja Beki, parlait toujours d'une voix ferme, demandait des nouvelles des cultures à sa femme et ses filles, leur recommandait de ne pas pleurer pour lui, de ne jamais montrer leurs larmes à quiconque à Bézam. Au moment des adieux, Lusaka, avec un sourire, rappelait toujours à sa famille d'entretenir les tombes des garçons. Cet homme jadis réservé, cet homme qui faisait notre admiration en gardant ses sentiments secrets, était devenu un homme libéré, joyeux, à croire qu'il était chez lui et que ses fils étaient en vie. Je doutais toujours de cette nouvelle personne – la prison l'avait-elle vraiment libéré ou jouait-il la comédie pour sa famille ?

Lors de ma première visite à la prison, en compagnie d'une de mes tantes, quand le gardien a ouvert la porte pour faire entrer les hommes, toutes les femmes ont bondi. Je me suis précipitée vers Bongo et je l'ai serré dans mes bras, j'ai senti ses os saillir maintenant qu'il avait fondu. Je lui ai trouvé plus mauvaise mine que je ne l'avais craint, il paraissait le double de ses vingt-huit ans. Ses yeux vifs s'étaient obscurcis et il les plissait en permanence. Après nous être étreints et avoir pleuré, nous nous sommes étreints et avons pleuré encore, puis nous avons séché nos larmes. Ma tante nous a guidés jusqu'au banc et nous a mises en garde : nous ne devions pas passer notre heure de visite à pleurer debout au même endroit ; par ailleurs, avions-nous envie que les autres femmes, de retour chez elles, racontent que notre étreinte interminable leur avait paru suspecte et n'était-ce pas bizarre qu'une femme embrasse si longtemps le frère de son mari défunt ? Bongo avait éclaté de rire mais s'était arrêté aussitôt sans doute parce qu'il se rappelait que ledit mari défunt était son frère. Nous nous sommes assis, nous avons cessé de pleurer et nous nous sommes mouchés, puis je lui ai parlé de Yaya, je lui ai dit qu'elle ne mangeait pas. Il s'est remis à pleurer. Je lui ai donné la nourriture qu'elle avait préparée pour lui. Il a ri à nouveau en découvrant qu'elle avait ajouté des champignons au ragoût de poulet alors que Yaya considérait les champignons comme mauvais pour la santé ; elle l'avait fait pour lui procurer de la joie, si petite soit-elle.

Dans toute la salle, j'entendais les femmes presser leurs maris de manger, manger, il leur en resterait pour les prochains jours. Bongo, Woja Beki et Lusaka partageaient toujours leur nourriture et nous faisions en sorte que Konga ait sa part, bien que les gardiens de la prison ne nous aient jamais autorisées à le voir. Nous espérions qu'ils lui donnaient la nourriture mais, même si nous avions eu la preuve qu'ils ne le faisaient pas, nous aurions continué à en apporter de toute façon – Konga était l'un des nôtres, il était hors de question de ne pas le nourrir.

De peur ou de colère, les gardiens détenaient Konga dans un abri à l'arrière de la prison, une construction qui avait accueilli le chien de la prison jusqu'à sa mort. Bongo m'a dit que, contrairement aux autres prisonniers qui vivaient dans une vaste pièce, mangeaient et dormaient sur des nattes alignées d'un bout à l'autre, qui s'habillaient en présence les uns des autres après avoir fait leur toilette dans la cour de la prison, Konga restait seul jour et nuit dans cet abri, une chaîne autour du cou, des chaînes autour des jambes, des chaînes autour de la taille, des chaînes enroulées serrées qui l'empêchaient de faire quoi que ce soit mis à part boire et manger le peu que les gardiens lui lançaient s'ils étaient assez émus pour faire preuve de clémence. En revanche, leur générosité n'allait pas jusqu'à le laisser sortir de son abri, pas même pour sentir la caresse du soleil de Bézam ne serait-ce qu'une petite seconde. C'était dans cet abri qu'il urinait et qu'il déféquait dans un trou que les gardiens avaient obligé Lusaka et Bongo à creuser de l'autre côté du coin où Konga dormait sur la couverture du défunt chien.

Jour après jour, m'a dit Bongo, Konga suppliait qu'on le libère. Les nuits où les gardiens ne pouvaient profiter d'une bonne nuit de sommeil en raison des appels incessants de Konga pour qu'on lui retire ses chaînes, ils déboulaient dans son abri. Tous les prisonniers entendaient Konga leur demander, tandis qu'ils lui donnaient des coups de pied et le piétinaient de leurs gros godillots, qui ils étaient, pourquoi ils le maltraitaient, des questions qui ne faisaient que renforcer leur volonté de le briser, de le mater, de donner une leçon à ce crétin nauséabond. Néanmoins, quand Konga chantait, les gardiens ne le frappaient pas – ils semblaient prendre plaisir à ses chansons, des chansons qui évoquaient toujours un endroit lointain où il n'était jamais allé mais dont il avait entendu parler, un endroit où les rivières avaient le goût de miel et l'herbe était si verte qu'on pouvait la manger crue ; un endroit où le rire des enfants résonnait et des femmes voluptueuses concoctaient des plats remarquables, oh, si seulement quelqu'un pouvait lui indiquer le chemin pour aller dans cet endroit. Quand il chantait, sa voix atteignait à l'extase, il était évident que son esprit était parvenu à cet endroit sans nom. Divertis, les gardiens se moquaient de lui en lui disant qu'ils savaient où se trouvait l'endroit mais que, comme il était prisonnier, il ne pouvait y aller – si Konga était aussi fort qu'on le disait, pourquoi ne se libérait-il pas pour aller se trouver une belle femme dans cet endroit et goûter à l'eau sucrée ?

À la mort du Chétif, je savais que notre situation était sur le point de devenir dangereusement compliquée mais j'espérais aussi que l'arrivée d'Austin provoquerait quelque chose de fantastique qui nous déchargerait de notre rôle dans la mort de son oncle.

Je revenais du cimetière en compagnie du village presque au complet quand j'ai adressé une prière silencieuse à l'Esprit pour qu'il nous épargne, mes enfants et moi, quoi qu'il puisse survenir. J'avais les yeux levés vers le sommet des collines lorsque quelqu'un en tête du cortège a crié : « Des soldats ! »

Le silence s'est abattu.

Les enfants ont couru se cacher derrière leurs mères.

Des soldats étaient sur la place. Neuf soldats. Neuf armes dégainées et pointées sur nous. Un des soldats nous a crié d'approcher.

Nous nous sommes avancés sur la place face à eux, tous sauf Austin – alors que nous étions toujours figés, il s'était débrouillé pour échapper à la surveillance des soldats et s'était précipité derrière une case pour observer la scène. C'est de sa cachette qu'il a retiré l'appareil photo qu'il portait autour du cou. C'est cet appareil entre les mains qu'il a foncé de l'arrière d'une case à l'autre en appuyant sans arrêt sur le déclencheur. Ce n'est que plus tard, après les enterrements, que nous avons appris qu'il avait tout photographié, des photos qu'il enverrait en Amérique.

Les photos montraient Bongo et Lusaka qui s'étaient avancés sur le devant de la foule pour parler au nom du village, en revanche, elles ne montraient pas ce qu'ils avaient dit – Austin écrirait ce qu'il avait entendu. Austin raconterait aux gens d'Amérique que Bongo et Lusaka avaient informé les soldats que notre village ne savait rien de l'article de journal auquel les soldats faisaient allusion, ils ignoraient pourquoi des mensonges avaient été colportés en Amérique sur ce que Pexton nous infligeait. Austin raconterait que Bongo et Lusaka avaient bégayé quand les soldats leur avaient demandé qui des deux était le chef avant de répondre que ni l'un ni l'autre ne l'était, officiellement, mais qu'il s'était opéré récemment certains changements à la tête du village. Austin relaterait le moment où le porte-parole des soldats – un homme au front si large qu'on aurait pu y construire une case et avoir encore la place d'ajouter une cour – avait interrompu Bongo et Lusaka et exigé que le véritable chef de village se présente, réclamant de savoir qui c'était, Woja Beki s'était alors détaché du groupe et avait dit qu'il était l'ancien chef de village, son nom était celui qui figurait dans les registres du gouvernement, mais les choses avaient changé ces derniers temps.

« Quelles choses ont changé ? » a aboyé soldat Grand-Front.

Woja Beki était en train de bredouiller une réponse quand le Chef, Face de lune et leur chauffeur, toujours enfermés dans la pièce à l'arrière de la case de Lusaka, se sont mis à crier pour appeler les soldats à l'aide – c'est alors que nous avons su que la fin était arrivée.

C'est le sang que je me rappellerai toujours.

Sur mon lit de mort, il se peut que j'oublie le bruit de ces armes en train de tirer ou les hurlements des mères qui fuyaient, leurs bébés sur le dos, traînant derrière elles tout enfant qu'elles ne pouvaient porter, mais je n'oublierai jamais le sang de notre peuple. Le sang de Jakani et Sakani, le premier à couler. L'effusion de sang aurait-elle commencé s'ils ne s'étaient pas mis à courir vers les soldats ? Pourquoi les jumeaux n'étaient-ils pas restés dans leur case ? Deux lances chacun, une dans chaque main. Des lances plus rapides que les balles. Des lances qui ont abattu quatre soldats au moment où les balles pénétraient dans le crâne des jumeaux. Leur sang a jailli vers le ciel avant que leurs corps s'effondrent. Quatre soldats au tapis et seulement deux d'entre nous. Les soldats se devaient au moins d'égaliser. Les balles ont commencé à siffler, à faucher les enfants comme de jeunes arbres qui ne méritaient pas de grandir. À faucher des mères dans le dos. À faucher des pères qui tentaient de sauver leurs familles. Cinq enfants. Quatre femmes. Cinq hommes. Sur le moment, nous ne savions pas de qui il s'agissait.

Où était Thula ? Juba était à la maison avec Yaya, mais où était Thula ? En courant, j'ai crié son nom. Thula ! Thula ! J'apprendrais plus tard que mon enfant s'était couchée par terre sur la place du village pendant le massacre en faisant semblant d'être morte ; elle avait tenté de courir mais elle avait trébuché et elle était tombée. De peur que ses jambes ne puissent la porter assez vite, elle était restée immobile, espérant que sa mort serait rapide si d'aventure ils la découvraient. Après les onze jours pendant lesquels elle avait été incapable de prononcer un mot, elle me raconterait qu'elle avait ouvert les yeux au moment où les soldats rechargeaient leurs armes et tiraient à nouveau tandis que ses larmes se mêlaient au sang versé par les morts autour d'elle, parmi lesquels une camarade de son âge et un cousin.

Je suis passée devant le cimetière en courant. Certains ont couru dans les collines. J'ai trouvé à me cacher derrière un arbre. J'appelais Thula. Les voix des autres mères appelant d'autres noms ont noyé la mienne. Nous avons entendu des coups de feu. Nous avons couru et nous sommes enfoncés davantage dans la forêt.

Mais Bongo ne pouvait pas courir. Lusaka ne pouvait pas courir. Woja Beki ne pouvait pas courir.

Les soldats se sont emparés d'eux trois avant que nous puissions leur dire au revoir. Ils s'en sont saisis et ont libéré les hommes de Pexton pendant que nous tremblions dans la forêt.

Les hommes de Pexton leur ont tout révélé, forcément.

J'imagine très bien l'expression du Chef quand il a raconté aux soldats l'épreuve à laquelle il avait été soumis. Lusaka était le cerveau. Bongo, son lieutenant. Woja Beki, l'abominable traître. Mais il y en avait un autre, a-t-il sans doute ajouté. Le dingue, le cinglé, l'idiot du village. Les soldats ont fait le tour de Kosawa à sa recherche. Sors, criaient-ils à Konga. Sors ou on traque tous les habitants du village jusqu'au dernier et on les achève. Depuis nos cachettes, nous n'osions pas respirer. Ils sont entrés dans nos cases et ont pointé leurs armes sur les vieux et les malades. Où est le fou ? disaient-ils. Dites-le-nous ou vous mourrez. De son lit, Yaya n'a rien dit. Juba s'est jeté à genoux à leurs pieds en pleurant. S'il vous plaît, a-t-il plaidé, je ne sais rien. Ils sont allés dans la case suivante puis la suivante. Ils nous ont poursuivis dans la forêt. Ils avaient beau être rapides, ils ne nous ont pas rattrapés – nous connaissions mieux la forêt, nous savions comment disparaître dans ses profondeurs.

En revanche, ils ont rattrapé la sœur de Lulu que sa claudication empêchait de courir aussi vite que nous. Conduis-nous chez le fou, ont-ils ordonné. La sœur de Lulu les a conduits jusqu'à la cour de l'école, où ils ont trouvé Konga en train de ronfler. Ils l'ont frappé à la tête avec la crosse de leurs armes. Réveille-toi ! Konga s'est réveillé pour sentir son sang couler du haut de son crâne jusqu'à sa bouche. Austin les avait suivis jusqu'à l'école. Accroupi derrière une salle de classe, il a pris une photo du visage hébété de Konga, tordu par le mépris, le Chef pointait son doigt vers le fou, expliquant sûrement aux soldats : C'est lui, c'est lui. Austin a pris une photo du Chef qui écrasait sa main sur la poitrine de Konga, les narines dilatées, le regard ivre de dédain. On aurait presque pu l'entendre dire : Je croyais que tu étais intouchable, vas-y, montre à tout le monde ce qui va m'arriver maintenant que je t'ai touché.

Les soldats ont porté les corps de leurs amis défunts dans leur fourgon et les ont emmenés ainsi que nos hommes : Bongo, Lusaka, Woja Beki et Konga. Quand nous avons eu la certitude que le fourgon était parti, nous avons commencé à sortir de nos cachettes. Certains se sont écroulés en dévalant les collines. Thula s'est relevée d'entre les morts, couverte de sang. Du cœur de la forêt et des collines, nous sommes revenus bercer nos morts. En découvrant qui avait été abattu, nos plaintes ont atteint le monde lointain, tous gisaient autour de Jakani et Sakani. Yeux ouverts. Bouche ouverte. Du sang s'écoulant de ventres troués. Une de mes amies et son unique enfant. Une voisine dont la fille se remettait d'une longue maladie. La camarade de Thula avait un trou dans la poitrine. Des enfants pleuraient en tenant la tête de leurs parents morts entre leurs mains. Des filles s'effondraient sur le corps de leurs frères et sœurs. Sous le choc, des mères s'écroulaient, le reste d'entre nous les soutenaient, séchaient leurs larmes tandis que nous pleurions, les suppliant d'être fortes même s'il ne nous restait pratiquement plus de forces.

Les hommes ont emporté les morts, deux ou trois hommes pour chaque corps, laissant derrière eux des traînées de sang qui allaient de la place à la case où avaient vécu les défunts.

Les corps de Jakani et Sakani furent les derniers à être emportés.

Ils sont morts l'un près de l'autre, main dans la main. Inséparables de la naissance à la mort, leur sang avait coulé entre eux deux de la tête vers le bas du corps, d'abord en deux filets parallèles avant de ne plus faire qu'un à leurs pieds, puis de se séparer et remonter vers la tête pour se mêler à nouveau au sommet afin de refermer le cercle rouge autour d'eux. Ils gisaient dans ce cercle rouge jusqu'à ce que six hommes viennent les emporter en prenant soin de ne jamais dénouer leurs mains.

Cette nuit-là, nous n'avons pas dormi.

Nous devions procéder à la toilette de nos morts. Et les veiller jusqu'à ce que leurs esprits aient entièrement quitté leurs corps. Puis les enterrer l'après-midi suivant. Comment fabriquer des cercueils pour tous ? Nous n'avions pas assez de planches. Personne ne pouvait courir au grand marché en acheter d'autres en un tel jour. Quelqu'un a proposé d'enterrer les enfants sans cercueils, mais les mères ont manifesté leur désaccord par une longue plainte – allaient-elles décevoir leurs enfants dans la mort aussi ? Nous devions nous rabattre sur les bambous. Des cercueils en planches lisses et bambous irréguliers. Des cercueils hideux, mais nos morts avaient au moins un toit sous terre, un semblant de sécurité avant l'arrivée des asticots.

Avons-nous chanté dans le cortège jusqu'au cimetière ? Certains, peut-être, moi, non.

D'un bout à l'autre de la procession, posés sur des épaules, les cercueils se suivaient, douze en tout. Plus le premier cercueil double que Kosawa ait jamais fabriqué. Si seulement je pouvais me libérer de ces souvenirs. La puissance de nos plaintes réunies cet après-midi-là. La vision de ces mères et pères, de ces frères et sœurs, de ces maris et épouses dans les mêmes vêtements que la veille, tachés du sang de leurs défunts ; Thula derrière eux, elle aussi toujours dans la même tenue maculée de sang, en larmes, ses trois livres serrés contre elle comme s'ils étaient la source de son souffle. Mon cousin Tunis hébété, son aînée dans un des cercueils, une fille dont on venait de fêter les premiers saignements – quel profit retirait la mort d'une telle cruauté ?

Un jour à peine après avoir quitté le cimetière, nous y retournions, cette fois sans nous demander quel serait notre châtiment pour ce que nous avions fait au Chétif. Nous avons enterré nos morts côte à côte sans nous soucier vraiment de savoir à qui appartenait tel carré. Nous avons mis les cercueils en terre et demandé à l'Esprit de nous pardonner de nous être trompés – nous nous étions forcément trompés ; nous avions forcément attiré ce malheur sur nous. Si ce n'était pas nous, alors nos ancêtres – lequel d'entre eux avait commis la faute qui nous condamnait ?

Nous pensions ne plus avoir de larmes au moment de nous pencher sur le cercueil de Jakani et Sakani mais, ce jour-là, nous avons appris que nous en renfermions un océan. Les jumeaux étaient allongés côte à côte, leurs mains toujours jointes, dans le plus grand cercueil que notre village ait jamais fabriqué. Ils entreraient ensemble dans l'autre monde. Plus personne ne serait là pour nous soigner et intercéder auprès de l'Esprit en notre nom, pas avant de nombreuses années, pas avant qu'un enfant touché par l'Esprit naisse parmi nous, et qui savait si, qui savait quand cela arriverait ?

Austin a pris des photos de tout. Des trous laissés par les balles dans les dépouilles que nous lavions. Des mains enlacées des jumeaux. Des parents agenouillés auprès de leurs enfants pour un dernier au revoir avant que le cercueil ne soit refermé. Des treize cercueils en attente devant treize tombes tout juste creusées. D'enfants agrippés aux cercueils de leurs parents avant qu'ils ne soient mis en terre, les suppliant de ne pas s'en aller, de revenir.

Lorsqu'ils ont appris la nouvelle, nos familles des sept autres villages se sont précipitées pour venir nous voir. Elles sont arrivées le lendemain des funérailles. Austin a immortalisé leurs visages lorsqu'elles se sont rendues sur la place et ont découvert les larges taches rouges aux endroits où la terre avait bu le sang de notre peuple.

Austin est rentré à Bézam deux jours après les funérailles puis il est revenu en camion avec le fils aîné de son oncle et d'autres membres de sa famille. Les hommes ont déterré le cercueil du Chétif afin qu'il puisse reposer dans la terre de ses ancêtres. Austin avait des nouvelles de Bongo – un de ses amis au gouvernement avait fait en sorte qu'il puisse aller à la prison s'enquérir de lui. Quand Austin est venu nous annoncer à la case que Bongo était vivant et avait bon espoir d'être libéré, Yaya a versé des larmes silencieuses ; elle a mangé pour la première fois depuis l'arrestation de son fils. Nous étions persuadés que les soldats avaient emmené les Quatre dans un endroit où la pire des morts possibles leur avait été offerte. Austin nous a enjoint de bien manger, de bien dormir et de nous efforcer de ne pas nous inquiéter, Bongo serait de retour à la maison sous peu. En parlant, Austin regardait Yaya dans les yeux et lui tenait les mains. Yaya ne comprenait pas ses paroles, mais elle comprenait la certitude dont il était animé.

Austin a rapidement réuni les familles de tous les captifs et leur a dit d'être fortes, une aide leur parviendrait bientôt. Au moment où ses photos seraient publiées dans le journal en Amérique, notre tragédie ferait l'effet d'une bombe et Pexton serait couverte de honte.

Il avait raison – deux mois après le massacre, le Gentil et le Charmant, accompagnés de l'homme du pays voisin et de l'homme et de la femme d'Amérique, sont arrivés pour cette première réunion.

Le Gentil et le Charmant – jamais nous n'oublierons leur bonté. Jamais nous n'oublierons qu'ils rendaient visite encore et toujours aux familles des morts et des prisonniers. Qu'ils s'asseyaient en silence dans chaque case, sachant qu'aucune parole ne pourrait accomplir ce que leur présence accomplissait. Lorsque nous pleurions, ils regardaient le sol et lorsque nous leur proposions de la nourriture, ils l'acceptaient.

Leur dévouement nous a convaincus que le jour de notre restauration était proche.

Des milliers de personnes en Amérique ont lu notre histoire. Des centaines ont appelé le bureau du Mouvement pour la restauration à la Belle Ville pour proposer leur aide. Nous l'avons appris grâce au rapport que la femme et l'homme d'Amérique ont apporté à cette première réunion. Des mères appelaient en larmes après avoir lu ce qui était arrivé à nos enfants. Des jeunes gens ont défilé autour du siège de Pexton en criant « Honte à toi, honte à toi, Pexton, assassin ». Nous n'étions plus seuls. Beaucoup ont cessé d'acheter du pétrole Pexton. Au Mouvement pour la restauration, l'argent est entré à flots pour notre salut. Des gens qui avaient vu les photos d'Austin en ont parlé à d'autres gens et ces autres gens ont relayé l'histoire à leurs amis et voisins. Le Gentil nous a dit que les Américains étaient comme nous, ils transmettaient les histoires de bouche en bouche, et la nôtre se répandait plus vite qu'un feu provoqué par une fuite de pétrole en pleine saison sèche.

Pexton a juré qu'elle n'avait rien à voir avec le massacre mais l'article d'Austin dans le journal était illustré par des photos de documents prouvant la collusion entre Pexton et Son Excellence. Plus Pexton s'efforçait d'opposer que sa relation d'affaires avec Son Excellence n'impliquait pas qu'elle soutienne le massacre de populations en quête de paix, plus les gens croyaient à notre histoire et plus l'argent affluait pour nous sauver.

Le Mouvement pour la restauration puiserait dans cette manne afin de couvrir les frais engagés pour faire libérer nos hommes de prison, nous a confié le Gentil. Ils consacreraient une partie de cet argent à la location d'un car qui nous emmènerait à Bézam toutes les trois semaines afin de rendre visite à nos prisonniers. Après leur libération, le Mouvement pour la restauration utiliserait l'argent restant pour engager les meilleurs avocats américains, censés se battre jusqu'à ce que Pexton accède à nos exigences. C'est au cours de ces réunions que nous avons versé nos premières larmes de soulagement, mais notre espoir et notre peine étaient si intimement mêlés que nous ne parvenions pas à souffler.

Comme promis, le Gentil et le Charmant nous ont emmenées à Bézam toutes les trois semaines pendant l'année où les Quatre sont restés en prison. Chaque fois que nous entreprenions ce voyage, puisant dans ses dernières forces, Yaya entrait à l'aube dans la cuisine pour jeter un œil à ce que je préparais pour Bongo. Nous empaquetions de la viande et du poulet fumés, des plats que nos familles d'autres villages nous avaient apportés pour se joindre à notre douleur. Nous empaquetions des fruits que nous avions mis à sécher au soleil, pour le moment où Bongo aurait terminé ses restes.

Le voyage prenait une journée car nous n'avions pas à changer de véhicule. Parfois, pendant le trajet, le Charmant nous lisait des lettres que les Américains nous avaient écrites, nous demandant d'être forts, nous rappelant que notre combat était aussi le leur. Il nous montrait des dessins que des enfants avaient faits à notre intention. L'un de ces dessins représentait un petit homme et un grand homme, le petit homme était debout et souriait, le grand homme, lui, tombait par terre parce que le petit homme avait fiché sa petite lance dans la nuque du grand homme. Le Charmant nous a expliqué que l'instituteur de l'enfant lui avait appris que, parfois, les petits hommes triomphaient. Nous nous sommes forcées à sourire – nous n'avions jamais appris cela en classe et il n'en avait jamais été ainsi dans nos vies.

Nous parvenions à Bézam au petit matin. Qu'importe que nous ayons été épuisées à notre arrivée à la prison, voir nos hommes et nous rendre compte qu'ils étaient toujours vivants nous redonnait des forces. Au retour, nous dormions dans le car, éreintées à tout point de vue.

La dernière fois que j'ai vu Bongo il ne se sentait pas bien.

Un petit rhume, a-t-il dit, mais ses yeux racontaient une tout autre histoire. Il a très peu mangé. S'il te plaît, mange encore un peu, lui ai-je dit, sinon je vais m'inquiéter, je le dirai à Yaya et elle s'inquiétera aussi. Il a ébauché un sourire, conscient que jamais je n'ajouterais à la souffrance de Yaya en évoquant l'état de santé de son fils. Je l'ai supplié, je lui ai donné la becquée, mais il n'a pas voulu manger. À côté de nous, Lusaka écoutait une histoire que sa femme lui racontait. La fille de Lusaka a amorcé une conversation avec Bongo, elle lui a demandé s'il avait bien dormi, mais Bongo a évité son regard, ce qui m'a surprise dans la mesure où il n'avait jamais été timide avec les filles. Plus loin sur le banc, Gono prenait note de ce que son père lui dictait entre deux quintes de toux. Nous avions entendu dire que Gono, de son côté, avait entamé une démarche pour faire libérer son père – en plus de celle que le Mouvement pour la restauration avait entreprise – mais nous n'avions aucun moyen de savoir si c'était vrai ou s'il était vrai que Gono, furieux, avait démissionné de son poste chez Pexton après que Pexton lui avait annoncé que la compagnie ne lèverait pas le petit doigt pour l'aider à faire sortir son père de prison. Nous avions également entendu dire que Gono et sa mère avaient coupé les ponts avec ses deux autres frères qui travaillaient pour le gouvernement au motif que les frères avaient refusé de démissionner en signe de solidarité avec leur père. Les frères avaient soi-disant argué du fait qu'ils avaient des familles à nourrir et Woja Beki n'avait ni blâmé ses fils ni ne les avait rejetés pour avoir fait ce choix : tout ce qu'il avait fait, il l'avait fait, lui aussi, pour sa famille. Nous donnions crédit à ces rumeurs bien que nous n'ayons eu aucun moyen de les vérifier. Jofi, la troisième épouse de Woja Beki, qui avait toujours été une mine de renseignements concernant cette famille, avait fui Kosawa avec ses enfants le lendemain du massacre.

« S'il t'arrive quelque chose, Yaya n'y survivra pas », ai-je dit à Bongo.

Il m'a pris la main et m'a juré qu'il ne lui arriverait rien. En ce bref instant, j'ai entendu Malabo faire la même promesse. Tout ira bien, a ajouté Bongo, et Cocody, qui était assise à côté de moi, a hoché la tête. Les choses avançaient, m'a-t-il rappelé ; d'après les dires du Charmant, Son Excellence avait promis de fixer dans les plus brefs délais la date du procès. Bongo s'est essuyé les yeux et s'est forcé à sourire. Dis à Yaya de ne pas s'en faire, a-t-il dit.

Le jour où le Gentil et le Charmant nous ont annoncé que la date du procès avait été fixée, nous nous sommes réjouis. Nous avons prié pour que les Quatre tombent sur des juges avisés devant lesquels ils prouveraient leur innocence. Si l'un d'entre eux avait commis un crime, alors tout Kosawa avait commis ce crime et nous paierions pour celui-ci en tant que peuple. Nous ne permettrions jamais qu'un des nôtres assume seul des actes commis collectivement.

Les anciens ont décidé de dépêcher une délégation au procès afin de servir de témoins aux Quatre et plaider que nous nous étions tous emparés des hommes de Pexton, et nous les avions tous retenus prisonniers, et nous avions tous tué le Chétif, et nous avions tous vu Jakani et Sakani enfoncer leurs lances dans le corps des quatre soldats. Nous accepterions tout verdict. Nous demanderions seulement qu'il soit équitable, que les crimes de ceux qui nous avaient poussés à commettre ces actes soient d'abord pris en compte si ceux qui nous jugeaient se revendiquaient comme justes.

La date du procès a été fixée à presque un an jour pour jour après le massacre. Nous l'avons accueillie comme un présage de l'Esprit, ce cycle de mois secs et de mois pluvieux au cours desquels nous avions presque épuisé nos larmes serait bientôt terminé. Nous avions vécu tant et tant d'années de souffrances, plus que nous ne pensions être capables d'en supporter, et nous savions que d'autres rudes années nous attendaient, mais cette année durant laquelle nous avions fini par nous persuader que nous étions des objets se faisant passer pour des humains, nous voulions du fond du cœur qu'elle soit derrière nous. Nous nous étions réfrénés pendant des décennies, nous n'avions jamais eu recours à des actes abominables, et pourtant nous avions échoué à convaincre nos bourreaux que nous méritions de vivre notre vie comme bon nous semblait. En revanche, le procès pourrait nous offrir une chance majeure de les persuader de nous considérer différemment, d'apprendre à nous connaître pour ce que nous étions et, ce faisant, nous juger dignes de retrouver les plaisirs de l'existence paisible que nous avions perdue.

Ce matin-là, à notre réveil, nous avons enfilé nos plus beaux habits.

En chemin pour Bézam, nous avons supplié l'Esprit de nous accorder sa clémence et nous l'avons remercié de nous avoir promis la justice sans qu'un mot ne soit prononcé. Thula m'a accompagnée – je voulais ne jamais oublier le moment où Bongo et elle sortiraient de la prison en souriant, main dans la main.

À notre arrivée au tribunal, un garde est venu à notre rencontre sur le parvis. Il nous a fait prendre un couloir jusqu'à une pièce vide dans laquelle il nous a invités à nous asseoir.

Puis il est sorti et a refermé la porte.

Nous nous sommes assis en silence, Thula et moi, la femme de Lusaka, deux de ses filles et son unique fils survivant, Gono et les deux épouses restantes de Woja Beki ainsi que quatre de ses plus jeunes enfants. Cinq anciens pour s'exprimer au nom de Kosawa. Le garde n'a pas autorisé le Gentil à entrer dans le bâtiment. Le Gentil a voulu protester mais le Charmant lui a demandé de retourner au bureau prévenir la Belle Ville de ce qui était en train de se passer.

Nous sommes restés dans la pièce nue, redoutant le verdict et bouillant d'impatience de l'entendre.

Nous évitions de croiser le regard des autres, nos espoirs étaient si ténus que nous n'osions pas les briser en chuchotant. Mais nous ne pouvions pas toujours rester silencieux. Nous engagions la conversation à voix basse et nous étions en train de nous demander si le procès se déroulerait dans cette salle d'attente quand la porte s'est ouverte sur un autre garde. Sans un mot, il a tendu une lettre au Charmant puis est sorti précipitamment. Le Charmant a lu la lettre, ses mains tremblaient en la tenant. Il est sorti en trombe de la pièce. Nous l'avons bientôt entendu hurler au garde, le garde hurlant à son tour, mais, en raison de l'épaisseur des murs, leurs paroles étaient inintelligibles.

Nous avons échangé des regards.

« Qu'est-ce qui se passe, Maman ? » m'a demandé Thula.

La première épouse de Woja Beki s'est tournée vers son fils et lui a demandé d'aller se renseigner. Gono est sorti.

Il est resté dehors avec le Charmant. Au silence interminable qui a suivi, il était évident qu'ils étaient allés dans une autre partie du bâtiment. Nous avons attendu plus d'une heure. À leur retour, Gono nous a lu ce que le gouvernement avait écrit dans la lettre.

Nous tenons à vous informer que les quatre accusés ont été pendus en début de semaine pour l'enlèvement de quatre employés de la compagnie Pexton et la mort d'un de ces employés, Kumbum Owawe, ainsi que pour complicité dans le meurtre de quatre soldats de la République. Notre corps de juges équilibré et impartial, représentant le peuple de notre pays, a délibéré pendant plusieurs heures après avoir entendu tous les témoins, y compris les victimes et les accusés, avant de reconnaître les accusés coupables d'enlèvement, de meurtre et de complicité de meurtre. Les juges sont arrivés à la conclusion que les accusés avaient commis ces crimes dans le dessein d'extorquer de l'argent à la compagnie Pexton, une entreprise dont la seule faute est d'avoir procuré des opportunités au village des accusés et à notre pays. Les juges ont décidé que les accusés devaient payer pour leurs crimes, car tous ceux qui cherchent à nuire à la République doivent en payer le prix. Ils ont été pendus après que chacun a fait une déclaration dans laquelle il demandait à la compagnie Pexton et au peuple de notre pays de lui pardonner. Ils ont également demandé que leurs familles apprennent de leurs erreurs et vivent avec sagesse. En raison de leurs actes et de leur mort ignobles, ils ont été enterrés dans une fosse commune située dans un lieu dont nous ne souhaitons pas divulguer l'emplacement. Nous espérons que leurs vies vous éclaireront et vous souhaitons d'aller de l'avant et de vivre en paix.

Les enfants

NOUS ÉTIONS TÉTANISÉS, plus finement broyés que des grains de poussière. Lorsque le car est revenu de Bézam pour nous apprendre que nous n'avions plus vraiment d'armes avec lesquelles nous battre – les plus courageux d'entre nous ayant été jetés au fond d'une seule et même fosse –, nous sommes tombés à genoux et nous avons martelé le sol. Nous avons supplié l'Esprit de nous pardonner le doute croissant qui nous rongeait quant à son existence, certes, nous avions été témoins de sa suprématie mais nous avions aussi reçu la preuve de sa faiblesse et nous ne pouvions faire nôtre l'idée qu'il ne fasse rien si ce n'est regarder nos ennemis nous détruire. Nous n'avions plus de Sakani pour nous guider, personne pour nous aider à comprendre les épreuves que nous traversions, nous nous traînions d'une journée à l'autre, trop diminués pour nous lever. Comment pouvions-nous être assez imprudents pour rêver ? Pourquoi avions-nous si longtemps refusé de nous coucher à plat ventre devant l'inéluctable ? Parce que nous partagions le même sang que les hommes qui s'étaient dressés sur une terre située entre un fleuve et une rivière et que celle-ci leur avait été offerte par l'Esprit ? Parce que ces hommes avaient cru que cette terre était leur et qu'ils la transmettraient à leurs enfants, qui à leur tour la transmettraient aux leurs, de génération en génération ? Si nos ancêtres avaient su que du pétrole gisait sous leurs pieds, nous l'auraient-ils léguée avec autant d'allégresse ? Ils pensaient que nous ne connaîtrions pas pareille déchéance parce que le sang du léopard coulait dans nos veines, sauf que toutes leurs croyances auraient été réduites en cendres s'ils avaient su le pouvoir exorbitant de nos ennemis.

Dans les premiers mois qui ont suivi l'emprisonnement des Quatre, le Mouvement pour la restauration avait fait le tour des journaux d'Amérique pour raconter notre histoire. Certains avaient dépêché des journalistes de Bézam afin de prendre des photos et de nous poser d'autres questions sur les souffrances qu'on avait endurées aux mains du gouvernement de Son Excellence et de Pexton. Chaque fois que le Gentil et le Charmant nous rendaient visite, ils nous assuraient qu'une multitude croissante de gens nous soutenaient outre-Atlantique. Ils nous montraient des photos d'Américains agitant le poing devant le siège de Pexton. Dans toute l'Amérique, des gens avaient écrit à Pexton pour la supplier de faire libérer les Quatre. Pexton leur répondait qu'elle n'avait aucune responsabilité dans l'arrestation des hommes, que celle-ci était du ressort de Son Excellence. Les Américains ont demandé à leurs chefs d'intervenir auprès de Son Excellence, de le menacer si nécessaire, de l'avertir qu'ils n'aideraient plus son gouvernement en cas de crise, qu'ils l'excluraient des groupes auxquels elle pouvait prétendre appartenir, ils puniraient notre pays de telle sorte qu'il mettrait des années à s'en remettre. Les chefs américains ont dit tout cela et bien plus ; et les chefs partout dans le monde ont renchéri parce que les gens dans leurs pays ne voulaient pas être associés au mal. Des entreprises européennes qui accordaient souvent des prêts à Son Excellence pour créer de la richesse partagée l'ont averti qu'elles cesseraient de les lui accorder s'il ne libérait pas les Quatre, il n'était pas question pour elles de cautionner le traitement injuste de tout être humain, mais tout le monde savait que ces prêteurs ne mettraient jamais leur menace à exécution – maintenir la dette de pays comme le nôtre était leur raison d'être. Voilà pourquoi leurs menaces avaient fait rire Son Excellence. Il s'était empressé de montrer aux Européens et aux Américains le peu de cas qu'il faisait de leurs opinions : le jour où il avait décidé de faire pendre les Quatre, il avait agi selon son bon vouloir. Pexton avait condamné cette décision et des gouvernements dans le monde entier en avaient fait autant. Les rires de Son Excellence avaient redoublé, si Pexton était déçue par Son Excellence, la compagnie n'avait qu'à quitter son pays. Mais Pexton ne pouvait pas partir. Il restait encore beaucoup de pétrole dans les profondeurs de notre terre – pourquoi y renoncer pour une question d'éthique ?

Notre village a pris l'argent que Pexton a donné en gage de solidarité tout en maudissant dans le même temps ceux qui travaillaient pour la compagnie. Hélas, nos malédictions ne nuisaient qu'à ceux dont nous partagions le sang, si bien que nos ennemis n'ont jamais souffert des paroles qui sortaient de nos bouches.

Quand le Mouvement pour la restauration a dépêché un car scolaire que Pexton avait acheté pour nous en guise de cadeau – le salaire du chauffeur et l'entretien du car étant à la charge du Mouvement pour la restauration –, tout indignés qu'ils étaient, nos parents nous ont fait monter dedans. La première année, seule une poignée d'entre nous le prenaient ; la plupart de nos parents étaient méfiants. Mais vers la fin de l'année scolaire, puisque aucun d'entre nous n'avait été tué à Lokunja, d'autres parents ont laissé leurs enfants prendre le car. Très vite, le Mouvement pour la restauration a dû puiser dans ses fonds propres pour acheter un autre car : tous les parents voulaient que leurs fils de plus de douze ans aillent à l'école de Lokunja.

Nous savions que le jour viendrait où les liens qui nous unissaient entre camarades du même âge commenceraient à s'effilocher et que nous compterions moins les uns sur les autres. Nous avions vu le phénomène se produire chez des camarades du même âge nés avant nous. Nous avions remarqué que les cercles amicaux de nos aînés se rétrécissaient à mesure que les corps des filles montraient des signes de féminité, ce qui incitait celles-ci à préférer la compagnie de jeunes hommes susceptibles de leur procurer ce que leurs amis du même âge ne possédaient pas encore. Au moment où la plupart des enfants de Kosawa avaient entre onze et douze ans, il a été décidé entre eux que partager la même année de naissance n'était plus la condition *sine qua non* d'un rapprochement mutuel, ce qui a eu pour conséquence une augmentation des amitiés avec des adolescents plus âgés. Et c'est ce qui est arrivé à notre groupe lorsque les garçons ont continué d'aller à l'école alors que les filles restaient à la maison. Elles se sont mises à passer plus de temps avec des filles plus âgées ou même des femmes : à aider aux champs, à laver le linge, à aller au marché, à s'occuper des bébés, à échanger des potins dans les cuisines. Les garçons allaient en classe et passaient leurs soirées à chasser ou à jouer au football. Par conséquent, avant même la fin de la deuxième année qui nous voyait prendre le car pour Lokunja, nous n'étions plus un groupe de garçons et de filles du même âge traversant la vie ensemble mais sept garçons qui se réunissaient souvent pour faire leurs devoirs, et Thula.

Quand on a eu quinze ans, trois des filles de notre âge, toutes des amies proches de Thula, avaient déjà trouvé des maris. Les filles qui n'y étaient pas encore parvenues assistaient à autant de mariages que possible dans tous les villages, les cheveux tressés et le visage maquillé, avec l'espoir de rencontrer un homme à la recherche d'une épouse ; plus que toute autre cérémonie, les mariages attisaient chez les célibataires le désir de ne plus être seuls. Une de nos camarades a épousé un soldat stationné à Lokunja et s'est installée dans sa maison, ce que nous avons vécu comme une trahison et ce qui nous a blessés, mais il faut dire que la fille n'avait pas beaucoup de cervelle. Nous nous sommes efforcés de ne pas dire du mal d'elle car nous avions tous besoin de trouver l'amour et de passer à l'étape suivante de nos vies, épreuves mises à part. Le sort ne nous avait pas fourni beaucoup d'occasions d'être des enfants, mais nous n'avions jamais raté une occasion de l'être. Pourtant, aujourd'hui, à mesure que nous gagnions en maturité, il ne restait plus grand-chose de nos manières d'enfants. Cela dit, peu importait que le passé soit loin derrière nous, nous voyions clairement son visage, même quand nous ne le cherchions pas. Nous ne pouvions évoquer l'avenir sans nous lamenter aussitôt sur les temps révolus de nos ancêtres, ces temps simples dont nous redoutions de ne jamais profiter.

Une de nos camarades du même âge était morte au cours du massacre, quand une balle avait transformé ses rêves de mariage en ignoble plaisanterie. Quelques années plus tard, deux de nos camarades du même âge étaient morts – le premier à cause du poison qui s'était accumulé dans son ventre au fil du temps et l'avait fait gonfler au point de ressembler à celui d'une femme enceinte sur le point d'accoucher, et le second dans un accident lorsque le car qu'il avait pris aux Jardins avait fait une embardée et s'était écrasé contre un arbre. Trois ouvriers avaient aussi trouvé la mort dans l'accident mais, en creusant la tombe de notre ami, nous avons tout de même maudit Pexton – comment séparer les événements qui nous affectaient des sévices que nous infligeait Pexton ?

Certains de nos camarades avaient quitté Kosawa, forcés de dire au revoir à leurs amis et cousins par des parents qui, jadis, avaient juré qu'ils ne capituleraient jamais devant les torchères et les fuites de pétrole. Une de nos camarades a été contrainte de s'en aller en raison d'une maladie qui la faisait saigner plusieurs semaines par mois, des saignements accompagnés de caillots de sang, de douleurs au dos et de violentes crampes. Cette amie avait suivi scrupuleusement les conseils de la doctoresse du ventre et bu les tisanes prescrites, mais rien ne l'avait soulagée. Jakani et Sakani n'étant plus là, elle n'avait eu d'autre choix que de quitter Kosawa pour trouver la guérison ailleurs. D'autres parmi nos amis ont aussi été contraints de partir dans d'autres villages en raison du décès du père et de la décision de la mère de vivre parmi les siens ; ou parce qu'une mère avait enterré plus d'un enfant et n'aurait pu supporter d'en enterrer un autre.

Dans leurs nouveaux villages, nos amis se serraient à l'intérieur des cases familiales, dormaient par terre ou dans les pièces à l'arrière, désertées par des fils mariés qui avaient préféré construire une nouvelle case et mettre à distance leurs femmes et leurs mères. Nos amis vivaient comme des vagabonds jusqu'à ce qu'un membre ou l'autre de la famille leur donne un lopin de terre en périphérie du village. Ils bâtissaient des cases sur ces lopins de terre mais ils craignaient qu'elles ne soient jamais emplies de la chaleur de ceux qu'ils avaient laissés à Kosawa.

À chacune de leurs visites, nos amis en cavale contemplaient avec nostalgie ce qui, jadis, avait été leur. Puis l'un d'entre nous parlait de la fumée des Jardins qui, l'autre jour, lui avait paru plus noire que jamais, ou quelqu'un d'autre se plaignait que le nombre de bouteilles d'eau envoyées par Pexton pour les bébés ne soit plus suffisant, ou que certains bébés boivent toujours l'eau du puits bouillie, et alors les regrets que nos camarades du même âge nourrissaient à l'endroit de Kosawa s'évaporaient comme de la rosée. Parfois, ils emportaient quelques bouteilles en plastique vides pour alimenter leur feu – ce qu'on faisait aussi – ou pour transporter leur eau potable lorsqu'ils reviendraient nous voir.

Ils vouaient aux collines qui nous séparaient une reconnaissance manifeste, barrière de séparation entre nos souffrances et leur sérénité nouvellement acquise. Mais aucune vilenie de Pexton n'aurait forcé les parents de ceux qui restaient à quitter Kosawa. La plupart des cases du village étaient toujours habitées et débordaient de vie, des jeunes femmes de villages voisins continuaient d'épouser des hommes de Kosawa et de s'installer sur place, augmentant notre population. Maintenant que nous approchions de l'âge adulte, nous aurions pu partir de notre plein gré, fuir vers une vie sans poison, mais nous étions résolus à ne pas abandonner notre terre, ni maintenant ni jamais, et le Mouvement pour la restauration ainsi que Sonni s'employaient à nous le rappeler, cette terre était la nôtre, saison sèche ou saison humide, elle le demeurerait toujours.

Sonni n'était pas censé devenir notre nouveau chef de village. Gono, le fils aîné de Woja Beki, aurait dû succéder à son père. Si Gono ne souhaitait pas assumer la charge, n'importe lequel de ses frères aurait pu prendre sa place, mais aucun n'en a voulu – quand ils ont appris le sort que nos pères avaient fait subir au leur, aucun des fils de Woja Beki n'a souhaité respirer à nouveau l'air de Kosawa ni s'inquiéter de nos possibles avanies. Après la pendaison, Gono a effectué un dernier voyage à Kosawa pour emporter les biens de sa famille et venir chercher ses deux plus jeunes frères à part entière. Sachant qu'il n'avait plus de travail chez Pexton, comment parviendrait-il à les faire vivre à Bézam, eux et sa propre famille, nous ne le saurions jamais, mais nous avions d'autres chats à fouetter. Néanmoins, les femmes de Kosawa se sont emparées de la question. Elles ont analysé la situation de la famille sous toutes les coutures et sont arrivées à la conclusion que Woja Beki avait dû demander à Gono de cacher une partie de son pactole, la famille ne manquerait donc jamais de rien grâce à l'argent de Pexton et du gouvernement.

Gono a transporté l'intégralité des biens que contenait la maison en brique de son père dans le camion à bord duquel il était arrivé, absolument tout, le lit et le tapis et l'horloge de son père, mais aussi le mortier et le pilon de sa mère. À la deuxième épouse de son père, il n'a laissé que la maison, aux trois quarts vide mais toujours imposante. Dans la maison dont elle venait d'hériter, la deuxième femme de Woja Beki n'a pas versé de larmes – ses coépouses et leurs enfants étant partis, ses propres enfants auraient chacun leur chambre dans une belle maison en brique. La femme devait se douter – forcément – qu'un jour viendrait où l'un des fils aînés de Woja Beki débarquerait pour récupérer la maison ; cette famille n'avait pas la réputation d'être généreuse. En regardant le camion chargé repartir, nous ne pouvions nous empêcher de penser que nous n'étions pas près de revoir cette famille. Ce fut le cas, en effet ; aucun de ses membres ne s'est déplacé pour assister à la cérémonie en hommage aux Quatre.

Sans connaître la date exacte de leur décès, nous célébrions leur mémoire trois mois jour pour jour après que le garde nous avait remis la lettre au tribunal et, l'année suivante, nous avons choisi la même date. Nous espérions que l'Esprit ne voie pas d'un mauvais œil le choix de cette date qui, sans être arbitraire, était approximative et ne cadrait pas avec l'exactitude dont nous aurions dû faire preuve pour être certains que les défunts arrivent sans encombre dans l'autre monde. Lorsqu'en leur nom nous offrions nos prières aux ancêtres les trois matins précédant la cérémonie – au son du chant du coq, agenouillés dans la pièce commune au côté de nos familles si n'importe lequel des hommes présents était un parent proche, sinon assis seuls sur nos lits ou nos nattes, les yeux clos, la main sur le cœur –, nous nous efforcions de ne pas imaginer la dureté du voyage qu'ils allaient entreprendre, après s'être balancés au bout d'une corde nouée autour du cou jusqu'à l'étouffement, après avoir été jetés dans une fosse, un corps par-dessus l'autre, tous dans leur tenue de prisonniers, aucune dépouille lavée, leur esprit obligé de faire le voyage vers leur nouveau monde en emportant la crasse de l'ancien.

Pour la première commémoration, nous avons tué quatre chèvres, quatre cochons et seize poulets, conformément aux volontés de l'Esprit. Nous étions habillés de blanc et sommes restés pieds nus. Un marabout d'un des villages frères a fait des libations et les tambours ont résonné doucement pour souhaiter aux hommes la paix que ce monde leur avait refusée, une paix que nous trouverions en les rejoignant.

C'est après cette commémoration des trois mois que Sonni a été nommé nouveau chef du village.

Pondo, un de nos grands-pères, aurait bien pris sa place. En tant qu'ancien conseiller de Bongo et Lusaka et parent de Woja Beki par alliance, a-t-il dit, il savait comment les défunts auraient réagi si d'autres qu'eux avaient été pendus et qu'ils se soient trouvés en devoir de créer quelque chose à partir de nos pertes. Il imaginait parfaitement comment Lusaka et Bongo auraient travaillé avec le Mouvement pour la restauration afin d'alimenter la colère des Américains pour que, outre-Atlantique, personne n'oublie notre histoire. Manga, un autre de nos grands-pères, s'est levé pour rappeler à l'assistance que lui aussi avait officié en tant que conseiller et que, le jour du massacre, c'était lui qui avait organisé le transport des morts dans leurs cases et c'était lui qui s'était arrangé pour que chacun ait un cercueil. Manga a ajouté que Sonni, son fils, partageait avec lui le calme et la sagesse et devrait, de ce fait, être nommé chef. Qui plus est, a-t-il ajouté, la place lui revenait de droit, sachant que Sonni était le cousin germain de Bongo. Bongo ayant disparu sans laisser de fils ni de frère et Sonni étant le plus âgé de tous les cousins de Bongo, le titre devait lui revenir ; d'ailleurs, si Bongo avait été présent, il aurait approuvé ce choix, compte tenu de l'admiration que lui inspirait Sonni.

Nous n'avions pas été autorisés à assister à la réunion au cours de laquelle Bongo avait été désigné chef, en revanche, nos pères nous ont donné la permission d'assister aux délibérations censées départir les candidats à la succession de Bongo. Nous n'avions qu'un an de plus, mais ils nous avaient jugés assez grands, non en âge, mais sans aucun doute en expérience, compte tenu de ce que nos yeux avaient vu, beaucoup trop d'horreurs à assimiler en une vie aussi courte. Tard dans la soirée ce jour-là, alors que les hommes étaient rassemblés sous le manguier pour évoquer l'avenir, nous les avons seulement écoutés puisque nous n'étions pas jugés assez sages pour participer – il nous restait encore deux ans avant d'amorcer notre entrée dans l'âge de la sagesse.

Nous avons regardé Pondo et Manga se disputer puis nos pères commencer à prendre parti en fonction d'un lien du sang plus fort avec l'un ou l'autre. Finalement, tous se sont accordés à dire que les disputes et les prises de parti ne nous donneraient jamais un nouveau chef. Ils ont donc pris la décision de se réunir à nouveau trois soirs plus tard pour que chacun donne le nom de son favori – le candidat le plus plébiscité serait déclaré nouveau woja.

Depuis l'arrivée de nos ancêtres sur cette terre, cela ne s'était jamais produit – le pouvoir se transmettait uniquement par le sang – mais nous avions bien conscience que beaucoup de choses ne s'étaient pas passées pour nous comme nos ancêtres l'avaient imaginé. Le soir de l'annonce, les hommes qui préféraient Pondo se sont présentés avec des brindilles et ceux qui avaient jeté leur dévolu sur Sonni sont arrivés avec des cailloux. Une fois que le tout a été posé par terre et compté devant l'assistance, il est apparu que le nombre de cailloux était supérieur à celui des brindilles, et c'est ainsi que Sonni est devenu notre nouveau chef.

Pondo ne s'est plus prononcé sur le sujet, même quand le bruit a couru de case en case que Manga et Sonni avaient rendu visite à certains hommes en pleine nuit pour les convaincre que Pondo était trop âgé pour diriger le village. S'étant peut-être rendu compte que Kosawa appartenait désormais aux jeunes – les anciens ne seraient bientôt plus de ce monde –, pourquoi s'insurgerait-il contre cet état de fait. En revanche, si l'Esprit se montrait miséricordieux, il vivrait peut-être assez longtemps pour assister au jour de notre restauration.

Depuis nos dix-sept ans, nous en parlions sans relâche, du jour où nous rendrions la monnaie de sa pièce à Pexton. Sous l'auvent des cases, sur la place du village, en chemin vers la forêt, nous discutions des sévices que nous infligerions aux gens de Pexton. À Son Excellence. Nous nous imaginions mettre le feu aux bâtiments des Jardins, tuer des ouvriers, nous procurer des armes et aller à Bézam abattre des hauts fonctionnaires. Remuer ce genre de pensées nous soulageait, la simple idée de les amener à avoir peur de nous. Nous tenions ces rêves secrets car, même si notre chagrin n'était pas supérieur à celui de n'importe qui d'autre, nous savions que, contrairement à nous, nos familles et nos amis s'accrochaient à l'idée qu'il ne servait à rien de s'en prendre à nos ennemis. Le village était ressorti brisé du massacre, Sonni et les anciens avaient donc décidé qu'un seul recours s'offrait à nous, s'en remettre entièrement aux gens du Mouvement pour la restauration, les croire quand ils affirmaient qu'ils ne cesseraient jamais de se battre pour nous. Au cours de ces réunions, Sonni affirmait que l'aide n'allait pas tarder à arriver. Mais nous n'avions pas envie d'attendre de gentils Américains. Nous doutions que leur haine pour Pexton brûle avec la même intensité que la nôtre.

Un soir, au début de l'année 1988, nous en discutions sous l'auvent d'une de nos cases quand Thula est venue nous annoncer, de sa propre bouche, qu'elle partait d'ici quelques mois en Amérique. Si quelqu'un d'autre des huit villages avait fait cette annonce, nous aurions éclaté de rire – partir en Amérique pour quoi faire ? aurions-nous demandé – mais parce que c'était Thula et parce qu'elle n'a pas changé d'attitude après avoir annoncé la nouvelle, nous n'avons pas douté une seconde de sa véracité, Thula partait en Amérique pour lire davantage de livres. Nous avons poussé des cris, nous l'avons serrée dans nos bras et lui avons demandé si elle reviendrait avec une autre couleur de peau. Elle a eu un petit rire et affirmé que ce serait impossible.

Nous avons fait passer la nouvelle à nos amis qui avaient quitté Kosawa.

Trois jours avant son départ, tous étaient présents lorsque Sonni a rassemblé Kosawa sur la place du village après le coucher du soleil pour se réjouir que Thula Nangi, notre Thula, aille en Amérique. Trois porcs-épics ont été rôtis sur un feu, les femmes ont apporté des plateaux de plantains frites bien mûres et les hommes, du vin de palme. Nous avons chanté et dansé toute la nuit. L'une d'entre nous allait s'envoler et, un jour, on s'envolerait tous grâce à elle.

À tour de rôle, nos pères et nos grands-pères ont pris Thula à part pour lui expliquer la vie en Amérique, des connaissances dont on ignorait comment ils les avaient acquises. Thula les a tous écoutés en hochant la tête, Oui Papa, Évidemment Grand-Papa. Quand l'un d'entre eux lui a conseillé de ne jamais regarder directement la lune une fois en Amérique car celle-ci, grâce à ses pouvoirs magiques, faisait rétrécir les nez et rendait la respiration difficile, elle s'est inclinée et a acquiescé. Je ne regarderai pas, Grand-Papa, je n'ai absolument pas envie d'avoir un petit nez.

Nous ne pouvions pas tous monter dans le car de Bézam avec elle, il n'y avait pas assez de sièges, mais deux soirs avant son départ, nous nous sommes retrouvés dans sa chambre, la pièce à l'arrière de la case familiale qui avait jadis été celle de son oncle, Bongo. Tous nos camarades du même âge encore en vie étaient présents – les filles qui étaient devenues épouses, certaines avec un deuxième bébé dans le ventre, et nous, les garçons, sur le point de devenir des hommes qui, un jour, dirigeraient Kosawa.

Assis sur son lit ou par terre, nous nous sommes rappelé ce que nous avions vécu. Nous avons évoqué nos vies avant la mort de Wambi, l'époque où, nus, nous nous lavions sous la pluie, l'époque où nous n'avions pas grand-chose à craindre. Nous avons pleuré Wambi et tous ceux qui avaient disparu depuis, la dernière le mois précédent, morte en couches. Nous les avons énumérés un par un, nom par nom, histoire par histoire, et nous avons séché nos larmes. Après quoi, nous avons ri au souvenir du rat mort que nous avions posé sur la chaise de maître Penda un matin. Et de toutes les bêtises que nous avions faites. Nous nous sommes tous embrassés à tour de rôle et nous avons embrassé Thula qui pleurait – nous ne l'avions jamais vue aussi heureuse et triste à la fois. Nous lui avons chanté une chanson et elle nous a juré de ne jamais nous oublier, elle n'avait pas besoin de jurer, lui a-t-on dit, nous étions certains qu'elle nous emporterait partout avec elle. Au bout de la nuit, serrés les uns contre les autres, nous nous sommes embrassés en priant pour être un jour à nouveau réunis tous ensemble.

Sa première lettre est arrivée trois mois plus tard. Elle y racontait son voyage en avion, elle l'avait trouvé plus bruyant et chahuté que nos livres de classe ne l'avaient laissé entendre. Elle y racontait la cérémonie de bienvenue organisée en son honneur par le Mouvement pour la restauration dans ses locaux – les gens avaient voulu l'embrasser et elle les avait embrassés. La nourriture servie n'avait pas grand goût, elle avait été heureuse de partager ce repas avec eux, de se trouver parmi des gens qui la connaissaient à travers l'histoire de son peuple.

À propos de la Belle Ville, elle écrivait :

J'ai du mal à me figurer que New York et Kosawa existent sur la même planète, que je me sois trouvée dans l'une comme dans l'autre et que j'aie vécu des vies si différentes. Sans mes souvenirs, je jurerais que la première époque de ma vie était un rêve car rien autour de moi ne me confirme que je suis bien qui je pense être. Le froid suffit à me faire oublier que j'ai un jour eu chaud. À quoi le comparer ? Imaginez un froid que le foyer dans la cuisine de votre mère, un bol de soupe de légumes aux cubes de viande fumée et le rire de votre famille ne parviennent pas à réchauffer. Avant de sortir, chaque fois, je me conditionne. Une inspiration et toute la chaleur m'a quittée. Je voudrais tellement retourner en vitesse à Kosawa mais je ne suis pas venue ici pour fuir. J'inspire lentement. Je me répète que j'aurai à nouveau chaud un jour.

Ce n'est pas seulement le froid qui me déroute. New York est une ville où les gens font la queue pour tout, les premiers arrivés se mettent devant, personne ne tient compte de qui est plus âgé ou plus nécessiteux. Les visages sont de toutes les couleurs ; parfois, en passant outre aux couleurs, je vous jure que je vois un jeune homme qui ressemble à l'un de vous et ça me remplit de bonheur. Hier, c'est une femme que j'ai vue, elle avait les mêmes jambes maigres et satinées que la Vieille Bata, les mêmes pieds qui pointaient dans des directions différentes. Voilà le genre de choses qui me procurent une grande joie. Si seulement il s'en produisait plus souvent. Certains après-midi, je reste des heures dans ma chambre parce que l'idée de la distance qui me sépare de Kosawa est plus que je ne peux supporter. Dans mon lit, les yeux fermés, la distance est abolie. Mais quand je me lève, je me rappelle que je ne suis pas venue ici pour regretter ce que j'ai laissé en partant. Je suis venue ici pour trouver ce que je cherche et je l'obtiens tous les jours, en cours et dans les livres que je lis et en rencontrant d'autres étudiants convaincus de devoir remédier à l'inacceptable. C'est ainsi que je me suis liée d'amitié avec quelques-uns. Ensemble, on discute de ce qu'il faudrait faire pour nos peuples.

Certains de mes amis viennent de loin aussi et sont aussi perdus dans cette ville que je le suis, y compris ceux qui y vivent depuis trois ou quatre ans. Certains sont américains. Ils ont quitté leur ville d'origine et sont venus ici se perdre et se retrouver, car il n'y a pas de meilleur endroit que New York pour vous donner un sentiment d'appartenance et, en même temps, de terrible solitude. Vouloir faire partie d'un nouveau monde étrange tout en l'observant à distance, tout en observant ceux qui l'ont conquis marcher la tête haute, me rend triste. Parfois, je prends un bus qui part de l'école pour découvrir d'autres quartiers de la ville. Je regarde par la vitre des enfants heureux et des poubelles débordant des déchets de gens qui n'ont pas de temps à perdre. La vitesse est partout, chacun semble devoir être arrivé à destination plus vite qu'il n'est possible. Ici, les rues ont des noms et les maisons des numéros. La première fois que je m'en suis aperçue, j'ai ri – je ne trouvais pas de raison pour qu'on ait un jour besoin de mettre un numéro sur nos cases. Les noms des rues sont inscrits sur des plaques vertes, peut-être à l'intention des nouveaux venus comme moi, ceux qui ont besoin de panneaux pour se repérer dans la ville afin de savoir comment en sortir un jour. Les gens qui marchent autour de moi ne semblent pas manifester de goût particulier pour l'ordre certain qui régit leur monde. Je n'ai jamais rêvé d'un ordre semblable dans la mesure où on n'en a pas l'usage mais, maintenant que je l'ai sous les yeux – maisons construites en lignes droites, rues aussi parallèles que des bambous, nom pour toute chose, journées structurées de l'aube au coucher du soleil –, je reconnais que, à sa façon, cet ordre est beau.

Ici aussi coule un fleuve qui longe la partie est de la ville jusqu'à son extrémité sud. Sur les rives du fleuve, des hommes sans maison, des femmes en recherche de mari et des gens comme moi regardent l'eau couler, assis sur des bancs abrités par des arbres. Quand me manque la quiétude que seul notre lieu de naissance nous procure, je vais au bord de ce fleuve. C'est de là que je vous écris.

Maintenant, il faut que je retourne à ma chambre. Ici, les devoirs sont beaucoup plus difficiles qu'à Lokunja, mais c'est bon pour moi. Dans un cours que je suis, on étudie un des livres de mon oncle que j'adore, celui qui s'appelle Les Damnés de la terre. *Je relis mon vieil exemplaire et comprends enfin ce texte grâce aux leçons et aux discussions en classe. Je suis émerveillée par ce que l'auteur conseille aux peuples dans notre situation – mes amis et moi passons des heures à disséquer ses idées. J'espère que tous les enfants de Kosawa liront ce livre un jour ; il propose une toute nouvelle façon de réfléchir. Demain, une amie m'emmène à une réunion dans un quartier de la ville qui s'appelle le Village mais elle a précisé que ce Village n'avait rien de commun avec Kosawa. Cela me convient parfaitement – me trouver dans un quartier qui a pour nom le type d'endroit d'où je suis originaire suffit à mon bonheur.*

Merci de continuer de vous occuper de ma mère, de Juba et de Yaya. Je sais que vous ne le faites pas pour moi mais parce que vous avez un cœur en or, mais je vous en remercie quand même. Quand vous me répondrez, demandez s'il vous plaît à ma mère si elle souhaite me faire passer un message qu'elle n'oserait pas dicter au Charmant. Elle n'a sans doute rien à lui cacher, mais je refuse qu'elle s'inquiète de ne pas pouvoir me faire certaines confidences. Je compte sur vous pour me transmettre fidèlement les nouvelles que j'ai besoin de connaître et avec honnêteté.

Y a-t-il eu des naissances depuis mon départ ? Des mariages ? Ici, il m'a été fait bon accueil et, même si je n'y resterai pas un jour de plus que nécessaire, je suis contente d'être là. J'acquiers de nouvelles connaissances tous les jours et je suis convaincue que ces connaissances seront bénéfiques à notre peuple.

Je serai toujours l'une d'entre nous,
Thula

Quel bonheur sa lettre nous a apporté. Même sur une feuille de papier, il était manifeste que l'Amérique la transformait. Son vocabulaire s'était enrichi et cela nous permettait d'accéder à ce qui se passait derrière ses yeux. Le fait d'être entourée d'amis plus proches d'elle que nous ne l'étions à certains égards avait sans doute libéré sa parole sur des sujets qu'elle ne pouvait aborder à Kosawa. Il se peut aussi que vivre seule ait provoqué en elle l'envie de parler davantage. Quoi qu'il en soit, elle ne pouvait plus rester l'impénétrable Thula que nous connaissions si elle espérait échapper à la vie d'une étrangère. Qu'importait le prix, il était temps qu'elle s'ouvre au monde si elle voulait rentrer à Kosawa avec ce qu'elle cherchait.

En réponse à sa lettre, nous n'avions pas grand-chose à lui raconter ; rien ne changeait vraiment pour nous.

Nous étions toujours sept, à attendre l'arrivée puis le départ des pluies, et nous chassions l'antilope et le porc-épic que nous vendions ensuite au grand marché. Nous continuions de nous réunir sur la place du village et nous assistions aux cérémonies en l'honneur des morts et des nouveau-nés et aux mariages, tout en ayant à l'œil les filles que nous avions décidé d'épouser, histoire de nous assurer qu'elles se montraient toujours dignes de notre amour et de notre protection. Un de nos pères était mort récemment et nous nous doutions que, d'ici peu, tous nos pères partiraient rejoindre les ancêtres et que nous devrions donner naissance à des enfants pour remplir nos cases et prendre alors la place de nos pères et, un jour, de nos grands-pères, même si la perspective ne nous réjouissait pas.

Le village continuait de se réunir avec le Gentil et le Charmant. Ils avaient rarement une nouvelle à nous annoncer si ce n'est que les choses bougeaient, lentement mais sûrement. Ils nous affirmaient que, au moment où les discussions entre le Mouvement pour la restauration et Pexton seraient achevées, les pipelines seraient réparés, le fleuve nettoyé de ses déchets et le débit des torchères réduit. En revanche, pour l'instant, ont-ils dit, il était préférable de nous concentrer sur le fait que les enfants mouraient moins souvent grâce à l'eau en bouteille et que des cars emmenaient les garçons à Lokunja pour acquérir des connaissances. En un rien de temps, Kosawa serait à nouveau Kosawa.

À la dernière réunion, à la question : quand pensez-vous que Pexton quittera les lieux, ils nous ont dit que, en fait, il était difficile de répondre. Pour l'heure, le meilleur choix qui s'offrait à nous était d'apprendre à devenir de bons voisins de la compagnie. Pexton ne pouvait pas être notre voisin, leur a-t-on dit, dans la mesure où ce n'était pas leur terre, mais la nôtre. Et cette terre ne lui appartiendrait jamais, peu importait le nombre de fois où elle le prétendait. Le Gentil nous a assuré qu'il comprenait notre point de vue et le partageait entièrement mais que la propriété de cette terre relevait désormais de la loi, seul le gouvernement était habilité à déterminer qui était propriétaire de quelle terre. Il nous a informés que, la semaine précédente, Son Excellence avait déclaré que ce n'était pas parce que nos ancêtres avaient décrété que toute la vallée leur appartenait qu'elle était leur et, par voie de conséquence, nôtre. La terre était donc la propriété de tous les habitants du pays. Et le gouvernement, en tant que serviteur du peuple, avait tout pouvoir pour attribuer une partie de cette terre à Pexton afin que Pexton s'en serve pour améliorer la vie de tous les habitants.

À cette révélation, nous avons bondi, une incrédulité douloureuse nous a fait crier, c'était la première fois que nous entendions une chose pareille. Le Charmant nous a suppliés de nous calmer. Le monde entier était d'accord avec nous, a-t-il dit. Aucun gouvernement n'avait le droit de s'octroyer ce genre de prérogative. Mais tant que Son Excellence ne partageait pas notre avis, Pexton ne partirait pas.

Nous en avons parlé à Thula dans notre lettre.

Nous lui avons dit que, sur la foi de la déclaration du Gentil, nous étions certains que Pexton ne quitterait jamais notre terre ni ne la dépolluerait ; nos enfants et leurs enfants vivraient sans l'ombre d'un doute cernés par son poison.

Nous lui avons dit que nous ne comprenions pas pourquoi les gens du Mouvement pour la restauration nous rapportaient de telles inepties – le fait qu'ils le fassent nous amenait à nous demander dans quelle mesure nos souffrances les peinaient. Dans quelle mesure nous pouvions leur faire confiance pour nous défendre, sachant que leur arme la plus puissante était les mots. N'était-il pas temps de cesser de recourir aux mots et d'essayer quelque chose d'autre, quelque chose de totalement nouveau ?

Nous n'avons pas reçu de réponse de Thula avant plusieurs mois.

Le jour où celle-ci a fini par arriver, il pleuvait et nous étions tous à la maison. Dans sa lettre, elle nous disait que la saison froide avait quitté la ville et qu'il faisait presque chaud, mais pas aussi chaud qu'elle l'aurait souhaité. Elle avait mieux réussi en classe qu'elle n'espérait. Puis elle a dit :

Vous vous rappelez la réunion à laquelle je projetais d'assister et dont je vous ai parlé dans ma dernière lettre ? La réunion qui se tenait dans le quartier appelé le Village ? Mon amie avait raison, rien dans ce quartier ne me rappelait Kosawa. En revanche, vous ne pouvez pas savoir à quel point cette réunion m'a galvanisée. Je ne l'avais pas plus tôt quittée que je commençais à vous écrire cette lettre dans ma tête, impatiente de vous raconter ce dont j'avais été témoin. Les gens qui assistaient à cette réunion n'avaient rien à voir avec ceux du Mouvement pour la restauration qui prônent le changement par des moyens pacifiques, le dialogue, les négociations, les terrains d'entente et un peu plus de dialogue encore. Non, ces gens étaient en colère. Un homme s'est levé pour parler d'un endroit à plusieurs jours de route de New York où il y avait des pipelines. Les pipelines ne fuyaient pas comme les nôtres mais traversaient les propriétés de gens qui les considéraient comme un désastre annoncé. Leur gouvernement n'était pas de cet avis, par conséquent, ces gens devaient vivre au milieu des pipelines, comme nous. Des pipelines en Amérique – vous le croyez ? On n'est pas les seuls. Dans ce pays, les pipelines sont enterrés mais ces gens disent que ça ne compte pas, le simple fait qu'ils passent sous leur terre la prive de son caractère sacré. Sauf que leur gouvernement se fiche du caractère sacré de leur terre. Dans ce pays aussi, les gouvernements et les entreprises sont amis. Ici aussi, les gouvernements ne bougent pas le petit doigt alors que des entreprises réduisent des gens en esclavage.

Et puis, il y a cet endroit à l'autre bout du pays où les enfants boivent de l'eau empoisonnée. Le gouvernement était au courant mais n'a pas réagi. En entendant ça, j'ai eu l'impression d'être dans un rêve étrange où l'Amérique se révélait être Kosawa. Les histoires se suivaient les unes après les autres. Dans une zone au sud de New York, la terre disparaît dans la mer. Chaque jour une portion de terre de la taille d'un petit village est perdue parce que des entreprises ont tout loisir d'agir comme bon leur semble et que le gouvernement choisit d'y remédier très modestement pendant que la population assiste au spectacle, impuissante. J'avais du mal à respirer en apprenant que de petites et grandes entreprises, des administrations disaient une chose pour une autre, que des responsables affirmaient aux populations que tout allait bien alors qu'ils étaient conscients d'un désastre imminent. Nous savions que, dans notre pays, notre cas n'était pas unique, mais de là à imaginer que dans de grands pays les gens vivaient les mêmes situations ?

J'ai longtemps pensé que notre problème était notre faiblesse, que notre absence de connaissances était notre incapacité majeure. J'ai imputé les échecs de mon père, de mon oncle, de tous ceux qui s'étaient mobilisés pour Kosawa et y avaient perdu la vie au fait qu'ils n'avaient aucune notion du fonctionnement du monde. Après le massacre, je me suis juré d'acquérir des connaissances et de les transformer en une machette qui détruirait tous ceux qui nous traitent comme de la vermine. Je voulais à tout prix grandir pour être en mesure de protéger Kosawa et faire en sorte que les enfants ne souffrent pas comme nous avions souffert. Je croyais que la connaissance rendrait Kosawa puissante. Mais ces Américains bardés de connaissances, comment se fait-il qu'ils soient impuissants, eux aussi ? Comment se fait-il que leur gouvernement, censé être à leur service, se conduise en maître ? Dans les livres que j'ai lus au cours de nos dernières années à Lokunja, j'avais acquis la conviction que notre pays serait un endroit merveilleux pour peu qu'on parvienne à concevoir un gouvernement démocratique, comme c'était le cas en Amérique. Mais aujourd'hui, je vis en Amérique et je me rends compte qu'il se passe quelque chose de beaucoup plus complexe partout dans le monde, quelque chose qui nous lie à ces Américains omniprésents, nous et d'autres comme nous, dans les villages, les métropoles et les villes de petites et de grandes nations. Peu importe ce que c'est, on le découvrira, après quoi rien ne sera plus pareil.

Pendant la réunion, j'avais envie de me lever pour raconter notre histoire mais j'avais peur que ma voix tremble et il n'était pas question que je m'expose à la pitié la première fois que je m'exprimais dans une salle remplie d'inconnus. C'est au moment où j'essayais de me convaincre de me lever que j'ai aperçu un homme mince, il se mettait debout pour rejoindre la queue des gens qui voulaient prendre la parole. J'ai vu cette chevelure filandreuse avancer et j'ai su que c'était lui. Austin.

Quand son tour est arrivé, il a salué l'assemblée et précisé que ce n'était que la deuxième fois qu'il assistait à ces réunions. J'ai vécu plusieurs années à l'étranger et j'ai participé à des dizaines de rassemblements de cette nature, qui m'ont beaucoup appris, a-t-il dit. Si ces rassemblements, ces opportunités d'être solidaires en compagnie de nos semblables, n'existaient pas, il ignorait ce qu'il deviendrait. Sans ces rassemblements, que ferait-on de toute notre colère ? Fourre-la dans une bouteille et mets le feu, ça te fera une super bombe ! a crié quelqu'un. La salle a éclaté de rire. Austin aussi. Il avait beaucoup voyagé et mesuré à quel point le vice des hommes était répandu mais il ignorait toujours à quoi l'attribuer – la cupidité apparaissait comme une raison trop simple. Ce dont il était certain, en revanche, c'est qu'il nous restait encore beaucoup à comprendre de nous-mêmes avant d'envisager des solutions. Dans un village où il s'était rendu, a-t-il poursuivi, la solution pour les habitants restait encore à trouver. Mais il voulait quand même partager leur histoire parce que, même si certaines personnes dans la salle l'avaient lue dans les journaux, personne n'était allé dans ce village, à part lui.

À l'issue de la réunion, les gens se sont massés autour de lui pour l'interroger sur ce fameux village. J'ai attendu mon tour, le cœur battant, j'avais l'impression d'être dans un rêve. Mon tour est arrivé. Je l'ai salué et j'ai souri. Il a souri à son tour mais n'a rien dit, peut-être attendait-il que je lui pose une question. Ne sachant trop par où commencer, j'ai lâché que j'étais la nièce de Bongo. Il a froncé les sourcils ; il semblait avoir du mal à se rappeler Bongo. Bongo de Kosawa, ai-je ajouté. Il était toujours aussi dérouté. J'ai répété ce que je venais de dire et j'ai ajouté en chuchotant que j'étais présente l'après-midi où les soldats avaient débarqué. C'est alors que son expression a changé, elle s'est muée en un étonnement mêlé d'une tendresse que je ne peux décrire.

Si vous saviez avec quelle force il m'a serrée dans ses bras et à quel point je rêvais d'une étreinte comme celle-ci depuis le jour où j'ai quitté Kosawa. Lorsque nous nous sommes dégagés, son visage m'est apparu avec netteté. Il était toujours plus beau que n'importe quel homme que j'avais croisé jusque-là. Il avait les cheveux aussi longs que le jour où je l'avais vu pour la première fois et où certaines filles avaient gloussé en regrettant de ne pas avoir sa masse de cheveux. Là où jadis la douceur de l'enfance transparaissait encore, des rides profondes d'homme avaient creusé leurs sillons. Il m'est venu à l'esprit qu'il devait avoir à peu près le même âge que mon père au moment de sa disparition. Nous avons trouvé deux chaises dans le fond de la salle. Il m'a interrogée sur mon installation à New York. Il m'a demandé pardon de ne pas m'avoir contactée. Le Gentil lui avait écrit pour lui annoncer mon arrivée et le prier de m'aider au cas où j'aurais besoin d'un coup de main. Il avait répondu au Gentil qu'il ferait son possible pendant mon séjour ; mais que son journal le faisait vadrouiller dans tout le pays et il était rarement à son appartement dans un quartier qui s'appelait Brooklyn. En fait, il avait oublié que j'étais à New York ; il n'avait pas voulu être grossier tout à l'heure lorsque j'étais venue le trouver, il essayait seulement de comprendre pourquoi une inconnue lui parlait de Bongo.

J'ai acquiescé et détourné les yeux, les siens irradiaient la gentillesse.

Je lui ai demandé s'il avait quitté notre pays de son plein gré ou s'il avait été contraint de fuir. La mort de son oncle et le massacre continuaient de le hanter, mais il serait resté dans notre pays, s'il avait eu le choix – il adorait notre peuple. La décision de partir ou de rester n'avait pas été de son ressort. Deux semaines après la parution des photos du massacre dans son journal américain, des soldats s'étaient présentés chez lui pour l'escorter jusqu'à l'aéroport. Ils lui avaient signifié que Son Excellence ne voulait pas de journaliste qui inventait de fausses histoires sur le sol de son pays – car, ainsi, Austin devenait l'ennemi de Son Excellence et, par voie de conséquence, l'ennemi de son peuple. Austin aurait été heureux de m'en raconter davantage, c'était manifeste, mais je savais que je le reverrais, je ne lui ai donc pas demandé si cela signifiait qu'il ne pourrait plus jamais revenir dans notre pays. De plus, il avait rendez-vous avec quelqu'un pour un article. Alors, nous nous sommes à nouveau embrassés et il m'a tenu la main tandis que nous sortions du bâtiment et ne l'a lâchée qu'au dernier moment. J'hésitais, m'avait-il tenu la main en souvenir de Bongo ou parce que le Gentil lui avait demandé de veiller sur moi ou parce qu'il en avait envie, pour lui, pas pour quelqu'un d'autre.

Nous nous sommes revus deux fois depuis le jour de la réunion – il m'a rendu visite à l'école. Nous parlions surtout de Kosawa et de ses regrets de ne pas avoir fait davantage pour nous. Depuis mes soirées sous l'auvent de la case en compagnie de mon père, je n'avais pas rencontré quelqu'un avec qui passer autant de temps à réfléchir au sens de la vie. Nous devons nous revoir le mois prochain. Il m'emmènera dans le quartier qui s'appelle Brooklyn – il paraît que je peux y trouver de la nourriture aussi bonne que la nôtre, je donnerais n'importe quoi pour un bon repas. Mais, pour l'instant, je rêve de retourner aux réunions du Village. Je voudrais faire la connaissance d'un homme qui s'est exprimé lors du rassemblement précédent. Cet homme s'appelle Maxim, il a dit quelque chose qui m'a ouvert les yeux, quelque chose qu'il faut que je vous raconte.

Maxim était le dernier à prendre la parole. C'est un vieil homme, à peu près de l'âge de nos grands-pères – il avait dû s'asseoir sur une chaise en montant sur le podium parce que ses jambes ne lui permettaient pas de rester debout longtemps. On était plus d'une centaine dans cette salle et personne n'a fait le moindre bruit pendant que Maxim racontait son histoire. Il était originaire d'un pays d'Europe pauvre et froid et, à l'époque où il était jeune homme, ses amis et lui avaient incendié un bâtiment officiel du gouvernement. Ils avaient répandu de l'essence, craqué une allumette et tout le bâtiment avait été réduit en cendres. Au souvenir de la splendeur des flammes et de la fumée qui s'était élevée vers le ciel par cette nuit glacée sans lune, ses yeux se sont illuminés. Personne ne les avait jamais démasqués. Des mois plus tard, son groupe et lui s'étaient rendus dans une autre administration et ils avaient déchiré des documents, brisé des vitrines et arrosé le tout de peinture. Après quoi, ils s'étaient assis par terre dans les bureaux et avaient bu de l'alcool. Puis ils avaient uriné sur les tables et les chaises en riant. D'ailleurs, Maxim riait en racontant ce dernier épisode et toute la salle a éclaté de rire et a applaudi. Nous avons cessé d'applaudir quand il a dit que le gouvernement n'avait pas mis bien longtemps à épingler les responsables. Lui et ses amis avaient été arrêtés et jetés en prison pendant un an. Cette année était celle dont il était le plus fier parce que, au lieu d'attendre sur son derrière que quelqu'un d'autre agisse à sa place, il avait agi à la hauteur de ses moyens. Il avait fait ce qu'il croyait devoir faire. Il avait montré à ces salauds qu'il avait du répondant et que, tant qu'il aurait du souffle, il ne cesserait jamais de rendre coup pour coup.

J'aurais voulu que vous voyiez la fierté de cet homme à ce moment-là, son courage, l'admiration qu'il a suscitée en nous. Nous nous sommes levés et nous l'avons applaudi, des applaudissements qui ont dû retentir jusqu'à l'ouest de l'univers. J'avais les larmes aux yeux. Le message de Maxim m'était-il destiné ? Nous était-il destiné ? Je me rappelle toutes ces fois où, sur la place du village, je vous écoutais dire qu'il fallait faire souffrir Pexton. À l'époque, je n'étais pas d'accord avec vous. Incendier un bâtiment me paraissait vain, même dix. Pexton était capable de reconstruire les Jardins en une journée. Mais le but n'est peut-être pas de nuire à Pexton et que la compagnie ne s'en remette jamais. Le but est peut-être simplement de lui faire savoir qu'on est là et qu'on est en colère.

Hier, dans ma chambre, mes amis et moi discutions de l'histoire de Maxim. Nous étions six et une seule personne partageait mon avis, à savoir que détruire les biens de nos ennemis pouvait avoir des effets positifs. La majorité trouvaient que ce n'était pas efficace. J'ai objecté qu'on ne pouvait décider d'une action en s'appuyant sur cette notion d'efficacité – comment savoir si une stratégie ne se révélera pas opérante des générations après avoir été qualifiée d'échec ? Notre devoir est de faire ce qu'on peut maintenant. C'est ce que, aveuglés par la peur, Sonni et les anciens ne voient pas. Attendre d'être libérés par le Mouvement pour la restauration est prudent mais lâche. Je reconnais que plus j'y pense, plus l'idée de dégrader le bien d'autrui me met mal à l'aise. Mais mon père disait toujours qu'on ne peut pas se contenter de faire ce qui nous met à l'aise, il faut faire ce qu'on doit.

Pardonnez-moi la longueur de cette lettre. Ce que je veux surtout que vous sachiez à l'instant, c'est que je suis disposée à écouter vos propositions pour faire comprendre à Pexton que ce n'est pas terminé.

Je serai toujours l'une d'entre nous,

Thula

Dans notre réponse, nous lui avons rappelé l'histoire des fourmis qui tuent le chien acariâtre en le dévorant morceau par morceau. Nous aussi, nous pouvions faire ce genre de choses. Le moment était idéal pour commencer à mordre Pexton. Kosawa était en passe de devenir inhabitable. Nous allions bientôt nous marier, après quoi nous aurions des enfants – il n'était pas question de les laisser souffrir comme nous avions souffert. Si on tentait une nouvelle approche et qu'on échouait, n'était-il pas préférable de dire un jour aux enfants qu'on avait tout fait dans la mesure de nos moyens ? Thula était de cet avis, elle nous l'a écrit :

Si on doit être vaincus, que ce ne soit pas parce qu'on ne s'est jamais battus. Nos pères, frères, oncles, amis – pour quoi sont-ils morts ? Ils sont morts pour qu'on puisse vivre en paix à Kosawa et, si ce n'est pas nous, du moins la prochaine génération. Personne n'a le droit de nous faire prisonniers sur notre propre terre. Personne n'a le droit de nous retirer ce que l'Esprit a donné à nos ancêtres. Aujourd'hui, en Amérique, il existe des groupes de gens qui ont été faits prisonniers sur leur terre. La terre de leurs ancêtres leur a été retirée et, désormais, ils vivent en marge de la société, une situation encore plus désespérée que la nôtre. Nous, au moins, nous pouvons fouler les sentiers que nos ancêtres ont foulés mais qui dit que notre terre tout entière ne nous sera pas retirée un jour comme c'est le cas ici pour certains ? Les ancêtres de ces gens bafoués d'Amérique se sont battus comme des lions et ils ont perdu, mais le plus important est qu'ils se soient battus. Certes, l'histoire de leur défaite m'attriste mais elle m'encourage aussi parce que j'ai compris que, comme eux, nous n'étions pas faibles, un animal féroce nous a donné son sang. Le gouvernement et Pexton ne nous ont laissé d'autre choix que de faire ce que nous devions faire afin d'être entendus. Ils nous parlent dans la langue de la destruction – parlons-leur dans celle-ci puisque c'est la seule qu'ils comprennent.

Faites-le, sachant que vous avez mon approbation. La seule chose que je vous demande est d'épargner les humains ; nous ne deviendrons jamais des assassins comme eux parce que le sang d'hommes nobles coule dans nos veines. Je vous enverrai autant d'argent que je peux pour vous aider et je demanderai à l'Esprit de veiller sur vous.

Je serai toujours l'une d'entre nous,

Thula

Yaya

SI JE DEVAIS AVOIR UN REGRET concernant mon mariage, c'est d'avoir si peu ri. Tant de choses prêtent à rire dans la vie et pourtant, je m'en suis privée. Pourquoi ? Parce que l'amour que je portais à mon mari exigeait que je ne baigne pas dans le bonheur quand il chancelait sous le poids de la mélancolie ? Parce que rien en ce bas monde ne suscite l'hilarité ? Toutefois, les raisons de rire ne manquent pas. C'est à l'instant, sur mon lit de mort, que je m'en rends compte : la vie est drôle. Des gens qui se disputent un bout de terre qu'aucun ne pourra emporter avec lui dans la mort – et ce ne serait pas drôle ? Tout le monde veut quelque chose qui le rende heureux pour se rendre compte, une fois son désir assouvi, qu'il veut autre chose qui le rende heureux – et ce ne serait pas drôle ? La vie consiste à courir après du vent, une course dénuée de sens, ridicule. Comment cela a-t-il pu m'échapper ? Pourquoi ce monde devient-il amusant au moment où je réalise que je vais bientôt le quitter ? Peut-être est-ce parce que, désormais, il ne me reste rien d'autre que du temps pour penser à la tristesse de ne pas l'avoir compris plus tôt et avoir ri davantage. Hélas, il est trop tard pour m'y mettre – plus la mort approche, et plus le présent m'indiffère. Mes réflexions sont en grande partie tournées vers le passé, vers ce dont j'ai été témoin. Les nuits où je ne dors pas, en attendant une nouvelle journée en tout point semblable à la précédente, je repense aux événements qui ont déterminé ce qui allait arriver à ma famille, à mon village. Je repense aux histoires que mon mari me racontait dans ses bons jours, comme celle de ses deux semaines sur une plage.

À l'époque, il était jeune, cela se passait des années avant que nous nous rencontrions. Trois Européens avaient quitté Bézam et traversaient Lokunja pour rejoindre la côte où ils prendraient le bateau qui les ramènerait chez eux. Ils avaient perdu un de leurs guides et recherchaient un solide gaillard pour le remplacer ; mon mari avait eu vent de cette possibilité grâce à quelqu'un qui le savait discipliné et avait jugé qu'il ferait l'affaire. C'était avant qu'il s'installe à Kosawa pour travailler sur les terres de Woja Beki. Un travail de guide avait ses avantages mais, comme nous tous, il se méfiait des Européens, ces hommes qui étaient venus pour se rendre maîtres de nous. Néanmoins, il a découvert assez tôt qu'il serait grassement payé et que sa fonction le mènerait au bord de l'océan. Il n'y était jamais allé ; personne dans notre région ne l'avait vu. Nous savions qu'il existait à une très grande distance, mais peu d'entre nous s'interrogeaient à son sujet – nous avions des ruisseaux et des rivières, c'était suffisant. Mais mon mari ne pouvait se contenter de ce qui était suffisant. Même s'il était inquiet des possibles dangers auxquels l'exposerait le travail de guide, il l'a accepté, ne serait-ce que pour avoir l'occasion de voir l'océan.

Le jour où il a pris la route avec les hommes est aussi le premier où il est monté dans une voiture.

L'autre guide et lui ont voyagé sur la plateforme à l'arrière du véhicule. À l'époque, le pays offrait pour l'essentiel un paysage de forêts denses, trouées de temps à autre par un village, pas grand-chose à voir en somme. Mon mari allumait le feu et cuisinait pour les Européens dès que le groupe s'arrêtait en chemin pour la nuit, soit dans un village soit, si aucun village n'était visible à l'horizon à l'approche de la nuit, dans un endroit apparemment sûr le long d'une piste forestière où le groupe avait choisi de bivouaquer.

L'autre guide était originaire de la région de Bézam et il avait une bonne oreille ; il avait appris l'anglais et servait d'interprète à mon mari auprès des Européens. Il apprenait aussi à mon mari à quelle température les hommes aimaient l'eau de leur bain, combien de temps il convenait de rôtir l'animal qu'il avait repéré et tué pour eux ; comment préparer et servir les fruits secs et autres sucreries que les Européens avaient apportés de leur pays. Le guide a raconté à mon mari que les Européens et leurs amis, en poste dans toutes les villes du pays, étaient des gens d'une grande curiosité. Ils étaient venus dans notre pays pour comprendre quelle sorte de gens nous étions, les raisons de nos agissements, de quelle manière ils pourraient nous aider à mieux vivre.

Pendant la quasi-totalité du voyage, mon mari a laissé parler le guide ; sa conversation rendait plus supportables les heures interminables à être secoués à l'arrière du véhicule. De toute façon, il aurait été impossible de le faire taire – il était manifestement incapable de garder pour lui les changements merveilleux que ces Européens avaient offerts au pays. Selon lui, l'arrivée des Européens portait la clarté de l'aube. Il avait certes beaucoup à reprocher à ses maîtres – à commencer par la façon dont ils lui parlaient, comme s'il était un chien – mais il était ravi qu'ils lui aient procuré l'occasion de se séparer des camarades de son âge. Il avait les yeux brillants en évoquant les habits que ses maîtres lui avaient donnés et dans lesquels il se pavanait dans son village ; les regards envieux que lui lançaient ses amis, si près qu'il était de devenir lui-même un Européen. La cuisine de sa femme lui manquait, mais il aimait bien manger les restes de ses maîtres et boire l'alcool qu'ils n'avaient pas réussi à finir, même si celui-ci ne pouvait soutenir la comparaison avec le vin de palme. Il espérait que la mission de ses maîtres serait couronnée de succès. Si tout se déroulait selon leurs prévisions, dans chaque village de notre pays, les gens parleraient bientôt anglais et ils porteraient de jolis habits et ils liraient des livres et ils auraient des voitures et, a-t-il ajouté d'un air mélancolique, qui sait si l'un de ses enfants n'aurait pas lui aussi une voiture à l'avant de laquelle il pourrait s'asseoir, et non plus à l'arrière.

Mon mari ne se rappelait plus combien de jours avait duré le trajet jusqu'à la côte ; il avait cessé de compter après le deuxième jour, préférant ne pas savoir à quelle distance il se trouvait du seul monde qu'il connaissait. Quand il était enfin arrivé au village côtier d'où les Européens allaient repartir, tout lui a paru semblable à son village d'origine, à une exception près : l'odeur de l'air. Une odeur prégnante qu'il ne parvenait pas à me décrire parce que, disait-il, elle n'était pas sucrée, pas exactement, pas aussi délicieuse que le fumet d'un ragoût de poulet non plus, mais il pouvait la goûter et l'avaler. Cet air que l'océan soufflait dans sa direction procurait à sa langue un plaisir entièrement nouveau. Il l'avait inhalé, savouré, les yeux fermés, encore et encore.

Dès qu'il a eu fini d'aider les maîtres à s'installer dans la case du chef de village, il avait couru vers l'océan. C'est l'horizon qui l'a frappé en premier, sa forme courbe, son bleu profond et son étendue.

« Comment puis-je te le décrire ? m'avait-il demandé. Comment puis-je t'aider à imaginer une telle immensité ? »

Les yeux fixés sur l'océan, il avait soudain pris conscience de n'être qu'un petit grain de sable parmi les merveilles incalculables de la vie. Il était tout et rien à la fois. Il s'était assis sur le sable, bouche bée, les bras relâchés. Il était resté des heures sur cette plage tandis que les enfants du village nageaient devant lui, s'éclaboussaient. Il était toujours à la même place quand les pêcheurs étaient revenus avec leurs prises. Certains d'entre eux l'avaient surpris bouche bée assis sur le sable et ils avaient ri – ils en avaient déjà croisé, de ces hommes qui vivaient à l'intérieur des terres et n'avaient jamais vu du bleu à l'infini. Ce soir-là, il avait assisté au spectacle du soleil sacrant l'horizon. Il l'avait regardé s'incliner devant la terre. Lorsqu'il s'était touché la joue, elle était mouillée ; c'est la seule fois de sa vie d'homme où il a pleuré.

Il avait dormi deux semaines sur la plage pendant que l'autre guide se glissait dans le lit d'une femme sans mari avec laquelle il avait un accord (les maîtres étaient partis le troisième jour ; le bateau qui les ramenait chez eux avait débarqué de nouveaux maîtres, quatre Européens désireux de passer quelque temps dans le village). Des villageois avaient proposé à mon mari de l'héberger dans leurs cases mais il les avait remerciés et avait décliné l'offre – il ne tarderait pas à retourner dormir dans des cases, et ce pour le restant de ses jours ; en revanche, il ne dormirait jamais plus sur une plage après son départ. Le soir, il se promenait sur la plage et achetait de quoi manger à des femmes qui vendaient du poisson frais grillé, mariné dans du sel, du poivre, du gingembre et de l'ail, garni d'oignons rouges émincés et servi avec des plantains bien mûres frites et une sauce poivrée. Les nuits de pleine lune, au crépuscule, quand les villageois venaient chanter et danser sur la plage, il se mêlait aux hommes pour frapper sur les tambours. Pour la première fois en plus de vingt ans de vie, il était heureux. Mais il ne pouvait rester dans ce village – un homme appartient à son peuple, sa place est parmi ceux avec lesquels il a des ancêtres communs, non avec des inconnus, quelle que soit la beauté de leur terre.

Je me rappelle encore, lorsque j'étais petite fille, le jour où deux Européens et leur interprète sont venus à Kosawa nous parler de leur Esprit. Ils nous ont dit que celui-ci nous tirerait de l'obscurité dans laquelle nous vivions et que la lumière nous apparaîtrait.

Les hommes étaient couverts de piqûres de moustiques et transpiraient abondamment alors que la journée était fraîche, le soleil, caché. L'un d'eux était assez vieux pour être un grand-père et pourtant, le voilà planté au milieu de nous, clamant qu'il ne pouvait pas mourir tant qu'il ne nous avait pas dit la vérité. Par la suite, on a appris que cet homme avait voyagé de village en village depuis sa jeunesse, convaincu de rencontrer un jour des cœurs fertiles dans lesquels les semences de ses paroles germeraient et grandiraient. Il espérait que les fruits qui naîtraient de ces semences voyageraient à leur tour dans les profondeurs de notre partie du monde, faisant s'incliner tous les esprits devant son Esprit en signe de reddition.

Nous allions sur la place les écouter, non en raison d'un quelconque intérêt mais parce que notre woja de l'époque était persuadé que tous les Européens étaient armés – pourquoi prendre le risque de se faire tuer quand on pouvait simplement leur prêter l'oreille pendant une heure ? Leur interprète, un jeune homme originaire du troisième des cinq villages sœurs, commençait la réunion par une chanson. En tapant dans ses mains, les yeux levés vers le ciel, il chantait l'histoire d'un homme qui avait marché sur l'eau, un homme qui avait douze amis qui le suivaient partout – les paroles n'avaient aucun sens. À la fin de la chanson, les Européens nous délivraient un message d'où il ressortait que nous vivrions une vie meilleure après la mort si nous tournions le dos à notre Esprit et choisissions le leur. Aucun ancêtre ne vous attend dans le monde d'après, nous disaient-ils ; vos ancêtres rôtissent dans un brasier – vous tenez vraiment à les rejoindre ? Ils ne nous ont pas expliqué pourquoi leur Esprit nous jetterait dans le brasier, alors que nous ne l'avions pas offensé. Tandis que nous les écoutions, nous nous demandions pourquoi leur Esprit était aussi amer, aussi irrationnel. Pour peu que nous prononcions certains mots de prière les yeux fermés, nous disaient les Européens, leur Esprit deviendrait le nôtre. Après la mort, au lieu de rejoindre nos ancêtres dans le brasier et de rôtir avec eux au cours d'une nuit sans fin, nous passerions nos vies dans l'au-delà dans un endroit où il ne faisait jamais nuit, où la glorieuse lumière du matin brillait toujours, un endroit où les routes étaient droites et luisantes et où les jardins débordaient de fleurs magnifiques. Dans cet endroit, tout le monde s'aimait et un chœur vêtu de robes d'un blanc brillant n'arrêtait jamais de chanter.

Vous auriez dû voir le fou rire inextinguible qui s'est emparé de mon père et des autres hommes après la réunion. Ce n'était pas la première fois qu'ils entendaient ce genre de discours mais ça leur faisait toujours le même effet. Ils riaient d'autant plus fort chaque fois que nous apprenions qu'une de nos connaissances dans un autre village avait choisi l'Esprit des Européens après avoir réfléchi à quoi pourrait ressembler la vie dans le brasier – pas d'eau à boire, tout le monde en larmes et privé de sommeil. Ce parent, qui tenait absolument à éviter le brasier des Européens, avait jeté son écheveau de cordons ombilicaux au feu, persuadé que son pouvoir était usurpé, que le seul véritable pouvoir dans le monde appartenait aux Européens et à leur Esprit. Même si ses semblables s'étaient réduits à une poignée, son attitude m'avait révélé, même à l'époque, l'inconstance du cœur humain.

Je me rappelle mon père et son frère s'essuyant les yeux après une longue crise de rire. Ils n'arrivaient pas à comprendre comment quelqu'un pourvu d'une intelligence moyenne pouvait croire à des sornettes telles que le feu éternel. Mais ils n'auraient pas ri s'ils s'étaient rappelé que, pendant des générations, un feu d'une autre sorte avait consumé notre mode de vie.

Kosawa a été épargné quand des hommes ont commencé à arriver de la côte en quête d'hommes à enlever et à vendre, mais nous aurions dû savoir que nous ne passerions pas toujours à côté de ces calamités venues de loin. Les ravisseurs sont arrivés plusieurs générations avant ma naissance ; c'est ma grand-mère qui m'en a parlé – on lui avait rapporté l'histoire d'un temps où des hommes et des femmes issus de villages lointains étaient arrivés à Kosawa couverts de sang et en pleurs, porteurs de récits de jeunes comme de vieux jetés aux fers. Les malades avaient été laissés mourants sur place, seuls, les bébés projetés au sol afin que les mères puissent être emmenées, du lait chaud s'écoulant de leurs seins. Ceux qui s'étaient échappés avaient couru pendant d'innombrables jours avant de parvenir en titubant à Kosawa, leurs vêtements en lambeaux. Un grand nombre d'entre eux ont réussi à gagner un de nos villages frères. Toujours en état de choc, ils ont prévenu nos ancêtres de se tenir prêts – Kosawa ou un des villages frères serait forcément le prochain.

Nos ancêtres avaient nourri les fugitifs et leur avaient permis de s'installer parmi nous – à ce jour, leurs descendants vivent toujours au sein de notre communauté, néanmoins leur sang s'est depuis longtemps dilué dans le nôtre. D'après ce que ma grand-mère m'a dit, nos ancêtres avaient affûté leurs lances et ouvert des sentiers dans la forêt par lesquels s'enfuir. Ils avaient donné des consignes à leurs enfants au cas où. Mais les ravisseurs ne s'étaient jamais présentés. Pourtant, la peur que cela se produise a continué de peser sur les huit villages. Chaque fois qu'un nouveau groupe de fugitifs arrivait porteur d'histoires de villages vidés par les ravisseurs, nos ancêtres fabriquaient de nouvelles lances, même si, selon les fugitifs, les machettes n'auraient été d'aucune utilité face à l'objet qui crachait le feu et abattait un homme d'un déclic dont se servaient les ravisseurs. Même après que d'autres fugitifs ont cessé d'arriver, les hommes sortaient rarement seuls chasser en forêt. Les mères conseillaient à leurs enfants d'être de bons garçons et de bonnes filles, au risque d'être enlevés par les ravisseurs. Ceux qui dormaient d'une traite n'étaient pas légion. Pendant des années, l'inquiétude a enveloppé Kosawa.

Aujourd'hui, j'entends les enfants en rire ; ils disent : fais ceci ou arrête de faire cela, sinon les ravisseurs vont venir te chercher. Leurs amis s'esclaffent mais, s'ils le peuvent, c'est parce que nous avons été épargnés. Dans ma jeunesse, les jeunes femmes chantaient une chanson à propos d'une adolescente qui, comme elle ne trouvait pas de mari, priait l'Esprit de lui envoyer un ravisseur, un homme qui l'arracherait à la case de son père et, découvrant son visage, la ferait sienne et la libérerait des chaînes de son célibat. Les jeunes femmes riaient en chantant cette chanson. J'adorais la mélodie mais, à présent que je suis très âgée, je me demande quelle chanson elles chanteraient si nous avions été volées et déplacées et qu'il n'y ait plus eu personne pour raconter nos histoires. Les descendants de ceux qui ont été enlevés, où sont-ils aujourd'hui ? Que savent-ils de leurs villages ancestraux ? Quelle angoisse les suit puisqu'ils ignorent tout des hommes et des femmes qui les ont précédés, de ceux qui leur ont donné leur esprit ?

Une fois, j'ai demandé à mon mari pourquoi, à son avis, Kosawa et les sept villages avaient été épargnés. Était-ce parce que l'Esprit avait un faible pour nous ? La raison avancée était que les marabouts les plus puissants qui aient jamais existé se trouvaient à cette époque parmi nos ancêtres et que ces marabouts avaient procédé à une offrande en immolant des cochons de lait et, grâce à ce sacrifice, l'Esprit avait fait en sorte que les ravisseurs ne trouvent jamais aucun de nos villages. Si ces derniers s'étaient aventurés du côté de Kosawa, ils n'auraient rien vu de ses cases ni de ses habitants, la végétation seule leur serait apparue. Ma question avait fait soupirer mon mari. Il ne m'avait pas répondu, mais j'avais insisté. Il avait soupiré à nouveau et m'avait demandé pourquoi ceux qui avaient été enlevés avaient été punis de ne pas avoir de marabouts puissants parmi eux. Pourquoi l'Esprit n'avait pas fait preuve de miséricorde en l'absence de sacrifice. Par ailleurs, avait-il dit, nous n'avions pas été épargnés, simplement laissés de côté en attendant l'avènement d'une autre forme de terreur. Il avait raison. De nos jours, les jeunes parlent du pétrole comme s'il s'agissait de notre premier malheur ; ils oublient que, longtemps avant le pétrole, les parents de nos parents ont souffert pour le bien du caoutchouc.

Les jeunes hommes qui partaient travailler dans les plantations d'hévéas ne quittaient pas Kosawa ni aucun des sept villages, une chaîne autour du cou, mais c'était tout comme. Ils se comptaient par centaines, parmi eux des membres de ma famille, tous emmenés conformément à la loi. Contrairement aux ravisseurs de la côte qui débarquaient de nuit, ces Européens et leurs interprètes sont arrivés de jour. Leurs fusils pointés, ils ont déclaré que chaque village devait fournir son lot de volontaires pour aller travailler dans les plantations d'hévéas – le nouveau pays qu'ils étaient en train de bâtir requérait toute la main-d'œuvre disponible. Les Européens ont choisi le nombre d'hommes valides dont ils avaient besoin. Ceux qui résistaient étaient abattus. Les Européens ont certifié aux familles que les hommes qu'ils emmenaient reviendraient dès qu'ils auraient fourni leur quota de caoutchouc.

Plus tard seulement, notre peuple apprendrait que, dans les plantations, leurs fils et leurs maris étaient battus, affamés et obligés de travailler bien après le coucher du soleil. Si un homme s'enfuyait sans avoir fourni son quota de caoutchouc, les interprètes venaient trouver sa famille. Les enfants étaient arrachés à leur case et battus sur la place du village parce que leurs pères s'étaient échappés des plantations d'hévéas. Les femmes étaient violées. Les mères étaient frappées. Personne n'était épargné. L'Europe était en demande de caoutchouc et il incombait à nos ancêtres d'y répondre. Au profit du caoutchouc, une génération de jeunes hommes était morte sous les coups de fouet. Combien de ceux originaires de Kosawa ont péri dans ces plantations ? Les hommes disparus, les Européens avaient pris les petits garçons. Comme ceux-ci ne parvenaient pas à inciser les hévéas assez vite, les Européens les fouettaient. Pourtant, durant toute cette période, Kosawa est resté debout – des villages que les hommes du caoutchouc avaient envahis, tous n'avaient pas survécu pour en témoigner ; il nous a été rapporté que certains avaient même été anéantis.

Au moment où je suis née, on sentait les frémissements d'un retour de la paix dans notre région, mais rien de semblable à ce qui avait été jadis. Les histoires de ravisseurs semblaient appartenir désormais à une légende, la soif de caoutchouc s'était calmée en Europe, il n'était donc plus nécessaire de faire couler le sang de notre peuple pour l'étancher. Pourtant, la peur qu'une nouvelle exigence des Européens survienne et que leurs enfants soient emmenés n'a jamais quitté nos mères et nos pères. Parvenus à l'âge adulte, nous n'avons vu aucun signe annonciateur d'un nouveau malheur. Les Européens occupaient le terrain depuis un certain temps et nous avons commencé à en avoir moins peur, mais sans jamais oublier qu'ils étaient venus non pour être nos amis, mais pour que nous obéissions à leurs ordres. Ils nous ont initiés à l'argent non parce que nous en avions besoin, mais parce que nous devions apprendre son fonctionnement pour leur faciliter la vie. Ils ont inculqué de force leur Esprit aux faibles d'esprit et bâti une église à Lokunja non parce que nous en avions l'utilité, mais parce qu'ils voulaient nous persuader que notre Esprit était le mal, nos manières immorales. S'ils nous incluaient dans leur monde, nous devions intégrer dans notre vie les principes qui régissaient la leur.

Quelques années après la naissance de Bongo, nous avons appris que les maîtres avaient décidé de rentrer en Europe. Quel jour de réjouissances ce fut. Nous n'aurions plus de maîtres. Nos enfants n'auraient plus de maîtres ; ils vivraient leurs vies en marchant la tête haute sur leur propre terre. Regarder mes enfants grandir dans un monde pressé de se distancer de celui dans lequel j'avais grandi, entendre les chants en provenance de l'école résonner dans une autre langue, j'avais commencé à avoir peur que nos usages disparaissent en une génération, une rivière peu profonde assaillie par une sécheresse redoutable. Désormais, je n'avais plus à avoir peur. Les coutumes de nos ancêtres continueraient de vivre après nous. Même s'il était beaucoup trop tard pour reprendre le mode de vie de nos ancêtres, dicté par les lois de l'Esprit, et même si le départ des maîtres n'eut aucune incidence sur ce que des générations avant eux nous avaient infligé, au moins, ces derniers ne rogneraient plus sur ce qui restait de notre héritage.

C'est par la voix de Woja Beki que les maîtres nous ont annoncé que Lokunja resterait le siège de l'administration de notre sous-préfecture – les fonctionnaires, du sous-préfet au dernier des sous-fifres, seraient tous originaires de la région ; nous nous comprendrions. Celui du gouvernement de notre pays se trouverait à Bézam, ainsi en avaient décidé les maîtres. Les maîtres considéraient les gens de Bézam comme les plus intelligents de toutes les populations de notre jeune pays. Je me suis toujours demandé comment ils étaient arrivés à cette conclusion. Nous ne savions pratiquement rien de ces gens de Bézam si ce n'est qu'ils vivaient dans la direction où le soleil se lève. De notre point de vue, nous n'avions pas plus de liens de parenté avec eux qu'avec d'autres peuples dans d'autres parties du monde. Mais, sur ce point, la décision ne nous appartenait pas. Pas plus que nous n'allions choisir l'homme de Bézam qui serait le président de notre nouveau pays, le choix était celui des maîtres. Quand ce président est décédé – sa mort ayant, paraît-il, été orchestrée par les Européens qui ne le trouvaient pas assez servile –, nous n'avons pas eu notre mot à dire concernant l'homme désigné pour être notre nouveau président, celui qui nous gouverne depuis plusieurs décennies, l'homme que nous appelons Son Excellence.

Une nuit, après dix ans du règne de Son Excellence, je me suis tournée vers mon mari dans le lit et je lui ai demandé ce qu'il jugeait pire : les maîtres européens ou Son Excellence. Les fous qui avaient créé cette mascarade de nation ou les serviteurs qui avaient repris la charge de l'empêcher de se désagréger ? Mon mari a haussé les épaules et dit qu'il ne pouvait choisir. Les maîtres valaient peut-être mieux, ai-je dit. Il n'a pas répondu. Il s'est retourné et s'est endormi.

Dans chaque bureau, chaque école de toute la sous-préfecture, une photographie de Son Excellence est accrochée au mur ; chapeau en peau de léopard incliné sur la droite, moustache verticale sur toute la longueur du philtrum comme pour retenir la morve avant qu'elle ne coule. Il paraît que, de soldat, il est devenu ministre grâce à la facilité avec laquelle il massacrait. Il paraît qu'il est responsable de la mort du président précédent, qu'il a tué en le faisant marcher sur du poison – il était prêt pour la fonction et ne pouvait attendre plus longtemps que ce soit son tour. D'après ce qu'on nous a raconté, les maîtres étaient allés trouver Son Excellence après s'être brouillés avec notre premier président, dans l'espoir que, ensemble, ils mettent sur pied un plan destiné à évincer leurs ennemis communs en un an. Son Excellence avait demandé aux maîtres de lui laisser le soin de s'en occuper – il avait accompli la tâche en une journée. Certains disent qu'il est allé voir le marabout de son village ancestral et lui a remis sa virilité en échange du pouvoir de nous gouverner jusqu'à la fin de ses jours. Il paraît qu'il se rend une fois par an en Europe pour faire remplacer son sang par celui d'un homme plus jeune – tout le monde dans le pays sera mort et aura disparu, mais il sera toujours là. Il paraît qu'il ne dort pas dans le même lit que sa femme, que dans les veines de ses enfants ne coule pas son sang. Il paraît qu'il ne mange pas de viande parce que, étant lui-même une bête, il ne supporte pas de manger la chair de ses frères. Nous ne savons pas grand-chose de sa femme si ce n'est qu'elle déteste ses cheveux, qui poussent serrés sur sa tête, semblables à des mille-pattes, exactement comme les nôtres, mais cette femme déteste tellement ses cheveux qu'elle les rase complètement et que son mari paie des Européens pour lui fabriquer de nouveaux cheveux de couleur jaune comme ceux des femmes étrangères, à cette différence près que les siens forment une masse haute, large et longue sur sa tête, ce qui m'amène à me demander pourquoi une femme dont le mari est riche trouve judicieux de se balader avec un buisson sur la tête. Il paraît que c'est la coiffure que Son Excellence préfère.

Quant à lui, nous ne l'avons jamais vu en chair et en os ; notre village est trop reculé, trop lointain pour qu'il quitte son palais et nous rende visite. Ce ne sont que des histoires qui circulent parmi d'innombrables villages avant de nous parvenir. Je ne peux pas jurer qu'elles soient vraies. Tout ce que je peux affirmer, en revanche, c'est que, du jour où Son Excellence est arrivé au pouvoir à Bézam, ce pays est devenu sa propriété. Il en récolte ce qui lui plaît et en détruit ce qui lui déplaît. Grâce aux impôts que nous payons à la sueur de nos fronts, il s'est fait construire des maisons en Europe au luxe inimaginable. Il a loué les services d'Européens pour peindre son portrait dans la tenue d'un de leurs rois. Il a acheté des bateaux à bord desquels il dîne en compagnie d'Américains. Il paraît que ses chaussures coûtent à elles seules plus que le revenu annuel de cent hommes.

Chaque fois que je voyais un de ses soldats déambuler dans Lokunja, prêt à tirer, il m'était rappelé que sa poigne de fer nous enserrait le cou. Investis d'un pouvoir que Son Excellence leur avait accordé, les soldats n'avaient pas besoin de permission pour infliger des châtiments. Nous devions obéir aux lois, non les questionner. Des membres de ma famille dans les villages frères ont dû abandonner leurs terres pour laisser place à la construction de bureaux et à l'élargissement de routes qui reliaient notre sous-préfecture au reste du pays. Les soldats se sont emparés de la case de mon cousin et ne lui ont rien laissé. À les entendre, il suffisait que le gouvernement convoite la terre de quelqu'un pour qu'il ait des droits sur celle-ci. Mon cousin est allé pleurer à la sous-préfecture, mais il lui a été répondu que les ordres venaient de Bézam, de Son Excellence, on ne pouvait rien faire.

Puis Pexton est arrivée.

Ses hommes n'ont pas débarqué armés. Non, ceux qui sont venus étaient souriants. Pour une fois, on avait l'impression que quelque chose de positif venait de Bézam. Les hommes nous ont parlé de gens à l'étranger qui vendaient du pétrole et s'appelaient Pexton. Ils ont précisé que ces pétroliers ne travaillaient pas sous les ordres de Son Excellence, ils n'avaient de comptes à rendre qu'aux gens qui achetaient leur pétrole. En entendant « à l'étranger », un grand nombre d'entre nous sont restés dubitatifs – qu'arrivait-il de bien en provenance de l'étranger ? – mais les hommes de Bézam nous ont donné la garantie que les maîtres et les gens de Pexton étaient originaires de différentes parties de l'étranger. Ils ont dit que Pexton n'était pas en Europe mais en Amérique ; ils ont dit que Pexton n'avait aucune relation avec nos anciens maîtres. Si vous voulez la vérité, ont-ils ajouté, les Américains sont bien meilleurs que les Européens. Les Américains aiment s'occuper de leurs affaires et faire le bien – nous aurions bientôt l'occasion de nous en rendre compte par nous-mêmes.

En revanche, ont-ils poursuivi, nous devions savoir que Pexton prendrait le contrôle de la vallée si d'aventure du pétrole était trouvé dans notre sous-sol – il lui fallait beaucoup de terrains pour faire son travail. Il n'était pas nécessaire que nous lui cédions les terres sur lesquelles étaient bâties nos cases, mais la compagnie aurait besoin de faire passer son équipement au-dessus du fleuve et à travers nos cultures ; cet équipement ne nous importunerait pas. Nous ne comprenions pas comment de l'huile, car c'est ainsi qu'ils nommaient le pétrole, s'était introduite dans les profondeurs de notre terre, mais était-ce important ? Nous n'avions qu'à attendre, laisser Pexton faire son travail avant de nous remettre notre part de l'argent.

Au cours de cette réunion, quelqu'un a demandé à la délégation combien de temps il faudrait à Pexton pour extraire tout le pétrole voulu et quitter la vallée. Les hommes avaient échangé un regard et bégayé que ce ne serait pas long, pas long du tout. Bien sûr que ce ne serait pas long, avions-nous pensé – le sous-sol ne pouvait renfermer autant de pétrole que cela. Selon nos calculs, Pexton passerait des mois, voire quelques années, pas plus, parmi nous. Pendant cette période, elle aurait récolté plus de pétrole que nécessaire. Puis elle s'en irait. Quand nous avons demandé aux délégués si nos réflexions étaient exactes, ils ne nous ont pas détrompés. Ils ne nous ont pas dit non plus que Pexton déverserait toute sa production d'eau polluée et de déchets toxiques dans le fleuve. Ils ne nous ont pas dit que le poison s'infiltrerait dans le sol depuis le site d'exploitation et abrégerait la vie de nos enfants. Pourquoi n'aurions-nous pas été contents quand la vérité nous était cachée ? Il était plus simple de lire de la sincérité dans leurs yeux. Nous avons commencé à rêver des vies splendides qui nous attendaient. Tous sauf mon mari.

Il n'y a pas cru une seconde.

Il ne s'expliquait pas comment nous pouvions gober ce genre de mensonges après ce que des générations d'hommes venus de l'étranger nous avaient fait subir, après ce que les gens de Bézam nous infligeaient. J'ai essayé de lui rappeler les paroles de la délégation, les gens en quête de pétrole n'étaient pas les gens de Son Excellence et n'avaient pas de lien avec nos anciens maîtres européens, mais il avait repoussé ma main quand j'avais voulu prendre la sienne. Il m'a dit qu'il ignorait avoir épousé une idiote. J'aurais bien laissé éclater ma colère mais je me suis rappelé que c'était sa nature – il était incapable de se réjouir d'une bonne nouvelle, il fallait qu'il y trouve un défaut.

Ce soir-là, après que Woja Beki avait réuni tous les hommes de Kosawa et que tous avaient été d'avis que Pexton et sa mission n'étaient rien de moins qu'un cadeau de l'Esprit, une réponse à la prière que nous n'avions même pas formulée, mon mari est allé trouver Woja Beki. Il lui a dit qu'il était en désaccord avec tout le village ; qu'il n'accordait pas foi à cette farce qui prétendait que des étrangers partageraient leurs bénéfices avec nous – pourquoi le feraient-ils maintenant alors qu'ils ne l'avaient jamais fait auparavant ? Il voulait que Woja Beki envoie un message à Pexton pour dire que nous ne voulions pas de la compagnie sur notre terre, mais

Woja Beki lui a ri au nez. Tu ferais bien d'apprendre à être heureux de temps à autre, a-t-il dit. N'est-ce pas douloureux d'être toujours triste ? Pourquoi être résolument morose quand tout le monde fête notre chance ?

Ce que Woja Beki n'a pas révélé à mon mari, ce qu'il ne savait même pas à l'époque, c'est que Son Excellence avait déjà donné les terres à Pexton avant que cette délégation vienne nous voir ; nous n'avions pas eu notre mot à dire. Nous l'apprendrions des années plus tard par un contremaître des Jardins qui avait dévoilé la vérité à Woja Beki par inadvertance. Nous découvririons que les hommes qui colportaient ces inepties de prospérité étaient venus à Kosawa uniquement parce que, par souci de bienséance, Pexton le voulait et parce qu'un homme au gouvernement qui connaissait bien nos coutumes l'avait suggéré. Cet homme avait conseillé aux gens de Pexton de faire leur possible pour que nous soyons heureux de leur arrivée, c'était une nécessité. Fous de joie, nous demanderions à notre Esprit de bénir Pexton et de lui apporter prospérité afin que, à notre tour, nous profitions à travers elle de sa richesse. Cela ne pouvait pas faire de mal à Pexton d'avoir les faveurs de nos ancêtres s'ils devaient procéder à des forages sur nos terres, avait conseillé l'homme. À l'évocation de nos ancêtres, les Américains avaient dû rire – en quoi des hommes et des femmes décédés pourraient-ils leur être utiles, avaient-ils dû se dire – mais, encore une fois, qu'est-ce que cela leur coûtait d'envoyer des hommes au village nous débiter des mensonges ? Lorsque nous aurions prié en faveur de Pexton, avait poursuivi l'homme, nous ne pourrions plus revenir sur notre prière car, prononcée, une prière était éternelle et, même si nous changions d'avis à l'endroit de Pexton, la prière continuerait d'être exaucée et Pexton resterait sur nos terres, sous la protection de notre Esprit.

C'est effectivement ce qui s'est passé. Tout à notre joie, nous avions fait des libations en hommage à nos ancêtres. Nous considérions cette chance à venir comme une réparation pour la douleur et la dévastation multicentenaires sur lesquelles nous avions construit nos vies. Nous avons prié pour que l'essor de Pexton ne cesse jamais.

Des années plus tard, j'ai voulu dire à mon mari qu'il avait eu raison, que je n'aurais pas dû lui donner l'impression qu'il était fou sous prétexte qu'il avait une opinion différente. Il n'a rien voulu entendre. Il continuait d'être en colère parce que personne ne remarquait ce qui était évident pour lui : Woja Beki trahirait Kosawa. Comment l'avait-il déjà découvert ? En quoi le jeune Woja se distinguait-il de Woja Bewa – son père et notre précédent chef – qui avait la confiance de mon mari ? Était-ce parce que, même à l'adolescence, l'amabilité feinte de Woja Beki était troublante ? Mon mari avait refusé d'assister à la cérémonie de mariage de Woja Beki avec sa deuxième épouse, convaincu que le chef de notre village était déjà en train d'échanger notre sang contre l'argent du pétrole. Comment avait-il si tôt pressenti que notre aveuglement délibéré nous coûterait un jour tout ce que nous avions ?

Que me répondrait-il aujourd'hui si je lui avouais combien, à titre personnel, cela m'avait coûté ?

M'aimerais-tu encore, mon très cher mari, si je te disais que nos deux fils sont morts, disparus en partie parce que nous n'avons pas pris en compte tes paroles ? Me tournerais-tu le dos ou sécherais-tu mes larmes ? Que ferais-tu si je te disais que nos fils n'ont pas de tombes parce qu'ils ont été tués et leurs corps mis au rebut à pourrir comme des ordures, la chair de ta chair ?

Je n'ai pas besoin de te le dire – tu le sais déjà, nos enfants sont avec toi.

À l'heure qu'il est, ils t'ont raconté ce qui leur était arrivé à Bézam.

Tu sais mieux que moi les sévices qui leur ont été infligés dans cette ville de brutes. Des sévices que je n'autorise pas mon esprit à imaginer. Des traitements effrayants que je n'aurais jamais pensé les voir subir lorsque, certaines nuits, je les berçais pour les calmer et les rendormir, mes si beaux enfants, les plus parfaites créations de la vie.

Vous êtes réunis là-bas. Je suis seule ici. La pire des malédictions qui puisse s'abattre sur une femme m'a été échue. Pleures-tu sur mon sort depuis l'au-delà ? Souhaites-tu que la mort me soit clémente et se hâte ?

Je désire ardemment rejoindre mon mari et mes fils, mais Sahel ne le veut pas et je n'ai pas envie de la quitter tout de suite. J'espère rester à son côté jusqu'à ce que quelqu'un vienne la chercher et l'entraîne loin de cette case. Il se peut que quelqu'un vienne. Un homme de Bézam. Il aimerait qu'elle l'accompagne à Bézam. Je lui ai dit de partir. Je l'ai suppliée. Elle s'est mise à pleurer et a répondu qu'elle ne pourrait jamais me quitter, qu'elle ne pouvait pas abandonner ce qu'elle avait partagé avec Malabo. J'insiste, elle le doit ; ce village est en train de mourir. Je veux qu'elle emmène mon petit-fils à Bézam ; qu'elle éloigne le dernier des Nangi de ce village et s'assure que la lignée de mon mari ne disparaisse pas.

La veille de son départ pour l'Amérique, Thula mais aussi Sahel, Juba et moi avons passé la journée dans ma chambre à converser avec les parents et amis qui n'étaient pas sûrs d'être au village pour embrasser Thula une dernière fois au moment où elle monterait dans le car. Entre deux visites, nous restions silencieux, nous nous efforcions de ne pas songer à ce que le lendemain signifiait. Le soir, Sahel a transporté la table de la pièce commune dans ma chambre et nous avons mangé dans les mêmes bols. Cette nuit-là, Juba a dormi contre moi sur mon lit, Sahel et Thula sur une natte en face de nous. Quand le car est arrivé le lendemain après-midi, avant de partir pour l'aéroport en compagnie de Sahel et Juba, Thula est venue s'agenouiller au pied de mon lit. Elle m'a dit :

« Yaya, à mon retour, je ferai l'impossible pour que Kosawa redevienne le village que tu connaissais enfant. »

Ma pauvre et délicieuse Thula.

J'avais envie de lui répondre, non, s'il te plaît, ne t'inquiète pas pour Kosawa, il faut laisser tomber ce village. Mais, à son regard, il était évident qu'elle ne le ferait jamais. Cette enfant s'appelle détermination, une fois résolue, elle ne renonce jamais. Même bébé, peu importait qu'elle ait eu faim, elle repoussait tout ce qui lui était proposé jusqu'à ce qu'elle obtienne la nourriture convoitée. Petite fille, si elle ne voulait pas d'une certaine robe, elle croisait les bras pour empêcher sa mère de la lui enfiler. De nombreux parents auraient brisé cette volonté sous les coups, mais Malabo y était opposé ; un enfant devrait être autorisé à être tel que l'Esprit l'avait créé, disait-il. Par conséquent, le jour de son départ, je n'ai rien fait d'autre que poser mes mains sur sa tête. J'ai prié l'Esprit de la bénir et de veiller sur elle, de surveiller ses allées et venues à jamais.

Tout le monde s'accordait à dire que Thula était le sosie de mon mari, elle avait son visage sur une tête de fille. Chaque fois qu'il entendait la remarque, ses yeux brillaient – il voulait que le monde n'oublie jamais qu'elle était sienne. Je me rappelle le jour de sa naissance, le moment où je suis sortie de la chambre et je l'ai tendue à Malabo qui l'a passée ensuite à son père. Je doute qu'un autre humain ait jamais regardé son semblable avec autant d'émerveillement. Chaque fois qu'il la tenait dans ses bras, même quand elle pleurait, sa fierté était manifeste. C'est à elle qu'il réservait les rares sourires qu'il souhaitait offrir au monde.

Je me rappelle une nuit où j'étais sortie uriner – Thula avait un peu plus de quatre mois à l'époque. En approchant des latrines, je l'ai entendue qui commençait à pleurer mais je ne me suis pas pressée et pourtant ses pleurs redoublaient ;

j'ai pensé que Sahel l'aurait prise pour changer sa couche souillée. Mais, en revenant dans notre chambre, j'ai découvert que c'était mon mari qui l'avait dans ses bras. Il lui chantait une berceuse. Sahel et Malabo n'étaient sans doute pas dans leur chambre – ils étaient mariés ; ce n'était pas notre rôle de leur demander pourquoi ils croyaient bon de quitter la case pour aller je ne sais où en plein milieu de la nuit –, mon mari était donc allé prendre le bébé. Je me suis assise à côté de lui sur le lit tandis qu'il continuait de chanter pour Thula jusqu'à ce qu'elle se calme. Très vite, ses paupières se sont alourdies et elle s'est rendormie. Mon mari a essuyé ses larmes, il s'est levé et l'a remise dans son couffin au pied du lit de Sahel et Malabo. Il n'avait pas besoin de le faire, mais il est resté à la surveiller près d'une heure, jusqu'au retour de Sahel et Malabo.

À la mort de mon mari, Thula était une fillette, plus un bébé en mal de berceuses et de surveillance, et pourtant, l'esprit de mon mari revenait souvent la nuit s'asseoir auprès de son lit. Après l'enterrement de son père, Malabo avait installé un petit lit dans ma chambre pour que Thula puisse passer la nuit avec moi de temps à autre. Chaque fois que Thula dormait dans ma chambre, mon mari revenait. Et chaque fois, il portait une chemise jaune et avait la peau soyeuse, à croire qu'il n'avait jamais bravé les éléments. L'air inquiet qui l'avait accompagné une grande partie de sa vie avait disparu, il affichait une sérénité que je n'ai jamais vue chez personne. Il partait le matin avant le chant du coq et je passais la journée à attendre avec impatience que Sahel me sollicite pour que Thula dorme à nouveau dans ma chambre. Il arrivait que Sahel me le demande mais que Thula refuse, qu'elle insiste pour dormir dans la chambre de ses parents. Je n'ai jamais exercé de pression – je voulais que mon mari vienne me rendre visite uniquement quand la vie en avait décidé ainsi et non parce que j'avais œuvré pour satisfaire mon désir de voir le visage de mon bien-aimé. À cette époque, Sahel était enceinte de Juba et je savais que, après la naissance du bébé, mon mari cesserait ses visites puisque l'esprit du nouveau-né et celui du récent défunt ne pouvaient cohabiter dans le même espace, l'un venant de contrées aux antipodes du temps et l'autre s'y rendant. À mesure que le ventre de Sahel s'arrondissait, j'avais du mal à dormir lors de ses visites, je me refusais à fermer les yeux de peur de rater quelque chose. Je ne me lassais pas de la joie que je lisais sur son visage tandis qu'il contemplait Thula ou de la tranquillité qui l'enveloppait, preuve à mes yeux qu'il était enfin libre.

Le jour de la naissance de Juba, j'ai pleuré en le tenant dans mes bras. Tout le monde a supposé que je versais des larmes de gratitude – un homme disparu, un autre venait le remplacer – mais moi seule savais pourquoi.

Les premières années de mon mariage, les gens me demandaient souvent pourquoi je l'avais épousé. Comment pouvais-je être heureuse au côté d'une personne malheureuse ? N'était-ce pas fatigant d'avoir l'impression de devoir lui trouver des raisons d'être heureux ? N'était-ce pas un fardeau de s'efforcer d'être joyeuse pour deux ?

Je leur livrais toujours la même réponse : je voyais en lui des choses que personne d'autre ne voyait.

À leurs yeux, il était maudit – père mort avant sa naissance, mère décédée en couches, esprit chagrin –, mais pour moi, il était cet oiseau seul sur une branche à l'écart qui chantait une chanson différente. Comment cet oiseau aurait-il pu être autre que magnifique ? Je me rappelle les premiers temps de notre mariage, lorsque nous n'étions que tous les deux à la case. Il ne me disait que le strict nécessaire, préférant la musique du silence. Nous pouvions rester des heures sous l'auvent sans échanger un mot pour que, ensuite, j'aie l'impression d'avoir eu la plus enchanteresse des conversations. C'est seulement en sa compagnie que je me suis rendu compte du bruit qui régnait dans le monde et du bonheur de ne pas y participer. En ce temps-là, les manifestations de sa colère étaient muselées ; c'est une fois devenu père qu'il a commencé à ne plus se contrôler. Le fait d'avoir des enfants à protéger, des tout-petits pour lesquels il devait se surpasser afin qu'aucun mal ne leur soit fait, de devoir les rendre heureux quand il était incapable de se rendre heureux, d'avoir à accomplir toutes ces tâches dans un monde qui, à ses yeux, était toujours plongé dans l'obscurité, le tout confondu était trop lourd à porter pour lui, il ne pouvait tout simplement pas.

Malabo détestait que son père jette par terre la nourriture que j'avais préparée sous prétexte qu'il n'était pas d'humeur pour tel ou tel plat ou que celui-ci était trop épicé ou pas assez, quel que soit le motif de sa contrariété ce jour-là. Malabo insistait toujours pour que je ne ramasse pas la nourriture, afin de le faire à ma place ; c'était sa façon de racheter son père. Chaque fois que Malabo venait me trouver après une de ces scènes, il me demandait pourquoi je laissais son père me traiter aussi mal. Je n'avais pas peur qu'un jour il lève la main sur moi ? Jamais, je lui répondais ; les combats, ton père les livre contre lui-même, pas contre moi ni personne d'autre en ce monde. Je m'arrangeais toujours pour lui faire comprendre que son père souffrait davantage que nous tous réunis. Je n'ai pas dit grand-chose d'autre à Malabo, un enfant n'a pas besoin d'être dans le secret des subtilités de la relation de ses parents. Je ne lui ai pas dit qu'il arrivait souvent à son père de m'attirer à lui la nuit, de me prendre la main et de me demander de le regarder dans les yeux tandis qu'il me remerciait pour tout ce que je faisais pour lui et pour toutes les charges que je supportais chaque jour pour son bien et celui des enfants. Je n'ai pas dit non plus à Malabo que, chaque nuit après que son père avait pesté contre ma nourriture ou une chemise égarée ou une amie qui s'était attardée trop longtemps en visite, il me présentait ses excuses et me demandait si je pouvais lui pardonner. Combien de temps faudrait-il avant qu'il ne me blesse de nouveau ? Et pourtant, je l'aimais. Et pourtant, je prie l'Esprit de m'emmener auprès de lui.

Combien sont-ils, ceux que j'ai aimés et enterrés ? Je n'ose pas les compter. À ton avis, quel est le pire, mourir en premier ou mourir en dernier ? Tu as pris le meilleur parti, cher mari – tu as disparu après tes parents et avant tes enfants ; combien d'humains auront cette chance ? Cela dit, je suis contente que ce soit moi qui vive avec ce chagrin, mieux vaut moi que toi. Parfois, j'essaie d'imaginer à quoi ressembleraient tes journées si tes fils et moi avions disparu et que tu étais seul ici. Sachant cela, je ne serais pas tranquille dans l'autre monde. Toi, tu peux l'être en ce qui me concerne. Le fait que Sahel ait besoin de moi, qu'elle me supplie de rester un peu plus longtemps, me réconforte.

Les jours vont et viennent et je serais incapable de te dire si le retour des pluies est pour bientôt. Juba ne vient plus s'allonger sur mon lit. Thula est en Amérique. Sahel quitte rarement la case, de peur que je ne meure en son absence. Pour elle, je veux vivre et pour la libérer, je veux mourir. Comment se fait-il que la mort soit si malveillante et stupide pour dévorer les enfants et laisser les vieilles personnes implorer leur fin ? Si c'est de chair que la tombe a faim, pourquoi ne prend-elle pas ceux qui se proposent et n'épargne-t-elle pas ceux qui ont soif de plus de vie ? Toutes les chairs ne se valent-elles pas ?

Je m'inquiète pour Sahel, je m'inquiète de sa solitude. Nous voici à présent deux veuves chantant des chants de deuil par des nuits sans lune. Mais moi, quand je me retourne pour m'endormir, la place vide à côté de moi ne me plonge pas dans un désespoir aussi grand que le sien. Comment peut-elle, dans les plus belles années de sa vie, n'avoir personne pour la réchauffer ? Malabo s'est-il inquiété de son avenir ou seulement de celui de ses enfants ? Elle doit désormais passer toutes ses nuits seule, ne plus jamais être étreinte par un homme.

Mais pourquoi ?

Qui a édicté cette loi ? Nos ancêtres ont-ils autorisé leurs femmes à donner leur avis quand ils ont conçu nos traditions ? Pourquoi le destin de Sahel doit-il être synonyme de désintéressement et de sacrifice ? Parce qu'elle m'a. Parce qu'elle a Juba. Parce qu'elle a le souvenir de Malabo. Parce qu'elle n'a le droit qu'à un homme par vie. Elle accepte son sort. Elle dit que c'est son devoir. Mais ce n'est pas le mien. Je ne l'accepterai pas. Que les autres femmes obéissent aux diktats de la tradition, je ne la laisserai pas être l'une d'elles.

Je ne cesserai de lui demander d'aller à Bézam. Thula est loin. Je suis en train de mourir. Pourquoi reste-t-elle ici ? Son amie Cocody est partie s'installer dans le deuxième des cinq villages sœurs ; le frère de Cocody est venu la chercher, elle et ses enfants, quand le plus jeune est tombé malade et a failli mourir. Avant son départ, Cocody est venue nous faire ses adieux en pleurant. Elle avait envie de partir mais elle ne voulait pas partir. Sahel a attendu que Cocody s'en soit allée pour fondre en larmes – après la mort de leurs maris, elles avaient été tout l'une pour l'autre : elles s'apportaient à manger, s'occupaient des enfants l'une de l'autre, se séchaient mutuellement leurs larmes. Mais Sahel a d'autres amies à Kosawa. Lulu est venue hier soir et nous a fait rire lorsqu'elle a raconté que son fils était rentré de l'école de Lokunja en disant que, d'après son professeur, à l'origine, nos ancêtres étaient des singes – quelles autres inepties ces livres étrangers ont-ils à débiter sur nous ?

Sahel a son cousin Tunis aussi. Il vient souvent couper du bois pour elle et l'aider à creuser des trous afin de planter de l'igname et des bananiers sur son petit terrain à l'arrière de la case (elle refuse de me laisser pour aller travailler à ses cultures dans la forêt). Elle a aussi ses tantes et ses jeunes cousines. En revanche, nous ne voyons jamais ses sœurs. Depuis que la cadette a été surprise au lit avec le mari de sa sœur aînée, la famille a perdu son harmonie et sa convivialité. Sahel était une petite fille à l'époque où les faits se sont déroulés mais cela ne l'a pas empêchée d'en être prisonnière puisqu'elle vivait avec leur mère. Leur mère avait refusé de prendre parti pour l'une ou l'autre de ses filles dans la querelle et il n'avait pas fallu bien longtemps avant que toutes cessent de s'adresser la parole pour un embrouillamini de raisons que personne hors de la famille ne pouvait démêler.

Mon mari était encore en vie lorsque la mère de Sahel est décédée. En la voyant pleurer, il lui avait enjoint de ne pas avoir peur, sa famille était ici maintenant, elle ne ressentirait jamais de manque affectif. Mais sa mère était son lien le plus fort avec son village d'origine, Sahel savait donc que, avec sa disparition, la vie qu'elle avait vécue n'existerait plus que par fragments dans sa mémoire. Quand elle viendrait à se demander si tel événement s'était vraiment produit, personne ne serait en mesure de répondre à ses questions, personne ne pourrait partager avec elle des souvenirs d'autrefois. Aujourd'hui, elle ne voit ses sœurs qu'aux cérémonies qui se déroulent dans d'autres villages. Aucune des deux n'était venue après ce qui était arrivé à Malabo et Bongo. Elle a appris que deux d'entre elles s'étaient réconciliées mais ni celles-ci ni les autres ne lui avaient rendu visite pour pleurer ou se réjouir. Quelles personnes lui restera-t-il une fois que ses tantes seront décédées et que ses cousines auront fait leurs vies ?

Au seuil de la mort, je n'aurais jamais imaginé que la situation de Kosawa se dégrade davantage, et pourtant c'est un fait. L'an dernier, les soldats ont débarqué au village à maintes reprises. Ils vont de case en case poser des questions, ils sont à la recherche de ceux qui détruisent les biens de Pexton. Quand ils entrent dans la case, Sahel les laisse vérifier que personne ne se cache sous mon lit. Quelqu'un capable de se faufiler la nuit pour brûler et détruire habite forcément dans notre case, ils en sont persuadés.

La première fois que cela s'est produit, nous l'avons appris au réveil, un bâtiment des Jardins avait été réduit en cendres. La nouvelle ne nous a pas attristées et il ne nous est jamais venu à l'esprit que Kosawa était impliqué dans le sinistre. Des semaines plus tard, un pipeline a explosé au-dessus du fleuve. J'ai entendu les gens se précipiter pour voir le spectacle. Sonni est allé trouver le contremaître aux Jardins pour le supplier d'envoyer des ouvriers le réparer avant que les berges ne soient inondées. Les ouvriers se sont exécutés mais pas pour nous – nous avons appris plus tard que le nouveau contremaître ne voulait pas gâcher une goutte du pétrole de Pexton.

Quelques jours après cet incident, un responsable est venu parler à Sonni. Manga, mon frère, m'a rendu visite après la rencontre entre le responsable et son fils. Le responsable était persuadé que nos enfants étaient à l'origine des derniers incendies et de l'explosion. J'ai secoué la tête. Non, ai-je dit à mon frère. Pas les enfants de Kosawa, ils ne sont pas ce genre d'enfants. Peu de temps après ce soir-là, une amie est passée me voir. Elle avait perdu ses deux dernières dents depuis la dernière fois que je l'avais vue mais elle avait toujours le même débit de mitraillette. Un bruit courait dans le village selon lequel la femme de Sonni avait vu son fils quitter leur case en pleine nuit, et le lendemain matin un autre incendie avait ravagé les Jardins. Aux Jardins, quelqu'un a affirmé avoir vu le fils de Sonni sur les lieux même si le garçon s'en est défendu, affirmant qu'il n'avait pas quitté son lit de la nuit. C'est ainsi que nous avons commencé à soupçonner ces enfants nés la même année que Thula d'être à l'origine des dégâts aux Jardins.

Le contremaître américain a fait savoir à Sonni qu'il voulait le voir.

Sonni s'est rendu aux Jardins en compagnie des deux hommes qui nous ont aidés, nos amis de Bézam, le Gentil et le Charmant. Ils ont marché jusqu'à la maison du contremaître qui se dressait à bonne distance des maisons des ouvriers et des responsables.

Manga m'a rapporté que Sonni avait trouvé la maison du contremaître aussi froide que l'eau d'un puits pendant la saison humide. De la moquette blanche couvrait les sols et on y dénombrait plus de chaises que nécessaire dans une maison. Trois fonctionnaires de la préfecture étaient présents. Une fois tout le monde assis dans la pièce commune, Sonni s'est vu confier une tâche, une seule – faire en sorte que les vandales de son village cessent leurs agissements, sinon Kosawa pourrait le regretter amèrement. Mais les jeunes hommes ont-ils écouté Sonni lorsqu'il leur a transmis le message ? Non. Ils ont persisté à dire qu'ils ne voyaient pas de quoi Sonni parlait, qu'ils n'avaient jamais rien fait aux Jardins, que Pexton avait des ennemis partout dans le monde, que ce pouvait être n'importe qui.

Personne n'accordait de crédit aux affirmations de ces enfants – les cendres témoignaient de leurs intentions. Deux d'entre eux s'étaient mariés récemment ; leurs épouses sont allées trouver leurs nouveaux pères en pleurant, elles les ont suppliés de demander à leurs fils de cesser de sortir du lit en pleine nuit pour aller chercher les ennuis. Que pouvaient faire les pères ? Leurs fils étaient adultes et maîtres de leurs vies. Mon mari se plaisait à dire que les pieds d'un homme ne peuvent se dresser sur sa tête, mais ces enfants rappelaient aux anciens que, même si c'était peut-être vrai, les pieds pouvaient aller où bon leur semblait et la tête ne pouvait rien y faire, si ce n'est suivre.

Récemment, Pexton a engagé des veilleurs de nuit armés mais cela n'a fait qu'accroître la détermination des enfants. Aujourd'hui, c'est un pipeline cassé. Demain, ce sera un incendie. Il y a deux mois, ils ont attaqué un ouvrier qui marchait le long du fleuve dans l'obscurité ; un responsable est venu parler à Sonni parce que l'ouvrier avait dû être emmené à Bézam pour se faire soigner après son passage à tabac. L'ouvrier n'avait pas vu le visage de ses assaillants, ils portaient des masques. Interrogés, les jeunes hommes ont juré qu'ils étaient chez eux.

Sonni avait tenu réunion sur réunion pour quémander la fin des destructions. Parfois, les jeunes hommes n'assistaient même pas aux réunions, les suppliques de Sonni n'avaient aucun sens pour eux. Leurs mères les avaient implorés de cesser, elles les avaient menacés de parcourir le village nues afin que tous les habitants fassent honte à ces fils pour qui la dignité de leurs mères ne comptait pas. Certains pères ont parlé de sortir l'écheveau de cordons ombilicaux. Jusqu'ici, aucun parent n'a mis ses menaces à exécution – ne souffrons-nous pas tous assez de notre malédiction collective ?

Au cours d'une des réunions de village, le Gentil et le Charmant ont supplié les jeunes hommes de trouver d'autres moyens d'exprimer leur colère ; ils les ont encouragés à écrire une lettre au gouvernement pour lui faire savoir qu'ils avaient peur pour leur avenir.

Les jeunes hommes leur ont ri au nez – ils n'ont rien à faire des conseils de gens qui ne partagent pas leur rage. D'après eux, Sonni est un vieil homme et ni le Gentil ni le Charmant ne sont des nôtres. Ils pensent que Kosawa leur appartient, que c'est leur héritage. Il est de leur devoir de se battre pour sa restauration par les moyens de leur choix. Mais où les incendies et les dégradations les ont-ils menés ? Est-ce que Pexton a compris et quitté les lieux ? Partira-t-elle un jour ?

La situation a encore empiré le mois dernier avec la disparition d'un enfant des Jardins. Les soldats étaient là avant l'aube. Ils sont passés de case en case et ont fait sortir tous les hommes de plus de dix ans, ils leur ont aboyé de s'asseoir sous l'auvent des cases et de ne pas bouger. J'ai entendu des mères et des épouses en appeler à la pitié des soldats, affirmer que leurs hommes étaient innocents. Avant que je puisse crier à Juba de s'enfuir, les soldats frappaient à la porte. Sahel leur a ouvert. Ils l'ont poussée de côté et ont traîné dehors Juba, qui hurlait. De mon lit, les mains tendues, j'ai appelé, Juba, Juba, s'il vous plaît, ne lui faites pas de mal, ce n'est qu'un enfant, c'est un bon garçon. Quelqu'un m'a-t-il entendue ? Levez-vous et courez jusqu'à la place, ont rugi les soldats. Les adolescents et les hommes se sont mis à courir. Des femmes ont couru au côté de leurs fils et maris. J'ai distingué la voix de Sahel qui se hâtait derrière les soldats, intercédant pour son fils unique.

Plus tard, Sahel m'a raconté que, sur la place, les soldats ont obligé les adolescents et les hommes à se mettre à genoux, les mains jointes sur la tête. Les soldats ont pointé leurs armes sur leurs nuques et ont demandé où se trouvait l'enfant disparu. Personne n'a dit un mot. Ils ont répété la question. Pas de réponse. Si les hommes continuaient à se taire, ont dit les soldats, ils commenceraient à tirer. Sonni, qui avait été obligé de s'agenouiller comme tout le monde, a fini par parler. D'une voix hésitante, il a dit aux soldats que personne à Kosawa n'avait d'informations sur l'enfant, c'était la vérité. Il a juré sur la tombe de sa mère. Un soldat s'est avancé vers lui et a posé le canon de son arme sur sa tempe. Sonni a fermé les yeux, les mains toujours jointes sur la tête. Ses efforts pour ne pas pleurer devant tout le village lui faisaient trembler les lèvres. Il a juré aux soldats qu'il serait allé à Lokunja s'il avait eu le moindre renseignement concernant l'endroit où se trouvait l'enfant. Les soldats lui ont demandé de jurer à nouveau sur la tête de tous ses ancêtres. Son père, mon frère, malgré son grand âge, était à genoux à côté de son fils – les soldats l'avaient jugé assez solide pour commettre un crime, même s'il marchait avec une canne. Sonni a juré à trois reprises, plus fort à chaque fois. Son propre fils était à genoux pas très loin, le fils qui faisait partie des jeunes hommes qui ensevelissaient Kosawa sous ce nouveau désastre.

Leurs armes toujours pointées, les soldats ont dit à tous ceux qui se trouvaient sur la place de réfléchir à ce qu'ils faisaient. S'ils le jugeaient nécessaire, ont-ils dit, ils abattraient tous les êtres vivants du village, bébés et animaux compris, et personne ne lèverait la main sur eux.

Ils sont montés dans leurs voitures et sont partis.

Sonni s'est redressé. Il tremblait.

« Pourquoi ? a-t-il crié en regardant les jeunes hommes qui l'entouraient, les bras levés en signe de colère. Pourquoi infligez-vous cela à votre propre peuple ? N'avons-nous pas assez souffert ? Nous n'avons jamais été aussi près de mettre un terme à tous nos malheurs et d'obtenir la paix que nous appelons de nos vœux depuis si longtemps. Pourquoi gâcher nos chances quand des gens de bonne volonté en Amérique se battent pour nous ?

— Où sont les résultats de leur action ? a crié un des jeunes hommes.

— Que les soldats nous tuent s'ils le veulent, a ajouté un autre jeune homme. C'est la mort qui vous fait peur ? Si on n'en a pas peur à notre âge, pourquoi en avez-vous peur au vôtre ?

— Pourquoi attirer la mort quand on peut encore donner une chance à la vie ? » a crié Sonni, mais personne ne l'écoutait.

Des voix en colère, dont celle de son propre fils, ont noyé la sienne, les jeunes hommes lui ont crié que le Gentil et le Charmant parlaient pour ne rien dire, qu'ils étaient des faibles qui bavassaient. Attendez, attendez, patience, patience – ils n'avaient jamais rien d'autre à dire. Combien de temps Kosawa devrait-il attendre ?

Ce matin-là, de toute évidence, même si peu d'individus à Kosawa auraient quitté leurs lits en pleine nuit pour aller incendier ou casser, beaucoup tiraient satisfaction des agissements des jeunes hommes. La colère dont ces derniers auraient dû être l'objet était dirigée contre Sonni et ses choix qui avaient forcé les jeunes hommes à prendre les choses en main.

Quand Sahel m'a raconté les faits, j'ai regretté que Manga n'apporte pas son soutien à son fils au lieu de garder la tête baissée pendant qu'il se faisait étriller, mais Sahel m'a rassurée, Sonni ne manquait pas de partisans – des hommes de la génération de son père et quelques-uns de la sienne avaient tancé leurs fils, les traitant d'idiots pour penser que Kosawa à lui seul pouvait vaincre Pexton, ils devaient avoir oublié ce qui s'était passé sur cette place un après-midi, dix ans plus tôt.

La semaine dernière, Sonni et le Gentil sont venus voir Sahel.

Ils se sont assis sur le banc en face de mon lit. Pendant quelques minutes, nous avons essayé d'éviter les sujets sombres mais, ces temps-ci, rien n'est léger à Kosawa. Le Gentil a profité d'une interruption dans la conversation pour demander à Sonni si l'enfant des Jardins avait été retrouvé. Sonni a secoué la tête. Le Gentil n'a plus posé de questions sur l'enfant. Le silence est retombé, puis Sahel nous a rejoints.

Le Gentil s'est éclairci la voix.

Il voulait dire quelque chose à Sahel mais devant Sonni, afin que Sonni puisse témoigner qu'il avait rapporté toute la vérité à Sahel. Ce qui l'avait amené à faire le déplacement de Bézam était très important – le journaliste américain, l'ami de Bongo, Austin, avait écrit une lettre à propos de Thula.

Je me rappelle encore le jeune homme d'Amérique au joli minois – il a été bon pour Bongo, pour nous tous. Le Gentil a dit que le jeune homme voulait que nous sachions que Thula lui plaisait. J'ai regardé Sahel. Nous avons essayé toutes deux de réprimer notre fou rire. Cela confirmait ce que nous avions pensé après la dernière lettre de Thula que nous avait lue le Charmant. Il y était beaucoup question du jeune homme qui l'avait aidée à ce qu'elle se sente chez elle en Amérique. Nous ne voulions pas que Thula se marie à un étranger mais si cet homme ne l'épousait pas, qui alors ? Nous savions que dans un tel mariage les tensions ne manqueraient pas en raison de malentendus dus aux traditions différentes qui avaient formé chacun d'eux, mais nous serions quand même reconnaissantes à ce jeune homme d'avoir sauvé Thula d'une vie dont nous avons redouté longtemps qu'elle soit la sienne. Thula avec un mari. Imaginez un peu.

Mais le Gentil n'était pas venu nous annoncer que Thula était susceptible de se marier.

Après s'être éclairci la voix, il nous a dit que le jeune homme était inquiet pour Thula – elle ne mangeait pas bien, elle ne dormait pas bien, elle passait trop de temps à prêter main-forte pour organiser des luttes contre des gouvernements et des entreprises et pas assez à penser à son propre bien-être.

Le jeune homme ajoutait que Thula s'était rendue dans une autre région du pays avec des camarades pour former une chaîne humaine censée empêcher les fonctionnaires de jeter des pauvres gens hors de chez eux et de réquisitionner leurs terres – les pauvres gens ainsi que leurs partisans considéraient que l'argent proposé en dédommagement des terres était insuffisant. Certains jours, Thula n'allait pas en cours, elle passait de longues heures sur une des places de la ville à scander des slogans indignés. Le jeune homme admirait Thula pour son engagement, il n'y avait pas de mal à cela, à l'âge de Thula, lui aussi avait milité, en fait, c'était lui qui l'avait présentée aux organisateurs de certaines manifestations. Le problème, c'était que Thula ne semblait pas avoir le sens de la mesure. Apparemment, elle avait oublié qu'elle était venue en Amérique pour étudier, pas pour s'engager sur des questions qui pouvaient nuire à son bien-être. Certaines nuits, ses amis et elle manifestaient dehors, dans le froid. Une fois, elle avait été malade, mais dès qu'elle était allée mieux, elle avait recommencé, pour faire part de sa colère à l'encontre du petit groupe des très riches du pays quand des millions de familles avaient à peine de quoi se nourrir et c'était injuste. Une fois, poursuivait le jeune homme, Thula avait passé une nuit en prison en raison de son activisme – c'était lui qui avait payé la caution pour la faire sortir.

Quand le Gentil a eu fini de parler, Sahel et moi essuyions nos larmes. Si seulement nous n'avions pas entendu ce que nous avions entendu, Thula qui parcourait l'Amérique en flirtant avec la mort. Était-ce la raison pour laquelle elle avait voulu y aller ? Pour attirer sur elle le même destin qui s'était abattu sur son père et son oncle ? N'avait-elle aucune considération pour tout ce que nous avions déjà enduré ?

Le Gentil voulait que Sahel lui dicte une lettre pour Thula dans laquelle elle la supplierait de mettre fin à ses agissements, elle l'implorerait de se concentrer sur ses études et de nous revenir saine et sauve. Sahel devait toucher le cœur de Thula comme seule une mère sait le faire.

Et Sahel pouvait-elle aussi demander à Thula de cesser d'écrire des lettres à ses amis pour les inciter à commettre des dégradations sur les biens de Pexton ? a ajouté Sonni.

Avant qu'il ait fini sa phrase, Sahel a bondi de son tabouret.

« De quoi tu parles ? » a-t-elle dit.

Sonni a eu l'air déconcerté, il lui semblait avoir émis une simple requête.

« Comment oses-tu suggérer que Thula a quelque chose à voir avec ça ? a repris Sahel.

— Tout le monde dans le village est au courant, Sahel, a répondu Sonni.

— Tais-toi ! »

Si quelqu'un m'avait dit que Sahel était capable d'une telle furie, je ne l'aurais jamais cru, mais ce soir-là, j'en ai été témoin. On aurait dit qu'elle était enfin prête à crier sa douleur pour que le monde l'entende. De ses yeux seuls, elle aurait pu couper Sonni en deux, du haut de son crâne à son entrejambe. Elle pointait le doigt, elle brandissait le poing, elle hurlait, elle rugissait à Sonni de sortir de sa case, de ne plus jamais y revenir si c'était pour accuser sa fille au lieu de reconnaître sa propre incompétence en tant que chef de village. Sonni était trop stupide et trop aveugle pour voir ce que faisait son fils, trop faible pour y remédier, et il trouvait plus facile d'accuser Thula. Thula n'était pas le problème. Sonni était le problème.

Sonni s'est levé et il est sorti de la case sans un mot.

Le Gentil lui a emboîté le pas.

Alors seulement, Sahel s'est rassise et a pleuré.

En la regardant, je savais que je ne pourrais jamais lui avouer que j'étais du même avis que Sonni ; comme tout le monde, je suis persuadée que Thula est impliquée dans la nouvelle vague de malheurs qui s'abat sur Kosawa. Tout le village sait que Thula envoie de l'argent de temps à autre à ses amis par l'intermédiaire du Gentil. Elle nous en envoie aussi, ce qu'elle parvient à mettre de côté en travaillant à son école, ce qui est peu en Amérique mais beaucoup pour nous. Sahel ne garde jamais toute la somme – trop de gens à Kosawa ont besoin d'argent. Peut-être est-ce la raison pour laquelle personne n'a jamais parlé du rôle de Thula dans les destructions en présence de sa mère. Mais Sahel devait le savoir, une mère connaît son enfant, aussi énigmatique soit-il. Si Sahel refuse de croire à ce qui se chuchote, c'est seulement parce que certaines vérités sont trop dures à avaler.

Sonni ne m'a plus rendu visite depuis ce fameux jour mais Manga, qui s'est remis d'une chute récente, est venu prendre de mes nouvelles il y a deux jours. Il ne m'a pas demandé s'il était exact que Sahel avait juré qu'elle n'adresserait plus jamais la parole à Sonni. S'il me l'avait demandé, je lui aurais répondu que la colère de Sahel n'était pas dirigée contre Sonni ni contre quiconque parmi nous. Je lui aurais dit que Sahel était en colère parce qu'une femme dans sa situation ne pouvait ressentir que de la fureur. Ce qui explique que, ce soir-là, je l'aie une fois de plus suppliée de partir s'installer à Bézam.

L'homme de Bézam n'est pas un homme jeune mais il est moins âgé que mon mari au moment de son décès. Il est l'oncle du Charmant, qui a le même âge que Sahel.

C'est le Charmant qui a dit à Sahel – et je ne sais pas comment le sujet est venu sur le tapis – que son oncle cherchait une nouvelle épouse. Le Charmant a précisé que son oncle n'aimait pas être seul ; sa femme était morte dix-huit mois plus tôt. L'homme et son épouse n'avaient jamais eu d'enfants – sa femme n'avait jamais pu mener une grossesse à terme mais l'homme n'avait jamais envisagé de la remplacer par une femme féconde. Depuis sa disparition, l'homme était seul dans sa maison de brique à Bézam et occupait un poste au service du gouvernement.

Le Charmant a précisé que son oncle était un homme bon et, lorsque tous deux avaient évoqué sa solitude et son envie d'avoir une nouvelle femme, la première personne à laquelle le Charmant avait pensé était Sahel, et non une jeune femme de Bézam. Le Charmant a dit à Sahel, en ma présence, qu'il avait vu avec quelle attention Sahel prenait soin de moi et il s'était dit que Sahel prendrait soin de son oncle aussi et ce dernier prendrait soin d'elle et de Juba en retour.

La proposition du Charmant avait mis Sahel en colère, elle méritait mieux. Moi non plus, je n'ai pas aimé sa façon de présenter les choses ; j'ai eu l'impression qu'il voulait que Sahel s'installe à Bézam pour passer quelques belles années au côté d'un vieil homme, suivies de beaucoup trop d'années à le changer, à le nourrir et à l'aider à mourir. Puis j'ai pensé que ces années seraient peut-être de belles années pour Sahel. Par ailleurs, qui suis-je pour dire qu'il n'a pas encore dix ans de vitalité en lui ? Les mains de mon mari ont gardé leur force jusqu'à cet après-midi où il a senti une douleur dans sa poitrine et où il est mort en quelques heures. Même si cet homme de Bézam meurt dans l'année, le fait que Sahel et Juba s'installent chez lui les protégera de ce qui attend Kosawa avec certitude.

Hier soir, j'ai fait venir Sahel dans ma chambre. Je lui ai demandé pour la énième fois de dire oui à l'homme de Bézam.

« Je ne peux pas, Yaya, m'a-t-elle dit.

— Pourquoi ?

— Vous savez que je ne peux pas… »

Je l'ai suppliée d'accepter, pour moi et pour Juba mais surtout pour elle. Elle a soupiré. Je voyais bien qu'elle y avait réfléchi.

« Au moins, fais le voyage à Bézam avec le Charmant et passe une nuit sur place pour te rendre compte par toi-même, ai-je dit. Si tu trouves l'homme trop vieux, tu n'auras qu'à me le laisser. »

Je pensais qu'elle rirait à ma plaisanterie, mais elle ne l'a pas fait.

« Je ne comprends pas comment le Charmant a pu me suggérer une chose pareille, sachant que je ne peux pas vous quitter. »

Je lui ai dit de ne pas en vouloir au Charmant – les hommes qui se croient supérieurement intelligents trouvent parfois des idées sans tenir compte des tenants et des aboutissants, mais il est inutile de leur en faire la remarque. Par ailleurs, tant pis si le Charmant aurait dû faire preuve de plus de délicatesse en formulant sa proposition, c'était une formidable proposition.

« Si je vais à Bézam, non que j'en aie envie… mais admettons, Malabo me pardonnera-t-il ?

— Ce n'est pas à toi de t'en inquiéter, ai-je répondu. Laisse-moi faire. Je m'en occuperai lorsque je le retrouverai – il sera plus âgé que moi en années de mort mais je reste sa mère. »

Elle a laissé échapper un petit rire. C'était la première fois que la mort nous faisait rire. L'espace d'un instant, l'idée a été drôle. La légèreté ne durerait pas, je le savais ; nos larmes n'étaient jamais très loin.

« De chagrin, je le lui ai promis, a-t-elle dit. S'il ne revenait pas de Bézam, je n'unirais jamais mon esprit à celui d'un autre homme.

— De son vivant, Malabo te disait quoi faire et tu le faisais. Tu lui obéissais parce que tu l'aimais. Je te regardais accéder à tous ses désirs sans en être malheureuse.

— Le rendre heureux me rendait heureuse.

— Oui, mais il n'est plus là et tu continues de prendre des décisions en fonction de ce qui pourrait le rendre heureux dans l'autre monde. Je suis vieille et je vais bientôt mourir, je peux donc, aujourd'hui, dire certaines choses que je n'aurais jamais dites quand j'avais ton âge. Je me fiche qu'on me traite de folle, alors je vais te demander de me répondre : Sahel, jusqu'à quand nous, femmes, allons-nous devoir continuer d'agir pour le bien de maris vivants et de maris morts, jusqu'à quand ? »

Elle a haussé les épaules comme pour me faire comprendre que ma question était hors de propos.

« Pourquoi tu te punis ? Parce que c'est ce qu'on attend de toi ?

— Mais enfin, Yaya, si Grand-Papa avait disparu plus jeune, vous vous seriez remariée ?

— Non, ai-je répondu. Et je l'aurais regretté. »

Elle est restée silencieuse. Elle me croyait – pourquoi aurais-je menti au seuil de la mort.

« Je déteste Bézam, je déteste les fonctionnaires du gouvernement, mais cet homme me semble bon, a-t-elle dit. Et puis, je pense que Juba serait heureux d'avoir un nouveau père.

— Ne le fais pas pour Juba. Fais-le pour toi.

— Et vous ? Je ne pars pas sans vous. Serez-vous heureuse à Bézam ? »

C'est alors que je lui ai dévoilé mes projets.

Très cher mari, tu ne seras pas content quand je t'aurai dit où je vais aller, mais il le faut.

Tu as quitté ton village il y a fort longtemps pour venir ici, cet endroit où je suis née et que tu as adopté. Tu me disais souvent que tu te sentais appartenir davantage à mon peuple qu'au tien. Lors de notre première rencontre, je t'ai demandé pourquoi tu étais parti. Tu m'as répondu que tu n'avais jamais trouvé ta place dans ton village. J'ai réfléchi à ta réponse – ne pas trouver sa place, n'était-ce pas une bonne raison pour rendre rarement visite à son village ancestral ? Ta tristesse dévorante était-elle la raison pour laquelle tu avais coupé les ponts avec ta famille ou bien le résultat de cette séparation ? Je ne comprenais pas pourquoi tu tenais tant à ce que tes fils ne sachent pas grand-chose des membres de ta famille quand aucun contentieux ne semblait vous opposer, quand aucune brouille entre ta fratrie, ses enfants et toi n'avait eu lieu. Je n'ai cessé de te poser la question. Et chaque fois, tu me répondais qu'il n'y avait pas d'explication.

Et pourtant si, mon cher mari. Il y avait bien une histoire.

Pourquoi ne me l'as-tu pas racontée ?

Pourquoi as-tu choisi de supporter ta peine seul alors que j'aurais pu la partager avec toi ?

Pourquoi ne m'as-tu pas laissée te consoler et pleurer pour toi ?

Celle qui m'a raconté l'histoire est la petite-nièce de mon mari, elle s'appelle Malaika ; sa grand-mère avait élevé mon mari à la mort de ses parents.

Depuis que Bongo a été emmené à Bézam, elle me rend souvent visite. Nous ne nous étions jamais rencontrées avant l'enterrement de mon mari – elle était venue avec ses frères et sœurs encore en vie et plusieurs membres de la famille auxquels mon mari n'avait plus adressé la parole depuis des années. J'ai demandé à Malaika pourquoi personne dans cette famille n'était jamais venu nous voir et elle m'a répondu que mon mari avait été formel, il ne voulait pas que sa famille d'origine se mêle à sa nouvelle famille. Je lui ai dit que je comprenais mais, maintenant que mon mari n'était plus là pour nous dicter notre conduite, nous pourrions nous voir quand bon nous semblait. Elle n'est revenue me rendre visite qu'une fois après l'enterrement mais, lorsqu'elle a eu vent du massacre et de l'arrestation de Bongo, elle a commencé à venir plus souvent. Quand Bongo a été pendu, elle a dormi par terre au pied de mon lit avec d'autres parents venus des huit villages. Elle a donné un coup de main pour me nourrir, me laver ; c'est elle qui a confectionné la mixture grâce à laquelle j'ai pu dormir quelques heures et échapper à la souffrance de savoir mes enfants, mes deux enfants, morts.

Un soir, il y a peu, elle est venue me rendre visite. Je ne sais pas pourquoi nous nous sommes mises à parler de sa grand-mère, la sœur de mon mari, qui aurait tellement aimé le revoir une dernière fois avant de mourir pour lui demander pardon.

« Pardon pour quoi ? ai-je demandé.

— Pour tout ce qui est arrivé.

— Quoi ? »

C'est alors qu'elle m'a rapporté ce que la sœur de mon mari lui avait confié sur son lit de mort, une histoire que la sœur avait toujours gardée pour elle. Comme elle maigrissait à vue d'œil en raison d'une grosse boule au ventre, un marabout lui avait conseillé de se libérer du noir secret qui rongeait son corps afin que la mort puisse advenir. C'est ainsi qu'elle avait révélé à sa petite-fille, à quelques jours de son décès, ce qui était arrivé à mon mari à l'âge de sept ans.

Un soir, tu es allé trouver ta sœur et tu lui as avoué ce qu'un oncle t'avait infligé. Cet oncle t'avait demandé de l'accompagner à la chasse et, une fois que vous aviez été au cœur de la forêt où seuls des insectes et des oiseaux s'offraient à la vue, à l'ombre d'un iroko, ton oncle avait dénoué son pagne, écarté ses jambes et t'avait dit que son membre le démangeait, tu le soulagerais pour moi ? Alors que tu secouais la tête et détournais les yeux de l'organe turgescent, il a exprimé son étonnement que tu refuses de l'aider, après tous les fruits et toutes les noix qu'il t'avait offerts, tu étais le seul garçon du village envers lequel il s'était montré aussi généreux, il pensait que vous étiez amis, comment se fait-il que tu refuses de m'aider alors que je suis dans le besoin ? Lorsque tu t'es mis à pleurer, il t'a menacé : si tu ne frottais pas son membre des deux mains, il t'abandonnerait dans la forêt à la merci des bêtes sauvages qui te dévoreraient. C'est ainsi qu'il t'avait obligé à te livrer sur lui à des actes auxquels un garçon ne devrait jamais se livrer sur un homme.

Quand tu as raconté à ta sœur ce qui t'était arrivé, tu pleurais.

À la fin de ton récit, elle ne t'a pas posé de questions. Elle t'a simplement recommandé de ne jamais le répéter à personne. Lorsque son mari, l'homme que tu appelais ton père, est rentré d'une visite familiale, ta sœur t'a demandé de raconter à nouveau ce qui t'était arrivé. Le mari de ta sœur t'a prodigué le même conseil : ne pas divulguer cette histoire. Ni au cours de leur vie ni au cours de la tienne. L'oncle qui t'avait entraîné dans la forêt était un des chefs de ta famille. Il avait deux épouses et neuf enfants. Personne ne te croirait. Même si quelqu'un ajoutait foi à ton histoire, t'ont dit ta sœur et son mari, quelle solution aurait ta famille ? Pourrait-elle défaire ce que l'oncle t'avait fait ? Ils te croyaient, parce que tu étais un bon garçon. D'un autre côté, l'oncle aussi était un homme bon. Chaque fois qu'un conflit déchirait les membres de la famille, ton oncle était celui qui le résolvait. Il était un ami proche du chef de village et un de ses conseillers. Le village était ce qu'il était, sûr et prospère, grâce à des hommes comme lui. Voulais-tu que le village sombre dans la confusion sous prétexte qu'il t'avait fait quelque chose qui ne te plaisait pas ? N'était-il pas plus important que chacun supporte son fardeau, pour le bien de la famille et du village ? Le mari de ta sœur t'a dit de sécher tes larmes, de montrer à tous que tu étais un garçon fort. Regarde ton corps, a ajouté le mari de ta sœur, ton oncle t'a-t-il laissé des cicatrices ? Non, as-tu répondu, il ne m'en a pas laissé. Dans ce cas, tu n'as pas lieu de ressasser cette histoire, a dit ta sœur. Une fois que tu t'en seras détaché, il n'y aura plus rien à en dire.

Quand Malaika a eu fini de parler, j'ai tiré ma couverture sur mon visage et j'ai pleuré. Même après son départ, mes larmes ont continué de couler. J'ai pleuré pour mon bien-aimé – lui enfant, seul avec sa honte ; lui adulte, seul avec sa douleur. Sa propre sœur l'avait sacrifié, l'avait fait souffrir pour son honneur. Elle lui avait cousu les lèvres afin que les autres ne disent pas de mal d'elle pour l'avoir laissé mettre le village en pièces à cause d'une histoire abominable. J'ai passé des journées à me demander pourquoi mon mari s'était senti obligé de me la cacher, puis il m'est venu à l'esprit que, l'aurait-il révélée une fois adulte, combien parmi nous l'auraient cru ou auraient compris ce qu'il ressentait, lui, un homme adulte, retenu prisonnier d'un individu mort depuis longtemps ?

Quant à sa sœur, j'éprouve une multitude de sentiments à son égard, la plupart malveillants, mais je m'oblige à imaginer sa souffrance. Elle avait dû être effondrée de lui imposer cela. Elle avait dû batailler avec son mari pour obtenir que quelque chose soit fait, un geste, ce à quoi son mari avait dû lui opposer – dans la vie, il faut faire des sacrifices. Il avait dû lui rappeler que tous les hommes devaient faire des sacrifices pour le bien de leurs familles et de leurs villages et de leurs pays afin de les garder unis, de les faire avancer, de les empêcher de se désagréger de l'intérieur.

Si seulement tu t'étais confié à moi. Si seulement tu m'avais permis de te tenir compagnie dans ces ténèbres. J'aurais pleuré avec toi les nuits où ta tristesse grandissait. J'aurais compris pourquoi tu te lançais dans des élucubrations et tu hurlais et tu insultais chaque fois que tu trouvais que quelqu'un ne se révoltait pas et ne disait pas ce qui devait être dit ou ne faisait pas ce qui devait être fait. Tu fulminais au moindre incident, un enfant plus âgé s'emparant des jouets d'un enfant plus jeune devant des adultes qui ne levaient pas le petit doigt. Nous avons tous cru que ton incapacité à laisser le monde tourner à sa guise était due à ta propension à la tristesse mais aujourd'hui, j'entends les paroles que tu prononçais différemment. Lorsque nous nous retrouverons, je poserai ta tête sur ma poitrine et je te laisserai maudire toute forme de méchanceté aussi longtemps que tu le voudras. Je ne te demanderai pas d'arrêter. Je ne te supplierai pas de ne pas te mettre trop en colère, telle est la vie, ce sont des choses qui arrivent. Je ne te prierai pas de te calmer, de laisser faire.

Oh, mon cher mari, je crains que, comme toi, Thula soit rongée par l'échec du monde à protéger ses enfants, de quelque manière que ce soit. Comme toi, elle semble vouée à ne jamais trouver la paix tant qu'une nouvelle terre ne sera pas née, une terre sur laquelle le même niveau de dignité sera accordé à tous. Comme j'ai mal pour vous deux, toi pour la joie que tu n'as jamais eue, Thula pour la déception qui ne manquera pas de l'attendre. Parmi tous les enfants, pourquoi a-t-elle été choisie pour être ainsi ? Ce besoin de redresser tous les torts possibles, d'où le tient-elle ? Les nuits où tu lui rendais visite pendant son sommeil, lui as-tu dit de ne jamais accepter ce qui n'était pas conforme à ce qu'elle croyait devoir être ? Je t'en supplie, très cher mari, reviens lui rendre visite et dis-lui que ce n'est pas grave, qu'elle peut laisser tomber Kosawa. S'il te plaît, fais-le pour Sahel et pour Juba.

Mon bien-aimé et moi-même serons réunis avant l'arrivée des pluies, je le sens. J'aimerais m'envoler par une journée sèche, portée par la brise. Je vois déjà son visage – lui à nouveau jeune homme ; me sourit-il ? Mon voyage de ce monde au pays de nos ancêtres sera le plus rapide qui ait jamais existé – je courrai sans m'arrêter jusqu'à ce j'aie rejoint cet endroit merveilleux où je reverrai mon mari et mes enfants et prendrai place auprès d'eux et de mes ancêtres en une bienheureuse union avec l'Esprit pour l'éternité.

Dès que Sahel sera prête à déménager à Bézam, Malaika viendra me chercher pour que j'aille vivre avec elle, nous nous tiendrons mutuellement compagnie. Ses trois filles sont devenues des épouses et ont emménagé au domicile conjugal. Le mari de Malaika est mort il y a fort longtemps et son fils unique n'a pas survécu à l'enfance, elle est donc seule désormais dans sa case où une chambre vide en face de la sienne n'attend plus que moi.

Hier, un souffle d'énergie m'a parcouru le corps. Il n'est pas impossible que je puisse bientôt faire quelques pas si nécessaire mais Malaika m'assure que je n'aurai pas besoin de marcher dans sa case. Elle me nourrira et m'aidera à faire mes ablutions et à m'asseoir sous l'auvent de la case, nous respirerons le premier air propre que j'aurai respiré depuis trop longtemps pour me le rappeler. J'aurais préféré mourir ici, dans cette case que mon mari a construite de ses mains, sur ce lit où nous avons passé les meilleures nuits de notre vie, mais il se peut que Kosawa meure avant moi et je ne veux rien savoir de sa fin. J'espère que mon mari me pardonnera de venir m'installer dans son village natal. Il l'a quitté et disait qu'il ne voulait plus en entendre parler et, pendant toutes ces années, je lui ai demandé de nous y emmener pour présenter les enfants, afin qu'ils connaissent leur famille, mais il refusait et je le suppliais et il hurlait contre moi. Après ce qui lui a été volé dans ce village, je vais y habiter, mais dans quel autre endroit puis-je aller ?

Les enfants

NOUS SOMMES ALLÉS L'ACCUEILLIR à Bézam, les cinq d'entre nous qui restaient. La mort n'était pour rien dans la diminution de notre nombre et nous nous en réjouissions. À bord du car loué avec l'argent qu'elle nous avait envoyé, nous regrettions tout de même que tous ceux d'entre nous qui étaient toujours en vie ne soient pas là au moment où elle s'avancerait vers nous plus de dix ans après la dernière fois où nous l'avions vue, la plus mince et la plus silencieuse d'entre nous – qui aurait cru qu'un jour elle deviendrait notre leader ?

Six ans avant son retour, nous étions encore sept, mais, plus tard, deux de nos amis ont décidé d'abandonner par égard pour leurs familles. Un soir, alors que nous venions de mettre le feu aux Jardins, l'un des deux nous a informés qu'il ne voulait plus faire partie de notre groupe. Cette opération n'avait rien d'inhabituel – une fois de plus, nous avions échappé au veilleur de nuit qui nous avait tiré dessus tandis que nous disparaissions dans l'obscurité – mais le lendemain soir, alors que nous riions d'avoir échappé à la mort d'un cheveu et que nous réfléchissions à nos futures actions, l'un d'entre nous avait soupiré et annoncé qu'il n'y participerait plus. Le courage n'était pas son fort, même s'il avait le cœur pur, nous n'avons donc pas essayé de le raisonner. Nous ne lui avons pas demandé de réfléchir à l'avenir quand il nous a déclaré en regardant ses pieds qu'il ne pouvait plus continuer à frôler le danger de se retrouver allongé dans un cercueil ou de moisir en prison en laissant sa femme et ses jeunes enfants plus démunis encore qu'ils ne l'étaient déjà. Rien n'avait changé malgré les pipelines endommagés, les feux allumés, les réservoirs détruits. Aucune de nos actions n'avait eu d'effet si ce n'est de pousser le gouvernement à se montrer plus dur à l'égard des hors-la-loi et à doubler la capacité d'accueil de la prison de Lokunja, une prison dans laquelle trois d'entre nous étaient actuellement en détention. Les trois d'entre nous en liberté ont donné leur bénédiction à celui de nos amis qui ne voulait plus faire partie de notre groupe et l'ont remercié pour son engagement. Mais il n'était pas question pour nous de mettre fin aux attaques, pas tant que Pexton ne satisfaisait pas à nos exigences. Or, le mois suivant, la compagnie semblait désireuse de le faire puisqu'elle avait demandé au Gentil de nous annoncer qu'un nouveau contremaître arriverait bientôt aux Jardins et que ce dernier avait hâte d'entamer le dialogue avec nous.

La semaine de son arrivée, le nouveau contremaître est venu à notre rencontre. Il était flanqué de son interprète d'un côté et de l'autre, de Sonni, du Gentil et du Charmant. L'interprète a commencé la réunion en nous disant le nom du contremaître – M. Fish, ce qui a fait rire les enfants et obligé nos femmes à les faire taire d'un regard noir –, quelle était sa ville natale en Amérique, ainsi que les nombreux endroits dans le monde où il avait voyagé et les années qu'il avait passées à s'instruire sur notre pays. M. Fish était impatient de commencer à travailler avec nous afin de mieux nous connaître et de trouver comment vivre ensemble en harmonie.

Nos oreilles étaient toutes à l'interprète mais nos yeux quittaient rarement le visage du contremaître. Pendant plus d'une heure, il est resté debout devant nous, vêtu d'une chemise en wax, ignorant le siège qui lui avait été réservé alors que la chaleur le faisait transpirer à grosses gouttes.

Le sourire qui ne le quittait pas lui donnait l'air d'un homme au cœur aimable, le genre de cœur qu'on voyait très rarement chez les étrangers ou les gens de Bézam, le genre de cœur que Bongo et Lusaka avaient espéré trouver à la capitale.

Dès l'instant où l'Américain est arrivé à Kosawa, après avoir marché plus d'une heure des Jardins au village dans la fournaise de cette soirée de saison sèche – on a appris plus tard qu'il avait renoncé à sa voiture pour nous montrer combien minime était la différence qui nous séparait –, il a été évident qu'il n'était pas un pétrolier ordinaire. L'éclat de ses yeux était un baume sur nos esprits décomposés.

Quand il est entré dans Kosawa la première fois en agitant la main, les jeunes enfants – certains d'entre eux, les nôtres, se comportaient de la même façon que nous à leur âge – lui avaient jeté des coups d'œil de derrière les jupes de leurs mères. Plusieurs avaient pleuré, effrayés par l'étranger, car ils n'avaient jamais vu d'homme à la peau et aux cheveux aussi brillants. Mais lorsque nos femmes ont tenté de les ramener à la maison, ils les ont suppliées de les laisser scruter l'étrange visage encore quelques minutes.

Lors de cette première réunion avec M. Fish, nous étions assis sur des tabourets, nos frères plus âgés et nos oncles toujours dans les tout premiers rangs, au côté de nos pères. Maintenant que nous étions mariés et que nous avions un enfant après l'autre, nous étions devenus les pères et nos pères étaient devenus les grands-pères et nos grands-pères avaient rejoint les rangs des ancêtres. Nous étions désormais ceux dont les paroles et les actes détermineraient l'avenir de la prochaine génération.

Nos femmes attendaient sous le manguier avec nos enfants. Nos femmes ne pleuraient pas autant que nos mères avaient pleuré pendant notre enfance, mais leurs visages trahissaient le peu d'espoir qu'elles avaient de voir la vie de leurs enfants déborder de ces choses simples qui rendent l'existence plaisante. La plupart des cases de Kosawa étaient toujours habitées, mais il se chuchotait constamment qu'un tel ou un tel était sur le point de partir, qu'il n'en pouvait plus. Même si les enfants mouraient moins souvent que du temps de notre jeunesse, ils continuaient de tomber malades. Au fil des ans, Pexton envoyait de moins en moins d'eau en bouteille, ils savaient que nous n'avions pas grand recours pour les obliger à tenir leurs engagements. Malgré les promesses, notre air était de plus en plus pollué. Pexton répandait son pétrole sur nos terres avec inconséquence ; on le répandait par vengeance. Aucune autre enveloppe d'argent n'avait touché nos mains, pas même celles de Sonni – ce qu'on avait reçu était dérisoire.

L'interprète nous a dit que, la semaine précédente, M. Fish avait rencontré le sous-préfet de Lokunja à propos de la libération de nos amis emprisonnés ; la réunion s'était bien passée. Pas un mot n'a été prononcé sur la véritable raison pour laquelle nos amis étaient en prison – l'interprète n'a pas évoqué le fait que la version officielle du gouvernement était aussi fausse qu'un serpent à quatre pattes. Nos amis n'étaient pas en prison parce qu'ils avaient été contrôlés au grand marché sans leurs quittances d'impôts. Ces quittances avaient été retirées de leurs poches par des soldats qui les avaient déchirées devant tout le marché réuni avec ce message lisible dans leurs yeux : vous avez bien vu, quelqu'un peut-il y faire quelque chose ? Quel recours avaient nos amis quand les soldats leur ont passé les menottes avant de les jeter en cellule ? Qui à Bézam se soucie de la vérité, du fait que nos amis ont été arrêtés à tort sous prétexte que les soldats les soupçonnaient d'être derrière les attaques contre les biens de Pexton ?

Nous enragions mais ne pouvions rien dire.

Au procès de nos amis, aucune personne ayant vu les soldats déchirer les quittances d'impôts n'a souhaité prendre leur défense, le juge les a donc condamnés à un an de prison et une amende représentant six mois d'impôts. Au moment où ils étaient emmenés par les gardiens de prison aux cris de leurs épouses et mères et filles qui les réclamaient, nous avons dit à nos amis que, si les journées étaient longues, les années étaient rarement lentes. Une fois de plus, sur le peu qu'elle avait, Thula nous a envoyé de quoi payer les amendes.

Pendant l'année où nos amis étaient en prison, tous les mois, voire toutes les semaines, le plus souvent possible, le reste d'entre nous brûlaient une voiture garée ici, déplaçaient des machines là, envoyaient une lettre menaçant de tuer tous les enfants des Jardins si Pexton ne quittait pas les lieux. Par deux fois, nous avons arraisonné un car qui transportait des ouvriers sur la route qui relie Lokunja aux Jardins. Nos machettes pointées sur eux, nous avons exigé qu'ils nous remettent leur argent. Nous avons été impitoyables malgré leurs suppliques, Pexton les payait avec un lance-pierre, ils avaient besoin de la moindre pièce pour leurs familles, pouvions-nous trouver de la clémence dans nos cœurs pour le bien de leurs enfants ? Comment répondre à de telles âneries sinon par des gifles ? Les putes de Pexton qui parlaient d'enfants – rien ne nous dégoûtait davantage.

Nous avons obligé les chauffeurs des cars à nous donner l'essence de leurs réservoirs pour mettre le feu à d'autres biens de Pexton. Le visage couvert par un sac en raphia – des billets sales et graisseux dans un autre –, nous avons demandé aux ouvriers de bien nous écouter. Il était temps qu'ils retournent dans leurs villages. Au cas où ils n'y auraient pas réfléchi, nous leur avons fait savoir qu'ils étaient nos ennemis au motif qu'ils mangeaient les restes de nos ennemis. Aucun d'entre eux ne survivrait à ce qui allait s'abattre sur Pexton, les a-t-on avertis.

C'est sans doute le Gentil qui a fait part à Thula des attaques et des menaces contre les ouvriers car nous n'en avons jamais parlé dans nos lettres. Malgré sa ferveur, elle restait incapable d'infliger des dommages corporels et nous avons craint que le fait de nous en prendre aux ouvriers crée des tensions entre nous. Et ça n'a pas loupé. Chaque fois qu'une de nos actions punitives lui revenait aux oreilles, elle nous écrivait pour nous demander d'arrêter, nous disait que ce n'était pas le plan, le plan était d'attirer l'attention de Pexton, de lui faire savoir qu'on comptait et qu'on était en colère ; le plan n'avait jamais été de tuer – à quoi pensions-nous ? Nous lui avons assuré que nous n'avions tué personne ; nous voulions simplement que les ouvriers aient peur de nous, créer la panique aux Jardins, leur faire croire que rien ne nous arrêterait. Mais elle n'était pas convaincue. Et si l'ouvrier qu'on avait passé à tabac était mort, a-t-elle dit. Avoir du sang sur les mains était la dernière chose dont Kosawa avait besoin. L'ennemi, ce n'étaient pas les ouvriers, mais Pexton. Dans certaines lettres, elle a menacé de nous retirer son soutien financier. Et, effectivement, certains mois, le Gentil ne nous apportait pas d'enveloppes de sa part. Puis, juste au moment où nous commencions à nous demander si elle avait changé d'avis et n'était plus l'une d'entre nous, nous avons reçu une enveloppe, accompagnée de recommandations ; ne pas oublier que les ouvriers étaient des pères comme nous, des hommes qui consentaient à d'énormes sacrifices pour leurs familles.

La troisième année de nos attaques, Pexton a informé les ouvriers qu'ils n'étaient plus autorisés à faire venir leurs femmes ou leurs enfants aux Jardins. La directive arrivait trop tard et serait sans conséquence – les femmes et les enfants avaient commencé à quitter les Jardins plus d'une dizaine d'années auparavant, après la mort de trois enfants à peu près au moment où nos amis avaient commencé à mourir.

Nous savions que des enfants mouraient aux Jardins, mais nous n'avons jamais pensé qu'ils mouraient pour les mêmes raisons que nos amis. Pendant longtemps, nous avons cru que, entre l'eau pure que les enfants buvaient et les médicaments américains que Pexton réservait à ses employés et leurs familles sur le site, personne aux Jardins ne subissait le même sort que nous. C'est le Gentil et le Charmant qui nous ont révélé la vérité : aucun médicament américain, aussi puissant soit-il, ne pouvait guérir un enfant qui avait accumulé des toxines des années durant.

À Kosawa, nous n'avions eu aucun moyen de le savoir.

Personne dans notre village n'avait jamais eu de véritable conversation avec un ouvrier. Enfants, nous ne parlions jamais à ceux des Jardins, même assis à côté d'eux dans le car, tant nous débordions de haine à leur égard, prenant le parti du mépris dont nos parents couvraient les leurs. Ils nous ressemblaient et se comportaient de la même façon que nous, mais ils n'étaient pas comme nous – ils étaient les enfants de Pexton. Ce n'est que très récemment que nous avons appris que, même s'ils ne mouraient pas aussi souvent que nos amis, ils mouraient quand même et leurs parents pleuraient aussi.

Après les premiers morts, nous a raconté le Charmant, chaque fois que les mères entendaient un de leurs enfants tousser, elles pliaient bagage et fuyaient les Jardins. À la suite de la mystérieuse disparition d'un enfant, peu après le début de nos attaques, les femmes et les enfants encore sur place avaient quitté les lieux en quelques jours.

Au moment où nous allions accueillir Thula à Bézam, il ne restait plus que des hommes aux Jardins, des hommes brisés impatients de rentrer chez eux mais qui continuaient de s'accrocher à l'espoir de faire fortune pour ceux qu'ils chérissaient. L'école était vide, les maîtres partis en même temps que les enfants. Les seuls maîtres encore sur place étaient ceux de l'école de Kosawa, tout frais émoulus de leur formation. Même maître Penda avait déserté ; il était parti sans un au revoir pour nous ni pour nos nièces et neveux auxquels il enseignait à l'époque. Comment lui en vouloir de se comporter comme si nous étions ses ennemis ? – si nous avions eu l'occasion de réduire les Jardins en cendres, nous n'aurions pas fait marche arrière pour lui sauver la vie.

Une fois toutes leurs épouses parties, les malheurs des ouvriers nous sont devenus de plus en plus évidents. Nous les entendions tousser dans le car, une toux semblable à celle de Wambi. Nous avons eu vent d'accidents de forage à répétition qui provoquaient des morts effroyables et nécessitaient de collecter des morceaux du corps dans des sacs en plastique. Nombreux étaient les survivants à ces accidents qui rentraient dans leurs villages avec un bras ou une jambe en moins. D'autres avaient trouvé la mort mais ces morts, nous n'avons jamais su si elles étaient imputables à la proximité des hommes avec le poison – Pexton refusait certainement qu'on le sache. Ce qu'on savait, en revanche, c'est que, pour chaque ouvrier décédé aux Jardins, il se trouvait dix hommes originaires de villages lointains pour le remplacer, piaffant d'impatience d'avoir leur part des richesses d'Amérique. Les Jardins grouillaient en permanence d'hommes en uniforme maculés de pétrole, couverts de poussière, animés du même rêve.

Dans les mois qui ont suivi l'intensification de nos attaques, nous avons vu dans les yeux de ces hommes la peur que nous leur inspirions. Peut-être n'avaient-ils pas reconnu nos visages dans la mesure où nous étions toujours masqués au cours de nos intrusions et guets-apens, mais ils savaient forcément qu'il s'agissait de nous – personne dans les huit villages ne les haïssait autant que nous. Si nous croisions leur regard, à l'arrêt du car par exemple, nous baissions les yeux et faisions semblant d'examiner nos doigts. Mais quand nous étions dans les parages, ils osaient à peine respirer. Comment en aurait-il été autrement ? Leurs malheurs étaient légion : ils vivaient sous la coupe de Pexton qui leur aboyait de forer jusqu'à la dernière goutte ou de rentrer chez eux ; nous nous dressions devant eux sans rien cacher de notre détestation ; ils avaient des toxines plein le corps qui les préparaient à une mort qui, ils pouvaient seulement l'espérer, surviendrait rapidement. Leurs épouses et leurs enfants étaient au loin dans l'attente de l'argent qui leur permettait de subsister et priaient leurs ancêtres pour que leurs maris et pères deviennent aussi riches que ceux qui avaient travaillé aux puits de pétrole des générations auparavant et qui avaient fait construire des maisons en brique. En attendant, leurs épouses vivaient comme des veuves, leur progéniture grandissait comme des orphelins de pères, lesquels mouraient sans un adieu.

Les ouvriers s'interrogeaient-ils parfois sur la valeur de leur vie ? Pleuraient-ils de regret la nuit ? Chaque fois que nous voyions l'un d'entre eux à l'arrêt du car avec une cantine remplie d'effets, ayant sans doute décidé que la perspective de richesses ne pouvait rivaliser avec une vie simple faite d'amour et de tranquillité, nous hésitions entre admirer l'homme et moquer sa faiblesse pour avoir choisi de fuir.

Un mois avant cette première rencontre avec M. Fish, les hommes de Kosawa se sont réunis en assemblée. Une assemblée convoquée par le Gentil et le Charmant qui avaient un fait nouveau incroyable à nous rapporter, l'avancée que nous attendions.

Au siège du Mouvement pour la restauration à New York, les gens, lassés que Pexton ne tienne pas ses promesses, avaient déposé un dossier devant une cour de justice américaine pour forcer la compagnie à dépolluer nos terres et nos cours d'eau et commencer à partager ses bénéfices avec nous ; le Mouvement pour la restauration comptait plaider que Pexton, tirant avantage de nos terres, une part de ce que la compagnie gagnait avec la vente du pétrole nous revenait de droit. Mais Pexton avait changé de direction et celle-ci tenait absolument à faire savoir au monde que l'équité était au centre de ses préoccupations. La nouvelle direction ne voulait pas d'un procès – elle était prête à travailler avec le Mouvement pour la restauration afin de conclure un accord. Selon cet accord, on ne recevrait pas d'enveloppes d'argent comme celles qui avaient été remises à nos mères et pères des années auparavant. À la place nous serait attribué un pourcentage sur ce que Pexton gagnait en exploitant nos terres à compter du jour de la signature. Et ce, tous les ans.

Au cours de cette première réunion avec M. Fish, son interprète a confirmé la nouvelle.

Même si les deux parties n'avaient pas encore défini ce pourcentage, il ne faisait aucun doute que tout le monde se mettrait d'accord pour qu'il soit juste.

« À combien se monterait-il grosso modo ? » a crié quelqu'un.

L'interprète a chuchoté à l'oreille de M. Fish. M. Fish a hoché la tête et chuchoté à son tour à l'oreille de l'interprète.

« De l'avis de M. Fish, il est difficile de savoir de quel ordre de grandeur sera ce pourcentage, a dit l'interprète. Il ne faut pas oublier que beaucoup de gens convoitent l'argent de Pexton. Le gouvernement en Amérique en veut un peu. Le gouvernement ici exige sa part. Tous les gens qui travaillent pour Pexton ont besoin de leur salaire mensuel. Mais votre part est très importante car nous partageons cette vallée et nous devons la partager en bonne intelligence. »

Des questions ont fusé de toutes parts : les gens de Bézam étaient-ils au courant de cet accord imminent ? Qu'en disaient-ils ? Allaient-ils taxer notre pourcentage ? Pourquoi n'étaient-ils pas présents à la réunion ?

« La volonté de Pexton est de bien faire les choses dans votre intérêt, a répondu l'interprète. D'ordinaire, les entreprises ne partagent pas leurs bénéfices avec les populations, mais nous le ferons parce que nous sommes ainsi. Nous nous fichons que le gouvernement de ce pays soutienne ou non notre projet. Les gouvernements en font à leur guise, c'est la vie. Chez Pexton, nous pensons qu'il est de notre devoir de faire passer les populations en premier, pas les gouvernements.

— Ce qui veut dire ? a demandé l'un d'entre nous. N'est-ce pas le gouvernement qui vous a donné nos terres ?

— Oui, bien sûr, d'une certaine façon, a répondu l'interprète. Mais Pexton est Pexton et le gouvernement de Son Excellence est le gouvernement de Son Excellence. Nous fonctionnons selon nos propres principes. En tant que compagnie, notre mission est de faire ce qui est le mieux pour le monde – c'est la raison pour laquelle nous sommes ici aujourd'hui. Une fois l'accord finalisé, si vous avez besoin de notre aide pour savoir comment utiliser votre argent afin d'améliorer votre vie, nous serons heureux de dépêcher des spécialistes pour vous guider. Si, par exemple, vous souhaitiez vous installer à Lokunja ou acheter un terrain dans l'un des sept autres villages…

— Nous installer à Lokunja ? ont crié en chœur plusieurs personnes.

— Acheter un terrain ? »

Nous n'avions pas besoin d'en entendre davantage.

Nous nous sommes levés et nous avons pris nos tabourets. Nous avons fait signe à nos femmes qu'il était temps de partir. Quelques-unes ont montré une certaine réticence à obéir ; un regard a suffi pour leur faire comprendre que ce n'était pas le moment de nous défier. Nous étions en train de nous éloigner quand l'interprète a crié que nous n'avions pas besoin de vendre nos terres et d'aller nous installer dans un autre village à moins d'en avoir envie. À son tour, Sonni a crié qu'on devait laisser à M. Fish une chance de s'expliquer.

Une poignée de nos pères se sont attardés pour parler à l'interprète et essayer de savoir ce que Pexton avait vraiment derrière la tête, mais il était inutile de poser la question : Pexton voulait toute la vallée. Elle voulait tout le pétrole qui se trouvait sous le terrain où jouaient nos enfants. Elle voulait forer sous nos cases. Elle voulait tout le pétrole qui attendait sans rien faire sous les cuisines dans lesquelles nos femmes cuisinaient. Plutôt mourir que de les laisser mettre la main dessus.

Le lendemain, Sonni a fait le tour de nos cases pour nous transmettre une invitation de M. Fish : le pétrolier souhaitait nous recevoir chez lui. C'était sûrement une autre perte de temps – que pouvait-il avoir à nous dire de plus ? – mais nous y sommes allés quand même, une semaine plus tard, et en compagnie du Gentil et du Charmant qui soutenaient qu'on le devait à nos amis emprisonnés.

Dans une pièce pleine de livres et de photos d'une femme aux cheveux longs et de trois garçons aux yeux vert amande, l'interprète nous a réaffirmé que Pexton n'attendait pas de nous qu'on vende nos terres. Pexton ne voulait qu'une chose, raison pour laquelle le précédent contremaître avait été rapatrié à New York et M. Fish dépêché pour le remplacer : la paix. Si tel était notre désir aussi, pourquoi ne pas nous serrer la main et repartir de zéro ? Pexton était prête à conclure un marché avec nous, un marché préliminaire à l'établissement des bases d'un accord plus important ; si nous cessions nos dégradations et nos incendies et que nous arrêtions d'instiller la peur parmi ses ouvriers, Pexton continuerait à travailler avec le Mouvement pour la restauration sur l'accord concernant notre pourcentage. Mais, tout d'abord, dès qu'on se serait serré la main, nos amis seraient libérés de prison.

Les trois d'entre nous qui étaient présents se sont excusés et sont sortis.

Sous la véranda de M. Fish, le regard embrassant l'espace devant nous – les maisons siamoises des ouvriers et l'école désertée ; les champs pétrolifères hérissés de structures crachant une fumée noire ; les pipelines courant dans tous les sens ; nos cases au loin, sans grâce et ramassées –, nous avons délibéré sur le bien-fondé d'accepter ou non ses conditions. Si seulement Thula avait été parmi nous, mais il n'était pas question de lui écrire et d'attendre son avis – nos trois amis en prison rêvaient de dormir dans leurs lits, de manger des repas chauds, d'enrouler leurs jambes autour de leurs femmes et de surveiller les devoirs de leurs enfants à la lumière de la lampe à pétrole. C'est en pensant à eux que nous avons accepté de revenir dans la maison serrer la main de M. Fish et de déposer nos allumettes et nos machettes. Nous accordions trois mois à Pexton pour commencer à nous verser notre pourcentage, en espèces, le même jour du mois, tous les mois. Et nous lui accordions un an pour commencer à dépolluer les cours d'eau et l'air et la terre et, à défaut d'y parvenir complètement, nous lui demandions de cesser au moins de les empoisonner afin que l'eau, l'air et la terre finissent peut-être par cicatriser d'eux-mêmes.

Le contremaître a donné son accord sur tous les points. Bien sûr, a-t-il dit en souriant. Nous avons souri aussi. L'un d'entre nous a ri. On n'était pas en train de rêver ? On concluait vraiment un marché avec Pexton ?

L'interprète a pris une photo de nous en train de serrer la main de M. Fish, tout sourire, prenant nos mains entre les siennes. Nous avons échangé un regard, flattés et amusés de cette effervescence. Nous étions surpris d'avoir la capacité de rendre une grosse huile américaine aussi heureuse. Après la poignée de main, on a pris une photo de groupe, Sonni et M. Fish au centre, en train de se serrer la main, les trois d'entre nous d'un côté, le Gentil et le Charmant de l'autre. En prenant la photo, l'interprète a annoncé qu'il enverrait le cliché à des journaux new-yorkais comme preuve de la puissance du dialogue.

M. Fish a agité une clochette et un domestique habillé en blanc et noir est apparu.

Il a acquiescé à ce que M. Fish lui disait et, moins d'une minute plus tard, il revenait avec un plateau sur lequel étaient posés des verres à moitié pleins. Nous en avons tous pris un. M. Fish a dit quelque chose en levant son verre dans cet anglais à l'accent américain prononcé qui ne ressemblait en rien à l'anglais que nous parlions avec nos professeurs à l'école de Lokunja. Le quelque chose en question a fait rire l'interprète et nous en avons tous ri aussi. Nous avons levé nos verres bien haut pour imiter l'Américain en souriant comme des chèvres étourdies. M. Fish a choqué son verre contre celui de Sonni et nous nous sommes tous mis à choquer nos verres en riant. M. Fish a bu le contenu du sien d'un trait. Nous avons échangé un regard et avons fait de même. Le goût nous a fait grimacer, M. Fish a éclaté de rire et bientôt, on riait tous, oubliant qu'on se trouvait dans la maison d'un pétrolier américain. Ce soir-là, nous avons quitté la maison avec trois bouteilles de la boisson, un cadeau de M. Fish. La nuit même, nous les avons partagées avec les hommes de Kosawa à qui nous avons raconté notre rendez-vous, nous savourions ce moment d'unité qui nous faisait défaut depuis si longtemps. Nous nous sommes forcés à ne pas crier victoire tout de suite mais nous étions enfin prêts à souffler.

Tous ces événements se sont déroulés quatre ans avant le retour de Thula.

Pendant cette période, nous n'avons entrepris aucune action destinée à nuire à Pexton. Des fuites de pétrole inondaient nos terres et nous n'avons rien fait. Nos enfants toussaient et nous n'avons rien fait. Nous prenions le car de Lokunja en même temps que les ouvriers et nous ne les avons pas agressés. Nous avions donné notre parole à Pexton. Nous l'avons tenue.

Nous attendions qu'elle tienne la sienne.

C'est pendant cette période d'attente que l'un d'entre nous a été réveillé en pleine nuit par les grognements de son épouse enceinte. Il lui a demandé ce qui n'allait pas mais elle n'a pas répondu. Elle avait les yeux grands ouverts mais la bouche résolument fermée. Notre ami s'est précipité dans la chambre de sa mère pour la réveiller. Sa mère n'ayant pas non plus réussi à lui faire ouvrir la bouche, notre ami a couru chercher la doctoresse du ventre qui, après avoir tâté le ventre, a annoncé que le bébé arrivait. La doctoresse du ventre a tâté à nouveau le ventre et rectifié : les bébés arrivaient. La mère de notre ami est allée faire bouillir de l'eau. Notre ami a retiré sa lance de sous son lit puis l'a affûtée sous l'auvent de la case, impatient d'aller chasser dès que le soleil se lèverait, soulagé d'avoir l'occasion de se trouver loin de sa case quand sa femme finirait par ouvrir la bouche.

Pendant toute la journée, dans la forêt, il a pensé à ses bébés et nous nous sommes moqués de sa soudaine incapacité à engager la conversation. En rentrant au village, il imaginait, comme nous tous, que les bébés étaient nés et que nous passerions la nuit à boire dans sa case. Mais, à notre retour, les bébés n'étaient toujours pas là. À la tombée de la nuit, le silence de sa femme s'est mué en grognements, le lendemain matin en grondements, au moment où nous rentrions de la forêt le lendemain soir en cris suraigus. C'est alors, avant même l'arrivée d'un marabout du premier des cinq villages sœurs pour le confirmer, que nous avons compris que Jakani et Sakani étaient de retour.

Nous ignorons pourquoi les jumeaux ont choisi de revenir dans le ventre de l'épouse de notre ami plutôt que dans celui de n'importe quelle autre jeune femme fertile de Kosawa. Ce choix était sans doute dû au fait que cette épouse avait une poitrine généreuse et des hanches très larges. Ces hanches ne lui furent pourtant pas d'un grand secours quand les bébés ont commencé à jouer des coudes et à donner des coups de pied et à appuyer en tentant de se dégager un passage à travers le corps de la femme pour entrer à nouveau dans notre monde. La puissance de ses cris prouvait que l'inconfort dans lequel elle se trouvait n'était pas de nature à être supporté par un corps de chair. À l'instar de la première naissance de Jakani et Sakani, comme nous l'a rapporté un de nos grands-pères, la femme a mis sept jours et sept nuits à accoucher, sa douleur augmentait chaque jour, la quatrième nuit, plus personne ne dormait à Kosawa, ni les grillons, ni les oiseaux, ni les bêtes, aucun animal à la voix chantante, la plupart se joignant à la femme en train d'accoucher après chaque coucher de soleil, un chœur de gémissements autour de ses cris angoissés, accompagnés d'un flot de sang qui s'écoulait de son corps, dégoulinait du matelas pour former le dessin de visages dans la terre, les visages de Jakani et Sakani à l'époque où ils nous prodiguaient leurs soins et intercédaient en notre faveur.

Sortir, les jumeaux s'y sont enfin décidés, main dans la main.

Nous n'avions jamais douté qu'ils nous reviendraient – les hommes extraordinaires ne demeurent pas morts, pas tant que le monde continue d'avoir besoin de leurs semblables – mais nous n'en étions pas moins émerveillés qu'ils reviennent et que nos années privées d'accès à nos ancêtres soient enfin derrière nous. Nous allions pouvoir ressentir à nouveau la plénitude de l'Esprit parmi nous. Certes, il faudrait attendre un certain temps avant que les jumeaux soient en mesure de nous soigner et d'intercéder en notre faveur mais, tandis que nous défilions dans la case pour les voir, tous les hommes, femmes et enfants de Kosawa attendant leur tour, nous avions l'impression que leur simple présence nous guérissait, cet espoir qu'ils nous apportaient faisait naître en nous un sentiment de complétude.

Une semaine après leur naissance, leur père nous a annoncé qu'il ne pourrait plus être des nôtres si nous devions reprendre notre lutte contre Pexton – c'est ainsi qu'il n'est plus resté que cinq d'entre nous. Notre ami a expliqué qu'il devait se consacrer à l'accompagnement des jumeaux pour qu'ils deviennent les hommes qu'ils étaient destinés à être. Nous n'avons pas tenté de le dissuader, même si les jumeaux, qu'il avait renommés Bamako et Cotonou, n'avaient nul besoin d'être accompagnés par un père humain car ils étaient nés armés pour devenir ce pour quoi ils avaient été créés, et rien d'autre. Nous lui avons néanmoins donné notre approbation, il ne serait plus l'un d'entre nous puisque le fardeau d'être le père d'enfants qui vivaient dans deux mondes requerrait toute sa force. Il se pouvait qu'un jour ce devoir échoie à l'un de nos descendants car il ne faisait aucun doute que les jumeaux continueraient de revenir tant que des hommes vivraient sur terre, quelle que soit leur mort, ils reviendraient et ensemble. Des générations avant notre époque, ils avaient vécu dans une autre contrée mais, à présent, ils étaient parmi nous, probablement parce qu'une femme dans le ventre de laquelle ils avaient choisi d'être portés lors d'un de leurs retours avait épousé un homme de Kosawa. Et maintenant, ils étaient chez nous, à nous et, nous l'espérions, pour toujours.

La nuit, sur la place du village, on songeait à ce prodige et on secouait la tête devant tant d'émerveillement. Même des balles n'avaient pas eu raison de leur vie. Nous évoquions le moment, dans un avenir pas si lointain, où des gens originaires d'autres villages commenceraient à arriver par car, en quête de sagesse et de guérison de la part du meilleur marabout et du meilleur guérisseur de la région. Conscients que Kosawa pourrait un jour devenir la lumière qui éclairerait les ténèbres de notre nation, nous avons réaffirmé notre détermination à rester dans ce village même si tout le monde le fuyait.

Nous avons écrit à Thula pour lui raconter le retour des jumeaux. Nous lui avons dit que leurs mains ne s'étaient jamais séparées, pas même au moment où ils entraient à nouveau dans le monde. Ils étaient morts main dans la main, et revenus main dans la main, et il était manifeste qu'ils passeraient leur retour main dans la main, car c'était ainsi qu'ils dormaient, rampaient sur le sol et, lorsque des visiteurs venaient les voir, ils devaient être portés ensemble afin de ne pas séparer leurs mains car tout le monde était d'avis de ne jamais les disjoindre tant qu'ils ne l'avaient pas décidé.

Dans sa réponse, Thula nous a dit avoir partagé la bonne nouvelle avec ses amis à New York et que ces derniers avaient été très troublés – ils ne comprenaient pas comment Jakani et Sakani pouvaient revenir après avoir été enterrés. Elle n'avait pas trouvé les mots pour leur expliquer, a-t-elle dit, parce que, à moins d'avoir vécu dans notre monde, d'avoir vu de leurs yeux vu ce dont nous avions été les témoins, ils ne se rendraient jamais compte de la véritable faiblesse des lois de la nature.

Au cours des années suivantes, comme les actions contre Pexton étaient à l'arrêt, à part attendre et espérer, le contenu de nos lettres à Thula se résumait en grande partie au récit des événements ordinaires qui jalonnaient la vie du village – naissances, volume des récoltes, morts, fuites et nettoyages, déménagements, potins idiots que nos femmes tenaient absolument à ce qu'on lui transmette –, et les siennes, au récit des nouvelles expériences qu'elle faisait, au nom des mouvements contestataires dans lesquels elle était impliquée, à l'avancement de ses études. Au cours de sa huitième année en Amérique, elle nous a annoncé qu'elle commençait à échafauder des plans pour revenir au pays en 1998.

Elle avait passé un premier niveau d'études puis travaillé quelques années et était sur le point d'accéder au plus haut niveau dans sa discipline grâce à une bourse qui lui permettait d'étudier et d'enseigner. La date de la fin de son cycle d'études arrêtée, ses pensées se tournaient davantage vers Kosawa, et elle était impatiente de poursuivre le dialogue que nous avions initié avec Pexton. Elle avait bon espoir de trouver un terrain d'entente avec M. Fish, qui profite à la fois à Pexton et à nous. Elle était certaine que les années à venir constitueraient une époque propice aux négociations avec la compagnie. Pexton avait accumulé d'autres casseroles dans les années qui avaient suivi le massacre, comme ce qu'avait révélé un journal américain sur les méthodes de la compagnie pour éviter de payer ses impôts au gouvernement américain. Bien que Pexton ait réfuté toutes les accusations, la compagnie avait compris que ses futurs bénéfices dépendraient de sa volonté d'afficher un comportement plus vertueux. D'après ce qu'on lui avait dit de M. Fish, Thula avait acquis la conviction que la facette plus morale de Pexton apparaissait.

Constater que huit années n'avaient en rien amoindri son amour pour son lieu de naissance nous a ragaillardis. La première année, nous avions eu peur que l'Amérique parvienne à lui faire oublier Kosawa en lui offrant des choses que nous ne pouvions lui offrir. La deuxième année, malgré ses lettres et l'argent qu'elle nous envoyait, nous étions encore inquiets car il était manifeste qu'Austin avait pénétré son cœur et l'avait transformé. Dans une de ses lettres antérieures, elle avait écrit :

L'autre soir, nous sommes allés à une fête chez un de ses amis. Il sait que je n'aime pas danser mais il m'a quand même entraînée sur la piste au prétexte que j'avais besoin d'apprendre à traverser la vie en dansant. En un rien de temps je me suis mise à danser, et à ma plus grande joie. Son sourire me donnait envie de continuer toute la nuit. Oui, je vois votre air choqué à la lecture de ces mots, Thula qui danse ? Il se trouve que dans ce pays, contrairement à Kosawa, il n'est pas nécessaire de danser d'une certaine façon. On peut faire des mouvements hideux, même bouger son corps à sa manière, et personne ne viendra vous dire de retourner vous asseoir avant de vous blesser. J'admets que je me suis fait cette réflexion en regardant un homme qui se trouvait sur la piste. Un homme fort mais son poids est sans importance – il se frappait la tête et tourbillonnait et souriait comme si le monde débordait de joie. Austin a ri quand je le lui ai montré, selon lui toute personne vivante devrait faire preuve de la même désinhibition. Cet homme lui rappelait un collègue de son oncle qui était aussi gros que l'homme sur la piste ; ce collègue était l'un des meilleurs danseurs qu'il ait jamais vus – toutes les fêtes auxquelles il était invité étaient vouées à être mémorables ;

l'homme avait toujours des blagues et des histoires folles à raconter ; c'était ce qui lui manquait le plus de Bézam, les gens de son espèce... Il aurait continué à égrener ses souvenirs si je ne lui avais signifié que je ne tenais pas à en apprendre davantage sur cette personne, et certainement pas en plein bonheur. Il s'est interrompu brutalement et m'a fait tourner sur moi-même, riant aux éclats de mes gesticulations épouvantables.

Je n'ai jamais rêvé de devenir une de ces filles qui comptent les jours jusqu'au prochain rendez-vous avec leur bien-aimé, et m'y voilà, Austin s'y emploie. Il me convient parfaitement. Chaque jour en sa compagnie m'amène à me demander si le monde ne veille pas à me rendre heureuse. Il me chante des chansons. Il m'entraîne dans la ville essayer toutes sortes de cuisines. Le week-end dernier, il faisait chaud, on est allés dans un parc, on a étalé une couverture sur l'herbe et passé la journée à se faire la lecture. Après quoi, on a acheté à manger dans la rue et on a marché, main dans la main, jusqu'à une rivière pour admirer le coucher du soleil. Le lendemain, il m'a emmenée au bord de l'océan pour la première fois de ma vie. J'aimerais pouvoir vous en parler mais il me faudrait un livre entier pour décrire sa beauté et sa majesté, exprimer ce que j'ai ressenti lorsque les vagues se sont écrasées sur mes pieds pour la première fois.

À tous égards, nos esprits ne font qu'un, sauf lorsqu'il s'agit de Kosawa. Il n'a pas la moindre idée de l'amour qu'on porte à notre village. Il ne parvient pas à appréhender le fait que Kosawa puisse être le début et la fin de tout ce qu'on a jamais possédé. J'essaie de lui expliquer que je ne peux abandonner la lutte pour laquelle Papa et Bongo ont donné leur vie. Il me dit qu'il comprend, on ne doit jamais oublier les siens, mais quand il me supplie de ne jamais le quitter, je sais qu'il ne comprend pas. Comment le pourrait-il, lui qui n'a jamais expérimenté une innocence fragile semblable à la nôtre ? Lui dont l'enfance ne s'est pas terminée par la mort successive de ses amis ? Lui qui n'est jamais allé se coucher en se demandant s'il serait en vie le lendemain, en se demandant si sa mort serait imputable à de l'eau empoisonnée ou à des soldats ? Comment pourrait-il être sensible à la détermination qui nous anime de donner aux enfants de Kosawa ce que Pexton nous a volé ?

Il prétend ne pas avoir besoin d'être passé par nos épreuves pour saisir notre point de vue, mais je ne le crois pas – quiconque a eu une enfance pareille à la nôtre ne se sentira jamais chez lui dans le pays d'un autre. Même ceux qui, contrairement à moi, ne peuvent retourner physiquement chez eux le font en esprit – c'est une question d'équilibre. Qu'importe l'endroit où ils vont, ils transportent leur lieu de naissance, ils ne sont jamais séparés de tout ce que celui-ci leur a donné et pris. Les jours froids, ils cherchent sa chaleur, imaginent l'éclat de son soleil quand les nuages sont menaçants. Ils reconnaissent des visages perdus de vue dans une foule d'inconnus. Ils entendent une voix et se rappellent une soirée lointaine. Une chanson d'amour leur brise le cœur, tant ils rêvent que leur mère patrie les prenne dans ses bras, les caresse, murmure à leurs oreilles. Il n'en sera plus jamais ainsi, ces jours sont révolus. Mais, par les nuits sans lune, la nostalgie fait pleurer les bébés qui sommeillent en eux – beaucoup ne seront plus jamais uns et indivisibles. Ils seront à jamais mal rapiécés, car ils existent dans un monde trop pressé pour leur demander de raconter leurs histoires – qui s'intéresse à leurs histoires ? Je ne veux pas d'une vie comme celle-ci. Pour les années à venir, je veux que mon corps et mon esprit résident dans cet endroit que mes ancêtres ont fièrement foulé.

Parfois, je rêve qu'Austin revienne avec moi. Il dit souvent que les meilleures années de sa vie après la mort de sa mère et avant notre rencontre sont celles qu'il a passées dans notre pays – son oncle l'avait traité avec bonté, il s'était fait d'excellents amis à Bézam, il adorait écrire sur notre pays. Mais il est peu probable qu'il y retourne un jour. Après être revenu à Kosawa reprendre la dépouille de son oncle et l'avoir enterrée de nouveau à Bézam, la femme de son oncle l'a accusé de complicité d'assassinat et certains de ses cousins ont cessé de lui adresser la parole. Il a donc commencé à faire ses bagages pour rentrer à New York souffler quelques mois, tout cela pour que finalement les soldats de Son Excellence se présentent à sa porte afin de l'expulser définitivement vers l'Amérique. Cela dit, des années plus tard, il n'a toujours pas trouvé de réconfort dans son pays natal.

Comme on l'espérait, Thula n'avait pas cédé tout son cœur à Austin. Nous lui avons souhaité bonne chance – si un homme ne trouvait pas de réconfort dans son pays natal, quelle chance avait-il d'être heureux ? Nous avons demandé à Thula pourquoi il se sentait déraciné et voici ce qu'elle a écrit :

Être né de parents originaires de différentes parties du monde a fait de lui un homme de quelque part et d'autre part, mais malheureusement de nulle part. Pire, le parent qu'il aimait le plus, enfant, celui qui l'a façonné pour être l'homme qu'il est aujourd'hui était celui qui venait d'autre part, celui qui est mort jeune en le laissant seul se repérer dans une vie déroutante. Il évoque souvent la beauté de sa mère, l'être merveilleux qu'elle était. La seule femme à ma connaissance qui lui arrive à la cheville, c'est toi, me dit-il. D'après ce que sa mère lui a raconté avant de mourir, son mariage était une de ces blagues irrésistibles dont la vie a le secret. Elle adorait la vie dans son village situé dans les environs de Bézam ; elle n'avait aucune envie de le quitter. Le père d'Austin se trouvait dans notre pays pour prêcher la bonne parole, pas pour trouver une épouse. Mais quand il a vu la beauté de sa mère et, plus tard, quand il a appris qu'elle accordait foi à son message de gloire éternelle, il s'était juré de revenir en Amérique avec elle. À ce moment du récit, elle riait toujours, m'a-t-il rapporté, et son père riait avec elle.

Les parents de sa mère ne s'étaient pas fait prier pour donner leur fille en mariage à un missionnaire américain – elle était la neuvième d'une fratrie de quinze et n'était la préférée d'aucun des parents, si bien que ces derniers avaient accepté la dot proposée par le père d'Austin, organisé un mariage modeste et fait promettre au marié de rendre leur fille heureuse et de la protéger. Une semaine plus tard, le couple se mariait à nouveau dans un bureau de Bézam et peu après ils s'envolaient pour l'Amérique. Sa mère n'avait jamais aimé l'Amérique mais, comme la naissance d'Austin avait eu lieu dix mois après son arrivée, elle n'avait eu de temps que pour l'aimer. Ils faisaient tout ensemble, cuisiner, chanter des chansons du village de sa mère et même dormir dans le même lit quand son père voyageait pour son nouveau travail de visiteur médical. À la mort de sa mère dans un accident de voiture un après-midi qu'il était à l'école, il avait cru mourir de chagrin.

Après le drame, peu de souvenirs de son enfance lui inspiraient de la nostalgie. Son père et lui avaient déménagé dans une autre ville où il passait ses journées dans une école pour gosses de riches et ses soirées avec la femme que son père avait engagée pour s'occuper de lui car son travail le tenait éloigné une bonne partie de la semaine. À l'école, les autres garçons le trouvaient bizarre, avec sa peau trop foncée, ses cheveux trop hauts. Dans le silence de la maison de son père dans une ville du centre du pays, il lisait des livres qui interrogeaient le sens de la vie, son inanité. Il avait commencé à écrire et c'est dans l'écriture qu'il avait trouvé la joie qu'il avait redouté de perdre à la mort de sa mère. Le moment venu de poursuivre ses études, il avait annoncé à son père qu'un seul sujet l'intéressait, l'essence de l'existence, identifier les raisons de sa naissance. Son père l'avait encouragé dans cette voie – accepter était le moins qu'il puisse faire pour compenser ce qu'il n'avait pu donner à son fils.

À vingt ans, il vivait seul dans l'appartement que son père lui avait acheté à Brooklyn en contractant un emprunt. Il avait décidé de devenir journaliste, dans l'espoir qu'écrire sur la vie des autres donnerait un sens à la sienne. Ses journées ne déborderaient-elles pas de raisons d'être s'il devait les passer à faire connaître les histoires de ceux qui n'étaient sciemment jamais entendus ? Les mots écrits par d'autres avaient façonné son monde, pourquoi les siens ne façonneraient-ils pas le monde ? Il en rit aujourd'hui, mais dans les premières années où il était journaliste, il adorait son travail. Il aimait partir à la recherche d'histoires qu'il jugeait devoir être connues du monde, les écrire, les réécrire, implorer ses supérieurs qui ne partageaient pas son enthousiasme sur le sujet. Aujourd'hui, même s'il voyage dans différentes régions du pays pour débusquer des spécificités, même s'il s'accroche à l'espoir ténu qu'un de ses articles incite ses compatriotes à réviser leurs façons de penser et d'être, il ne parvient pas à repousser la lassitude qu'il éprouve à l'égard de son travail : en quoi celui-ci a-t-il changé un tant soit peu les choses ? C'était comme espérer décrocher la lune.

Il regrette d'avoir écrit le drame de Kosawa. S'il n'avait pas tenu à ce point à démasquer Pexton, Bongo serait encore en vie, me dit-il. Cela en valait-il la peine ? Je sais que oui, on le sait tous, mais ce n'est pas à moi de le convaincre. Même s'ils n'avaient pas été pendus, les Quatre seraient morts de toute façon, je lui dis et il est de mon avis – on ne peut échapper indéfiniment au bourreau, à la corde qui se resserre pour nous tous. Et pourtant, il doute qu'il reste des causes pour lesquelles se battre. Et sûrement, la nôtre n'en est pas une, notre lutte contre Pexton, en raison de son caractère bancal. Il souhaite notre victoire, bien sûr. Si on parvenait à vaincre Pexton, ce serait la seule de ses histoires qui finirait bien, me dit-il. A-t-il réellement cru que les journalistes pouvaient redresser les torts du monde ? À ce souvenir, il rit. Les gens lisent les articles que ses collègues et lui écrivent, et ils soupirent, puis ils reprennent le cours de leur vie, après avoir abandonné au fond d'une poubelle les mots, seuls et détrempés. Il arrive que des lecteurs écrivent à des groupes susceptibles de modifier une situation. Parfois, ils manifestent. Ou arrêtent d'acheter les produits de telle entreprise. Ou ils changent de gouvernement mais trop de choses demeurent immuables. Les gens continuent d'avancer – que faire d'autre ? Le changement viendra peut-être quand il sera prêt, ou pas, dit-il.

On avait du mal à comprendre comment Thula, si passionnée, pouvait être aussi attachée à Austin et à sa résignation. Le cœur des femmes est inconstant et l'amour le modifie facilement, c'est pourquoi nous prions souvent l'Esprit d'insuffler de la sagesse à notre amie. Avant son départ, elle nous avait promis de nous écrire sans rien nous cacher afin que nous puissions la garder à l'œil. Aussi, en voyant comment Austin l'avait transformée en une nouvelle créature, nous nous sommes vus contraints de lui demander si, le moment venu, elle quitterait Austin pour Kosawa. Si elle décidait de rester en Amérique par amour, lui avons-nous dit, nous l'accepterions. Nous nous réjouirions pour elle et nous lui souhaiterions bonne chance. Ce à quoi elle a répondu :

Comment avez-vous pu douter de moi ? Si je vous parle d'Austin, ce n'est pas pour que vous vous demandiez si je vais revenir ou pas. Je vous le dis pour que vous sachiez pourquoi je dois rentrer même si mon cœur s'insurge. Oui, j'ai envie d'être avec lui jusqu'à mon dernier souffle. J'ai envie de m'allonger à côté de lui et de pleurer Papa et Bongo, de pleurer un monde devenu totalement fou et que je rêve de réduire en bouillie pour libérer l'univers des hommes. Lui aussi aimerait que le monde soit recréé, mais pas de la manière dont nous cherchons à le faire. Il est partisan du dialogue, il croit aux gens qui partagent leurs histoires, à ceux qui écoutent les histoires des autres, il croit aux ennemis qui changent de point de vue sur leur adversaire. La naïveté qui le pousse à croire que des histoires seules sont capables de ce tour de force a tendance à me faire rire. Quand je lui ai raconté votre première attaque aux Jardins, il a été effondré qu'on ait pris cette voie. Nous nous sommes disputés et ne nous sommes pas parlé pendant plusieurs jours. Dès que cela touche à notre lutte, la discussion devient difficile. Mais je ne renonce pas, c'est mon meilleur ami. En revanche, tant qu'il ne comprendra pas ma vision des choses, comment pourrai-je le laisser me soutenir dans les années à venir ?

Il me rabâche en permanence que nous devons faire preuve de patience. Son Excellence et son gouvernement ne vont pas tarder à s'effondrer sous le poids de leur irresponsable cupidité et Pexton s'enfuira avec eux, me dit-il. Ce qui a le don de m'horripiler. Patience, soyez patients. Ce n'est pas de faire preuve de patience que nous avons besoin mais de nous battre. Mais il ne croit pas à l'hostilité, il prétend que n'importe quel conflit dans le monde peut être résolu par la parole. Le nôtre pas, lui ai-je dit, c'est la raison pour laquelle on continue de se battre.

Mais comment se battre quand on a déposé les armes ? lui a-t-on demandé.

À l'époque de cette lettre, quatre ans s'étaient écoulés depuis la conclusion de notre accord avec M. Fish et nous n'avions toujours pas touché le moindre pourcentage. Nous n'étions pas pressés de sortir nos machettes mais nous ne pouvions pas laisser Pexton nous prendre pour des imbéciles. Peut-être était-il temps de recommencer nos visites nocturnes aux Jardins ? Nous l'avons dit à Thula. Nous devions rappeler à Pexton que nos cultures continuaient de produire des récoltes flétries, l'eau de notre puits continuait de charrier des toxines, nos enfants continuaient de respirer un air empoisonné.

Thula était de notre avis. Une promesse n'avait manifestement aucune signification pour Pexton.

Néanmoins, elle ne voulait pas qu'on reprenne immédiatement nos attaques. Elle voulait qu'on attende son retour, qu'elle était en train de préparer. Elle voulait réunir Sonni et les anciens pour les convaincre que, même si elle était résolue à engager le dialogue avec Pexton, elle était convaincue dans le même temps qu'on ne devait plus les attendre indéfiniment – il était essentiel pour elle que les anciens et nous nous mettions d'accord : si Pexton n'accédait pas à nos requêtes, nous réactiverions nos anciennes stratégies. Les anciens devraient comprendre qu'à un moment donné, le Mouvement pour la restauration passerait sûrement à une autre cause que celle de Kosawa et que ce ne serait pas désobligeant de leur part, c'était ainsi que les choses fonctionnaient, nous devions commencer à envisager le jour où nous aurions moins de soutien venant de l'extérieur.

Nous étions d'accord sur tout. On attendrait son retour pour raviver la lutte car, forts de son soutien, notre ténacité serait renforcée.

Dans sa lettre suivante, elle nous faisait part d'une autre idée à laquelle elle avait songé. Elle disait :

Réfléchissez-y. Pexton n'agit pas seul. Pexton n'a de pouvoir sur nous qu'en raison du pouvoir que notre gouvernement lui a accordé. Le gouvernement lui a donné nos terres. Le gouvernement a envoyé les soldats ce sinistre après-midi. Le gouvernement a pendu nos hommes. Si on réussissait à forcer Pexton à partir, le gouvernement ne reviendrait-il pas sous une forme ou sous une autre pour continuer de nous opprimer ? Notre véritable ennemi n'est donc pas Pexton, mais notre gouvernement. Cela ne veut pas dire pour autant qu'on ne doive pas s'opposer à Pexton, mais il nous faut aussi nous opposer au gouvernement. J'ai conscience que cela peut vous paraître extravagant, vous allez tout de suite penser que ce n'est pas dans nos cordes, mais imaginons qu'on fonde un mouvement destiné à renverser le gouvernement de Son Excellence ? Et si on faisait passer à Bézam le message que la coupe est pleine ?

Je suis persuadée qu'on peut le faire. Nous sommes peut-être le seul village à respirer un air empoisonné par Pexton mais ses pipelines traversent d'autres villages qu'ils souillent aussi. Les soldats menacent tout le monde. Le pays tout entier souffre sous le joug de Son Excellence. Des millions de gens souhaitent son départ. C'est une occasion à saisir. Nous pouvons unir nos forces à celles de gens prêts, comme nous, au changement. Les stimuler pour qu'ils descendent dans la rue et exigent un nouveau pays. Je me suis documentée sur les mouvements américains et européens. Les gens sont descendus dans la rue pour manifester et ils ont transformé leurs pays. Il est probable qu'il nous faudra des mois, voire des années, pour que les gens manifestent par milliers mais, en nous préparant bien, c'est possible.

On commencera par Kosawa et les villages frères, puis on se déplacera le plus loin possible à l'intérieur du pays. Une fois que le bruit se sera répandu, je suis certaine que les gens commenceront à se rendre compte qu'ils ne doivent pas tout accepter, qu'ils peuvent faire pression sur le gouvernement, qu'ils ont le choix. C'est l'élément essentiel de la viabilité du mouvement, seul le peuple peut arracher Son Excellence à son trône. Seul le peuple peut se libérer. Il faut lui ouvrir les yeux sur le pouvoir qui est en sa possession.

Êtes-vous d'accord avec moi ? Je le souhaite de tout mon cœur, car cela fait des années que j'y réfléchis mais c'est seulement aujourd'hui que j'en ai acquis la certitude absolue : l'Esprit m'a désignée pour le faire, pour que nous le fassions ensemble.

J'en ai parlé à mes amis ici et tous sont enthousiastes. Nous avons discuté de mouvements antérieurs dont je pourrais m'inspirer. Ils m'ont recommandé certains livres à lire. L'un de mes amis m'a présenté son oncle, un ancien militant d'un mouvement américain qui a permis la promulgation de lois accordant le droit d'être traité équitablement à tous les habitants du pays. L'oncle m'a dit : Si ça peut arriver ici, ça peut arriver n'importe où ;

les hommes sont mortels, et mortels sont les systèmes qu'ils mettent en place. Puis, un peu à la manière de maître Penda qui tentait de nous expliquer la façon de parler des Américains, il a ajouté : Il faut toujours garder espoir, petite. Le changement viendra.

Mais chaque fois que j'en discute avec Austin, il me dit d'ignorer l'histoire des mouvements européens et américains, de me concentrer sur ceux qui se sont créés dans des pays similaires au mien.

Ce que tu te proposes d'entreprendre n'est pas un petit mouvement mais une révolution.

Mouvement, révolution, peu importe le nom, mon pays en a besoin, ai-je répondu.

Mais regarde à quoi ont abouti les révolutions dans les pays qui entourent le tien. Regarde au sud, un territoire où le pouvoir était entre les mains de quelques-uns. Des hommes se sont dressés et battus pour que les richesses soient réparties équitablement. Est-ce ce qui est arrivé ? Les richesses ne sont-elles pas passées des mains de quelques-uns aux mains de quelques autres ? Et regarde à l'est de ton pays, ce pays où des rebelles, armés par leurs pourvoyeurs de fonds étrangers, ont pris d'assaut le palais présidentiel. Ils ont dégradé le palais, fait fuir ses occupants. Ils ont truffé de balles la poitrine de l'homme qui les avait foulés aux pieds pendant des lustres. Ils ont levé leurs armes et acclamé leur nouvelle liberté ; victoire, enfin, victoire, enfin. Que s'est-il passé ensuite ? Des tribus se sont retournées contre d'autres tribus, des villages contre d'autres villages, aucun homme fort entre eux pour imposer un accord de paix. Regarde les enfants de ce pays qui maigrissent à vue d'œil par manque de nourriture. Regarde les femmes de ce pays réduites en esclavage par des hommes qui jadis se sont battus pour la libération de tous. Si tu posais la question à ces gens, chanteraient-ils les louanges de la révolution ?

Qu'est-ce qui te fait croire que ta révolution ne produira pas les mêmes effets ? me dit-il. Pourquoi ajouter aux maux d'un peuple une quête vouée à l'échec ?

J'ai mal quand j'entends ce genre de discours. D'autant plus mal qu'il le tient pour me garder en Amérique. Je lis le désespoir dans ses yeux quand il me serre dans ses bras et me supplie de ne pas partir. On est ensemble depuis presque huit ans, ç'a été merveilleux, mais je ne lui ai jamais caché que cette part de mon cœur qui appartient à Kosawa n'appartient qu'à Kosawa – toutefois, si un homme avait le pouvoir de la voler, ce serait lui. Je ne m'autorise pas à penser au jour où je lui dirai au revoir. Ne serait-ce que l'écouter essayer de me dissuader pour me protéger, même si je sais qu'il a tort, me fait monter les larmes aux yeux. Mais je ne verserai pas de larmes. Pas tant que la lutte n'aura pas pris fin.

J'ai bien conscience que ce que je vous propose dans cette lettre ressemble à une mission qui consumera le reste de notre vie, mais je suis décidée à y consacrer la mienne si vous êtes prêts à le faire aussi. On ne verra peut-être pas le jour où Kosawa ou notre pays sortira des ténèbres pour accéder à la lumière, mais on se fabriquera une croyance en l'avenir parce qu'il n'y a pas d'autre façon de vivre.

Il n'y a pas d'autre façon de vivre, lui a-t-on répondu.

Sa proposition était, effectivement, intimidante mais nous préférions nous battre et mourir plutôt que de vivre comme des lâches. Nous la suivrions et nous étions persuadés que, quel que soit le projet qu'elle avait en tête, celui-ci nous procurerait une nouvelle vie – c'était la raison pour laquelle elle était partie en Amérique, pour revenir avec des connaissances dont elle nous ferait bénéficier. Nous l'avons mise en garde, il était peu probable que les gens dans tout le pays adhèrent à sa folle envie de renverser Son Excellence, de peur que sa colère divine ne s'abatte sur leurs villes et villages, mais comment le savoir avant de leur avoir parlé.

Dans sa réponse, elle dit que, grâce à Austin, elle avait appris à se concentrer non sur ce qui avait été ou pouvait advenir mais sur ce qui était. Elle a quand même reconnu que, à certains moments, elle craignait que notre village ne perde encore beaucoup des siens avant que tout soit terminé. Mais, d'un autre côté, le souvenir de nos morts lui donnait de la force. Voici ce qu'elle a dit :

La semaine dernière, Austin m'a lu un essai qu'il a écrit en hommage aux semblables de mon père et de mon oncle. Il y évoque les hommes courageux qui, partout dans le monde, sont tombés au combat, le sacrifice de leur vie gaspillé alors que de nouvelles formes de cupidité et d'inconséquence viennent surpasser les précédentes. Qu'adviendra-t-il de ceux qui se dressent pour prendre la place de mon père et de mon oncle ? Certes, de faibles lueurs de progrès viennent éclairer certaines vies dans des coins reculés du monde mais une solution à l'échelle planétaire nous échappe.

Austin et moi nous disputons sur le moyen idéal de nous libérer, nous et ceux qui nous entourent, mais nous sommes d'accord sur tout le reste. Trop d'hommes perdent la notion de leur véritable nature, ce qui conduit les plus avides d'entre nous à considérer le reste de leurs semblables comme un festin à dévorer. Je suis réconfortée et à la fois plus brisée encore par ce que j'ai vu en Amérique, par la prise de conscience que Kosawa n'est qu'un endroit parmi des milliers à être à genoux ; que d'autres plus puissants que Kosawa ont été broyés. Je continue d'assister toutes les semaines aux réunions du Village et, chaque fois, on se demande que faire maintenant. Que feront nos enfants après s'être démenés et avoir échoué, comme nos pères ont échoué avant eux ?

Austin ne cesse de me supplier de rester en Amérique.

Il dit que je pourrai gagner de l'argent et vous l'envoyer. En fait, il pense qu'il serait préférable de vendre Kosawa à Pexton. Comment peut-il comprendre ? L'argent fera son usage, mais on ne veut pas seulement qu'on nous laisse tranquilles. Ce que l'on veut, c'est être maîtres de nos vies et marcher fièrement tels les fils et les filles du léopard que nous sommes.

Après avoir reçu cette lettre, chaque fois que nous repensions à ses termes, à la conviction de Thula que nous avions pleinement droit à la dignité et au respect, nous bombions le torse et redressions les épaules. Quelque temps après, ce même mois, le village tout entier lui a fait écho le jour où nous nous sommes tous réunis pour célébrer le rite de passage d'une génération de garçons qui entraient dans l'âge d'homme.

Le passage à l'âge d'homme a toujours été une de nos cérémonies préférées, elle nous rappelle notre identité en tant que peuple et pour quelle sorte de vie nous avons été créés. Chaque fois que nous nous remémorons la nuit qui a précédé notre passage, nous éclatons de rire. En pleine nuit, des hommes de la famille nous ont emmenés au cœur de la forêt où ils nous ont laissés. Certains camarades ont essayé de les suivre jusqu'au village mais les hommes les ont fouettés en les menaçant de les attacher à un arbre. Aucun d'entre nous n'était autorisé à revenir avant le lever du soleil. Nous avons passé la nuit à nous appeler au milieu de bruits et d'odeurs inexplicables, nous nous sommes démenés dans l'obscurité pour repérer les autres, terrorisés à l'idée de marcher sur un serpent ou un scorpion. Ceux d'entre nous qui avaient trouvé un ami se blottissaient avec lui contre un arbre en frissonnant dans le noir ; nous n'avions pas eu le droit d'emporter une couverture et pourtant le rituel se déroulait toujours pendant la saison des pluies. Ceux qui n'avaient pas trouvé d'ami sont montés au sommet d'un arbre pour être en sécurité ou sont restés assis toute la nuit, les bras serrés autour du corps, trop effrayés pour s'allonger seuls. Le lendemain matin, nous étions couverts de piqûres de moustiques mais fiers d'avoir fait la preuve de notre témérité. En revenant au village dans des éclats de rire, nous nous interrompions les uns les autres et criions pour nous faire entendre, impatients de partager nos récits de survie.

Nous sommes arrivés au village sous les cris de joie de nos mères, même si elles n'avaient aucune raison de craindre qu'on ne revienne pas – aucun garçon de Kosawa n'avait jamais manqué de revenir la veille de la cérémonie. Les tambours étaient frappés avec force et les tantes et les grandes sœurs transpiraient en cuisine pour préparer le repas. Mais nous n'avions pas encore le droit de manger, ni d'embrasser nos mères, ni même d'entrer dans nos cases. Nous avons été aussitôt conduits sur la place du village par nos pères et les anciens. Nous nous sommes assis sur des nattes à l'ombre du manguier. Nous n'avions pas le droit de bouger ni de parler, parce que l'âge d'homme nous obligerait à nous exercer à l'immobilité. Seuls les gestes de la main étaient autorisés si on avait besoin d'aller aux latrines, après quoi, on retournait s'asseoir, frigorifiés et affamés. Nous sommes restés là toute la matinée et tout l'après-midi, jusqu'à l'heure où le village a été prêt pour la cérémonie.

Notre dernière épreuve commençait une fois que tout Kosawa plus les amis et parents des villages frères étaient rassemblés autour de nous, une foule qui comptait des centaines d'individus.

Tous les yeux étaient tournés vers nous, nous devions nous déshabiller entièrement pour marcher sur des charbons ardents.

Il fallait faire quarante pas sans trahir notre honte ni notre souffrance parce que, en tant qu'hommes, nous devions relever la tête malgré le regard du monde et canaliser notre douleur avec sagesse. Nos pères nous avaient conseillé de marcher vite, peu d'entre nous y sont parvenus ; et deux ont été victimes d'une fuite urinaire. À la fin de l'épreuve, nos mères et nos parentes nous ont noué un pagne autour du corps, et nos pères et nos parents nous ont portés jusqu'à nos cases où la plante de nos pieds martyrisés a été nettoyée et bandée une fois nos ablutions faites.

De retour sur la place, tout de rouge vêtus, nous avons été accueillis par l'hymne du village que tout le monde reprenait en chœur en dansant : « Fils du léopard, filles du léopard, que ceux qui nous veulent du mal prennent garde, jamais notre rugissement ne sera réduit au silence. »

Avant de manger et de boire – ce dont nous avions rêvé toute la nuit dans la forêt et toute la journée, assis en silence –, nous nous sommes agenouillés devant les anciens. Ils ont posé leurs mains sur nos têtes, ont fait des libations et nous ont désignés nouvelle génération de léopards. Le moment où nous nous sommes relevés marquait notre entrée dans l'âge d'homme. Nous savions grâce à nos pères que le rite de passage seul ne faisait pas de nous des hommes – nous le deviendrions le jour où nous serions responsables d'autres vies, le jour où nous prendrions femme et nous aurions des enfants et où, en les regardant, nous comprendrions que nous ne valions rien si nous n'étions pas capables de tout leur donner. On répétait souvent à ceux de la plus jeune génération que le rite de passage n'était qu'une porte entrouverte sur l'âge d'homme – ils devaient rappeler inlassablement au monde que le sang du léopard coulait dans leurs veines, faute de quoi ils risquaient de rester des garçons toute leur vie.

Quand nous avons raconté à Thula combien la dernière cérémonie avait été réussie, elle a été stupéfaite d'apprendre que des bébés qu'elle avait portés dans tout le village étaient déjà entrés dans l'âge d'homme. Je suis contente de rentrer bientôt, a-t-elle écrit ; je n'ai pas envie d'arriver pour découvrir que mes amis sont déjà grands-parents. Dans cette lettre, la dernière qu'elle nous a envoyée d'Amérique, elle nous a décrit la fête d'adieu que ses amis avaient organisée en son honneur, les larmes qu'elle avait versées en les entendant évoquer les aventures qu'ils avaient partagées, les endroits où ils étaient allés partout en Amérique. Vers la fin de la lettre, elle parlait de son récent rite de passage personnel :

Il y a deux jours, je suis allée dîner chez Austin. Nous avions décidé de ne plus parler de mon départ dans trois mois, il valait mieux profiter l'un de l'autre comme si nous devions rester ensemble toute la vie. On y parvenait parfois mais, en voyant sa mine sombre lorsque je suis entrée dans l'appartement, j'ai su que ce jour-là on échouerait. Pendant qu'on mangeait un ragoût de plantains mûres frites, de haricots et de champignons dont il avait appris la recette à Bézam, il a pris ma main droite et m'a annoncé qu'il avait quelque chose à m'avouer.

Princesse, a-t-il dit, je suis en train de mourir.

J'ai scruté son visage, j'étais sans voix.

Comment ça, tu es en train de mourir ? je lui ai demandé.

Je suis en train de mourir, a-t-il répété. Je ne sais pas quand. Je ne sais pas comment mais aujourd'hui, demain, la semaine prochaine, l'année prochaine, je serai mort.

Que se passe-t-il ? ai-je demandé. Tu es allé voir le médecin ? Il a secoué la tête. Les battements de mon cœur se sont calmés ; je me suis dit qu'il traversait une phase méditative.

Tu es en train d'écrire un article sur la mort qui te bouleverse ? ai-je demandé.

Tous les articles que j'écris traitent de la mort, a-t-il répondu. Il m'est apparu aujourd'hui que la vie était la mort, la mort était la vie – à quoi ça rime tout ça ?

Alors, tu n'es pas malade ? ai-je demandé. Il a secoué la tête. Une larme a jailli de mes yeux, qu'il a essuyée de sa main libre.

On est restés je ne sais combien de temps à se regarder dans le blanc des yeux. Un torrent de larmes auquel je ne comprenais rien a roulé sur mes joues. Mon corps est soudain devenu lourd, épuisé par une vie agitée. Et pourtant je sentais mon esprit s'éveiller. Je me suis mise à sangloter et Austin a chassé mes larmes, faisant redoubler mes sanglots.

Il m'a dit : Toi aussi, tu es en train de mourir, Princesse. On est tous en train de mourir. Pendant toute la semaine, j'ai été incapable de penser à autre chose qu'à la proximité de la mort. Cette proximité nous donne-t-elle envie de changer notre façon de vivre ? À moi, oui. J'ai envie de traverser la vie en flottant, libéré de la vanité des hommes. Sais-tu à quel point notre existence est dérisoire au regard de l'infinité de l'univers ? L'idée me déroute, me libère et me force à l'humilité, pas toi ? Même nous n'avons aucune importance.

Il a ri et porté ma main à ses lèvres pour l'embrasser.

Tu sais ce dont je suis en train de me rendre compte ? a-t-il dit. Vivre est douloureux. C'est la raison pour laquelle on oublie si souvent qu'on est en train de mourir, trop occupés qu'on est à pourvoir aux besoins de nos peines. C'est un des tours que nous joue la nature – elle a besoin qu'on ne s'appesantisse pas sur le fait qu'on est en train de mourir, sinon on passerait nos journées à manger des fruits aux branches basses des arbres, à nous éclabousser dans l'eau claire des rivières et à rire tandis que nos vies inutiles nous fileraient sous le nez. La nature fait en sorte que la douleur nous attende à chaque tournant pour que, dans notre quête perpétuelle pour l'éviter ou nous en débarrasser, on continue de vouloir une chose après l'autre et que le monde reste vivant. On ressent de la douleur, on provoque de la douleur, un cycle sans fin ridicule. Toutes ces peines qu'on inflige aux autres, qu'est-ce, sinon notre peine qu'on décharge sur eux ? Je ne veux plus vivre ma vie en me soumettant au diktat de ma peine. Je veux transformer la peine que je ressens à l'idée de ton départ en amour. Je veux aimer, aimer, aimer sans condition. Je pourrais être mort avant que tu prennes l'avion, je peux mourir ce soir. Loin de moi l'idée d'être macabre, je m'efforce simplement d'apprendre à ne m'accrocher à rien dans la vie. Toute ma vie, j'ai joué à m'accrocher très fort, à ne jamais vouloir lâcher et pourtant, j'ai perdu. C'est douloureux… aujourd'hui, c'est l'anniversaire de la mort de ma mère.

C'était la première fois qu'il évoquait la date de sa mort.

Comment lui reprocher de ne pas m'avoir dit cela quand son absence l'affectait toujours autant ? Son père a fait une chute récemment. Austin a pris l'avion pour aller le voir et il a passé deux jours avec lui à l'hôpital. Il devait avoir cette pensée à l'esprit : avec le probable décès de son père, mon départ, Son Excellence qui lui interdisait de revenir dans notre pays, il se pouvait qu'il vive et meure seul en Amérique.

Si ma mère était là aujourd'hui, a-t-il poursuivi, elle te dirait de te contenter d'aimer et d'être gentille avec tout le monde. C'est ce qu'elle me répétait tous les jours et je l'ai vue mettre son précepte en pratique. Je l'ai vue sourire à tout le monde. Sourire même quand il faisait froid ou que les gens dans les magasins la regardaient de travers parce qu'elle avait une allure et une diction différentes des leurs. Elle se contentait de sourire et poursuivait sa route. Quand son heure est venue, elle est partie, le sourire aux lèvres. Ces dernières années, le monde a essayé de me dire qu'il existait une meilleure façon de vivre, que les gens comme ma mère se sont trompés. Le monde a tort. En pensant à elle aujourd'hui, je me suis rendu compte que la seule manière de vivre est d'aimer sans compter.

J'ai passé la nuit chez lui, le sommeil fuyant, l'esprit agité.

J'avais l'impression de revivre une de ces effroyables nuits de notre enfance, sauf que, cette fois, je n'avais pas peur de la mort, j'en avais une conscience aiguë, je l'écoutais me murmurer : je viens te chercher, Thula, tiens-toi prête. Et si Austin avait raison quand il disait que la vie était un cycle sans fin de douleur ressentie et infligée ? Moi non plus, je ne veux plus suivre ce cycle. Toute la nuit, je n'ai pas cessé de me demander : notre bataille contre Pexton est-elle motivée par la douleur ou par l'amour ? Pourrait-elle être motivée par l'amour ? Devrait-elle l'être ?

Hier, dans ma chambre, allongée sur mon lit, je me suis imaginée dans un espace rempli de beaux objets en verre. L'espace était immense, de la taille de Kosawa. Il était vide à l'exception d'assiettes, de plateaux, de verres et de vases de toutes les couleurs ornés de fleurs, de visages de bébés ravissants, une rangée après l'autre d'objets fragiles et inestimables. Je mourais d'envie de les briser. J'ai fermé les yeux et j'ai hurlé. Je me suis mise à courir dans toute la pièce en faisant voler les objets des étagères, en les fracassant au sol, en les balançant contre le mur, en leur donnant des coups de pied, le tout sans cesser de pleurer. Puis j'ai renversé les étagères. J'ai tout détruit jusqu'à ce qu'il ne reste plus rien dans cette pièce à part moi et mes mille morceaux. Je me suis assise par terre contre le mur et j'ai pleuré jusqu'à avoir mal à la tête et les joues insensibles. J'ai séché mes yeux. Je me suis levée et j'ai vu le balai dans un coin. D'un coup de balai, j'ai poussé les morceaux hors de ma chambre. Dehors, ils se sont dissous dans le néant. J'ai refermé la porte et j'étais seule dans la pièce. J'ai recommencé à pleurer mais, cette fois, je ne faisais pas que pleurer. Je pleurais et je dansais, puis je n'ai fait que danser et rire, débordant de joie.

J'espère que l'amour qui réside dans mon cœur aujourd'hui y restera pour toujours mais, si ce n'est pas le cas, que cette lettre soit le témoignage du jour où mon seul désir au monde a été l'avènement de la paix. Demain, il se peut que je me réveille en ayant mal, la tête pleine d'images de nos souffrances, et que je ne veuille rien d'autre que punir Pexton. Il se peut que je regrette de vous avoir envoyé cette lettre mais il sera trop tard, il se peut que vous m'ayez lue et ayez décidé de vous joindre à moi pour libérer Kosawa sans faire souffrir quiconque, sans recourir à des pensées, actions ou mots destructeurs ; il se peut que vous ayez fait vœu de ne plus casser et de ne plus brûler, que vous ayez été amenés à vous demander si j'avais tort, si on avait tous tort de croire qu'on pourrait s'emparer de la liberté en détruisant.

À moins que vous ne lisiez cette lettre et la jetiez au feu, parce qu'elle n'est que divagations d'une femme perdue, et que vous soyez étonnés d'avoir accordé autant de crédit à ma prose. Je vous demande seulement de sonder vos cœurs, de méditer sur le fait qu'on meure tous, de réfléchir à l'idée de reprendre possession de nos terres par l'amour qui coule dans notre sang.

En écrivant ces mots, je vois clairement ce que nous devons faire. Je nous vois marcher sur Pexton en chantant et en dansant devant les soldats. Il se peut qu'on crie ou que notre colère enfle mais notre fureur viendra d'un puits d'amour pour nous-mêmes, pour notre village natal. Grâce à cet amour, nous exigerons nos droits et nous les obtiendrons.

Si nous devons mourir, que ce soit pour la paix.

Je serai toujours l'une d'entre nous,

Thula

Dans notre dernière lettre, nous lui avons répondu qu'il était préférable de discuter de sa proposition quand elle serait de nouveau parmi nous. Nous avions une grande admiration pour son intelligence, mais il ne nous a pas échappé que ses mots étaient ceux d'une femme sur le point de dire adieu à son bien-aimé, une femme à ce point transformée qu'elle n'avait plus que le mot amour à la bouche. Aucun d'entre nous ne croyait aux paroles aimables, aux chansons et aux danses comme instruments de notre victoire. Le temps de la gentillesse envers nos ennemis était venu et reparti.

Il y a peu, l'un d'entre nous a été abordé par un soldat qui lui a proposé discrètement de nous aider à acquérir des armes. Des armes nous permettraient de passer à d'autres actions que les seuls dégradations et incendies. Kosawa deviendrait un endroit plus sûr. Nous avons réfléchi à la proposition du soldat et décidé que l'investissement en valait la peine. Mais mieux valait attendre que Thula soit revenue pour lui demander l'argent nécessaire à leur acquisition. Voilà pourquoi nous ne lui avons pas dit grand-chose dans cette dernière lettre ; nous lui avons simplement fait savoir que nous avions entendu ce qu'elle avait à dire et que nous étions heureux qu'elle ait trouvé la paix.

Nous lui avons confirmé que, le jour de son retour, nous l'accueillerions à l'aéroport et que nos femmes avaient déjà été priées d'amidonner et de repasser nos plus belles chemises. Quand elle est arrivée à Kosawa, enfin chez elle, une semaine après son retour au pays, ceux de nos amis qui avaient quitté le village depuis longtemps étaient présents pour fêter avec nous son retour au bercail.

Nos femmes avaient déjà décidé qui cuisinerait et quels plats. On tuerait deux cabris. La place du village serait balayée. Nos enfants nés après son départ voulaient tout savoir d'elle, de leur Thula. Quel jour de joie ce serait à Kosawa.

Et ce fut le cas, même si notre propre joie avait éclaté plus tôt que celle des autres quand, à l'aéroport de Bézam, au côté de sa famille, nous l'avons vue passer les portes et se jeter dans nos bras. Elle était partie à dix-sept ans et allait bientôt en avoir vingt-huit, une femme en années mais pas en apparence, elle avait toujours l'air d'une gamine, le visage lisse, sans rides. Elle était plus mince que jamais, mais ses yeux immenses ressortaient davantage, son sourire était plus grand, plus radieux, ses cheveux plus longs, ce qui rendait sa beauté plus atypique et attirante encore. Elle a pleuré dans nos bras. Sa mère et son frère ont pleuré.

Cela faisait tant d'années, une vie.

Quand elle est arrivée à Kosawa avec sa famille une semaine plus tard, on a battu fort les tambours, Sonni et les anciens ont fait des libations et on a tous été émerveillés de voir à quel point elle était différente de la fille qui avait quitté Kosawa et, en même temps, en tout point semblable à la fille qui avait quitté Kosawa, elle chantait toujours comme une casserole mais n'était plus avare de ses mots, elle était plus heureuse, elle dansait avec les femmes et jouait avec les enfants, libre, un oiseau de retour au nid.

Nous avons évoqué la nécessité de nous procurer des armes le deuxième jour de son séjour à Kosawa. Il faisait nuit, après qu'une de nos femmes nous avait nourris, nous sommes allés sur la place du village pour n'être que tous les six. Nous nous sommes assis sous le manguier au-dessus duquel une demi-lune semblait affreusement seule. Une semaine avant d'aller l'accueillir, nous avions discuté de la meilleure façon de lui présenter notre requête – en groupe ou en tête à tête, nous savions la force de persuasion qui serait nécessaire.

Finalement, nous avons décidé de le faire ensemble, certains que le changement d'état d'esprit dont elle nous avait parlé dans sa dernière lettre était temporaire. Elle n'allait pas pouvoir entretenir bien longtemps cette certitude qu'on accédait à la liberté en chantant et en dansant.

Il ne nous a pas fallu longtemps pour comprendre que douter d'elle était une erreur.

Ses yeux brillaient de conviction alors qu'elle nous parlait des grands hommes dont elle avait étudié de près les vies et les travaux, des hommes qui avaient transformé leurs pays sans commettre de destructions ni faire couler le sang. On pouvait le faire, nous aussi, a-t-elle dit, amener nos ennemis à prendre notre parti, abattre le mur qui se dressait entre eux et nous, en leur démontrant que nos enfants étaient leurs enfants, leurs enfants étaient nos enfants. Son père était mort pour dire cette vérité aux gens de Bézam.

Elle aurait parlé jusqu'au matin si l'un d'entre nous ne l'avait interrompue, même si nous approuvions ce qu'elle disait – et bien sûr, nous serions à son côté pour rassembler les populations en vue d'évincer Son Excellence –, nous étions certains aussi qu'il était temps que Kosawa soit armé.

Qui allez-vous tuer ? a-t-elle demandé après un long silence.

Uniquement ceux qui cherchent à nous nuire, on a répondu. Les soldats ont déboulé à Kosawa et ont assassiné nos familles et nos amis et nous n'avons rien pu faire. Ils ont menacé nos vies et nous n'avons rien pu faire. Ils nous ont humiliés à maintes reprises devant nos enfants et, chaque fois, nous n'avons rien pu faire parce qu'ils sont armés et nous pas. Ils ont roulé des mécaniques dans notre village et nous n'avions pas le pouvoir de leur dire de s'en aller. Ne serait-il pas prudent de pouvoir s'opposer à eux à l'avenir ?

Elle a secoué la tête.

Non, a-t-elle répondu. Ce n'est pas possible. Si on veut défendre la paix, il faut que ce soit en permanence. Comment peut-on envisager de faire la paix avec eux en projetant de les tuer ?

Nous ne projetons pas de les tuer, a-t-on dit. Nous ne nous en prendrons pas aux Jardins. Nous ne menacerons pas les ouvriers. Les armes serviront uniquement à nous protéger en cas de nouvelle attaque. Nous ne pouvons pas continuer à parler de paix en restant sans défense – ce serait dangereux et absurde. Son Excellence et Pexton n'ont aucun scrupule à faire couler notre sang à leur profit, pourquoi ne devrait-on pas chercher à nous en prémunir ? On espère bien que le jour où on leur rendra la monnaie de leur pièce n'adviendra jamais, mais on doit s'y préparer.

Si elle nous fournissait les fonds pour acheter les armes, nous lui promettions de faire l'impossible pour que son projet de révolution aboutisse. À son signal, nous commencerions à rencontrer les chefs de village de notre sous-préfecture et des sous-préfectures avoisinantes afin de recueillir les récits des épreuves subies par leurs populations : coulées de boue en raison de la politique de déforestation massive du gouvernement ; terres saisies par décret ; enfants mourants ; soldats violeurs ; écoles aux toits effondrés. Nous demanderions aux chefs de village de nous rejoindre pour abattre notre ennemi commun. Il se pouvait que certains d'entre eux nous congédient après avoir compris notre intention de démettre Son Excellence. Des anciens nous riraient sans doute au nez et nous diraient : Oh, vous, les jeunes, vous avez encore la force d'être en colère, quel luxe – attendez de voir votre colère décupler quand vos dents commenceront à tomber. Mais, peu importaient les moqueries, nous insisterions car, comme elle, nous croyions en la victoire. Sauf que, sans armes, nous ne pouvions nous engager pour défendre ses idéaux.

Le lendemain matin, la joie qui l'animait à son arrivée à Kosawa avait disparu.

Pourtant, elle s'est forcée à sourire pendant que tout le village était rassemblé autour d'elle juste avant qu'elle nous quitte pour rentrer à Bézam prendre son poste au service du gouvernement. Debout sur la place, au côté de Sonni, elle a annoncé à l'assistance que l'heure était venue de donner un dernier coup de collier pour sauver Kosawa. Chacun devait participer à l'effort selon ses capacités physiques, le village avait une chance à condition que nous soyons tous unis. Elle a promis de revenir aussi souvent que possible.

À la fin de son discours, avant qu'elle ne monte en voiture avec sa mère et son frère, nos femmes et nos enfants l'ont embrassée à tour de rôle. Elle s'est penchée pour recevoir la bénédiction des anciens qui l'ont assurée de leur soutien, de celui des ancêtres et de l'Esprit, tous les habitants de Kosawa joindraient leurs forces et leur espoir aux siens.

Elle est revenue un mois plus tard mais sans réponse à nous apporter concernant les armes. Le mois suivant non plus. Malgré notre impatience, nous n'avons pas fait pression sur elle car, à son attitude, on voyait bien qu'elle était déchirée sur le sujet. L'état de Kosawa n'a fait qu'aggraver son conflit intérieur – le cimetière avait doublé de superficie en son absence ; quelques cases où jadis grouillaient des familles étaient désormais vides et affaissées ; il s'était déversé tellement de pétrole dans le fleuve que les petits ne l'appelaient plus fleuve mais eau triste. Thula s'est efforcée de cacher son désespoir, elle tenait à ce que le village voie son optimisme en permanence. Elle ne cessait de demander à tous de croire. Mais à quoi sert de seulement croire ? Sans nous, elle ne pouvait pas faire grand-chose pour Kosawa. Elle avait le projet et les fonds mais nous avions la force. Nos amis et frères et sœurs fuyaient ou priaient pour qu'advienne un miracle ou se résignaient au sort que leur réservait Son Excellence – tous aspiraient à une vie meilleure mais aucun n'était prêt à payer le prix fort pour l'obtenir.

Nous, nous n'avions pas peur de la mort, nous reconnaissions le caractère inéluctable de la mort, qu'on choisisse de s'asseoir sur notre derrière et de ne rien faire ou de nous dresser et de nous battre, alors pourquoi ne pas nous battre ? Nous nous demandions parfois ce qui nous différenciait des autres, pourquoi des hommes de notre âge d'une grande énergie se refusaient à risquer leur vie pour une cause essentielle et juste. L'explication était peut-être à trouver dans nos esprits, une spécificité dont l'Esprit avait décidé de ne pas doter tous les hommes pour une raison que nous n'avons pas tenté d'élucider. Mais cette chose dans nos esprits ne nous protégeait pas contre les affres de l'attente, attendre année après année que nos souffrances prennent fin.

Kosawa se battait contre Pexton depuis notre enfance ; notre terre était empoisonnée avant même notre naissance. Les jours de notre vie où nous n'étions pas coincés entre les fuites de pétrole et les rugissements assourdissants des torchères se comptaient sur les doigts de la main. Nous avions été inquiets et nous avions espéré et nous avions remporté de petites victoires et nous avions subi de nombreuses pertes, et pourtant les changements étaient dérisoires. Le Kosawa de nos rêves demeurait un mirage. À l'époque où nous étions élèves à Lokunja, nos professeurs évoquaient souvent l'avènement du prochain millénaire, le monde différent dans lequel on vivrait et, à l'époque, on imaginait qu'il en serait ainsi parce que, dans les années quatre-vingt, l'an 2000 semblait à des années-lumière, or, à présent, il n'est plus qu'à dix-huit mois et, au lieu d'y entrer la tête haute, nous rampions.

Sans la pitié de l'Esprit, notre résolution aurait vacillé, car c'était cette pitié qui nous donnait des raisons de sourire au rire de nos enfants, de nous émerveiller à l'apparition des arcs-en-ciel, de nous réjouir des naissances et des mariages qui remplissaient Kosawa de joie les jours qui précédaient et ceux qui suivaient les cérémonies, de plonger dans l'euphorie des nuits de pleine lune quand nos enfants couraient autour de la place tandis que les anciens se réjouissaient et que nos femmes roulaient des hanches, faisant se durcir notre entrejambe. Dans ces moments-là, nous nous fichions du nombre d'années à attendre ; nous pensions surtout à notre bonheur, aux promesses infinies de la vie.

Dans ces moments-là, nous nous rappelions qu'après la nuit, aussi longue soit-elle, venait toujours le matin.

Nous nous réjouissions souvent de notre chance d'avoir Thula.

Nous n'avions jamais eu peur qu'elle baisse les bras, oublie Kosawa et rentre à Bézam en se disant qu'elle avait fait sa part et échoué. Elle n'a jamais été cette femme-là, elle a la force du soleil – qu'importaient la noirceur et la densité des nuages, elle était certaine de pouvoir les dissiper et d'apparaître dans toute sa splendeur.

Six mois après son retour, elle nous a donné l'argent pour les armes.

Elle l'a fait sans cérémonie. Nous étions réunis dans une de nos cases quand elle nous a tendu une enveloppe. À l'intérieur se trouvait la somme exacte nécessaire à l'achat de cinq armes de gros calibre et de munitions en quantité suffisante. Elle n'a pas prononcé un mot lorsque nous nous sommes levés, l'un après l'autre, nous sommes inclinés devant elle, tête baissée, avons serré sa main entre les deux nôtres et lui avons exprimé notre gratitude. Quand elle a fini par prendre la parole, son ton était sévère. Nous n'avions pas le droit de faire usage des armes sans sa permission. Nous n'avions le droit d'en faire usage que pour défendre nos vies et celles de nos familles et de nos amis. Personne ne devait savoir qu'on possédait des armes jusqu'au jour où il serait devenu impératif de s'en servir. Nous ne devions jamais révéler qu'elle nous avait fourni les fonds nécessaires à leur acquisition. Si d'aventure on tuait quelqu'un à l'aide de ces armes, que l'Esprit soit son témoin, elle ne nous avait jamais autorisés à retirer la vie d'autrui. Nous lui avons donné notre parole.

Le lendemain matin, l'un d'entre nous est allé à Lokunja rencontrer le soldat qui l'avait abordé pour lui proposer des armes. Le soldat a donné son accord pour nous fournir cinq armes mais pas avant de nous avoir bien fait comprendre qu'on serait morts si le gouvernement découvrait qu'on en détenait. Lui aussi serait mort, a-t-il dit, or il préférerait ne pas mourir pour nous, il n'était qu'un intermédiaire, il faisait son possible pour arrondir son salaire du gouvernement et prendre soin de sa famille. Une erreur de notre part et il serait détruit. Nous lui avons assuré que nous serions prudents.

Le jour où il nous a apporté les armes, nous nous sommes tous retrouvés au fin fond de la forêt.

Lorsqu'il les a sorties de son sac, nous sommes restés bouche bée. Elles étaient enfin là. Lisses. D'un poids parfait. Plus noires que du brut. On les a retournées dans nos mains, dans un sens et dans l'autre. On les a tenues par le canon et par la crosse. Nous avons échangé un regard, le regard d'hommes qui, à l'instant, renaissaient. Le soldat nous a montré comment nous en servir. Comment les nettoyer. Comment empêcher qu'elles s'enraient. La magie de la lunette de visée. Grâce à la lunette de visée et au silencieux, nous a-t-il dit, on pouvait tuer de loin, sans bruit, sans laisser de trace de notre culpabilité. Nous ignorions que c'était possible. L'homme auprès duquel il s'était procuré les armes dans le pays voisin avait personnellement procédé à la modification des armes pour nous, il lui avait expliqué notre situation, a dit le soldat. On en avait pour notre argent, c'était ce qui se faisait de mieux.

Quelle sensation merveilleuse que de les avoir en main. Tuer nous est soudain apparu comme parfaitement naturel. Imaginez : une pression sur la détente, un ennemi en moins. Quatre, cinq balles dans un corps ; quatre, cinq strates de douleur en moins qui quittaient nos cœurs. Leur sang qui coulait et, un jour, plus de forages. Leurs enfants privés de père, les nôtres libres de vivre. Ce soir-là, dans la forêt, nous avons été ordonnés meurtriers. L'esprit était présent. Nous l'avons senti. L'esprit des Quatre. Des Six. Tous étaient présents au moment où il nous est apparu que le combat serait enfin mené sur un pied d'égalité. Quand l'occasion se présenterait, et elle se présentera, nous les tuerions à la manière dont jadis nous redoutions qu'ils nous tuent. Soldats, ouvriers, gens de Son Excellence – combien en tuerions-nous ? Tant qu'ils se maintiennent sur nos terres, se lassera-t-on un jour de les tuer ? Nous qui avions été des enfants tremblants, comment aurions-nous pu imaginer un jour que nous aurions la capacité de dominer d'autres mortels, pourtant nous n'en étions pas indignes. Non, nous méritions de ressentir ce frisson à leur infliger des souffrances identiques à celles qu'ils nous avaient infligées. Mais pour l'instant, nous ne bougerions pas. Nous avions donné notre parole à Thula. Nous attendrions l'occasion. Les armes devraient rester cachées dans la forêt.

Après le départ du soldat, nous avons creusé un trou et enterré les armes et les munitions.

Cette nuit-là, nous avons quitté la forêt, heureux de retrouver Thula pour commencer à préparer la révolution, si manifester, chanter et danser échouaient, nous avions un recours. Quelle splendeur de se sentir puissants.

Au cours des trois années suivantes, Thula a fait le voyage de Bézam aussi souvent que possible et nous sommes allés de village en village pour expliquer son projet. Partout où nous allions, les hommes étaient sidérés qu'une femme célibataire, une fille à en juger par sa minceur, ait le culot de leur expliquer que leur vie et l'avenir de leurs enfants seraient plus rayonnants s'ils l'accompagnaient dans sa mission de libération de notre pays. Une fois, un ancien lui a demandé combien elle avait d'enfants. Quand elle a répondu aucun, il lui a demandé quand elle avait l'intention d'en avoir. Quand elle a répondu jamais, les hommes ont éclaté de rire. Regarde ce que ces livres américains ont fait à ta tête, a lancé l'un d'entre eux. Mon fils cherche une femme, a ajouté un autre ; il les aime petites comme toi parce que si tu fais une bêtise, une bonne claque suffira à te remettre du plomb dans la cervelle. Ses amis se sont tordus de rire. Un troisième a déclaré qu'il serait ravi de la prendre comme quatrième épouse si elle était toujours célibataire d'ici un an. Il était évident qu'ils ne l'appréciaient pas, une femme qui pensait pouvoir être heureuse sans leurs semblables, comment osait-elle ? Mais Thula, notre Thula, si elle était humiliée ne l'a pas montré. Elle n'a même pas froncé les sourcils. Elle les a laissés parler et quand ils ont cessé de rire, elle leur a dit que le jour où notre pays serait enfin libre, elle prendrait trois maris avec plaisir.

Les inconnus n'étaient pas les seuls à lui demander où en étaient ses projets de maternité.

Les camarades de notre génération, surtout les femmes, n'arrêtaient pas de lui proposer de l'aider à trouver un bon mari. Tout le monde était au courant de sa précédente relation avec Austin, preuve qu'elle partageait les mêmes désirs que les autres femmes. Chaque fois qu'elle était en visite dans les cuisines enfumées des huit villages, dans les pièces communes et sous l'auvent des cases, alors qu'elle berçait les enfants de ses amies sur ses genoux, elle tentait de leur faire comprendre qu'elle était mariée à sa cause. Comment ça, tu es mariée à ta cause ? lui demandaient-elles. Elle n'avait pas d'explication si ce n'est qu'elle était en paix avec la vie qu'elle menait.

Son projet de révolution était censé commencer un jour que nous appellerions Jour de Libération. Ce jour-là, hommes et femmes des villes et villages de notre sous-préfecture et des sous-préfectures avoisinantes se rassembleraient à Lokunja. Elle inviterait un journaliste, l'homme qui avait succédé à Austin. Le journaliste prendrait des photos et rapporterait en détail la renaissance de notre pays. Si le Jour de Libération se passait bien, d'autres rassemblements seraient organisés dans d'autres villes et dans autant de sous-préfectures que possible, jusqu'à ce que les hommes et les femmes soient prêts à participer à une marche de protestation le même jour, dans chaque ville, chaque village, dans toute la nation, le poing levé, à scander des slogans jusqu'à ce que les murs du régime s'écroulent.

Elle était persuadée que c'était possible, aussi farfelu que cela puisse paraître. Elle avait conscience qu'il faudrait sans doute plus d'une révolution ou plus d'un siècle pour changer notre pays, mais cela ne la dissuadait pas, au contraire, cela la motivait à poursuivre le travail entrepris par la génération précédente afin que les générations futures le terminent et ne cessent jamais de s'appuyer dessus. Elle nous disait souvent : l'Amérique et les pays riches d'Europe ne sont pas devenus ce qu'ils sont aujourd'hui sans que des générations et des générations d'individus se battent et meurent pour la paix.

Pendant ces années de préparation du Jour de Libération, nos armes sont restées cachées. Il nous arrivait d'être tentés de les sortir et de foncer aux Jardins, en particulier les jours où la joie était absente de Kosawa à cause d'un décès ou d'une maladie qui s'était aggravée ou d'une fuite de pétrole dommageable. Dans ces moments-là, nous avions l'impression que le matin ne viendrait jamais. Comme si le seul choix qui s'offrait à nous était de nous conformer à la noirceur environnante. Chaque fois que nos femmes nous montraient les maigres récoltes de nos terres, chaque fois que nous tournions les yeux vers les torchères et imaginions les toxines venant à la rencontre de nos enfants, nous passions de longues nuits à nous imaginer percer des trous dans la tête des ouvriers. Notre foi ne tenait plus qu'à un fil, menaçant de se rompre à tout moment, mais nous nous y accrochions aussi fort que possible. Nous avons prié l'Esprit de nous empêcher de tomber parce que nous ne pouvions pas nous le permettre ; si nous avions l'espoir de nous élever à nouveau, nous ne pouvions pas tomber. Et pour Thula, nous ne pouvions pas sortir les armes. Notre jour viendrait, nous nous le répétions lorsque nous nous réunissions tard la nuit pour rêver pendant que tout Kosawa dormait.

À Bézam, Thula enseignait à l'école de management du gouvernement la journée et, le soir, elle invitait ses étudiants préférés chez elle pour parler révolution. Des soirées un peu comme celles du Village à New York, nous a-t-elle dit. Elle discutait avec eux de livres qu'elle n'avait pas le droit d'aborder en cours ; ils lui avaient tous juré de s'associer à son combat pour Kosawa. Nous étions heureux qu'elle ait des partisans à Bézam ; mais nous soupçonnions l'intérêt de ces jeunes gens pour notre lutte de ne pas être exempt d'impureté. Aucun d'entre eux n'était originaire d'un village comme le nôtre ; ils avaient été admis dans cette école grâce à leurs liens avec des personnes influentes – quand les gens allaient-ils se soulever pour abolir leurs privilèges ? Quoi qu'il en soit, l'idée de mettre un terme au règne de l'homme dont ils s'apprêtaient à devenir les laquais, l'homme devant lequel leurs pères s'inclinaient le jour et qu'ils maudissaient la nuit, était sans doute ce qui les avait attirés chez Thula.

Quatre ans après son retour, trois de ces étudiants l'accompagnaient le jour de son rendez-vous avec le directeur général de Pexton pour tout notre pays, l'homme dont les ordres étaient obéis par tout le monde, aux Jardins comme au siège de Pexton. Avant ce rendez-vous, elle avait déposé d'innombrables demandes d'entretien et fait de nombreuses visites-surprises aux bureaux de Pexton pour s'entendre dire que le directeur était en réunion, à l'étranger, ou sinon indisponible, souhaitait-elle laisser un message ?

Le jour où elle a finalement eu l'occasion de le rencontrer est celui où nous avons appris pourquoi le Gentil et le Charmant ne venaient plus que très rarement à Kosawa ainsi que la véritable raison à l'origine du retard du versement de nos pourcentages : Pexton avait finalement décidé de porter l'affaire en justice, dans l'espoir de contrer la requête du Mouvement pour la restauration, à savoir, nous accorder un pourcentage sur ses bénéfices. Le dossier attendait son tour dans un tribunal américain. Il ne faisait aucun doute qu'il serait lentement ballotté d'un tribunal américain à un autre. Comme le système judiciaire américain avançait au rythme d'un gros escargot, nos enfants avaient toutes les chances d'être parents avant qu'un juge entende les deux parties et tranche une bonne fois pour toutes.

Le directeur général de Pexton s'est renversé dans son fauteuil et il a noué ses doigts derrière sa tête pour lui annoncer que le Mouvement pour la restauration allait probablement abandonner son combat en notre faveur – il n'avait pas les reins assez solides pour mener une bataille aussi longue et coûteuse. Ils avaient déjà des dizaines de dossiers en cours concernant toutes sortes d'entreprises et pas les ressources nécessaires pour les mener à bien. Kosawa ne verrait sans doute jamais la couleur de ses pourcentages. Le directeur ne pouvait rien faire pour nous aider.

Lorsque Thula a rapporté la nouvelle à Kosawa, aucun d'entre nous n'a compris pourquoi les hommes du Mouvement pour la restauration nous avaient caché la vérité. Sonni, frêle et penché sur sa canne, a rassemblé les hommes de Kosawa sur la place et nous a demandé ce qu'il fallait faire.

Plusieurs hommes étaient d'avis de convoquer le Gentil et le Charmant pour qu'ils répondent en personne mais d'autres hommes en plus grand nombre ont avancé que la démarche était inutile – pourquoi leur faire honte quand il était probable qu'ils espéraient nous épargner la mauvaise nouvelle ?

« Il faut aller parler directement au contremaître », a proposé un de nos pères.

Personne ne s'y est opposé et nous n'avons pas eu besoin de délibérer longtemps pour décréter que le moment était venu de continuer d'avancer sans le Mouvement pour la restauration. Même si Thula était rentrée depuis quatre ans, nous continuions de dépendre du Gentil et du Charmant pour nous servir d'intermédiaires auprès de M. Fish parce que le Gentil et le Charmant avaient suggéré à Thula qu'il valait mieux qu'ils terminent la conversation prometteuse qu'ils avaient engagée avec le contremaître plutôt qu'elle entreprenne un dialogue parallèle, ce qui serait une mauvaise idée. Et Thula avait donné son accord. Mais maintenant que nous avions appris la nouvelle et que Thula savait comment joindre l'homme de Pexton le plus important du pays, le moment était idéal pour amorcer le dialogue de manière différente. Lorsque Thula a rencontré le directeur général, nous n'avions pas vu le Gentil et le Charmant depuis neuf mois, il ne nous a donc pas fallu des heures pour parvenir à un consensus, Sonni demanderait à Thula de conduire la délégation qui rencontrerait M. Fish. Elle avait appris comment parler aux Américains quand elle était dans leur pays, elle s'adresserait à M. Fish de la même façon. Nous n'avions pas meilleur pont entre eux et nous que Thula.

Nous ne faisions pas partie de la délégation qui s'est rendue chez M. Fish. Puisque Thula était une femme, les anciens ont décidé que ceux parmi eux qui étaient valides l'accompagneraient pour conférer de la respectabilité à la délégation. Après la visite, elle nous apprendrait que, en l'absence d'interprète, M. Fish et elle avaient bavardé librement et en détail de leurs séjours à New York, ils avaient même ri en découvrant que tous deux adoraient la même boutique de vêtements d'occasion. Ne comprenant rien à la conversation, l'escorte d'anciens de Thula avait ri de concert.

Oui, en effet, Pexton avait choisi de laisser la justice décider si la compagnie était redevable à Kosawa, a dit M. Fish à Thula une fois le moment venu d'aborder le motif de sa visite – Pexton ne nous avait rien dit parce que ce n'était pas à la compagnie de nous en informer, mais au Mouvement pour la restauration.

« Si j'avais le pouvoir d'aider Kosawa, je le ferais, a dit M. Fish, mais je ne l'ai pas. Comme vous le savez, le dossier est entre les mains des avocats new-yorkais. En arrivant ici, j'ai fait mon possible pour aider à négocier un accord temporaire, mais je ne peux pas dépasser certaines limites.

— Nous avons respecté notre part du marché pendant des années, a répondu Thula. Notre situation est désespérée, elle empire d'heure en heure. Nous ne pouvons attendre indéfiniment une décision de justice. »

Pexton n'avait aucun moyen de faire circuler le dossier plus vite entre les tribunaux, a dit M. Fish. Tout ce qu'il pouvait faire, à titre personnel, était d'en toucher un mot à son supérieur, le directeur général ; de lui demander de vérifier l'état d'avancement de l'affaire à New York. Même si cela ne changerait pas grand-chose, pourquoi ne pas essayer ? Si Kosawa n'est plus représenté par les avocats du Mouvement pour la restauration, je peux peut-être vous donner un coup de main, a-t-il ajouté.

« Si le village décidait de se défendre seul et que vous soyez leur porte-parole, il se peut qu'à New York, on ait envie de clore le dossier.

— Exact, a dit Thula, parce que, sans le Mouvement pour la restauration, il est peu probable que les avanies de votre compagnie fassent la une des journaux.

— J'essaie simplement de faire mon possible pour vous aider.

— Je ne mets pas votre sincérité en doute.

— Voilà ce que je vous propose : vous, moi et un ou deux anciens du village irons à Bézam rencontrer le directeur. Voir ce qui peut être fait pour accélérer le mouvement à New York. Le directeur vous a peut-être paru froid mais c'est un homme bon, il a de jeunes enfants, nous sommes tous bouleversés par ce qui arrive aux vôtres.

— Je ne rejette pas l'idée, a dit Thula.

— Mais vous devez comprendre que le directeur et les collègues à New York n'accepteront de discuter avec vous que si je leur donne l'assurance que vous êtes disposée à signer un accord selon lequel vous accepterez la somme que Pexton jugera équitable de vous verser en compensation des décès et des dommages, et que vous êtes d'accord pour rédiger une déclaration commune.

— Sûrement pas !

— Vous ne faites pas le poids. La plainte déposée par le Mouvement pour la restauration ne repose sur rien. Un juge va la rejeter – Pexton n'a aucune obligation contractuelle vis-à-vis de Kosawa. Je ne vais pas me ridiculiser en demandant à mes patrons de perdre leur temps à discuter d'un accord avec vous si c'est pour que vous arriviez avec des exigences scandaleuses. Ils n'ont pas le temps. Sans une décision de justice en votre faveur, vous n'avez droit à rien. Je vous offre une chance, en toute bonne foi, d'obtenir au moins quelque chose pour votre peuple.

— Et si une compensation financière ne suffisait pas ? a demandé Thula. L'argent n'est qu'une petite partie du problème. Nous avons le droit de vivre dans un environnement sain.

— Je ne suis pas en mesure de promettre quoi que ce soit dans ce domaine.

— Et nous ne sommes pas en mesure de continuer à attendre année après année.

— Je regrette », c'est tout ce que M. Fish a dit en guise de réponse.

Après ce rendez-vous, les visites de Thula au village se sont multipliées. Comme trois rendez-vous supplémentaires avec M. Fish n'avaient abouti à aucun compromis, la possibilité d'un accord pacifique avec Pexton par le dialogue était donc caduque. Le Jour de Libération est devenu la priorité. Cinq jours par semaine, Thula était à Bézam – la moitié de ses soirées consacrées à ses réunions avec ses étudiants, l'autre moitié à sa mère, à son nouveau père et à son frère – et pendant deux jours, elle était avec nous, venue de Bézam dans la voiture avec chauffeur qui nous servait à faire la tournée des villes et des villages. Nous n'étions jamais plus de deux à l'accompagner lors de ses déplacements – nous nous relayions pour chasser et nous occuper de nos familles, et préparer la révolution.

Dans chaque ville et village où nous nous arrêtions, même si les hommes et les femmes de notre âge et plus âgés la regardaient avec perplexité, les plus jeunes étaient subjugués. Ils s'asseyaient auprès d'elle pour l'écouter parler de son projet. Ses cheveux fins, le fait qu'elle croisait les jambes comme un homme important les amusaient. Ils étaient curieux de ce qu'elle avait vu et appris en Amérique. Quand on est allé en Amérique, pourquoi revenir dans cet affreux pays ? lui demandaient-ils. La question la faisait toujours sourire. Vous n'avez pas envie que votre pays devienne aussi formidable que l'Amérique ? leur répondait-elle. Elle n'avait pas besoin de leur faire de discours sur l'avenir sinistre qui les attendait sous le règne de Son Excellence. Elle n'avait pas besoin de leur dire que, comme leurs parents et grands-parents, ils auraient peu de contrôle sur leur vie parce que le pays ne leur appartenait pas, ne leur appartiendrait jamais, pas tant qu'un homme le possédait tout entier. En revanche, ce qu'elle devait leur dire, ce que peu de gens savaient hors de la capitale, c'est que Son Excellence, vieillissant et angoissé, était devenu plus cruel que jamais ces derniers temps.

À Bézam, Thula avait entendu des rumeurs selon lesquelles Son Excellence, sentant la fin de son règne proche, ne faisait pas de quartier avec ses amis comme avec ses ennemis. Il avait survécu à de multiples coups d'État et fait exécuter tous ceux qui avaient ourdi sa mort, et pourtant ses ennemis étaient toujours légion. Il procédait donc au remaniement de son gouvernement tous les deux ans, jetait ses subordonnés en prison à la moindre peccadille, de peur qu'ils ne se mettent à avoir des idées. La prison dans laquelle les Quatre avaient été retenus abritait désormais les hommes qui avaient facilité leur entrée dans les lieux. Autour de Bézam, le bruit courait que Son Excellence ne dormait jamais dans son lit, ne révélait jamais à personne où il dormait de crainte d'un coup d'État en pleine nuit – le premier auquel il avait survécu avait été orchestré par le capitaine de la garde présidentielle. Ce qui l'inquiétait le plus, prétendaient les rumeurs, c'est qu'il n'avait aucun moyen de savoir qui le haïssait en plein jour. Bézam grouillait de vautours qui se faisaient passer pour des colombes.

La ville tout entière lui vouait un culte, chantait ses louanges à la cérémonie d'anniversaire de son accession au pouvoir et pourtant, pratiquement tous ses adorateurs rêvaient de le voir mort. Les potins voulaient qu'il ne fasse même pas confiance à son cuisinier, ce dernier était obligé de faire venir un membre de sa famille pour goûter les plats en présence de Son Excellence avant qu'il les mange. Le plus obséquieux des membres de son gouvernement, avec le soutien d'un pays européen qui ne voulait plus avoir de liens avec un dingue, avait comploté sa mort ; l'avion de Son Excellence serait abattu et l'attentat maquillé en accident, les choses étaient censées se passer pendant le mariage de la fille de Son Excellence et du fils du membre du gouvernement en question. Son Excellence avait découvert le complot plusieurs jours avant le mariage – l'exécution du membre du gouvernement avait eu lieu aussitôt sur le carrefour le plus important de Bézam à midi sous les yeux de centaines de personnes, trop effrayées pour pleurer.

Au cours de la cérémonie d'anniversaire de son règne l'année suivante, alors que les soldats et les fonctionnaires et les élèves de tous âges transpiraient au garde-à-vous par un après-midi brûlant, Son Excellence avait prononcé un discours au cours duquel il s'était baptisé père de la nation, lion dont la seule présence pousse tous les animaux à se prosterner. Tous ceux qui projetaient de la tuer tentaient dans le même temps de faire du mal à ses enfants en les rendant orphelins de père, avait-il dit. Leur châtiment serait exemplaire. Ils seraient découpés en morceaux, cuits et servis à Son Excellence dans un bol en argent.

Celui qui se dresse contre moi, avait-il dit, ne se dressera plus jamais.

Six ans après le retour de Thula, la date du Jour de Libération n'était toujours pas fixée. Nous n'en avions pas moins poursuivi nos déplacements pour informer et réveiller, nous nous rendions parfois à plusieurs reprises dans les mêmes agglomérations mais peu de gens, hormis une douzaine de jeunes ou à peu près, manifestaient de véritable intérêt pour la cause. Notre heure viendra, nous disait Thula dans la voiture, tandis que nous rentrions, abattus, mais ses paroles ne dissipaient pas nos doutes et notre peur que rien ne change jamais.

Certains mois, nous ne visitions aucun village, notre foi en la mission vacillait, mais la sienne jamais – elle était née missionnaire de l'équité et pouvait se contenter de vivre en croyante. Elle consacrait son salaire, après ses dépenses personnelles et celles qu'elle effectuait pour sa mère et son nouveau père, à aider ses amis et les membres de sa famille à prendre soin de leurs enfants, et à financer nos déplacements. Elle achetait des livres pour nos enfants et laissait les tout-petits grimper dans la voiture et donner des coups de klaxon. N'oubliez jamais que c'est pour eux que nous faisons tout ça, nous disait-elle. Quand nous lui demandions combien de temps encore il nous faudrait persévérer avant d'abandonner le rêve d'une révolution, elle nous répondait : on a semé des graines dans les esprits, les graines sont destinées à germer et à pousser, il suffit d'être patients, les gens se réveilleront. Quand elle tenait ce genre de discours, souvent lorsque nous étions réunis dans une de nos pièces communes et que nous réfléchissions aux événements qui s'étaient déroulés depuis que Konga nous avait demandé de nous lever, elle semblait une nouvelle version d'elle-même, une douce aura de folie l'entourait, comme si une part de Konga vivait désormais en elle.

Nos armes seraient sans doute restées cachées dans la forêt jusqu'à l'éternité, à attendre l'autorisation de Thula pour nous en servir, si l'un d'entre nous, au retour d'une visite à un parent dans un autre village, n'avait découvert que son fils était mort.

Il était impossible de dire si cet enfant était mort à cause du poison de Pexton – il n'avait pas eu de fièvre et n'avait pas toussé mais il avait vomi pendant deux jours. Ce que nous pouvions dire en revanche, c'est qu'il aurait pu être épargné si le poison de Pexton n'avait pas flétri les plantes destinées à soigner les maux de ventre. Nous pouvions dire sans tergiverser que Pexton l'avait tué le jour où notre sol était devenu trop toxique pour nourrir des plantes médicinales qui jadis poussaient à foison.

Notre ami pleurait comme un enfant alors qu'il nous regardait creuser la dernière demeure de son fils au cimetière. Pendant l'enterrement, il a fallu toutes nos forces réunies pour retenir son épouse et l'empêcher de sauter dans la tombe lorsque le cercueil du petit garçon avait été mis en terre.

Le soir, après l'enterrement, notre ami a décidé qu'il n'attendrait plus.

Possédé par le mal qui dormait en lui depuis longtemps, il est allé dans la forêt. Il a déterré son arme et s'est glissé parmi les arbustes en lisière des Jardins. Caché derrière un arbre, il a observé par la lunette de visée trois ouvriers qui fumaient la pipe, bercés par la brise nocturne, et bavardaient d'une chose ou d'une autre qui s'était passée dans la journée.

Il les a tous tués.

Le premier d'une balle dans la tête. Le deuxième d'une balle dans la poitrine avant qu'il ait le temps de crier. Le troisième d'une balle dans le dos au moment où il faisait demi-tour pour s'enfuir. Personne aux Jardins n'a entendu quoi que ce soit, le silencieux s'en était assuré. Les corps ne seraient pas découverts avant que notre ami ne soit retourné en quatrième vitesse à la cachette. Il y est resté jusqu'à la tombée de la nuit, en larmes, l'arme à la main.

Après l'avoir enterrée à nouveau, il est venu dans une de nos cases nous informer de ce qu'il venait de faire.

Il pleurait toujours et tremblait, il avait les yeux injectés de sang. Son fils était son premier enfant, son fils unique. Si sa femme ne lui donnait pas un autre garçon, son nom mourrait avec le défunt.

Deux d'entre nous avaient déjà enterré des enfants, nous avions tous porté d'innombrables cercueils miniatures mais, en regardant notre ami anéanti par le chagrin, nous nous sommes rendu compte que, pour nous, l'heure de tuer avait sonné. Nous avions eu notre compte. Nous avions assez pleuré, assez enterré. Nos ennemis devaient commencer à payer pour nos souffrances.

Ce jour-là, nous avons décidé que nous nous passerions de l'aval de Thula pour agir dans l'intérêt de nos familles. Nous continuerions à l'accompagner lors de ses déplacements pour convaincre les populations de participer au Jour de Libération et nous commencerions à venger chaque enfant que Kosawa avait perdu.

Pendant des jours après les meurtres, nous avons attendu l'arrivée des soldats. Ils ne sont pas venus. On le découvrirait plus tard, Pexton avait choisi de taire les meurtres, de peur des ragots qui courraient sur le champ pétrolifère. Les responsables avaient informé les familles des tués qu'ils étaient morts dans un accident de forage ; que leur mort avait été atroce au point que les dépouilles étaient méconnaissables. Nous avons également su que les familles avaient reçu les corps dans des cercueils scellés par Pexton afin que la véritable cause de leur mort ne soit jamais révélée – comment Pexton aurait-elle pu expliquer que ses ouvriers avaient été tués par balles quand les seules personnes à posséder des armes étaient les soldats ?

Comment la nouvelle a fuité, nous ne le saurons jamais mais, en un rien de temps, dans toute la sous-préfecture, les gens ne parlaient que des meurtres. Certains disaient qu'un des ouvriers couchait avec la femme d'un soldat et que le soldat l'avait tué ainsi que ses amis par vengeance.

D'autres disaient que Pexton avait payé des soldats pour exécuter les ouvriers afin de les punir d'avoir offensé le contremaître. L'un d'entre nous a entendu une femme au grand marché raconter à son amie que le meurtrier était l'esprit d'une personne qu'un des ouvriers avait trahie : désormais, les esprits étaient armés. Ce qui était assez proche de la vérité puisque nous étions devenus des fantômes et nous essaimions des cadavres dans la nuit.

Un mois après les meurtres, ayant connaissance d'une maison où vivaient deux soldats, trois d'entre nous y sont allés et leur ont fait des trous dans la tête pendant leur sommeil. Un fonctionnaire de la sous-préfecture de Lokunja et son épouse ont été les suivants, dans leur voiture. Nous n'en connaissions aucun. Nous les abattions uniquement pour transmettre une part de notre douleur à nos persécuteurs.

Après chaque meurtre, ceux d'entre nous qui y avaient participé se voyaient offrir du vin de palme par les autres. Pendant que les assassins se saoulaient, ceux qui ne buvaient pas réfléchissaient à la prochaine cible à abattre.

Nous étions les lances de notre peuple.

Après notre douzième meurtre, les soldats sont partis en chasse, ils ont cherché les armes sous les lits et dans les cuisines, retourné les tas de linge sale en quête de taches de sang. Ils ont réuni les hommes sur les places des villages et ordonné aux meurtriers de se rendre. Leur avertissement était clair : si les assassins ne se rendaient pas et se faisaient prendre par la suite, tous les hommes du village seraient exécutés. Ils n'ont obtenu aucune confession, rien que le silence.

Dans certains villages, ils ont forcé des dizaines de femmes à monter dans leurs camions sous la menace de leurs armes et les ont conduites à Lokunja. À la prison, les femmes se sont allongées sur le dos à tour de rôle dans une pièce pendant que les soldats les interrogeaient, exigeant tous les détails des allées et venues de leurs maris et fils la nuit du dernier meurtre. Des vieilles femmes, qui n'avaient entendu que des rumeurs, ont été frappées à la tête avec la promesse d'une mort lente si elles ne donnaient pas de réponses circonstanciées. Des jeunes femmes sont rentrées chez elles en racontant que leurs sous-vêtements avaient été déchirés, leurs jambes écartées par trois soldats ou plus – certaines femmes ne se rappelaient pas le nombre de soldats qui avaient profité d'elles. Une de nos sœurs figurait parmi elles. Une cousine, à peine sortie de l'adolescence mais au corps de femme, a saigné pendant des jours, son ventre en danger de devenir inutile. Nos femmes ont pleuré, ainsi que nos mères, de crainte que leur tour ne vienne. Sonni a rencontré les wojas des autres villages pour trouver une solution. Ils sont allés voir le sous-préfet – tant que les assassins ne seraient pas remis aux autorités, a-t-il dit, il ne pouvait leur promettre que notre peuple soit laissé en paix.

Thula est venue de Bézam accompagnée d'un journaliste. Elle l'a emmené dans les huit villages pour s'entretenir avec les femmes qui avaient été battues et violées. Le journaliste leur a demandé si le meurtrier était originaire de nos villages. Les femmes ont secoué la tête ; juré sur leurs ancêtres qu'aucun homme appartenant à notre peuple ne pourrait se rendre coupable de tels crimes. Thula aussi a juré, même si elle savait, elle l'avait deviné après les premiers meurtres, elle nous avait suppliés d'arrêter et nous lui avions demandé quelle preuve elle avait de notre culpabilité – il était possible que d'autres hommes dans les huit villages détiennent des armes. Nous ne pouvions avouer la vérité, même à elle, comment espérer qu'elle comprenne notre besoin ?

Après le départ du journaliste, Thula a pleuré en nous décrivant le visage d'une femme violée à qui elle avait rendu visite, toujours tuméfiée après les coups qu'elle avait reçus, ses yeux toujours fermés. Être violée est ce qui me fait le plus peur, a-t-elle confessé. Pour toutes les femmes, a-t-elle crié, je vous supplie d'arrêter. Pour vos épouses et vos filles, je vous demande de cesser.

Nous en avions déjà discuté entre nous – pour qui tuait-on si nos actes faisaient de nos enfants des orphelins de mères, de nos sœurs des femmes sans enfants, de nos parents des parents sans filles ? Nous haïssions nos ennemis d'autant plus qu'ils nous retiraient cette possibilité de verser le sang en réparation, mais nous devions interrompre notre croisade. Nous nous étions juré de la reprendre en appliquant de nouvelles et meilleures tactiques.

À croire que l'Esprit adhérait à notre cessez-le-feu, personne n'est mort à Kosawa au cours des six mois suivants, notre regret de devoir déposer les armes s'en est donc trouvé atténué. La fracture qui s'était opérée entre Thula et nous à cause des meurtres a commencé à s'amenuiser. Elle qui semblait avoir peur de nous regarder dans les yeux nous embrassait et nous félicitait d'avoir bien travaillé, comme si nous étions des enfants rebelles revenus à la maison.

Autour du septième anniversaire de son retour au pays, elle nous a annoncé qu'elle avait choisi la date du Jour de Libération. Cela ne nous laissait que trois mois, lui a-t-on dit, c'était trop tôt, mais elle trouvait la date parfaite, on ferait avec le nombre de gens qui avaient entendu notre message jusqu'ici. À notre avis, ce n'était pas prudent et nous l'avons mise en garde – si on devait fonder un mouvement avec un rassemblement clairsemé, nous nous couvririons de ridicule. Il nous fallait davantage de temps ; on ne mettait pas le feu à une révolution explosive à l'aide d'une étincelle tremblotante. Et puis, suite aux meurtres, les soldats seraient sans pitié – avait-elle envie de les provoquer à un moment où ils avaient la détente facile ? Il n'y aura pas d'armes, a-t-elle répondu. Elle mettrait en avant son poste à l'école de management et userait de ses privilèges en tant que haut fonctionnaire pour obtenir une lettre du palais présidentiel qui lui donnerait l'autorisation d'organiser un rassemblement de jeunes à Lokunja à la gloire du pays. Une copie de la lettre serait remise au sous-préfet – les soldats présents au rassemblement assureraient notre protection. Nous aurions volontiers ri de l'ironie – des soldats qui avaient ordre de nous protéger – mais nous ne l'avons pas fait, toujours inquiets du nombre de participants. Était-elle prête à s'adresser à une foule pour dire aux gens de se préparer à la révolution ? Et quelle serait la réaction du gouvernement lorsqu'il apprendrait ses véritables motivations ?

De notre point de vue, le Jour de Libération nécessitait encore un an de préparation, voire deux. Il nous est apparu absolument évident que, malgré la haine tenace pour Son Excellence, le désir profond de changement d'une majorité d'individus, peu, sinon pas du tout, adhéreraient à un mouvement dirigé par une femme, qui plus est une femme célibataire et sans enfant. On ne pouvait demander aux gens de passer outre à son absence de famille. On ne pouvait leur affirmer que ça ne voulait rien dire – ça voulait tout dire. Ça voulait dire que ses défaillances étaient nombreuses, trop nombreuses pour qu'un homme les assume. Nous espérions qu'avec le temps elle trouverait un mari, un homme avec lequel elle aurait un enfant et, ce faisant, deviendrait une véritable femme, car rien ne la rendrait respectable hormis la maternité et le mariage.

Il n'était pas question de la blesser en le lui avouant, ni de lui dire que nous en avions assez d'expliquer pourquoi nous étions les disciples d'une femme – nous avions déjà pris notre parti des moqueries – mais nous ne pouvions pas non plus laisser faiblir la résistance sous prétexte que notre leader était décidée à demeurer insondable. Toutefois, après l'avoir écoutée avancer que nous ne pouvions attendre le moment idéal qui ne se présenterait peut-être jamais, que le Jour de Libération aurait lieu bientôt ou jamais, nous avons fini par lui donner notre accord pour la date, une fois consultés les jumeaux Bamako et Cotonou.

Ils n'étaient encore que des garçons, mais les jumeaux possédaient déjà des compétences aussi développées que celles de Jakani et Sakani, or, nous ne pouvions poursuivre le projet de Thula sans aller les trouver pour obtenir les grâces de l'Esprit.

Après avoir été dédommagés en gibier fumé, les jumeaux ont accepté d'intercéder en notre faveur. Plusieurs jours plus tard, ils sont venus nous annoncer que l'Esprit donnait son accord pour la date du Jour de Libération choisie par Thula. L'Esprit leur avait également indiqué à quel rituel ils devraient se livrer pour préparer Thula.

Au cours des visites suivantes de Thula à Kosawa, nous nous sommes attelés au travail préparatoire du Jour de Libération. Maintenant que notre foi dans le mouvement avait été restaurée grâce à l'espoir que l'approbation de l'Esprit nous avait donné, notre enthousiasme grandissait à mesure que le jour approchait. L'euphorie qui nous portait au cours de ces semaines rejaillissait sur Kosawa. Nos familles se sont mises à diffuser spontanément la nouvelle dans les autres villages. Les vieux comme les jeunes parlaient du Jour de Libération, comptaient les jours jusqu'à celui où la lumière dont nous avions rêvé si longtemps commencerait à briller. La rumeur s'est répandue dans les villes et villages des sous-préfectures avoisinantes. Nous avons réfléchi aux paroles que chacun prononcerait, nous avons réuni nos enfants en une chorale pour divertir les participants, nous avons persuadé nos amis d'apporter leurs tambours : une fois que Thula aurait déclaré l'avènement d'un nouveau jour, nous danserions jusqu'à ce que les étoiles brillent dans le ciel, que les grillons se joignent à la musique et que nous ayons épuisé toute raison de nous réjouir.

Thula est revenue à Kosawa six jours avant le grand jour, elle s'était libérée de son travail pour être sur place et aider à finaliser les préparatifs. Elle dormait dans une de nos cases quand, tard dans la nuit, les jumeaux sont venus nous annoncer que le temps du rituel était advenu.

Les jumeaux ont commencé par l'endormir en pulvérisant une substance dans sa chambre avant de refermer la porte. Après quoi, l'un d'entre nous l'a portée sur son dos jusqu'à la case des jumeaux et en est ressorti sans aucun souvenir de ce qu'il avait vu, même si nous n'avions nul besoin de voir quoi que ce soit, puisque les jumeaux nous avaient révélé la nature du rituel et que nous avions donné notre accord pour leur prêter main-forte, mais seulement après nous être disputés.

Ce fut le pire des différends qui nous aient jamais opposés : deux d'entre nous étaient contre l'idée, trois pour. La nuit où nous nous sommes retrouvés pour en discuter n'a été que plaidoyers, accusations et menaces. Les deux d'entre nous opposés à l'idée étaient d'avis que prendre une décision concernant son corps n'était pas de notre ressort – nous n'étions ni son père ni son mari. Même si nous faisions confiance aux jumeaux qui affirmaient que le rituel ne pourrait être que bénéfique, qu'il fortifierait le mouvement, nous trouvions préférable qu'elle en soit informée afin de décider si oui ou non elle souhaitait s'y soumettre. Nous étions catégoriques, nous ne serions pas complices d'un tel acte, mais un des trois d'entre nous qui soutenaient l'idée, au cours d'une longue conversation deux nuits avant le rituel, a soutenu que nous devions aider les jumeaux. Impossible de nous fier à Thula pour faire le bon choix dans ce domaine – Thula était prête à mourir pour un pays meilleur mais elle ne renoncerait jamais au droit de contrôler son corps, il fallait décider à sa place, pour son bien, pour ses rêves.

La nuit du rituel, nous étions tous d'accord, il fallait en passer par là pour son bien. Lui faire subir cette expérience ne nous a procuré aucune joie, mais il fallait faire des sacrifices – ne le disait-elle pas souvent elle-même ?

En s'adressant à nous comme si nous étions des enfants et eux les adultes, les jumeaux nous ont expliqué comment se déroulerait le rituel. La semence serait celle d'un jeune homme du village ; plongé dans une crise de somnambulisme par leurs soins, le jeune homme viendrait dans leur case où il déverserait sa semence dans un bol, puis il retournerait se coucher sans reprendre conscience. Même si la semence était celle du jeune homme, l'enfant qu'elle renfermait serait celui de l'Esprit, le jeune homme n'étant qu'un réceptacle.

Thula endormie, les jumeaux la déshabilleraient à partir de la taille. L'un des deux lui écarterait les cuisses et les maintiendrait ouvertes le temps que l'autre introduise la semence en elle, il lui frotterait le ventre tout en psalmodiant à l'adresse des ancêtres, la déclarerait victorieuse, annoncerait que l'enfant de l'Esprit qui se trouvait en elle ferait d'elle une femme au-dessus de tous les hommes, la proclamerait Mère d'un pays prêt à renaître. À l'issue du rituel, on la ramènerait à sa chambre et on la coucherait sur le côté, de façon que la semence ne s'écoule pas. Dans moins de deux jours, tous ceux qui poseraient les yeux sur elle constateraient l'action de l'Esprit.

Nous avons été les premiers à remarquer le changement, vu notre impatience de constater le résultat, tant de choses en dépendaient. Elle avait toujours la même corpulence mais il se dégageait d'elle comme un rayonnement, une majesté, qu'on ne pouvait attribuer qu'à l'enfant qui grandissait dans son ventre. Elle était enfin femme, plus qu'une femme même, et tous le notaient, même s'ils ne se l'expliquaient pas, ils arrivaient seulement à la conclusion qu'elle était digne de leur engagement. Elle n'était plus cette vieille fille sans enfant mal dégrossie dont les anciens se moquaient ou l'énigme que ses amies cherchaient à marier – grâce au pouvoir de l'enfant-Esprit dans son ventre, elle avait transcendé son corps et avait été désignée.

Les jumeaux nous avaient affirmé qu'elle n'en saurait jamais rien et c'est ce qui s'est passé. La semence dans son corps resterait en sommeil et elle ne s'interrogerait jamais sur les raisons de l'ampleur du respect et de l'admiration qu'elle inspirait aux hommes comme aux femmes, jeunes et vieux. Les jumeaux nous ont expliqué que l'enfant qu'elle portait n'était pas pressé de quitter le logis de ceux à naître. Un jour fixé par l'Esprit, dans plusieurs mois ou plusieurs années, quand Thula se réveillerait dans les bras d'un bel homme, l'Esprit ferait en sorte que la graine hébergée dans son corps commence à grandir.

Comme elle l'avait rêvé, la révolution a débuté un soir de novembre 2005, sur le terrain de notre ancienne école de Lokunja. Nous avions disposé des tabourets pour permettre aux anciens de s'asseoir et des tables sur lesquelles monter pour prendre la parole. Nos frères et sœurs et amis, mères et pères, membres de la famille dont nous n'aurions jamais soupçonné l'intérêt pour notre message, sont arrivés de tous les coins des huit villages. Des jeunes hommes sont venus en car de villes lointaines, des jeunes femmes s'étaient habillées comme pour un mariage, dans l'espoir de trouver un mari. Les malins avaient apporté une chose ou une autre à vendre. À une extrémité du terrain, les joueurs de tambour répétaient pour le final et des petits dansaient. Nous n'avions pas prévu d'organiser un festival ni des retrouvailles entre familles ni une rencontre entre amis pour échanger des potins, mais c'est ce que nous avons obtenu dans les premières heures. On aurait dit que l'ensemble de la sous-préfecture était présent, la foule débordait de l'enceinte de l'école. Au loin, les soldats, le visage dur et fermé, leurs armes pointées, patientaient. Personne n'en avait peur – notre bonheur les rendait invisibles.

Dans notre allocution de bienvenue, nous avons prévenu ceux qui étaient là que ce jour était le leur, le jour où ils allaient affirmer être prêts à reprendre possession de leur vie. Le rugissement de la foule aurait pu réveiller tous nos morts. Pendant des semaines, nos enfants avaient répété un chant mais ils avaient décidé de ne plus le chanter, alors une de nos épouses a guidé la foule qui clamait en chœur la magie d'être vivant, tout le monde tapait dans ses mains et bougeait en rythme. Trois d'entre nous sont montés sur une table pour présenter Thula Nangi, notre sœur, de retour d'Amérique, distinguée par l'Esprit pour nous conduire vers la victoire sur nos adversaires. La foule a crié de joie lorsque nous l'avons soulevée pour la faire monter sur la table et que nous lui avons tendu un mégaphone.

« Le pouvoir au peuple ! a-t-elle crié, le poing levé.

— Le pouvoir au peuple ! a crié la foule à son tour.

— Qui est le peuple ? Nous sommes le peuple !

— Oui, a-t-elle renchéri, nous sommes le peuple et notre moment est venu. »

Nouveau rugissement. À chacune de ses déclarations, la foule rugissait plus fort, le poing levé, comme elle. Cette terre est notre terre. Nouveau rugissement. À chacune de ses déclarations, la foule rugissait toujours plus fort en levant le poing avec elle. Ce pays est notre pays. Rugissement. Nous allons le reprendre, que ça plaise ou non. Rugissement. Nous ne serons plus massacrés, empoisonnés ou piétinés. Rugissement. Que ceux qui se mettent en travers de notre chemin vers la paix et le bonheur soient prévenus. Qu'ils sachent que nous allons défiler dans les rues de Lokunja et dans toutes les sous-préfectures du pays. Nous garderons le poing levé jusqu'à Bézam. Nous crierons jusqu'à ce que notre dignité nous soit rendue. Nos voix seront le feu qui consumera toutes les formes d'injustice et nous construirons une nouvelle nation à partir de leurs cendres. Feu ! a hurlé quelqu'un. Feu ! a rugi la foule. Oui, a crié Thula. Nous sommes le feu qui n'épargnera aucune malhonnêteté. Mes frères et sœurs, mères et pères, nous avons vu la lumière. Aucun retour à l'obscurité ne sera possible. Nous nous sommes réveillés et nous continuerons d'élever nos voix tant que chaque homme, femme et enfant de ce pays ne sera pas libre.

Juba

QUE SIGNIFIE ÊTRE LIBRE ? Comment agissent les hommes quand ils se mettent à croire à la possibilité d'éprouver la liberté ? Comment, je l'ai vu ce jour-là à Lokunja. J'ai vu des hommes rentrer chez eux la démarche fière, la tête haute. J'ai vu des petites filles faire un signe de la main et sourire aux soldats, comme pour dire : bonjour, regardez ma jolie robe. J'ai vu des femmes renverser la tête en arrière en riant. J'ai senti l'air vibrer autour de moi lorsque les fardeaux qui pesaient sur nos épaules se sont momentanément envolés. Sur la multitude de visages se lisait : c'est possible, la promesse d'un avenir libre. Je n'ai pas cessé de le voir alors que j'accompagnais ma sœur au rassemblement suivant, à la sous-préfecture suivante ; en parcourant l'est du pays. Je l'ai entendu quand les gens ont élevé la voix pour réclamer des élections démocratiques, exiger que Son Excellence leur accorde le droit de choisir leur président afin qu'ils puissent créer le pays de leurs rêves. J'ai vu la liberté sur le visage de ma sœur tandis qu'elle s'adressait à une foule après l'autre.

Elle n'a jamais desserré les poings. Sa détermination n'a jamais vacillé. Elle n'a jamais douté qu'un jour, Kosawa serait un et indivisible. Elle a entraîné ses militants aux Jardins, devant chez M. Fish. Ils ont exigé réparation. Ils ont exigé d'être traités avec respect. Voyant les gardes lever leurs armes, M. Fish leur a demandé de les baisser, scander des slogans n'avait jamais blessé quiconque. Ce pays était notre pays. Certains jours, ils s'installaient au centre des Jardins. Des mères avec leurs bébés sur les genoux. Des grands-parents sur des tabourets. Ceux qui avaient fui sont revenus en nombre pour se battre. Ils se racontaient des histoires sur la splendeur passée de Kosawa. Ils chantaient : « Fils du léopard, filles du léopard, que ceux qui nous veulent du mal prennent garde, jamais notre rugissement ne sera réduit au silence. » Le pétrole était leur héritage, disaient-ils – ils avaient le droit d'occuper les Jardins. Ils les ont occupés toute une semaine en se relayant. Ils ne céderaient pas. Même si Pexton continuait de les ignorer, disaient-ils, un jour, un tribunal américain leur accorderait la victoire.

J'étais avec ma sœur la première fois qu'elle a parlé au nouvel avocat de Kosawa. Elle avait écrit à un ancien professeur pour lui demander conseil alors que le dialogue avec M. Fish était au point mort. Le professeur avait un neveu, Carlos, il était l'un des associés d'un des plus prestigieux cabinets d'avocats de New York. Le cabinet représentait les semblables de Pexton, avait précisé le professeur, et non les semblables de Kosawa. Mais cela ne coûtait rien de lui parler.

Une demi-heure avant que Carlos ne l'appelle, elle était déjà à son bureau en train de relire les questions qu'elle avait préparées et les réflexions et idées qu'elle avait notées dans ses carnets au fil du temps. Le récipient dans lequel je lui avais apporté son déjeuner n'avait pas été ouvert. Elle n'avait sans doute pas mangé de la journée.

« Avale une bouchée, au moins, ai-je dit.

— Je n'ai pas faim, a-t-elle répondu sans lever les yeux.

— Il y a d'autres avocats en Amérique. S'il refuse, tu en trouveras…

— Je ne veux pas d'un autre avocat. Il est impossible de livrer bataille contre eux à moins d'avoir une pointure du barreau new-yorkais à nos côtés. Carlos est notre meilleur atout. »

Elle a décroché avant même la fin de la première sonnerie. Pendant la majeure partie de la conversation, elle a écouté. Quand elle a raccroché, son expression ne trahissait ni soulagement ni joie. Carlos lui avait seulement fourni d'autres raisons de s'inquiéter.

Le dossier de Kosawa contre Pexton était mince, lui avait dit l'avocat ; d'après ses premières recherches, l'accord conclu entre Pexton et notre gouvernement stipulait que Pexton extrairait le brut et le gouvernement engagerait sa responsabilité en cas de dommages collatéraux. À supposer que le dossier finisse au tribunal, Pexton ne nierait donc pas que son activité provoquait des fuites qui rendaient le sol de Kosawa improductif. Ses avocats ne chercheraient pas à contester le fait que les déchets qui souillaient le fleuve provenaient de leur champ pétrolifère. Ils n'auraient pas besoin de plaider que la mort des enfants n'avait rien à voir avec eux. Tout ce qu'ils auraient à produire, ce serait la preuve que notre gouvernement avait soulagé Pexton de sa responsabilité à l'égard de la terre et des populations en échange d'une part des bénéfices issus du pétrole.

« Il ne va pas prendre le dossier ? ai-je demandé.

— Il a besoin de temps pour réfléchir.

— Et ses honoraires ?

— C'est un autre problème. Il ne travaille pas aux honoraires conventionnés, or il sait qu'on n'a pas les moyens de le payer. Il va en parler à ses associés et voir si quelqu'un peut s'en charger *pro bono*. De toute façon, il va falloir trouver un moyen de régler ses dépenses. »

Quelques semaines plus tard, elle recevait un appel de Carlos, il avait décidé de se charger du dossier sur la base des honoraires conventionnés. Mais pour ce faire, Kosawa devait abandonner les poursuites engagées par le Mouvement pour la restauration ; Thula devait s'entretenir avec le Mouvement pour la restauration et les informer de la décision du village d'engager Carlos et d'entreprendre une nouvelle action en justice. Une fois la première abandonnée, Carlos monterait un nouveau dossier accusant Pexton de complot sur la base de la loi des délits civils contre des étrangers, *Alien Tort Statute*. Il plaiderait que, lorsqu'elle avait signé un partenariat avec le gouvernement de Son Excellence, Pexton savait pertinemment que celui-ci se fichait du bien-être de sa population. Pexton avait profité de cet état de fait et enfreint les lois internationales, infligeant des dommages considérables aux biens et habitants de Kosawa.

Il ne faisait aucun doute que Pexton demanderait au juge de rejeter l'affaire au motif que la procédure était abusive, a ajouté Carlos, mais il demanderait au juge que Pexton produise tous ses documents internes qui concernaient Kosawa à partir du jour où ses ouvriers étaient arrivés dans la vallée. Au procès, Carlos exigerait de la cour qu'elle condamne Pexton à verser des dommages et intérêts compensatoires et à caractère punitif colossaux. Rien de ce qu'il venait de dire ne sous-entendait que la bataille serait facile ou courtoise, l'a mise en garde l'avocat – la procédure prendrait des années, les poursuites contre des sociétés puissantes n'aboutissaient pratiquement jamais, les chances que Kosawa gagne devant un tribunal américain étaient infimes. Il ne voulait pas que le village fonde tous ses espoirs dessus, même s'il se battrait comme un lion.

Ma sœur n'a jamais été le genre de personne à sauter de joie pour n'importe quoi mais, lorsqu'elle m'a mis au courant des dernières nouvelles, elle n'arrêtait pas de sautiller dans mon salon en répétant en boucle : Je n'arrive pas à croire que ça arrive enfin. Elle avait vécu en Amérique, elle savait comment fonctionnait la justice américaine et pourtant elle remettait le sort de Kosawa entre ses mains, mais dans quelles autres mains aurait-elle pu le remettre ?

Lorsqu'elle a annoncé au village réuni sur la place qu'on avait un nouvel avocat, tous ont poussé des cris de joie et se sont embrassés, certains ont même versé des larmes de bonheur, sidérés que, à peine quatre ans après son retour, Thula soit déjà sur le point de sauver Kosawa. Elle n'a pas cherché à modérer leurs effusions – leur allégresse était sa force –, en revanche, elle leur a dit que les probabilités étaient contre nous, Pexton avait une armée d'avocats à son service mais, d'un autre côté, Carlos était redoutable, il n'avait jamais perdu une grosse affaire, il avait bien l'intention de gagner. Un des Cinq s'est levé et a prononcé un discours vibrant, Pexton était enfin acculée, le feu était venu la chercher ; quand le dossier serait clos, Pexton regretterait d'avoir jamais mis les pieds à Kosawa.

Après la réunion de village, Thula a retrouvé les anciens dans la case de Sonni pour les informer à huis clos que, même si Carlos était aux honoraires conventionnés, il aurait besoin d'argent pour ses dépenses, notamment pour la rémunération des experts qui viendraient faire une étude de terrain. Carlos ne bougerait pas le petit doigt tant qu'il n'aurait pas touché une avance importante, il avait donc recommandé à Thula de s'adresser à quelqu'un susceptible de prêter de l'argent au village, quelqu'un qui travaillait pour un organisme appelé fonds spéculatif. Le fonds spéculatif donnerait à Carlos l'argent dont il avait besoin et, si Kosawa gagnait son procès, le village céderait un pourcentage de ce que Pexton lui aurait accordé au fonds spéculatif. Après avoir remis leur pourcentage au fonds spéculatif et à Carlos, Kosawa conserverait moins d'un tiers des dommages et intérêts.

« Combien allons-nous obtenir finalement ? a demandé un des anciens.

— Je ne sais pas, a répondu Thula. Carlos dit qu'il est impossible de le savoir. Mais si ces gens du fonds spéculatif ne voient pas d'inconvénient à nous prêter de l'argent, c'est qu'ils pensent notre dossier solide et ne doutent pas que leur pourcentage sera dix fois supérieur à la somme qu'ils nous auront prêtée. »

Tout le monde a gardé le silence quelques secondes.

« Ces gens en Amérique ont-ils compris que l'argent n'est pas vraiment notre but ? a demandé un autre ancien.

— L'argent est la seule chose que les tribunaux américains peuvent exiger de Pexton pour nous dédommager », ai-je répondu avant que Thula ait le temps d'ouvrir la bouche.

Elle ne donnait jamais l'impression que devoir tout expliquer à tout le monde était un fardeau, mais je mourais d'envie de la soulager de cette tâche chaque fois que je le pouvais.

« Juba a raison, a-t-elle dit. Les tribunaux américains peuvent obliger Pexton à nous donner de l'argent. Ensuite, à nous de décider si on se sert de cet argent pour nettoyer le village. Si on obtient une somme assez élevée, on pourrait faire venir d'Amérique des spécialistes en dépollution de l'eau et de l'air pour faire un état des lieux du village et nous dire quels choix s'offrent à nous.

— Mais pourquoi les tribunaux ne demandent-ils pas simplement à Pexton de partir ? a demandé le premier ancien. Je sais que les choses ne fonctionnent pas comme ça, mais il doit bien y avoir une loi dans les livres américains qui dit que les gens ont le droit de vivre en paix sur leurs terres. Ce Carlos ne pourrait-il pas chercher cette loi dans ses livres et demander au juge de l'appliquer à notre situation ?

— Je lui demanderai, Grand-Papa, a répondu Thula. Carlos comprend que notre but principal est de remettre notre village sur pied et je lui fais confiance pour tout mettre en œuvre dans ce but.

— Si tu lui fais confiance, a dit Sonni, donne-lui notre permission d'entreprendre ce qu'il doit. »

Le jour où Carlos a lancé les nouvelles poursuites, la fête a été plus modeste. Je suis allé chercher ma sœur dans sa salle de classe après sa conférence et elle m'a montré le fax de Carlos, il lui disait de boucler sa ceinture, c'était parti. Je l'ai embrassée, puis je l'ai emmenée en voiture chez nos parents, ils l'ont embrassée, lui ont conseillé de se reposer un peu, qui sait combien de temps le dossier mettrait à traîner d'un tribunal à l'autre ? Ils lui ont demandé de s'efforcer de ne pas penser à la procédure ni au pays.

Elle en était incapable. Il y avait trop à faire.

Après le Jour de Libération (à la préparation duquel elle avait consacré chaque minute disponible et dont elle parlait sans arrêt au cours des trois ans qui ont suivi les poursuites engagées par Carlos), elle avait créé un parti politique pour faire pression sur Son Excellence afin qu'il organise des élections, les premières élections présidentielles de toute l'histoire de notre pays. Elle a appelé son parti le Parti démocratique unifié, même si ses partisans l'appelaient le Parti du feu car, pendant les rassemblements, elle criait souvent « feu ! » en levant le poing. Elle espérait que ses soutiens créent des sections locales du parti dans tout le pays qui se traduiraient au final par une forte implantation nationale. Des rangs du parti, quelqu'un se détacherait pour s'opposer à Son Excellence et le battre au cours d'élections démocratiques. Dans le pays, les élections restaient un fantasme – Son Excellence monopolisait le droit de fonder un parti politique – mais, pour ma sœur, il était crucial d'appeler son mouvement parti, même s'il était illégal ; il était impératif que son parti soit prêt à se présenter contre Son Excellence quand il aurait enfin appelé à des élections.

Accompagnée des Cinq et de ses étudiants, elle a tenu un rassemblement dans une ville des environs de Bézam au cours duquel elle a exhorté les gens à la rejoindre pour alimenter le feu qui réduirait le régime en cendres dans les urnes. Cette année-là, elle a consacré toutes ses vacances à organiser ce genre d'événements dans tout le pays. Mais son parti ne s'enracinerait jamais ailleurs que dans l'est du pays. À certaines étapes dans le nord et l'ouest du pays, à peine une dizaine de personnes assistaient à la réunion. Elle faisait des émules partout, des imitateurs qui espéraient obtenir une popularité aussi grande que la sienne et s'en servir pour s'enrichir. À Bézam et dans le Sud, peu de gens osaient affirmer publiquement leur adhésion à ses idées par peur de Son Excellence. Les yeux d'autres tribus se sont dessillés, mais les tribus voulaient un leader qui soit des leurs, un homme portant un nom familier, pas une femme qu'elles connaissaient à peine – n'était-il pas temps que chaque tribu s'occupe elle-même de ses affaires, se demandaient-elles. Ma sœur s'efforçait de contrer ce genre de réflexions. Elle s'efforçait d'arguer que le pays était bel et bien constitué de dizaines de tribus mais n'en était pas moins une nation, un jardin de fleurs dont les formes, les couleurs et les parfums étaient différents mais qui, ensemble, composaient un tableau d'une exquise beauté. Peu lui prêtaient l'oreille – l'unité leur apparaissait comme une notion trop vulgaire.

Maman et moi nous inquiétions pour elle quotidiennement. Parfois, je glissais quelques billets dans la poche de son chauffeur quand elle partait en déplacement.

« Je n'ai qu'une sœur, je lui disais. Veillez sur elle, s'il vous plaît. »

Le chauffeur acquiesçait, il avait sept filles ; s'inquiéter était l'unique occupation de sa femme.

J'avais les larmes aux yeux, de peur, de fierté, chaque fois que je la regardais s'adresser à un public, lui enjoindre de rêver avec elle. Nous l'accompagnions le plus souvent possible – Maman, notre nouveau père, ma petite amie et moi. Deux de ses amis d'Amérique sont venus, d'autres lui ont envoyé des cartes d'encouragement. Elle était une colombe façonnée par le feu, une colombe qui se consumait et s'élançait pourtant vers le ciel.

Deux ans après le Jour de la Libération, Carlos et les trois personnes de son équipe sont arrivés à Bézam. Ils étaient encore dans l'aéroport quand Carlos a avoué à Thula qu'il brûlait de lui annoncer une nouvelle mais qu'il avait attendu de la voir en personne. Il était tombé dernièrement sur un vieil ami qui travaillait au ministère de la Justice et à qui il avait parlé de l'affaire Pexton. Cet ami lui avait confié que le ministère détenait un dossier sur Pexton ; le ministère rassemblait des preuves depuis le massacre, des preuves qui démontraient que Pexton enfreignait la loi américaine en remettant des pots-de-vin à des fonctionnaires étrangers. Le ministère espérait porter plainte contre Pexton pour infraction à la loi sur la corruption d'agents publics étrangers, *Foreign Corrupt Practices Act*. En cas de victoire du ministère, le juge pourrait contraindre Pexton à restituer les terres à Kosawa.

Ce soir-là, au dîner qui réunissait Carlos, son équipe et notre famille dans la maison de Maman et Papa, nous avons tous crié de joie lorsque Thula nous a répété la nouvelle.

Carlos nous a mis en garde : ce n'était pas gagné, les probabilités que Kosawa obtienne réparation étaient très minces, ce à quoi Thula, le visage rayonnant, a répondu : On ne sait jamais, il arrive que des choses impossibles se produisent, c'est toute la beauté de la vie. Ce soir-là, nous avons levé nos verres et dîné d'une soupe de poivrons à la viande de cabri et d'escargots à la sauce tomate accompagnés de riz. Après le repas, pendant que les autres regardaient une sitcom américaine sur la télévision de nos parents, Carlos et moi sommes allés finir nos bières sous la véranda en profitant de la brise nocturne.

« Je ne me rappelle pas la dernière fois que j'ai vu autant d'étoiles, a dit l'avocat, les yeux levés vers le ciel.

— Installez-vous à Bézam et vous les verrez tous les soirs. »

Il a ri.

« Je ne suis pas fait pour ce genre de vie », a-t-il dit.

À l'évidence, j'avais envie de lui répondre en lui jetant un coup d'œil. Si on m'avait dit qu'il était acteur, je l'aurais cru, à voir son profil impeccable et sa barbe de plusieurs jours, sa beauté travaillée que soulignaient ses cheveux lisses et brillants. Il portait une luxueuse montre au poignet et une alliance à l'annulaire mais sa façon de regarder ma sœur, les compliments qu'il lui adressait pendant le dîner, ses mains qui effleuraient ses épaules, son visage penché vers elle prouvaient qu'il oublierait volontiers ses vœux pour peu que Thula lui laisse une chance. S'il s'y risquait, il découvrirait bien vite que ni lui ni aucun homme n'avait une chance avec Thula tant qu'Austin serait en vie. Un mot de Thula sur la vie qu'Austin et elle avaient jadis partagée et il comprendrait aussitôt que sa cause était perdue.

« Vous n'avez pas besoin de l'entendre de ma bouche, ai-je dit, mais je tiens néanmoins à vous remercier de vous être chargé du dossier. Kosawa est tout pour ma sœur.

— Mon oncle me l'a dit.

— Le professeur Martinez ? »

Il a acquiescé.

« Il était intarissable sur son étudiante vedette, persuadé qu'elle allait transformer son pays. Lors d'une réunion de famille où nous étions tous là, lui, mes parents et moi, il m'a dit : "Dis donc, Carlos, tu vas aider ce village ou quoi ?" Et tout le monde s'est mis à parler des malheurs qui accablaient le monde et de ce que je pouvais faire pour y remédier. "Allez, Carlos, aide au moins ce pauvre village."

— Si je comprends bien, vous êtes ici parce que votre famille vous a culpabilisé ? »

Il a ri.

« Bien sûr que non, a-t-il répondu. J'adore défendre les puissants mais je me suis dit que, pour une fois, je me battrais pour les faibles, je ferais quelque chose de différent. Mes parents seront ravis. Mon père a conduit un taxi quatorze heures par jour pour que mes frères et sœurs et moi puissions aller à l'université, et quand je suis entré à la fac de droit, il a raconté à ses amis que j'allais devenir avocat pour mettre les méchants en prison. Je n'ai jamais eu l'intention de faire ce genre de carrière mais, si Kosawa gagne un jour, mes parents pourront montrer les coupures de presse à leurs amis. »

Je n'ai pas revu Carlos et son équipe avant qu'ils partent visiter Kosawa ni après leur retour, mais Thula m'a raconté que leur déplacement avait été une réussite – ils étaient rentrés en Amérique avec une profusion d'entretiens enregistrés en vidéo, de photos et d'échantillons de sol et d'eau. Leur présence avait ragaillardi le village. Ils avaient parlé de l'Amérique de 2007 qui avait vu la nomination d'une femme au troisième poste le plus important du gouvernement ; qui avait vu des hommes se battre pour obtenir le droit de se marier entre eux, ce qui avait provoqué le fou rire des anciens qui avaient failli en perdre leurs derniers chicots. La veille de leur départ, le vin de palme avait coulé à flots et les Américains avaient joué du tambour tandis que les enfants dansaient et que les adultes tapaient dans leurs mains.

Après leur départ, Kosawa a entamé une nouvelle période d'attente. Les femmes ont continué à marcher pendant des heures pour trouver des terres fertiles. Les mères, à faire bouillir l'eau des bébés. La forêt fournissait le gibier qui rapportait de quoi se procurer les biens de première nécessité. Les enfants mouraient, à cause de Pexton ou pour des raisons étrangères à Pexton. Des nouveau-nés venaient les remplacer. Des familles fuyaient, d'autres revenaient, souvent par égard pour les grands-parents qui voulaient mourir dans leur village natal. Les jours sereins se mêlaient aux jours de détresse.

Thula n'a jamais faibli malgré les années qui passaient, malgré ses étudiants qui obtenaient leur diplôme et étaient remplacés par d'autres étudiants qui obtenaient leur diplôme à leur tour. Elle a eu une promotion, elle était désormais directrice de son département, ce qui l'a obligée à suspendre ses activités au sein du parti afin de se concentrer sur ses étudiants puisqu'ils représentaient sa meilleure chance de voir son projet aboutir.

Elle continuait de parcourir le pays, de s'exprimer à l'occasion de rassemblements de ses partisans, ces jeunes gens qui persistaient à marcher la tête haute même en présence des soldats et se saluaient les uns les autres en levant le poing. Elle voyageait aussi pour répondre aux demandes pressantes de gens qui souhaitaient qu'elle s'adresse à un village ou un autre lorsque, enhardis par son parcours, ils avaient décidé de manifester devant des bâtiments officiels et les usines de certaines sociétés. Elle exhortait les contestataires à ne jamais douter de l'avènement du changement. Chaque fois qu'elle arrivait quelque part, les femmes l'accueillaient en dansant joyeusement. « Voyez ce que l'une d'entre nous a accompli, chantaient-elles, voyez ce dont une femme est capable. »

Beaucoup de gens souhaitaient sa mort, elle ne l'ignorait pas, mais elle n'avait pas peur. Elle se savait suivie par un homme aux lunettes foncées, elle l'avait remarqué qui l'attendait dans sa voiture devant chez elle, la filait au supermarché, traînait autour de son bureau, un téléphone portable collé à l'oreille. Elle n'était pas surprise – bien sûr, Pexton tentait de l'intimider. Mais la compagnie se trompait sur elle. Comment aurait-elle pu imaginer qu'elle sourie à son suiveur chaque fois qu'elle le voyait, qu'elle lui fasse parfois un signe de la main. Elle en avait parlé à Carlos et aux Cinq, et tous étaient d'avis qu'elle prenne des mesures pour sa sécurité. Mais ma sœur n'était pas du genre à danser joue contre joue avec la peur ; elle refusait d'engager un garde du corps. Elle riait et me disait de ne plus m'inquiéter. Un jour, l'homme avait cessé de la suivre. Quand elle avait annoncé la nouvelle à Maman et lui avait dit qu'elle pouvait désormais se détendre, Maman avait pleuré de soulagement.

Au retour de Thula, Maman me prenait souvent à part pour me rappeler que moi aussi je comptais, que tout ne tournait pas autour de ma sœur, que je ne devais pas me sentir obligé de mettre mes désirs de côté pour le bien de Thula. Maman voyait, comme seule une mère en était capable, que dès qu'il s'agissait de Thula, j'oubliais que j'avais une histoire moi aussi, que Maman et moi avions des histoires et des rêves sans rapport avec le projet de Thula pour Kosawa et notre pays.

Parfois, dans la cuisine de Maman, elle et moi nous remémorions l'époque où il ne restait plus que Yaya et nous à la case après le départ de Thula pour l'Amérique, Yaya incapable de sortir de son lit, Maman et moi assis seuls sous l'auvent de la case, profitant de nos derniers jours à Kosawa. Le matin où nous avons fermé la case et où nous sommes partis à Bézam vivre avec mon nouveau père, nous pleurions tous les deux. Nous avons quitté Kosawa après avoir enterré Yaya dans la semaine où elle a déménagé chez Malaika. Nous avons distribué nos biens aux amis et parents. La case que nous laissions derrière nous était nue comme au jour où Grand-Papa l'avait construite, elle demeurerait sans doute inhabitée pour toujours maintenant que Kosawa se vidait.

Nous sommes arrivés à Bézam avec un coffre en bambou bourré de vieux habits, de viandes fumées, de légumes séchés au soleil et d'épices enveloppées dans des feuilles. Maman l'avait porté sur sa tête d'arrêt de car en arrêt de car, pas près de faire confiance à la nourriture de la ville. Chaque fois qu'elle était allée visiter Bongo en prison, elle avait apporté de la nourriture – elle n'avait jamais rien mangé qu'elle n'avait préparé.

Notre première nuit dans la ville, après que mon nouveau père nous a embrassés et nous a nourris et offert des verres d'eau avec des glaçons dedans, il nous a demandé de lui raconter notre voyage en détail. Puis il nous a dit : Cette maison est la vôtre, aujourd'hui et pour toujours. Maman a hoché la tête. Elle m'a prié de remercier mon nouveau père mais, avant que je m'endorme, elle m'a murmuré à l'oreille de ne jamais oublier mon ancien papa. J'ai dit : Oui, Maman. Je lui ai juré de toujours garder Papa dans mon cœur. J'avais trop honte de lui avouer que j'avais déjà commencé à l'oublier ainsi que Bongo. Mes souvenirs pâlissaient et pourtant j'aurais tout fait pour les retenir.

Une semaine après notre arrivée, mon nouveau père m'a accompagné à pied à ma nouvelle école en me tenant par la main. Il m'a guidé au milieu des voitures vertes, rouges et jaunes ; m'a offert des friandises à grignoter en chemin.

Il m'a donné de l'argent pour mon déjeuner et a essuyé la transpiration qui coulait sur mon visage à l'aide de son mouchoir. Il n'avait jamais eu d'enfant ; son cœur débordait d'un amour qu'il rêvait de partager.

Les années sont venues, les années ont passé. Les visages de Kosawa s'effaçaient, dont celui de mon ancien papa. Quand mes nouveaux amis venaient jouer à la maison, ils pouvaient voir que Maman continuait de vivre à Kosawa, habillée comme au village. Elle ne parlait pas anglais, contrairement aux autres papas et mamans qui, pour la plupart, étaient fonctionnaires. Maman pensait souvent à son ancienne vie, elle me demandait si je me rappelais telle ou telle personne, ou le jour où il s'était passé tel ou tel événement, elle inventait des chansons qui parlaient de la case dans laquelle nous avions vécu jadis avec mon ancien papa, des chansons tristes qui s'interrompaient chaque fois que mon nouveau père rentrait du bureau. Lorsqu'elle entendait son pas, Maman donnait soudain une tournure joyeuse à sa mélodie. Elle chantait à pleins poumons en posant son dîner sur la table. Elle faisait pour lui ce qu'elle faisait autrefois pour mon ancien papa – elle tirait une chaise pour qu'il s'asseye et le regardait manger en souriant, et lui la complimentait sur le meilleur plat qui se soit jamais trouvé dans l'assiette d'un homme. Elle lui apportait de l'eau à table pour qu'il se lave les mains. Elle l'aidait à s'installer confortablement dans le canapé après le repas afin qu'il soit aussi détendu et satisfait qu'un homme devait l'être.

Mon nouveau père s'assurait que le porte-monnaie de Maman était toujours garni. Il lui donnait tout ce dont elle avait besoin pour que la maison soit propre, la nourriture abondante et elle gardait ce qu'il lui fallait pour se promener dans d'autres quartiers de la ville et rire avec des femmes de sa région, des femmes qu'elle avait entendues parler au marché dans aucune des langues véhiculaires de notre pays, mais dans celle, unique, de Kosawa et des villages frères. Cela suffisait pour nouer des amitiés.

Après avoir rendu visite à ses amies, Maman descendait du car bondé de citadins effrontés pour trouver mon nouveau père qui l'attendait au salon, elle était son trophée. Il se levait pour l'embrasser, des étoiles plein les yeux. Ses cheveux grisonnaient mais il pouvait encore la soulever du sol, ce qui la faisait rire, et la porter dans leur chambre en me disant d'aller me coucher avant de refermer leur porte.

Seul dans ma chambre, je repensais à cette nuit où j'étais revenu d'entre les morts. Cette fameuse nuit, j'avais perdu quelque chose. J'ignore ce que c'était. J'avais gagné quelque chose. J'ignore ce que c'était. Je me rappelle chaque détail de mon voyage, hormis ce que j'ai perdu et gagné. Quand j'ai rouvert les yeux, mon ancien papa m'a rendu à Maman. Il s'est dépêché d'aller derrière la case cacher ses larmes – il ne pouvait contenir sa douleur. Maman m'a pris dans ses bras en pleurant de soulagement. Yaya a pleuré. Thula a pleuré. Elles m'ont caressé, demandé comment j'allais. Je ne leur ai pas répondu, je regardais autour de moi à la recherche de cette chose que j'avais rapportée de la forêt. Je voulais parler à Maman de cette chose, de celle que j'avais oubliée, mais je ne me rappelais pas avoir laissé tomber quoi que ce soit avant d'enjamber le fleuve éternel. Il se peut que j'aie voyagé uniquement avec mon corps et que je sois revenu de même. Pourtant, aujourd'hui encore, des dizaines d'années plus tard, la nuit, je m'agite et je transpire en la cherchant. Le jour, l'inquiétude me terrasse, je ressens un besoin urgent qui m'étouffe de la trouver, cette chose que j'ai rapportée. Elle est forcément quelque part, cette chose que j'ai perdue, qu'est-ce que c'était ? Comment vivre sans elle ? Après des années de réflexion, j'ai accepté l'idée que je serais toujours mort et vivant, les deux ou aucun des deux.

J'aurais voulu demander à mon ancien papa de m'aider à comprendre ce qui s'était passé ce jour-là, comment

Jakani avait réussi à me retrouver et à me faire revenir à la maison – Papa avait une façon de rendre logique l'inexplicable – mais il est parti pour Bézam peu après mon retour. Je respecte son sacrifice, mourir pour me permettre de vivre longtemps, mais je regrette de ne pas lui avoir confié avant son départ que, si Jakani ne m'avait pas appelé pour que je revienne, j'aurais volontiers poursuivi mon chemin pour rejoindre les ancêtres. J'avais contemplé leur ville au sommet de la colline, qui miroitait au loin, et j'avais hâte de m'y rendre.

Enfant sans beaucoup d'amis, doté d'une mère accablée, d'une sœur souvent distante, d'une grand-mère brisée, je regardais la vie suivre son cours autour de moi après la mort de Papa et de Bongo. Assis dans un coin de la pièce commune, je remplissais des carnets de dessins. Le besoin pressant de dessiner s'est imposé à moi peu de temps après que je suis revenu à la vie. Je n'avais jamais dessiné auparavant mais, un soir, je me suis emparé du crayon de Thula et d'un morceau de papier. À mesure que ma main se déplaçait sur le papier, des images prenaient forme. Après le massacre, je n'ai pas éprouvé le besoin de pleurer mais de dessiner ce que j'avais vu.

Si seulement je pouvais passer ma vie à dessiner et à peindre le monde qui m'entoure.

Si l'amour ne m'obligeait pas à certains devoirs, je ferais en sorte d'aller en Europe, d'où mes peintres préférés sont originaires, voir quel genre de vie s'imposerait à moi. Ce n'est qu'en dessinant que je trouve des réponses à mes questions, des réponses que le langage ne peut transmettre. Je ne trouve de sens aux événements qui ont secoué Kosawa, aux absurdités de l'humanité, que dans mes images. Ma seule échappatoire à l'incongruité de l'existence est de traduire le monde tel que je le vois. Un monde où, devant mes yeux, le réel devient irréel – c'est de cette façon que je me suis mis à ressentir la vie le jour où je suis revenu d'entre les morts. Au travail, la tête d'un collègue prend l'aspect du verre. Un livre s'échappe d'une étagère et se met à brûler en l'air. Une couronne se pose sur la tête de Maman. La peau de ma bien-aimée devient translucide, je vois couler son sang. Aucune de ces images ne me fait peur, même si j'ai eu de la fièvre la première fois qu'elles me sont apparues, Woja Beki était en train de parler à une réunion de village quand sa langue s'est transformée en queue de chien. Ces temps-ci, elles se présentent de façon aléatoire mais quand je ferme les yeux et que je contrôle ma respiration, tout redevient réel. Je ne peux en parler à personne, pas même à Maman et mon nouveau père, pas même à la femme que j'aime, ils penseraient que je me fais des idées. Je l'accepte comme le prix à payer pour deux vies.

Les nuits où j'ai le mieux dormi dans ma vie d'adulte sont les quatre qui ont précédé le retour de ma sœur. J'étais enfin prêt à parler de mon tourment à quelqu'un et ce ne pouvait être que Thula, elle qui m'avait nourri et lavé quand notre père avait disparu et quand notre mère était incapable de faire autre chose que pleurer son mari et le bébé mort dans son ventre.

J'imaginais que Thula rirait en entendant ma confession et me dirait que mon problème était fréquent, tous les hommes vivaient dans un espace situé entre la vie et la mort, le monde était simplement trop préoccupé pour que les gens le remarquent. Elle ne dirait peut-être rien. Ce serait sans importance. J'avais juste envie de dîner à côté d'elle et de finir ses restes. J'avais envie qu'elle me raconte les conversations qu'elle avait eues jadis avec notre ancien papa à propos des pourquoi et des comment du monde. J'avais envie de marcher à son côté, émerveillé, comme à Kosawa.

Je me rappelle encore notre étreinte à l'aéroport le jour de son retour.

Elle a regardé ma barbe et elle a ri : Qu'est-il arrivé à mon petit frère autrefois si beau ? C'est pour Maman et moi qu'elle a quitté Austin et l'Amérique. Pour Kosawa, bien sûr, mais pour sa famille aussi. C'est pour nous qu'elle a accepté le poste d'enseignante à l'école de management du gouvernement, même si elle avait refusé la proposition à maintes reprises, elle ne voulait rien avoir à faire avec des gens qu'elle jugeait sans âme. Le gouvernement a insisté ; on lui a juré qu'elle aurait toute liberté pour enseigner les sujets de son choix – des intelligences comme la sienne étaient rares et les sciences qu'elle avait étudiées seraient d'un intérêt vital pour le bien-être des futurs enfants de la République. Une voiture avec chauffeur serait mise à sa disposition et elle gagnerait plus d'argent qu'elle n'en aurait jamais besoin, de l'argent dont Kosawa avait besoin, dont son mouvement avait besoin.

C'est ainsi que, comme Papa qui avait uni ses forces à celles de Woja Beki pour aller à Bézam alors qu'il les détestait, lui et son fils Gono, comme Papa qui avait agi à contrecœur, ma sœur avait serré la main des fonctionnaires du gouvernement et accepté de travailler pour eux après son retour d'Amérique.

Nous vivions et travaillions dans des quartiers différents de la ville, mais nous passions souvent nos soirées ensemble, en particulier dans les premières années qui ont suivi son retour quand elle avait besoin que je lui fasse connaître Bézam. En Amérique, elle avait cessé de consommer des produits d'origine animale en suivant l'exemple d'Austin mais, à Bézam, elle s'est remise à manger du poisson. Certains soirs, nous faisions le tour de la ville dans ma voiture en quête de ces femmes qui font griller du poisson aux coins des rues. Ma sœur aimait beaucoup nos soirées chez Maman et mon nouveau père – elle était ravie qu'ils lui fassent la fête et lui demandent de, s'il te plaît, manger encore un peu, par grand vent, elle s'envolerait, elle n'avait que la peau sur les os – mais elle aimait bien les gargotes de rue. Elle adorait bavarder avec les autres amateurs de poisson grillé, de la chaleur, de la prolifération des chiens errants dans les rues, de l'équipe de football nationale qui venait de remporter un match, enfin une raison d'être fiers de notre pays. Parfois, si la dame qui vendait le poisson grillé faisait marcher son ghetto blaster, ma sœur se levait et dansait avec d'autres clients, ses mouvements étaient aussi disgracieux que du temps de Kosawa, elle dansait, l'esprit léger, du moins quelques minutes. Une fois, alors que je la déposais chez elle, elle m'a avoué qu'elle n'aurait jamais pensé dire un jour qu'elle aimait vivre à Bézam.

Mais pas assez pour oublier Kosawa.

Dans les mois qui ont suivi le lancement de la procédure par Carlos, pas un jour ne passait sans qu'elle parle de la lutte.

Je l'écoutais et je m'efforçais, aussi gentiment que possible, de lui faire comprendre qu'elle avait fait sa part du travail pour sauver notre village, que personne ne lui en voudrait si elle décidait de prendre du recul et d'attendre le verdict d'Amérique. Elle n'était pas de mon avis, se battre pour Kosawa était son droit imprescriptible.

Me battre pour Kosawa n'était pas mon droit imprescriptible. Voilà pourquoi j'ai pris ma décision après le Jour de Libération : commencer à me libérer des rêves de ma sœur. J'étais las de tout, de voyager, d'attendre, d'être séparé de ma bien-aimée, de voir ma sœur se creuser la tête en permanence pour définir des stratégies, de passer de l'espoir au désespoir. J'avais fait mon possible pour Kosawa. J'avais fait mon possible pour l'aider. Je ne pouvais pas consacrer ma vie à la cause de quelqu'un d'autre, même s'il s'agissait de ma sœur. Je n'ai jamais abordé explicitement le sujet avec elle, nous continuions d'aller manger du poisson grillé, je continuais de lui rendre visite à son bureau, elle était ma sœur, mais je ne pouvais plus prendre part à sa révolution, je n'étais pas elle, je ne serais jamais comme elle, je devais suivre ma propre voie. Savoir qu'elle pouvait compter sur les Cinq et sur ses étudiants – je n'ai jamais assisté à aucune de leurs réunions – me réconfortait. Les jours où elle ne parvenait pas à se lever de son canapé en raison de son extrême fatigue, je regrettais qu'elle n'ait pas choisi un autre mode de vie. Je regrettais qu'elle n'ait pas préféré Austin à Kosawa. Je regrettais qu'elle se sacrifie autant au service des autres, sachant ce que notre famille avait déjà enduré.

Dans une lettre que je lui ai envoyée plusieurs mois avant son retour d'Amérique, je lui écrivais mon bonheur à l'idée de son retour à la maison, à l'idée de la véritable famille que nous constituerions – Maman et notre nouveau père, elle et moi. Je lui disais être persuadé que ma petite amie, Nubia, et elle allaient s'entendre à merveille. Elle était enthousiaste à la perspective d'aimer ma petite amie, d'avoir une sœur en quelque sorte. Elle ne se lassait pas du récit de ma rencontre avec Nubia, de la question que je lui avais posée : Tu t'appelles vraiment Nubia ? C'est incroyable, quand j'étais petit, mon oncle et ma sœur lisaient un livre sur la Nubie dont ils me montraient les images. Thula avait envoyé une carte à Nubia pour la remercier d'aimer son frère et juste avant son retour, elle avait écrit à Nubia son impatience de faire sa connaissance. Pourtant, quand elles se sont finalement rencontrées et vues en chair et en os, il a été évident qu'aucune amitié ne se nouerait – elles étaient aussi différentes qu'une montagne et une vallée.

Je n'en ai pas moins aimé Nubia.

J'ai décidé de passer ma vie avec elle le jour où, pour me parler d'elle, elle m'a dit : Les pères ne sont-ils pas le début et la fin de notre douleur ?

Le père de Nubia avait un rêve pour notre pays et il a appelé sa fille du nom de son rêve, un nom pour se souvenir, lui et le reste du monde, que, aussi sûrement que les vagues de l'océan naissent et renaissent, douces et puissantes, tout ce qui avait un jour existé reviendrait prendre sa place légitime, à l'endroit où cela se trouvait jadis ou à un autre endroit jugé approprié pour revenir. En la nommant Nubia, il affirmait sa foi en la non-existence des fins, sa foi en de nouveaux commencements, à l'image des graines qui tombent des arbres et portent en elles d'autres arbres qui laissent tomber des graines qui portent en elles de nouveaux arbres, à l'image de l'eau qui tombe du ciel pour mieux être puisée du sol et renvoyée d'où elle vient. La Nubie avait été, la Nubie reviendrait.

Dans son enfance, son père lui parlait de la Nubie et d'un temps trop lointain pour qu'elle puisse l'imaginer. Les femmes de Nubie parcouraient à dos de panthère noire des rues noyées sous les pétales de roses et les hommes marchaient la tête haute. Assis au pied de son lit, les nuits où elle ne trouvait pas le sommeil, il lui racontait les histoires de la Nubie. Il les lui racontait en anglais, la seule langue parlée à la maison pour qu'elle et ses frères soient prêts quand le moment viendrait de partir en Amérique. Pourquoi notre peuple a-t-il quitté la Nubie, Papa ? lui demandait-elle. Notre peuple avait la rage de vivre, lui répondait-il – il voulait créer une nouvelle Nubie, répandre largement notre grandeur. Pourquoi a-t-il échoué ? Il n'a jamais échoué, il s'est perpétué à travers nous.

Un jour, lui disait-il, tu te réveilleras et nous serons de retour en Nubie. Tu seras une princesse nubienne. Tu vivras dans un royaume.

À son réveil, il était allé travailler au palais présidentiel. Il faisait partie de la douzaine d'hommes affectés à la protection de Son Excellence sous la direction du Capitaine. C'était le Capitaine qui l'avait initié à la Nubie, ce serait à cause du projet du Capitaine qu'il perdrait la vie. Son père avait-il eu conscience du ridicule de cette histoire ? Elle en doutait. La nuit où le Capitaine avait attaqué le palais pour tuer Son Excellence, prendre sa place et rebaptiser notre pays Nubie, son père était présent, un garde devenu traître. Au côté du Capitaine il avait fouillé le palais à la recherche de Son Excellence, et avait tué deux hommes. Le Capitaine, un homme qui avait été témoin de tant de folies au palais, avait décidé de réécrire l'histoire de notre nation et de nous libérer de notre ravisseur. Le père de Nubia et ses cinq collègues gardes partageaient les mêmes ambitions. Pour un nouveau pays appelé Nubie, ils étaient prêts à laisser leur vie. Et ils la laissèrent, tous les sept. Ils furent capturés et exécutés devant les grilles du palais, leurs corps abandonnés à la voracité des corbeaux pour permettre à Son Excellence de sourire avec satisfaction au cours de ses allées et venues. Les dépouilles sont restées exposées pendant des jours afin que la moindre âme dans toute la nation comprenne la folie d'un coup d'État. Nubia a vu la dépouille de son père, pas de ses yeux – sa famille s'était claquemurée chez elle. Elle n'en a pas moins vu le corps de son père, en esprit. Elle entend sa voix à chaque apparition de Son Excellence à la télévision.

Tout a pris fin ce jour-là, leur vie d'enfants qui respiraient l'aisance en route pour l'Amérique. Leur vie de famille, alors qu'ils fréquentaient les plus hautes sphères de Bézam, paressant au bord des piscines. La famille de son père est arrivée du village avec ce message – sa mère devait quitter la maison, celle-ci appartenait désormais au frère aîné de son père qui était le chef de famille. Sa mère n'a pas supplié. Elle n'a pas avoué que Son Excellence avait confisqué tout l'argent de son mari, qu'elle n'avait rien, à part la maison. Elle a rassemblé les affaires de ses enfants en cachant ses larmes. Elle est allée chez une amie qu'elle a écoutée lui expliquer pourquoi elle ne pouvait pas les héberger. L'amie n'a dit que la vérité, elle ne pouvait plus avoir de relation avec la famille d'un ennemi de la République ; l'amie s'est gardée de révéler qu'elle avait des privilèges à sauvegarder, le poste de son mari à protéger, des enfants dont elle devait assurer l'avenir. Sa mère a sollicité toutes ses amies jusqu'à la dernière, jusqu'à ce que Nubia apprenne que le monde regorgeait de femmes qui avaient peur d'être des garces – elle s'était juré de ne jamais leur ressembler.

La seule femme à leur avoir lancé un os à ronger était une ancienne connaissance de sa mère. Elle passait en voiture, quand elle les avait vus à un arrêt de car et s'était arrêtée. Elle était à la recherche d'une nouvelle domestique, elle a proposé de les héberger dans la chambre de service, un cabanon à l'arrière de sa maison, une pièce unique pour une mère et ses cinq enfants. Ils seraient nourris mais sa mère devrait faire la cuisine pour toute la maison – le mari, l'épouse et une fille de l'âge de Nubia. Elle devrait aussi aller au marché, faire le ménage, laver le linge à la main, servir à table, faire la vaisselle, les tâches que ses domestiques accomplissaient jadis pour elle. Sa mère a accepté. Ils ont vécu dans ce cabanon, dormant dans le même lit, tête-bêche pour que tout le monde ait une place. Voilà ce à quoi son père les avait condamnés le jour où il avait donné sa vie pour un rêve.

Elle m'a raconté en pleurant cette nuit où la femme et la fille étaient parties rendre visite à des parents et avaient laissé le mari seul à la maison, elle avait dix-sept ans. Elle était entrée dans sa chambre et avait refermé la porte derrière elle, puis elle s'était entièrement dévêtue devant les yeux exorbités de l'homme. Elle lui avait fait des choses qu'elle avait puisées dans des romans érotiques. À entendre la puissance de ses grognements, elle avait craint qu'ils ne parviennent à sa femme dans la ville voisine. Elle était revenue trois nuits d'affilée. Après que le mari avait trouvé le moyen de faire partir sa femme et sa fille pendant quinze jours, elle l'avait retrouvé après les cours, expliquant à sa mère qu'elle devait rester étudier. Fou de joie, il lui avait promis de tout mettre en œuvre pour les aider, elle, sa mère et ses frères et sœurs. Il avait tenu parole, l'avait fait admettre à l'école de management où j'attendais qu'elle m'accompagne pour grimper jusqu'au sommet de l'État.

Après m'avoir raconté cette histoire, elle m'a juré qu'elle serait capable de réduire des villes en cendres pour que ses futurs enfants ne manquent de rien et d'arracher le cœur de quiconque oserait leur soutirer quelque chose qui leur appartiendrait. J'ai su alors qu'elle serait un jour le roc sur lequel je bâtirais la nouvelle génération de Nangi.

J'étais encore enfant quand Maman a commencé à m'expliquer qu'il me revenait de perpétuer le nom des Nangi. Je devais tenter l'impossible pour prolonger notre lignée. Yaya m'avait prodigué le même conseil, un jour je me marierais et j'aurais des enfants à qui je devrais parler de ceux qui m'avaient précédé. J'avais acquiescé à toutes ses paroles et Yaya m'a porté chance.

Mon nouveau père aussi avait des rêves pour moi.

Persuadé que j'étais appelé à devenir un homme important, il m'a envoyé dans les meilleures écoles même s'il n'était pas riche. Je ne lui ai jamais révélé que je rêvais de passer ma vie à dessiner – comme Thula était mariée à sa mission, j'étais le seul à pouvoir offrir une vieillesse heureuse et fière à mes parents et j'étais impatient d'y parvenir. Mon nouveau père a passé des heures à m'aider à faire mes devoirs et quand je réussissais à un contrôle, il me glissait un billet. Au moment où j'ai été en âge d'intégrer un programme de formation professionnelle, il a fait la tournée des pontes du gouvernement qu'il connaissait afin d'obtenir leur soutien concernant l'avenir de son fils doué. Seul, il n'y serait jamais arrivé, il était un humble parmi des milliers massés au bas de l'échelle à se démener pour que leurs fils parviennent au sommet. Maman a préparé des plats et garni des corbeilles de fruits que Papa apportait au domicile des grosses huiles, accompagnés de bouteilles d'alcool, de chèvres du marché en plein air et d'enveloppes épaisses. C'est ainsi que je suis entré dans la seule école de management du pays.

Pendant mes études, j'ai écrit à Thula pour lui raconter la teneur de mes cours, les conversations que j'avais avec mes camarades de classe. Entrer au gouvernement pourrait être utile de bien des façons aux villages semblables à Kosawa. Le pays avait besoin d'un gouvernement formé de gens comme nous, des gens qui avaient souffert des conséquences de politiques désastreuses et savaient quoi faire. Nous avions besoin d'un chef de gouvernement qui donne la priorité aux citoyens, qui nationalise toutes les entreprises. Nous avions besoin que les fruits de l'exportation tombent dans les caisses de la nation. Nous avions besoin de ne plus être les valets d'étrangers. Si nous mettions en place des mesures pour empêcher certains de se servir dans les caisses, elles finiraient par déborder. Nous mettrions nos nombreuses richesses au service de la santé, de l'éducation, de la création d'emplois. Pourquoi nos concitoyens manqueraient-ils de tout quand le pays produisait de la bauxite au nord, du pétrole à l'est et du bois de construction à l'ouest ? Pour peu que le chef de gouvernement soit visionnaire, tout cela était possible. N'était-il pas évident qu'un gouvernement digne de ce nom était la solution aux maux de notre nation ? Je lui disais ma conviction que notre génération était capable d'y parvenir. Nous pourrions être ceux qui élèvent, ceux qui égalisent, les citoyens plus importants ou moins importants que les autres n'existeraient plus. Nous créerions un pays magnifique. Mais il fallait attendre notre tour ; celui de la génération plus âgée n'était pas encore passé. Nos gouvernants actuels ricanaient en entendant le mot « changement », mais nous ne pouvions pas faire grand-chose pour nous en débarrasser, d'eux et de leur mentalité archaïque, nous devions attendre que leur ère se termine. Le passé serait bientôt de l'histoire ancienne et il nous appartiendrait de concevoir l'avenir.

Thula n'a pas balayé mes espoirs, elle m'a simplement fait remarquer qu'il était peu probable dans un pays comme le nôtre que l'on passe en douceur d'un gouvernement pitoyable à un gouvernement irréprochable. Notre nation n'avait pas les fondations nécessaires pour que cette transition se produise, par manque de constitution ; chaque pays doit se doter d'une déclaration émise par le peuple tout entier qui définit les contours du pays dans lequel il souhaite vivre afin de le bâtir ensemble. Intéresse-toi aux pays dont l'histoire est marquée par des gouvernements solides et tu verras que tous reposent sur des fondations créées par leurs prédécesseurs. L'Amérique s'appuie sur des bases établies par les pères fondateurs. Les monarques européens ont défini les assises des pays dans lesquels leurs descendants vivraient. Qui a créé les fondations de notre pays ? Personne. Nous formons un agrégat de tribus sans rêve commun. Notre pays a été construit de force sur des sables mouvants qui, aujourd'hui, s'effondrent de l'intérieur.

Malgré la circonspection de ma sœur, pendant toutes mes études à l'école de management, j'ai entretenu l'espoir d'avoir un rôle à jouer au gouvernement. Mes camarades partageaient ma conviction – contrairement à la vieille génération, on ne serait pas corruptibles, on ne lâcherait pas notre idéal d'être commis avant d'être « commis de l'État ».

Je n'ai pas mis longtemps à me rendre compte que mes espoirs ne se concrétiseraient jamais. Dès le premier jour où je me suis attelé à des budgets, j'ai compris que le passé et l'avenir de notre pays seraient identiques. On m'a répété à l'envi que mon travail était de rendre les chiffres présentables, pas de demander pourquoi de grosses sommes d'argent n'étaient pas prises en compte. Que se passerait-il si on le découvrait ? À chaque jour suffit sa peine, me répondait-on. Ma responsabilité était de m'inquiéter du présent.

La première année qui a suivi la fin de mes études, j'ai appris que, en politique, la théorie et la pratique étaient à des années-lumière et que Thula avait raison – notre pays n'avait pas les fondations nécessaires à la reconstruction d'une meilleure nation. À l'image de mes collègues, j'ai peu à peu commencé à accepter le fait que, finalement, il fallait agir en fonction de ce qui nous convenait le mieux. Or, à l'époque, j'ignorais ce qui me convenait le mieux. J'hésitais sur la direction à prendre.

Nubia, elle, savait ce qu'elle voulait – cinq enfants qui étudieraient en Amérique, la santé et la prospérité, son bonheur, le mien, celui de nos familles. Le pays ne signifiait rien pour elle, qu'apportait-il de bien à chacun ? me demandait-elle souvent. À l'époque de nos études, je lui répondais que ce pays avait une chance à condition qu'on la lui donne. Puis, je suis devenu fonctionnaire et je me suis rendu compte que personne dans mon administration, du plus humble de mes collègues à mon patron, ne donnait une chance à ce pays. Ils détournaient un maximum d'argent vers des comptes privés, se servaient dans les fournitures pour les besoins de leurs enfants à l'école, envoyaient le chauffeur du service promener leurs épouses en ville, arrivaient et repartaient à l'heure de leur choix parce qu'ils estimaient en avoir le droit. Quand on se retrouvait avec mes camarades de l'école de management, ils riaient de l'impunité qui régnait, bien plus répandue qu'ils ne l'avaient imaginé, et pour le mieux. Je me refusais à en croquer. Pendant des années, j'ai travaillé en ne gagnant que mon seul salaire parce que je croyais au rêve de ma sœur, parce que je croyais qu'il suffisait d'un homme intègre pour refaire le monde. Seulement mon salaire ne nous permettrait jamais de nous offrir, à Nubia et moi, une vie très confortable. La nuit, je réfléchissais souvent à mes manquements à l'égard de mon épouse et de mes futurs enfants consentis pour un pays meilleur.

À l'avènement du Jour de Libération, cela faisait des années que j'aidais ma sœur dans sa mission et Nubia passait la plupart des soirées seule à la maison car elle comprenait mon désir de soutenir ma sœur et, pour elle, rien n'était plus sacré que l'amour de la famille, même si elle continuait de trouver vain le combat de Thula. Aussi, quand, quelques mois après le Jour de Libération, je lui ai annoncé que j'étais disposé à lâcher Kosawa, elle m'a embrassé et assuré qu'elle était prête à ce qu'on reparte de zéro.

J'avais parcouru le pays au côté de ma sœur, vu à quel point, malgré sa détermination, les changements étaient infimes et – alors que des hommes interrompaient Thula lors d'un maigre rassemblement dans l'Est – j'avais compris que ma Nubia avait raison depuis le début, notre nation pourrissait de l'intérieur et nous avec, la seule solution était de passer sous les radars et de s'en mettre plein les poches. Mais on ne fait rien de mal, disait souvent Nubia, on prend ce qui nous appartient, c'est notre droit. Ma bien-aimée s'est trouvé un surnom, la Reine des garces. Elle parle avec l'accent américain et préfère les stylistes de mode européens pour nous habiller tous les deux. Elle agit comme une garce le doit afin que son homme obtienne ce qu'elle pense lui revenir de droit.

Pour que je parvienne au sommet de l'État, elle a organisé des rendez-vous galants entre mes chefs mariés et des jeunes femmes à qui elle offrait notre lit et qu'elle restaurait ensuite. Elle a payé des amis d'amis dans différentes administrations pour faire rectifier ma date de naissance afin que je ne prenne pas ma retraite à l'âge obligatoire de cinquante-cinq ans – pourquoi s'arrêter de travailler quand tant de richesses rêvaient d'être accumulées ?

Ensemble, elle et moi avons amassé une fortune grâce aux dessous-de-table que j'exige depuis qu'elle m'a révélé à combien se montait une faveur sollicitée. Elle m'oblige à toujours demander le maximum, elle me rappelle d'oublier l'équité. Nous possédons des terres dans tout le pays, des terres données par des sociétés et des dirigeants locaux en remerciement de mon aide. Nos caisses débordent de fonds qu'elle m'aide à canaliser dans notre direction maintenant que j'ai été promu directeur de l'office national des impôts.

Nous avons acheté une maison à la mère de Nubia et ses frères et sœurs. Nous avons acheté une voiture pour sa mère, et une autre pour son frère albinos afin qu'il n'ait plus à souffrir des rayons du soleil en attendant le car ; nous lui avons dégotté un poste bien payé pour que les jeunes femmes passent outre à sa couleur de peau. Nous avons acheté une maison sécurisée sur deux niveaux pour Maman et mon nouveau père et engagé une femme pour s'occuper de lui maintenant que son grand âge est devenu une maladie. Nous avons fait construire notre maison, sept chambres, une pour les parents en visite, les autres pour nos enfants, la naissance du premier est prévue d'un jour à l'autre. Maman et mon nouveau père ont choisi son prénom. J'ai pleuré quand ils me l'ont annoncé. Cette nuit-là, j'ai caressé le ventre de Nubia en murmurant : Malabo Bongo.

Le mois où le médecin a ordonné à Nubia de garder le lit, Thula est venue la voir. Elle est restée auprès d'elle jusqu'à mon retour du bureau. Malabo Bongo vivrait dans un monde meilleur, lui a-t-elle dit ; le peuple s'éveillait à la vérité. Thula connaissait le destin du père de Nubia ; elle avait vécu plus longtemps que Nubia, en avait vu davantage et, pourtant, elle continuait de croire que la bonté triompherait. Nubia n'a pas jugé utile de lui opposer que le monde fonctionnait selon des règles auxquelles Thula ne pourrait rien changer et que notre seule obligation était vis-à-vis de nous-mêmes, de notre bonheur et de celui de nos êtres chers. Thula a embrassé Nubia avant de rentrer chez elle et de se préparer à partir pour Kosawa, et Nubia s'est retournée pour s'allonger sur le dos dans une chambre plus grande que celle dont elle avait rêvé quand elle dormait dans le cabanon. Elle a laissé son regard caresser les vêtements que je lui avais rapportés de mon dernier voyage professionnel en Amérique, achetés dans une boutique de Madison Avenue, et qui étaient rangés dans son dressing. Je suis rentré du bureau à ce moment-là, je me suis glissé dans le lit et l'ai entourée de mes bras pendant que, au rez-de-chaussée, nos domestiques préparaient le dîner.

Bien que nos chemins se soient séparés, je continue d'assister ma sœur chaque fois qu'elle me le demande et elle me donne ce qu'elle peut – son acceptation, même si mes vues ne sont pas les siennes et les siennes ne sont plus les miennes, nous nous retrouverons un jour au même endroit, un endroit où mon obsession de la famille et son obsession d'un pays meilleur nous rendront tous heureux. Est-ce que cela arrivera ? Ce jour adviendra-t-il quand les hommes auront cessé d'avoir toujours envie de quelque chose ? Pourquoi les hommes se battent-ils, puisqu'ils veulent tous les mêmes choses ? Que voudra mon fils, Malabo Bongo, en naissant ? D'après Maman, ce sera un garçon, un garçon heureux. Je rêve d'un monde peuplé de garçons heureux. Nous avons tous souffert, j'ai dit à ma sœur. Pourquoi choisir de continuer à souffrir ? Pourquoi ne pas t'accorder des plaisirs de la vie ? Mais Thula est persuadée que les plaisirs de la vie ne peuvent satisfaire son esprit, au contraire de sa cause. Son but dans la vie est de faire ce qui s'impose, même si elle doit en souffrir.

Dans ma belle maison, je continue de souffrir.

Je me réveille tous les jours avant l'aube pour aller dessiner près de la fenêtre. Parfois, je relis mon vieil exemplaire corné de *Par-delà le bien et le mal*, de Nietzsche, mais le plus souvent, je croque les images de mes rêves, les visages de Papa et Bongo et Yaya. Ils sont toujours souriants, heureux dans le monde d'après. À moins que je ne m'oblige à le croire pour atteindre au peu de paix disponible pour moi. Si je n'étais pas devenu un de ceux que je haïssais jadis, je suis certain que la véritable paix aurait été mienne, mais je n'en rêve plus comme autrefois. J'ai accepté cela comme j'ai accepté de vivre dans un espace situé entre les morts et les vivants. Je serai toujours entier à l'extérieur et brisé à l'intérieur. J'ai abandonné tout espoir d'être libre un jour.

Pourquoi Thula ne lâche-t-elle pas prise ? Je pose la question à Nubia. Elle n'a pas la réponse. Chacun porte son fardeau et cherche un endroit où le déposer, dit-elle – les garces intelligentes savent porter leur fardeau avec élégance et où le déposer. Elle avait la conviction qu'elle ne se débarrasserait du sien qu'en rendant à sa mère et à ses frères et sœurs la vie que son père leur avait coûtée. Alors seulement, elle ferait la nique à Son Excellence et à ces femmes qui avaient tourné le dos à sa famille, mais en stilettos rouges et vêtements siglés.

Il y a des années, je commençais à peine à sortir avec Nubia, quand j'ai découvert que le père d'une de ses amies était le Chef que Kosawa avait retenu prisonnier avec ses collègues. Une fois, Nubia et moi sommes allés chez lui. Je lui ai serré la main et nous avons échangé quelques mots, mais je me suis abstenu de lui dire que j'étais présent le soir de la réunion de village et l'après-midi où les soldats l'avaient délivré et avaient massacré mes amis et mes parents. En partant de chez lui, j'en ai parlé à Nubia et je lui ai demandé de ne jamais rien en dire à son amie. Elle m'a appris alors que la femme du Chef et ses deux aînés étaient morts onze mois avant la première réunion de village. La voiture dans laquelle se trouvaient l'épouse et les enfants était tombée dans une rivière. Le pont sur lequel la voiture roulait s'était effondré, les fonctionnaires responsables de l'entretien des ouvrages d'art avaient détourné l'argent destiné à la réparation du pont. Ils l'avaient déposé sur leurs comptes, certains étaient des amis du Chef, des gens avec lesquels il avait fait la fête. Ils étaient venus le consoler à la veillée, devant les cercueils où gisaient sa femme et ses enfants, tout de blanc vêtus. Quand il était retourné travailler après les obsèques, il avait cessé de réfléchir aux moyens de bien faire pour les autres. Ses pensées s'étaient focalisées sur ses enfants encore en vie.

C'était pour eux qu'il travaillait dur, pour les envoyer en Amérique, convaincu que l'état de notre pays était désespéré, un pays maudit dès la naissance, impossible à sauver. Il faisait la tournée des villages au nom de Pexton, et répétait au mot près ce qu'il était payé pour dire. Quand il rentrait chez lui, il serrait ses enfants dans ses bras, repassait leurs vêtements, leur faisait des œufs au plat tous les jours au petit déjeuner. Il ne s'était jamais remarié, il préférait cuisiner pour ses enfants et tenir la maison propre lui-même. L'amie de Nubia lui avait confié qu'un soir, elle était entrée dans la chambre de son père et l'avait trouvé allongé par terre, en larmes, une photo d'elle et de sa sœur encore en vie serrée dans sa main.

Quand Nubia avait terminé son histoire, j'avais soupiré et elle m'avait demandé pourquoi. Dans tous les camps, les morts étaient trop nombreux, dans le camp des vaincus, dans le camp des vainqueurs, dans le camp de ceux qui n'avaient jamais choisi de camp, à quoi servaient les camps ? Qui pouvait se prétendre victorieux de son vivant ? Un jour, peut-être, une fois que tous les morts auront été comptabilisés, tous les camps auront le même nombre à méditer, même si celui-ci ne traduira jamais entièrement la nature de ce qui a été perdu.

La nuit dernière, j'ai repensé à cette conversation.

J'ai repensé à Kosawa. Combien de temps le village tiendrait debout ? Maman me répète que le sang du léopard coule dans nos veines mais elle semble oublier que les léopards sont en voie de disparition ; il en reste peu dans notre partie du monde. Cela fait douze ans que Thula est rentrée d'Amérique et cinq depuis le Jour de Libération, et pourtant le village est toujours empoisonné.

L'autre soir, j'ai vu au journal que Pexton avait engrangé des bénéfices supérieurs de deux chiffres par rapport à ceux du trimestre précédent. Son Excellence est censé procéder à un remaniement ministériel la semaine prochaine. Il a fini par organiser les premières élections présidentielles du pays ; ses bailleurs de fonds européens y tenaient absolument pour faire la preuve que Son Excellence adhérait pleinement aux idéaux démocratiques. Des partis d'opposition se sont formés du jour au lendemain pour lui contester l'élection. Thula a qualifié ces manœuvres de mascarade. À l'annonce des résultats, personne n'a été surpris.

Plus tôt dans l'année, Carlos a appelé Thula pour l'informer que le ministère de la Justice n'inculperait pas

Pexton pour corruption d'agents publics à l'étranger. Thula ne m'a pas expliqué pourquoi, elle n'avait pas envie d'en parler. Carlos avait espéré qu'une inculpation du ministère mettrait en lumière les poursuites en réparation, et obligerait Pexton à convenir d'un arrangement, un scénario idéal dans la mesure où, d'après Carlos, le village n'avait aucune chance au tribunal. Effectivement, Pexton avait fait une offre, mais Carlos l'avait jugée insuffisante. Rassurée de ne pas être inculpée par le ministère de la Justice, Pexton s'était retirée de la table des négociations concernant l'arrangement. La dernière cartouche de Kosawa pour obtenir réparation reposait sur la décision d'un juge.

Ma sœur va bientôt avoir quarante ans. Le tribut de son combat se lit finalement sur son visage – des petites rides y sont apparues, ses pommettes sont saillantes. Je sollicite rarement l'Esprit mais la nuit dernière j'ai repensé à Kosawa, au chemin que j'avais parcouru d'hier à aujourd'hui et à tous les événements qui avaient jalonné ce chemin, j'ai prié pour ma sœur et pour tous ceux qui, dans notre village natal, sont encore en vie.

Les enfants

NOUS SOMMES LES CAMARADES de Thula nés la même année qu'elle et que les Cinq. Nous sommes ceux qui ont quitté le mouvement depuis longtemps et se sont tus. Nous sommes les seuls à pouvoir raconter cette partie de l'histoire.

Quelques-uns parmi nous étaient encore à Kosawa le jour où nous avons appris le verdict du tribunal américain mais nombreux étaient ceux qui avaient quitté le village à ce moment-là. Nous étions partis pour de nouveaux maris, pour nos familles, pour ne plus entendre nos parents nous reprocher d'avoir été complices de la mort de nos enfants, des mots sous lesquels nous ensevelirions plus tard nos familles et amis restés à Kosawa. Nous avions construit de nouvelles cases, nous avions eu des enfants, nous avions loué des terres arables à des membres de notre famille.

Nous étions quelques-uns à être restés à Kosawa et nous en étions fiers.

Nos ennemis ont sous-estimé l'enracinement de notre détermination. Ils n'ont pas mesuré jusqu'où nous étions prêts à aller pour protéger l'héritage de nos ancêtres.

Lorsque nous avons commencé à manifester, ils se sont contentés d'envoyer des soldats pour nous observer et faire des rapports. Des rapports, il avait sans doute transpiré que nos actions étaient pacifiques car ils nous ont laissés tranquilles. Que pesaient quelques manifestants face à un régime ? Des voix qui s'élevaient avaient-elles un jour mis à bas un système ? Si Thula demandait à un journaliste de faire connaître notre mouvement à l'étranger, si elle conduisait une délégation d'habitants de villages incendiés par les soldats dans les bureaux des pontes des ministères, à Bézam, on soupirait. Cette femme était une plaie. Ils ne l'ont jamais menacée de lui retirer son poste si elle ne mettait pas fin à son activisme. Quand elle enseignait à ses étudiants des notions que le gouvernement ne souhaitait pas voir inculquées à ses futurs dirigeants, ils fermaient les yeux, la laissaient agir à sa guise – les femmes qui avaient fait des études en Amérique étaient souvent difficiles à contrôler. Ils auraient préféré qu'elle se contente d'enseigner ce pour quoi elle était payée, mais ils devaient lui laisser une marge de manœuvre, elle n'avait pas d'égale en matière de réussite universitaire. Devant un parterre d'étudiants captivés, elle couvrait Son Excellence d'insultes, conspuait l'imbécillité de sa cour, son incompétence, son mépris honteux de toute moralité. En apprenant l'existence de ses réunions du Village dans sa maison de fonction, le gouvernement avait bâillé. Qu'est-ce qu'une femme seule en colère pouvait faire ?

Une femme seule en colère avait tout fait et avait échoué.

A-t-elle pleuré seule dans sa maison le jour où l'avocat d'Amérique l'a appelée pour lui annoncer que nous n'obtiendrions pas justice de la part des tribunaux américains ? Ou est-elle allée chez ses parents se faire consoler ? Regrettait-elle d'avoir choisi Kosawa au détriment d'Austin ?

La juge qui a prononcé le verdict définitif n'a pas nié que Pexton avait détruit nos terres. Thula nous l'a dit lorsque nous étions tous réunis sur la place pour entendre la nouvelle. Selon la juge, il était probable que Pexton et notre gouvernement s'étaient entendus pour commettre une kyrielle de délits. En revanche, elle partageait l'avis de Pexton selon lequel les tribunaux américains devaient se tenir en dehors de ce litige et laisser les tribunaux de notre pays décider si oui ou non Pexton et notre gouvernement nous avaient causé du tort. Ce serait vraiment malheureux de ne pas obtenir justice dans un tribunal de notre pays mais l'Amérique ne devait pas s'immiscer dans les affaires d'autres pays. Ce que la juge entendait par là, nous a expliqué Thula, c'est qu'un homme ne peut pas entrer dans la maison de son voisin et lui mettre une raclée au seul prétexte qu'il n'apprécie pas sa façon de diriger son foyer.

Nous l'écoutions et nous ne savions pas qui nous inspirait le plus de pitié – nous ou Thula ? Notre amie avait les lèvres qui tremblaient mais elle ne se serait pas autorisée à pleurer. Ce n'est pas fini, a-t-elle répété, mais nous savions tous que c'était fini. Nous avions perdu notre dernière chance de réhabilitation. Tenter une action contre le gouvernement et contre Pexton devant une cour de justice de Bézam serait ridicule. Les gens à la tête des tribunaux de Bézam étaient ceux qui avaient donné nos terres à Pexton. Les juges qui instruiraient notre affaire seraient peut-être ceux qui avaient condamné à mort les Quatre. Nous n'avions aucune chance qu'on nous rende justice à Bézam.

Ce jour-là et le suivant, on aurait dit qu'une nuit éternelle était tombée sur le village et que le soleil ne se lèverait jamais plus. Nous sommes allés aux champs et dans la forêt et au marché mais nos pensées s'attachaient rarement aux gestes que nous faisions ou à l'endroit où nos pas nous conduisaient – des questions tourbillonnaient dans nos têtes : Comment est-ce possible ? Que faire maintenant ?

Par la suite, à chacune de ses visites à Kosawa, Thula semblait s'enfoncer davantage dans la noirceur qui l'avait rongée après la disparition de son père. Elle parlait peu et refusait de manger, même si nous proposions de lui préparer ses plats préférés. Lorsque les enfants couraient vers elle, elle les regardait sans les voir. Les Cinq et elle se retrouvaient tard dans la nuit et chuchotaient. C'est par une des épouses de l'un des Cinq que nous avons appris que Thula ne nous avait pas informés du pire – Pexton avait entrepris des poursuites contre Kosawa et exigeait que le village rembourse ses frais d'avocats au motif que la compagnie avait été contrainte d'en engager un par sa faute.

Au cours d'une réunion, Thula a tenté de nous rassurer, nous n'avions aucune raison de nous inquiéter de la démarche de Pexton, aucun juge ne nous infligerait un tel châtiment ; Pexton entreprenait ces poursuites uniquement pour intimider ceux qui oseraient suivre notre exemple – la compagnie refusait que des villageois s'imaginent pouvoir se dresser contre des entreprises en toute impunité. Tu crois vraiment qu'un juge américain sera de notre côté et ne permettra pas à Pexton de prendre tout ce qu'on a ? a crié quelqu'un. Un juge ne venait-il pas de nous condamner à la terreur perpétuelle ? À entendre son manque de conviction, il nous semblait que Thula ne savait pas ce qu'elle croyait. Sa voix trahissait peu d'espoir quand elle nous a raconté les conversations qu'elle avait eues avec ses amis américains, ses amis qui continuaient de croire en son rêve, et elle avait également eu Carlos au téléphone. Tous lui ont rappelé l'existence d'autres tribunaux où nous pourrions assigner Pexton, des cours européennes dont la mission était de protéger les populations des gouvernements. Mais qui parmi nous faisait encore confiance aux tribunaux ?

Si nous marchions le cœur brisé, nos amis les Cinq affûtaient leurs machettes en esprit, assis à la même place. Au cours de la semaine qui a suivi les annonces de Thula, chaque fois que nous tombions sur l'un d'entre eux, il se montrait impatient de mettre fin à notre conversation anodine – ils étaient pressés de passer à l'étape suivante de la guerre de Kosawa. Même si nous avions toujours été émerveillés par leur engagement en faveur de Kosawa, nous ne nous sommes jamais demandé pourquoi c'étaient eux en particulier qui avaient consacré leurs vies à défendre les idéaux de Thula.

Même enfants, ils étaient les plus irrités d'entre nous, ceux qui tenaient la comptabilité du nombre de fuites de pétrole en un mois donné, ceux qui aidaient leurs pères et leurs oncles à porter les pioches et les pelles chaque fois qu'une nouvelle tombe devait être creusée. Et pourtant, ils pleuraient rarement à l'annonce d'un décès. Même à l'époque, il était évident que leur douleur s'exprimerait par la violence. Lorsqu'ils ont grandi, ils se sont encore rapprochés grâce à leur détermination commune à vouloir sauver Kosawa.

Comme nous, ils avaient rêvé de mourir à Kosawa après avoir vécu sans poison et sans être écrasés par ceux qui méprisaient notre valeur. Contrairement à nous, ils n'acceptaient pas qu'un tel destin leur soit à jamais refusé. Nous admirions leurs épouses qui ne les ont pas quittés même si nous savions, car elles étaient nos amies, que le silence et les douleurs tues étaient le quotidien de leurs mariages et les enfermaient dans la pire des solitudes.

Si nous avions su qu'ils étaient si près de l'explosion, nous aurions dit quelque chose – n'importe quoi – pour l'empêcher, mais comment aurions-nous su ? Dans les mois qui ont suivi l'annonce du verdict du tribunal américain, nous avions toujours le cœur lourd mais les visites de Thula nous déridaient un peu, même si elle avait perdu pratiquement tout espoir. La plupart d'entre nous avaient décidé de prendre chaque jour comme il venait et de s'en remettre à l'Esprit ; qui sait si, le lendemain, Pexton ne décréterait pas qu'elle avait tout son content de pétrole et qu'il était temps de partir ? Mais les Cinq ne se berçaient pas de ce genre d'illusions. Tandis que nous entamions notre longue marche vers la résignation, les Cinq échafaudaient des projets.

Le jour où les Cinq ont explosé, Thula était au village.

La matinée n'avait rien d'extraordinaire. Nous avions envoyé nos enfants à l'école. Nous étions allés travailler. Certains d'entre nous recevaient de la famille venue d'autres villages. Dans quelques jours, un mariage aurait lieu – un de nos jeunes hommes épousait une fille d'un des villages frères, et les femmes de Kosawa passaient leur temps à parler de celle qui allait s'installer à Kosawa, peut-être ne faudrait-il pas attendre longtemps avant que les cases se remplissent à nouveau, disaient-elles. Avant que l'Esprit soit remercié d'avoir fait l'amour aveugle.

La perspective du mariage enchantait Thula. C'était la première fois qu'elle avait l'air heureuse depuis que le verdict avait été prononcé des mois auparavant – voir ses yeux briller à nouveau procurait la même impression que sortir d'une cuisine enfumée. Elle, Sonni et deux des Cinq avaient participé à une réunion aux bureaux de la sous-préfecture à Lokunja l'après-midi même, Sonni comptait nous en parler en détail à la prochaine réunion de village. Thula avait dîné avec la femme et les enfants de celui des Cinq chez qui elle séjournait toujours. Après le repas, elle avait aidé les enfants à faire leurs devoirs. Elle avait bien ri quand l'un d'entre eux lui avait lu son exposé sur les raisons pour lesquelles tous les pays devraient ressembler à l'Amérique – un pays où personne ne semblait manquer de rien. Thula s'était couchée, le sourire aux lèvres. La vérité sur ce qui s'est passé ensuite, nous ne la connaîtrons jamais.

Nous supposons que les Cinq ont réveillé Thula pour lui annoncer qu'ils détenaient M. Fish et sa femme.

Nous ignorons à quel moment les Cinq ont quitté Kosawa pour aller aux Jardins kidnapper M. Fish et son épouse. Le matin, les Cinq étaient au village – nous en avons vu deux partir chasser. Le soir, nous les avons vus assis sous l'auvent de leurs cases ou en visite chez des parents. Ils avaient dû se rendre aux Jardins quand une grande partie du village était endormie.

Quelle a été l'ampleur de la déception et du choc de Thula quand elle a su ?

Qu'a-t-elle dit ? Qu'a-t-elle pu dire ?

A-t-elle tenté de se désolidariser, de refuser d'être mêlée à un crime ? Les Cinq ont-ils exigé sa participation ? Non. Ils la vénéraient. Mais Thula n'aurait jamais voulu laisser M. Fish et sa femme à la merci d'hommes armés en colère. M. Fish était un pétrolier mais il ne nous inspirait aucune haine, il avait toujours été gentil avec nous. Thula le respectait et l'appréciait en raison des efforts qu'il avait déployés. Il semblait attristé que son gagne-pain soit le fruit de nos souffrances – et, même si ses rendez-vous avec lui avaient été houleux, Thula était persuadée qu'il appelait de ses vœux une réconciliation entre Pexton et Kosawa. Nous regrettions tous qu'il ne puisse faire davantage que rejeter la responsabilité de la pollution de nos terres et de notre eau sur le siège de la compagnie à New York, et Thula n'aurait jamais souhaité sa mort.

M. Fish et son épouse sont restés trois jours dans la case de la famille de Thula sans que nous le sachions. Sahel avait remis une clé de la case à Thula et Thula l'avait confiée à un des Cinq pour qu'elle puisse ouvrir la case chaque fois qu'elle avait envie d'y passer du temps. Comment aurait-elle imaginé qu'une nuit, les Cinq l'avaient ouverte et poussé M. Fish et son épouse à l'intérieur ? Qu'a-t-elle pu leur dire quand, sans doute toujours en tenue de nuit, elle est entrée dans la case familiale et les a vus ? Leur a-t-elle proposé la chambre de ses parents dans laquelle elle avait installé un lit, une table et une chaise ? A-t-elle pris les Cinq à part pour les supplier de ramener les Américains aux Jardins ? A-t-elle vraiment écrit ces lettres de demande de rançon ou les Cinq l'ont-ils fait à sa place en les signant de son nom ? L'écriture de Thula était compacte et élancée ; celle des lettres que le gouvernement a diffusées était l'exact opposé.

Le lendemain matin de l'enlèvement des Américains par les Cinq, l'épouse de celui qui hébergeait Thula s'est réveillée et a préparé le petit déjeuner. Quand elle a trouvé le lit vide dans la chambre de Thula, son mari l'a rassurée, Thula s'était sans doute réveillée avant l'aube pour écrire. De temps à autre, Thula avait besoin d'être seule dans la case familiale, a-t-il ajouté. Le mari avait retiré toutes les affaires de Thula de leur case pour les mettre dans celle des Nangi, ainsi qu'un supplément de kérosène, censé alimenter la lampe de Thula. Sa femme comprenait – il n'était pas surprenant que Thula, au cours de ses visites à Kosawa, ouvre la case familiale et y passe du temps seule pour écrire.

Pendant ces trois jours à attendre que les deux demandes de rançon soient distribuées à Lokunja et aux Jardins, et que le gouvernement et Pexton passent à l'action, nous imaginions Thula et Mme Fish échanger des souvenirs de New York, deux femmes qui s'étaient rendues dans le pays l'une de l'autre – Thula aurait ressenti la nécessité de préserver une atmosphère cordiale dans la case afin que les Américains ne soient pas effrayés en permanence. Quel qu'ait été leur état, nous étions certains qu'ils étaient bien nourris parce que les épouses mettaient tous les jours des plats de côté pour leurs maris, que ceux-ci emportaient à la case des Nangi sans qu'elles le sachent, au prétexte qu'ils devaient manger avec leurs amis pour discuter de quelque chose qui s'était passé. Les femmes avaient haussé les épaules, elles avaient entendu ce genre d'excuses à de trop nombreuses reprises. Pendant ces trois jours, Thula n'était pas sortie de la case. Ce devait être la décision des Cinq, elle aurait sûrement voulu prendre l'air en fin de journée si elle avait pu – le soir, elle adorait s'asseoir sous l'auvent des cases avec ses amies et leurs enfants.

Pendant tout le temps où M. Fish et son épouse sont restés dans la case, les Cinq ont dû se relayer pour les surveiller, deux à chaque fois peut-être, l'arme à la main. Les autres continuaient de se mêler à nous pour que nous ne soupçonnions rien d'étrange. Et, en effet, nous n'avons rien soupçonné, rien ne nous a paru bizarre, ils se comportaient comme d'habitude. Nous n'avons rien remarqué quand ils sont allés déposer les lettres de demande de rançon aux Jardins et à Lokunja, lettres que le gouvernement a par la suite attribuées à Thula.

Pexton était partisan de tenir compte de la mise en garde des lettres, les soldats devaient être tenus à l'écart des négociations. La compagnie voulait que son employé et sa femme soient libres de retrouver leurs enfants en Amérique mais sans effusion de sang ; Pexton ne s'était pas implantée dans notre pays pour être impliquée dans notre folie et nos carnages. Nous avons appris que les hommes de Son Excellence à Bézam avaient averti Pexton que la décision n'appartenait pas à la compagnie. Que Son Excellence ne recevait pas d'ordres, qui plus est d'une femme. Les dirigeants de Pexton à New York avaient rappelé Son Excellence pour la prier encore une fois de ne pas envoyer de soldats à Kosawa, Pexton accéderait à toutes les exigences des ravisseurs. Le patron de Pexton aurait menacé Son Excellence de cesser de traiter avec notre pays si Son Excellence envoyait les soldats et que le sang était versé – Pexton avait un immense respect pour toute vie humaine. Son Excellence aurait éclaté de rire avant de demander au patron de Pexton d'arrêter de lui faire perdre son temps en bluffant stupidement.

Comme elle n'avait pas le choix, Pexton a envoyé ses hommes au côté des soldats.

Ils sont arrivés en camion et se sont garés à l'entrée du village. À leur vue, nous avons jailli de nos cases, égarés, n'osant pas nous approcher. Nous tenions nos enfants par la main, même si nous ne redoutions pas qu'ils s'aventurent du côté des soldats – ils étaient nés avec la peur des soldats, ils avaient su dès la naissance le mal que des hommes armés pouvaient leur faire.

Un homme de Pexton en costume sombre a pris un mégaphone :

« Nous savons que vous détenez nos collègues, a-t-il dit. Faites-les sortir et nous vous donnerons ce que vous voulez. »

C'était le début de la soirée. La panique a commencé à monter. Nous ne comprenions pas de quoi il parlait.

Qui était au village ? Des ouvriers ? Des responsables ? Pourquoi des employés de Pexton se trouveraient-ils à Kosawa ? Personne n'a pensé qu'il pouvait s'agir de M. Fish. Nous avons réalisé seulement plus tard qu'aucun des Cinq n'était sorti de sa case à l'arrivée du camion.

Un soldat s'est emparé du mégaphone.

« Sortez immédiatement de vos cases les mains en l'air, a-t-il dit. Sortez ou on commence à tirer. »

Thula les avait forcément entendus. A-t-elle envisagé de sortir de la case, les mains en l'air ? Elle savait quelle serait la sentence du gouvernement si elle le faisait. Elle savait que les soldats ne se contenteraient pas de libérer les Américains et de dire aux Cinq de ne plus jamais recommencer. Au fait des us de Bézam, elle savait quel serait leur châtiment : une courte peine de prison pour elle, la mort pour ses amis. Elle devait savoir que les Cinq ne se laisseraient pas faire.

Face aux soldats, nous l'avons vu venir, cet autre massacre. À la différence près que, cette fois, nous étions prévenus. Sonni, presque aveugle, canne en main, s'est approché du camion et a demandé aux hommes :

« Pouvez-vous nous dire ce qui se passe ? Qui recherchez-vous ? »

Le soldat au mégaphone a pris la parole :

« Je vous le dis une dernière fois. Vous prenez tout ce dont vous avez besoin et vous quittez ce village immédiatement ! »

Nous nous sommes précipités dans nos huttes pour empaqueter tout ce que nous pouvions.

Nous avons hurlé à nos femmes de cesser de pleurer, à nos enfants de mettre leurs chaussures. Les malades et les anciens ont oublié d'être lents. Sur le dos de leur mère, des bébés fatigués geignaient et bâillaient ; leur faim devrait patienter. Nous avons jeté des affaires dans des paniers et des sacs en raphia. Certains ont emporté trop d'affaires, d'autres pas assez. Nous avons tous songé à quelque chose dont nous aurions besoin mais nous n'avons pas eu le temps de le chercher, le soldat nous avait accordé cinq minutes.

Nous avons marché et couru vers les Jardins, nos provisions sur la tête.

Nous avons étalé nos couvertures à la belle étoile, derrière les maisons des ouvriers. Quelques-uns nous ont proposé de l'eau en nous posant des questions auxquelles nous ne pouvions pas répondre ; d'autres nous ont regardés de travers, ne sachant pas quoi penser de nous. Nous n'étions rien pour eux et eux rien pour nous, des êtres avec lesquels nous partagions l'espace.

Cette nuit-là, nous avons dormi comme des animaux à la merci de la nature. Aucune lune n'est apparue, à croire que nous ne méritions pas d'être éclairés. Les enfants avaient peur de jouer, ils sont restés à nos côtés. Nous avons partagé le peu de nourriture que nous avions emportée. Lorsque nous nous sommes allongés pour dormir, nous avons senti des pierres sous nos têtes. Ceux d'entre nous qui étaient encore éveillés ont entendu les coups de feu. À ce moment-là, nous avions compris que Thula et les Cinq étaient impliqués dans les événements mais nous n'osions pas en parler ouvertement. Dès cette nuit-là, nous avons su que nous ne dormirions plus jamais dans nos cases.

Le lendemain matin, les cars des Jardins nous ont emmenés à Lokunja et de Lokunja nous avons pris la route des sept villages pour chercher refuge chez des parents ; ivres de fatigue, nous distinguions à peine notre chemin. Avant même d'arriver dans nos nouveaux villages, nous avons appris la nouvelle. Nous l'avons entendue de la bouche de ceux qui étaient venus nous regarder cheminer péniblement. Les Cinq étaient morts. Quatre soldats étaient morts. M. Fish et son épouse étaient morts. Thula était morte.

Voici ce que le monde apprendrait des derniers jours de Kosawa : Thula et les Cinq, une arme à la main, étaient allés aux Jardins, avaient déjoué la surveillance d'une ribambelle de gardes, déboulé dans la maison de M. Fish, pénétré dans sa chambre et l'avaient kidnappé ainsi que son épouse venue en visite d'Amérique. Le gouvernement soutiendrait que Thula et les Cinq leur avaient bandé les yeux tandis que M. Fish et son épouse les suppliaient d'avoir pitié d'eux, puis qu'ils les avaient emmenés à Kosawa. Le gouvernement ne préciserait pas pourquoi aucun garde n'avait donné l'alerte. Il ne se demanderait pas, contrairement à nous, si M. Fish et son épouse n'étaient pas venus à Kosawa de leur plein gré. Il produirait une des lettres de Thula adressées à Pexton, qui disait que nous avions trop attendu, il soulignerait le paragraphe dans lequel Thula écrivait que, à moins qu'une délégation ne vienne à pied des Jardins pour négocier, M. Fish et son épouse seraient tués et leurs corps jetés dans le fleuve. Il avait également souligné un autre paragraphe dans lequel Thula écrivait que, si des soldats étaient envoyés à la place des négociateurs, les prisonniers seraient dénudés, bâillonnés et fouettés avant d'être exécutés. Dans les journaux locaux et étrangers, Thula était présentée comme une extrémiste, elle était appelée la Femme de feu.

Personne ne nous convaincrait que ces articles reflétaient la vérité.

Notre Thula était en colère, mais elle avait perdu depuis longtemps sa faculté de haïr. Quand certains de nos plus jeunes frères s'étaient mis à voler du matériel qui appartenait à Pexton, à percer des pipelines pour récupérer des seaux de brut qu'ils vendaient sur de lointains marchés, Thula avait condamné leurs agissements au cours d'une réunion, nous devions être conformes à ce que nous attendions de nos ennemis. Quant aux Cinq – on aurait pu nous convaincre qu'ils étaient coupables de ce que le gouvernement leur reprochait. La juge américaine leur avait donné la permission de passer à l'action.

Après leur mort, seulement, nous avons appris qu'ils étaient responsables des meurtres fantômes.

Cela nous avait effleuré l'esprit, nous en avions discuté à voix basse de peur que les arbres ne soient des agents du gouvernement, mais nous n'avions aucune preuve qu'ils détenaient des armes, et comment aurions-nous imaginé que nos amis étaient devenus des assassins aussi fourbes que nos ennemis ? Ce sont les épouses des Cinq qui ont le plus souffert à se poser des questions. Mais de quel droit auraient-elles demandé à leurs maris s'ils étaient des assassins ? Quel mariage aurait survécu à pareil doute sur la morale de l'autre ? Comme nous, elles ont préféré croire aux rumeurs d'esprits vengeurs. Chaque fois que des soldats venaient dans nos villages pour nous extorquer des aveux – ce qu'ils ont continué à faire des années après que les meurtres fantômes avaient cessé –, les épouses inventaient tous les mensonges dont elles avaient besoin pour racheter leurs maris. Les soirs où ils étaient absents, elles se rendaient souvent visite l'une l'autre pour se soutenir ; elles expliquaient aux enfants que, un jour, leurs pères absents passeraient plus de temps à la maison, qu'ils leur accorderaient l'attention dont ils rêvaient, que tout rentrerait bientôt dans l'ordre.

Nous avions souvent été assaillis de doutes quant à la victoire du mouvement de Thula sur Son Excellence et sur Pexton, mais nous n'en avons pas moins manifesté à Lokunja, ou occupé les Jardins, ou assisté aux réunions préparatoires qu'elle organisait. Thula y croyait, les Cinq étaient déterminés et même si, certains jours, nos corps n'étaient pas aussi disposés que nos esprits à se réveiller pour aller lever le poing et scander des slogans, année après année, nous nous y pliions parce que Thula y croyait.

Les soldats ont transporté les corps des Cinq à Lokunja et les ont déposés à l'entrée du grand marché pour que les passants gardent à jamais leur image à l'esprit, afin que cette histoire soit divulguée le plus loin et le plus largement possible. Nos amis avaient encore les yeux ouverts, ils étaient couverts de poussière et de sang. Nous les avons enveloppés dans des linges et les avons emportés sur nos épaules.

Nous avons réclamé le corps de Thula.

Ils ont prétendu ne pas l'avoir.

Nous avons pleuré notre Thula sans sa dépouille.

D'après certains, elle aurait sauté dans le fleuve et, le corps criblé de balles, aurait coulé au fond. Pour d'autres, elle aurait couru mourir seule dans la forêt. Nous sommes partis à sa recherche dans la forêt. Du matin au soir, nous l'appelions, Thula, Thula ! Nous n'avons jamais retrouvé son corps. Thula, Thula ! Thula n'a jamais répondu. Thula avait disparu.

Les jumeaux, Bamako et Cotonou, sont allés trouver leur père dans la case de l'oncle où leur famille avait trouvé refuge. Ils ont parlé à leur père de l'enfant qu'ils avaient glissé à l'intérieur du ventre de Thula. Certes, ils étaient marabout et guérisseur, mais ils étaient aussi des enfants qui avaient perdu leur toit – s'étaient-ils demandé, comme les enfants sont prompts à le faire, s'ils étaient responsables de ce qui nous était arrivé ? Leur père, l'un d'entre nous, nous a répété ce que ses enfants et les Cinq avaient fait. Nous ne les avons pas accablés ; ils s'étaient conformés aux exigences de l'Esprit. Nous avons pleuré pour Thula, pour son bébé. Serait-il devenu notre sauveur ? Un homme conçu par l'Esprit, qui aurait osé s'y opposer ? Il nous arrive d'imaginer que Thula avait couru au cœur de la forêt où l'Esprit avait fait grossir son ventre, les oiseaux et les léopards s'étaient occupés d'elle, lui avaient essuyé le front et humidifié les lèvres tandis qu'elle poussait pour faire sortir l'enfant, et toutes les créatures vivantes avaient chanté en chœur : « Car un enfant nous est né. » Était-il possible qu'un jour cet enfant nous revienne, qu'il récupère pour nous ce qui avait été volé ?

Sahel et Juba et Nubia et le nouveau père de Thula sont venus de Bézam. Nous n'avions pas de corps à leur présenter. Nous avions enterré les Cinq mais, pour Thula, nous n'avons pu que pleurer. Nous avons soutenu Sahel, l'avons suppliée d'être forte. Elle ne cessait de s'évanouir. Elle a réclamé qu'on lui donne du poison, ce qui lui a été refusé. Quand la nouvelle était tombée, Nubia avait retiré tous les couteaux de la maison de Sahel. L'Esprit réparera, disions-nous à Sahel. Ce jour-là, personne n'y croyait mais nous le lui avons quand même répété, de désespoir. Trois fois en une vie. Trois disparitions pour une seule femme. Juba s'efforçait d'être fort pour sa mère mais son chagrin l'en empêchait. Nubia l'entourait d'un bras, leur fils, Malabo Bongo, dans l'autre bras. D'après nos pères, Malabo Bongo était le sosie du grand-papa de son père, il avait les mêmes petits yeux tristes. Nous avons pleuré pour l'enfant aussi, comme nous aurions pleuré pour nos propres enfants, il porterait le fardeau de ce qui avait été fait et défait à ceux qui l'avaient précédé. Sa vie, ainsi que celle de nos descendants, ne serait que la continuation de notre histoire, en bien comme en mal – rien ne pourrait le lui épargner.

Il nous a été refusé d'aller une dernière fois à Kosawa vider nos cases. Le gouvernement a décrété que le terrain était devenu impropre à la présence humaine par excès de pollution. Son Excellence a ordonné que Kosawa soit brûlé. Ce qui autrefois avait été nos cases, en cendres. Les cuisines de nos mères, en cendres. Nos resserres et nos remises, en cendres. La fierté de nos ancêtres, en cendres. Il n'est plus rien resté de Kosawa si ce n'est ce que nous gardions dans nos cœurs. Heure après heure, jour après jour, année après année, des vents de toutes sortes sont venus souffler les cendres de ce qui avait jadis été notre foyer.

Pexton a fait rapatrier en Amérique les corps du contremaître et de sa femme, la compagnie les a rendus à leurs fils. Nous n'avons appris leurs noms complets que des mois plus tard : Augustine et Evelyn Fish. Les journaux de notre pays ont publié des photos d'eux sur lesquelles ils souriaient au côté de leurs fils. Un couple qui adorait la vie : exécuté. Leurs fils : orphelins. Une tragédie dans tous les sens du terme. Personne n'a jamais parlé de la mort de Thula comme d'une tragédie. Les journaux n'ont publié aucune photo d'elle ni des Cinq. Elle était la Femme de feu. Les Cinq, ses disciples. La Femme de feu, la Femme de feu : combien de lecteurs de ces articles se sont souciés de connaître son vrai nom, son histoire tout entière ?

Ce qu'on racontait d'elle tournait essentiellement autour de son séjour en Amérique, des jours qu'elle avait passés en prison pour un méfait ou un autre. Certains journalistes ont écrit que le gouvernement de Son Excellence, connu pour son amour de la liberté, les avait autorisés, elle et ses partisans, à s'exprimer publiquement et à manifester. Il lui avait été accordé les mêmes privilèges qu'à tous les citoyens de la République – pourquoi avait-il fallu qu'elle se tourne vers la violence ? En Amérique, les journaux ont écrit que c'était à New York qu'elle s'était initiée à la violence, elle n'était ni la première ni la dernière à aller à New York pour en repartir extrémiste. Ils ont écrit qu'elle avait participé à des rassemblements dans un quartier qui s'appelait le Village, une réunion d'individus qui ne savaient pas comment canaliser leur colère de façon positive. D'autres ont prétendu qu'elle avait la violence dans le sang bien avant de partir en Amérique : notre gouvernement a confirmé ces allégations à ceux qui se posaient la question ; en effet, Bongo, l'oncle de Thula, était l'un des responsables de l'enlèvement de cadres de chez Pexton plusieurs dizaines d'années auparavant. Thula l'avait surpassé en faisant l'acquisition d'armes et en organisant des meurtres. Une famille violente, comme c'était triste.

D'anciens étudiants et des cars bondés de ses partisans ont fait le déplacement de tous les coins du pays pour assister à l'hommage qui lui a été rendu au premier anniversaire de sa mort et qui s'est tenu dans le village de son grand-papa. Nous avions cessé de pleurer, mais pas Sahel, même si elle pleurait désormais la mort de son nouveau mari – il était décédé quelques mois après Thula, laissant Sahel seule dans sa grande maison. Elle rêvait de revenir dans son village natal maintenant qu'elle s'acheminait vers ses dernières années. Elle avait envie de s'asseoir sous l'auvent des cases et de rire d'un rire chevrotant avec Lulu et Cocody, mais Juba et Nubia voulaient qu'elle reste à Bézam pour la gâter, lui rendre souvent visite et passer la nuit chez elle afin qu'elle fasse manger Malabo Bongo et sa petite sœur, Victoria, qu'elle les baigne et leur chante des chansons.

Austin avait écrit une lettre de condoléances à Juba dans laquelle il lui révélait que Thula évoquait souvent son souhait de voir tout le monde habillé de jaune à ses obsèques. Alors nous avons tous porté du jaune. Des robes jaunes dans un tissu fluide pour les femmes, confectionnées pour l'occasion, accompagnées de foulards et de boucles d'oreilles jaunes. Des pantalons et des chemises en lin jaunes pour les hommes.

Sur la place où son grand-papa s'asseyait jadis dans un coin, nous avons battu les tambours autour d'une photo de Thula encadrée, une photo prise par Austin, sur laquelle elle marche dans les rues de New York en robe blanche. Elle a les cheveux ramassés en chignon sur le haut de la tête et elle sourit.

Nous avons chanté et dansé jusqu'à ce que le soleil disparaisse et pas une seconde son esprit ne nous a quittés. Avant que nous nous séparions, Juba nous a remerciés d'aimer sa sœur et, avant de clore la cérémonie, il a tenu à nous lire un poème qu'Austin avait écrit en hommage à sa princesse.

Par Thula, nous avions appris qu'Austin était devenu moine et vivait dans un pays voisin. Il avait quitté l'Amérique l'année qui avait suivi le départ de Thula, des mois après avoir enterré son père. Il avait décrit sa nouvelle vie à Thula comme une forme d'existence des plus joyeuses – ne rien posséder, être proche de l'immobilité, entretenir quotidiennement un jardin pour contribuer à nourrir les enfants d'un orphelinat voisin. Même sans la moindre perspective de vie commune, ils avaient échangé des lettres d'amour dans lesquelles ils déclaraient que leurs esprits resteraient à jamais liés et se réjouissaient que leurs vocations les aient libérés pour leur permettre de s'aimer jusqu'à l'éternité.

Sa main serrant celle de Nubia enceinte, la voix tremblante, Juba a lu le poème d'Austin :

adieu à la révolution, ne pleurez pas, le silence dure une nuit
levez-vous, enfants, mettez-vous en formation,
la folie a pris feu, poings levés
brûle, brûle, brûle ; que toutes les voix s'élèvent,
vivantes et fières – ou donnez-nous la mort
dix mille régimes, se repaissant de nos âmes, et pourtant
nous continuons de nous battre, jusqu'à quand ?
puissions-nous vivre longtemps pour voir ce matin resplendissant,
quand la lumière jaillira
quand nous serons tous réunis, au bord du fleuve,
dans le village purifié
plus de larmes, plus de sang, plus de maladies,
rien que le bonheur
oh, amour infini, nous sommes épuisés,
viendras-tu nous guider jusqu'à la maison ?

Pexton a créé une bourse d'études en hommage au contremaître et à sa femme. La bourse commémorative pour la paix et la prospérité Augustine et Evelyn Fish. La bourse était destinée uniquement à nos enfants. Elle leur permettrait d'aller dans les meilleures écoles et de devenir un jour aussi savants que Thula. Il ne restait plus de terre pour laquelle se battre, Pexton n'avait pas à craindre que nos enfants, lorsqu'ils grandiraient, leur déclarent la guerre. Au moment où la compagnie a annoncé la création de la bourse, elle avait déjà commencé à forer un nouveau puits à l'emplacement de ce qui avait jadis été la place de notre village. Elle avait déraciné les vestiges du manguier sous lequel nous jouions, le peu qui n'avait pas été réduit en cendres.

La plupart de nos enfants ont obtenu la bourse.

Nous n'avons rien payé pour leurs études, Pexton s'en est chargée. À l'issue de leur scolarité à Lokunja, ils sont partis dans des villes plus importantes ou à Bézam, où ils ont fait des études supérieures, logés et nourris à l'endroit où ils étudiaient. Certains sont entrés à l'école de management du gouvernement, d'autres dans des établissements moins prestigieux. Beaucoup sont allés faire leurs études en Europe ou en Amérique grâce à une autre bourse, ou simplement pour commencer une nouvelle vie.

Aujourd'hui, en 2020, quarante ans après le soir où Konga nous a demandé de nous soulever, nos enfants ont des postes importants au service du gouvernement ou dans des entreprises en Europe et en Amérique. Ils vivent dans de belles maisons. Ils conduisent des voitures neuves. Ils nous ont donné des petits-enfants. Plusieurs d'entre nous sont allés en Amérique. Nos enfants nous offrent de jolies choses pour nous prouver leur reconnaissance.

Nous questionnons parfois nos enfants à propos de leurs voitures. Elles sont de plus en plus grosses, de plus en plus gourmandes en carburant. Ont-ils pensé aux enfants qui souffriront, comme nous avons souffert jadis, pour qu'ils ne manquent jamais de carburant ? Redoutent-ils qu'un jour notre sous-sol ne renferme plus une goutte de pétrole ? Nos questions les font rire. Ils nous rassurent, nous avons encore mille ans de pétrole devant nous et plus personne n'en aura besoin à ce moment-là. Nous acquiesçons ; mille ans, c'est beaucoup trop loin pour que quiconque s'en inquiète.

Nous abordons les dernières décennies de nos vies.

Nous sommes émerveillés par les immenses souffrances que nous avons supportées, que nos parents ont supportées, que nos ancêtres ont supportées pour que nos enfants puissent acheter des voitures et oublier Kosawa. Ils ne parlent pas notre langue à leurs enfants. Ils ne leur parlent qu'en anglais. Ils ne reconnaissent pas notre Esprit, un rejet qui fait sûrement pleurer nos ancêtres. S'ils ont un tant soit peu la fibre spirituelle, ils vont à l'église. Ils croient en un Esprit qui est au ciel alors que le nôtre vit à l'intérieur d'eux. Certains d'entre nous ont emporté les écheveaux de cordons ombilicaux de nos familles avant de fuir Kosawa, dans l'espoir de les transmettre à leurs enfants, mais ils n'en ont pas l'usage. Ils fêtent les naissances, les enterrements et les mariages à la manière de nos anciens maîtres. Ils dansent sur leur musique, comme si la nôtre n'était qu'une relique à admirer. De temps à autre, ils organisent des réunions de village, mais non pour imaginer comment garder vivant l'esprit de leurs ancêtres ou ressusciter Kosawa sous une autre forme. Non, leurs réunions servent à planifier des dîners où ils rient de choses que nous ne comprenons pas. Un jour, notre monde et nos coutumes disparaîtront complètement, nous le savons.

Aujourd'hui, les sept villages ont l'électricité. La plupart d'entre nous vivent dans des maisons en brique. Beaucoup d'entre nous ont des téléphones portables et des télévisions à écran plat. À Lokunja, il est possible d'accéder à une chose appelée l'Internet grâce à laquelle nous pouvons lire notre histoire ou voir des cases en bambou comme celles dans lesquelles nous sommes nés.

Kosawa est peut-être mort depuis longtemps, mais nous n'oublierons jamais la splendeur de ce morceau de terre. Nous ne l'oublierons jamais, car à Kosawa nos esprits étaient entiers. Cernés par les fuites de pétrole et les torchères, nous regardions derrière nous pour voir les vertes collines où des mambas jumeaux sifflaient de gaieté, où des taupes et des porcs-épics dodus zigzaguaient avant de devenir la proie de chasseurs infaillibles. Nous vivions dans un endroit où les chenilles mettaient deux fois plus de temps à renaître en papillons majestueux. Notre village était de ceux où, à la saison sèche, le ciel résonnait de chants assourdissants, des chants qui nous poussaient à enrouler nos jambes autour de nos frères et sœurs de peur et de ravissement. Les jours de pluies diluviennes, les cours d'eau menaçaient d'emporter nos biens vers leur dernière demeure et les jours brûlants, dans les collines, la terre se craquelait de soif et les palmiers triomphaient. Saison sèche ou saison pluvieuse, Kosawa demeurait un endroit à part, si ce n'est pour la beauté de son cadre, alors pour ceux qui y vivaient. Comment ne pas avoir envie de revenir à ces nuits de pleine lune quand nous dansions sur la place ? Même lorsque nous avons grandi, même lorsque nous avons quitté l'enfance et commencé à nous rendre compte que la mort était bien décidée à ne pas attendre notre grand âge, nous n'en continuions pas moins à rire sous l'auvent des cases et à sauter par-dessus les pipelines. Sous le manguier, nous lézardions, nous échangions des potins comme si demain serait toujours nôtre, un lendemain baigné de lumière. Nous espérions mourir dans le village où nous étions nés, nous en étions persuadés.

Souvent, quand nous allons voir nos enfants à Bézam ou en Amérique ou en Europe, nous nous installons sur le canapé devant la télévision mais sans la voir. Nous sommes présents et absents en même temps. Nous sommes ailleurs, nous pensons à Kosawa, à Thula. Si elle avait été encore en vie, aurait-elle continué à se battre à son grand âge ? C'est toujours dans ces moments-là que les enfants de nos enfants viennent nous demander : S'il te plaît, Yaya, s'il te plaît, Grand-Papa, raconte-nous une histoire.

Remerciements

Mes éditeurs, l'incomparable Andy Ward et la regrettée Susan Kamil (tu me manques terriblement), m'ont tous deux crue capable de raconter cette histoire ; ils m'ont encouragée, bousculée, et interdit de céder au doute. Mes remerciements vont aussi aux assistantes d'Andy Ward, Chayenne Skeete et Marie Patoian, et à la merveilleuse équipe de Rachel Rockicki, Melissa Sanford, Katie Tull, Taylor Noel, Avideh Bashirrad et Barbara Fillon pour leur travail et leur investissement. J'éprouve une profonde reconnaissance envers mon agent littéraire, Susan Golomb, et mon attachée de presse, Christie Hinrichs, qui me représentent toutes deux avec une folle passion. Mon éditeur précédent, David Ebershoff, est le meilleur des mentors dont un auteur puisse rêver et je le remercie pour sa gentillesse. Toute ma reconnaissance au chargé de production, Steve Messina, et à mon relecteur, Terry Zaroff-Evans, qui ont fait un travail exceptionnel.

Mes amis : Howard Shaw, Lloyd Cheu, Douglas Mintz, Mark Salzman, Warren Goldstein, Zadie Smith et Christina Baker Kline ont tous lu tout ou partie des différentes versions de mon manuscrit – sans leurs critiques éblouissantes, cette histoire ne serait pas ce qu'elle est –, je leur suis infiniment redevable. Tout comme à mon compatriote et collègue auteur anglophone camerounais Dibussi Tande, qui, avec Joyce Ashuntantang, a défendu mordicus mon projet. Tous mes remerciements à Fiammetta Rocco pour les conseils qu'elle m'a prodigués quand j'en avais besoin. Deux étés de suite, Mary Haft a mis à la disposition de ma famille et de moi-même une ravissante maison à Nantucket où j'ai pu travailler au bord de l'océan, je la remercie pour son extrême générosité. Je remercie également Greyson Bryan et Bob Kohn de m'avoir aidée à comprendre certains articles du droit américain des entreprises. Un immense merci à mes éditrices allemandes (Mona Lang, Eva Betzwieser, Maria Hummitzsch) et à mes éditrices françaises (Caroline Ast, ainsi que Diane du Perier et toute l'équipe de Belfond).

Terminer ce livre s'est révélé exténuant, aussi, j'éprouve une immense gratitude à l'égard de mon guide spirituel et confident, Rick Weaver, pour sa sagesse, son esprit, mais aussi parce qu'il me rappelle sans cesse de garder en tête la vérité sur mon être intime. Tous mes remerciements également à Donna Schaper de la Judson Memorial Church, à Justin Epstein de l'Unity Center of New York City, ainsi qu'au père Frank Desiderio de l'église Saint-Paul-Apôtre de m'avoir fourni des lieux sûrs où prier.

Année après année, mes merveilleux amis ne m'ont jamais demandé autre chose que d'être ce que je suis – n'est-ce pas le plus beau cadeau qu'un être humain puisse offrir à son semblable ? Je les remercie de me faire rire, de venir me voir lorsque j'ai besoin d'eux, de me distraire de l'écriture par une pluie de textos.

Lorsque j'étais enfant, ma mère m'a envoyée vivre chez ma tante, un choix qui ne m'enchantait pas, mais qui m'a mise sur la voie de l'écriture, car c'est chez ma tante que j'ai découvert la littérature. Je remercie ma mère pour son amour et pour son courage, et je remercie ma tante de m'avoir accueillie chez elle et de m'avoir incitée à fréquenter l'église baptiste de Bethel à Kumba – ce sont les enseignements que j'y ai reçus qui m'ont amenée à questionner le monde et à devenir la femme de foi que je suis aujourd'hui. Je suis profondément reconnaissante à ma famille de sang et à ma famille par alliance qui ont joué de grands et de petits rôles dans ma vie et ont multiplié les gentillesses à mon égard. Je remercie tout particulièrement mes cousins qui, lors de mon dernier passage dans ma ville natale, m'ont affectueusement rappelé que, quelle que soit la distance qui nous séparait, mon cordon ombilical demeurait enterré à Limbe, au Cameroun, en Afrique.

À mon merveilleux mari, à mes enfants exceptionnels, je dis : Merci, merci, merci pour votre amour et pour ce foyer qui déborde de joie ; pour les danses endiablées et les innombrables prétextes pour souffler un peu ; merci de m'avoir accompagnée pendant ce voyage et encouragée à garder le cap afin que, à la fin de chaque journée, au moment de me coucher, je puisse m'endormir sur ces paroles : « Bravo, bon et fidèle serviteur. »

Composition et mise en pages
Facompo à Rouen

MIXTE
Papier issu de sources responsables
FSC® C003309

L'éditeur de cet ouvrage s'engage dans une démarche de certification FSC® qui contribue à la préservation des forêts pour les générations futures.

Pour en savoir plus :
www.editis.com/engagement-rse/

Achevé d'imprimer par
Normandie Roto Impression s.a.s.
61250 Lonrai (Orne)
N° d'impression : 2004759

Imprimé en France